Isabel Allende werd uit Chileense ouders geboren en reisde als diplomatendochter over de hele wereld. Na de militaire staatsgreep in 1973 in Chili, waarbij haar oom, pre-
sident Salvador Allende, werd vermoord, vestigde zij zich
in Venezuela. Momenteel woont en werkt zij in San Francisco (USA). Isabel Allende is een wereldberoemd schrijf-
ster met talloze boeken, waaronder grote liefdesromans en
historische romans. Zij is de eerste (en misschien nog
steeds de enige) latijns-amerikaanse vrouw die een publiek
van honderdenmiljoenen lezers en lezeressen heeft weten
te bereiken en heeft laten kennis maken met de Zuid-Amerikaanse werkelijkheid, dat immense continent met zijn
grote maatschappelijke tegenstellingen en overvloedige
natuur. Al haar boeken zijn in het Nederlands vertaald.

Isabel Allende

Fortuna's dochter

Negende druk

WERELDBIBLIOTHEEK · AMSTERDAM

Uit het Spaans vertaald door Brigitte Coopmans

Eerste druk mei 1999
Negende druk maart 2006

Oorspronkelijke titel *Hija de la fortuna*
Omslagontwerp Nico Richter
Foto omslag © Lori Barra

© 1999 Isabel Allende
© 1999 Nederlandse vertaling Brigitte Coopmans en
Uitgeverij Wereldbibliotheek bv
Spuistraat 283 · 1012 VR Amsterdam

www.wereldbibliotheek.nl

ISBN 90 284 2170 X

DEEL EEN

1843-1848

Valparaíso

Iedereen wordt geboren met een bijzondere gave, maar Eliza Sommers ontdekte al vroeg dat zij er twee had: een goede reukzin en een goed geheugen. Met het eerste kon ze in haar bestaan voorzien, en met het tweede kon ze zich het, niet altijd even precies, maar tenminste met de dichterlijke vaagheid van een sterrenwichelaar, herinneren. Wat vergeten wordt, lijkt nooit gebeurd te zijn; haar werkelijke en denkbeeldige herinneringen waren echter talrijk en het was alsof ze twee keer geleefd had. Tegen haar trouwe vriend, de wijze Tao Chi'en, zei ze dikwijls dat haar geheugen was als de buik van het schip waar ze elkaar hadden leren kennen: uitgestrekt en duister, vol kisten, vaten en zakken, waar de gebeurtenissen uit haar hele bestaan zich opstapelden. In wakende toestand was het niet eenvoudig iets te vinden in die gigantische wanorde, maar ze kon het altijd in haar slaap doen, zoals Mama Fresia haar had geleerd op de aangename avonden uit haar kindertijd, wanneer de contouren van de werkelijkheid nauwelijks meer waren dan een dunne, vale pennenstreek. Ze ging het domein van de dromen binnen over een weg die ze al vele malen begaan had en keerde terug met de grootst mogelijke behoedzaamheid, zodat de tere visioenen niet zouden uiteenspatten tegen het rauwe licht van het bewustzijn. Ze vertrouwde op deze methode zoals anderen op getallen en had haar geheugenkunst zodanig ver-

9

fijnd dat ze Miss Rose kon zien, gebogen over een zeepkist uit Marseille, haar eerste wiegje.

'Dat kun je je onmogelijk herinneren, Eliza. Baby's zijn net katten, ze hebben geen gevoelens of geheugen,' beweerde Miss Rose op de schaarse momenten dat ze over het onderwerp spraken.

Toch stond die vrouw die van bovenaf naar haar keek, met haar topaaskleurige jurk en de slierten haar die uit het knotje hadden losgelaten en wapperden in de wind, Eliza in het geheugen gegrift en ze had nooit een andere verklaring over haar afkomst kunnen accepteren.

'Je hebt Engels bloed, net als wij,' verzekerde Miss Rose haar toen ze oud genoeg was om het te begrijpen. 'Alleen iemand uit de Britse gemeenschap zou op het idee gekomen zijn om je in een mandje voor de deur van de Britse Compagnie voor Import en Export te zetten. Die persoon was vast op de hoogte van de goedhartigheid van mijn broer Jeremy en voorzag dat hij je zou opnemen. In die tijd wilde ik dolgraag een kind hebben en jij viel me als door God gezonden in de armen, om te worden opgevoed met de degelijke beginselen van het protestantse geloof en de Engelse taal.'

'Jij Engels? Maak je maar geen illusies, meisje, je hebt het haar van een indiaanse, net als ik,' weerlegde Mama Fresia haar bazin achter haar rug om.

De geboorte van Eliza was taboe in dat huis, en het meisje raakte gewend aan de geheimzinnigheid. Evenmin als andere gevoelige kwesties roerde ze die niet aan in het bijzijn van Rose en Jeremy Sommers maar besprak ze fluisterend in de keuken met Mama Fresia, die onveranderlijk vasthield aan haar beschrijving van de zeepkist, terwijl de versie van Miss Rose met de jaren mooier werd en in een sprookje veranderde. Volgens haar was het mandje dat bij het kantoor gevonden was, gemaakt van het allerfijnste riet en gevoerd met batist; haar hemdje was geborduurd in honingraatmotief en de lakentjes waren afgezet met Brussels kant; ze was bovendien bedekt met een nertsen dekentje, zoiets excentrieks hadden ze in Chili nog nooit gezien. Mettertijd kwamen daar zes in een zijden zakdoek gewikkelde gouden muntstukken bij en een briefje in het Engels waarin stond dat het meisje, ondanks het feit dat ze buitenechtelijk was, van zeer goede afkomst was, maar dat had Eliza nooit zo gezien. Gemakshalve waren de nerts, de muntstukken en het briefje weggeraakt en was er van haar afkomst geen spoor. De verklaring van Mama Fresia kwam echter meer overeen met haar herinneringen: toen ze op een ochtend aan het eind van de zomer de deur van het huis opendeden, vonden ze een kindje van het vrouwelijk geslacht naakt in een kist.

'Niks geen nertsen dekentje of gouden muntstukken. Ik was erbij en ik weet het nog goed. Je lag te rillen in een mannenvest, ze hadden je niet eens een luier omgedaan en je was helemaal ondergepoept. Je was een hummeltje zo rood als een doorgekookte kreeft, met op je kruin een plukje dons, net zoals dat uit een maïskolf steekt. Dat was jij. Maak je geen illusies, je bent niet geboren als prinsesje en als je haar zo zwart was geweest als het nu is, hadden ze de kist bij het vuilnis gezet,' hield de vrouw vol.

Ze waren het er in elk geval allemaal over eens dat het meisje op 15 maart 1832, anderhalf jaar nadat de Sommers in Chili waren gearriveerd, in hun leven was gekomen en daarom wezen ze die datum aan als haar verjaardag. Voor het overige waren er altijd een hoop tegenstrijdigheden, en Eliza besloot uiteindelijk dat het de moeite niet waard was haar energie te verspillen aan piekeren, want wat de waarheid ook was, er was toch niets meer aan te doen. Wat telt is wat iemand doet in deze wereld, niet hoe hij er terechtkomt, zei ze dikwijls tegen Tao Chi'en gedurende de vele jaren van hun prachtige vriendschap, maar hij was het daar niet mee eens; voor hem was het onmogelijk zijn eigen bestaan los te denken van de lange reeks van voorouders, die niet alleen hadden bijgedragen aan zijn lichamelijke en geestelijke eigenschappen, maar hem ook het karma hadden doorgegeven. Hij geloofde dat zijn lot bepaald werd door de daden van familieleden die vroeger geleefd hadden, daarom moest men ze eren met dagelijkse gebeden en ze vrezen wanneer ze verschenen in spookgewaden om hun rechten op te eisen. Tao Chi'en kon de namen van al zijn voorouders noemen, tot de meest verre en eerbiedwaardige betovergrootouders die meer dan een eeuw geleden gestorven waren. Zijn grootste zorg in de gouden tijden was terugkeren om te sterven in zijn dorp in China om bij de zijnen begraven te worden; anders zou zijn ziel voor altijd stuurloos ronddolen in een vreemd land. Eliza voelde zich natuurlijk aangetrokken tot het verhaal van het snoezige mandje – niemand die bij zijn volle verstand is, verschijnt graag in een doodgewone zeepkist – maar ze kon het ter ere van de waarheid niet aanvaarden. Haar patrijshondenreukzin herinnerde zich zeer goed de eerste geur uit haar bestaan, en dat was niet die van schone batisten lakens, maar van wol, mannenzweet en tabak. De tweede was een landelijke geitenlucht.

Eliza groeide op kijkend naar de Stille Oceaan vanaf het balkon van het verblijf van haar pleegouders. Gebouwd op een berghelling bij de haven van Valparaíso wilde het huis de stijl imiteren die op dat moment in Londen in de mode was, maar de beperkingen van het terrein, het klimaat en het leven in Chili hadden ertoe genoopt essentiële wijzigingen aan te brengen en het resultaat was potsierlijk. Op de achterplaats verrezen als organische tumoren verscheidene vertrekken zonder ramen met kerkerdeuren, waar Jeremy Sommers de meest waardevolle lading van de compagnie opsloeg, die uit de opslagruimten van de haven zou verdwijnen.

'Dit is een land van boeven, nergens ter wereld geeft een kantoor zoveel uit aan het verzekeren van de handelswaar als hier. Ze halen alles weg en wat gered wordt van inbrekers, loopt onder water in de winter, verbrandt in de zomer of wordt verpletterd door een aardbeving,' herhaalde hij telkens weer wanneer de muilezels met nieuwe kisten kwamen om op de binnenplaats van zijn huis te lossen.

Door zoveel voor het raam te zitten om naar de zee te kijken en de schepen en de walvissen aan de horizon te tellen, raakte Eliza ervan overtuigd dat ze de dochter was van een schipbreuk en niet van een onmenselijke moeder die in staat was haar naakt achter te laten in het ongewisse van een maartse dag. Ze schreef in haar dagboek dat een visser haar op het strand gevonden had tussen de wrakstukken van een schip, haar in zijn vest had gewikkeld en haar had neergelegd bij het grootste huis in de Engelse wijk. Met de jaren besloot ze dat dat sprookje zo slecht niet was: wat de zee teruggeeft, heeft iets poëtisch en mysterieus. Als de oceaan zich zou terugtrekken, zou het blootgelegde zand een uitgestrekte, vochtige woestijn zijn, bezaaid met zieltogende zeemeerminnen en vissen, zei John Sommers, de broer van Jeremy en Rose, die alle wereldzeeën had bevaren en levendig beschreef hoe het water zakte in een doodse stilte, om weer terug te komen in een enkele ontzagwekkende golf, die alles meevoerde wat er op zijn weg kwam. Verschrikkelijk, zo beweerde hij, maar dan was er tenminste nog tijd om de bergen in te verdwijnen, terwijl bij aardbevingen de kerkklokken luidden om de ramp aan te kondigen wanneer iedereen al verdween tussen het puin.

In de periode waarin het meisje verscheen, was Jeremy Sommers dertig en stond aan het begin van een schitterende toekomst bij de Britse Compagnie voor Import en Export. In handels- en bankkringen genoot hij de reputatie van een eerzaam man: zijn woord en een handdruk stonden gelijk aan een getekend contract, een voor elke transactie onmisbare kwaliteit, daar de kredietbrieven maanden onderweg waren over de oceanen. Voor hem was zijn goede naam belangrijker dan het leven zelf, omdat hij geen vermogen bezat. Met de nodige offers had hij een vaste betrekking verworven in de ver gelegen haven van Valparaíso, en het laatste waar hij in zijn georganiseerde leven op zat te wachten, was wel een pasgeboren dreumes die zijn dagelijkse bezigheden zou komen verstoren, maar toen Eliza in het huis terechtkwam, kon hij het niet nalaten haar op te nemen, want bij de aanblik van zijn zus Rose, als een moeder aan het kindje vastgeklampt, verslapte zijn wilskracht.

Rose was toen nog maar twintig jaar oud, maar ze was reeds een vrouw met een verleden en de mogelijkheden voor haar om goed te trouwen konden als minimaal beschouwd worden. Aan de andere kant had ze de balans opgemaakt en besloten dat het huwelijk, zelfs in het beste geval, voor haar zeer onvoordelig zou uitpakken; aan de zijde van haar broer Jeremy genoot ze een onafhankelijkheid die ze bij een echtgenoot nooit zou hebben. Ze was erin geslaagd haar leven in te richten en liet zich niet afschrikken door het stigma van de oude vrijsters, integendeel, ze was vastbesloten de getrouwde vrouwen tot afgunst te drijven, ondanks de heersende theorie die zei dat wanneer vrouwen afweken van de rol van moeder en echtgenote, ze net als de suffragettes een snor kregen. Ze had echter geen kinderen en dat was het enige verdriet dat ze niet middels de gedisciplineerde oefening in verbeeldingskracht in een zege kon omzetten. Soms droomde ze dat de wanden van haar slaapkamer besmeurd waren met bloed, bloed dat het tapijt doordrenkte, bloed dat opspatte tot het plafond, en zij die temidden daarvan, naakt en verward als een maanzieke, het leven schonk aan een salamander. Dan werd ze gillend wakker en was de rest van de dag helemaal uit haar doen, onmachtig zich te bevrijden van de nachtmerrie. Jeremy observeerde haar, bezorgd over haar zenuwen en schuldbewust omdat hij haar had meegesleurd zo ver van Engeland, hoewel hij een zekere egoïstische voldoening over hun beider overeenkomst niet kon vermijden. Daar het idee om te trouwen nooit in zijn hart was opgekomen, was Rose er om huiselijke en sociale problemen op te lossen, twee belangrijke aspecten voor zijn carrière. Zijn zus compenseerde zijn introverte en eenzame natuur, daarom onderging hij graag haar stemmingswisselingen en haar onnodige uitgaven. Toen Eliza kwam en Rose erop stond haar bij zich te houden, durfde Jeremy geen bezwaar te maken of kleinzielige twijfels te uiten en verloor met glans elke strijd om de baby uit zijn buurt te houden, te beginnen bij de eerste, toen ze een naam moest krijgen.

'Ze gaat Eliza heten, net als onze moeder, en ze krijgt onze achternaam,' besliste Rose meteen nadat ze haar te eten had gegeven, in bad had gestopt en in haar eigen dekentje had gewikkeld.

'Geen sprake van, Rose! Wat denk je dat de mensen wel niet zullen zeggen?'

'Laat dat maar aan mij over. De mensen zullen zeggen dat je een heilige bent door dit arme vondelingetje in huis te nemen, Jeremy. Niets is erger dan geen familie hebben. Wat zou er van mij worden zonder een broer als jij?' antwoordde ze, zich bewust van haar broers huiver tegenover het minste of geringste dat naar sentimentaliteit neigde.

De roddels waren niet te vermijden, ook daar moest Jeremy Sommers zich bij neerleggen, zoals hij ook accepteerde dat het meisje zijn moeders naam kreeg, de eerste jaren in het vertrek van zijn zus sliep en het huis in rep en roer bracht. Rose verspreidde het ongeloofwaardige verhaal van het weelderige mandje dat door anonieme handen was neergezet in het kantoor van de Britse Compagnie voor Import en Export, en niemand trapte erin, maar aangezien ze haar niet konden beschuldigen van een slippertje omdat ze haar elke zondag van haar leven hadden zien zingen tijdens de anglicaanse dienst en haar wespentaille de anatomische wetten tartte, zeiden ze dat de baby het product was van een relatie tussen hem en een of andere straatmadelief en dat ze haar daarom opvoedden als een dochter van de familie. Jeremy nam niet de moeite om tegen de kwaadsprekerij in te gaan. De irrationaliteit van kinderen bracht hem van zijn stuk, maar het lukte Eliza hem voor zich te winnen. Hij vond het leuk haar aan het eind van de middag, wanneer hij in zijn luie stoel de krant ging zitten lezen, aan zijn voeten te zien spelen, al zou hij dat nooit toegeven. Er waren geen blijken van genegenheid tussen de twee, hij verstijfde alleen al wanneer hij iemand een hand gaf, de gedachte aan een intiemer contact maakte hem doodsbang.

Toen het pasgeboren meisje die 15de maart in huize Sommers aankwam, vond Mama Fresia, die dienst deed als kokkin en sleutelbewaarster, dat ze haar moesten wegdoen.

'Als haar eigen moeder haar verlaten heeft, komt dat omdat ze vervloekt is en kun je haar maar beter niet aanraken,' zei ze, maar tegen de vastberadenheid van haar bazin kon ze niets beginnen.

Miss Rose had haar nog niet in haar armen genomen, of het kindje begon luidkeels te brullen, waardoor het huis op zijn grondvesten schudde en de zenuwen van de bewoners getergd werden. Niet in staat haar tot zwijgen te brengen, improviseerde Miss Rose in een lade van haar commode een wiegje en bedekte haar met dekentjes, terwijl ze de deur uit vloog op zoek naar een voedster. Al snel kwam ze terug met een vrouw die ze op de markt gevonden had en ze had er niet eens aan gedacht haar aan een nadere inspectie te onderwerpen; bij het zien van haar grote borsten die onder de blouse op springen stonden, nam ze haar overijld aan. Het bleek een enigszins achtergebleven boerin te zijn, die het huis binnenkwam met haar baby, een zielig jongetje dat net zo smerig was als zijzelf. Ze moesten het kind lange tijd in warm water laten weken om het op zijn achterwerk aangekoekte vuil los te krijgen en de vrouw onderdompelen in een teil water met chloor om haar te ontluizen. De twee kleintjes, Eliza en dat van de kindermeid, bezweken bijna aan buikkrampen met diarree, waartegen de huisarts en de Duitse apotheker niets konden uitrichten. Ook Miss Rose huilde, overmand door het gehuil van de kinderen, dat niet alleen van de honger was maar ook van pijn of verdriet. Uiteindelijk greep Mama Fresia de derde dag met tegenzin in.

'Ziet u niet dat die vrouw rotte tepels heeft? U moet een geit kopen om het meisje te voeden en haar kaneelthee geven, zo niet dan is het voor vrijdag gebeurd,' mopperde ze.

In die tijd brabbelde Miss Rose met moeite een beetje Spaans, maar ze begreep het woord geit, stuurde de koetsier om er een te kopen en ontsloeg de voedster. Het beest was nog niet binnen of de indiaanse zette Eliza meteen onder de opgezwollen uiers, tot afgrijzen van Miss Rose, die nog nooit zo'n smerige vertoning had gezien, maar de lauwe melk en de kaneelaftreksels brachten snel verbetering in de situatie; het meisje huilde niet meer, sliep zeven uren achtereen en werd driftig in de lucht zuigend wakker. Binnen een paar dagen had ze al de vredige uitdrukking van een gezonde baby en nam ze overduidelijk in gewicht toe. Miss Rose kocht een zuigfles toen ze merkte dat Eliza begon te snuffelen op zoek naar een tepel wanneer de geit op de binnenplaats stond te blaten. Ze wilde het meisje niet zien opgroeien met het absurde idee dat dat beest haar moeder was. Die buikkrampen waren een van de weinige kinderziekten van Eliza, de andere werden bij de eerste symptomen onderdrukt door de kruiden en bezweringen van Mama Fresia, inclusief de hevige Afrikaanse mazelen die een Griekse zeeman naar Valparaíso meegenomen had. Zolang het gevaar dreigde, legde Mama Fresia 's avonds een stuk rauw vlees op Eliza's navel en wikkelde haar strak in een rode wollen doek, een natuurgeheim om besmetting te voorkomen.

De daaropvolgende jaren maakte Miss Rose Eliza tot haar speeltje. Uren bracht ze geamuseerd door met het onderwijzen van zang en dans, het voordragen van verzen die het meisje moeiteloos uit het hoofd leerde, het vlechten van haar haar en haar mooi aankleden, maar zodra er iets anders leuks te doen was of ze door hoofdpijn geveld werd, stuurde ze haar naar de keuken naar Mama Fresia. Het kind groeide op tussen het naaikamertje en de achterplaatsen, sprak in het ene deel van het huis Engels en een mengeling van Spaans en Mapuche – de inheemse taal van haar kindermeid – in het andere, was de ene dag gekleed en geschoeid als een hertogin en zat de andere te spelen met de kippen en de honden, op blote voeten en nauwelijks bedekt door een wezenschortje. Miss Rose presenteerde haar op haar muziekavonden, nam haar mee in een rijtuig om bij de beste banketbakker chocolademelk te drinken, ging met haar winkelen of de boten aan de kade bezoeken, maar kon evengoed dagenlang afwezig zitten schrijven in haar geheimzinnige schriften of een roman zitten lezen, zonder ook maar aan haar beschermelinge te denken. Wanneer ze plotseling aan haar dacht, haastte ze zich berouwvol om haar te zoeken, overstelpte haar met kussen, stopte haar vol met snoepjes en deed haar de poppenkleertjes weer aan om haar mee uit wandelen te nemen. Ze zorgde ervoor dat ze zo breed mogelijk werd opgeleid, zonder de opsmuk te veronachtzamen die bij een dametje hoort. Na een driftbui van Eliza naar aanleiding van haar piano-oefeningen, pakte ze haar bij de arm en sleepte haar zonder op de koetsier te wachten twaalf blokken bergafwaarts mee naar een klooster. Op de muur van adobe was boven een zware eiken deur met ijzeren klinknagels in door de zilte wind verschoten letters te lezen: VONDELINGENHUIS.

'Wees dankbaar dat mijn broer en ik ons over je ontfermd hebben. Hier komen bastaarden en in de steek gelaten kinderen terecht. Is dit soms wat je wilt?'

Het meisje schudde zwijgend haar hoofd.

'Dan kun je maar beter als een fatsoenlijk meisje leren pianospelen. Heb je me begrepen?'

Eliza leerde spelen zonder enige aanleg of stijl, maar dankzij veel discipline kon ze op haar twaalfde tijdens de muziekavonden Miss Rose begeleiden. De techniek verleerde ze niet meer, ondanks lange perioden zonder spelen, en een aantal jaren later kon ze de kost verdienen in een rondtrekkend bordeel, wat nooit de bedoeling van Miss Rose kon zijn geweest toen ze haar uiterste best deed haar de verheven kunst van de muziek bij te brengen.

Vele jaren later, op een van die rustige middagen waarop ze met haar vriend Tao Chi'en Chinese thee dronk en zat te praten in de verfijnde tuin die ze samen onderhielden, concludeerde Eliza dat die grillige Engelse een zeer goede moeder was geweest en ze was haar dankbaar voor de grote innerlijke vrijheid die ze haar gegeven had. Mama Fresia was de tweede pijler van haar kindertijd. Ze hing aan haar wijde zwarte rokken, hielp haar bij haar taken en bestookte haar ondertussen met vragen. Zo leerde ze inheemse legenden en mythen, de tekenen voor dieren en de zee ontcijferen, de gewoonten van de geesten en de boodschappen uit dromen herkennen, en ook leerde ze koken. Met haar onvermoeibare reukzin kon ze blindelings ingrediënten, kruiden en specerijen herkennen en onthield ook hoe ze die moest gebruiken, net zoals ze gedichten uit het hoofd leerde. Al snel hadden de ingewikkelde creoolse gerechten van Mama Fresia en de verfijnde banketbakkerskunsten van Miss Rose geen geheimen meer. Ze had een merkwaardige culinaire roeping: op haar zevende kon ze al zonder afkeer het vel van een rundertong of de ingewanden van een kip verwijderen, twintig empanada's kneden zonder enig teken van vermoeidheid en in de verloren uren bonen doppen terwijl ze met open mond luisterde naar de gruwelijke inheemse legenden van Mama Fresia en haar gekleurde versies van de heiligenlevens.

Rose en haar broer John waren van kinds af aan onafscheidelijk geweest. Zij bracht de winter door met het breien van vesten en kousen voor de kapitein en hij deed altijd zijn best om van elke reis koffers vol cadeaus mee te nemen en grote kisten met boeken, waarvan er verscheidene in de kast van Rose achter gesloten deuren verdwenen. Jeremy had als heer des huizes en gezinshoofd de bevoegdheid om de correspondentie van zijn zus te openen, haar dagboek te lezen en een kopie te eisen van de sleutels van haar meubels, maar hij had nooit de neiging vertoond om dat te doen. Jeremy en Rose hadden een op vertrouwen gebaseerde huishoudelijke relatie; behalve de wederzijdse afhankelijkheid die hun soms een verborgen vorm van haat leek, hadden ze maar weinig gemeen. Jeremy voorzag in de behoeften van Rose, maar haar grillen bekostigde hij niet en evenmin vroeg hij waar zij het geld vandaan had voor haar bevliegingen, ervan uitgaand dat John het haar gaf. In ruil daarvoor bestierde zij doelmatig en op stijlvolle wijze het huis, altijd open over de rekeningen maar zonder hem met kleinigheden lastig te vallen. Ze had een goede, trefzekere smaak en een ongedwongen bekoorlijkheid, gaf glans aan hun beider bestaan en ontkrachtte met haar aanwezigheid het in die contreien wijdverbreide geloof dat een man zonder eigen gezin een potentiële onverlaat is.

'De man heeft een woeste natuur; de vrouw is bestemd om te waken over morele waarden en goed gedrag,' beweerde Jeremy Sommers.

'Ach, broertje! We weten allebei dat mijn natuur woester is dan de jouwe,' schertste Rose.

Jacob Todd, een roodharige met charisma en de mooiste predikantenstem die ze ooit in die streken gehoord hadden, ging in 1843 in Valparaíso van boord met een lading van driehonderd Spaanse bijbels. Niemand vond het vreemd dat hij kwam: weer een van de vele zendelingen die overal het protestantse geloof liepen te verkondigen. In zijn geval was de reis echter het resultaat van zijn avontuurlijke nieuwsgierigheid en niet van geloofsijver. In zo'n hoogmoedige bui van een bijdehante vent met te veel bier in zijn lijf, ging hij aan een speeltafel in zijn club in Londen de weddenschap aan dat hij waar ook ter wereld bijbels kon verkopen. Zijn vrienden blinddoekten hem, lieten een globe ronddraaien en zijn vinger kwam terecht op een kolonie van het Spaanse Koninkrijk, verloren in het onderste gedeelte van de wereld, waarvan niemand van die vrolijke drinkebroers vermoedde dat er leven was. Al snel ontdekte hij dat de landkaart verouderd was; de kolonie was meer dan dertig jaar geleden onafhankelijk geworden en was nu de trotse Chileense Republiek, een katholiek land waar protestantse ideeën geen toegang hadden, maar de weddenschap was al een feit en hij was niet van plan om terug te krabbelen. Hij was vrijgezel, had geen emotionele of beroepsmatige banden en de bijzonderheid van een dergelijke reis trok hem meteen aan. Gezien de drie maanden heen en nog eens drie terug per schip over twee oceanen, werd het een project van lange adem. Toegejuicht door zijn vrienden, die hem een tragisch einde voorspelden in handen van de rooms-katholieken in dat onbekende en barbaarse land, en met financiële steun van het Brits en Buitenlands Bijbelgenootschap, dat hem de boeken verschafte en een vervoersbewijs regelde, aanvaardde hij de lange overtocht per boot naar de havenstad Valparaíso. De uitdaging bestond eruit de bijbels te verkopen en binnen een jaar terug te keren met voor elke bijbel een getekend ontvangstbewijs. In de bibliotheekarchieven las hij brieven van roemrijke mannen, zeelieden en koopmannen die in Chili geweest waren en een mestiezenvolk van iets minder dan een miljoen stervelingen beschreven en een merkwaardige geografie van indrukwekkende bergen, steile kusten, vruchtbare valleien, oeroude bossen en eeuwige ijsvlakten. Het had de reputatie op religieus gebied het minst verdraagzame land van het hele Amerikaanse continent te zijn, zo beweerden mensen die er geweest waren. Desondanks hadden deugdzame zendelingen geprobeerd het protestantisme te verspreiden en waren zonder een woord Spaans of een indiaanse taal te spreken in het zuiden aangekomen, waar het vasteland uiteenviel in een aaneenschakeling van eilandjes. Een aantal van hen stierf van de honger, de kou, of werd, zo was het vermoeden, door hun eigen parochianen verslonden. In de steden was hun geen beter lot beschoren. Het gevoel voor gastvrijheid, heilig voor de Chilenen, zat dieper dan de godsdienstige onverdraagzaamheid, en uit beleefdheid lieten ze hen prediken, maar ze luisterden er nauwelijks naar. Als ze de lezingen van de weinige protestante dominees al bijwoonden, was dat met een houding van iemand die naar een show gaat kijken, geamuseerd door het eigenaardige feit dat ze heidenen zouden zijn. Dit alles kon Jacob Todd niet ontmoedigen, want hij ging niet als zendeling, maar als bijbelverkoper.

In de bibliotheekarchieven ontdekte hij dat Chili na de onafhankelijkheid van 1810 haar deuren had opengezet voor immigranten, die met honderden tegelijk arriveerden en zich vestigden op dat langgerekte en smalle grondgebied dat van kop tot staart in de Stille Oceaan gedompeld lag. De Engelsen maakten snel fortuin als koopmannen en piraten; velen brachten hun familie mee en bleven. Ze vormden een kleine natie binnen het land, met hun eigen gebruiken, kerkdiensten, kranten, clubs, scholen en ziekenhuizen, maar deden dat met zulke goede manieren dat ze verre van argwaan te wekken juist werden beschouwd als een toonbeeld van beleefdheid. Ze kantonneerden hun eskader in Valparaíso om het scheepvaartverkeer op de Stille Oceaan te controleren, en zo werd het in minder dan twintig jaar van een straatarm gehucht zonder toekomst in het begin van de Republiek een belangrijke haven, waar zeilschepen uit de Atlantische Oceaan via Kaap Hoorn, en later de stoomschepen door de Straat van Magallanes, binnenvoeren.

De vermoeide reiziger was verrast toen hij Valparaíso in het oog kreeg. Er lagen meer dan honderd vaartuigen, met vlaggen uit de halve wereld. De bergen met besneeuwde toppen leken zo dichtbij dat ze de indruk wekten rechtstreeks op te duiken uit een inktblauwe zee, waaruit een onmogelijke zeemeerminnengeur opsteeg. Jacob Todd heeft nooit geweten dat er onder deze schijn van diepe rust een ware stad schuilging van gezonken Spaanse zeilschepen en skeletten van patriotten met een steen uit de groeve om hun enkel, die daar geankerd waren door de soldaten van de kapitein-generaal. De boot ging voor anker in de baai, tussen duizenden meeuwen die met hun geweldige vleugels en hun hongerig gekrijs de lucht in beroering brachten. Talloze sloepen ontweken de golven, sommige beladen met enorme, nog levende zeeaalen en zeebaarzen, die in de lucht een vertwijfelde strijd leverden. Valparaíso, zeiden ze tegen hem, was het handelscentrum van de Stille Oceaan, in haar pakhuizen werden metalen, schaaps- en alpacawol, graan en huiden opgeslagen voor de wereldmarkten. Verscheidene sloepen vervoerden de passagiers en de lading van het zeilschip naar het vasteland. Toen hij tussen zeelieden, cargadoors, passagiers, ezels en karren de kade op liep, kwam hij in een stad die als een amfitheater lag ingeklemd tussen steile bergen, net zo dichtbevolkt en smerig als veel gerespecteerde steden in Europa. De huizen van adobe en hout in smalle straatjes vond hij een architectonische blunder, bij de minste of geringste brand zouden ze binnen een paar uur in de as worden gelegd. Een door twee aftandse paarden voortgetrokken koets bracht hem met zijn bagage van hutkoffers en kisten naar Hotel Inglés. Hij kwam langs panden die mooi om een plein gebouwd waren, verscheidene nogal lompe kerken en woningen van één verdieping omgeven door grote tuinen en boomgaarden. Hij schatte zo'n honderd huizenblokken, maar al snel kwam hij erachter dat de stad het oog misleidde, het was een wirwar van steegjes en doorgangetjes. In de verte ontwaarde hij een vissierswijk met hutjes die waren blootgesteld aan de zeewind en netten die er hingen als enorme spinnenwebben, daarachter vruchtbare, met groenten en fruit beplante akkers. Er reden net zulke moderne rijtuigen rond als in Londen, mylords, fiacres en calèches, en ook rijen lastdieren onder begeleiding van haveloze kinderen, en ossenkarren die dwars door het centrum van de stad gingen. Op de hoeken stonden monniken en nonnen te bedelen om een aalmoes voor de armen tussen meuten zwerfhonden en verdwaalde kippen. Hij zag een aantal met tassen en manden beladen vrouwen die hun kinderen meesleepten, blootsvoets maar wel met zwarte omslagdoeken over het hoofd, en veel, allemaal nietsdoende mannen met hoge hoeden die op de drempels zaten of in groepjes zaten te keuvelen.

Een uur nadat hij van boord was gegaan, zat Jacob Todd in de stijlvolle salon van Hotel Inglés uit Cairo geïmporteerde zware sigaren te roken en in een Brits tijdschrift met nogal oud nieuws te bladeren. Hij zuchtte dankbaar: zoals het ernaar uitzag zou hij geen aanpassingsproblemen hebben, en als hij zijn inkomsten goed zou beheren, zou hij bijna net zo prettig kunnen leven als in Londen. Hij zat te wachten tot iemand hem zou komen bedienen – zo te zien had niemand in die contreien haast – toen John Sommers eraan kwam, de kapitein van het zeilschip waarmee hij gereisd had. Hij was een enorme kerel met donker haar en een gebruinde huid als schoenleer, die er prat op ging een stevige drinker, rokkenjager en onvermoeibare kaartspeler en dobbelaar te zijn. Ze waren goede vrienden geworden en hadden de eindeloze nachten die ze op volle zee voeren en de bewogen en ijskoude dagen dat ze in het zuiden van de wereld Kaap Hoorn rondden, verdreven met spelen. John Sommers was in gezelschap van een bleke, van top tot teen in het zwart geklede man met een keurig geknipte baard, die hij voorstelde als zijn broer Jeremy. Het zou niet eenvoudig zijn twee meer uiteenlopende figuren bij elkaar te vinden. John leek de gezondheid en kracht zelve, open, luidruchtig en vriendelijk, terwijl de ander het uiterlijk had van een eeuwig in de winter gevangen geestverschijning. Hij was zo iemand die nooit helemaal aanwezig en moeilijk te onthouden is, omdat hij geen duidelijke trekken heeft, concludeerde Jacob Todd. Zonder op een uitnodiging te wachten kwamen beiden naar zijn tafel met de vrijpostigheid van landgenoten in den vreemde. Eindelijk kwam er een serveerster en kapitein John Sommers bestelde een fles whisky, terwijl zijn broer thee bestelde in het koeterwaals dat de Britten hadden uitgevonden om zich met het bedienend personeel te onderhouden.

'Hoe staat het aan het thuisfront?' informeerde Jeremy. Hij sprak op lage, bijna mompelende toon, waarbij hij nauwelijks zijn lippen bewoog, en met een enigszins geaffecteerd accent.

'Er gebeurt al driehonderd jaar niets meer in Engeland,' zei de kapitein.

'Sorry dat ik zo nieuwsgierig ben, Mr. Todd, maar ik zag u het hotel binnengaan en moest wel naar uw bagage kijken. Het leek me alsof er verscheidene kisten bij zaten waarop stond dat er bijbels in zaten... klopt dat?' vroeg Jeremy Sommers.

'Inderdaad, dat zijn bijbels.'

'Niemand heeft ons verteld dat er een andere dominee gestuurd was...'

'We hebben drie maanden gevaren en ik had niet in de gaten dat u dominee was, Mr. Todd!' riep de kapitein uit.

'Dat ben ik eigenlijk ook niet,' antwoordde Jacob Todd, zijn blozen verbergend achter een rookwolk van zijn sigaar.

'Zendeling, dus. U bent van plan om naar Vuurland af te reizen, neem ik aan. De Patagonische indianen zijn toe aan evangelisatie. De Araukanen kunt u vergeten, hoor, die zijn al gestrikt door de katholieken,' zei Jeremy Sommers.

'Er zal nog maar een handjevol Araukanen over zijn. Die mensen hebben de vreemde gewoonte om zich te laten afslachten,' tekende zijn broer aan.

'Het waren de wildste indianen van Amerika, Mr. Todd. Het merendeel is gestorven in de strijd tegen de Spanjaarden. Het waren kannibalen.'

'Ze sneden stukken af van levende gevangenen: ze hadden hun avondeten het liefst vers,' voegde de kapitein toe. 'Dat zouden u en ik ook doen als iemand onze familie zou vermoorden, ons dorp zou verbranden en ons land zou inpikken.'

'Fantastisch, John, nu sta je het kannibalisme te verdedigen!' wierp zijn broer ontstemd tegen. 'In elk geval, Mr. Todd, moet ik u waarschuwen zich niet in te laten met de katholieken. We moeten de oorspronkelijke bewoners niet uitlokken. Het zijn zeer bijgelovige mensen.'

'Vreemde geloven zijn bijgeloof, Mr. Todd. Die van ons heten religie. De indianen uit Vuurland, de Patagoniërs, zijn heel anders dan de Araukanen.'

'Net zo wild. Ze leven naakt in een verschrikkelijk klimaat,' zei Jeremy.

'Breng hun uw religie, Mr. Todd, eens zien of ze op z'n minst een onderbroek leren gebruiken,' merkte de kapitein op.

Todd had nog niet gehoord van die indianen en het laatste wat hij wenste was wel iets prediken waarin hijzelf niet geloofde, maar hij durfde hun niet op te biechten dat zijn reis het gevolg was van een dronkenmansweddenschap. Hij antwoordde vaagjes dat hij van plan was een zendingsreis op te zetten, maar dat hij nog moest beslissen hoe hij die ging financieren.

'Als ik geweten had dat u hier kwam om de bedoelingen van een tirannieke god voor deze beste mensen te prediken, had ik u halverwege de Atlantische Oceaan overboord gezet, Mr. Todd.'

Ze werden onderbroken door de serveerster met de whisky en de thee. Het was een fruitig tienermeisje, gehuld in een zwarte jurk met een gesteven kapje en schort. Toen ze vooroverboog met het dienblad liet ze in de lucht een verontrustende geur van fijngestampte bloemen en kolenstrijkijzer achter. Jacob Todd had de afgelopen weken geen vrouwen meer gezien en bleef naar haar kijken met pijn in zijn buik van eenzaamheid. John Sommers wachtte tot het meisje wegliep.

'Pas maar op, Chileense vrouwen zijn femmes fatales,' zei hij.

'Dat lijkt me niet. Ze zijn klein, hebben brede heupen en

een onaangename stem,' zei Jeremy Sommers, zijn kopje thee in evenwicht houdend.

'Zeelieden deserteren van hun schepen voor ze!' riep de kapitein uit.

'Ik geef toe, ik ben geen autoriteit op het gebied van vrouwen. Daar heb ik geen tijd voor. Ik moet me met mijn handel en onze zus bezighouden, was je dat soms vergeten?'

'Geen moment, je brengt het me altijd in herinnering. Kijk, Mr. Todd, ik ben het zwarte schaap van de familie, een losbol. Als die beste Jeremy er toch niet was...'

'Dat meisje lijkt wel Spaans,' onderbrak Jacob Todd hem terwijl hij met zijn ogen de serveerster volgde, die op dat moment een andere tafel bediende. 'Ik heb twee maanden in Madrid gewoond en veel meisjes zoals zij gezien.'

'Het zijn hier allemaal mestiezen, zelfs in de hogere klassen. Dat geven ze natuurlijk niet toe. Inheems bloed wordt als de pest verborgen gehouden. Ik geef ze geen ongelijk, indianen staan bekend als vies, dronken en lui. De regering probeert het ras te verbeteren door Europese immigranten hiernaartoe te halen. In het zuiden geven ze de kolonisten land cadeau.'

'Hun favoriete sport is indianen vermoorden om hun het land af te pakken.'

'Je overdrijft, John.'

'Je hoeft ze niet altijd met de kogel uit de weg te ruimen, ze aan de drank helpen is genoeg. Maar ze afmaken is natuurlijk veel leuker. Hoe dan ook, wij Britten doen niet mee aan dat tijdverdrijf, Mr. Todd. Wij zijn niet geïnteresseerd in land. Waarom zouden we aardappelen gaan verbouwen als we een fortuin kunnen verdienen zonder de handen vuil te maken?'

'Er zijn hier mogelijkheden genoeg voor een ondernemend iemand. Alles in dit land moet nog gedaan worden. Als u rijk wilt worden, moet u naar het noorden gaan. Daar is zilver, koper, goud, salpeter, guano...'

'Guano?'

'Vogelpoep,' verduidelijkte de zeeman.

'Daar begrijp ik niets van, Mr. Sommers.'

'Mr. Todd is niet geïnteresseerd in rijk worden, Jeremy. Zijn zaak is het christelijk geloof, nietwaar?'

'De protestantse gemeenschap is groot en welvarend, ze zal u helpen. Kom morgen naar ons huis. Op woensdag organiseert mijn zus Rose muziekavonden en dat is een goede gelegenheid om vrienden te maken. Ik stuur mijn rijtuig langs om u op te halen om vijf uur 's middags. U zult het leuk vinden,' zei Jeremy Sommers terwijl hij afscheid nam.

De volgende dag, opgefrist na een droomloze nacht en een uitgebreid bad om zich te ontdoen van de hinderlijke laag zout die op zijn ziel gekleefd zat, maar nog altijd met onzekere tred door de gewenning aan het varen, ging Jacob Todd de deur uit om door de haven te gaan wandelen. Hij liep rustig de hoofdstraat door, die parallel aan de zee en zo dicht langs het water liep dat hij nat werd gespetterd door de golven, dronk een paar borrels in een bar en at in een eettentje op de markt. Hij had Engeland verlaten in de ijskoude februariwinter en was, na het oversteken van een eindeloze leegte van water en sterren, waarin hij zelfs de tel was kwijtgeraakt van zijn vroegere liefdes, aangekomen op het zuidelijk halfrond aan het begin van een nieuwe meedogenloze winter. Hij had er voor zijn vertrek niet aan gedacht zich over het klimaat te informeren. Hij had zich Chili warm en vochtig als India voorgesteld, want zo dacht hij dat arme landen waren, en nu zag hij zich overgeleverd aan de genade van een ijzige wind die langs zijn botten schraapte en wervelingen van zand en vuil veroorzaakte. Hij verdwaalde meerdere keren in de kronkelige straten, liep alsmaar rondjes, om weer uit te komen waar hij was begonnen. Hij liep omhoog door met eindeloze trappen geplaagde steegjes met bizarre, in de lucht hangende huizen, terwijl hij netjes probeerde niet door de ramen andermans huiselijkheid te bekijken. Hij kwam op romantische, Europees uitziende, met kiosken gekroonde pleintjes, waar militaire kapellen muziek voor geliefden speelden, en liep door schuchtere, door ezels vertrapte plantsoentjes. Aan weerszijden van de hoofdstraten groeiden fiere bomen, die werden gevoed door stinkend water dat via een open geul uit de bergen naar beneden stroomde. In de winkelstraten waren de Engelsen zo nadrukkelijk aanwezig dat je er als het ware de lucht van een andere breedtegraad inademde. Van verscheidene winkels waren de uithangborden in het Engels en zijn landgenoten liepen gekleed zoals in Londen, met dezelfde zwarte grafdelversparaplu's. Hij had nog maar nauwelijks de straten in het centrum achter zich gelaten, of de armoede trof hem als een slag in het gezicht; de mensen zagen er ondervoed en slaperig uit, hij zag soldaten in versleten uniformen en bedelaars bij de kerkdeuren. Om twaalf uur 's middags begonnen eenstemmig de kerkklokken uit te zwaaien en op hetzelfde moment hield het gedruis op: de voorbijgangers bleven staan, de mannen namen hun hoed af, de weinige zichtbare vrouwen knielden en iedereen sloeg een kruis. Het beeld duurde twaalf klokslagen en meteen werd de bedrijvigheid op straat weer hervat alsof er niets gebeurd was.

De Engelsen

Het door Sommers gestuurde rijtuig kwam een halfuur te laat bij het hotel. De koetsier had aardig wat alcohol achterovergeslagen, maar Jacob Todd was niet in de positie om te kiezen. De man reed hem richting zuiden. Het had een paar uur geregend en de straten waren op sommige plaatsen onbegaanbaar geworden, waar plassen water en modder de dodelijke valstrikken verhulden van kuilen die een onoplettend paard konden opslokken. Langs de straat stonden kinderen met spannen ossen te wachten, klaar om voor een geldstuk de vastgelopen rijtuigen te bevrijden, maar ondanks zijn troebele dronkenmansblik wist de koetsier de plassen te ontwijken en al snel begonnen ze een berg op te rijden. Aangekomen op Cerro Alegre, waar het merendeel van de buitenlandse gemeenschap woonde, kwam er een kentering in de aanblik van de stad en verdwenen de lagergelegen hutjes en huurkazernes. Het rijtuig stopte voor een landhuis van forse afmetingen maar met een geteisterd uiterlijk, een misbaksel met pretentieuze hoge torens en overbodige trappen, opgericht tussen de niveauverschillen van het terrein en verlicht met zoveel fakkels dat de nacht was teruggeweken. Een inheemse huisknecht in een te grote livrei kwam de deur opendoen, nam zijn jas en hoed aan en bracht hem naar een riant vertrek, ingericht met meubels van goede makelij en enigszins theatrale, groenfluwelen gordijnen, vol versiersels, zonder een centimetertje leegte om het oog rust te gunnen. Hij veronderstelde dat in Chili, net als in Europa, een kale wand beschouwd werd als een teken van armoede, en kwam pas veel later uit die waan, toen hij de sobere huizen van de Chilenen bezocht. De schilderijen hingen voorover zodat ze van benedenaf te zien waren, en het oog verloor zich in het halfduister van de hoge plafonds. De grote, brandende open haard met dikke houtblokken en diverse kolenkachels verspreidden een ongelijkmatige warmte, die voor bevroren voeten en een koortsig hoofd zorgde. Er waren iets meer dan een dozijn volgens de Europese mode geklede mensen en verscheidene bedienden in uniform die met dienbladen rondgingen. Jeremy en John Sommers kwamen aangelopen om hem te begroeten.

'Ik zal je voorstellen aan mijn zus Rose,' zei Jeremy, hem naar de achterkant van de zaal leidend.

En vervolgens zag Jacob Todd rechts naast de open haard de vrouw zitten die zijn zielsrust zou ondermijnen. Rose Sommers overdonderde hem meteen, niet zozeer omdat ze mooi was, als wel omdat ze zo zelfverzekerd en vrolijk was. Ze had niets van de ruwe uitbundigheid van de kapitein of de ergerlijke plechtstatigheid van haar broer Jeremy, ze was een vrouw met een sprankelende gelaatsuitdrukking, alsof ze voortdurend op het punt stond in een kokette lach uit te barsten. Wanneer ze dat deed, verscheen er een netwerk van fijne rimpeltjes rond haar ogen, en om de een of andere reden was dat het wat Jacob Todd het meest aantrok. Hij kon haar leeftijd niet inschatten, tussen de twintig en de dertig misschien, maar hij veronderstelde dat ze er over tien jaar nog hetzelfde zou uitzien, want ze had een goed lijf en de houding van een koningin. Ze zag er prachtig uit in een tafzijden, perzikkleurige jurk en droeg, op eenvoudige koralen oorbellen na, geen juwelen. De basisetiquette gebood dat hij zich beperkte tot het suggereren van een kus op haar hand, zonder die met de lippen aan te raken, maar hij was helemaal van zijn stuk ge-

31

bracht en zonder te weten hoe, drukte hij er een kus op. Die begroeting bleek zo ongepast dat ze gedurende een eeuwigheid in het ongewisse verkeerden, hij haar hand vasthoudend alsof hij een zwaard omklemde en zij kijkend naar het spoor van speeksel zonder dat ze het durfde afvegen om het bezoek niet te ontrieven, totdat een als een prinsesje gekleed meisje hen onderbrak. Dat haalde Todd uit zijn verdwaasdheid, en toen hij overeind kwam, zag hij dat de gebroeders Sommers een zeker schertsend gebaar uitwisselden. In een poging te doen alsof er niets aan de hand was, wendde hij zich met overdreven aandacht tot het meisje, vastberaden haar voor zich te winnen.

'Dit is Eliza, onze beschermelinge,' zei Jeremy Sommers.

Jacob Todd beging zijn tweede blunder.

'Hoezo, beschermelinge?' vroeg hij.

'Dat wil zeggen dat ik niet bij deze familie hoor,' legde Eliza geduldig uit, op een toon van iemand die een zwakzinnige toespreekt.

'O nee?'

'Als ik me slecht gedraag, sturen ze me naar de rooms-katholieke nonnen.'

'Hoe kom je erbij, Eliza! Let maar niet op haar, Mr. Todd. Kinderen verzinnen rare dingen. Natuurlijk hoort Eliza bij onze familie,' viel Miss Rose haar in de rede, terwijl ze opstond.

Eliza had die dag samen met Mama Fresia het eten bereid. De keuken was op de binnenplaats, maar Miss Rose had hem middels een afdak met het huis laten verbinden om de pijnlijke situatie te voorkomen dat de borden koud of met duivenpoep bespat zouden worden opgediend. Dat door vet en roet van het fornuis zwart geworden vertrek was het onbetwistbare domein van Mama Fresia. Katten, honden, ganzen en kippen liepen er naar eigen goeddunken rond over de ongeboende, natuurstenen vloer; daar stond de hele winter de inmiddels stokoude geit te herkauwen die Eliza gezoogd

32

had en die niemand durfde te slachten, omdat het zoiets zou zijn als moedermoord. Het meisje hield van de geur van het ongebakken brood in de bakvormen, wanneer de gist zuchtend in een geheimzinnig proces het deeg luchtig maakte; de geur van geklopte, gebrande suiker om taarten te versieren; die van in melk smeltende brokken chocola. De woensdagavonden waarop de bijeenkomsten waren, poetsten de dienstmeisjes, twee inheemse tieners die in het huis woonden en werkten in ruil voor eten, het zilver, streken de tafelkleden en wreven de glazen op. Op het middaguur stuurden ze de koetsier naar de banketbakker om lekkernijen te kopen, bereid met recepten die al sinds de koloniale tijd strikt geheimgehouden werden. Mama Fresia maakte van deze gelegenheid gebruik om aan een paardentuig een leren zak met verse melk te hangen, die door het heen en weer draven in boter veranderde.

Om drie uur 's middags riep Miss Rose Eliza naar haar kamer, waar de koetsier en de valet een bronzen badkuip met leeuwenpoten neerzetten, die de dienstmeisjes met een laken voerden en vulden met warm water, geparfumeerd met munten rozemarijnblaadjes. Rose en Eliza spetterden in het bad als kleine kinderen, tot het water afkoelde en de dienstmeisjes terugkwamen met hun armen vol kleding om ze te helpen bij het aantrekken van de kousen en rijglaarsjes, de halflange onderbroeken, batisten hemden, dan een onderrok met heupvulling om de slanke taille te accentueren, vervolgens drie gesteven onderrokken en tot slot de jurk, die hen helemaal bedekte en alleen het hoofd en de handen vrij liet. Miss Rose droeg bovendien nog een stijf baleinkorset, dat zo strak zat dat ze niet diep kon ademen of haar armen boven haar schouders uit tillen; ze kon zich evenmin alleen aankleden of bukken, want dan braken de baleinen en staken als naalden in haar lichaam. Dat was het enige bad in de week, een ceremonie die alleen te vergelijken was met het haren wassen op zaterdag, wat met een willekeurige smoes kon worden nagelaten, omdat men dat beschouwde als slecht voor de gezondheid. Doordeweeks ging Miss Rose spaarzaam om met zeep, liever wreef ze zich in met een in melk gedoopte spons en verfriste ze zich met eau de toilette met vanillegeur, zoals naar ze gehoord had sinds de tijd van Madame de Pompadour in Frankrijk in de mode was; Eliza kon haar blindelings in een menigte mensen herkennen aan haar typische toetjesgeur. Na haar dertigste had ze nog altijd de doorschijnende en tere huid die sommige jonge Engelse meisjes hebben voordat hij door het wereldse licht en hun eigen verwaandheid perkament is geworden. Ze verzorgde haar uiterlijk met rozen- en citroenwater om de huid te bleken, hamamelishoning om hem zacht te maken, kamille om het haar te blonderen en een verzameling exotische balsems en lotions die haar broer John uit het Verre Oosten had meegenomen, waar naar zijn zeggen de mooiste vrouwen van het universum woonden. Ze bedacht jurken die geïnspireerd waren op de Londense tijdschriften en maakte die zelf in haar naaikamertje; met veel intuïtie en vindingrijkheid combineerde ze nieuwe kleding met dezelfde linten, bloemen en veren, die jaren meekonden zonder dat ze er ouderwets uitzagen. Ze droeg geen zwarte doek om zich mee te bedekken wanneer ze de deur uit ging, zoals de Chileense vrouwen – onzin vond ze die gewoonte –, maar verkoos haar korte capes en haar hoedencollectie, al keek men op straat naar haar alsof ze een courtisane was.

Blij om eens een nieuw gezicht te zien op de wekelijkse bijeenkomst, vergaf Miss Rose Jacob Todd zijn ongepaste kus en nam hem aan de arm mee naar de ronde tafel die in een hoek van de salon stond. Ze liet hem uit verschillende dranken kiezen, erop aandringend dat hij haar mistella zou proeven, een merkwaardig brouwsel van kaneel, brandewijn en suiker, dat hij niet weg kreeg en stiekem in een bloempot goot. Daarna stelde ze hem voor aan de aanwezigen: Mr. Appelgren, een meubelfabrikant, in gezelschap van zijn dochter, een fletse en schuchtere jonge vrouw; Madame Colbert, directrice van een Engelse meisjesschool; Mr. Ebeling, eigenaar van de beste winkel voor mannenhoeden met zijn vrouw, die zich op Todd stortte om hem naar nieuwtjes over de koninklijke familie te vragen alsof het haar eigen familieleden betrof. Ook leerde hij de chirurgen Page en Poett kennen.

'Deze artsen opereren met chloroform,' lichtte Miss Rose bewonderend toe.

'Hier is het nog iets nieuws, maar in Europa heeft het een omwenteling teweeggebracht in de geneeskunde,' legde een van de chirurgen uit.

'Ik geloof dat het in Engeland regelmatig wordt toegepast in de verloskunde. Had koningin Victoria er niet gebruik van gemaakt?' voegde Todd toe om maar iets te zeggen, daar hij van het onderwerp niets wist.

'Er is hier veel tegenstand van de katholieken. Volgens de bijbel is de vrouw gedoemd te baren met pijn, Mr. Todd.'

'Is dat niet oneerlijk, heren? De man is gedoemd zich in het zweet te werken, maar in deze salon bijvoorbeeld verdienen de heren hun brood met het zweet van anderen,' reageerde Miss Rose terwijl ze plotseling rood aanliep.

De chirurgen glimlachten ongemakkelijk, maar Todd bekeek haar gefascineerd. Hij had de hele avond aan haar zijde willen blijven, ondanks het feit dat je op een bijeenkomst in Londen na een halfuurtje behoorde te vertrekken, zoals Jacob Todd zich herinnerde. Hij merkte dat hier de mensen van plan leken langer te blijven en veronderstelde dat het sociale circuit wel erg beperkt moest zijn en deze wekelijkse bijeenkomst bij de Sommers misschien wel de enige was. Dit zat hij zich af te vragen, toen Miss Rose het muzikale amusement aankondigde. De dienstmeisjes haalden extra kandelaars, die de zaal hel verlichtten, zetten stoelen om een piano, een vihuela en een harp, de vrouwen gingen in een halve cirkel zitten en de mannen gingen erachter staan. Een heer met dikke wangen ging achter de piano zitten en aan zijn beulenvingers ontsproot een bekoorlijke melodie, terwijl de dochter van de meubelfabrikant een oude Schotse ballade vertolkte met zo'n voortreffelijk stemgeluid dat Todd haar angstige muizengezichtje geheel vergat. De directrice van de meisjesschool droeg een nodeloos lang heldendicht voor; Rose zong ondanks de duidelijke afkeuring van Jeremy Sommers twee schelmenliederen in duet met haar broer John, en wilde vervolgens dat Jacob Todd hen onthaalde op iets uit zijn repertoire. Dat gaf de gast de gelegenheid om zijn goede stem te laten horen.

'U bent een ware aanwinst, Mr. Todd! We zullen u niet laten gaan. U bent ertoe veroordeeld elke woensdag te komen!' riep ze uit toen het applaus was verstomd, zonder te letten op de onnozele gelaatsuitdrukking waarmee de gast haar bekeek.

Todd voelde de suiker op zijn tanden plakken en zijn hoofd tolde, hij wist niet of het alleen kwam door de bewondering voor Rose Sommers of ook door de genuttigde drankjes en de stevige Cubaanse sigaar die hij samen met kapitein Sommers had gerookt. In dat huis kon men geen glas of bord weigeren zonder te beledigen; spoedig zou hij ontdekken dat dat kenmerkend was voor heel Chili, waar gastvrijheid zich uitte in het verplichten van de genodigden om veel meer te eten en te drinken dan een mens kon hebben. Om negen uur werd het diner aangekondigd en liepen ze in een stoet naar de eetkamer, waar hun nog eens een reeks stevige gerechten en nieuwe nagerechten wachtte. Omstreeks middernacht gingen de vrouwen van tafel en praatten verder in de salon, terwijl de mannen in de eetkamer cognac dronken en rookten. Toen Todd al bijna van zijn stokje ging, begonnen de gasten eindelijk om hun jassen en rijtuigen te vragen. De Ebelings, die levendig geïnteresseerd waren in de zogenaamde evangelische zending op Vuurland, boden aan hem naar zijn hotel te brengen. Hij ging er meteen op in, angstig bij het idee dat hij in het pikkedonker door die nachtmerrieachtige straten terug moest met de dronken koetsier van de Sommers. De reis leek eeuwig te duren, hij voelde zich niet in staat zijn aandacht bij het gesprek te houden, het duizelde hem en zijn maag lag ondersteboven.

'Mijn vrouw is in Afrika geboren, ze is een dochter van zendelingen die daar het ware geloof verspreiden; we weten hoeveel offers het vraagt, Mr. Todd. We hopen dat u ons het voorrecht verleent u te helpen met uw nobele werk onder de inlanders,' zei Mr. Ebeling plechtig bij het afscheid.

Die nacht kon Jacob Todd de slaap niet vatten. Het beeld van Rose Sommers jaagde hem meedogenloos op en voor het aanbreken van de dag nam hij het besluit haar serieus het hof te gaan maken. Hij wist niets van haar, maar dat interesseerde hem niet, misschien was hij voorbestemd om een weddenschap te verliezen en helemaal in Chili terecht te komen, alleen om zijn toekomstige echtgenote te leren kennen. Hij zou er de volgende dag mee begonnen zijn, maar kon niet uit bed komen omdat hij door hevige krampen werd overvallen. Zo lag hij daar een dag en een nacht, soms buiten bewustzijn en af en toe in doodsstrijd, tot hij erin slaagde zijn krachten te bundelen om naar de deur te kruipen en om hulp te roepen. Op zijn verzoek liet de hoteldirecteur de familie Sommers, de enige bekenden van hem in de stad, waarschuwen en riep een kamerjongen om de kamer schoon te maken, die stonk als een mestvaalt. Jeremy Sommers meldde zich om twaalf uur 's middags bij het hotel, in gezelschap van de beroemdste aderlater van Valparaíso, die enige kennis van het Engels bleek te bezitten en hem uitlegde, na hem bloed uit benen en armen te hebben afgetapt tot hij uitgeput was, dat alle buitenlanders die voor het eerst in Chili kwamen, ziek werden.

'Er is voor zover ik weet geen reden om u ongerust te maken, er gaan maar heel weinig mensen aan dood,' stelde hij hem gerust.

Hij gaf hem kinine op een paar flinterdunne stukjes rijstpapier, maar hij kon ze niet innemen, dubbelgevouwen van de misselijkheid. Hij was in India geweest en kende de symptomen van malaria en andere tropische ziekten die met kinine te behandelen waren, maar deze kwaal leek daar in de verste verte niet op. De aderlater was nog niet weg of de kamerjongen was er alweer om de doeken mee te nemen en de kamer opnieuw schoon te maken. Jeremy Sommers had de gegevens achtergelaten van de artsen Page en Poett, maar er was geen tijd om ze te halen, want twee uur later verscheen er een struise vrouw in het hotel die de zieke wilde zien. Ze had een in blauw fluweel gekleed meisje aan de hand, met witte rijglaarsjes en een met bloemen geborduurde bonnet, als een sprookjesfiguur. Het waren Mama Fresia en Eliza, gestuurd door Rose Sommers, die zeer weinig vertrouwen had in aderlatingen. De twee vielen zo zelfverzekerd de kamer binnen dat de verzwakte Jacob Todd niet durfde protesteren. De een kwam als wonderdokter en de ander als tolk.

'Mijn mamita zegt dat ze uw pyjama gaat uittrekken. Ik zal niet kijken,' verklaarde het meisje, en ze ging met haar gezicht naar de muur staan terwijl de indiaanse hem in twee halen uitkleedde en helemaal begon in te smeren met brandewijn.

Ze legden warme bakstenen in zijn bed, wikkelden hem in dekens en gaven hem met een theelepeltje een met honing gezoet, bitter kruidenaftreksel te drinken dat de pijnen van de indigestie moest verzachten.

'Nou gaat mijn mamita met de ziekte *keuvelen*,' zei het meisje.

'Wat is dat?'

'Wees niet bang, het doet geen pijn.'

Mama Fresia sloot haar ogen en begon met haar handen over zijn bovenlichaam en buik te strijken onder het prevelen van toverspreuken in de Mapuche-taal. Jacob Todd voelde dat hij werd overmand door een ondraaglijke slaperigheid en voordat de vrouw klaar was, lag hij in een diepe slaap en merkte niet meer dat zijn twee verpleegsters weggingen. Hij sliep achttien uur aan één stuk en werd badend in het zweet wakker. De volgende ochtend kwamen Mama Fresia en Eliza terug om hem opnieuw een krachtige massage en een kop kippenbouillon te geven.

'Mijn mamita zegt dat u nooit meer water moet drinken. Drink alleen flink warme thee en u mag geen fruit eten, want dan zult u weer dood willen,' vertaalde het meisje.

Toen hij na een week weer kon opstaan en in de spiegel keek, begreep hij dat hij met dit gezicht niet bij Miss Rose kon aankomen: hij was een aantal kilo's lichter, was uitgemergeld en kon geen twee passen zetten zonder zich buiten adem in een stoel te laten vallen. Toen hij in staat was om haar een briefje te sturen om haar te bedanken dat ze hem het leven gered had, en chocolaatjes voor Mama Fresia en Eliza, vernam hij dat ze met een vriendin en haar dienstmeisje op een, gezien de slechte toestand van de weg en het weer, gevaarlijke reis naar Santiago was vertrokken. Miss Rose legde het vierendertig mijl lange traject eens per jaar af, altijd aan het begin van de herfst of midden in de lente, om naar het theater te gaan, naar goede muziek te luisteren en haar jaarlijkse inkopen te doen in het Gran Almacén Japonés, dat met jasmijn geparfumeerd was en verlicht met gaslampen met roze glazen bollen, waar ze niemendalletjes kocht die in de havenstad moeilijk te krijgen waren. Dit keer had ze echter een goede reden om in de winter te gaan: ze zou model staan voor een portret. De beroemde Franse schilder Monvoisin was op uitnodiging van de regering in het land om school te maken onder de Chileense kunstenaars. De meester schilderde alleen het gezicht, de rest liet hij over aan zijn assistenten, en om tijd te winnen werd het kant er zelfs gewoon op geplakt, maar ondanks deze oplichterspraktijken gaf niets zoveel aanzien als een door hem gesigneerd portret. Jeremy Sommers moest en zou er een van zijn zus hebben voor in de salon. Het schilderij kostte zes ounces goud en nog eens een voor elke hand, maar in een geval als dit speelde geld geen rol. De kans om een authentiek werk van de grote Monvoisin te krijgen deed zich geen twee keer voor in een mensenleven, zo zeiden zijn klanten.

'Als de kosten geen probleem vormen, wil ik dat hij me met drie handen schildert. Het zal zijn beroemdste schilderij worden en uiteindelijk in een museum komen te hangen, in plaats van boven onze schouw,' zei Miss Rose.

Het was het jaar van de overstromingen, die werden bijgeschreven in de schoolboeken en in het geheugen van de ouderen. De zondvloed maakte honderden huizen met de grond gelijk en toen eindelijk de storm ging liggen en het water begon te zakken, vernietigde een reeks lichte aardschokken, die aanvoelden als een bijlslag van God, wat al door de plensbuien week geworden was. Plunderaars liepen door het puin en profiteerden van de chaos om huizen leeg te roven, en soldaten kregen instructie om zonder omkijken mensen te executeren die ze betrapten op dergelijke vergrijpen. Ze kregen echter de smaak te pakken en begonnen sabelhouwen uit te delen omdat ze het leuk vonden het gekerm te horen, en het bevel moest worden ingetrokken voordat ze ook onschuldigen zouden afmaken. Jacob Todd, die in zijn hotel zat opgesloten om te genezen van een verkoudheid en nog zwak was van de week van krampen, bracht de uren door in wanhoop over het onophoudelijk luiden van de kerkklokken die opriepen tot boetedoening, de krant lezend en op zoek naar gezelschap om te kaarten. Hij ging er even uit om naar de apotheek te gaan voor een tonicum om de maag te sterken, maar de winkel bleek een wanordelijk hok, tot de nok toe gevuld met stoffige blauwe en groene glazen flesjes, waar een Duitse bediende hem schorpioenolie en wormenessence aanbood. Voor het eerst vond hij het erg zo ver van Londen te zijn.

's Nachts kon hij nauwelijks slapen door het gebral en de ruzies van dronkenlappen en door de begrafenissen, die tussen twee en drie uur plaatsvonden. De gloednieuwe begraafplaats lag boven op een berg, uitkijkend over de stad. Door de storm werden er gaten geslagen en rolden graftombes van de hellingen naar beneden in een wirwar van knekels die alle gestorvenen op hetzelfde niveau van onwaardigheid bracht. Velen zeiden dat de doden tien jaar geleden beter af waren, toen invloedrijke mensen in kerken, armen in ravijnen en vreemdelingen op het strand begraven werden. Dit is een bizar land, besloot Todd, met een zakdoek voor zijn gezicht geknoopt omdat de wind de misselijkmakende stank van het onheil meevoerde, die door de autoriteiten werd bestreden met grote eucalyptusvuren. Zodra hij zich beter voelde, ging hij naar buiten om naar de processies te kijken. Normaal gesproken kwamen ze onopgemerkt voorbij, want elk jaar werden ze weer hetzelfde opgevoerd tijdens de zeven dagen van de Goede Week en bij andere religieuze feesten, maar bij deze gelegenheid veranderden ze in massale ceremonies om de hemel te smeken om het einde van de storm. Lange rijen gelovigen kwamen de kerk uit, aangevoerd door in het zwart geklede herenbroederschappen die op draagbaren de in schitterende, met goud en edelstenen versierde kleding gehulde heiligenbeelden droegen. Een groep droeg een gekruisigde Christus met de doornenkroon om zijn nek. Ze legden hem uit dat het de Mei-Christus was, die speciaal voor de gelegenheid uit Santiago was gehaald, omdat het het meest wonderdadige beeld ter wereld was, het enige dat het weer kon veranderen. Tweehonderd jaar geleden had een hevige aardbeving de hoofdstad met de grond gelijkgemaakt, en de hele Iglesia de San Agustín was ingestort, behalve het altaar waar dat Christusbeeld stond. De kroon gleed van het hoofd naar de hals, waar hij nu nog steeds hing, want elke keer als ze probeerden hem op zijn plaats te zetten, kwam er weer een aardbeving. De processies brachten ontelbare monniken en nonnen op de been, door het vele vasten krachteloze begijnen, nederig volk dat luidkeels bad en zong, boetelingen in ruwe, wijde gewaden en geselaars die zich op de blote rug sloegen met leren zwepen met zeer scherpe, metalen rozetten aan het uiteinde. Sommigen vielen flauw en werden verzorgd door vrouwen die de open wonden schoonmaakten en hun te drinken gaven, maar ze waren nog niet bijgekomen of ze werden alweer de processie in geduwd. Er kwamen rijen indianen langs die zichzelf in krankzinnige overgave geselden, en muziekkorpsen die religieuze hymnen speelden. Het gemurmel van klaaglijke gebeden leek een wildwaterstroom en de vochtige lucht stonk naar wierook en zweet. Er waren processies van weelderig, doch in het zwart en zonder juwelen geklede aristocraten, en andere van in lompen gehuld gepeupel op blote voeten, die elkaar kruisten op hetzelfde plein zonder elkaar aan te raken of zich te vermengen. Naarmate ze voortschreden, werd het gejammer luider en werden de betuigingen van vroomheid intenser; de gelovigen jankten smekend om vergeving van hun zonden, er zeker van dat het slechte weer de goddelijke straf was voor hun fouten. De boetelingen stroomden toe, de kerken konden het niet bolwerken en er werden rijen priesters opgesteld onder kraampjes en paraplu's om de biecht af te nemen. Voor de Engelsman was het een boeiend spektakel, op geen van zijn reizen had hij zoiets exotisch en tegelijkertijd naargeestigs meegemaakt. Gewend aan de protestantse soberheid, leek het hem alsof hij midden in de Middeleeuwen was beland; zijn vrienden in Londen zouden hem nooit geloven. Zelfs op veilige afstand kon hij het beven voelen van een primitief, lijdend beest dat in golven door de mensenmassa heen ging. Met moeite klom hij op de sokkel van een monument op het pleintje, tegenover de Iglesia de la Matriz, vanwaar hij een goed overzicht had over de menigte. Plotseling voelde hij dat ze aan zijn broekspijpen trokken, hij keek naar beneden en zag een geschrokken meisje, met een hoofddoek en een met bloed en tranen besmeurd gezicht. Hij schoof abrupt opzij, maar het was al te laat, ze had zijn broek al vuil gemaakt. Hij vloekte en wilde haar met gebaren wegsturen, aangezien hij niet de juiste woorden kon vinden om het in het Spaans te doen, maar was stomverbaasd toen zij in perfect Engels terugzei dat ze verdwaald was en of hij haar misschien naar huis kon brengen. Toen bekeek hij haar beter.

'Ik ben Eliza Sommers. Kent u mij nog?' stamelde het meisje.

Profiterend van het feit dat Miss Rose in Santiago aan het poseren was voor het portret en dat Jeremy Sommers die dagen zelden thuis was omdat de kelders van zijn kantoor waren ondergelopen, had ze het zich in het hoofd gezet om naar de processie te gaan en zo lopen zeuren bij Mama Fresia dat de vrouw uiteindelijk had toegegeven. Haar bazen hadden haar verboden over katholieke of indiaanse rituelen te praten in bijzijn van het meisje, en al helemaal haar ze te laten zien, maar ook zij wilde ontzettend graag ten minste één keer in haar leven de Mei-Christus zien. Broers en zus Sommers zouden er nooit achter komen, concludeerde ze. Zo gingen ze dus getweeën stilletjes het huis uit, liepen te voet de berg af, stapten op een kar die hen dicht bij het plein afzette en sloten zich aan bij een groep boetedoende indianen. Alles zou volgens plan verlopen zijn als Eliza niet in het rumoer en het gewoel van die dag de hand van Mama Fresia had losgelaten, die dat, aangestoken door de collectieve hysterie, niet in de gaten had. Ze begon te schreeuwen, maar haar stem ging verloren in het gejammer van de gebeden en de treurige tamboers van de broederschappen. Ze zette het op een rennen om haar kindermeid te zoeken, maar alle vrouwen leken op elkaar onder de donkere omslagdoeken, en haar voeten gleden uit op het met modder, kaarsvet en bloed bedekte plaveisel. Spoedig voegden de groepen zich samen in een grote massa die zich voortsleepte als een gewond dier, terwijl de klokken als een dolle klingelden en de scheepshoorns in de haven loeiden. Ze wist niet hoe lang ze verlamd had gestaan van angst, voordat ze langzaam aan de dingen in haar hoofd weer op een rijtje kreeg. Intussen was de processie tot rust gekomen, iedereen zat geknield en op een podium tegenover de kerk droeg de bisschop in eigen persoon een gezongen mis op. Eliza dacht erover op weg te gaan naar Cerro Alegre, maar ze was bang dat de duisternis haar zou overvallen voordat ze thuis zou zijn, ze was nog nooit alleen het huis uit gegaan en wist de weg niet. Ze besloot zich niet te verroeren tot die rumoerige menigte uiteen zou gaan, misschien dat Mama Fresia haar dan zou vinden. Op dat moment viel haar blik op een lange man met rood haar die aan het monument op het plein hing en ze herkende de zieke die zij met haar kindermeid had verzorgd. Zonder aarzelen baande ze zich een weg naar hem toe.

'Wat doe jij hier? Ben je gewond?' riep de man uit.

'Ik ben verdwaald. Kunt u me naar huis brengen?'

Jacob Todd maakte met zijn zakdoek haar gezicht schoon en inspecteerde haar even om vast te stellen dat ze geen zichtbare verwondingen had. Hij concludeerde dat het bloed van de geselaars moest zijn.

'Ik breng je naar het kantoor van Mr. Sommers.'

Zij smeekte hem echter dat niet te doen, want als haar beschermer te weten zou komen dat ze bij de processie geweest was, zou hij Mama Fresia ontslaan. Todd ging op zoek naar een huurrijtuig, dat op dat moment niet makkelijk te vinden was, terwijl het meisje zwijgend meeliep zonder zijn hand los te laten. Voor het eerst in zijn leven voelde de Engelsman een rilling van tederheid voor dat kleine en warme handje dat zijn hand stevig omklemde. Af en toe keek hij tersluiks naar haar, ontroerd door dat kinderlijke gezichtje met de donkere, amandelvormige ogen. Eindelijk vonden ze een door twee muilezels voortgetrokken kar en de voerman ging ermee akkoord ze voor het dubbele van de normale prijs bergop te rijden. Ze legden in stilte de reis af en een uur later zette Todd Eliza voor haar huis af. Ze zei hem gedag en bedankte hem, maar vroeg hem niet om binnen te komen. Hij zag haar weglopen, klein en kwetsbaar, tot op haar voeten bedekt met de zwarte omslagdoek. Ineens draaide het meisje zich om, rende op hem toe, sloeg haar armen om zijn nek en drukte een kus op zijn wang. Bedankt, zei ze nogmaals. Jacob Todd keerde met dezelfde kar terug naar zijn hotel. Af en toe betastte hij zijn wang, verrast door het liefdevolle en droevige gevoel dat het meisje hem gaf.

De processies waren goed om het collectieve berouw aan te wakkeren en tevens, zo kon Jacob Todd zelf vaststellen, om de regens te stoppen en zo nog eens de fantastische reputatie van de Mei-Christus te bevestigen. In minder dan achtenveertig uur klaarde de hemel op en verscheen er een waterig zonnetje, dat een optimistische noot bracht in het concert van ellende van die dagen. Door het noodweer en de epidemieën gingen er in totaal negen weken voorbij voordat de bijeenkomsten op woensdag bij de Sommers hervat werden, en nog eens een aantal weken voordat Jacob Todd tegenover Miss Rose zijn liefdesgevoelens durfde te laten doorschemeren. Toen het er eindelijk van was gekomen, deed ze alsof ze het niet gehoord had, maar omdat hij bleef aandringen, kwam ze met een overdonderend antwoord.

'Het enige goede aan trouwen is weduwe worden,' zei ze.

'Een echtgenoot siert altijd, hoe onnozel die ook is,' sprak hij haar tegen, zonder zijn goede humeur te verliezen.

'Dat geldt niet voor mij. Een echtgenoot zou een blok aan mijn been zijn en me niets kunnen geven wat ik niet al heb.'

'Kinderen, misschien?'

'Hoe oud denkt u eigenlijk dat ik ben, Mr. Todd?'

'Niet ouder dan zeventien!'

'Laat me niet lachen. Gelukkig heb ik Eliza.'

'Ik ben vasthoudend, Miss Rose, ik geef me nooit gewonnen.'

'Daar ben ik u dankbaar voor, Mr. Todd. Het is niet de echtgenoot die siert, maar veel pretendenten.'

In ieder geval was Miss Rose de reden waarom Jacob Todd veel langer in Chili bleef dan de drie maanden die waren vastgesteld om zijn bijbels te verkopen. De Sommers waren zijn ideale sociale contact, dankzij hen gingen de deuren van de welvarende buitenlandse gemeenschap, die bereid was hem te helpen bij zijn zogenaamde religieuze zending naar Vuurland, wijd voor hem open. Hij nam zich voor een en ander te leren over de Patagonische indianen, maar na een slaperige blik geworpen te hebben op een paar vervelende bibliotheekboeken, zag hij in dat het niet uitmaakte er al dan niet iets over te weten, want de onwetendheid hieromtrent was algemeen. Hij kon volstaan met datgene te zeggen wat de mensen horen wilden en daarvoor vertrouwde hij op zijn welbespraaktheid. Om de lading bijbels te slijten aan potentiële Chileense klanten moest hij aan zijn povere Spaans werken. Vanwege de twee maanden die hij in Spanje had gewoond en zijn goede gehoor slaagde hij erin het sneller en beter te leren dan veel Britten die al twintig jaar eerder in het land waren aangekomen. In het begin hield hij zijn te liberale politieke ideeën voor zich, maar hij merkte dat ze hem op elke sociale bijeenkomst met vragen bestookten en dat hij altijd omringd werd door een groep verblufte toehoorders. Zijn uiteenzettingen over de afschaffing van de slavernij, gelijkheid en democratie schudden die beste mensen wakker uit een diepe slaap, gaven aanleiding tot eindeloze discussies tussen de mannen en uitroepen van afschuw onder de dames op leeftijd, maar hadden een onweerstaanbare aantrekkingskracht op de jongere. De algemene opinie bestempelde hem als getikt en zijn opruiende ideeën werden grappig gevonden; zijn moppen over de Britse koninklijke familie vielen echter in zeer slechte aarde bij de leden van de Engelse gemeenschap, voor wie koningin Victoria, net als God of het Rijk, onaantastbaar was. Van zijn bescheiden, doch niet onaanzienlijke inkomen kon hij een redelijk comfortabel leven leiden zonder ooit echt gewerkt te hebben, zodat hij werd ingedeeld bij de categorie edellieden. Zodra ze ontdekten dat hij vrijgezel was, waren er meisjes op huwbare leeftijd te over die hun uiterste best deden hem te strikken, maar na Rose Sommers te hebben leren kennen had hij geen oog meer voor andere vrouwen. Duizendmaal vroeg hij zich af waarom de jonge vrouw alleen bleef en het enige antwoord dat er in die rationele agnosticus opkwam, was dat de hemel het zo met haar bedoeld had.

'Tot wanneer blijft u me treiteren, Miss Rose? Bent u niet bang dat ik het zat word u achterna te zitten?' grapte hij tegen haar.

'U wordt het niet zat, Mr. Todd. De kat achternazitten is veel leuker dan hem vangen,' antwoordde zij.

De welsprekendheid van de nepzendeling was iets nieuws in dat milieu, en zodra men te weten kwam dat hij de Schrift grondig had bestudeerd, gaven ze hem het woord. Er was een kleine, door het katholieke gezag als verkeerd beschouwde anglicaanse Kerk, maar de protestantse gemeenschap kwam ook bijeen bij mensen thuis. 'Waar zie je nou een kerk zonder maagden en duivels? Al die buitenlanders zijn heidenen, ze geloven niet in de paus, weten niet hoe ze moeten bidden, zitten altijd maar te zingen en gaan niet eens ter communie,' mompelde Mama Fresia, die geschokt was toen de zondagsdienst in huize Sommers werd gehouden. Todd had een korte lezing voorbereid over de uittocht van de joden uit Egypte, om meteen daarop te verwijzen naar de situatie van de immigranten, die zich net als de joden in de bijbel moesten aanpassen in een vreemd land, maar Jeremy Sommers stelde hem voor aan het gezelschap als zendeling en vroeg hem te spreken over de indianen op Vuurland. Jacob Todd wist niet eens waar het gebied lag of waarom het die tot de verbeelding sprekende naam had, maar slaagde erin de toehoorders tot tranen te roeren met het verhaal over drie wilden die door een Engelse kapitein waren gevangen om meegenomen te worden naar Engeland. In minder dan drie jaar gingen de drie arme stakkers die naakt in de ijzige kou woonden en er kannibalistische gewoonten op na hielden, vertelde hij, keurig gekleed, waren ze goede christenen geworden en hadden beschaafde gebruiken aangeleerd, ze verdroegen zelfs het Engelse eten. Hij zei er echter niet bij dat ze na terugkomst in hun land meteen weer terugvielen in hun oude gewoonten, alsof ze nooit in aanraking geweest waren met Engeland of het woord van Jezus. Op voorstel van Jeremy Sommers werd er meteen een collecte gehouden voor het werk van de geloofsverspreiding, met zoveel succes dat Jacob Todd de dag erna een rekening kon openen in het filiaal van de London Bank in Valparaíso. De rekening werd wekelijks gespekt met bijdragen van de protestanten en groeide ondanks de regelmatige overschrijvingen van Todd om zijn eigen uitgaven te bekostigen wanneer zijn inkomen niet toereikend was. Hoe meer geld er binnenkwam, hoe talrijker de hindernissen werden, en de excuses om de evangelische zending uit te stellen. Zo gingen er twee jaar voorbij.

Jacob Todd ging zich zo op zijn gemak voelen in Valparaíso dat het leek alsof hij er geboren was. Chilenen en Engelsen hadden verscheidene karaktertrekken gemeen: ze losten alles op met behulp van vertegenwoordigers en advocaten; ze waren tot in het absurde verknocht aan traditie, vaderlandse symbolen en ingesleten gewoonten; ze lieten zich erop voorstaan individualisten te zijn en tegenstanders van groot vertoon, wat ze afdeden als een teken van sociaal arrivisme; ze leken vriendelijk en beheerst, maar waren tot grote wreedheid in staat. De Chilenen hadden echter, anders dan de Engelsen, een afkeer van excentriciteit en hun grootste angst was voor schut te staan. Als ik perfect Spaans zou spreken, bedacht Jacob Todd, zou ik me helemaal thuis voelen. Hij had zijn intrek genomen in het pension van een Engelse weduwe die katten onderdak verleende en de befaamdste taarten van de havenstad bakte. Hij sliep met vier katten in bed, in beter gezelschap dan ooit tevoren, en at dagelijks als ontbijt de appetijtelijke taarten van zijn gastvrouw. Hij legde contact met Chilenen uit alle lagen van de bevolking, van de eenvoudigste, die hij leerde kennen tijdens zijn omzwervingen door de achterbuurten bij de haven, tot de meest verwaande. Jeremy Sommers droeg hem voor bij de Club de la Unión, waar hij als introducé werd toegelaten. Alleen buitenlanders van erkende maatschappelijke betekenis konden zich op een dergelijk voorrecht beroemen, het betrof namelijk een enclave van grootgrondbezitters en conservatieve politici, bij wie het belang van de leden aan de achternaam werd afgemeten. Dankzij zijn behendigheid met kaarten en dobbelstenen gingen er deuren voor hem open; hij verloor met zoveel charme dat maar weinigen in de gaten hadden hoeveel hij wel niet won. Zo raakte hij bevriend met Agustín del Valle, eigenaar van landbouwgronden in de streek en van kudden schapen in het zuiden, waar hij nog nooit een voet had gezet, want daarvoor had hij de opzichters die hij uit Schotland had laten overkomen. Door die vriendschap kreeg hij de gelegenheid de sobere landhuizen van Chileense adellijke families te bezoeken, vierkante en donkere gebouwen met grote, bijna lege, grof ingerichte vertrekken met zware meubels, naargeestige armkandelaars en een hofhouding van bloedende kruisbeelden, gipsen maagden en als vroegere Spaanse edelen geklede heiligenbeelden. Het waren naar binnen gekeerde, van de buitenwereld afgesloten huizen met zware en onbehaaglijke, hoge ijzeren traliehekken, maar met koele galerijen en binnenplaatsen vol jasmijnen, sinaasappelbomen en rozenstruiken.

Bij het aanbreken van de lente nodigde Agustín del Valle de Sommers en Jacob Todd uit op een van zijn landgoederen. De weg ernaartoe bleek een nachtmerrie: een ruiter te paard zou er zo'n vier tot vijf uur over doen, maar de karavaan van de familie met gasten vertrok vroeg in de ochtend en kwam pas 's avonds laat aan. De Del Valles verplaatsten

zich met ossenwagens, waarin ze tafels en pluchen divans zetten. Erachter liepen een stoet muilezels met de bagage en
dagloners te paard, gewapend met primitieve donderbussen
om zich tegen struikrovers te verdedigen, die meestal verscholen in de bochten in de bergen zaten te wachten. Bij de
op de zenuwen werkende traagheid van de dieren kwamen
nog de kuilen in de weg waarin de wagens bleven steken en
de vele rustpauzes, tijdens welke de bedienden in een zwerm
vliegen de etenswaren uit de hoge manden serveerden. Todd
wist niets van landbouw, maar één blik was voldoende om te
zien dat op die vruchtbare grond alles in overvloed groeide;
het fruit viel van de bomen en verrotte op de grond zonder
dat iemand de moeite nam het op te rapen. Op het landgoed
kwam hij dezelfde levensstijl tegen die hij jaren geleden in
Spanje had gezien: een grote familie die bijeengehouden werd
door ingewikkelde bloedbanden en een onwrikbare erecode.
Zijn gastheer was een machtige en feodale patriarch die met
ijzeren vuist het lot van zijn nakomelingen bepaalde en zelfin-
genomen pronkte met zijn komaf, die nog was te herleiden
tot de eerste Spaanse veroveraars. Mijn betovergrootvaders,
zo vertelde hij, liepen meer dan duizend kilometer gehuld in
zware ijzeren harnassen, trokken over bergen, rivieren en
door de droogste woestijn op aarde om de stad Santiago te
stichten. Onder zijn soort mensen gold hij als een symbool
van gezag en fatsoen, maar daarbuiten stond hij te boek als
een heerszuchtige wellusteling. Hij had een schare bastaard-
kinderen en de slechte reputatie verscheidene pachters uit de
weg te hebben geruimd tijdens zijn legendarische driftbuien,
maar over die doden werd, evenmin als over zovele andere
zonden, nooit gesproken. Zijn echtgenote was in de veertig,
maar leek wel een beverig en terneergeslagen oud vrouwtje,
altijd in het zwart gekleed vanwege de vele jonggestorven kinderen en in bedwang gehouden door haar korset, de godsdienst en die echtgenoot die haar toevallig ten deel was gevallen. De zonen brachten hun luie leventje door met naar

de mis gaan, wandelingetjes, middagdutjes, spelen en braspartijen, terwijl de dochters als geheimzinnige nimfen met ruisende onderrokken door vertrekken en tuinen zweefden, altijd onder het toeziend oog van hun gezelschapsdames. Van jongs af waren ze klaargestoomd voor een deugdelijk, gelovig en onzelfzuchtig bestaan; zij waren bestemd voor een verstandshuwelijk en het moederschap.

Op het land woonden ze een stierengevecht bij dat in de verste verte niet leek op het schitterende schouwspel van moed en dood in Spanje; geen fonkelend stierenvechterspak, fanfare, passie en heldendaden, maar een kluitje dronken waaghalzen die het dier treiterden met lansen en scheldwoorden, die al vloekend en schaterlachend op de hoorns werden genomen en in het stof gesmeten. Het gevaarlijkste van het gevecht was het razende en toegetakelde, maar levende dier uit de arena te krijgen. Todd was blij dat ze de stier de ultieme vernedering van een openlijke executie bespaarden, want zijn goede Engelse inborst zag liever de stierenvechter dan de stier doodgaan. 's Middags speelden de mannen *tresillo* en *rocambor*, als prinsen bediend door een waar leger van donkere, nederige bedienden, die hun blikken niet van de grond en hun stemmen niet boven het geroezemoes verhieven. Het leken wel slaven, ook al waren ze dat niet. Ze werkten in ruil voor bescherming, een dak boven hun hoofd en een deel van de oogst; in theorie waren ze vrij, maar aangezien ze geen kant op konden, bleven ze bij hun baas, hoe heerszuchtig die ook was en hoe slecht de omstandigheden ook waren. De slavernij was al meer dan tien jaar geleden geruisloos afgeschaft. De handel in Afrikanen was in deze streken, waar geen grote plantages lagen, nooit lonend geweest, maar niemand had het over het lot van de indianen, die van hun land beroofd en tot grote armoede veroordeeld waren, of over de pachters op het platteland, die net als de dieren met het landgoed werden verkocht en geërfd. Evenmin praatte men over de scheepsladingen Chinese en Polynesische sla ven die bestemd waren voor de guanogebieden op de Chin-cha-eilanden. Als ze niet aan land kwamen, was er niets aan de hand: de wet verbood slavernij op het vasteland, maar zei niets over de zee. Terwijl de mannen zaten te kaarten, zat Miss Rose zich heimelijk te vervelen in het gezelschap van mevrouw Del Valle en haar vele dochters. Eliza daarentegen galoppeerde in het open veld met Paulina, de enige dochter van Agustín del Valle die niet voldeed aan het matte beeld van de andere vrouwen uit die familie. Ze was een aantal jaren ouder dan Eliza, maar die dag hadden ze plezier samen alsof ze van dezelfde leeftijd waren, hun rijdieren de sporen gevend met het haar wapperend in de wind en het gezicht in de zon.

Jongedames

Eliza Sommers was een tenger en klein meisje, met gelaatstrekken zo fijn alsof ze met een kroontjespen getekend waren. In 1845, toen ze dertien jaar werd en zich al voorzichtig
borsten en een taille begonnen af te tekenen, leek ze nog altijd een kind, hoewel in haar gebaren al vaag de gratie zichtbaar werd die haar schoonheid het meest zou gaan bepalen.
Door de onverbiddelijke oplettendheid van Miss Rose werd
haar ruggengraat recht als een speer: ze verplichtte haar
rechtop te blijven zitten met een metalen staaf aan haar rug
bevestigd tijdens de eindeloze uren dat ze moest pianospelen
of borduren. Ze groeide niet veel en behield hetzelfde, be-
drieglijk kinderlijke uiterlijk, dat haar meer dan eens het leven had gered. Ze was eigenlijk nog zo'n kind dat ze tijdens
haar puberteit nog steeds opgerold in haar kinderbedje sliep,
omringd door poppen en zuigend op haar duim. Ze imiteer-
de de lusteloze houding van Jeremy Sommers, omdat ze dacht
dat het een teken was van innerlijke kracht. In de loop der
jaren werd ze het beu te doen alsof ze verveeld was, maar de
oefening droeg bij aan het bedwingen van haar karakter. Ze
hielp de bedienden met hun taken: de ene dag met brood bakken, de andere met het vermalen van maïs, nu eens bij het in
de zon leggen van de matrassen en dan weer bij het koken
van de witte was. Urenlang verslond ze gehurkt achter het
gordijn in de woonkamer een voor een de klassieke werken

53

uit Jeremy Sommers' bibliotheek, de romantische boeken van Miss Rose, verouderde kranten en alle lectuur binnen haar bereik, hoe slecht die ook was. Ze kreeg Jacob Todd zover dat hij haar een van zijn Spaanse bijbels gaf en probeerde die met een engelengeduld te ontcijferen, want ze had onderwijs gehad in het Engels. Met een ziekelijke fascinatie voor de ondeugden en hartstochten van koningen die andermans echtgenotes verleidden, profeten die met vreselijke bliksems straften en vaders die bij hun dochters nageslacht verwekten, ging ze op in het Oude Testament. In de rommelkamer, waar een hoop oude spullen lagen, vond ze landkaarten, reisboeken en navigatiedocumenten van haar oom John, waarmee ze zich een beeld van de wereld kon vormen. De door Miss Rose ingehuurde leraren onderwezen haar Frans, schrijven, geschiedenis, aardrijkskunde en wat Latijn, heel wat meer dan wat de beste meisjesscholen in de hoofdstad erin hamerden, waar je welbeschouwd alleen maar gebeden en goede manieren leerde. Evenals de verhalen van kapitein Sommers gaf het onsystematische en willekeurige lezen haar verbeelding vleugels. Die varende oom kwam thuis met zijn vracht aan cadeautjes en bracht haar fantasie op hol met zijn ongehoorde verhalen over zwarte keizers op massief gouden tronen, Maleisische piraten die in parelmoeren doosjes mensenogen verzamelden, prinsessen die bij de lijkverbranding van hun stokoude echtgenoten meeverbrand werden. Elke keer als hij op bezoek kwam werd alles, van huiswerk tot pianolessen, opgeschort. Het jaar verstreek met wachten op hem en spelden prikken op de landkaart, terwijl ze zich de plekken op volle zee voorstelde waar zijn zeilschip voer. Eliza had weinig contact met andere kinderen van haar leeftijd, ze leefde in de besloten wereld van het huis van haar weldoeners, in de voortdurende waan niet daar, maar in Engeland te zijn. Jeremy Sommers bestelde alles, van zeep tot zijn schoenen, uit een catalogus en droeg luchtige kleren in de winter en een overjas in de zomer, omdat hij zich liet leiden door de kalender van het noordelijk halfrond. Het meisje keek en luisterde aandachtig, ze had een vrolijk en onafhankelijk karakter, vroeg nooit om hulp en had de zeldzame gave zich wanneer ze maar wilde onzichtbaar te maken en te verdwijnen tussen meubels, gordijnen en de bloemen van het behang. De dag dat ze ontwaakte met een roodachtige vlek in haar nachthemd, ging ze naar Miss Rose om haar te vertellen dat ze vanonder leegbloedde.

'Praat hierover met niemand, dit is heel persoonlijk. Je bent nu een vrouw en zo zul je je ook moeten gedragen, het is afgelopen met de kinderstreken. Het wordt tijd dat je naar de meisjesschool van Madame Colbert gaat,' was alles wat haar pleegmoeder in één ademtocht en zonder haar aan te kijken te zeggen had, terwijl ze uit de linnenkast een stuk of twaalf door haarzelf afgebiesde doekjes haalde.

'Nou is het afgelopen met de pret, meisje, je lichaam gaat veranderen, je gedachten raken vertroebeld en elke man kan met je doen waar hij zin in heeft,' waarschuwde later Mama Fresia, voor wie Eliza het nieuwtje niet geheim kon houden. De indiaanse kende planten die de menstruatie voorgoed konden stoppen, maar gaf ze haar niet uit angst voor haar bazen. Eliza nam de waarschuwing serieus en besloot op haar hoede te blijven om te voorkomen dat hij bewaarheid zou worden. Ze wikkelde haar bovenlichaam strak in met een zijden band, ervan overtuigd dat als deze methode al eeuwenlang had gewerkt om de voeten van Chinese vrouwen kleiner te maken, zoals haar oom John zei, er geen reden was waarom haar poging haar borsten plat te maken zou mislukken. Ze nam zich ook voor te gaan schrijven; jarenlang had ze Miss Rose in haar schriften zien schrijven en ze veronderstelde dat ze dat deed om de vloek van de vertroebelde gedachten te bezweren. Wat betreft het laatste deel van de voorspelling – dat elke man met haar zou kunnen doen waar hij zin in had –, daar hechtte ze minder belang aan, omdat ze zich eenvoudigweg niet in de situatie kon verplaatsen dat er in haar toekomst mannen zouden zijn. Het waren allemaal oude mannetjes van minstens twintig; de wereld was gespeend van wezens van het mannelijk geslacht van haar eigen leeftijd. De enigen die ze graag als man zou willen, kapitein John Sommers en Jacob Todd, waren onbereikbaar voor haar, want de eerste was haar oom en de tweede was verliefd op Miss Rose, zoals heel Valparaíso wist.

Toen ze jaren later terugdacht aan haar kindertijd en jeugd, bedacht Eliza dat Miss Rose en Mr. Todd een goed paar gevormd zouden hebben; zij zou de ruwheid van Todd een beetje hebben bijgeschaafd en hij zou haar van de verveling gered hebben, maar de zaken liepen anders. Na verloop van jaren, toen ze allebei al oud en grijs waren en van de eenzaamheid een langdurige gewoonte hadden gemaakt, zouden ze elkaar in Californië onder merkwaardige omstandigheden tegenkomen. Hij zou haar opnieuw met dezelfde intensiteit het hof maken en zij zou hem weer even beslist afwijzen. Maar dat gebeurde allemaal veel later.

Jacob Todd liet geen gelegenheid voorbijgaan om bij de Sommers te komen, er was niemand trouwer en punctueler aanwezig op de bijeenkomsten, niemand aandachtiger wanneer Miss Rose zong met haar krachtige trillers en geen persoon die meer bereid was om haar grapjes te lachen, zelfs om die wrede grappen waarmee ze hem placht te pesten. Ze was iemand vol tegenstellingen, maar was hij dat ook niet? Was hij soms niet een atheïst die bijbels verkocht en de halve wereld om de tuin leidde met het verzinsel over een zogenaamde evangelische zending? Hij vroeg zich af waarom ze nooit getrouwd was, terwijl ze zo aantrekkelijk was; voor een ongehuwde vrouw van haar leeftijd was plek noch toekomst in de maatschappij. In de buitenlandse gemeenschap ging het gerucht over een of ander schandaal in Engeland, jaren terug, en dat zou haar aanwezigheid in Chili als sleutelbewaarster van haar broer verklaren, maar hij verkoos het mysterie boven de zekerheid over iets wat hij misschien niet zou kunnen verdragen en deed nooit navraag naar deze details. Het verleden was niet zo belangrijk, herhaalde hij bij zichzelf. Een kleine tactische fout of misrekening was al genoeg om de reputatie van een vrouw te bezoedelen en haar te verhinderen een goed huwelijk te sluiten. Hij zou er jaren van zijn leven voor gegeven hebben om zijn gevoelens beantwoord te zien, maar zij gaf er geen blijk van te bezwijken voor zijn belagingen, hoewel ze evenmin pogingen ondernam om hem te ontmoedigen; ze schepte genoegen in het spelletje de teugels te laten vieren om ze vervolgens met een ruk weer aan te halen.

'Mr. Todd is een weinig goeds belovende sluwerik met vreemde ideeën, een paardengebit en zweethanden. Met hem zou ik nooit trouwen, al was hij de laatste vrije man in het heelal,' vertrouwde Miss Rose Eliza lachend toe.

Het meisje vond het helemaal geen grappige opmerking. Ze stond bij Jacob Todd in het krijt, niet alleen omdat hij haar gered had bij de processie van de Mei-Christus, maar ook omdat hij het incident had verzwegen alsof het nooit gebeurd was. Ze hield van die vreemde bondgenoot: hij rook naar een grote hond, net als oom John. De goede indruk die ze van hem had, veranderde in oprechte genegenheid toen ze, verscholen achter het zware, groenfluwelen gordijn in de woonkamer, hem met Jeremy Sommers hoorde praten.

'Ik moet een besluit nemen over Eliza, Jacob. Ze heeft geen flauw benul van haar plaats in de maatschappij. De mensen beginnen vragen te stellen en Eliza beeldt zich vast een toekomst in die ze niet zal hebben. Niets is zo gevaarlijk als de duivelse fantasie die schuilt in de vrouwelijke ziel.'

'U moet niet overdrijven, beste vriend. Eliza is nog maar een kind, maar ze is intelligent en zal zeker haar plaats vinden.'

'Intelligentie is voor de vrouw een last. Rose wil haar naar de meisjesschool van Madame Colbert sturen, maar ik ben er geen voorstander van om meisjes zoveel te leren; ze worden onhandelbaar. Ieder zijn plaats, is mijn devies.'

'De wereld verandert, Jeremy. In de Verenigde Staten zijn vrije mannen gelijk voor de wet. De sociale klassen zijn afgeschaft.'

'We hebben het over vrouwen, niet over mannen. De Verenigde Staten zijn bovendien een land van kooplieden en pioniers, zonder traditie of historisch besef. Gelijkheid bestaat nergens, zelfs niet bij dieren en minder nog in Chili.'

'Wij zijn buitenlanders, Jeremy, we brabbelen amper Spaans. Wat geven wij om de Chileense sociale klassen? We zullen nooit thuishoren in dit land...'

'We moeten het goede voorbeeld geven. Als wij Britten niet eens ons eigen huis op orde kunnen houden, wat kunnen we dan van de rest verwachten?'

'Eliza is in deze familie opgegroeid. Ik denk niet dat Miss Rose haar wil wegsturen alleen omdat ze ouder wordt.'

En zo was het inderdaad. Rose bood haar broer het hoofd met haar complete repertoire aan kwalen. Eerst kwamen er krampen en daarna een zorgwekkende migraine, waardoor ze van de ene op de andere dag blind werd. Een aantal dagen lang stond het huis in het teken van rust: de gordijnen werden dichtgedaan, men liep op zijn tenen en er werd gefluisterd. Daar de geur van eten de symptomen verergerde, werd er niet meer gekookt; Jeremy Sommers at in de club en kwam ontredderd en schuchter thuis, als iemand die in het ziekenhuis op bezoek gaat. Door het vreemde soort blindheid en de vele aandoeningen van Rose, evenals het halsstarrige zwijgen van de huisbedienden, werd zijn standvastigheid zienderogen ondermijnd. Tot overmaat van ramp werd Mama Fresia, die op raadselachtige wijze op de hoogte was geraakt van de privégesprekken tussen de broers, een geduchte bondgenoot van haar bazin. Jeremy Sommers beschouwde zichzelf als een ontwikkeld en pragmatisch man, ongevoelig voor de intimidatie van een bijgelovige heks als Mama Fresia, maar toen de

indiaanse zwarte kaarsen aanstak en overal rondliep met sa-
lierook, zogenaamd om de muggen te verjagen, sloot hij zich
op in de bibliotheek, angstig en woedend tegelijk. 's Nachts
hoorde hij haar op blote voeten langs zijn deur schuifelen onder het gedempt neuriën van bezweringen en verwensingen.
Op woensdag trof hij een dode hagedis aan in zijn fles cognac, en besloot eens en voor altijd op te treden. Voor het eerst
klopte hij aan op de kamerdeur van zijn zus en werd toegelaten in dat heiligdom van vrouwengeheimen dat hij liever
meed, net zoals hij het naaikamertje, de keuken, het washok,
de donkere vertrekken op zolder waar de dienstmeisjes sliepen en het hutje van Mama Fresia achter op de binnenplaats
meed; zijn wereld bestond uit de salons, de bibliotheek met
fijngeschuurde mahoniehouten schappen en zijn collectie
jachtprenten, de biljartzaal met de protserige, bewerkte bil-
jarttafel, zijn met Spartaanse soberheid ingerichte kamer en
een kleine ruimte met Italiaanse plavuizen voor zijn persoonlijke hygiëne, waarin hij op een goede dag zo'n modern
toilet uit de New Yorkse catalogi wilde bouwen, omdat hij
gelezen had dat het systeem met kleine po's en het verzamelen van uitwerpselen in emmers om ze als mest te gebruiken,
een bron van ziektekiemen was. Hij moest wachten tot zijn
ogen gewend waren aan het duister, terwijl hij verdwaasd de
geur opsnoof van medicamenten en hardnekkig vanilleparfum. Rose, die uitgemergeld en bleek was en pijn had, was
nauwelijks te ontwaren, op haar rug op het bed zonder kussen gelegen, met haar armen over haar borst gekruist alsof ze
haar eigen dood instudeerde. Naast haar wrong Eliza een
doekje met groenethee-extract uit om op haar ogen te leggen.

'Laat ons even alleen, meisje,' zei Jeremy Sommers, terwijl
hij op een stoel naast het bed ging zitten. Eliza gaf een bescheiden knikje en liep de kamer uit, maar ze kende de zwakke punten van het huis op haar duimpje en met haar oor aan
de dunne scheidingswand gekluisterd kon ze het gesprek, dat

ze later aan Mama Fresia vertelde en in haar dagboek op-
schreef, verstaan.

'Goed, Rose. We kunnen niet op voet van oorlog blijven.
Laten we het eens worden. Wat wil je nou eigenlijk?' vroeg
Jeremy, die zich bij voorbaat gewonnen gaf.

'Niets, Jeremy...' zuchtte ze met nauwelijks hoorbare stem.

'Ze zullen Eliza nooit aannemen op de school van Madame
Colbert. Daar gaan alleen meisjes heen uit de bovenlaag van
de bevolking en uit welgevormde gezinnen. Iedereen weet
dat Eliza geadopteerd is.'

'Ik zal ervoor zorgen dat ze haar aannemen!' riep ze uit
met een voor een stervende onverwachte hartstocht.

'Luister, Rose, Eliza heeft niet meer onderwijs nodig. Ze
moet een vak leren om in haar onderhoud te kunnen voorzien. Wat moet er van haar worden als jij en ik er niet meer
zijn om haar te steunen?'

'Als ze een opleiding heeft, zal ze een goed huwelijk sluiten,' zei Rose, die een groenetheekompres op de grond gooide en rechtop in bed ging zitten.

'Eliza is niet bepaald een schoonheid, Rose.'

'Dan heb je niet goed naar haar gekeken, Jeremy. Ze ziet
er met de dag beter uit, ze wordt mooi, dat verzeker ik je. Ze
zullen voor haar in de rij staan!'

'Een vondeling zonder bruidsschat?'

'Die zal ze hebben,' antwoordde Miss Rose, die wankelend
uit bed stapte en met verward haar en op blote voeten enkele blindemansstapjes zette.

'Hoezo dat? Daar hebben we het nooit over gehad...'

'Omdat het moment nog niet daar was, Jeremy. Een huw-
baar meisje moet juwelen, een uitzet met kleding voor een
aantal jaren en al het nodige voor haar huis hebben, plus een
flinke som geld die de partner kan gebruiken om een zaak op
te zetten.'

'En mag ik weten wat de bijdrage is van de bruidegom?'

'Het huis, en daarbij moet hij de vrouw voor de rest van

haar dagen onderhouden. Maar het duurt in elk geval nog jaren voordat Eliza de huwbare leeftijd heeft en dan zal ze een bruidsschat hebben. John en ik zullen ervoor zorgen dat ze die krijgt, we zullen je geen cent vragen, maar het is het niet waard tijd te verliezen door nu hierover praten. Je moet Eliza beschouwen als je eigen dochter.'

'Dat is ze niet, Rose.'

'Behandel haar dan alsof ze mijn dochter is. Ga je daar dan mee akkoord?'

'Vooruit dan,' bezweek Jeremy Sommers.

De thee bleek wonderbaarlijk te werken. De zieke herstelde helemaal en na achtenveertig uur kon ze weer zien en zag ze er stralend uit. Met een allerliefste welwillendheid wijdde ze zich aan de zorg voor haar broer; ze was nog nooit zo lief en vriendelijk voor hem geweest. Het huis keerde terug naar het normale ritme en vanuit de keuken gingen de heerlijke creoolse gerechten van Mama Fresia, de geurige, door Eliza geknede broden en de verrukkelijke taarten, die de Sommers bij hun gasten zo'n goede naam hadden bezorgd, weer richting eetkamer. Vanaf dat moment wijzigde Miss Rose drastisch haar grillige houding ten opzichte van Eliza en deed met een nooit eerder aan den dag gelegde, moederlijke toewijding haar uiterste best haar voor te bereiden op de school, terwijl ze tegelijkertijd Madame Colbert zodanig begon te belagen dat die zich niet kon verzetten. Ze had besloten dat Eliza een school en een bruidsschat zou hebben en bekend zou staan als een mooie vrouw, ook al was ze dat misschien niet, want schoonheid was, volgens haar, een kwestie van stijl. Iedere vrouw die zich gedraagt met de enorme zelfverzekerdheid van een schoonheid, weet uiteindelijk iedereen ervan te overtuigen dat ze dat ook is, beweerde ze. De eerste stap in Eliza's emancipatie zou een goed huwelijk worden, aangezien het meisje geen oudere broer had die als dekmantel kon fungeren, zoals bij haar het geval was geweest. Zijzelf zag het voordeel van trouwen niet, een echtgenote was ei-

gendom van haar man, met minder rechten dan een bediende of een kind; aan de andere kant echter was een vrouw alleen zonder geld speelbal van de ernstigste vormen van misbruik. Een getrouwde vrouw kon, als ze slim was, de man
tenminste nog om haar vinger winden en met een beetje geluk jong weduwe worden...

'Ik zou met alle plezier mijn halve leven ervoor geven om
dezelfde vrijheid als een man te hebben, Eliza. Maar wij zijn
vrouwen en daar zijn we mooi klaar mee. Het enige wat we
kunnen doen, is ons voordeel halen uit het weinige wat we
hebben.'

Ze vertelde haar niet dat de enige keer dat zij had geprobeerd haar vleugels uit te slaan, ze frontaal op de werkelijkheid was geknald, want ze wilde het meisje niet op subver-
sieve ideeën brengen. Ze was vastbesloten haar een betere
toekomst te geven dan die van haarzelf, ze zou haar leren hoe
ze moest veinzen, manipuleren en listen gebruiken, want dat
was bruikbaarder dan goedgelovigheid, daar was ze zeker van.
Ze sloot zich 's ochtends drie uur en 's middags nog eens drie
met haar op om uit Engeland gehaalde schoolteksten te bestuderen; ze voerde de Franse lessen op met een leraar, omdat geen enkel welopgevoed meisje zonder die taal kon. De
rest van de tijd hield ze persoonlijk toezicht op elk borduur-
steekje van Eliza voor haar uitzet: keurig geborduurde lakens,
handdoeken, tafellinnen en ondergoed, die ze vervolgens in
linnen doeken gewikkeld en met lavendel geparfumeerd op-
borgen in garderobekoffers. Om de drie maanden haalden ze
de inhoud uit de koffers en hingen die in de zon, om zo gedurende de jaren van wachten tot het huwelijk te voorkomen
dat ze aangetast zouden worden door het vocht en de motten. Voor de juwelen van de bruidsschat kocht ze een juwelendoosje en ze gaf haar broer John de opdracht het te vullen met cadeautjes die hij meebracht van zijn reizen. Saffier
uit India, smaragd en amethist uit Brazilië, Venetiaanse gouden kettinkjes en armbanden en zelfs een kleine broche met

diamanten werden in het doosje verzameld. Jeremy Sommers kwam de bijzonderheden niet te weten en wist al die tijd niet hoe zijn broer en zus dergelijke uitspattingen bekostigden.

De pianolessen – nu van een uit België overgekomen leraar, die een rietje gebruikte om de onhandige vingers van zijn leerlingen mee te slaan – werden voor Eliza een dagelijkse martelgang. Ze bezocht ook een school voor stijldansen, en op aanraden van de dansleraar verplichtte Miss Rose haar uren achtereen met een boek op het hoofd te lopen opdat ze recht zou groeien. Ze deed haar huiswerk, haar pianooefeningen en liep ook zonder het boek op het hoofd kaarsrecht, maar 's nachts sloop ze op blote voeten naar de binnenplaats waar de bedienden zaten en dikwijls werd ze, slapend op een strozak met haar armen om Mama Fresia geslagen, door de dageraad verrast.

Twee jaar na de overstromingen was het lot gekeerd en genoot het land mooi weer, rust op politiek gebied en economische welvaart. De Chilenen waren er niet gerust op; ze waren gewend aan natuurrampen en zoveel voorspoed kon de voorbode zijn van een nog grotere ramp. Er werden zelfs nog rijke goud- en zilveraders ontdekt in het noorden. Toen de Spanjaarden tijdens de Verovering Amerika doorkruisten op zoek naar die metalen en alles meenamen wat er op hun weg kwam, werd Chili beschouwd als het einde van de wereld, omdat het vergeleken met de rijkdommen op de rest van het continent erg weinig te bieden had. Tijdens de onvermijdelijke gang over zijn enorme bergen en door de woestijn met het maanlandschap in het noorden, raakte de hebzucht in de harten van die veroveraars uitgeput en als er nog iets van over was, dan zorgden de ongetemde indianen er wel voor dat die veranderde in spijt. De afgematte en arme kapiteins verwensten dat land waar ze nog slechts hun vlaggen konden planten en op hun dood konden gaan wachten, want roemloos terugkeren was erger. Driehonderd jaar later vormden die mijnen, verborgen voor de ogen van de eerzuchtige soldaten uit Spanje en ineens als bij toverslag opgedoken, een onverwachte beloning voor hun nakomelingen. Er kwam nieuw kapitaal, eveneens uit handel en industrie. De oude landadel, die altijd de touwtjes in handen had gehad, voelde zich bedreigd in zijn privileges en minachting voor de nieuwe rijken werd een teken van onderscheid.

Een van die rijke patsers werd verliefd op Paulina, de oudste dochter van Agustín del Valle. Het was Feliciano Rodríguez de Santa Cruz, die dankzij een goudmijn die hij samen met zijn broer exploiteerde binnen een paar jaar rijk geworden was. Van zijn afkomst wist men weinig, behalve dat men vermoedde dat zijn voorouders bekeerde joden waren en dat zijn klinkende christelijke achternaam was aangenomen om de Inquisitie bewijsmateriaal uit handen te nemen, reden genoeg om resoluut van de hand te worden gewezen door de arrogante Del Valles. Jacob Todd verkoos Paulina boven de andere vier dochters van Agustín, omdat haar brutale en vrolijke karakter hem aan Miss Rose deed denken. De jonge vrouw had een oprechte lach, die schril afstak bij de achter waaiers en omslagdoeken verscholen glimlachjes van haar zussen. Toen hij erachter kwam dat de vader haar in een klooster wilde opsluiten om haar liefde te verhinderen, besloot Jacob Todd tegen alle behoedzaamheid in haar te helpen. Voordat ze werd weggebracht, slaagde hij erin onder vier ogen een paar zinnen met haar te wisselen toen haar gezelschapsdame even niet oplette. Zich ervan bewust dat er geen tijd was voor uitleg, haalde Paulina uit haar decolleté een brief die zo vaak was opgevouwen dat het wel een brok steen leek en vroeg hem die bij haar geliefde te laten bezorgen. De dag erop vertrok de jonge vrouw, ontvoerd door haar vader, op een reis van enkele dagen over onmogelijke wegen naar Concepción, een stad in het zuiden in de buurt van de indianenreservaten, waar de nonnen met veel bidden en vasten de taak zouden vervullen haar weer bij zinnen te brengen. Om te vermijden dat ze op het dwaze idee zou komen om zich te verzetten of te vluchten, droeg haar vader hun op haar hoofd kaal te scheren. De non raapte de vlechten op, wikkelde ze in een geborduurde batisten doek en schonk ze aan de begijnen van de Iglesia de la Matriz om ze te gebruiken voor pruiken voor heiligenbeelden. Intussen slaagde Jacob Todd er niet alleen in de brief te overhandigen, maar had hij tevens navraag gedaan bij de broers van het meisje over de exacte ligging van het klooster en gaf de informatie door aan de verdrietige Feliciano Rodríguez de Santa Cruz. Dankbaar haalde de minnaar zijn zakhorloge met massief gouden ketting los en stond erop het aan de weldoende postillon d'amour te geven, wat deze echter beledigd afwees.

'Ik kan u niet betalen voor wat u gedaan hebt,' prevelde Feliciano beduusd.

'Dat hoeft ook niet.'

Een tijdlang hoorde Jacob Todd niets over het onfortuinlijke paar, maar twee maanden later was het smeuïge bericht over de vlucht van de jongedame het onderwerp van gesprek op elke sociale bijeenkomst, en de trotse Agustín del Valle kon niet verhinderen dat er nog schilderachtige details aan toegevoegd werden, die hem compleet belachelijk maakten. De versie die Paulina maanden later aan Jacob Todd vertelde, luidde dat ze op een middag in juni, zo'n winterse middag waarop het miezerde en vroeg donker werd, de bewaking kon misleiden en in een novicenhabijt uit het klooster vluchtte met de zilveren kandelaars van het hoofdaltaar. Dankzij de informatie van Jacob Todd was Feliciano Rodríguez de Santa Cruz naar het zuiden verhuisd en had hij vanaf het begin in het geheim contact met haar onderhouden, de kans afwachtend om elkaar weer te ontmoeten. Die middag wachtte hij dicht bij het klooster op haar, maar toen hij haar zag duurde het enkele seconden voordat hij die halfkale novice herkende, die zich in zijn armen stortte zonder de kandelaars los te laten.

'Je moet niet zo naar me kijken, dat haar groeit wel weer aan,' zei ze terwijl ze hem vol op de lippen kuste.

Feliciano nam haar in een gesloten rijtuig mee terug naar Valparaíso en bracht haar tijdelijk onder in het huis van zijn moeder, die net weduwe was, de eerbiedwaardigste schuilplaats die hij kon bedenken, met de bedoeling om voor zover dat mogelijk was haar eer te beschermen, hoewel op geen enkele wijze te voorkomen was dat ze door het schandaal bezoedeld zouden raken. Als eerste reactie wilde Agustín een duel aangaan met de verleider van zijn dochter, maar toen hij dat wilde doen, hoorde hij dat die op zakenreis was naar Santiago. Vervolgens stortte hij zich op de taak Paulina op te sporen, geholpen door zijn zonen en neven, die gewapend waren en vastberaden de eer van de familie te wreken, terwijl moeder en dochters in koor de rozenkrans baden voor de ontspoorde dochter. De oom die bisschop was en had geadviseerd Paulina naar de nonnen te sturen, probeerde de gemoederen enigszins tot redelijkheid te brengen, maar die protomacho's zaten niet te wachten op preken van een rechtschapen christen. De reis van Feliciano was onderdeel van de strategie die hij met zijn broer en Jacob Todd had uitgedacht. Met stille trom vertrok hij naar de hoofdstad, terwijl de andere twee het actieplan in Valparaíso in werking zetten door in een liberale krant de verdwijning van mejuffrouw Paulina del Valle te publiceren, een bericht waarvan de familie de verspreiding uit alle macht had willen tegenhouden. Zo werd het leven van de twee geliefden gered.

Uiteindelijk zag Agustín del Valle in dat de tijden er niet meer naar waren om de wet te tarten en dat de eer beter gezuiverd kon worden met een openbare bruiloft dan met een dubbele moord. De basis voor een geforceerde vrede werd gelegd en een week later, toen alle voorbereidingen waren getroffen, keerde Feliciano terug. De weglopers meldden zich op het verblijf van de Del Valles, in gezelschap van de broer van de bruidegom, een advocaat en de bisschop. Jacob Todd bleef discreet weg. Paulina verscheen in een zeer eenvoudige jurk, maar toen ze haar sluier afdeed, zagen ze dat ze uitdagend een diadeem als van een koningin droeg. Ze schreed voort aan de arm van haar toekomstige schoonmoeder, die bereid was haar maagdelijkheid te garanderen, maar daarvoor de kans niet kreeg. Aangezien een nieuw bericht in de krant wel het laatste was wat de familie wilde, had Agustín del Valle geen andere keus dan zijn opstandige dochter en haar ongewenste aanstaande te ontvangen. Dat deed hij, omringd door zijn zonen en neven, in de eetzaal, die voor de gelegenheid tot tribunaal was omgebouwd, terwijl de vrouwen van de familie, die in de andere kant van het huis afgezonderd zaten, op de hoogte werden gesteld van de bijzonderheden door de bedienden, die achter de deuren meeluisterden en met elk woord dat ze opvingen naar de andere kant van het huis renden. Ze zeiden dat het meisje verscheen met al die diamanten schitterend tussen de rechtopstaande haren op haar schurftige hoofd en zonder een zweempje bescheidenheid of angst voor haar vader ging staan om te zeggen dat ze nog steeds de kandelaars had, ze had ze eigenlijk alleen meegenomen om de nonnen te pesten. Agustín del Valle hief een paardenzweep op, maar de bruidegom ging voor haar staan om de straf in ontvangst te nemen, waarop de zeer vermoeide, maar niet in zijn gezag aangetaste bisschop tussenbeide kwam met het onweerlegbare argument dat er geen openbare trouwerij kon zijn om de roddels tot zwijgen te brengen als het bruidspaar een beschadigd gezicht zou hebben.

'Vraag of ze ons een kop chocolade brengen, Agustín, en laten we gaan zitten om als fatsoenlijke mensen een gesprek te voeren,' stelde de kerkelijke hoogwaardigheidsbekleder voor.

En zo geschiedde. Zijn dochter en de weduwe Rodríguez de Santa Cruz werd geboden buiten te wachten – dit was een zaak voor mannen – en na meerdere kannen schuimige chocolade te hebben genuttigd bereikten ze een akkoord. Ze stelden een akte op waarmee de financiële bepalingen werden vastgelegd en de eer van beide partijen gered, tekenden in het bijzijn van de notaris en vervolgden met het plannen van de details van de bruiloft. Een maand later woonde Jacob Todd een onvergetelijke avond bij, waarbij de gastvrijheid van de familie Del Valle geen grenzen kende; tot de volgende dag waren er dans, zang en veel eten en de genodigden spraken over de schoonheid van de bruid, het geluk van de bruidegom en de bof van de schoonouders, die hun dochter in de echt verbonden zagen met een degelijk, zij het recentelijk verworven, kapitaal. Onmiddellijk daarna vertrok het echtpaar naar het noorden van het land.

Een slechte naam

Jacob Todd betreurde het vertrek van Feliciano en Paulina. Hij was goed bevriend geraakt met de mijnbouwmiljonair en zijn sprankelende echtgenote. Zo prettig als hij zich voelde tussen de jonge ondernemers, zo ongemakkelijk begon hij zich te voelen tussen de leden van de Club de la Unión. De nieuwe industriëlen waren net als hij doordrongen van Europese denkbeelden, ze waren modern en liberaal, in tegenstelling tot de oude, grondbezittende oligarchie, die een halve eeuw achterbleef. Hij had nog honderdzeventig bijbels onder zijn bed liggen waaraan hij niet eens meer dacht, omdat de weddenschap al een tijd geleden verloren was. Het Spaans beheerste hij inmiddels voldoende om zich zonder hulp te redden en nog altijd was hij, ondanks het feit dat het niet wederzijds was, verliefd op Rose Sommers, twee goede redenen om in Chili te blijven. De voortdurende beledigingen van de jonge vrouw waren een zoete gewoonte geworden en konden hem niet meer krenken. Hij leerde ze met ironie te incasseren en ze zonder kwade bedoelingen terug te kaatsen, als in een balspel waarvan alleen zij tweeën de geheimzinnige regels kenden. Hij kwam in contact met een aantal intellectuelen en discussieerde hele nachten over de Franse en Duitse filosofen, evenals over wetenschappelijke ontdekkingen die nieuwe vooruitzichten boden voor de menselijke kennis. Hij beschikte over lange uren om na te denken, te lezen en te discussiëren. Hij gaf hoog op over ideeën die hij optekende in een dik, door het gebruik versleten schrift, en gaf een groot deel van zijn uitkering uit aan boeken die hij in Londen bestelde en andere die hij in de boekhandel Santos Tornero kocht, in de wijk El Almendral, waar ook de Fransen woonden en het beste bordeel van Valparaíso gevestigd was. De boekhandel was het verzamelpunt voor intellectuelen en aankomende schrijvers. Todd zat vaak dagenlang te lezen, waarna hij de boeken aan zijn kameraden gaf, die ze gebrekkig vertaalden en op bescheiden pamfletten publiceerden die van hand tot hand gingen.

De jongste uit de groep intellectuelen was Joaquín Andieta, nauwelijks achttien jaar oud, die zijn gebrek aan ervaring echter compenseerde met een natuurlijke roeping tot leiderschap. Gezien zijn leeftijd en arme achtergrond was zijn bezielende persoonlijkheid des te opmerkelijker. Deze Joaquín was geen man van veel woorden, maar van daden, een van de weinigen die genoeg duidelijke taal sprak en lef had om de ideeën uit de boeken om te zetten in revolutionaire drang, de rest bleef er liever eindeloos over discussiëren rond een fles drank in de ruimte achter de boekhandel. Vanaf het begin voelde Todd iets speciaals voor Andieta, die jongen had iets verontrustends en aandoenlijks dat hem aantrok. Hij had zijn armzalige koffertje en zijn tot op de draad versleten, als een uienschil zo doorzichtige en tere pak opgemerkt. Altijd als hij zat, hield hij zijn voeten aan de grond, om de gaten in zijn zolen te verbergen; evenmin trok hij zijn jasje uit omdat, zo vermoedde Todd, zijn overhemd vol stopwerk en opgenaaide lappen moest zitten. Een fatsoenlijke overjas had hij niet, maar in de winter was hij de eerste om vroeg op te staan en de straat op te gaan om pamfletten uit te delen en posters te plakken die de arbeiders opriepen in opstand te komen tegen de uitbuiting door hun bazen, of de matrozen tegen hun kapiteins en de rederijen, een vaak zinloze inspanning, daar de meerderheid van degenen voor wie het bedoeld was, analfabeet was. Zijn oproepen tot gerechtigheid waren overgeleverd aan de genade van de wind en de onverschilligheid van de mensheid.

Door middel van voorzichtige naspeuringen ontdekte Jacob Todd dat zijn vriend in dienst was bij de Britse Compagnie voor Import en Export. In ruil voor een hongerloon en een uitputtend werkschema registreerde hij de artikelen die bij het havenkantoor werden binnengebracht. Hij was bovendien verplicht een wit boord en glimmende schoenen te dragen. Hij sleet zijn dagen in een ongeventileerde en slecht verlichte ruimte, waar de bureaus achter elkaar in eindeloze rijen stonden opgesteld en waar dossiermappen en ondergestofte boeken zich opstapelden zonder dat er in jaren iemand naar omkeek. Todd vroeg Jeremy Sommers naar hem, maar deze kon hem niet thuisbrengen; hij zag hem vast elke dag, zei hij, maar hij had geen persoonlijk contact met zijn ondergeschikten en kon ze maar zelden aan hun namen herkennen. Via andere wegen kwam hij te weten dat Andieta bij zijn moeder woonde, maar over zijn vader kon hij niets achterhalen; hij vermoedde dat het een zeeman op doorreis was geweest en zijn moeder een van die onfortuinlijke vrouwen die in geen enkele sociale categorie thuishoorden, misschien een onwettig kind of door haar familie verstoten. Joaquín Andieta had Andalusische gelaatstrekken en de mannelijke gratie van een jonge stierenvechter; alles in hem duidde op onverzettelijkheid, veerkracht, beheersing; zijn bewegingen waren nauwkeurig, zijn blik intens en zijn trots was aandoenlijk. Tegenover de utopische ideeën van Todd stelde hij een keiharde realiteitszin. Todd verkondigde een communautaire maatschappij, zonder priesters of politieagenten, die democratisch werd bestuurd door een enkele en niet voor beroep vatbare morele wet.

'U bent niet van deze wereld, Mr. Todd. We hebben een hoop te doen, het is de moeite niet waard tijd te verliezen met het discussiëren over droombeelden,' viel Joaquín Andieta hem in de rede.

'Maar als we niet beginnen ons een voorstelling te maken van de volmaakte maatschappij, hoe moeten we die dan creëren?' wierp de ander tegen, zwaaiend met zijn steeds dikker wordende schrift, waarbij hij plattegronden had gevoegd van ideale steden waarin elke bewoner zijn eigen voedsel verbouwde en de kinderen, voor wie de gemeenschap zorg droeg, gezond en gelukkig opgroeiden, vanuit de gedachte dat als privébezit niet bestond, men evenmin een beroep kon doen op het hebben van kinderen.

'We moeten de rampzalige situatie verbeteren waarin we ons hier bevinden. Eerst moeten we de arbeiders, armen en indianen inlijven, de boeren land geven en de priesters macht afnemen. De grondwet moet veranderd worden, Mr. Todd. Hier stemmen alleen de landeigenaren, dat wil zeggen dat de rijken regeren. De armen tellen niet mee.'

In het begin bedacht Jacob Todd geforceerde manieren om zijn vriend te helpen, maar al snel moest hij het opgeven omdat zijn initiatieven voor hem beledigend waren. Hij gaf hem wat klussen om een voorwendsel te hebben om hem geld te geven, maar Andieta kweet zich zorgvuldig van zijn taak en weigerde vervolgens ronduit iedere vorm van beloning. Als Todd hem tabak, een glas cognac of tijdens een stormachtige nacht zijn paraplu aanbood, reageerde Andieta met een ijzige arrogantie, waarmee hij de ander ontredderd en soms beledigd achterliet. Nooit liet de jonge man zich iets ontvallen over zijn privéleven of zijn verleden, hij leek kortstondig te incarneren om samen een aantal uren over de revolutie te praten of voor de vurige lezingen in de boekhandel, om na afloop van die avonden weer in rook op te gaan. Hij had niet eens geld om met de anderen naar de kroeg te gaan en weigerde een drankje aan te nemen omdat hij zoiets niet kon teruggeven.

Op een avond kon Todd de onzekerheid niet langer verdragen en volgde hem door de doolhof van straten bij de haven, waar hij zich kon verbergen in het duister van de portiekjes en in de bochten van die absurde steegjes, die naar de mensen zeiden met opzet zo kronkelig waren om te verhinderen dat de duivel zich erin zou begeven. Hij zag hoe Joaquín Andieta zijn broekspijpen opstroopte, zijn schoenen uittrok, ze in krantenpapier wikkelde en zorgvuldig in zijn versleten koffertje stopte, waaruit hij een paar boerenslippers haalde om aan te trekken. Op dat late uur liepen er nog slechts een paar verloren zielen rond, en wat zwerfkatten die in het vuilnis wroetten. Todd voelde zich een dief zoals hij in de duisternis zijn vriend zo goed als op de hielen zat; hij kon zijn onrustige ademhaling en het geluid van zijn handen horen die onophoudelijk langs elkaar wreven in de strijd tegen de priemende, ijzige wind. Zijn stappen voerden hem naar een huurkazerne, waar je binnenging door een van die voor de stad typische smalle steegjes. Een stank van urine en uitwerpselen kwam hem tegemoet; in die wijken kwam de reinigingspolitie met haar lange haken om de afvoer te ontstoppen maar zelden langs. Hij begreep waarom Andieta uit voorzorg zijn enige paar schoenen had uitgetrokken: hij wist niet waarover hij liep, maar zijn voeten zakten weg in een vreselijk stinkende soep. In de maanloze nacht werd het schaarse licht gefilterd door de haveloze blinden voor de ramen die veelal geen glas hadden en dichtgemaakt waren met karton of houten platen. Door de kieren waren binnen armetierige, door kaarsen verlichte kamertjes te ontwaren. De lichte nevel gaf het tafereel een onwerkelijke sfeer. Hij zag Joaquín Andieta een lucifer aansteken die hij met zijn lichaam beschermde tegen de wind, een sleutel pakken en bij het beverige licht van het vlammetje een deur openen. Ben jij het, jongen? Hij hoorde duidelijk een vrouwenstem, helderder en jonger dan verwacht. Meteen ging de deur dicht. Todd bleef lange tijd in het duister naar het hok staan kijken, met een enorm verlangen om op de deur te kloppen, een verlangen dat niet alleen uit nieuwsgierigheid voortkwam, maar ook uit een overweldigende genegenheid voor zijn vriend. Verdomme, ik ben gek aan het worden, mompelde hij uiteindelijk. Hij keerde om en liep naar de Club de la Unión om een glaasje te drinken en de kranten te lezen, maar bedacht zich al voordat hij er aankwam, niet in staat om te worden geconfronteerd met het contrast tussen de armoede die hij net achter zich gelaten had en die salons met leren meubels en kristallen kroonluchters. Hij ging terug naar zijn kamer, verteerd door een vurig medelijden dat veel leek op de koorts die hem tijdens zijn eerste week in Chili bijna naar de andere wereld had geholpen.

Zo stonden de zaken er eind 1845 voor, toen de koopvaardijvloot van Groot-Brittannië in Valparaíso een predikant aanwees om in de geestelijke behoeften van de protestanten te voorzien. De man kwam aan met de bereidheid de katholieken te trotseren, een hechte anglicaanse Kerk te vestigen en een frisse wind door zijn kerkgenootschap te laten waaien. Zijn eerste officiële handeling was het inspecteren van de rekeningen van het zendingsproject op Vuurland, waarvan nergens enig resultaat te bespeuren was. Met de bedoeling de nieuwe dominee de tijd te geven een beetje in te binden, liet Jacob Todd zich door Agustín del Valle op het platteland uitnodigen, maar toen hij twee weken later terugkwam, constateerde hij dat de predikant de zaak nog niet vergeten was. Even kon Todd nog nieuwe smoezen verzinnen om eronderuit te komen, maar uiteindelijk moest hij zich verantwoorden ten overstaan van een auditeur en later voor een commissie van de anglicaanse Kerk. Hij raakte verstrikt in verklaringen die steeds fantastischer werden naarmate de cijfers glashelder de fraude aantoonden. Hij gaf het geld terug dat nog op zijn rekening stond, maar zijn reputatie had een onherstelbare knauw gekregen. De bijeenkomsten op woensdagavond in huize Sommers waren voor hem afgelopen en niemand uit de buitenlandse gemeenschap nodigde hem nog uit; op straat werd hij gemeden en zij die zaken met hem deden, beschouwden die als afgehandeld. Het nieuws over de zwendel bereikte zijn Chileense vrienden, die hem voorzichtig doch beslist aanrieden niet meer op de Club de la Unión te verschijnen, wilde hij een beschamende verwijdering voorkomen. Hij werd niet meer bij cricketwedstrijden en in de bar van Hotel Inglés toegelaten, raakte al snel geïsoleerd, en zelfs zijn liberale vrienden keerden hem de rug toe. De hele familie Del Valle liet hem links liggen, behalve Paulina, met wie Todd een sporadisch briefcontact onderhield.

Paulina had in het noorden haar eerste kind ter wereld gebracht en in haar brieven toonde ze zich tevreden over haar leven als getrouwde vrouw. Feliciano Rodríguez de Santa Cruz, die naar de mensen zeiden steeds rijker werd, was een vrij ongewone echtgenoot gebleken. Hij was ervan overtuigd dat het lef dat Paulina had getoond door uit het klooster te vluchten en haar familie zover te krijgen dat ze met hem mocht trouwen, niet mocht worden verspild aan huishoudelijke taken, maar aangewend moest worden in het voordeel van hen beiden. Zijn vrouw, die als een jongedame was opgevoed, kon nauwelijks lezen of rekenen, maar ze had een ware passie voor zaken ontwikkeld. Aanvankelijk verbaasde Feliciano zich over haar belangstelling om te weten hoe het delven en transporteren van de mineralen precies in hun werk gingen, en voor de schommelingen op de handelsbeurs, maar al gauw leerde hij de buitengewone intuïtie van zijn vrouw respecteren. Met behulp van haar adviezen boekte hij zeven maanden na hun huwelijk grote winsten met de speculatie in suiker. Dankbaar deed hij haar een zilveren, in Peru gemaakt theeservies van negentien kilo cadeau. Paulina, die zich nauwelijks kon bewegen met de dikke buik van haar eerste kind, weigerde het geschenk zonder haar blik op te richten van de oversokken die ze aan het breien was.

'Ik heb liever dat je een rekening opent op mijn naam bij

een Londense bank en er vanaf nu twintig procent van de winsten op stort die ik voor je binnenhaal.'

'Waarvoor? Geef ik je soms niet alles wat je begeert en meer nog dan dat?' vroeg Feliciano beledigd.

'Het leven is lang en vol onverwachte gebeurtenissen. Ik wil nooit een arme weduwe worden, en zeker niet met kinderen,' verklaarde ze, terwijl ze over haar buik streek.

Feliciano liep de kamer uit en sloeg met de deur, maar zijn aangeboren rechtvaardigheidsgevoel was sterker dan zijn slechte humeur van getarte echtgenoot. Die twintig procent zouden bovendien een flinke prikkel zijn voor Paulina, besloot hij. Hij deed wat zij hem vroeg, al had hij nooit gehoord van een getrouwde vrouw met eigen geld. Als een vrouw zich niet eens alleen mocht verplaatsen, wettelijke documenten ondertekenen, een beroep doen op rechtspraak, iets mocht kopen of verkopen zonder toestemming van haar man, mocht ze al helemaal niet beschikken over een eigen bankrekening waarvan ze naar eigen inzicht gebruik kon maken. Het zou moeilijk worden dit de bank en zijn vennoten uit te leggen.

'Ga met ons mee naar het noorden, de toekomst ligt in de mijnbouw en daar kunt u opnieuw beginnen,' stelde Paulina Jacob Todd voor, toen ze tijdens een van haar korte bezoekjes aan Valparaíso te weten kwam dat hij in ongenade was gevallen.

'Wat zou ik daar moeten doen, beste vriendin?' prevelde de ander.

'Uw bijbels verkopen,' grapte Paulina, die echter meteen ontroerd werd door zijn onpeilbare droefheid en hem haar huis, vriendschap en werk in de ondernemingen van haar man aanbood.

Maar Todd was zo ontmoedigd door zijn pech en de publiekelijke schande dat hij de kracht niet kon opbrengen om in het noorden een nieuw avontuur te beginnen. De nieuwsgierigheid en onrust waardoor hij vroeger werd gedreven, waren veranderd in de obsessie de goede naam die hij verloren had te herstellen.

'Ik ben kapot, mevrouw, ziet u dat niet? Een man zonder eer is een dode man.'

'De tijden zijn veranderd,' troostte Paulina hem. 'Vroeger werd de bezoedelde eer van de vrouw alleen met bloed gezuiverd. Maar u ziet wel, Mr. Todd, in mijn geval werd hij gezuiverd met een kan chocolade. De eer van mannen is veel bestendiger dan die van ons. Wanhoop niet.'

Feliciano Rodríguez de Santa Cruz, die zijn bemiddeling ten tijde van zijn gedwarsboomde liefde voor Paulina niet was vergeten, wilde hem geld lenen om het geld voor de zendingen tot de laatste cent terug te betalen, maar Todd besloot dat als hij moest kiezen, hij liever geld verschuldigd was aan een protestantse kapelaan dan aan een vriend, aangezien zijn reputatie toch al verwoest was. Niet lang daarna kon hij ook de katten en de taarten gedagzeggen, want de Engelse weduwe van het pension zette hem onder een eindeloze regen van verwijten de deur uit. De beste vrouw had haar inspanningen in de keuken verdubbeld om de verbreiding van haar geloof in die gebieden van eeuwige winter te financieren, waar dag en nacht een huiveringwekkende wind huilde, zoals Jacob Todd zei, buiten zichzelf van welsprekendheid. Toen ze te weten kwam waar haar spaargeld in handen van de nepzendeling naartoe ging, ontstak ze in gerechtvaardigde woede en gooide hem haar huis uit. Met hulp van Joaquín Andieta, die een nieuw onderdak voor hem zocht, kon hij verhuizen naar een kamertje in een van de povere wijken bij de haven, klein, maar met uitzicht op zee. Het huis was van een Chileense familie en had niet de Europese pretenties van het vorige; het was op de oude manier gebouwd, met witgekalkte adobe en rode dakpannen, bestaande uit een hal bij de ingang, een vrijwel ongemeubileerd, groot vertrek dat diende als woonkamer, eetkamer en slaapkamer van de ouders, een kleiner zonder raam waar de kinderen sliepen en één achterin, dat ze verhuurden. De eigenaar werkte als schoolmeester en zijn vrouw droeg bij aan het budget met ambachtelijke, in de keuken vervaardigde kaarsen. Het huis was doordrongen van de geur van was. Todd rook het zoete aroma in zijn boeken, zijn kleding, zijn haar en zelfs zijn ziel; het was zo in hem gaan zitten dat hij vele jaren later, aan de andere kant van de wereld, nog steeds naar kaarsen zou ruiken. Hij ging alleen geregeld naar de achterbuurten, waar niemand maalde om de goede of slechte reputatie van een buitenlander met rood haar. Hij at in de eettentjes van de armen en zat dagenlang tussen de vissers, ploeterend met netten en bootjes. De lichamelijke inspanning deed hem goed en een paar uur lang kon hij zijn gekrenkte trots vergeten. Alleen Joaquín Andieta bleef hem opzoeken. Ze trokken zich terug om te discussiëren over politiek en om teksten van de Franse filosofen uit te wisselen, terwijl aan de andere kant van de deur de kinderen van de meester rondrenden en de was als een gesmolten gouddraadje langs de kaarsen liep. Hoewel hij ervan op de hoogte moest zijn, gezien het feit dat het schandaal wekenlang hardop was besproken, zinspeelde Joaquín Andieta nooit op het zendingsgeld. Toen Todd wilde uitleggen dat het nooit zijn bedoeling was geweest fraude te plegen en alles het resultaat was geweest van zijn slechte aanleg voor getallen, zijn spreekwoordelijke slordigheid en pech, bracht Joaquín Andieta een vinger naar zijn mond als universeel gebaar tot zwijgen. In een opwelling van schaamte en genegenheid omhelsde Jacob Todd hem onhandig en de ander drukte hem even tegen zich aan, maar maakte zich abrupt weer los, rood tot achter zijn oren. Allebei tegelijk stapten ze verbouwereerd achteruit, zonder te begrijpen waarom ze de elementaire gedragsregel overtreden hadden die lichamelijk contact tussen mannen verbiedt, tenzij in knokpartijen of vechtsporten. De maanden daarna raakte de Engelsman aan lagerwal, hij verzorgde zijn uiterlijk slecht en zwierf vaak rond met een baard

78

van een paar dagen, naar kaarsen en alcohol ruikend. Wanneer hij zich aan de gin te buiten was gegaan, ging hij onophoudelijk en zonder naar adem te happen als een fanaat tekeer tegen regeringen, de Engelse koninklijke familie, militairen en politieagenten, het systeem van klasseprivileges, dat hij met het Indiase kastesysteem vergeleek, godsdienst in het algemeen en het christendom in het bijzonder.

'U moet hier weggaan, Mr. Todd, u bent aan het doordraaien,' waagde Joaquín Andieta hem te zeggen op een dag dat hij hem op een plein uit handen van de politie gered had.

Precies zo, prekend op straat als een krankzinnige, kwam kapitein John Sommers hem tegen, die alweer een paar weken geleden van zijn schoener in de haven aan land was gekomen. Zijn schip was zo afgerost tijdens de overtocht via Kaap Hoorn dat het langdurige reparaties moest ondergaan. John Sommers had een volle maand doorgebracht in het huis van zijn broer Jeremy en zijn zus Rose. Dit deed hem besluiten werk te gaan zoeken op een van de moderne stoomschepen zodra hij naar Engeland zou terugkeren, want de gevangenschap in de kooi van de familie wilde hij niet nog eens meemaken. Hij hield van zijn verwanten, maar hield ze liever op een afstandje. Tot op dat moment had hij zich ertegen verzet om aan stoomschepen te denken, want hij kon zich het avontuur op zee niet voorstellen zonder de uitdaging van de zeilen en het weer, die de kapitein op zijn kwaliteiten beproefden, maar uiteindelijk moest hij toegeven dat de toekomst in de nieuwe, grotere, veiligere en snellere vaartuigen lag. Toen hij merkte dat hij kaal werd, gaf hij het zittende leven daar vanzelfsprekend de schuld van. Al snel woog de verveling hem zwaar als een harnas en ontvluchtte hij het huis om in de haven te gaan wandelen, onrustig als een gekooide tijger. Op het moment dat hij de kapitein herkende, trok Jacob Todd de rand van zijn hoed naar beneden en deed alsof hij hem niet zag om zich een nieuwe vernedering te besparen, maar de zeeman hield hem bruusk tegen en begroette hem met toegenegen schouder-kloppen.

'Laten we een paar borrels gaan nemen, vriend!' en hij sleepte hem mee naar een nabijgelegen bar.

Het bleek een van die uithoeken in de haven te zijn die bij de bewoners bekendstonden vanwege de goede drank, waar bovendien nog een met recht befaamde dagschotel werd geserveerd: gebakken zeepaling met aardappelen en een salade van rauwe ui. Todd, die in die dagen vaak vergat te eten en altijd slecht bij kas zat, snoof de heerlijke geur van het eten op en dacht dat hij van zijn stokje zou gaan. Een golf van dankbaarheid en genot bracht hem de tranen in de ogen. Uit beleefdheid wendde John Sommers zijn blik af terwijl de ander het eten verslond tot op de laatste kruimel.

'Ik heb die toestand met die zending onder indianen nooit een goed idee gevonden,' zei hij, juist toen Todd zich begon af te vragen of de kapitein wist van het geldschandaal. 'Die arme mensen hebben het niet verdiend bekeerd te worden. Wat wilt u nu gaan doen?'

'Ik heb teruggegeven wat er nog op de rekening stond, maar ik ben nog een flink bedrag verschuldigd.'

'En u hebt niets om het af te lossen, nietwaar?'

'Op dit moment niet, maar...'

'Niks te maren. U hebt die goede christenen een reden gegeven om zich deugdzaam te voelen en nu hebt u hun een aanleiding gegeven om zich een flinke poos verontwaardigd te voelen. Ze hebben goedkoop vermaak gekregen. Toen ik u vroeg wat u van plan was te gaan doen, had ik het over uw toekomst, niet over uw schulden.'

'Ik heb geen plannen.'

'Ga met mij mee terug naar Engeland. Hier is voor u geen plaats. Hoeveel buitenlanders wonen er in deze havenstad? Anderhalve man en een paardenkop, en ze kennen elkaar allemaal. Geloof me, ze zullen u niet met rust laten. In Engeland daarentegen kunt u opgaan in de massa.'

Jacob Todd staarde naar de bodem van zijn glas met zo'n vertwijfelde gelaatsuitdrukking dat de kapitein uitbarstte in een van zijn lachsalvo's.

'U gaat me toch niet vertellen dat u hier blijft voor mijn zus Rose!'

Dat was inderdaad zo. De collectieve afwijzing was voor Todd wat draaglijker geweest als Miss Rose een minimum aan loyaliteit of begrip had getoond, maar ze weigerde hem te ontvangen en stuurde de brieven waarmee hij zijn naam probeerde te zuiveren ongeopend terug. Nooit kwam hij te weten dat zijn geschriften nimmer in handen kwamen van de geadresseerde omdat Jeremy Sommers, inbreuk makend op het verdrag van wederzijds respect dat hij met zijn zus had, besloten had haar in bescherming te nemen tegen haar eigen goedhartigheid en te verhinderen dat ze weer eens een onherstelbare dwaasheid beging. De kapitein wist dat evenmin, maar hij had een vermoeden van Jeremy's voorzorgsmaatregelen en kwam tot de conclusie dat hij onder zulke omstandigheden vast hetzelfde had gedaan. De gedachte aan de larmoyante bijbelverkoper als kandidaat voor de hand van zijn zus Rose vond hij verschrikkelijk: voor één keer was hij het helemaal met Jeremy eens.

'Waren mijn plannen met Miss Rose zo duidelijk?' vroeg Jacob Todd ontsteld.

'Laten we zeggen dat ze geen geheim zijn, beste vriend.'

'Ik ben bang dat ik niet de geringste hoop heb dat ze me op een dag zal aanvaarden...'

'Daar ben ik ook bang voor.'

'Zou u me het enorme genoegen kunnen doen voor mij als bemiddelaar op te treden, kapitein? Als Miss Rose me tenminste één keer zou ontvangen, kon ik haar uitleggen...'

'Reken niet op mij als koppelaar, Todd. Als Rose uw gevoelens zou beantwoorden, zou u dat onderhand wel weten. Mijn zus is niet bleu, dat verzeker ik u. En nogmaals, het enige wat u rest is deze ellendige havenstad te verlaten, hier eindigt u uiteindelijk als bedelaar. Over drie dagen vertrekt mijn boot richting Hongkong en van daaruit naar Engeland. Het wordt een lange overtocht, maar u hebt geen haast. Frisse lucht en hard werken zijn feilloze middelen tegen de dwaasheid van de liefde. En dat zeg ik u, die in elke haven verliefd word en terug op zee meteen weer genezen ben.'

'Ik heb geen geld voor het ticket.'

'U zult als matroos moeten werken en 's avonds met mij moeten kaarten. Als u de valsspeeltrucs die u kende toen ik u meenam naar Chili nog niet vergeten bent, zult u me onderweg vast kaalplukken.'

Een paar dagen later scheepte Jacob Todd zich in, armer dan hij gekomen was. De enige die hem naar de kade vergezelde, was Joaquín Andieta. De zwaarmoedige jongeman had een uur vrij gevraagd van zijn werk. Met een stevige handdruk nam hij afscheid van Jacob Todd.

'We zien elkaar weer, vriend,' zei de Engelsman.

'Dat denk ik niet,' antwoordde de Chileen, die beter aanvoelde wat de toekomst in petto had.

De gegadigden

Twee jaar na het vertrek van Jacob Todd voltrok zich de definitieve metamorfose van Eliza Sommers. Van het hoekige insect dat ze in haar kindertijd was, veranderde ze in een meisje met zachte omlijningen en een fijn gezicht. Onder toezicht van Miss Rose liep ze in de lastige puberjaren met een boek balancerend op het hoofd en leerde ze pianospelen, maar tegelijkertijd verbouwde ze inheemse kruiden in het tuintje van Mama Fresia en leerde ze de oude recepten kennen om bekende en nog onbekende kwalen te genezen, met inbegrip van mosterd tegen onverschilligheid voor de dingen van alledag, hortensiablad om gezwellen te laten openbarsten en de lach te herkrijgen, viooltjes om de eenzaamheid te kunnen verdragen en ijzerhard, waarmee ze de soep van Miss Rose kruidde, omdat deze nobele plant werkt tegen humeurige uitvallen. Miss Rose kon de belangstelling die haar beschermelinge voor koken had niet kapot krijgen en berustte er uiteindelijk in haar kostbare uren te zien verspillen tussen de zwarte pannen van Mama Fresia. Culinaire kennis beschouwde ze als slechts een extraatje in de opvoeding van een jonge vrouw, omdat die haar in staat stelde bevelen uit te delen aan de bedienden, zoals zijzelf deed, maar tussen deze kennis en zich bevuilen tussen grote pannen en koekenpannen zat een wereld van verschil. Een dame mocht niet naar knoflook en ui ruiken, maar Eliza vond de praktijk leuker dan de theorie en riep de hulp in van kennissen, op zoek naar recepten die ze overschreef in een schrift en vervolgens, als ze kookte, verbeterde. Ze kon dagen achtereen specerijen en noten staan malen voor taarten of maïs voor creools gebak, tortelduiven schoonmaken om te marineren en fruit om in te maken. Op haar veertiende had ze de schuchtere taartbakkunst van Miss Rose al overtroffen en had ze Mama Fresia's repertoire onder de knie; op haar vijftiende was ze belast met het banket op de woensdagavondbijeenkomsten, en toen de Chileense gerechten geen uitdaging meer waren, kreeg ze belangstelling voor de verfijnde Franse keuken, die Madame Colbert haar bijbracht, en voor de exotische Indiase specerijen die haar oom John vaak meebracht en die ze herkende aan hun geur, hoewel ze de namen niet wist. Wanneer de koetsier bij kennissen van de Sommers een bericht afgaf, overhandigde hij bij de envelop een lekkernij die net uit Eliza's handen was gekomen, die het lokale gebruik om gerechten en toetjes uit te wisselen tot kunst had verheven. Ze was zo toegewijd dat Jeremy Sommers haar zelfs voor zich zag als eigenaresse van een theesalon, een project dat Miss Rose net als alle andere die haar broer voor het meisje bedacht, resoluut van de hand wees. Ze was van mening dat een werkende vrouw, hoe achtenswaardig haar beroep ook was, daalde in stand. Zij beoogde juist een goede man voor haar beschermelinge en had zichzelf twee jaar de tijd gegeven om die in Chili te vinden. Daarna zou ze Eliza meenemen naar Engeland, ze kon niet het risico lopen dat ze twintig jaar zou worden zonder een verloofde te hebben en alleen zou blijven. De kandidaat moest iemand zijn die over haar duistere afkomst heen kon stappen en opgetogen kon raken over haar goede eigenschappen. Bij de Chilenen trouwde de aristocratie tussen neven en nichten, geen denken dus aan, en de middenklasse interesseerde haar niet, ze wilde Eliza geen geldgebrek zien lijden. Af en toe had ze contact met ondernemers uit de handel of de mijnbouw die zaken deden met haar broer Jeremy, maar die liepen achter de namen en familiewapens van de oligarchie aan. Het leek niet erg waarschijnlijk dat ze Eliza zouden zien staan, want lichamelijk had ze maar weinig wat de begeerte kon aanwakkeren: ze was klein en dun, had niet de melkachtige bleekheid of de weelderige boezem en dijen die het modebeeld bepaalden. Haar verborgen schoonheid, de gratie in haar bewegingen en de levendige uitdrukking in haar ogen werden pas in tweede instantie zichtbaar; ze leek wel zo'n porseleinen pop die kapitein John Sommers uit China had meegebracht. Rose zocht een kandidaat die het heldere inzicht van haar beschermelinge kon waarderen, evenals haar standvastige karakter en de vaardigheid situaties naar haar hand te zetten, wat Mama Fresia geluk noemde en zij liever intelligentie; een man met economische solventie en een goed karakter, die haar veiligheid en respect zou bieden, maar die voor Eliza soepel te hanteren zou zijn. Ze was van plan haar te zijner tijd het geraffineerde vak te leren van alledaagse attenties waarmee de man het huiselijke leven leerde koesteren; de techniek van gewaagde liefkozingen om hem te belonen en koppig stilzwijgen om hem te straffen; de geheimen om hem zijn vrije wil te ontnemen, die zij nog niet in praktijk had kunnen brengen, en ook de eeuwenoude kunst van de lichamelijke liefde. Ze had hierover nooit met haar durven praten, maar ze had verschillende boeken achter dubbel slot en grendel verstopt in haar kast liggen, die ze haar zou uitlenen wanneer het moment daar zou zijn. Alles kan schriftelijk worden overgebracht, zo luidde haar theorie, en op theoretisch gebied wist niemand meer dan zij. Miss Rose zou college kunnen geven over alle mogelijke en onmogelijke manieren om de liefde te bedrijven.

'Je moet Eliza wettelijk adopteren, zodat ze onze achternaam krijgt,' eiste ze van haar broer Jeremy.

'Ze heeft hem jaren gedragen, wat wil je nog meer, Rose.'

'Dat ze met opgeheven hoofd kan trouwen.'

'Trouwen? Met wie?'

Miss Rose zei het niet op dat moment, maar ze had al iemand in haar achterhoofd. Het ging om Michael Steward, achtentwintig jaar oud, officier bij de Engelse vloot die in de haven van Valparaíso gekantonneerd was. Via haar broer John had ze uitgezocht dat de zeeman tot een oude familie behoorde. Ze zouden hun oudste zoon en enige erfgenaam niet graag getrouwd zien met een onbekende vrouw zonder kapitaal, uit een land waarvan ze de naam nog nooit gehoord hadden. Eliza moest hoognodig een aantrekkelijke bruidsschat hebben en Jeremy moest haar als dochter aannemen, zo zou haar afkomst in elk geval geen obstakel vormen.

Michael Steward had een atletisch lichaam, een onschuldige blik in zijn blauwe ogen, een blonde snor en bakkebaarden, mooie tanden en een aristocratische neus. Zijn wijkende kin maakte hem minder elegant en Miss Rose hoopte op vertrouwelijke voet met hem te komen zodat ze hem zou kunnen voorstellen een baard te laten staan om die te verdoezelen. Volgens kapitein Sommers was de jongeman een toonbeeld van zedelijkheid, en door zijn onberispelijke staat van dienst was hij verzekerd van een schitterende carrière bij de marine. In de ogen van Miss Rose was het feit dat hij lange tijd achtereen op zee was een enorm voordeel voor degene die met hem trouwde. Hoe langer ze erover nadacht, hoe meer ze ervan overtuigd raakte dat ze de ideale man gevonden had, maar gezien Eliza's karakter zou zij hem niet uit wenselijkheid aanvaarden, ze moest verliefd worden. Er was hoop: de man zag er knap uit in zijn uniform en niemand had hem nog zonder gezien.

'Steward is niet meer dan een sukkel met goede manieren. Eliza zal zich dood vervelen als ze met hem getrouwd is,' was kapitein John Sommers van mening toen ze hem over haar plannen vertelde.

'Alle echtgenoten zijn saai, John. Geen enkele weldenken-

86

de vrouw trouwt om geamuseerd te worden, alleen maar om onderhouden te worden.'

Eliza leek nog altijd een kind, maar haar opleiding was afgerond en spoedig zou ze de huwbare leeftijd bereiken. Er was nog wat tijd te gaan, vond Miss Rose, maar ze moest kordaat te werk gaan om te verhinderen dat een meer uitgekookte meid de kandidaat zou afpakken. Toen het besluit eenmaal was genomen, deed ze haar uiterste best de officier met alle denkbare smoezen te lokken. Ze organiseerde de muziekavonden zo dat ze samenvielen met de keren dat Michael Steward aan land kwam, zonder rekening te houden met de overige deelnemers, die al jaren de woensdag vrijhielden voor die verheven activiteit. Sommigen raakten geïrriteerd en kwamen niet meer. Dat was precies haar bedoeling: zo kon ze de rustige muzikale soirees omtoveren tot vrolijke avondpartijen en de lijst van genodigden vernieuwen met jonge vrijgezellen en huwbare jongedames uit de buitenlandse gemeenschap, in plaats van de zeurderige Ebelings, Scotts en Appelgrens, die zo langzamerhand fossielen werden. De poëzie- en zangvoordrachten maakten plaats voor frivole spelletjes, informele dans, intelligentiespelletjes en charades. Ze organiseerde ingewikkelde landelijke picknicks en strandwandelingen. Ze gingen met koetsen, die 's ochtends vroeg werden voorgegaan door zware karren met leren vloer en een rieten huif en namen bedienden mee om de talloze picknickmanden onder tenten en parasols te zetten. Vóór hen strekten zich weidse vruchtbare valleien met fruitbomen uit, wijngaarden, graan- en maïsvelden, steile kusten waartegen de Stille Oceaan in schuimnevels uiteenspatte, en in de verte het trotse profiel van het besneeuwde Andesgebergte. Op de een of andere manier zorgde Miss Rose ervoor dat Eliza en Steward in dezelfde koets reisden, naast elkaar gingen zitten en spontaan samenspeelden in het balspel en het pantomimespel; bij het kaarten en dominospelen hield ze ze echter gescheiden, want Eliza liet beslist niet zomaar iemand winnen.

'Je moet ervoor zorgen dat de man zich superieur voelt, meisje,' legde Miss Rose geduldig uit.

'Dat kost veel moeite,' antwoordde Eliza onverstoorbaar.

Jeremy kon de stroom geld die zijn zus uitgaf, niet stoppen. Miss Rose kocht stoffen in het groot in en had twee meisjes in dienst die de hele dag nieuwe jurken zaten te naaien, nagemaakt uit de bladen. Ze stak zich meer dan verstandig was in de schulden bij zeelieden uit de smokkelarij zodat het hun niet ontbrak aan parfums, Turkse lippenstift, belladonna en kohl voor een geheimzinnige uitstraling van de ogen en parelcrème om de huid lichter te maken. Voor het eerst had ze geen tijd om te schrijven, druk als ze was met de attenties voor de Engelse officier, inclusief koekjes en conserven om mee te nemen op zee, alles eigengemaakt en in prachtige potjes gepresenteerd.

'Dit heeft Eliza voor u klaargemaakt, maar ze is te verlegen om het u persoonlijk te overhandigen,' zei ze, zonder erbij te vertellen dat Eliza maakte wat er van haar gevraagd werd zonder te informeren voor wie het was, en daarom ook verbaasd was wanneer hij haar bedankte.

Michael Steward was niet ongevoelig voor het verleidingsoffensief. Als man van weinig woorden uitte hij zijn dankbaarheid in korte en stijve brieven op briefpapier van de marine, en wanneer hij aan wal was, kwam hij meestal langs met bloemen. Hij had de bloementaal bestudeerd, maar die fijnzinnigheid liep op niets uit, want noch Miss Rose, noch andere mensen in die contreien zo ver van Engeland hadden ooit gehoord van het verschil tussen een roos en een anjer, en ze hadden al helemaal geen idee van de betekenis van de kleur van de strik. Stewards moeite om bloemen te vinden die geleidelijk dieper van kleur werden, van vaalroze via alle roodschakeringen tot vuurrood, was absoluut vergeefs. Mettertijd slaagde de officier erin zijn verlegenheid te overwinnen, en de pijnlijke zwijgzaamheid die hem in het begin had gekenmerkt, veranderde in een praatzucht waarbij de toehoorders zich opgelaten voelden. Euforisch zette hij zijn morele meningen over pietepeuterigheden uiteen, en meestal verloor hij zich in zinloze uitweidingen over zeestromen en navigatiekaarten. Waar hij echt in uitblonk, waren gevaarlijke sporten, waaruit zijn onverschrokkenheid en gespierdheid bleken. Miss Rose daagde hem uit om hangend aan een tak in de tuin acrobatische voorstellingen te geven en kreeg hem na wat aandringen zelfs zover dat hij hen amuseerde met voetengestamp, kniebuigingen en salto's uit een Oekraïense dans die hij van een andere zeeman geleerd had. Miss Rose klapte overal voor met overdreven enthousiasme, terwijl Eliza zwijgend en ernstig toekeek zonder haar mening te geven. Zo gingen er weken voorbij, terwijl Michael Steward intussen de consequenties wikte en woog van de stap die hij wilde gaan zetten en met zijn vader een briefwisseling onderhield om te overleggen over zijn plannen. Door de onvermijdelijke vertragingen bij de post verkeerde hij maandenlang in het ongewisse. Het betrof de zwaarste beslissing in zijn leven en er was veel meer moed voor nodig hiermee aan de slag te gaan dan om te strijden tegen eventuele vijanden van het Britse Rijk in de Stille Oceaan. Na honderd keer oefenen voor de spiegel lukte het hem eindelijk op een van de muziekavonden zijn reeds tanende moed bijeen te rapen, en zijn stem te bedwingen, die oversloeg van angst, om Miss Rose op de gang te pakken te krijgen.

'Ik moet u onder vier ogen spreken,' fluisterde hij.

Zij leidde hem naar het naaikamertje. Ze voelde al wat ze te horen ging krijgen en werd verrast door haar eigen emoties; ze voelde haar wangen gloeien en haar hart steigeren. Ze stopte een krul terug die uit haar knotje sprong en bette discreet het zweet van haar voorhoofd. Michael Steward bedacht dat hij haar nog nooit zo mooi gezien had.

'Ik denk dat u al wel geraden hebt wat ik u moet zeggen, Miss Rose.'

'Raden is gevaarlijk, Mr. Steward. Ik luister...'

'Het gaat om mijn gevoelens. U weet ongetwijfeld waarover ik het heb. Ik wil u laten zien dat mijn bedoelingen uiterst zuiver en ernstig zijn.'

'Van iemand als u verwacht ik niet anders. Denkt u dat het wederzijds is?'

'Daar kunt u alleen het antwoord op geven,' stamelde de jonge officier.

Ze bleven elkaar aankijken, zij afwachtend met opgetrokken wenkbrauwen en hij bang dat het dak boven zijn hoofd zou instorten. Vastbesloten om tot actie over te gaan voordat de magie van het moment verbroken zou worden, pakte de vrijer haar bij de schouders en boog voorover om haar te kussen. Miss Rose stond als aan de grond genageld van verbazing. Ze voelde de vochtige lippen en de zachte snor van de officier op haar mond, zonder te snappen wat er nou in godsnaam was misgegaan, en toen ze eindelijk in staat was te reageren, duwde ze hem met geweld van zich af.

'Waar bent u mee bezig! Ziet u niet dat ik veel ouder ben dan u!' riep ze uit, haar mond afvegend met de rug van haar hand.

'Wat doet leeftijd ertoe?' hakkelde de officier onthutst, want hij had eigenlijk geschat dat Miss Rose niet ouder was dan een jaar of zevenentwintig.

'Hoe durft u? Hebt u uw verstand verloren?'

'Maar u... U hebt me te kennen gegeven... Zo ver kan ik er toch niet naast zitten?' mompelde de arme man verdwaasd van schaamte.

'Ik wil u voor Eliza, niet voor mijzelf!' riep Miss Rose vol afschuw uit, en ze rende weg om zich op te sluiten in haar kamer, terwijl de ongelukkige kandidaat om zijn mantel en pet vroeg en zonder iemand gedag te zeggen vertrok, om nooit meer in dat huis terug te keren.

Vanuit een hoekje van de gang had Eliza door de halfopenstaande deur van het naaikamertje alles gehoord. Ook zij had zich vergist in de attenties aan het adres van de officier. Miss Rose had zich altijd zo onverschillig betoond tegenover haar aanbidders dat ze haar als een oude vrouw was gaan zien. Alleen de laatste maanden, toen ze haar zich met hart en ziel aan het spel der verleiding had zien wijden, had ze haar fantastische lichaam en lichtende huid opgemerkt. Ze dacht dat ze hopeloos verliefd was op Michael Steward en het was niet in haar opgekomen dat de landelijke lunches onder Japanse parasols en de boterkoekjes tegen zeeziekte een list waren van haar beschermster om de officier te strikken en hem haar op een presenteerblaadje aan te reiken. De gedachte kwam als een vuistslag op haar borst en deed haar adem stokken, want het laatste wat ze wilde op deze wereld, was wel een achter haar rug om gearrangeerd huwelijk. Ze was net bevangen door de bevlieging van de eerste liefde en had met onherroepelijke zekerheid gezworen dat ze niet met een ander zou trouwen.

Eliza zag Joaquín Andieta voor het eerst op een vrijdag in mei 1848, toen hij als begeleider van een door een aantal muilezels getrokken kar boordevol kisten van de Britse Compagnie voor Import en Export bij hun huis aankwam. Er zaten Perzische tapijten, kroonluchters en een verzameling ivoren beeldjes in, een bestelling van Feliciano Rodríguez de Santa Cruz om het landhuis dat hij in het noorden gebouwd had in te richten, zo'n waardevolle lading die in de haven niet veilig was en beter in het huis van de Sommers kon worden opgeslagen totdat hij naar de uiteindelijke bestemming zou worden vervoerd. Als de rest van de reis over land ging, huurde Jeremy gewapende bewakers in om de lading te beschermen, maar in dit geval moest hij hem naar de eindbestemming sturen met een Chileense schoener die binnen een week zou uitvaren. Andieta had zijn enige, donkere en versleten, ouderwetse pak aan, een hoed of paraplu had hij niet bij zich. Zijn lijkbleke gelaatskleur stak af bij zijn vlammende ogen en zijn

zwarte haar glom door het vocht van een van de eerste herfsti-
ge motregens. Miss Rose liep naar buiten om hem te begroeten en Mama Fresia, die de huissleutels altijd aan een
ring om haar middel had hangen, bracht hem naar de achterplaats, waar de opslagruimte was. De jongeman stelde de
havenarbeiders op in een rij en van hand tot hand gaven ze
elkaar de kisten door over de slingerweggetjes van het ruwe
terrein, scheve trapjes, ongelijke terrassen en langs nutteloze prieeltjes. Terwijl hij telde, merkte en notities maakte in
zijn schrift, gebruikte Eliza haar vermogen zich onzichtbaar
te maken om zo lang als ze wilde naar hem te kijken. Ze was
twee maanden geleden zestien geworden en was rijp voor de
liefde. Toen ze de handen met lange vingers vol inktvlekken
van Joaquín Andieta zag en zijn diepe, maar ook heldere en
frisse stem als van een kabbelende rivier hoorde, die bevelen
uitdeelde aan de arbeiders, was ze tot in haar diepste binnenste geroerd, en een geweldig verlangen om naar hem toe
te lopen en hem te ruiken dwong haar uit haar schuilplaats
achter de grote bloembak met palmbomen te komen. Mama
Fresia, die bezig was met de sleutels en stond te mopperen
omdat de muilezels van de kar de oprit hadden bevuild, had
niets in de gaten, maar Miss Rose kon vanuit haar ooghoek
zien hoe het meisje bloosde. Ze hechtte er geen belang aan,
de werknemer van haar broer leek haar een onbeduidende arme drommel, nauwelijks een schaduw in de schaduw van die
bewolkte dag. Eliza verdween naar de keuken en keerde in
een paar minuten terug met glazen en een kan met honing
gezoet sinaasappelsap. Voor het eerst in haar leven was zij,
die jarenlang balancerend met een boek op het hoofd had gelopen zonder erbij na te denken, zich bewust van haar stappen, het wiegen van haar heupen, het schommelen van haar
lichaam, de hoek van haar armen en de afstand tussen schouders en kin. Ze wilde net zo mooi zijn als Miss Rose toen ze
de prachtige jonge vrouw was die haar uit het geïmproviseerde wiegje in de zeepkist uit Marseille redde; ze wilde zin-

gen met de nachtegaalstem waarmee mejuffrouw Appelgren haar Schotse balladen zo zuiver zong; ze wilde dansen met de onmogelijke lichtvoetigheid van haar danslerares en ze wilde ter plekke sterven, verslagen door een gevoel dat snijdend en ontembaar was als een zwaard, dat haar mond met warm bloed vulde en nog voor ze het onder woorden kon brengen op haar drukte met de vreselijke last van de geïdealiseerde liefde. Vele jaren later zou Eliza, tegenover een menselijk hoofd dat werd bewaard in een glazen pot met gin, zich die eerste ontmoeting met Joaquín Andieta herinneren en dezelfde ondraaglijke onrust voelen. Duizendmaal zou ze zich onderweg afvragen of ze de kans had gehad deze overweldigende hartstocht die een wending in haar leven zou betekenen, te ontvluchten, of ze zich misschien gedurende die korte ogenblikken had kunnen omdraaien en ontkomen, maar telkens als ze zichzelf die vraag stelde, kwam ze tot de conclusie dat haar lotsbestemming al sinds het begin der tijden was uitgestippeld. En toen de wijze Tao Chi'en haar inwijdde in de dichterlijke mogelijkheid van reïncarnatie, raakte ze ervan overtuigd dat in hun beider leven zich hetzelfde drama herhaalde: als ze vroeger al duizend keer geboren was en nog duizend keer geboren zou moeten worden in de toekomst, zou ze altijd ter wereld komen met de missie om die man weer op dezelfde wijze lief te hebben. Er was voor haar geen uitweg. Tao Chi'en leerde haar toen de magische formules om de knopen van het karma te ontwarren en zich ervan te bevrijden om bij elke incarnatie weer dezelfde hartverscheurende, onzekere liefde te moeten beleven.

Die dag in mei zette Eliza het dienblad op een bank en bood eerst de arbeiders de verfrissing aan, om tijd te winnen en ondertussen haar knieën te sterken en de stramheid als van een koppige ezel onder controle te krijgen die haar hart verlamde en haar adem afsneed, en daarna aan Joaquín Andieta, die verdiept was in zijn werk en nauwelijks zijn blik oprichtte toen ze hem het glas aanreikte. Daarvoor ging ze zo dicht mogelijk bij hem staan en voelde hoe de wind stond, zodat die het aroma van de man meevoerde van wie onomstotelijk vaststond dat hij de hare was. Met halfgesloten ogen snoof ze de geur van zijn vochtige kleding, goedkope zeep en vers zweet op. Een stroom brandende lava trok door haar heen, haar botten knikten en in een vlaag van paniek dacht ze dat ze werkelijk doodging. Die seconden waren zo intens dat Joaquín Andieta het schrift uit zijn handen liet vallen alsof een onbedwingbare kracht het had weggerukt, terwijl de hitte van het vuur ook hem bereikte en hem met zijn weerschijn brandde. Hij keek Eliza aan zonder haar te zien, het gelaat van het meisje was een bleke spiegel waarin hij zijn eigen beeld dacht te ontwaren. Hij had nauwelijks een vaag idee van de omvang van haar lichaam of de donkere stralenkrans van haar haar, en pas enkele dagen later, bij de tweede ontmoeting, kon hij eindelijk wegzinken in haar zwarte ogen des verderfs en haar bevallige, waterachtige bewegingen. Ze bukten tegelijkertijd om het schrift op te rapen, botsten met hun schouders tegen elkaar en de inhoud van het glas ging over haar jurk.

'Kijk nou wat je doet, Eliza!' riep Miss Rose verontrust uit, want de schok van die plotselinge liefde had ook haar getroffen.

'Ga je maar omkleden en zet die jurk in koud water, kijken of de vlek eruit gaat,' voegde ze er kortaf aan toe.

Eliza verroerde zich echter niet, ze stond bevend aan de ogen van Joaquín Andieta gekluisterd met haar neusgaten wijdopen, openlijk snuivend, tot Miss Rose haar bij de arm pakte en haar mee naar huis voerde.

'Ik zei het je, meisje: elke man, hoe armoedig hij ook is, kan met je doen wat hij wil,' bracht de indiaanse haar die avond in herinnering.

'Ik weet niet waar je het over hebt, Mama Fresia,' antwoordde Eliza.

Die herfstochtend dat ze Joaquín Andieta leerde kennen op de achterplaats bij haar huis, dacht Eliza haar bestemming te hebben gevonden: ze zou voor altijd zijn slavin zijn. Ze had nog niet genoeg levenservaring om te begrijpen wat er gebeurd was, de onrust die haar verstikte onder woorden te brengen of een plan uit te stippelen, maar haar gevoel voor het onontkoombare was juist. Op een onbestemde, maar pijnlijke manier besefte ze dat ze in de val zat, en haar lichamelijke reactie was vergelijkbaar met de pest. Voor ze hem weer zag, vocht ze een week lang tegen krampaanvallen waartegen de wonderkruiden van Mama Fresia en het in kersenlikeur opgeloste arseenpoeder van de Duitse apotheker niets konden uitrichten. Ze verloor gewicht en haar botten werden licht als die van een tortelduif, tot grote schrik van Mama Fresia, die de vensters sloot om te voorkomen dat een zeewind haar zou wegrukken en meevoeren naar de horizon. De indiaanse diende haar allerlei mengsels en toverformules uit haar uitgebreide repertoire toe, maar toen ze begreep dat niets effect had, nam ze haar toevlucht tot de katholieke santenkraam. Ze pakte onder uit haar hutkoffer wat schamel spaargeld, kocht twaalf kaarsen en ging met de pastoor praten. Nadat ze de kaarsen tijdens de hoogmis op zondag had laten zegenen, stak ze er bij elke heilige, acht in totaal, in de zijkapelletjes een op en zette er drie bij de heilige Antonius, schutspatroon van ongehuwde meisjes voor wie geen hoop is, ongelukkig getrouwde vrouwen en andere verloren zaken. De laatste kaars nam ze met een pluk haar en een hemd van Eliza mee naar de best bekendstaande *machi* uit de omgeving. Het was een oude en blindgeboren Mapuche-indiaanse, een tovenares die werkte met witte magie en die beroemd was om haar onherroepelijke voorspellingen en haar kunde om lichamelijke kwalen en geestelijke onrust te genezen. Mama Fresia had gedurende haar tienerjaren als bediende en leerlinge bij deze vrouw gewerkt, maar aangezien ze de gave niet bezat, kon ze niet in haar voetsporen treden, wat ze zo graag gewild had. Er was niets aan te doen: iemand wordt met de gave geboren of niet. Ze wilde het eens aan Eliza uitleggen en het enige wat ze kon bedenken, was dat de gave het vermogen was om te zien wat er achter spiegels lag. Bij gebrek aan dat geheimzinnige talent moest Mama Fresia haar streven om genezeres te worden opgeven en in dienst treden van de Engelsen.

De machi woonde alleen, diep in een bergengte, in een hutje van klei met een rieten dak, dat op instorten leek te staan. Om de woning heen was een chaos van keien, brandhout, planten in potten, broodmagere honden en lelijke grote zwarte vogels die vergeefs in de aarde wroetten op zoek naar iets te eten. Op het pad dat naar het huis liep, verrees een klein woud aan giften en amuletten, dat daar geplant was door tevreden klanten om te bedanken voor de bewezen diensten. De vrouw rook naar een optelsom van alle gerechten die ze in haar leven bereid had, droeg een mantel van dezelfde kleur als de droge aarde van het landschap, liep op blote voeten en smerig rond maar was wel behangen met een overdaad aan goedkope zilveren kettingen. Haar gelaat was een donker, rimpelig masker, met maar twee tanden in haar mond en levenloze ogen. Ze ontving haar vroegere leerlinge zonder tekenen van herkenning, nam de etenswaren en een fles anijslikeur aan, gebaarde haar om tegenover haar te komen zitten en bleef afwachtend zwijgen. In het midden van de hut brandden een paar flikkerende, halfverkoolde stukken hout en de rook trok weg door een gat in het dak. Aan de zwartgeblakerde wanden hingen aardewerken en koperen potten en pannen, planten en een verzameling opgezette enge beesten. De zware geur van gedroogde kruiden en medicinale schors vermengde zich met de ondraaglijke stank van dode dieren. Ze spraken Mapudunge, de taal van de Mapuche-indianen. Gedurende lange tijd luisterde de heks naar Eliza's geschiedenis, van haar komst in de zeepkist uit Marseille tot de huidige crisis. Daarna pakte ze de kaars, het haar en het hemd, en nam afscheid van haar bezoekster met de instructie terug te komen wanneer ze haar betoveringen en waarzeggersrituelen uitgevoerd zou hebben.

'Het is bekend dat niets helpt hiertegen,' deelde ze Mama Fresia twee dagen later mee zodra ze de drempel van haar huisje over was.

'Gaat mijn meisje soms dood?'

'Daar kan ik niets over zeggen, maar dat ze veel moet lijden, dat weet ik wel zeker.'

'Wat is er met haar aan de hand?'

'Een liefdesobsessie. Dat is een zeer hardnekkige kwaal. Ze heeft vast tijdens een heldere nacht het raam open laten staan en toen is het tijdens haar slaap in haar gekropen. Daar kan geen toverformule tegenop.'

Lijdzaam ging Mama Fresia terug naar huis; als de kunst van die wijze machi het lot van Eliza niet kon keren, zouden haar schaarse kennis of de heiligenkaarsen wel helemaal geen zin hebben.

Miss Rose

Miss Rose sloeg Eliza eerder met nieuwsgierigheid dan medeleven gade, want zij kende de symptomen maar al te goed en volgens haar ervaring doven tijd en tegenspoed zelfs het hevigste liefdesvuur. Zij was amper zeventien toen ze hartstochtelijk verliefd werd op een Weense tenor. Ze woonde destijds in Engeland en droomde ervan een diva te worden, ondanks hardnekkige tegenstand van haar moeder en haar broer Jeremy, die sinds de dood van hun vader gezinshoofd was. Geen van beiden achtte operazang een wenselijk beroep voor een jongedame, vooral niet omdat het in theaters, 's avonds laat en in laag uitgesneden jurken werd uitgeoefend. Ze kon evenmin rekenen op steun van haar broer John, die bij de koopvaardij in dienst was getreden en zich amper twee keer per jaar en altijd haastig thuis vertoonde. Hij kreeg het altijd voor elkaar de dagelijkse gang van zaken van het kleine gezin in de war te sturen, uitgelaten en verbrand door de zon uit andere werelddelen en pronkend met een nieuwe tatoeage of litteken. Hij deelde cadeautjes uit, overweldigde hen met zijn exotische verhalen en verdween meteen weer richting de hoerenbuurten, waar hij verbleef tot hij weer uitvoer. De Sommers waren edellieden van het platteland zonder grote ambities. Verscheidene generaties lang hadden ze grond bezeten, maar hun vader, die de domme schapen en armzalige oogsten beu was, beproefde liever zijn geluk in Londen.

Hij hield zo van boeken dat hij in staat was zijn gezin het brood uit de mond te sparen en zich in de schulden te steken om door zijn geliefde auteurs gesigneerde eerste edities te bemachtigen, maar hij miste de hebzucht van de echte verzamelaar. Na vruchteloze pogingen in de handel besloot hij gehoor te geven aan zijn eigenlijke roeping en opende hij een winkel in tweedehands en in eigen beheer uitgegeven boeken. Achter in de boekhandel zette hij een kleine drukpers die hij met twee helpers bediende, en op een vliering in dezelfde ruimte gedijde zeer geleidelijk zijn handeltje in zeldzame banden. Rose was de enige van zijn drie kinderen die in zijn beroep geïnteresseerd was en groot werd met de passie voor muziek en lezen, en als ze niet achter de piano zat of haar vocaliseeroefeningen deed, konden ze haar lezend in een hoekje aantreffen. Hun vader vond het jammer dat alleen zij liefde had voor boeken en niet Jeremy of John, die zijn zaak geërfd zouden hebben. Na zijn dood deden de zonen de winkel en de drukpers in de uitverkoop; John ging de zee op en Jeremy ontfermde zich over zijn moeder en zus. Als werknemer van de Britse Compagnie voor Import en Export beschikte hij over een bescheiden loon en een klein inkomen dat zijn vader had nagelaten, naast de incidentele bijdragen van zijn broer John, die niet altijd in klinkende munt werden geleverd, maar als smokkelwaar. Geschokt hield Jeremy die kisten des verderfs ongeopend op zolder verborgen tot het volgende bezoek van zijn broer, die ervoor zorgde dat de inhoud verkocht werd. Het gezin verhuisde naar een klein en te duur, maar uitstekend gelegen appartement in hartje Londen, omdat ze dat als een investering beschouwden. Ze moesten Rose aan een goede man helpen.

Op zeventienjarige leeftijd begon de schoonheid van het meisje op te bloeien en had ze gegadigden te over met een goede positie die bereid waren uit liefde te sterven, maar terwijl haar vriendinnen druk naar een man zochten, was zij op zoek naar een zangdocent. Zo leerde ze Karl Bretzner kennen, een Weense tenor die in Londen was aangekomen om in verscheidene stukken van Mozart op te treden, die met *Le nozze di Figaro* een hoogtepunt zouden bereiken op de slotavond, bijgewoond door de koninklijke familie. Zijn uiterlijk verried niets van zijn enorme talent: hij was net een slager. Zijn lichaam, met een flinke buik en dunne onderbeentjes, was niet aantrekkelijk en zijn bloedrode gelaat, bekroond met een dos kleurloze krullen, was eerder gewoontjes, maar wanneer hij zijn mond opendeed om met zijn krachtige stem de wereld in verrukking te brengen, werd hij een ander mens: zijn postuur groeide, de dikke buik verdween in zijn brede borstkas en het Teutoonse rode gezicht raakte vervuld van olympisch licht. Zo zag Rose Sommers hem althans, die het klaarspeelde om voor elke voorstelling kaartjes te bemachtigen. Lang voordat het openging kwam ze al aan bij het theater, en de geschokte blikken van de voorbijgangers trotserend, die niet gewend waren een meisje van haar stand alleen te zien, wachtte ze urenlang bij de artiesteningang om een glimp op te vangen van de meester die uit de koets stapte. Op zondagavond zag de man de schoonheid die op straat geposteerd stond en liep op haar toe om haar aan te spreken. Trillend gaf ze antwoord op zijn vragen en bekende hoezeer ze hem bewonderde en ernaar verlangde in zijn voetsporen te treden over de zware, maar goddelijke weg van het belcanto, zo luidden haar woorden.

'Kom na het optreden naar mijn kleedkamer, dan zullen we zien wat ik voor u doen kan,' zei hij met zijn schitterende stem en een zwaar Oostenrijks accent.

Dat deed ze, met haar hoofd in de wolken. Toen de staande ovatie van het publiek was verstomd, nam een door Karl Bretzner gestuurde bode haar mee achter de coulissen. Ze had nog nooit een theater helemaal vanbinnen gezien, maar verspilde geen tijd met het bewonderen van de vernuftige windmachines of de met landschappen beschilderde doeken; haar enige doel was haar idool te leren kennen. Ze trof hem aan in een met goud afgebiesde kamerjas van koningsblauw fluweel, met een nog geschminkt gezicht en een gekunstelde pruik met witte krullen. De bode liet hen alleen en sloot de deur. Het vertrek vol spiegels, meubels en gordijnen rook naar tabak, make-up en schimmel. In een hoek stond een kamerscherm beschilderd met taferelen van blozende vrouwen in een Turkse harem, en aan de wanden hingen op kleerhangers de operakostuums. Toen ze haar idool van dichtbij zag, ebde Rose' enthousiasme even weg, maar al snel heroverde hij het verloren terrein. Hij nam haar handen in de zijne, bracht ze naar zijn lippen en kuste ze langdurig, vervolgens stootte hij een diepe do uit zijn borst die het kamerscherm met odalisken deed wankelen. De laatste bezwaren van Rose brokkelden af als de muren van Jericho in een wolk van stof, die uit de pruik opsteeg toen de zanger hem met een onstuimig en mannelijk gebaar afdeed en op een fauteuil gooide, waar hij levenloos, als een dood konijn, bleef liggen. Zijn haar zat weggestopt onder een stompzinnig netje, dat hem samen met de make-up het uiterlijk gaf van een afgeleefde courtisane.

In dezelfde fauteuil waar de pruik was beland, zou Rose hem twee dagen later haar maagdelijkheid schenken, precies om kwart over drie 's middags. De tenor maakte een afspraakje met haar met de smoes haar die dinsdag een rondleiding te geven in het theater, want er zou geen voorstelling zijn. Ze ontmoetten elkaar stiekem in een banketbakkerszaak, waar hij fijngevoelig genoot van vijf eclairs en twee koppen chocolade, terwijl zij in haar thee roerde die ze van schrik en door de gedachte aan wat er zou gaan gebeuren niet naar binnen kreeg. Meteen daarna gingen ze naar het theater. Op dat tijdstip waren er slechts een paar vrouwen aanwezig om de zaal te poetsen en een verlichter die de olielampen, fakkels en kaarsen gereedmaakte voor de volgende dag. Karl Bretzner, die ervaren was in liefdesperikelen, haalde als bij toverslag een fles champagne te voorschijn en schonk voor beiden een glas in, dat ze in één keer leegdronken op Mozart en Rossini. Vervolgens zette hij de jonge vrouw in de pluchen keizerlijke loge, waar alleen de koning mocht zitten, van boven tot onder versierd met bolwangige cupidootjes en gipsen rozen, en liep naar het podium. Staande op een stuk pilaar van geschilderd karton, verlicht door de zojuist aangestoken fakkels, zong hij speciaal voor haar een aria uit *Il barbiere di Siviglia*, waarin hij met de zachte betovering van zijn stem al zijn vocale behendigheid met eindeloze tierelantijntjes tentoonspreidde. Toen de laatste noot van zijn hommage verstierf, hoorde hij ver weg het snikken van Rose Sommers. Hij rende onverwacht soepel naar haar toe, ging dwars de zaal door, klom in twee sprongen de loge op en viel aan haar voeten op zijn knieën. Buiten adem legde hij zijn grote hoofd in de schoot van de jonge vrouw en begroef zijn gezicht tussen de plooien van haar moskleurige zijden rok. Hij huilde met haar mee, want zonder het te willen was ook hij verliefd geworden; wat begonnen was als een nieuwe vluchtige verovering, was in een paar uur uitgegroeid tot een gloeiende passie.

Rose en Karl stonden steunend op elkaar op, wankelend en doodsbang voor het onontkoombare, en zonder te weten hoe liepen ze in het schemerduister een lange gang door, een korte trap op en kwamen in het kleedkamergedeelte. De naam van de tenor stond in schuine letters op een van de deuren geschreven. Ze gingen de kamer vol meubels en stoffige en met zweet bevlekte chique kleren binnen, waar ze twee dagen geleden voor het eerst alleen geweest waren. Er zaten geen ramen in en even gingen ze op in de geborgenheid van het duister, waar ze na het snikken en zuchten weer adem kregen, terwijl hij eerst een lucifer aanstak en daarna de vijf kaarsen van een kandelaar. In het beverige gele licht van de vlammen bewonderden ze elkaar verlegen en onbeholpen met een stortvloed aan onuitgesproken emoties en zonder een woord te kunnen uitbrengen. Rose kon de doordringende blikken niet verdragen en verborg haar gezicht in haar handen, maar hij haalde ze weg met dezelfde fijngevoeligheid als die hij tevoren aan den dag had gelegd toen hij stukjes van de puddinggebakjes had afgebrokkeld. Eerst gaven ze elkaar huilerige kusjes in het gezicht, als duivenpikjes, die vanzelf overgingen in echte kussen. Rose had al intieme, maar weifelende en vluchtige afspraakjes gehad met een aantal van haar gegadigden, en twee ervan hadden met hun lippen haar wang beroerd, maar nooit had ze zich ingebeeld dat het mogelijk was zo intiem te zijn, dat de tong van een ander zich als een ondeugende slang met de hare kon verstrengelen en andermans speeksel haar vanbuiten kon bevochtigen en bij haar kon binnendringen; al snel werd de aanvankelijke weerzin echter overwonnen door haar jeugdige aandrift en haar hartstocht voor lyriek. Niet alleen beantwoordde ze de liefkozingen met dezelfde intensiteit, maar ze nam zelfs het initiatief haar hoed af te zetten en het grijze astrakan bontje af te doen dat haar schouders bedekte. Het losknopen van haar jasje en vervolgens haar blouse was hierna vrij makkelijk gebeurd. De jonge vrouw wist de paringsdans stapje voor stapje te volgen, geleid door het instinct en de verboden, hitsige boekjes die zij vroeger stiekem van haar vaders schappen pakte. Dat was de gedenkwaardigste dag uit haar leven geweest en die zou ze zich gedurende de jaren daarna herinneren tot in de kleinste, opgesmukte en aangedikte details. Dat zou haar enige bron van ervaring en kennis worden, de enige voedingsbodem voor haar fantasieën, waarmee ze jaren later de kunst zou maken die haar in zeer geheime kringen roem bezorgde. Die wonderbaarlijke dag was qua intensiteit slechts te vergelijken met die andere dag in maart, twee jaar later in Valparaíso, toen de pasgeboren Eliza in haar armen terechtkwam, als troost voor de kinderen die ze niet krijgen mocht, de mannen die ze niet mocht beminnen en het gezin dat ze nooit zou stichten.

De Weense tenor bleek een verfijnd minnaar. Hij kende en beminde vrouwen uitvoerig, maar kon de liefdes van her en der uit het verleden, de ontgoocheling van de talrijke vaarwels, jaloezie, uitwassen en bedrog uit vroegere relaties uit zijn geheugen wissen om zich met volledige onschuld over te geven aan de kortstondige hartstocht voor Rose Sommers. Zijn ervaring was niet afkomstig uit larmoyante omhelzingen met vunzige hoertjes; Bretzner ging er prat op nooit betaald te hoeven hebben voor lust, want vrouwen van allerlei pluimage, van eenvoudige kamermeisjes tot hovaardige gravinnen, gaven zich onvoorwaardelijk aan hem over zodra ze hem hoorden zingen. De kunsten der liefde leerde hij tegelijkertijd met die van de zangkunst. Tien jaar was hij toen de vrouw die zijn mentrix zou worden, een Française met tijgerogen en zuiver albasten borsten, oud genoeg om zijn moeder te zijn, verliefd op hem werd. Zij was op haar beurt op dertienjarige leeftijd in Frankrijk ingewijd door Donatien Alphonse François de Sade. Als dochter van een cipier van de Bastille had ze de beroemde markies leren kennen in een smerige cel, waar hij bij kaarslicht zijn perverse verhalen schreef. Zij observeerde hem door de tralies uit pure kinderlijke nieuwsgierigheid, niet wetend dat haar vader haar aan de gevangene verkocht had in ruil voor een gouden horloge, het laatste bezit van de verpauperde aristocraat. Op een ochtend dat zij door het venstertje stond te gluren, haalde haar vader de grote sleutelbos van zijn riem, opende de deur en duwde het meisje ruw de cel in, alsof hij iemand voor de leeuwen gooide. Wat daar was gebeurd, kon ze zich niet herinneren, maar het volstaat te weten dat ze bij de Sade bleef en hem uit de gevangenis volgde naar een nog armoediger bestaan in vrijheid, en alles van hem leerde wat hij haar onderwijzen kon. Toen de markies in 1802 werd opgenomen in het gekkenhuis van Charenton, stond zij op straat zonder een rooie cent, maar wel in het bezit van een omvangrijke kennis op liefdesgebied, die haar van pas kwam om een man te krijgen die tweeënvijftig jaar ouder was dan zij en ontzettend rijk. Uitgeput door de uitspattingen van zijn vrouw, stierf de man kort daarna en was zij eindelijk vrij en had geld om te doen waar ze zin in had. Ze was vierendertig jaar, had de genadeloze leerschool bij de markies, de armoede van hompjes brood uit haar jeugd, de verwarring van de Franse Revolutie, en de ontzetting van de napoleontische oorlogen meegemaakt, en moest nu de autoritaire repressie van het keizerrijk ondergaan. Ze had er genoeg van en haar geest vroeg om een rustpauze. Ze besloot een veilige plek te zoeken waar ze de rest van haar dagen in rust kon doorbrengen en koos voor Wenen. In die periode van haar leven leerde ze Karl Bretzner kennen, de zoon van haar buren, toen deze nog een jongetje was van amper tien jaar oud, maar al zong als een nachtegaal in het koor van de kathedraal. Zij werd vriendin en vertrouwelinge van de Bretzners, en dankzij haar werd het jongetje dat jaar niet gecastreerd om zijn cherubijnenstem te behouden, zoals de dirigent van het koor had voorgesteld.

'Als u van hem afblijft, wordt hij binnenkort de best betaalde tenor van Europa,' voorspelde de mooie vrouw. Ze had gelijk gekregen.

Ondanks het enorme leeftijdsverschil ontstond er tussen haar en de jonge Karl een onalledaagse relatie. Zij bewonderde de jongen om zijn zuivere gevoelens en zijn toewijding aan de muziek; hij had in haar de muze gevonden die niet alleen zijn mannelijkheid had gered, maar hem ook leerde die te gebruiken. Tegen de tijd dat zijn stem definitief veranderde en hij zich begon te scheren, had hij al de spreekwoordelijke vakkundigheid van de eunuchen ontwikkeld om een vrouw te bevredigen op manieren die door natuur en traditie niet voorzien waren, maar met Rose Sommers liep hij geen risico's. Geen onstuimige offensieven in een chaos van te gewaagde liefkozingen, want hij moest haar niet choqueren met haremtrucs, zo had hij besloten, zonder te vermoeden dat zijn leerlinge hem in drie praktijklessen in vindingrijkheid voorbij zou streven. Hij was een man van details en kende de hallucinerende werking van het juiste woord op het moment van de liefde. Met de linkerhand maakte hij een voor een de kleine parelmoeren knoopjes op haar rug los, terwijl hij met de rechter de speldjes uit haar haar haalde, zonder het ritme te verliezen van de door een stroom van vleierijen aaneengeregen kussen. Hij sprak over haar smalle taille, haar zuiver blanke huid, de klassieke welving van haar hals en schouders, die een vurige hartstocht, een onbeheersbare waanzin in hem aanwakkerden.

'Je maakt me gek... Ik weet niet wat er met me gebeurt, nog nooit heb ik iemand zoals jij bemind en nooit meer zal ik zo beminnen. Dit is een door de goden geregisseerde ontmoeting, we zijn voorbestemd om elkaar te beminnen,' fluisterde hij meer dan eens.

Hij droeg haar zijn hele repertoire voor zonder bijbedoelingen, heilig overtuigd van zijn eigen oprechtheid en overdonderd door Rose. Hij maakte de touwtjes van het korset los en trok langzaam haar onderrokken uit, totdat ze alleen nog haar lange batisten onderbroek aanhad en een hemdje van niets waaronder haar aardbeientepeltjes zichtbaar waren. De rijglaarsjes van Corduaans leer met gebogen hakjes en de witte kousen die bij haar knieën werden opgehouden door geborduurde jarretels liet hij aan. Op dat punt aangekomen hield hij zich in, smachtend, met een wild geraas in zijn borst, er zeker van dat Rose Sommers de mooiste vrouw van het heelal was, een engel, en dat als hij niet rustiger aan deed zijn hart als vuurwerk uiteen zou spatten. Moeiteloos tilde hij haar op in zijn armen, liep de kamer door en zette haar rechtop voor een grote spiegel met vergulde lijst. Het flikkerende kaarslicht en de aan de wanden hangende theaterkostuums gaven het tafereel, tussen alle brokaat, veren, fluwelen lappen en verschoten kant, een onwerkelijke sfeer.

Machteloos, dronken van opwinding bekeek Rose zichzelf in de spiegel en herkende die vrouw in ondergoed niet, met het verwarde haar en de gloeiende wangen, die door een eveneens onbekende man in haar hals gekust werd en wier borsten met volle hand werden geliefkoosd. Dat rustpunt vol verlangen gaf de tenor de tijd om op adem te komen en iets van de tegenwoordigheid van geest terug te krijgen die hij bij het eerste offensief was kwijtgeraakt. Voor de spiegel begon hij zonder schroom zijn kleren uit te trekken en, het moet gezegd, naakt zag hij er stukken beter uit dan gekleed. Hij heeft een goede kleermaker nodig, bedacht Rose, die nog nooit een man naakt gezien had, zelfs haar broers niet toen ze jong was; haar informatie kwam uit de buitensporige omschrijvingen in de smeuïge boekjes en een stel Japanse ansichtkaarten die ze in Johns bagage had aangetroffen, waarop de mannelijke geslachtsorganen tamelijk optimistische afmetingen hadden. Het rozige, stijve tolletje dat voor haar ogen verrees, maakte haar niet bang, zoals Karl Bretzner vreesde, maar ontlokte haar juist een onbedwingbare en vrolijke schaterlach, waarmee de toon gezet was voor wat er daarna gebeurde. In plaats van de gedragen en eerder pijnlijke ceremonie die een ontmaagding vaak is, genoten zij met dartele bokkensprongen, achtervolgden elkaar door de kamer, als kinderen over de meubels springend, dronken de rest van de champagne op en openden nog een fles om die in bruisende scheuten over elkaar uit te gieten, fluisterden elkaar vunzige dingen toe tussen gelach en liefdesverklaringen, beten en likten elkaar en neusden uitzinnig in het brakke water van de zojuist ingewijde liefde, de hele middag tot vrij laat in de avond, zonder ook maar enig moment te denken aan de tijd of de rest van het heelal. Alleen zij tweeën bestonden. De Weense tenor voerde Rose naar legendarische hoogten en zij, de toegewijde leerlinge, volgde hem zonder aarzelen, en eenmaal op het hoogtepunt aanbeland, sloeg ze zelf haar vleugels uit met een verbazingwekkende, natuurlijk aanleg, afgaand op aanwijzingen en vragend wat ze zelf niet kon raden. Zo overdonderde ze de maestro en deed hem uiteindelijk bezwijken voor haar

geïmproviseerde vaardigheid en het overweldigende geschenk van haar liefde. Toen ze eindelijk van elkaar los konden komen en weer in de werkelijkheid landden, gaf de klok
tien uur aan. Het theater was leeg, buiten heerste de duisternis en tot overmaat van ramp hing er een mist zo dicht als
opgeklopt eiwit.

Tussen de geliefden ontstond gedurende de lyrische tijd in
Londen een hartstochtelijke uitwisseling van brieven, bloemen, bonbons, overgeschreven verzen en kleine liefdessou-
venirtjes. Ze ontmoetten elkaar waar ze maar konden, de passie deed hen alle voorzichtigheid uit het oog verliezen. Om
tijd te winnen zochten ze hotelkamers vlak bij het theater,
zonder dat ze zich druk maakten over de mogelijkheid herkend te worden. Rose ontsnapte met belachelijke smoezen uit
huis, en haar doodsbange moeder vertelde Jeremy niets over
haar vermoedens en bad dat de losbandigheid van haar dochter van voorbijgaande aard was en weer geruisloos zou over-
gaan. Karl Bretzner kwam te laat op de repetities en omdat
hij zich zo vaak op elk uur van de dag had uitgekleed, had hij
een verkoudheid opgelopen waardoor hij bij twee optredens
niet kon zingen, maar in plaats van daarover te treuren, benutte hij die tijd juist om, opgewonden door de rillingen van
de koorts, de liefde te bedrijven. Hij kwam naar de hotelka-
mer met bloemen voor Rose, champagne om mee te toasten
en zich in te baden, puddinggebakjes, vliegensvlug geschreven gedichten om in bed te lezen, aromatische oliën om plaatsen in te wrijven die tot dan toe verzegeld waren geweest,
erotische boeken die ze doorbladerden op zoek naar de meest
bezielde plaatjes, struisvogelveren om elkaar te kietelen en
talloze andere hulpmiddelen voor hun spelletjes. De jonge
vrouw voelde hoe ze openging als een vleesetende bloem, wa-
semde parfums van verderf uit om de man als een insect te
lokken, hem te vermorzelen, door te slikken, te verteren en
uiteindelijk de versplinterde botjes uit te spugen. Ze werd beheerst door een onhoudbare energie, ze verdronk, ze kon

geen ogenblik stilzitten, verteerd door ongeduld. Intussen klotste Karl Bretzner rond in de verwarring, soms geheel in vervoering en soms uitgeblust, trachtend zijn muzikale verplichtingen na te komen, maar hij takelde zienderogen af en de genadeloze critici zeiden dat Mozart zich zeker in zijn graf zou omdraaien wanneer hij de Weense tenor zijn composities – letterlijk – zou horen kelen.

Angstig zagen de geliefden het moment van afscheid naderbij komen en ze kwamen terecht in het stadium van de gedwarsboomde liefde. Ze dachten erover naar Brazilië te vluchten of samen zelfmoord te plegen, maar nooit hadden ze het over de mogelijkheid om te trouwen. Uiteindelijk was de levenslust sterker dan de hang naar tragiek, en na de laatste voorstelling namen ze een rijtuig en gingen naar een landelijke herberg in Noord-Engeland op vakantie. Ze hadden besloten te genieten van die dagen in de anonimiteit, voordat Karl Bretzner naar Italië zou vertrekken, waar hij andere contracten moest nakomen. Zodra hij een geschikte woning zou hebben gevonden, zijn zaakjes op orde zou hebben en haar geld had gestuurd om de reis te betalen, zou Rose zich in Wenen bij hem voegen.

Ze zaten onder een parasol op het terras bij het hotelletje te ontbijten, met hun benen onder een wollen deken omdat de wind aan de kust snijdend koud was, toen Jeremy Sommers hen stoorde, boos en ernstig als een profeet. Rose had zoveel sporen achtergelaten dat het voor haar oudste broer heel eenvoudig was geweest haar verblijfplaats te vinden en haar naar die afgelegen badplaats te volgen. Toen ze hem zag, slaakte ze een kreet, eerder van verbazing dan van schrik, want het liefdesgeluk had haar overmoedig gemaakt. Op dat ogenblik overzag ze voor het eerst wat ze gedaan had, en de zware consequenties werden ineens in hun volle omvang duidelijk. Ze stond op, vastbesloten om haar recht om te leven zoals het haar goeddunkte te verdedigen, maar haar broer gaf haar de kans niet iets te zeggen en richtte zich direct tot de tenor.

'U bent mijn zus een verklaring schuldig. Ik neem aan dat u haar niet verteld hebt dat u getrouwd bent en twee kinderen hebt,' wierp hij de verleider voor de voeten.

Dat was het enige wat hij verzuimd had tegen Rose te zeggen. Ze hadden tot vervelens toe gepraat, hij had haar zelfs de intiemste details van zijn vroegere avontuurtjes gegeven, zonder de uitspattingen van markies de Sade te vergeten waarover zijn mentrix hem verteld had, de Française met de tijgerogen, omdat ze een ziekelijke nieuwsgierigheid aan den dag legde om te weten waar, met wie en vooral hoe hij de liefde had bedreven, van zijn tiende tot de dag voordat hij haar leerde kennen. En hij vertelde haar alles zonder scrupules toen hij merkte hoe graag ze ernaar luisterde en hoe ze het integreerde in haar eigen theorie en praktijk. Maar over zijn vrouw en kinderen had hij niets losgelaten, uit medelijden met die beeldschone maagd die zich onvoorwaardelijk aan hem had gegeven. Hij wilde de magie van de ontmoeting niet verbreken: Rose Sommers verdiende het om voluit te genieten van haar eerste liefde.

'U bent me eerherstel verschuldigd,' daagde Jeremy Sommers hem uit, terwijl hij hem een klap in het gezicht gaf met zijn handschoen nog aan.

Karl Bretzner was een man van de wereld en was niet van plan zoiets dwaas als een duel aan te gaan. Hij begreep dat het moment was aangebroken om zich terug te trekken en betreurde het dat hij niet even met Rose alleen kon zijn om te proberen haar de dingen uit te leggen. Hij wilde haar niet achterlaten met een gebroken hart en de gedachte dat hij haar willens en wetens verleid had om haar daarna in de steek te laten. Hij had er behoefte aan haar nog eens te zeggen hoe oprecht hij van haar hield en hoe het hem speet dat hij niet vrij was om hun beider dromen in vervulling te laten gaan, maar aan het gelaat van Jeremy Sommers kon hij aflezen dat die hem dat niet zou toestaan. Jeremy pakte zijn zus, die verdoofd leek, bij de arm en nam haar resoluut mee naar het rijtuig, zonder haar de kans te geven afscheid te nemen van haar minnaar of haar luttele bagage op te halen. Hij bracht haar naar het huis van een tante in Schotland, waar ze moest blijven tot haar toestand duidelijk zou zijn. Als het grootste onheil over haar zou komen, zoals Jeremy zwangerschap noemde, waren haar leven en de eer van de familie voor altijd verwoest.

'Geen woord hierover tegen iemand, ook niet tegen mama of John, begrepen?' was het enige wat hij onderweg zei.

Rose verkeerde een aantal weken in onzekerheid, totdat ze kon vaststellen dat ze niet in verwachting was. Na het goede nieuws slaakte ze een diepe zucht van verlichting, alsof de hemel haar had vrijgesproken. Nog drie maanden zat ze haar straf uit door te breien voor de armen en las en schreef ze in het geniep, zonder ook maar een traan te laten. Gedurende die tijd dacht ze na over haar toekomst en er vond een ommezwaai plaats in haar binnenste, want toen de opsluiting in haar tantes huis voorbij was, was ze een ander mens. Alleen zij had de verandering in de gaten. Ze kwam terug in Londen zoals ze vertrokken was: goedlachs, rustig, met belangstelling voor zang en lezen, zonder een woord van wrok tegenover Jeremy omdat hij haar had weggerukt uit de armen van haar geliefde, of van heimwee naar de man die haar bedrogen had, hooghartig de laster van vreemden en de smartelijke gezichten van haar familie negerend. Aan de oppervlakte leek ze hetzelfde meisje als voorheen, zelfs haar moeder kon geen scheurtje in haar volmaakte gedrag ontdekken waarmee ze haar iets kon verwijten of adviseren. Aan de andere kant was de weduwe niet in staat haar dochter te helpen of te beschermen; de kanker in haar greep snel om zich heen. De enige verandering in Rose' gedrag was die rare drang om uren opgesloten in haar kamer te zitten schrijven. In een piepklein handschrift schreef ze twaalf schriften vol, die ze achter slot en grendel bewaarde. Daar ze nooit een poging deed een brief te versturen, maakte Jeremy Sommers, die niets zo vreesde als beschimpt te worden, zich niet meer druk over die schrijfverslaving en veronderstelde dat zijn zus zo verstandig was geweest de verderfelijke tenor uit haar hoofd te zetten. Zij was hem echter niet alleen nog niet vergeten, maar kon zich zelfs glashelder elk detail van het gebeurde en elk gesproken en gefluisterd woord voor de geest halen. Het enige wat ze uit haar herinnering wiste, was de ontgoocheling van het bedrogen zijn. De vrouw en kinderen van Karl Bretzner verdwenen eenvoudigweg, omdat ze nooit een plek hadden gehad in het onmetelijke fresco van haar liefdesherinneringen.

De retraite in het huis van de tante in Schotland kon het schandaal niet voorkomen, maar aangezien de geruchten niet bevestigd konden worden, durfde niemand de familie openlijk voor het hoofd te stoten. De talrijke gegadigden die vroeger achter Rose aan hadden gezeten, druppelden een voor een weer binnen, maar zij hield ze uit de buurt met het excuus van haar moeders ziekte. Wat verzwegen wordt, lijkt nooit gebeurd te zijn, beweerde Jeremy Sommers, die bereid was elk overblijfsel uit die episode dood te zwijgen. De beschamende escapade van Rose bleef hangen in het voorgeborchte van de onbesproken zaken, hoewel broer en zus soms indirecte opmerkingen maakten die de wrok levend hielden maar hen tevens bonden in het gedeelde geheim. Jaren later, toen niemand zich er meer druk over maakte, durfde Rose het aan haar broer John te vertellen, tegenover wie ze altijd de rol van het verwende en onschuldige meisje had gespeeld. Vlak na de dood van hun moeder kreeg Jeremy de leiding aangeboden over het kantoor van de Britse Compagnie voor Import en Export in Chili. Hij vertrok samen met zijn zus Rose en het perfect bewaarde geheim naar de andere kant van de wereld.

Aan het einde van de winter van 1830 kwamen ze aan in

Valparaíso, toen het nog een gehucht was, maar er al wel bedrijven en Europese families gevestigd waren. Rose beschouwde Chili als haar straf en aanvaardde die stoïcijns, erin berustend dat ze voor haar misstap moest boeten met deze onvermijdelijke ballingschap, zonder toe te laten dat ook maar iemand, en zeker haar broer Jeremy niet, een idee zou hebben van haar wanhoop. Haar discipline om niet te klagen en zelfs in haar dromen niet te spreken over de verloren geliefde, hield haar overeind wanneer de lasten zwaar op haar drukten. Ze vestigde zich in het best mogelijke hotel om tegen tocht en vocht beschut te zijn, want er was een difterie-epidemie uitgebroken, die door de plaatselijke barbiers werd bestreden met wrede en zinloze chirurgische ingrepen, uitgevoerd met messneden. De lente en later de zomer stelden haar slechte indruk van het land enigszins bij. Ze besloot Londen te vergeten en haar voordeel te doen met haar nieuwe situatie, ondanks de provinciaalse sfeer en de zeewind die zelfs tijdens de zonnige middagen tot in haar botten doordrong. Ze overtuigde haar broer, en hij het kantoor, van de noodzaak een fatsoenlijk huis van de zaak te krijgen en meubels uit Engeland te laten komen. Ze bracht het als een kwestie van gezag en prestige: het kon niet zo zijn dat de vertegenwoordiger van zo'n belangrijk bedrijf in een schamel hotel verbleef. Achttien maanden later, toen de kleine Eliza in hun leven kwam, woonden broer en zus in een groot huis op Cerro Alegre, had Miss Rose haar voormalige minnaar verdrongen naar een verzegeld compartiment in haar geheugen en had ze zich er volledig op toegelegd een bevoorrechte plaats te veroveren in de maatschappij waarin ze leefde. In de daaropvolgende jaren groeide en moderniseerde Valparaíso met dezelfde snelheid als waarmee zij het verleden achter zich had gelaten, en ze veranderde in de uitbundige, ogenschijnlijk gelukkige vrouw die elf jaar later Jacob Todd voor zich zou winnen. De nepzendeling was niet de eerste die afgewezen werd, maar zij was niet geïnteresseerd in trouwen. Ze had een geweldige formule ontdekt om voort te leven in een idyllische romance met Karl Bretzner, door elk moment van haar vurige hartstocht en andere, verzonnen waanvoorstellingen opnieuw te beleven in de stilte van haar eenzame nachten.

De liefde

Niemand kon beter weten dan Miss Rose wat er omging in Eliza's ziel, die ziek was van liefde. Ze ried meteen wie de man was, alleen een blinde kon het verband zijn ontgaan tussen de kuren van het meisje en de komst van de werknemer van haar broer met de kisten vol rijkdommen voor Feliciano Rodríguez de Santa Cruz. Haar eerste aandrang was de jongeman in één haal te schrappen omdat hij onbetekenend en straatarm was, maar ze besefte algauw dat ook zij zijn gevaarlijke aantrekkingskracht had gevoeld en ze slaagde er niet in hem uit haar hoofd te krijgen. Natuurlijk, ze zag eerst zijn verstelde kleren en zijn lijkbleke kleur, maar een tweede blik was voldoende geweest om zijn tragische aura van poète maudit op te merken. Terwijl ze als een razende zat te borduren in haar naaikamertje, bleef ze maar piekeren over deze kentering van het lot, die haar plannen om voor Eliza een gedienstige en vermogende man te vinden in de war stuurde. Haar gedachten vormden een intrige van listen om die liefde in de kiem te smoren, van Eliza naar een internaat voor jongedames in Engeland of Schotland sturen, waar haar oude tante woonde, tot haar broer met de waarheid te confronteren zodat hij zijn werknemer aan de kant zou zetten. Toch ontstond tegen haar wil diep in haar hart het verborgen verlangen dat Eliza haar hartstocht tot uitputtens toe zou beleven, om de verschrikkelijke leegte te compenseren die de tenor achttien jaar geleden in haar eigen leven had achtergelaten.

Intussen verstreken voor Eliza de uren akelig langzaam in een maalstroom van verwarde gevoelens. Ze wist niet of het dag of nacht was, of het dinsdag was of vrijdag, of er een paar uur of een aantal jaren voorbijgegaan waren sinds ze die jongen had leren kennen. Ineens ging haar bloed bruisen en zat haar huid onder de bultjes, die net zo snel en onverklaarbaar weer wegtrokken als ze gekomen waren. Ze zag haar liefde overal: in donkere hoeken, in de vormen van de wolken, in een kop thee en vooral in haar dromen. Ze wist niet hoe hij heette en durfde het niet aan Jeremy Sommers te vragen, omdat ze bang was een stroom van verdenkingen te ontketenen, maar ze hield zichzelf uren bezig met het verzinnen van een passende naam voor hem. Ze had er wanhopig behoefte aan met iemand over haar liefde te praten, elk detail van het bezoek van de jongen uit te pluizen, te speculeren over wat ze verzwegen hadden, wat ze elkaar hadden moeten zeggen en wat ze elkaar met hun blikken, blozen en gedrag duidelijk hadden gemaakt, maar er was niemand die ze in vertrouwen kon nemen. Ze verlangde naar een bezoek van John Sommers, die oom met zijn vrijbuitersroeping die het boeiendste personage uit haar kindertijd was geweest, de enige die haar kon begrijpen en helpen in een dergelijke netelige situatie. Ze twijfelde er niet aan dat Jeremy Sommers de eenvoudige werknemer van zijn bedrijf onmiddellijk de oorlog zou verklaren als hij erachter zou komen, en de opstelling van Miss Rose kon ze niet voorzien. Ze besloot dat hoe minder ze thuis wisten, des te meer bewegingsvrijheid zij en haar toekomstige vriendje zouden hebben. Ze stelde zich nooit de situatie voor dat haar liefde niet met even intense gevoelens beantwoord werd, want het leek haar eenvoudigweg onmogelijk dat een liefde van die omvang alleen haar zou hebben overdonderd. De meest elementaire logica en gerechtigheid wezen erop dat ergens in de stad hij dezelfde zalige kwelling onderging.

Eliza verstopte zich om haar lichaam te betasten op verborgen plekjes die ze nooit eerder onderzocht had. Ze sloot haar ogen en vervolgens was het zijn hand die haar zacht als een vogeltje streelde, zijn lippen die zij op de spiegel kuste, zijn middel dat ze vasthad wanneer ze het hoofdkussen omarmde, zijn liefdesfluisteringen die de wind meevoerde. Zelfs haar dromen konden zich niet aan Joaquín Andieta's macht onttrekken. Ze zag hem verrijzen als een enorme schaduw die zich op haar stortte om haar op duizend waanzinnige en ontstellende manieren te verzwelgen. Verliefde, duivel, aartsengel, ze wist het niet. Ze wilde niet ontwaken en trainde met verbeten vastberadenheid de van Mama Fresia geleerde kunstgreep om naar willekeur dromen in en uit te gaan. Ze leerde die kunst zo goed beheersen dat haar denkbeeldige geliefde in levenden lijve verscheen; ze kon hem aanraken, ruiken en zijn stem geheel duidelijk en vlakbij horen. Als ze altijd kon slapen, zou ze niet meer nodig hebben: ze zou hem voorgoed vanuit haar bed kunnen blijven beminnen, dacht ze. Ze zou bezweken zijn in het delirium van deze hartstocht, als Joaquín Andieta niet een week later bij haar thuis had gestaan om de kisten met rijkdommen op te halen en ze naar de klant in het noorden te sturen.

De avond ervoor wist ze al dat hij zou komen, niet uit intuïtie of een voorgevoel, zoals ze jaren later zou suggereren toen ze het aan Tao Chi'en vertelde, maar omdat ze tijdens het avondeten Jeremy Sommers instructies hoorde geven aan zijn zus en Mama Fresia.

'Dezelfde werknemer die de lading gebracht heeft, zal hem ook komen halen,' zei hij terloops, zonder een vermoeden te hebben van de storm van emoties die zijn woorden, om uiteenlopende redenen, in de drie vrouwen losmaakten.

Het meisje zat de hele ochtend op het terras de weg af te turen die langs de berg naar het huis omhoogliep. Rond twaalf uur 's middags zag ze de wagen, die werd getrokken door zes muilezels en gevolgd door gewapende arbeiders te paard. Ze voelde een ijzige rust, alsof ze was gestorven, en realiseerde zich niet dat Miss Rose en Mama Fresia haar vanuit het huis in de gaten hielden.

'Al die moeite om haar op te voeden, en ze wordt verliefd op de eerste de beste klungel die haar pad kruist!' mompelde Miss Rose binnensmonds.

Ze had besloten al het mogelijke te doen om de ramp te voorkomen, zonder al te veel overtuiging, omdat ze de verwoede aard van de eerste liefde maar al te goed kende.

'Ik zal de lading wel overhandigen. Zeg tegen Eliza dat ze het huis in gaat en laat haar onder geen beding naar buiten gaan,' gebood ze.

'En hoe wilt u dat ik dat doe?' vroeg Mama Fresia met tegenzin.

'Sluit haar maar op, als dat nodig is.'

'Sluit u haar maar op, als u dat kunt. Laat mij erbuiten,' antwoordde ze, en ze slofte op haar slippers de deur uit.

Het was onmogelijk te verhinderen dat Eliza naar Joaquín Andieta liep en hem een brief overhandigde. Ze deed het openlijk, hem in de ogen kijkend, en met zo'n felle vastberadenheid dat Miss Rose de moed niet had haar tegen te houden en Mama Fresia niet om ertussen te springen. Toen begrepen de vrouwen dat de betovering veel heftiger was dan ze gedacht hadden en dat er geen gesloten deuren of gewijde kaarsen genoeg zouden zijn om hem uit te bannen. Ook de jongen was de hele week geobsedeerd geweest door de herinnering aan het meisje, van wie hij dacht dat ze de dochter was van zijn baas, Jeremy Sommers, en daarom absoluut onbereikbaar. Hij had geen idee van de indruk die hij op haar gemaakt had en het was niet in hem opgekomen dat zij hem haar liefde verklaarde door hem bij zijn vorige bezoek dat gedenkwaardige glas sap aan te bieden, daarom schrok hij zich ook te pletter toen ze hem een gesloten envelop overhandigde. Verbijsterd stopte hij hem in zijn zak en vervolgde de controle op het laden van de kisten op de kar, terwijl zijn oren roodgloeiend waren, zijn kleren doordrenkt raakten van het zweet en koortsachtige rillingen over zijn rug liepen. Onbeweeglijk en zwijgend stond Eliza hem op een paar stappen afstand zorgvuldig te observeren en te doen alsof ze de woedende uitdrukking van Miss Rose en het bedrukte gelaat van Mama Fresia niet zag. Toen de laatste kist op de kar gebonden was en de muilezels rechtsomkeert maakten om de afdaling van de berg in te zetten, verontschuldigde Joaquín Andieta zich tegenover Miss Rose voor de overlast, groette Eliza met een zeer korte hoofdbuiging en maakte zich zo snel hij kon uit de voeten.

Op Eliza's briefje stonden maar twee regels om hem te kennen te geven waar en hoe ze elkaar zouden ontmoeten. Het plan was van een dusdanige eenvoud en durf dat iemand anders haar zo kon aanzien voor een expert in schaamteloosheid: Joaquín moest over drie dagen om negen uur 's avonds naar de kapel van de Virgen del Perpetuo Socorro komen, een kapelletje dat op korte afstand van het huis van de Sommers was opgericht op Cerro Alegre om wandelaars te beschermen. Eliza had de plek uitgekozen omdat hij dichtbij lag, en de datum omdat het dan woensdag was. Miss Rose, Mama Fresia en de bedienden zouden met het diner in de weer zijn en het zou niemand opvallen als zij even weg was. Sinds het vertrek van de verbitterde Michael Steward was er geen reden meer voor dansavonden, en de vroeg ingetreden winter gaf er evenmin aanleiding toe, maar Miss Rose hield het gebruik in stand om de roddels die ten koste van haar en de marineofficier de ronde deden, te ontkrachten. De muziekavonden opheffen wanneer Steward niet meer kwam, zou gelijkstaan aan bekennen dat hij de enige reden vormde om ze te houden.

Om zeven uur had Joaquín Andieta al postgevat om ongeduldig af te wachten. Uit de verte zag hij de gloed van het verlichte huis, de stoet rijtuigen met genodigden en de ontstoken lantaarns van de koetsiers die op straat bleven wachten. Twee keer moest hij zich verstoppen bij het horen van de voetstappen van de nachtwakers die de lampen van de kapel inspecteerden, omdat de wind ze uitblies. Het was een klein, rechthoekig gebouwtje van adobe, met bovenop een geschilderd houten kruis, nauwelijks iets groter dan een biechtstoel, dat een gipsen beeld van de Maagd herbergde. Er stond een blad met rijen uitgedoofde votiefkaarsen en een amfoor met verwelkte bloemen. Het was volle maan, maar de hemel werd doorkruist door dikke donderwolken, die af en toe het maanlicht geheel wegnamen. Om negen uur precies merkte hij dat het meisje er was en hij zag haar gestalte die van top tot teen in een donkere mantel was gehuld.

'Ik zat op u te wachten, mejuffrouw,' was het enige wat hij kon stamelen, en hij voelde zich een sukkel.

'Ik heb altijd op jou gewacht,' antwoordde zij zonder enige aarzeling.

Ze deed haar mantel af en Joaquín zag dat ze feestkleding droeg, ze hield haar rok op en had slippers aan haar voeten. Haar witte kousen en gemzenleren muiltjes droeg ze in haar hand zodat ze onderweg niet modderig zouden worden. Haar zwarte haar, met in het midden een scheiding, was aan beide kanten van haar hoofd samengevlochten met satijnen linten. Ze gingen achter in de kapel zitten op de deken die zij over de grond uitspreidde, verborgen achter het beeld, zwijgend, heel dicht bij elkaar maar zonder elkaar aan te raken. Een flinke poos durfden ze elkaar in het zachte schemerduister niet aan te kijken, ondersteboven door de nabijheid van de ander, terwijl ze dezelfde lucht inademden en gloeiden ondanks de windvlagen die dreigden hen in het donker te laten zitten.

'Ik heet Eliza Sommers,' zei ze eindelijk.

'En ik Joaquín Andieta,' antwoordde hij.

'Ik had gedacht dat je Sebastiaan heette.'

'Waarom?'

'Omdat je op de heilige Sebastiaan lijkt, de martelaar. Ik ga niet naar de rooms-katholieke kerk, want ik ben protestant, maar Mama Fresia heeft me een paar keer meegenomen toen ze haar geloften ging inlossen.'

Daarmee eindigde het gesprek, want ze wisten niet wat ze elkaar verder moesten vertellen; ze wierpen elkaar zijdelings blikken toe en bloosden allebei tegelijkertijd. Eliza rook zijn geur van zeep en zweet, maar durfde niet dichterbij te komen met haar neus, wat ze wel wilde. De enige geluiden in het kapelletje waren het geruis van de wind en de onrustige ademhaling van hen beiden. Een paar minuten later kondigde ze aan dat ze naar huis moest voordat haar afwezigheid zou worden opgemerkt, en ze namen afscheid met een handdruk. Zo zouden ze elkaar de woensdagen die volgden ontmoeten, altijd op een ander tijdstip en voor korte tijd. Bij elk van die uitbundige ontmoetingen gingen ze met reuzenstappen vooruit in de verrukkingen en kwellingen van de liefde. Haastig vertelden ze elkaar het hoognodige, want woorden leken tijdverspilling, en spoedig hielden ze elkaars handen vast en bleven doorpraten, hun lichamen steeds dichter bij elkaar naarmate hun geesten meer toenadering zochten, totdat ze elkaar op de avond van de vijfde woensdag op de lippen kusten, eerst aftastend, vervolgens onderzoekend en ten slotte opgaand in het genot, tot ze het vuur dat hen verteerde geheel de vrije loop lieten. Rond die tijd hadden ze al korte samenvattingen uitgewisseld van de zestien jaar van Eliza en de eenentwintig van Joaquín. Ze praatten over het onwaarschijnlijke mandje met batisten lakens en een nertsen dekentje, evenals over de zeepkist uit Marseille, en voor Andieta was het een opluchting dat zij van geen enkele Sommers de dochter was en net als hij van onzekere afkomst was, hoewel ze hoe dan ook door een sociale en economische kloof van elkaar gescheiden waren. Eliza hoorde dat Joaquín het product was van een vluchtige liefde; zijn vader was 'm gesmeerd met dezelfde rapheid als waarmee hij zijn zaadje had geplant, en het jongetje groeide op zonder zijn naam te kennen, met de achternaam van zijn moeder en getekend door zijn toestand van bastaard, die elke stap op zijn levenspad zou beperken. De familie wierp de onteerde dochter uit haar schoot en zweeg het onwettige kind dood. Zijn grootouders en ooms en tantes, kooplieden en ambtenaren uit een in vooroordelen vastgeroeste middenklasse, woonden in dezelfde stad, een paar straten verderop, maar ze kwamen elkaar nooit tegen. Op zondag gingen ze naar dezelfde kerk, maar op verschillende tijden, want de armen kwamen niet naar de mis van twaalf uur 's middags. Door het stigma gebrandmerkt speelde Joaquín niet in dezelfde parken en kreeg geen onderwijs op dezelfde scholen als zijn neven en nichten, maar gebruikte hij hun afgedankte kleren en speelgoed, die een meelevende tante via omwegen bij de verstoten zus liet bezorgen. Joaquín Andieta's moeder was minder fortuinlijk geweest dan Miss Rose en had een veel hogere prijs betaald voor haar zwakte. De vrouwen waren ongeveer even oud, maar terwijl de Engelse er nog jong uitzag, was de ander afgeleefd door armoede, uitputting en haar treurige beroep: het borduren van bruidsuitzetten bij kaarslicht. Haar ongeluk had haar waardigheid niet aangetast en ze voedde haar zoon op met de onwrikbare principes van eerbaarheid. Joaquín had al heel vroeg geleerd om zijn hoofd opgeheven te houden en elk blijk van spot of medelijden te trotseren.

'Op een dag zal ik mijn moeder uit die huurkazerne kunnen halen,' beloofde Joaquín fluisterend in het kapelletje. 'Ik zal haar een fatsoenlijk leven geven, zoals ze had voordat ze alles verloor...'

'Ze heeft niet alles verloren. Ze heeft een zoon,' wierp Eliza tegen.

'Ik was haar ongeluk.'

'Haar ongeluk was dat ze verliefd werd op een foute man. Jij bent haar redding,' stelde zij.

De afspraakjes van de twee jonge mensen duurden zeer

kort en daar ze nooit op dezelfde tijd plaatsvonden, kon Miss Rose moeilijk dag en nacht op wacht staan. Ze wist dat er achter haar rug om iets gebeurde, maar was niet gemeen genoeg om Eliza op te sluiten of naar het platteland te sturen, zoals haar plicht was, en ze zag ervan af haar vermoedens in het bijzijn van haar broer Jeremy uit te spreken. Ze veronderstelde dat Eliza en haar geliefde brieven uitwisselden, maar kon er, hoewel ze alle bedienden gewaarschuwd had, geen onderscheppen. De brieven bestonden echter en ze waren zo heftig dat Miss Rose, als ze ze gezien had, perplex zou hebben gestaan. Joaquín stuurde ze niet op, hij gaf er bij elk van hun ontmoetingen een aan Eliza. Daarin zei hij haar in de meest koortsachtige termen wat hij uit trots en schaamte niet rechtstreeks durfde te zeggen. Zij verstopte ze in een doosje, dertig centimeter onder de grond in het kleine tuintje bij haar huis, waar ze dagelijks deed alsof ze druk in de weer was met de geneeskrachtige kruiden van Mama Fresia. Die bladzijden, die zij duizendmaal herlas in verloren uurtjes, vormden de belangrijkste voedingsbron voor haar hartstocht, omdat ze een kant van Joaquín Andieta lieten zien die niet naar boven kwam wanneer ze bij elkaar waren. Het leek wel alsof iemand anders ze geschreven had. Die hooghartige, zwaarmoedige en getergde jongen, die altijd een defensieve houding had, die haar als een waanzinnige omhelsde en haar dan weer wegduwde alsof het contact hem brandde, zette op schrift de sluisdeuren van zijn ziel open en beschreef als een dichter zijn gevoelens. Later, toen Eliza jarenlang de onduidelijke sporen van Joaquín Andieta zou volgen, zouden die brieven haar enige houvast aan de waarheid vormen, het onomstotelijke bewijs dat die tomeloze liefde niet een voortbrengsel was van haar puberverbeelding, maar echt bestond, als een kortstondige zegening en een lange martelgang.

Na de eerste woensdag in het kapelletje verdwenen Eliza's krampaanvallen als sneeuw voor de zon, en niets in haar gedrag verried haar geheim, behalve de verrukte glans in haar ogen en het iets frequentere gebruik van haar gave om zich onzichtbaar te maken. Soms leek het alsof ze op verschillende plaatsen tegelijk was en bracht ze iedereen in de war, of het was zo dat niemand zich kon herinneren waar of wanneer ze haar gezien hadden en ze juist wanneer iedereen haar begon te roepen, zich zichtbaar maakte met de houding van iemand die niet weet dat ze gezocht wordt. Bij andere gelegenheden was ze in het naaikamertje met Miss Rose of een gerecht aan het maken met Mama Fresia, maar was ze zo stil en doorzichtig geworden dat geen van beide vrouwen de indruk had haar te zien. Ze was lichtjes aanwezig, bijna onwaarneembaar, en wanneer ze wegging, had men dat pas uren later door.

'Je lijkt wel een geest! Ik ben het zat je te lopen zoeken! Ik wil niet dat je het huis uit gaat of uit mijn gezichtsveld verdwijnt,' gebood Miss Rose haar herhaaldelijk.

'Ik heb de hele middag hier gezeten,' antwoordde Eliza dan brutaal, geleidelijk opdoemend in een hoekje met een boek of een borduurwerk in de hand.

'Maak toch wat geluid, meisje, in godsnaam! Hoe kan ik je nou zien als je stiller bent dan een konijn?' zei Mama Fresia op haar beurt.

Ze zei dat ze dat zou doen en deed vervolgens waar ze zin in had, maar ze zorgde ervoor dat ze gehoorzaam leek en in goede aarde viel. Binnen een paar dagen verwierf ze een verbluffende bekwaamheid in het sjoemelen met de werkelijkheid, alsof ze al haar hele leven toverkunst beoefend had. Toen het onmogelijk bleek haar op een aantoonbare tegenstrijdigheid of leugen te betrappen, koos Miss Rose ervoor haar vertrouwen te winnen en kwam keer op keer terug op het thema van de liefde. Er waren aanleidingen genoeg: roddels over vriendinnen, romantische boekjes die ze allebei lazen of tekstboeken van de nieuwe Italiaanse opera's die ze uit het hoofd leerden, maar Eliza liet geen woord los dat haar gevoelens zou kunnen verraden. Vervolgens zocht Miss Rose in huis te-vergeefs naar aanwijzingen; ze snuffelde tussen de kleren en in de kamer van het meisje, haalde haar hele verzameling pop-pen en muziekdoosjes, boeken en schriften overhoop, maar kon haar dagboek niet vinden. Als dat wel gebeurd was, zou het een tegenvaller geweest zijn, want op die bladzijden werd geen enkele melding gemaakt van Joaquín Andieta. Eliza schreef alleen maar om niet te vergeten. In haar dagboek stond van alles, van steeds terugkerende dromen tot de on-eindige lijst recepten en huis-, tuin- en keukenraadgevingen, zoals hoe je een kip moest vetmesten of een vetvlek moest verwijderen. Ook stonden er speculaties in over haar ge-boorte, het luxueuze mandje en de zeepkist uit Marseille, maar geen woord over Joaquín Andieta. Ze had geen dag-boek nodig om zich hem te herinneren. Pas jaren later zou ze op die bladzijden over haar woensdagliefde beginnen te schrijven.

Eindelijk ontmoetten de twee elkaar op een avond niet in het kapelletje, maar in het landhuis van de Sommers. Voor het zover kwam had Eliza een periode van eindeloze twijfels doorgemaakt, want ze zag in dat dit een definitieve stap was. Alleen al door elkaar in het geheim te zien, zonder toezicht, verloor ze haar eer, de meest waardevolle schat van een meis-je, zonder welke geen toekomst mogelijk was. 'Een vrouw zonder deugdzaamheid is waardeloos, ze zal nooit echtgeno-te of moeder kunnen worden en kan maar beter een steen om haar nek binden en in zee springen,' hadden ze er bij haar in gehamerd. Ze bedacht dat er geen verzachtende omstandig-heid was voor de misstap die ze ging maken, en ze beging hem met voorbedachten rade. Om twee uur 's nachts, toen er in de stad geen sterveling meer wakker was en alleen de nacht-wakers nog speurend in het donker hun ronde deden, slaag-de Joaquín Andieta erin als een dief binnen te dringen via het balkon bij de bibliotheek, waar Eliza in haar nachthemd op blote voeten op hem wachtte, rillend van de kou en de spanning. Ze nam hem bij de hand en leidde hem blindelings het huis door naar een achterkamer, waar in grote kasten de kledingstukken van de familie werden bewaard en in verscheidene dozen materiaal lag voor jurken en hoeden, die Miss Rose in de loop der jaren al vele malen gebruikt had. Op de vloer lagen, in katoenen lappen verpakt, de gordijnen van de woon- en de eetkamer ongekreukt te wachten op het volgende jaargetijde. Het leek Eliza de veiligste plek, ver verwijderd van de andere kamers. Ze had in ieder geval uit voorzorg valeriaan in het glaasje anijslikeur gedaan dat Miss Rose voor het slapengaan dronk, en in de cognac waarvan Jeremy na het avondeten genoot terwijl hij zijn Cubaanse sigaar rookte. Ze kende elke centimeter van het huis, wist precies waar de vloer kraakte en hoe ze de deuren zonder piepen moest openen, ze kon Joaquín voorgaan met haar eigen geheugen als enige verlichting, en hij volgde haar gedwee en bleek van angst, zonder acht te slaan op de stem van zijn geweten, vermengd met die van zijn moeder, die hem onverbiddelijk de erecode van een fatsoenlijk man in herinnering bracht. Ik zal Eliza nooit aandoen wat mijn vader mijn moeder heeft aangedaan, zei hij bij zichzelf terwijl hij zich op de tast voortbewoog aan de hand van het meisje, in de wetenschap dat elke overweging zinloos was, aangezien hij al verslagen was door dat vurige verlangen dat hem sinds de eerste keer dat hij haar gezien had niet met rust had gelaten. Intussen voerde Eliza een strijd tussen de waarschuwende stemmen die door haar hoofd galmden en de aandrang van het instinct met zijn verbazingwekkende listen. Ze had geen duidelijk idee van wat er zou gebeuren in de kamer met kleerkasten, maar ze had zich er bij voorbaat aan overgegeven.

Het huis van de Sommers, dat als een spin overgeleverd aan de genade van de wind in de lucht hing, was ondanks de kolenkachels die de bedienden zeven maanden per jaar aanmaakten onmogelijk warm te houden. Door de constante adem van de zee waren de lakens altijd vochtig, en ze sliepen met warmwaterkruiken aan hun voeten. De enige plek waar het altijd warm was, was de keuken, waar het fornuis, een enorm, multifunctioneel toestel dat op hout werkte, altijd brandde. In de winter kraakte het hout, lieten er planken los en leek het geraamte van het huis op het punt te staan om als een oud fregat het ruime sop te kiezen. Miss Rose was nooit gewend geraakt aan de stormen op de Stille Oceaan, net zomin als ze kon wennen aan de aardschokken. De echte aardbevingen, die de wereld op zijn kop zetten, kwamen ongeveer eens in de zes jaar voor, en elke keer toonde ze zich verbazingwekkend koelbloedig, maar de dagelijkse schokken schudden haar leven door elkaar en daarover had ze flink de pee in. Ze had nooit het porselein en de glazen op rekjes vlak boven de grond willen zetten, zoals de Chilenen deden, en wanneer de servieskast in de eetkamer wankelde en haar borden aan stukken vielen, vervloekte ze hardop het land. De opslagruimte waar Eliza en Joaquín elkaar beminden boven op de grote stapel cretonnen bloemetjesgordijnen, die in de zomer werden vervangen door de zware gordijnen van groen fluweel in de woonkamer, bevond zich op de begane grond. Ze bedreven de liefde omgeven door plechtstatige linnenkasten, hoedendozen en pakketten met de fleurige jurken van Miss Rose. De kou en de mottenballengeur deerden hen niet, want ze bevonden zich voorbij praktische problemen, voorbij de angst voor de consequenties en voorbij hun eigen stunteligheid als van puppy's. Ze wisten niet wat te doen, maar ontdekten dat gaandeweg, onbesuisd en verward, in volledige stilte, terwijl ze elkaar vrij onhandig de weg wezen. Hij was met zijn eenentwintig jaar nog net zozeer maagd als zij. Op zijn veertiende had hij om zijn moeder een plezier te doen voor het priesterschap gekozen, maar op zijn zestiende raakte hij vertrouwd met de vrijzinnige literatuur, verklaarde zich tot vijand van de paters, maar niet van de religie, en besloot kuis te blijven tot hij de doelstelling zijn moeder uit de huurkazerne te halen, bereikt zou hebben. Dat leek hem een minimale tegemoetkoming tegenover de talloze offers die zij bracht. Ondanks hun maagdelijkheid en de enorme angst om betrapt te worden, waren de adolescenten in staat in het donker te vinden wat ze zochten. Ze maakten knopen en strikken los, zetten hun schaamte opzij en gingen naakt bij elkaar op onderzoek uit, drinkend van de lucht en het speeksel van de ander. Ze inhaleerden verrukkelijke geuren, legden koortsachtig her en der hun handen, in een oprechte drang de raadsels te ontcijferen, de kern van de ander te bereiken en zich alle twee in dezelfde diepte te laten zinken. De zomergordijnen raakten bevlekt met warm zweet, maagdelijk bloed en sperma, maar geen van tweeën zag die sporen van de liefde. Ze konden in het duister amper de contouren van de ander ontwaren of de beschikbare ruimte inschatten, om te voorkomen dat ze in het geraas van hun omhelzingen de stapels kisten en de kleerhangers met jurken zouden neerhalen. Ze prezen de wind en de regen op het dak, want die overstemden het kraken van de vloer, maar hun eigen harten gingen zo tekeer en hun extatische hijgen en zuchten van liefde waren zo oorverdovend dat ze niet snapten hoe het kon dat niet het hele huis wakker werd.

Vroeg in de ochtend klom Joaquín Andieta door hetzelfde raam van de bibliotheek naar buiten en ging Eliza uitgeblust terug naar bed. Terwijl zij met meerdere dekens toegedekt sliep, liep hij twee uur bergafwaarts door de storm. Hij sloop door de stad zonder de aandacht te trekken van de nachtwakers, om precies op het moment dat de klokken voor de ochtendmis begonnen te luiden thuis te komen. Hij was van plan stiekem naar binnen te gaan, zich een beetje te wassen, van kraag te verwisselen en in zijn natte pak naar zijn werk te gaan, want hij had geen ander, maar zijn moeder zat wakker op hem te wachten met warm water voor de *mate* en oud geroosterd brood, zoals iedere ochtend.

'Waar ben je geweest, jongen?' vroeg ze, zo diepbedroefd dat hij niet tegen haar kon liegen.

'Ik was de liefde aan het ontdekken, mam,' antwoordde hij terwijl hij haar glunderend omhelsde.

Joaquíns leven werd beheerst door een politiek romanticisme zonder weerga in dat land van praktische en voorzichtige mensen. Hij was een fervent aanhanger geworden van de theorieën van Lamennais, die hij net als de Franse encyclopedisten in middelmatige en onduidelijke vertalingen uit het Frans las. Evenals zijn meester was hij in de politiek voorstander van het liberale katholicisme en de scheiding van Kerk en Staat. Hij riep zichzelf uit tot eenvoudig christen, zoals de apostelen en de martelaars, en tot vijand van de priesters, verraders van Jezus en zijn ware leer, zo zei hij, en hij vergeleek ze met bloedzuigers die gevoed werden door de naïviteit van de gelovigen. Hij hoedde zich er echter goed voor dergelijke ideeën te spuien in het bijzijn van zijn moeder, die het verdriet niet overleefd zou hebben. Hij beschouwde zichzelf ook als vijand van de oligarchie, omdat die zinloos was en decadent, en van de regering, omdat die niet de belangen van het volk behartigde, maar van de rijken, zoals zijn gesprekspartners tijdens de bijeenkomsten in de boekhandel Santos Tornero met talloze voorbeelden konden aantonen, en zoals hij geduldig aan Eliza uitlegde, hoewel zij hem amper hoorde en meer in zijn geur dan in zijn uitweidingen geïnteresseerd was. De jongen was bereid zijn leven op het spel te zetten voor de zinloze roem van één heldhaftig moment, maar hij had een diepgewortelde angst om Eliza in de ogen te kijken en over zijn gevoelens te praten. Ze maakten er een gewoonte van minstens één keer per week de liefde te bedrijven in dezelfde, tot een nestje omgebouwde kamer met kleerkasten. Ze hadden maar zo weinig kostbare momenten samen dat het haar een dwaasheid leek om ze met filosoferen te verspillen; als het erom ging te praten, hoorde ze liever wat hij lekker vond, over zijn verleden, zijn moeder en zijn plannen om op een dag met haar te trouwen. Ze had er alles voor gegeven als hij haar in het gezicht de prachtige zinnen zou zeggen die hij in zijn brieven schreef. Haar bijvoorbeeld zou vertellen dat het makkelijker zou zijn de bedoelingen van de wind te peilen of het geduld van de golven op het strand dan de hevigheid van zijn liefde; dat geen enkele winternacht het eeuwige vuur van zijn hartstocht kon bekoelen; dat hij overdag droomde en 's nachts niet kon slapen, onophoudelijk gekweld door de waanzin van zijn herinneringen en als een veroordeelde angstvallig de uren tellend die nog restten voordat hij haar weer kon omhelzen. 'Je bent mijn engel en mijn ondergang, bij jou bereik ik de goddelijke extase en als jij er niet bent daal ik af naar de hel, wat is het, die macht die je op mij uitoefent, Eliza? Praat me niet over morgen of gisteren, ik leef slechts voor dit moment vandaag, waarop ik mij opnieuw onderdompel in de eindeloze nacht van jouw donkere ogen.' Gevoed door de romans van Miss Rose en de romantische dichters wier verzen ze uit het hoofd kende, verloor het meisje zich in het vergiftigende genot zich aanbeden te voelen als een godin, maar de wanverhouding tussen die vurige liefdesverklaringen en de werkelijke persoon Joaquín Andieta ontging haar. In de brieven veranderde hij in de perfecte minnaar, die in staat was zijn hartstocht te beschrijven met zo'n engelachtige adem dat het schuldgevoel en de angst verdwenen om de weg vrij te maken voor de zuiver zintuiglijke vervoering. Niemand had ooit zo liefgehad, zij waren onder alle sterfelijken uitverkoren voor een hartstocht zonder weerga, zei Joaquín in zijn brieven, en zij geloofde hem. Toch bedreef hij haastig en hongerig de liefde, zonder ervan te genieten, als iemand die, geplaagd door schuldgevoelens, zwicht voor een verslaving. Hij gaf zichzelf niet de tijd om haar lichaam te ontdekken of het zijne te onthullen; hij bezweek voor de dwingende begeerte en de heimelijkheid. Hij vond dat ze nooit tijd genoeg hadden, ondanks het feit dat Eliza hem geruststelde door hem uit te leggen dat niemand 's nachts naar die kamer kwam, dat de Sommers bedwelmd lagen te slapen,

130

en Mama Fresia ook in haar hutje op de achterplaats, en dat de vertrekken van de rest van de bedienden zich op zolder bevonden. Het instinct wakkerde de stoutmoedigheid aan in het meisje en spoorde haar aan de talloze mogelijkheden van het genot te ontdekken, maar ze leerde al gauw zich in te houden. Haar initiatieven in het liefdesspel drukten Joaquín in de verdediging; hij voelde zich aangesproken, gekwetst of bedreigd in zijn mannelijkheid. Hij werd gekweld door de ergste vermoedens, want zoveel natuurlijke zinnelijkheid in een meisje van zestien wier horizon bestond uit de muren van haar huis, kon hij zich niet voorstellen. De angst om haar zwanger te maken verergerde de situatie, want geen van beiden wist hoe je dat moest voorkomen. Joaquín begreep vagelijk iets van het systeem van bevruchting en ging ervan uit dat ze geen gevaar liepen als hij op tijd terugtrok, maar dat lukte niet altijd. Hij merkte dat Eliza gefrustreerd raakte, maar wist niet hoe hij haar moest troosten, en in plaats van dat te proberen, vluchtte hij meteen in zijn rol van intellectuele leermeester, waarin hij zich zeker voelde. Terwijl zij ernaar verlangde gestreeld te worden of op z'n minst tegen de schouder van haar geliefde uit te rusten, maakte hij zich los, kleedde zich snel aan en gebruikte de kostbare tijd die ze nog hadden om nieuwe argumenten te overdenken voor dezelfde politieke ideeën die hij al honderd keer herhaald had. Na zo'n vrijpartij zat Eliza op hete kolen, maar dat durfde ze zelfs in haar allerdiepste binnenste niet toe te geven, want dat zou hetzelfde betekenen als de kwaliteit van de liefde ter discussie stellen. Ze liep dus in de val mee te gaan met de geliefde en hem te verontschuldigen, met de gedachte dat als ze meer tijd zouden hebben en een veilige plek, ze wel goed zouden vrijen. Veel beter dan de capriolen samen waren de uren erna, wanneer ze fantaseerde over wat er niet gebeurd was, en de nachten dat ze droomde wat er misschien de volgende keer zou gebeuren in de kamer met kleerkasten.

Met dezelfde ernst die ze in al haar verrichtingen aan den

131

dag legde, kweet Eliza zich van haar taak haar geliefde te idealiseren tot ze van hem een obsessie had gemaakt. Het enige wat ze wilde, was hem onvoorwaardelijk dienen voor de rest van haar leven, zich opofferen en lijden om haar onbaatzuchtigheid te bewijzen, voor hem sterven als dat nodig was. Verblind door de betovering van die eerste grote liefde, zag ze niet dat die niet met dezelfde intensiteit werd beantwoord. Haar vrijer was nooit helemaal aanwezig. Zelfs tijdens de wildste omstrengelingen boven op de hoop gordijnen was zijn geest ergens anders, klaar om te vertrekken of al weg. Hij liet maar de helft van zichzelf vluchtig zien in een zenuwslopend Chinees schimmenspel, maar wanneer hij wegging en zij op het punt stond in huilen uit te barstten van liefdeshonger, gaf hij haar een van zijn wonderbaarlijke brieven. Dan veranderde voor Eliza het hele universum in een kristal, dat als enig doel had haar gevoelens te weerkaatsen. Overgeleverd aan de zware taak van de zuivere verliefdheid, twijfelde ze niet aan zijn vermogen tot onvoorwaardelijke overgave, en juist daarom erkende ze Joaquíns dubbelheid niet. Ze had een ideale minnaar verzonnen en voedde dat drogbeeld met onovertrefbare koppigheid. Haar verbeelding compenseerde het ondankbare samenzijn met haar geliefde, waardoor ze in het duistere voorgeborchte van het onvervulde verlangen werd achtergelaten.

DEEL TWEE

1848-1849

Het nieuws

Op 21 september, volgens de kalender van Miss Rose de eerste dag van de lente, luchtten ze de kamers, legden de matrassen en dekens in de zon, zetten de houten meubels in de was en vervingen de gordijnen in de woonkamer. Mama Fresia waste zonder commentaar de cretonnen bloemetjesgordijnen, in de overtuiging dat de opgedroogde vlekken muizenpis waren. Op de binnenplaats zette ze voor de hete was grote kuipen klaar met *quillay*-schors, weekte de gordijnen er een hele dag in, steef ze met rijstwater en legde ze in de zon te drogen; daarna werden ze door twee vrouwen gestreken en toen ze weer als nieuw waren, werden ze opgehangen om het nieuwe seizoen welkom te heten. Intussen rollebolden Eliza en Joaquín, ongevoelig voor de lentekriebels van Miss Rose, over de groene fluwelen gordijnen, die zachter waren dan de cretonnen. Het was niet koud meer en de nachten waren helder. Ze waren nu drie maanden verliefd en de met dichterlijke frasen en vlammende liefdesverklaringen doorspekte brieven van Joaquín waren aanzienlijk spaarzamer geworden. Eliza voelde dat haar geliefde afwezig was, soms omhelsde ze een spookverschijning. Ondanks het verdriet van het onbevredigde verlangen en de drukkende last van al die geheimen had het meisje ogenschijnlijk haar rust hervonden. Ze bracht de uren van de dag door met dezelfde bezigheden als voorheen, zich onderhoudend met haar boeken en piano-

135

oefeningen of ploeterend in de keuken en het naaikamertje, zonder ook maar de geringste belangstelling te tonen om het huis uit te gaan. Als Miss Rose haar daar echter om vroeg, ging ze goedgemutst mee, als iemand die toch niets beters te doen heeft. Zoals altijd ging ze vroeg naar bed en stond vroeg op; ze had een flinke eetlust en zag er gezond uit, maar die uitingen van volstrekte alledaagsheid deden Miss Rose en Mama Fresia het ergste vermoeden. Ze verloren haar geen moment uit het oog. Ze betwijfelden of de roes van verliefdheid ineens was vervlogen, maar aangezien er weken voorbijgingen en Eliza geen tekenen van onrust vertoonde, verminderden ze langzaam aan het toezicht. Misschien waren de kaarsen voor de heilige Antonius toch nog ergens goed voor geweest, meende de indiaanse; misschien was het toch geen liefde, dacht Miss Rose weinig overtuigd.

Het nieuws dat er goud was gevonden in Californië, bereikte Chili in augustus. Eerst was het een opgewonden gerucht uit de mond van dronken zeevaarders in de bordelen van El Almendral, maar een paar dagen later meldde de kapitein van de schoener *Adelaida* dat de helft van zijn matrozen in San Francisco was gedeserteerd.

'Overal ligt goud, het ligt voor het oprapen, er zijn goudklompen zo groot als sinaasappels gezien! Iedereen die een beetje handig is, wordt miljonair!' vertelde hij overlopend van enthousiasme.

In januari van dat jaar had iemand met de achternaam Marshall in de buurt van de molen van een Zwitserse boer aan de oever van de Río Americano een goudschilfertje in het water gevonden. Dat geelkleurige deeltje waarmee de waanzin losbarstte, werd ontdekt negen dagen nadat de oorlog tussen Mexico en de Verenigde Staten met de ondertekening van de Vrede van Guadalupe Hidalgo beëindigd was. Toen het nieuws zich verspreidde, hoorde Californië niet meer bij Mexico. Voordat men erachter kwam dat het gebied op een onuitputtelijke schat lag, hechtte niemand er al te veel belang aan: voor de Amerikanen was het een indianengebied en de pioniers veroverden liever Oregon, omdat ze dachten dat daar de landbouw beter gedijde. Mexico beschouwde Californië als een dorre vlakte vol geboefte en vond het niet de moeite er tijdens de oorlog troepen heen te sturen om het te verdedigen. Kort daarna rende Sam Brannan, een dagbladuitgever en mormoonse predikant die gestuurd was om zijn geloof uit te dragen, door de straten van San Francisco om het nieuws te verkondigen. Ze zouden hem misschien niet geloofd hebben, want hij had een enigszins onzuivere reputatie – het gerucht ging dat hij Gods geld verkeerd besteed had en dat toen de mormoonse Kerk eiste dat hij het teruggaf, hij antwoordde dat hij dat wel zou doen... in ruil voor een door God ondertekend ontvangstbewijs – maar hij ondersteunde zijn woorden met een flesje vol goudpoeder, dat van hand tot hand ging en de mensen razend enthousiast maakte. Toen ze 'Goud, goud!' hoorden roepen, lieten drie op de vier mannen alles achter en vertrokken richting de goudbeddingen. De enige school die er was, moest gesloten worden, want er bleven zelfs geen kinderen over. In Chili had het nieuws hetzelfde effect. Het gemiddelde loon lag op twintig centavo's per dag en volgens de kranten was eindelijk Eldorado ontdekt, de stad waarvan de Veroveraars droomden, waar de straten geplaveid waren met edelmetaal: 'De rijkdom van de mijnen is als die in de sprookjes van Sinbad of Aladins wonderlamp; zonder bang te zijn te overdrijven stelt men vast dat de winst per dag een ounce zuiver goud is,' verkondigden de kranten, en ze voegden eraan toe dat er genoeg was om duizenden mensen decennialang rijk te maken. Het vuur van de hebzucht sloeg direct over op de Chilenen met hun mijnwerkersinborst, en de maand erop ving de wilde vlucht naar Californië aan. Vergeleken met een avonturier die over de Atlantische Oceaan voer, waren ze overigens al halverwege. De reis van Europa naar Valparaíso duurde drie maanden en daarna waren er nog eens twee nodig om in Californië te komen. Van Valparaíso naar San Francisco was het nog geen zevenduizend mijl, terwijl het vanaf de oostkust van Noord-Amerika via Kaap Hoorn bijna twintigduizend mijl was. Dit betekende een aanzienlijke voorsprong voor de Chilenen, berekende Joaquín Andieta, want de eersten die aankwamen zouden de beste goudaders voor zichzelf opeisen.

Feliciano Rodríguez de Santa Cruz trok dezelfde conclusie en besloot meteen uit te varen met vijf van zijn beste en trouwste mijnwerkers, met de belofte dat ze als compensatie voor het achterlaten van hun families en het feit dat ze zich in een risicovolle onderneming stortten een aanmoedigingspremie zouden krijgen. In drie weken pakte hij zijn bagage voor een verblijf van enkele maanden in dat op het noordelijk halfrond gelegen gebied, dat hij zich desolaat en woest voorstelde. Hij had een ruime voorsprong op de meeste naïevelingen die, aangespoord door de verleiding van makkelijk te vergaren rijkdom, halsoverkop en naakt en bloot vertrokken zonder enig idee te hebben van de gevaren en zwaarte van de onderneming. Hij was niet van plan zich als een boer krom te gaan werken, daarom ging hij goed bevoorraad op reis en nam trouwe dienaren mee, zo legde hij zijn vrouw uit, die haar tweede kind verwachtte maar erop stond met hem mee te gaan. Paulina wilde met twee kindermeisjes reizen, haar kok, een levende koe en kippen om de kinderen tijdens de overtocht van melk en eieren te voorzien, maar voor één keer hield haar man zijn poot stijf. Het idee een dergelijke odyssee te ondernemen met zijn gezin op de rug was absolute waanzin. Zijn vrouw had haar verstand verloren.

'Hoe heet die kapitein ook alweer, die vriend van Mr. Todd?' onderbrak Paulina hem halverwege zijn betoog, terwijl ze op haar gigantische buik een kop chocola in evenwicht hield en hapte in een gebakje van bladerdeeg met pudding, een recept van de clarissen.

'John Sommers, misschien?'

'Ik bedoel die ene die het zeilen beu was en het over stoomschepen had.'

'Dat is hem.'

Paulina zat even te denken, onderwijl gebakjes in haar mond stoppend en zonder ook maar de minste aandacht te schenken aan de reeks gevaren die haar man aanvoerde. Ze was aangekomen en van het bevallige meisje dat met een kaalgeschoren hoofd uit een klooster was ontsnapt, was weinig meer over.

'Hoeveel staat er op mijn rekening in Londen?' vroeg ze ten slotte.

'Vijftigduizend pond. Je bent een ontzettend rijke dame.'

'Dat is niet genoeg. Kun je me het dubbele lenen tegen een rente van tien procent, in drie jaar terug te betalen?'

'Goeie genade, wat heb jij toch voor ideeën! Waarom wil je in godsnaam zoveel hebben?'

'Voor een stoomschip. De grote handel is niet het goud, Feliciano, dat is welbeschouwd alleen maar gele rotzooi. De grote handel zijn de gouddelvers. Ze hebben van alles nodig in Californië en zullen contant betalen. Men zegt dat stoomschepen recht vooruitvaren, niet afhankelijk zijn van de grillen van de wind, groter zijn en sneller. Zeilschepen behoren tot het verleden.'

Feliciano werkte zijn plannen verder uit, maar de ervaring had hem geleerd de financiële intuïtie van zijn vrouw niet te onderschatten. Nachtenlang kon hij niet slapen. Hij ijsbeerde slapeloos door de pronkerige salons van zijn landhuis tussen zakken proviand, gereedschapskisten, vaten buskruit en bergen wapens voor de reis, onderwijl Paulina's woorden wikkend en wegend. Hoe langer hij erover nadacht, hoe beter het idee hem leek om in transport te investeren, maar voordat hij een beslissing nam, ging hij bij zijn broer te rade, die in al zijn ondernemingen zijn partner was. De ander luisterde met open mond en toen Feliciano de zaak had uitgelegd, sloeg hij met zijn hand tegen zijn voorhoofd.

'Verdorie, man! Waarom hebben we daar niet eerder aan gedacht?'

Intussen droomde Joaquín Andieta, net als duizenden andere Chilenen van zijn leeftijd en van alle rangen en standen, over zakken goudpoeder en over de grond verspreide klompjes goud. Verscheidene van zijn kennissen waren al vertrokken, zelfs een van zijn kameraden van de boekhandel Santos Tornero, een jonge liberaal die tegen de rijken tekeerging en de eerste was om de corruptie van het geld aan de kaak te stellen, maar de lokroep niet kon weerstaan en was weggegaan zonder iemand gedag te zeggen. Voor Joaquín betekende Californië de enige kans om uit de armoede te komen, zijn moeder uit de huurkazerne te halen en een medicijn voor haar zieke longen te zoeken; om met opgeheven hoofd en overvolle zakken voor Jeremy Sommers te gaan staan en hem om Eliza's hand te vragen. Goud... goud binnen zijn bereik... Hij kon de zakken met het metaal in poedervorm zien, de manden vol enorme klompen, de bankbiljetten in zijn zakken, het paleis dat hij zou laten bouwen, degelijker en met meer marmer dan dat van de Club de la Unión, om de familieleden die zijn moeder hadden vernederd de mond te snoeren. Ook zag hij zichzelf aan de arm van Eliza Sommers de Iglesia de la Matriz uit komen, het gelukkigste bruidspaar op aarde. Het was slechts een kwestie van durven. Wat had Chili hem voor toekomst te bieden? In het beste geval zou hij oud worden met het tellen van de producten die het kantoor van de Britse Compagnie voor Import en Export passeerden. Hij had niets te verliezen, aangezien hij toch al niets bezat. De goudkoorts bracht hem uit zijn doen, zijn eetlust verdween en hij kon niet slapen, hij had geen rust meer en speurde met de ogen van een dwaze de zee af. Zijn vriend de boekenverkoper leende hem kaarten van en boeken over Californië en een brochure over het wassen van het metaal, die hij verslond terwijl hij wanhopige berekeningen maakte om zijn reis te kunnen bekostigen. De krantenberichten konden niet aanlokkelijker: 'In een gedeelte van de mijnen dat *dry diggin's* wordt genoemd, heeft men geen ander gereedschap nodig dan een gewoon mes om het metaal van de rotsen te schrapen. In andere gedeelten is het al los en gebruikt men slechts eenvoudige werktuigen, zoals een gewone houten trog met ronde bodem, die vanboven zo'n drie meter lang en zestig centimeter breed is. Aangezien men geen investeringen hoeft te doen, is er veel concurrentie en mannen die vroeger net genoeg bij elkaar kregen voor een maand, hebben nu duizenden peso's in edelmetaal.'

Toen Andieta het over de mogelijkheid had om zich in te schepen naar het noorden, reageerde zijn moeder net zo afwijzend als Eliza. Zonder elkaar ooit te hebben gezien, zeiden de twee vrouwen precies hetzelfde: als je gaat, Joaquín, wordt dat mijn dood. Beiden probeerden hem de talloze gevaren van een dergelijke onderneming onder ogen te laten zien en ze zwoeren dat ze duizend keer liever de hopeloze armoede hadden aan zijn zijde dan een denkbeeldig fortuin met het risico hem voor altijd kwijt te raken. Zijn moeder verzekerde hem dat ze de huurkazerne nog niet zou verlaten al was ze miljonair, omdat ze daar haar vrienden had en niet wist waar ze anders heen moest op deze wereld. En wat haar longen betreft, daar was niets aan te doen, zei ze, alleen maar wachten tot ze uiteindelijk zouden openbarsten. Eliza bood van haar kant aan te vluchten, voor het geval ze niet mochten trouwen; maar hij luisterde niet naar hen, helemaal opgaand in zijn bevlieging, er zeker van dat hij nooit meer zo'n kans zou krijgen en dat hem voorbij laten gaan een onvergeeflijke, laffe daad zou zijn. Zijn nieuwe obsessie joeg hij na met evenveel hartstocht als waarmee hij voorheen de liberale ideeën verkondigd had, maar het ontbrak hem aan middelen om zijn plannen uit te voeren. Hij kon zijn bestemming niet bereiken zonder een zekere hoeveelheid geld om het ticket te betalen en zich met het hoognodige uit te rusten. Hij ging naar de bank voor een kleine lening, maar kon niet ga-

rant staan, en bij de aanblik van zijn uiterlijk van arme sloe-
ber wees men hem ijskoud de deur. Voor het eerst dacht hij
erover een beroep te doen op de familie van zijn moeder,
waarmee hij tot dan toe nog nooit een woord gewisseld had,
maar daarvoor was hij te trots. Het visioen van een oogver-
blindende toekomst liet hem niet met rust, met pijn en moeite kon hij zijn werk doen, de lange uren aan het bureau werden een straf. Hij bleef met zijn pen in de lucht zitten staren
zonder het blanco papier te zien, terwijl hij uit het hoofd de
namen opzei van de schepen die hem naar het noorden konden brengen. De nachten trokken voorbij met wilde dromen
en nerveuze slapeloosheid, hij werd wakker met een afgemat
lijf en een gloeiende fantasie. Hij maakte beginnersfouten terwijl om hem heen de opwinding hysterische vormen aannam.
Iedereen wilde vertrekken en wie niet zelf kon gaan, finan-
cierde ondernemingen, investeerde in inderhaast opgerichte
bedrijven of stuurde in zijn plaats een betrouwbare vertegenwoordiger met de afspraak de winsten te delen. De vrijgezellen lichtten het eerst het anker; al gauw lieten getrouwde mannen hun kinderen achter en scheepten zich eveneens
in zonder achterom te kijken, de gruwelverhalen over onbekende ziekten, verschrikkelijke ongelukken en wrede misdaden ten spijt. De meest vredelievende mannen waren bereid
de gevaren van geweerschoten en messteken het hoofd te bieden, de voorzichtigste lieten de zekerheid die ze met jarenlange inspanning hadden verworven varen en stortten zich
met hun bagage vol verhitte droombeelden in het avontuur.
Sommigen gaven hun spaargelden uit aan tickets, anderen
bekostigden de reis door als matroos te werken of hun toekomstige werk als onderpand te gebruiken, maar er waren zoveel kandidaten dat Joaquín op geen enkel schip een plaats
vond, hoewel hij elke dag op de kade informeerde.

In december hield hij het niet langer uit. Bij het over-
schrijven van een specificatie van een in de haven aangekomen lading, wat hij elke dag nauwkeurig deed, veranderde

hij de getallen in het registratieboek, waarna hij de originele vrachtbrieven vernietigde. Zo liet hij middels boekhoud-
kundige goochelarij verscheidene kisten met revolvers en kogels uit New York verdwijnen. Drie nachten achter elkaar
kon hij de nachtbewaking misleiden, de sloten forceren en
de opslagplaats van de Britse Compagnie voor Import en Export binnendringen om de inhoud van de kisten te ont-
vreemden. Hij moest een aantal keren terugkomen, want het
was een zware vracht. Eerst haalde hij de wapens weg, verstopt in zijn zakken, en sommige onder zijn kleren aan armen en benen gebonden; daarna nam hij in tassen de kogels
mee. Verscheidene malen werd hij bijna gezien door de
nachtwakers die hun ronde deden, maar het geluk was met
hem en telkens kon hij op tijd wegglippen. Hij wist dat hij
nog zo'n twee weken had voordat iemand de kisten zou opeisen en de diefstal ontdekt zou worden; hij ging er ook van
uit dat het heel eenvoudig zou zijn het spoor van de zoek-
geraakte papieren en de vervalste cijfers te volgen naar de
schuldige, maar hij hoopte tegen die tijd op volle zee te zijn.
En wanneer hij zijn eigen schat zou hebben, zou hij het tot
op de laatste cent en met rente terugbetalen, want het was
slechts uit pure wanhoop dat hij een dergelijke wandaad begaan had, zo herhaalde hij duizendmaal bij zichzelf. Het ging
om een zaak van leven of dood: wat hij verstond onder leven, dat lag in Californië; in Chili gevangen blijven stond
voor hem gelijk aan een langzame dood. Een deel van zijn
buit verkocht hij tegen een lage prijs in de achterbuurten bij
de haven, en het andere deel aan zijn vrienden van de boekhandel Santos Tornero, nadat hij hen had laten zweren het
geheim te zullen houden. Die vurige idealisten hadden nog
nooit een wapen in handen gehad, maar waren al jaren bezig zich verbaal voor te bereiden op een utopische opstand
tegen de conservatieve regering. Ze zouden hun eigen voor-
nemens verraden als ze de revolvers van de zwarte markt niet
zouden kopen, vooral gezien de weggeefprijs. Joaquín An-

143

dieta hield er twee voor zichzelf, vastberaden ze te gebruiken om vooruit te komen, maar hij vertelde zijn vrienden niets over zijn plannen om te vertrekken. Die avond legde ook hij achter in de boekhandel zijn rechterhand op zijn hart om in naam van het vaderland te zweren dat hij zijn leven zou geven voor democratie en rechtvaardigheid. De volgende ochtend kocht hij een kaartje derde klas voor de eerste schoener die in die dagen zou uitvaren en een paar zakken volkorenmeel, bonen, rijst, suiker, gedroogd paardenvlees en plakken spek, die hem bij zuinig gebruik met moeite overeind zouden kunnen houden gedurende de overtocht. De paar centen die hij nog over had, bond hij met een strakke band om zijn middel.

Op de avond van 22 december nam hij afscheid van Eliza en zijn moeder en de dag daarop vertrok hij richting Californië.

Mama Fresia had de liefdesbrieven toevallig gevonden toen ze uien rooide in het smalle groentetuintje op de binnenplaats en met de hooivork op het blikken doosje stuitte. Ze kon niet lezen, maar één blik was voldoende om te begrijpen waar het om ging. Ze kwam in de verleiding het aan Miss Rose te geven, want de dreiging was al te voelen alleen door ze in haar handen te hebben; ze zou gezworen hebben dat het met een lint bijeengebonden pakketje klopte als een levend hart. De genegenheid voor Eliza was echter sterker dan het gezond verstand, en in plaats van naar haar bazin te gaan, legde ze de brieven weer in het koekblik, verborg het onder haar wijde zwarte rok en liep zuchtend naar de kamer van het meisje. Ze trof Eliza zittend op een stoel aan, met rechte rug en haar handen in haar schoot alsof ze in de mis zat, door het raam naar de zee turend, zo bedrukt dat de lucht om haar heen dicht en vol voortekenen aanvoelde. Ze zette het blik op de knieën van het meisje en bleef tevergeefs op uitleg wachten.

'Die man is een duivel. Hij zal je alleen maar ongeluk brengen,' zei ze ten slotte.

'Het ongeluk is al begonnen. Zes weken geleden is hij naar Californië vertrokken en ik ben nog niet ongesteld geworden.'

Mama Fresia ging in kleermakerszit op de grond zitten, zoals ze deed wanneer ze niet meer op haar benen kon staan, en begon zachtjes jammerend met haar lichaam naar voren en naar achteren te schommelen.

'Stil, mamita, Miss Rose kan ons horen!' smeekte Eliza.

'Een kind uit de goot! Een bastaard! Wat moeten we doen, meisje van me? Wat moeten we doen?' bleef de vrouw treuren.

'Ik ga met hem trouwen.'

'Hoe dan? Die man is toch weg?'

'Ik zal hem moeten gaan zoeken.'

'Ach, lieve Heertje! Ben je gek geworden? Ik zal je helpen en binnen een paar dagen ben je weer de oude.'

De vrouw bereidde een bernagieaftreksel en een brouwseltje van kippenmest in donker bier, dat ze Eliza driemaal daags te drinken gaf; daarnaast zette ze haar in zwavelbaden en legde mosterdkompressen op haar buik. Het resultaat was dat ze geel uitsloeg en doordrenkt was van plakkerig zweet dat naar verrotte gardenia's rook, en na een week was er nog geen enkel symptoom van abortus opgetreden. Mama Fresia stelde vast dat het kind een jongetje was en zonder twijfel vervloekt, daarom hield hij zich zo stevig vast aan de buik van zijn moeder. Deze ramp ging haar te boven, het was een zaak van de duivel en alleen haar lerares, de machi, zou zo'n machtig onheil kunnen bedwingen. Diezelfde middag vroeg ze haar bazen verlof om weg te gaan en legde nogmaals te voet de moeizame weg af naar de bergengte om zich met hangend hoofd bij de blinde, oude tovenares aan te dienen. Als geschenk had ze twee bakvormen met kweepeergelei en een in dragon gestoofde eend bij zich.

De machi luisterde knikkend met een verveelde houding naar de laatste gebeurtenissen, alsof ze al van tevoren wist wat er gebeurd was.

'Ik zei al: een obsessie is een hardnekkige kwaal; hij omklemt de hersenen en breekt het hart. Er zijn veel soorten obsessies, maar het ergst is die van de liefde.'

'Kunt u iets doen voor mijn meisje zodat ze die bastaard eruit gooit?'

'Kunnen wel. Maar dat is niet de manier. Ze moet haar man achterna, meer niet.'

'Die is heel ver weg goud gaan zoeken.'

'Na liefde is goud de ergste obsessie,' sprak de machi.

Mama Fresia begreep dat het niet mogelijk zou zijn Eliza mee te nemen naar de bergengte van de machi, een abortus te plegen en met haar naar huis terug te keren zonder dat Miss Rose het zou merken. De tovenares was honderd jaar en was in vijftig jaar niet uit haar armzalige woninkje gekomen, dus ze zou evenmin naar het huis van de Sommers kunnen komen om het meisje te behandelen. Er zat niets anders op dan het zelf te doen. De machi gaf haar een dun *colihue*-stokje en een donker, stinkend zalfje, waarna ze haar uitgebreid uitlegde hoe ze het rietje met dat goedje moest insmeren en bij Eliza inbrengen. Meteen daarna leerde ze haar de toverwoorden die het kind van de duivel moesten uitdrijven en tegelijkertijd het leven van de moeder beschermen. Deze handeling moest worden voltrokken op vrijdagavond, de enige dag van de week die daarvoor toegestaan was, waarschuwde ze. Mama Fresia kwam zeer laat en uitgeput thuis, met de colihue en de zalf onder haar mantel.

'Bid, meisje, want over twee nachten zal ik je helpen,' deelde ze Eliza mee toen ze haar op bed de chocolade voor het ontbijt bracht.

Kapitein John Sommers kwam aan land in Valparaíso op de dag die de machi had genoemd. Het was de tweede vrijdag in februari tijdens een overdadige zomer. De baai bruiste van activiteit, met vijftig boten voor anker en nog andere die op volle zee lagen te wachten om richting wal te gaan. Zoals altijd heetten Jeremy, Rose en Eliza die bewonderenswaardige oom, die bepakt met nieuwigheden en cadeautjes aankwam, op de kade welkom. De bourgeoisie, die met elkaar afsprak om de boten te bezoeken en smokkelwaar te kopen, vermengde zich met zeelieden, reizigers, cargadoors en douanebeambten, terwijl de op enige afstand geposteerde prostituees stonden te rekenen. Sinds het nieuws over het goud de hebzucht prikkelde van mannen aan alle oevers van de wereld, kwamen en gingen de schepen de laatste maanden in een ijltempo en konden de bordelen het niet bolwerken. De stoutmoedigste vrouwen stelden zich echter niet tevreden met de gunstige tendens in de handel in Valparaíso en rekenden uit hoeveel meer ze zouden kunnen verdienen in Californië, waar er naar men hoorde op elke vrouw tweehonderd mannen waren. In de haven struikelden de mensen over karren, dieren en balen; er werden verscheidene talen gesproken, er klonken scheepshoorns en bewakersfluitjes. Miss Rose zocht met een met vanille geparfumeerde zakdoek voor haar neus tussen de passagiers in de roeibootjes naar haar lievelingsbroer, terwijl Eliza met snelle teugen de lucht inhaleerde in een poging de geuren te onderscheiden en te herkennen. De stank uit de grote manden met vis in de zon vermengde zich met de vieze lucht van uitwerpselen van lastdieren en menselijk zweet. Ze was de eerste die kapitein Sommers zag en voelde zo'n grote opluchting dat ze bijna in huilen uitbarstte. Ze had maandenlang op hem gewacht, in de zekerheid dat hij begrip zou hebben voor de pijn van haar tegengewerkte liefde. Ze had tegenover Miss Rose met geen woord gerept over Joaquín Andieta, en tegen Jeremy Sommers al helemaal niet, maar ze wist zeker dat haar varende oom, die nergens van schrok of verbaasd over was, haar zou helpen.

De kapitein had nauwelijks een voet aan wal of Eliza en Miss Rose stortten zich uitbundig op hem; hij nam ze beiden met zijn gespierde zeeroversarmen om hun middel, tilde ze tegelijk op en begon als een tol in het rond te zwieren onder gegil van Miss Rose en protest van Eliza, die op het punt stond om over te geven. Jeremy Sommers begroette hem met een handdruk, zich afvragend hoe het toch mogelijk was dat zijn broer de laatste twintig jaar niets veranderd was, hij was nog steeds dezelfde spring-in-'t-veld.

'Wat is er met je, kindje? Je ziet er erg slecht uit,' zei de kapitein terwijl hij Eliza bestudeerde.

'Ik heb onrijp fruit gegeten, oom,' verklaarde ze, tegen hem leunend om niet om te vallen van duizeligheid.

'Ik weet dat jullie niet naar de haven gekomen zijn om mij op te halen. Wat jullie willen is parfum kopen, of niet soms? Ik zal jullie vertellen wie het beste heeft, uit hartje Parijs.'

Op dat ogenblik liep een buitenlander langs hem en stootte per ongeluk tegen hem aan met een koffer die hij op zijn schouder droeg. John Sommers draaide zich verontwaardigd om, maar toen hij hem herkende, riep hij op schertsende toon een van zijn typische verwensingen uit en hield hem bij de arm tegen.

'Kom je eens aan mijn familie voorstellen, Chinees,' riep hij hem hartelijk toe.

Eliza stond hem openlijk te observeren, want ze had nog nooit een Aziaat van dichtbij gezien en had eindelijk een inwoner uit China voor zich, dat fabelachtige land dat een rol speelde in veel sprookjes van haar oom. Het was een man van onduidelijke leeftijd en hij was nogal lang vergeleken met de Chilenen, hoewel hij naast de corpulente Engelse kapitein een kind leek. Hij liep zonder elegantie, had een egaal gezicht, een tenger jongenslijf en een ouwelijke uitdrukking in zijn spleetogen. Zijn dokterachtige bedaardheid contrasteerde met zijn kinderlijke lach, die van diep uit zijn borst opwelde toen Sommers op hem toe liep. Hij droeg een broek tot op zijn kuiten, een losse blouse van ruwe stof en een gordel om zijn middel, waarin een groot mes zat; hij had krappe schoentjes aan, droeg een gedeukte strohoed en op zijn rug hing een lange vlecht. Hij groette met een aantal hoofdbuigingen, zonder zijn koffer los te laten of iemand aan te kijken. Miss Rose en Jeremy Sommers, in verlegenheid gebracht door de ongedwongenheid waarmee hun broer een persoon van ongetwijfeld lagere status bejegende, wisten zich geen houding te geven en reageerden met een afgemeten en nors gebaar. Tot afgrijzen van Miss Rose reikte Eliza hem de hand, maar de man deed alsof hij die niet zag.

'Dit is Tao Chi'en, de slechtste kok die ik ooit gehad heb, maar die bijna alle ziekten kan genezen, daarom heb ik hem nog niet overboord gegooid,' gescheerde de kapitein.

Tao Chi'en maakte opnieuw een reeks buigingen, lachte weer zonder duidelijke reden en trok zich meteen daarna uit hun buurt terug. Eliza vroeg zich af of hij Engels zou verstaan. Achter de rug van de twee vrouwen om fluisterde John Sommers zijn broer in dat de Chinees hem opium van de beste kwaliteit kon verkopen en neushoornpoeder tegen impotentie, voor het geval hij op een dag zou besluiten de slechte gewoonte van het celibaat op te geven. Eliza luisterde geïntrigeerd, zich achter haar waaier verbergend.

Die middag deelde de kapitein thuis tijdens theetijd de cadeautjes uit die hij had meegebracht: Engelse scheerzeep, een scharenset uit Toledo en havanna's voor zijn broer, schildpadkammen en een geborduurde zijden omslagdoek voor Rose en, zoals altijd, een sieraad voor Eliza's uitzet. Deze keer was het een parelsnoer, dat het meisje dankbaar en ontroerd in ontvangst nam en in haar juwelendoosje stopte bij de andere juwelen die ze gekregen had. Dankzij de vasthoudendheid van Miss Rose en de vrijgevigheid van die oom werd de kist voor de uitzet langzaam met schatten gevuld.

'Ik vind het een stompzinnige gewoonte om een uitzet te verzamelen, vooral wanneer je niet eens een verloofde aan je zijde hebt,' lachte de kapitein. 'Of is er misschien inmiddels eentje in zicht?'

Het meisje wisselde een blik van ontzetting met Mama Fresia, die op dat ogenblik was binnengekomen met een dienblad met thee. De kapitein zei niets, maar vroeg zich af hoe het mogelijk was dat zijn zus Rose de veranderingen in Eliza niet opgemerkt had. Zo te zien had je niet zoveel aan vrouwelijke intuïtie.

De rest van de middag verstreek met het luisteren naar de wonderlijke verhalen van de kapitein over Californië, hoewel hij die kant nog niet uit was geweest sinds de fantastische ontdekking en over San Francisco alleen maar kon zeggen dat het een eerder armzalig gehucht was, maar aan de mooiste baai ter wereld lag. De goldrush was in Europa en de Verenigde Staten het enige gespreksonderwerp, het nieuws had zelfs de meest afgelegen oevers van Azië bereikt. Zijn boot zat vol passagiers met bestemming Californië, de meerderheid onbekend met de meest elementaire kennis over mijnbouw, en velen die in hun leven nog niet eens een gouden tand gezien hadden. Er was geen makkelijke of snelle manier om in San Francisco te komen, je moest maandenlang varen onder de hachelijkste omstandigheden, legde de kapitein uit, maar de reis over het Amerikaanse vasteland duurde langer en de kans op overleven was kleiner, want je moest het onmetelijke landschap en de agressie van de indianen trotseren. Degenen die zich per boot naar Panama waagden, staken de landengte over op draagbaren, door met ongedierte geïnfecteerde rivieren, op een muilezel door het oerwoud, en wanneer ze de kust van de Grote Oceaan bereikten, namen ze een ander schip naar het noorden. Ze moesten een helse hitte, giftige beestjes, muggen, cholera en gele koorts verdragen, naast de weergaloze slechtheid van de mens. De reizigers die ongedeerd uit de uitglijpartijen van rijdieren in de afgrond en de gevaren van de moerassen kwamen, vielen aan de andere kant in handen van bandieten die hen van hun eigendommen beroofden, of van huurlingen die hen een fortuin lieten betalen om ze in gammele bootjes als vee op elkaar gepropt naar San Francisco te brengen.

'Is Californië erg groot?' vroeg Eliza, ervoor zorgend dat haar stem haar angstige hart niet zou verraden.

'Pak de kaart eens, dan laat ik het je zien. Het is veel groter dan Chili.'

'En hoe kom je bij het goud?'

'Ze zeggen dat het overal ligt...'

'Maar als je, laten we bijvoorbeeld zeggen, iemand in Californië zou willen vinden...'

'Dat zou behoorlijk lastig worden,' antwoordde de kapitein terwijl hij nieuwsgierig Eliza's gelaatsuitdrukking bestudeerde.

'Gaat je volgende reis daarheen, oom?'

'Ik heb een aantrekkelijk aanbod gekregen dat ik denk ik wel ga aannemen. Een aantal Chileense investeerders wil een regelmatige dienst opzetten van vracht en passagiers naar Californië. Ze hebben een kapitein nodig voor hun stoomschip.'

'Dan zullen we je dus vaker zien, John!' riep Rose uit.

'Jij hebt geen ervaring met stoomschepen,' tekende Jeremy aan.

'Nee, maar de zee ken ik beter dan wie ook.'

Op de bewuste vrijdagavond wachtte Eliza tot het huis in ruste was om naar het huisje achter op de binnenplaats te gaan voor haar ontmoeting met Mama Fresia. Ze stapte uit bed en liep blootsvoets de trap af, slechts gehuld in een batisten nachthemd. Ze had er geen idee van wat voor middel Mama Fresia haar zou geven, maar wist zeker dat ze het moeilijk ging krijgen; in haar ervaring waren alle medicijnen vervelend, maar die van de indiaanse waren ook nog smerig. 'Maak je geen zorgen, meisje, ik geef je zoveel sterkedrank dat je niets meer zult weten van de pijn wanneer je uit je roes ontwaakt. We hebben alleen wel een hoop doeken nodig om het bloed op te vangen,' had de vrouw gezegd. Eliza had diezelfde weg in het donker door het huis al vaak afgelegd om haar geliefde te ontvangen en wist waar ze heen moest, maar die avond liep ze heel langzaam, treuzelend, in de hoop dat er een van die Chileense aardbevingen zou komen die alles tegen de vlakte konden gooien, om een goed excuus te hebben om niet op de afspraak met Mama Fresia te verschijnen. Haar voeten waren ijskoud en een huivering liep over haar rug. Ze wist niet of het de kou was, angst voor wat er ging gebeuren of een laatste noodsignaal van haar geweten. Sinds het eerste vermoeden dat ze zwanger was, had ze de stem horen roepen. Het was de stem van het kindje diep in haar buik, smekend om zijn recht op leven, ze wist het zeker. Ze probeerde het niet te horen en er niet aan te denken, ze kon geen kant uit, en zodra haar toestand duidelijk zou worden, zou er voor haar hoop noch vergeving zijn. Niemand zou haar misstap kunnen begrijpen; er was geen enkele manier om de verloren eer te herstellen. Noch de gebeden, noch de kaarsen van Mama Fresia zouden de ramp kunnen voorkomen; haar geliefde zou niet halverwege omdraaien om plotseling terug te keren en met haar te trouwen voordat de zwangerschap zichtbaar zou zijn. Daar was het te laat voor. De gedachte te eindigen zoals Joaquíns moeder, getekend door een onterend stigma, verstoten door haar familie en levend in armoede en eenzaamheid met een onwettige zoon, maakte haar bang; ze zou de verstoting niet kunnen verdragen, ze zou liever meteen sterven. En ze kon die nacht sterven, in handen van de lieve vrouw die haar had grootgebracht en meer van haar hield dan wie ook op deze wereld.

De familie trok zich vroeg terug, maar de kapitein en Miss Rose zaten urenlang opgesloten in het naaikamertje te smoezen. Van elke reis bracht John Sommers boeken mee voor zijn zus, en wanneer hij vertrok nam hij geheimzinnige pakketten mee waarin, zo vermoedde Eliza, de pennenvruchten van Miss Rose zaten. Ze had haar zorgvuldig haar schriften

zien inpakken, dezelfde die ze tijdens haar vrije middagen vol-
schreef in haar compacte schoonschrift. Uit respect of een
merkwaardig soort schroom zei niemand er ooit wat over, net
zomin als iemand iets zei over haar bleke aquarellen. Schrijven en schilderen werden behandeld als kleine afwijkingen,
niets om je werkelijk voor te schamen, maar evenmin iets om
mee te koop te lopen. Eliza's kookkunsten werden met dezelfde onverschilligheid bejegend door de Sommers, die in
stilte van haar gerechten genoten en van gespreksonderwerp
veranderden als het bezoek erover begon. Haar geforceerde
piano-uitvoeringen kregen echter een onverdiend applaus,
hoewel ze onbekende liedjes amper kon begeleiden. Haar leven lang had Eliza haar beschermster zien schrijven en nooit
had ze haar gevraagd wat ze schreef, zoals ze dat evenmin Jeremy of John had horen doen. Ze was nieuwsgierig waarom
haar oom stiekem de schriften van Miss Rose meenam, maar
zonder dat iemand haar dat verteld had, wist ze dat dat een
van de fundamentele geheimen was waarop het evenwicht in
de familie rustte, en het schenden ervan kon het kaartenhuis
waarin ze leefden in één zucht doen instorten. Jeremy en Miss
Rose sliepen alweer een tijdje in hun kamers en oom John
was na het eten op zijn paard weggegaan. De gewoonten van
de kapitein kennende, dacht het meisje dat hij wel aan de boe-
mel zou zijn met een van zijn lichtzinnige vriendinnen, dezelfde die hem op straat begroetten wanneer Miss Rose er
niet bij was. Ze wist dat ze dansten en dronken, maar daar ze
nauwelijks over prostituees had horen fluisteren, kwam de gedachte aan iets viezers niet in haar op. De mogelijkheid voor
geld of voor de lol datgene te doen wat zij met Joaquín Andieta deed, lag buiten haar bevattingsvermogen. Naar ze inschatte, zou haar oom pas laat in de volgende ochtend thuis-
komen, zodat ze zich een ongeluk schrok toen beneden iemand haar in het donker bij de arm greep. Ze voelde de warmte van een groot lichaam tegen het hare, een drank- en
rookadem in haar gezicht en herkende meteen haar oom. Ze

probeerde zich los te rukken terwijl ze haastig naar een verklaring zocht waarom ze daar op dat tijdstip in haar nachthemd was, maar de kapitein leidde haar resoluut naar de
bibliotheek, die schaars verlicht werd door een paar maan-
stralen door het venster. Hij dwong haar te gaan zitten in de
Engelse leren leunstoel van Jeremy, terwijl hij naar lucifers
zocht om de lamp aan te steken.

'Vertel me nu maar eens wat er verdorie met je aan de hand
is, Eliza,' beval hij haar op een toon die hij nog nooit tegen
haar gebezigd had.

In een vlaag van helderheid besefte Eliza dat haar oom niet
haar bondgenoot zou zijn, zoals ze gehoopt had. De ver-
draagzaamheid waar hij zo hoog van opgaf, zou in dit geval
niet opgaan: als het ging om de goede naam van de familie,
zou hij aan de kant van zijn broer en zus staan. Zwijgend bleef
het meisje hem uitdagend in de ogen kijken.

'Rose zegt dat je een verhouding hebt met een sukkel met
kapotte schoenen, is dat zo?'

'Ik heb hem twee keer gezien, oom John. Dat is maanden
geleden. Ik weet zijn naam niet eens.'

'Maar je bent hem niet vergeten, of wel soms? De eerste
liefde is net als de pokken: ze laat onuitwisbare sporen achter. Ben je met hem alleen geweest?'

'Nee.'

'Ik geloof je niet. Denk je dat ik gek ben? Iedereen kan zien
hoe je veranderd bent, Eliza.'

'Ik ben ziek, oom. Ik heb onrijp fruit gegeten en mijn dar-
men liggen overhoop, dat is alles. Ik was net op weg naar het
privaat.'

'Je kijkt uit je ogen als een loopse hond!'

'Waarom scheldt u me uit, oom!'

'Vergeef me, meisje. Zie je dan niet dat ik veel van je hou
en bezorgd ben? Ik kan niet toelaten dat je je leven verwoest.
Rose en ik hebben een uitstekend plan... Zou je graag naar
Engeland gaan? Ik kan ervoor zorgen dat jullie twee binnen

een maand aan boord gaan, dan is er nog tijd om dingen te kopen die jullie nodig hebben voor de reis.'

'Engeland?'

'Jullie zullen eerste klas reizen, als koninginnen, en in Londen zullen jullie in een prachtig pension zitten, een paar straten van Buckingham Palace.'

Eliza begreep dat broers en zus haar lot reeds bepaald hadden. Het laatste wat ze wilde was in de tegengestelde richting van Joaquín gaan en twee oceanen afstand tussen hen brengen.

'Dank u wel, oom. Ik zou het heerlijk vinden Engeland te leren kennen,' zei ze zo lieflijk als ze maar kon.

De kapitein schonk de ene cognac na de andere in, stak zijn pijp aan en zat de volgende twee uur de voordelen van het Londense leven op te sommen, waar een jongedame als zij de beste sociëteit kon bezoeken, naar dansavonden, het theater en concerten gaan, de leukste jurken kon kopen en een goed huwelijk sluiten. Ze had er inmiddels de leeftijd voor. En zou ze niet graag ook naar Parijs of Italië gaan? Niemand mocht sterven zonder Venetië en Florence te hebben gezien. Hij zou er wel voor zorgen dat haar grillen bevredigd werden, had hij dat niet altijd gedaan? De wereld was vol knappe, boeiende mannen met een goede positie; dat zou ze zelf kunnen vaststellen zodra ze het gat verliet waar ze hier zat, deze vergeten havenstad. Valparaíso was geen plek voor zo'n leuke en ontwikkelde jonge vrouw als zij. Ze kon er niets aan doen dat ze verliefd geworden was op de eerste de beste die op haar pad kwam, ze leefde opgesloten. En wat die knul betreft – hoe heette hij, een werknemer van Jeremy, of niet? –, die zou ze snel vergeten. De liefde, zo verzekerde hij, brandt onverbiddelijk op of wordt door de afstand met wortel en tak uitgeroeid. Niemand kon haar beter raad geven dan hij; hoe erg het ook was, hij was een expert in afstanden en in de as gelegde liefdes.

'Ik weet niet waarover u het hebt, oom. Miss Rose heeft

een liefdesroman over een zogenaamde verhouding bedacht naar aanleiding van een glas sinaasappelsap. Er kwam hier een vent wat kisten brengen, ik bood hem wat te drinken aan, hij dronk het op en daarna vertrok hij. Dat is alles. Er is niets gebeurd en ik heb hem niet meer gezien.'

'Als het is zoals jij zegt, heb je geluk: dan hoef je dat droombeeld niet uit je hoofd te zetten.'

John Sommers dronk en praatte verder tot in de vroege ochtend, terwijl Eliza, opgerold in de leren leunstoel, zich overgaf aan de slaap met de gedachte dat haar smeekbeden toch nog in de hemel gehoord waren. Het was geen aardbeving op het juiste moment geweest die haar van het verschrikkelijke middel van Mama Fresia gered had: het was haar oom geweest. In het hutje op de binnenplaats zat de indiaanse de hele nacht te wachten.

Het afscheid

Op zaterdagmiddag nodigde John Sommers zijn zus Rose uit om het schip van de broers Rodríguez de Santa Cruz te bezoeken. Als alles goed zou gaan bij de onderhandelingen die dagen, zou hij de leiding erover krijgen en zou eindelijk zijn droom in vervulling gaan om op stoom te varen. Later ontving Paulina hen in de salon van Hotel Inglés, waar ze logeerde. Ze was uit het noorden overgekomen om haar project in werking te zetten, terwijl haar man sinds enkele maanden in Californië zat. Ze gebruikten het constant heen en weer gaande scheepvaartverkeer om via een intensieve briefwisseling met elkaar te communiceren, waarin verklaringen van echtelijke liefde en commerciële plannen met elkaar verweven waren. Paulina had puur intuïtief voor John Sommers gekozen om die in de onderneming te betrekken. Ze herinnerde zich vagelijk dat hij een broer was van Jeremy en Rose Sommers, een paar buitenlanders die een paar keer waren uitgenodigd op het landgoed van haar vader, maar ze had hem maar één keer gezien en had amper een paar woorden van beleefdheid met hem gewisseld. Haar enige referentie was de gemeenschappelijke vriendschap met Jacob Todd, maar ze had de laatste weken een en ander nagetrokken en was zeer tevreden over wat ze gehoord had. De kapitein genoot een degelijke reputatie bij zeelieden en handelskantoren. Men kon vertrouwen op zijn ervaring en zijn woord, wat meer was dan gebruikelijk in die dagen van collectieve waanzin, toen iedereen een boot kon huren, een bedrijf van avonturiers opzetten en het anker lichten. Over het algemeen waren het armoedige charlatans en de schepen waren nogal krakkemikkig, maar dat was niet zo erg, want in Californië aangekomen hielden de vennootschappen op te bestaan, werden de schepen achtergelaten en vloog iedereen naar de goudaders. Paulina had echter een langetermijnvisie. Om te beginnen was ze niet gedwongen gehoor te geven aan de eisen van onbekenden, want haar enige compagnons waren haar man en haar zwager, en daarbij behoorde het grootste deel van het kapitaal haar toe, zodat ze in alle vrijheid haar eigen beslissingen kon nemen. Haar stoomschip, dat door haar *Fortuna* was gedoopt, was in onberispelijke staat, al was het vrij klein en al een aantal jaren door de zee toegetakeld. Ze was bereid de bemanning goed te betalen zodat die niet zou deserteren in het vrolijke goudfeest, maar ze nam aan dat zonder de ijzeren hand van een goede kapitein de discipline aan boord met geen enkel loon te handhaven was. Het plan van haar man en zwager was mijnwerkersgereedschap, hout voor woningen, werkkleding, huisraad, gedroogd vlees, granen, bonen en andere niet-bederfelijke waar te exporteren, maar zij had nog nauwelijks voet aan wal gezet in Valparaíso of ze zag al dat velen hetzelfde idee hadden gehad en dat de concurrentie moordend zou worden. Ze keek eens om zich heen en zag de schandalige hoeveelheid fruit en groenten van die vrijgevige zomer. Er was zoveel dat het niet te verkopen was. De groenten groeiden op de binnenplaatsen en de bomen bezweken onder het gewicht van het fruit; er wilden maar weinig mensen betalen voor wat ze gratis konden krijgen. Ze dacht aan haar vaders landgoed, waar de vruchten op de grond lagen te rotten omdat niemand er baat bij had ze te plukken. Als ze die naar Californië zou kunnen brengen, zouden ze meer waard zijn dan het pure goud zelf, concludeerde ze. Verse producten, Chileense wijn, medicijnen, eieren, exclusieve

158

kleding, muziekinstrumenten en – waarom niet? – theater-
voorstellingen, operettes, zarzuela's. San Francisco onthaalde dagelijks honderden immigranten. Vooralsnog ging het
om avonturiers en bandieten, maar er zouden ongetwijfeld
kolonisten van de andere kant van de Verenigde Staten, eerlijke boeren, advocaten, dokters, onderwijzers en allerlei andere fatsoenlijke mensen arriveren die zich met hun gezinnen wilden vestigen. Waar vrouwen zijn, is beschaving, en
zodra die in San Francisco aanvangt, ligt mijn stoomschip
daar met alles wat nodig is, besloot ze.

Paulina ontving kapitein John Sommers en zijn zus Rose
tijdens theetijd, toen de warmte van de middag wat minder
was geworden en er een frisse zeebries opstak. Voor de sobere gemeenschap uit de havenstad ging ze uiterst weelderig
gekleed, van top tot teen in boterkleurig mousseline en kant,
met een kroontje van krullen over haar oren en meer juwelen dan aanvaardbaar op dat uur van de dag. Haar tweejari-
ge zoontje spartelde in de armen van een in uniform gestoken kindermeisje en een wollig hondje aan haar voeten kreeg
stukjes taart die zij hem in de bek stopte. Het eerste halfuur
werd gevuld met het zich voorstellen, theedrinken en herinneringen ophalen aan Jacob Todd.

'Wat is er van die goede vriend geworden?' wilde Paulina
weten, die nooit de tussenkomst van de zonderlinge Engelsman in haar verhouding met Feliciano zou vergeten.

'Ik heb al lang niets meer van hem gehoord,' stelde de kapitein haar op de hoogte. 'Hij is twee jaar geleden met mij
naar Engeland vertrokken. Hij was erg depressief, maar de
zeelucht deed hem goed en toen we van boord gingen had
hij zijn goede humeur weer terug. Het laatste wat ik te weten gekomen ben, is dat hij van plan was een utopische commune op te richten.'

'Een wat?' riepen Paulina en Miss Rose eenstemmig uit.

'Een groep om mee buiten de maatschappij te leven, met
eigen wetten en een eigen regering, die wordt geleid door

principes van gelijkheid, liefde en gemeenschappelijke arbeid, geloof ik. Zo heeft hij het me onderweg tenminste duizend keer uitgelegd.'

'Die is nog getikter dan we allemaal dachten,' concludeerde Miss Rose met een beetje medelijden met haar trouwe aanbidder.

'Mensen met originele ideeën worden uiteindelijk altijd voor gek verklaard,' merkte Paulina op. 'Ik heb bijvoorbeeld een idee dat ik graag met u zou bespreken, kapitein Sommers. U kent de *Fortuna*. Hoe lang doet ze er op volle kracht over van Valparaíso naar de Golf van Penas?'

'De Golf van Penas? Die ligt in het uiterste zuiden!'

'Inderdaad. Nog onder Puerto Aisén.'

'En wat moet ik daar doen? Er zijn alleen maar eilanden, bos en regen, mevrouw.'

'Kent u het daar?'

'Ja, maar ik dacht dat ik naar San Francisco ging...'

'Proef deze bladerdeeggebakjes eens, ze zijn heerlijk,' bood ze aan, terwijl ze de hond aaide.

Terwijl John en Rose Sommers in Hotel Inglés met Paulina zaten te praten, liep Eliza met Mama Fresia door de wijk El Almendral. Op dat tijdstip begonnen de leerlingen en genodigden voor de dansbijeenkomsten zich te verzamelen bij de dansschool, en bij wijze van uitzondering had Miss Rose haar onder begeleiding van haar kindermeid een paar uur laten gaan. Normaal gesproken mocht ze zonder haar niet bij de dansschool komen, maar de dansleraar schonk pas na zonsondergang alcoholhoudende dranken, zodat de baldadige jeugd gedurende de middag zou wegblijven. Eliza, die vastbesloten was deze unieke gelegenheid om zonder Miss Rose de straat op te gaan te benutten, haalde de indiaanse over haar bij haar plannen te helpen.

'Geef me je zegen, mamita. Ik moet naar Californië gaan om Joaquín te zoeken,' zei ze.

'Maar je kunt toch niet alleen en zwanger vertrekken!' riep de vrouw verbijsterd uit.

'Als jij me niet helpt, doe ik het toch.'

'Ik ga het allemaal aan Miss Rose vertellen!'

'Als je dat doet, maak ik mezelf van kant. En dan kom ik je alle nachten die je nog resten kwellen. Ik zweer het je,' antwoordde het meisje met felle beslistheid.

De dag daarvoor had ze een groep vrouwen in de haven zien onderhandelen om zich in te schepen. Uit hun uiterlijk, dat zo anders was dan dat van andere vrouwen die ze doorgaans op straat tegenkwam, zomer en winter bedekt met zwarte omslagdoeken, maakte ze op dat het dezelfde straatmadelieven waren als waarmee oom John zich vermaakte. 'Het zijn sletten, ze gaan naar bed voor geld en gaan regelrecht naar de hel,' had Mama Fresia haar eens uitgelegd. Ze had een paar zinnen van de kapitein opgevangen toen die Jeremy Sommers vertelde over de Chileensen en Peruaansen die naar Californië vertrokken met de bedoeling het goud van de mijnwerkers te bemachtigen, maar zei dat hij zich niet kon voorstellen hoe ze daarin zouden slagen. Als die vrouwen de reis alleen konden maken en zonder hulp konden overleven, kon zij dat ook, besloot ze. Ze liep haastig, met kloppend hart en haar gezicht half verscholen achter haar waaier, zwetend in de decemberhitte. Ze had de juwelen van de uitzet bij zich in een klein fluwelen buideltje. Haar nieuwe rijglaarsjes waren een ware pijniging en het korset drukte om haar middel; de stank uit de open geulen waardoor het rioolwater van de stad liep, maakte haar nog misselijker, maar ze liep zo recht als ze geleerd had in de jaren dat ze met een boek op het hoofd liep en piano speelde met een ijzeren staaf aan haar rug gebonden. Mama Fresia, die in haar eigen taal litanieën jammerde en mompelde, kon haar met haar spataders en dikke lijf nauwelijks bijbenen. Waar gaan we naartoe, meisje, in godsnaam, maar Eliza kon haar geen antwoord geven want ze wist het niet. Eén ding wist ze zeker: het was geen kwestie van haar juwelen verpanden en een kaartje naar Californië kopen, want er was geen manier om dat te doen zonder dat haar oom John erachter zou komen. Ondanks de tientallen boten die dagelijks de haven bereikten, was Valparaíso een kleine stad en in de haven kende iedereen kapitein John Sommers. Ze had ook geen identiteitspapieren en al helemaal geen paspoort, dat ook niet te krijgen was omdat in die dagen de Legatie van de Verenigde Staten in Chili gesloten was vanwege een onmogelijke verhouding van de Noord-Amerikaanse diplomaat met een Chileense dame. Eliza besloot dat de enige manier om Joaquín Andieta naar Californië te volgen zou zijn door als verstekelinge aan boord te gaan. Oom John had haar verteld dat er soms clandestiene reizigers het schip binnenkwamen met hulp van een bemanningslid. Sommigen lukte het misschien gedurende de reis verborgen te blijven, anderen stierven en hun lichamen kwamen in zee terecht zonder dat hij erachter kwam, maar als hij ze ontdekte, gaf hij de verstekeling en degenen die hem geholpen hadden dezelfde straf. Dat was een van de gevallen waarbij hij, had hij gezegd, met strenge hand zijn onbetwistbare gezag als kapitein liet gelden: op volle zee waren slechts zijn wetten en zijn rechtspraak van kracht.

Het merendeel van de illegale transacties bij de haven werd volgens haar oom in de cafés gesloten. Eliza was nog nooit een dergelijke gelegenheid binnengegaan, maar zag een vrouwelijke figuur zich naar een nabijgelegen kroeg begeven en herkende haar als een van de vrouwen die de dag daarvoor op de kade hadden gestaan op zoek naar een manier om zich in te schepen. Het was een gedrongen, jonge vrouw met twee zwarte vlechten op haar rug, gekleed in een katoenen rok, een geborduurde blouse en met een omslagdoek over haar schouders. Eliza volgde haar zonder er twee keer over na te denken, terwijl Mama Fresia op straat waarschuwingen bleef staan opdreunen: 'Daar gaan alleen hoeren naar binnen, meisje van me, dit is een doodzonde.' Ze duwde de deur open en had een paar seconden nodig om te wennen aan het duister en de walm van tabak en verschaald bier waarvan de lucht doordrongen was. De plek zat bomvol mannen en alle ogen draaiden naar de twee vrouwen. Even heerste er een verwachtingsvolle stilte en daarna volgden een fluitconcert en schunnige opmerkingen. De andere vrouw beende geroutineerd naar een tafel achterin, links en rechts klappen uitdelend wanneer iemand probeerde haar aan te raken, maar Eliza stapte ontsteld op de tast terug, zonder echt goed te beseffen wat er gebeurde of waarom die mannen naar haar schreeuwden. Bij de deur aangekomen botste ze tegen een binnenlopende klant. De kerel slaakte een kreet in een vreemde taal en kon haar nog net vasthouden voor ze op de grond gleed. Toen hij haar zag, stond hij perplex: Eliza, in haar maagdelijke jurkje en met haar waaier, hoorde hier absoluut niet thuis. Zij keek op haar beurt hem aan en herkende meteen de Chinese kok die haar oom de dag ervoor begroet had.

'Tao Chi'en?' vroeg ze, dankbaar voor haar goede geheugen.

De man begroette haar door zijn handen voor zijn gezicht te slaan en herhaaldelijk te buigen, terwijl in de bar het gefluit doorging. Twee zeemannen stonden op en kwamen wankelend naderbij. Tao Chi'en wees Eliza de weg naar de deur en beiden liepen naar buiten.

'Miss Sommers?' vroeg hij buiten.

Eliza zei ja, maar kon niet meer zeggen omdat ze onderbroken werden door de twee zeemannen uit de bar die in de deur verschenen, duidelijk dronken en op zoek naar ruzie.

'Hoe durf je deze beeldschone jongedame lastig te vallen, strontchinees?' dreigden ze.

Tao Chi'en boog zijn hoofd, draaide zich om en maakte aanstalten om weg te gaan, maar een van de mannen pakte hem bij zijn vlecht en trok eraan, terwijl de ander met zijn stinkende wijnadem in Eliza's gezicht complimentjes mompelde. Met een katachtige snelheid draaide de Chinees zich om en stond voor de aanvaller. Hij had zijn enorme mes in de hand en het lemmet blonk als een spiegel in de zomerzon. Mama Fresia slaakte een gil en gaf zonder erbij na te denken de dichtstbijzijnde zeeman met een reuzenkracht een duw, nam Eliza bij een arm en draafde met een onverwachte lenigheid voor iemand met haar gewicht de straat door naar beneden. Ze renden een aantal blokken weg van de rosse buurt en stopten pas bij het pleintje van San Agustín, waar Mama Fresia trillend neerzeeg op het eerste bankje dat ze zag.

'Ach, meisje toch! Als mijn bazen hierachter komen, vermoorden ze me! Laten we nu meteen naar huis gaan...'

'Ik heb nog niet gedaan waarvoor ik kwam, mamita. Ik moet terug naar die kroeg.'

Mama Fresia sloeg haar armen over elkaar en weigerde resoluut een stap te verzetten, terwijl Eliza intussen met grote stappen liep te ijsberen, in een poging ondanks haar verwarring een plan te bedenken. Ze had niet veel tijd. De instructies van Miss Rose waren zeer duidelijk geweest: om zes uur precies zou het rijtuig hen tegenover de dansschool ophalen om hen weer naar huis te brengen. Ze moest snel handelen, besloot ze, want er zou geen nieuwe kans komen. Op dat moment zagen ze de Chinees met zijn onzekere tred en onverstoorbare glimlach bedaard op hen toe lopen. Hij herhaalde de gebruikelijke hoofdbuigingen bij wijze van begroeting en richtte zich vervolgens in goed Engels tot Eliza om haar te vragen of de eerzame dochter van kapitein John Sommers hulp nodig had. Zij maakte duidelijk dat ze zijn dochter niet was, maar zijn nichtje, en in een opwelling van plotseling vertrouwen of wanhoop bekende ze hem dat ze inderdaad zijn hulp nodig had, maar dat het om een zeer persoonlijke kwestie ging.

'Iets wat de kapitein niet mag weten?'

'Niemand mag het weten.'

Tao Chi'en verontschuldigde zich. De kapitein was een prima man, zei hij, hij had hem op een ruwe manier ontvoerd om hem op zijn boot te zetten, dat was waar, maar hij had hem goed behandeld en hij wilde hem niet verraden. Verslagen zeeg Eliza op het bankje ineen met haar gezicht in haar handen, terwijl Mama Fresia hen bekeek zonder een woord Engels te verstaan, maar met een vermoeden van wat de bedoeling was. Uiteindelijk liep ze naar Eliza en trok een paar keer aan het buideltje met de juwelen van de uitzet.

'Denk je dat iemand op deze wereld iets voor niks doet, meisje?' zei ze.

Eliza begreep het meteen. Ze droogde haar tranen en wees op het bankje om de man uit te nodigen naast haar te komen zitten. Ze stak haar hand in het buideltje, haalde het parelsnoer dat haar oom John haar de dag ervoor gegeven had eruit, en legde het op Tao Chi'ens knieën.

'Kan ik me in een boot verstoppen? Ik moet naar Californië,' legde ze uit.

'Waarom? Dat is geen plek voor vrouwen, alleen voor bandieten.'

'Ik ga iets zoeken.'

'Goud?'

'Kostbaarder dan goud.'

De man stond met open mond te kijken, want hij had in het echt nog nooit een vrouw gezien die zover kon gaan, alleen in de klassieke romans waarin de heldinnen aan het einde altijd doodgingen.

'Met dit halssnoer kunt u uw ticket kopen. U hoeft niet stiekem te reizen,' gaf Tao Chi'en haar te kennen, die niet van plan was zijn leven in de war te sturen door de wet te overtreden.

'Er is geen kapitein die me meeneemt zonder vooraf mijn familie in te lichten.'

De aanvankelijke verbazing van Tao Chi'en veranderde in oprechte ontsteltenis: die vrouw wilde niet minder dan haar familie onteren en verwachtte dat hij haar daarbij zou helpen! De duivel was in haar gevaren, daar was geen twijfel aan. Eliza stak haar hand weer in het buideltje, haalde er een gouden broche met turkoois uit en legde die naast het halssnoer op het been van de man.

'Hebt u ooit iemand meer liefgehad dan uw eigen leven, meneer?' zei ze.

Tao Chi'en keek haar voor het eerst sinds ze elkaar hadden leren kennen in de ogen en hij moet er iets in gezien hebben, want hij nam het halssnoer en stopte dat onder zijn overhemd, waarna hij haar de broche weer teruggaf. Hij stond op, deed zijn katoenen broek goed en het slachtersmes in de gordel om zijn middel, en boog opnieuw plechtig.

'Ik werk niet meer voor kapitein Sommers. Morgen vaart de brigantijn *Emilia* uit naar Californië. Kom vanavond om tien uur, dan zal ik u aan boord brengen.'

'Hoe?'

'Ik weet het niet. We zien wel.'

Tao Chi'en maakte nog een beleefde buiging ten afscheid en ging zo stil en snel weg dat het leek alsof hij in rook was opgegaan. Eliza en Mama Fresia kwamen net op tijd terug bij de dansschool om de koetsier nog te treffen, die al een halfuur uit zijn heupflesje drinkend op hen zat te wachten.

De *Emilia* was een brigantijn van Franse origine, die ooit gracieus en snel was, maar vele zeeën had doorkliefd en eeuwen geleden de jeugdige onstuimigheid had verloren. Ze zat vol met oude zeemanslittekens, had een ballast aan schelpdieren vastzitten op haar moederlijke flanken, haar vermoeide geledingen kreunden onder de geseling van de golven en de duizendmaal verstelde, bevlekte zeilen leken het enige wat restte van vroegere onderrokken. Ze vertrok uit Valparaíso op de stralende ochtend van 18 februari 1849, met zevenentachtig passagiers van het mannelijk geslacht, vijf vrouwen, zes koeien, acht varkens, drie katten, achttien matrozen, een Nederlandse kapitein, een Chileense stuurman en een Chinese kok.

Ook Eliza was erbij, maar de enige die van haar bestaan aan boord wist, was Tao Chi'en.

De passagiers eersteklas hokten op het voordek zonder veel privacy, maar een stuk comfortabeler dan de anderen, die in piepkleine hutjes van elk vier kooien zaten, of op het dek op de grond lagen, na te hebben geloot om te kijken waar ze hun bagage zouden opbergen. De vijf Chileensen die hun geluk gingen beproeven in Californië, kregen een hut toegewezen onder de waterlijn. In de haven van Callao zouden twee Peruaansen aan boord komen, die zich zonder zeuren bij hen zouden voegen, twee per kooi. Kapitein Vincent Katz instrueerde de bemanning en de passagiers dat ze niet het minste contact met de dames mochten hebben, want hij zou geen onzedelijke handel toestaan op zijn boot en in zijn ogen was het duidelijk dat die reizigsters niet de meest deugdzame waren, maar zijn orders werden uiteraard herhaaldelijk overtreden tijdens de reis. De mannen misten vrouwelijk gezelschap en zij, bescheiden hoertjes die zich in het avontuur hadden gestort, hadden geen cent op zak. De koeien en varkens, die stevig waren vastgezet in kleine kooien op het tweede dek, moesten zorgen voor verse melk en vlees voor de opvarenden, wier menu hoofdzakelijk zou bestaan uit bonen, harde, donkere koek, gedroogd pekelvlees en wat ze konden vissen. Om een dergelijke schaarste te compenseren hadden de meer bemiddelde passagiers hun eigen proviand meegenomen, vooral wijn en sigaren, maar de meerderheid leed gewoon honger. Twee katten liepen los rond om het aantal ratten binnen de perken te houden, die zich anders onbeheersbaar zouden vermenigvuldigen gedurende de twee maanden van de overtocht. De derde reisde met Eliza mee.

In de buik van de *Emilia* werden de diverse bagage van de reizigers en de lading die bestemd was voor de handel in Californië zo opgestapeld dat de beperkte ruimte zo goed mogelijk benut werd. Er werd nergens meer aangekomen tot de eindbestemming en er ging niemand naar binnen behalve de kok, de enige die toegang had tot de streng gerantsoeneerde, gedroogde voedingsmiddelen. Tao Chi'en had de sleutels aan zijn riem hangen en legde persoonlijk verantwoording af bij de kapitein over de inhoud van de laadruimen. Daar zat, in het diepste en donkerste gedeelte van het ruim, in een open ruimte van twee bij twee, Eliza. De wanden en het dak van haar hok werden gevormd door hutkoffers en kisten met handelswaar, haar bed was een zak en een stompje kaars was al het licht dat er was. Ze had een kom om uit te eten, een kan water en een po. Tussen de bagage kon ze twee stappen zetten en zich uitrekken en ze kon naar hartenlust huilen en schreeuwen, want de golfslagen tegen het schip verzwolgen haar stem. Haar enige contact met de buitenwereld was Tao Chi'en, die wanneer hij kon onder verschillende voorwendsels naar beneden liep om haar eten te brengen en het potje te legen. Als enige gezelschap had ze een kat, die in het ruim was opgesloten om de ratten te vangen, maar het beest draaide door tijdens de verschrikkelijke weken varen, en uiteindelijk sneed Tao Chi'en hem uit medelijden met zijn mes de strot af.

Eliza was aan boord gekomen in een zak op de schouder van een cargadoor, een van de vele die de vracht en de bagage in Valparaíso laadden. Ze kwam er nooit achter hoe Tao Chi'en de man zover had gekregen om mee te werken en te ontsnappen aan het toezicht van de kapitein en de stuurman, die in een boek alles noteerden wat er binnenkwam. Een paar uur daarvoor was ze met een ingewikkelde list ontsnapt, die onder andere bestond uit een valse, door de familie Del Valle geschreven uitnodiging om een aantal dagen naar hun landgoed te komen. Dat was geen raar idee. Al een paar keer eerder hadden de dochters van Agustín del Valle haar op het platteland uitgenodigd en Miss Rose had haar toestemming gegeven om te gaan, als ze maar samen met Mama Fresia ging. Met gespeelde luchtigheid nam ze afscheid van Jeremy, Miss Rose en oom John, terwijl ze op haar borst het gewicht van een rots voelde. Ze zag ze aan de ontbijttafel de Engelse kranten zitten lezen, geheel onwetend van haar plannen, en een schrijnende onzekerheid deed haar bijna ervan afzien. Ze waren haar enige familie, betekenden zekerheid en welstand, maar zij had de grens van het fatsoen overschreden en er was geen weg terug. De Sommers hadden haar opgevoed met strikte normen van goed gedrag en zo'n grote fout besmeurde de goede naam van allen. Met haar vlucht zou de reputatie van de familie bezoedeld raken, maar er zou tenminste twijfel bestaan: ze konden altijd zeggen dat zij gestorven was. Welke uitleg ze de buitenwereld ook zouden geven, zij zou er niet bij zijn om ze onder de schaamte te zien lijden. De zwerftocht op zoek naar haar geliefde leek haar de enige mogelijke weg, maar op dat moment van stilzwijgend afscheid werd ze zozeer door droefenis overvallen dat ze op het punt stond in huilen uit te barsten en alles op te biechten. Daarna kwam het laatste beeld van Joaquín Andieta op de nacht van zijn vertrek haar buitengewoon helder voor de geest om haar aan haar liefdesplicht te herinneren. Ze stopte een paar lokken goed die uit haar kapsel hadden losgelaten, zette het hoedje van Italiaans stro op en liep wuivend en vaarwel zeggend de deur uit.

Ze had de door Mama Fresia ingepakte koffer bij zich met haar beste zomerjurken, wat geld dat ze uit de kamer van Jeremy Sommers had gestolen en de juwelen van haar uitzet. Ze kwam in de verleiding ook die van Miss Rose te pakken, maar op het laatste moment had het respect voor die vrouw die als een moeder voor haar geweest was, de overhand gekregen. In haar kamer had ze in het lege juwelendoosje een kort briefje achtergelaten waarin ze bedankte voor het vele dat ze meegekregen had en herhaalde hoeveel ze van hen hield. Ze had er een verklaring bij gedaan van wat ze had meegenomen, om de bedienden te beschermen tegen elke verdachtmaking. Mama Fresia had haar stevigste laarzen in de koffer gestopt, evenals haar schriften en de bundel liefdesbrieven van Joaquín Andieta. Ook had ze nog een zware, Castiliaanse wollen deken bij zich, een cadeau van oom John. Zonder argwaan te wekken vertrokken ze. De koetsier zette hen af in de straat van de familie Del Valle en zonder te wachten tot ze de deur opendeden, verdween hij uit het oog. Mama Fresia en Eliza sloegen af richting de haven om op de afgesproken tijd en plaats Tao Chi'en te treffen.

De man stond op hen te wachten. Hij nam de koffer uit Mama Fresia's handen en gaf Eliza te kennen dat ze hem moest volgen. Het meisje en haar kindermeid omhelsden elkaar langdurig. Ze waren er zeker van dat ze elkaar nooit meer zouden zien, maar geen van beiden liet een traan.

'Wat ga je tegen Miss Rose zeggen, mamita?'

'Niets. Ik ga nu meteen naar mijn mensen in het zuiden, waar niemand me ooit nog zal vinden.'

'Dank je, mamita. Ik zal altijd aan je blijven denken...'

'En ik zal ervoor bidden dat het je goed gaat, mijn kindje,' was het laatste wat Eliza hoorde van Mama Fresia's lippen, voordat ze achter de Chinese kok aan een vissershutje binnenging.

In het donkere houten vertrek zonder ramen, dat rook naar vochtige netten en waar de deur voor de enige ventilatie zorgde, gaf Tao Chi'en Eliza een wijde mannenbroek en een zeer versleten, wijde blouse en gebaarde dat ze die moest aantrekken. Hij maakte geen aanstalten om zich terug te trekken of zich uit beleefdheid af te wenden. Eliza aarzelde, ze had nog nooit in het bijzijn van een man haar kleren uitgetrokken, alleen bij Joaquín Andieta, maar Tao Chi'en zag haar verlegenheid niet, want privacy was hem vreemd; het lichaam en zijn functies waren voor hem natuurlijk en schaamte vond hij, eerder dan een deugd, een last. Ze begreep dat dit niet het moment was voor scrupules, de boot vertrok nog diezelfde ochtend en de laatste sloepen waren de achtergebleven bagage aan het wegbrengen. Ze zette haar strohoedje af, maakte haar Corduaans leren rijglaarsjes en haar jurk los, trok de linten van haar onderrokken los en gebaarde de Chinees, zich doodschamend, haar te helpen met het losmaken van het korset. Naarmate de kledij van het Engelse meisje zich op de grond ophoopte, verloor ze stuk voor stuk de contacten met de haar bekende werkelijkheid en trad ze onverbiddelijk de vreemde zinsbegoocheling binnen die haar leven de komende jaren zou zijn. Ze had duidelijk het gevoel dat ze een nieuw verhaal begon waarin zij hoofdpersoon en vertelster tegelijk zou zijn.

De Vierde Zoon

Tao Chi'en had niet altijd die naam gehad. Eigenlijk had hij tot zijn elfde geen naam gehad, zijn ouders waren te arm om zich om dat soort kleinigheden te bekommeren; hij heette eenvoudigweg de Vierde Zoon. Hij was negen jaar eerder dan Eliza geboren, in een gehucht in de provincie Kuangtung, op anderhalve dag lopen van de stad Kanton. Hij kwam uit een familie van genezers. Talloze generaties lang hadden zijn bloedverwanten van vader op zoon kennis overgedragen over geneeskrachtige planten, de kunst van het uitdrijven van slechte lichaamsvochten, magie om demonen uit te bannen en bedrevenheid om de energiehuishouding, de *chi*, te reguleren. Het jaar waarin de Vierde Zoon geboren werd, bevond het gezin zich in allerarmste toestand: ze hadden land verloren aan pandjesbazen en woekeraars. De ambtenaren van het keizerrijk inden belastingen, hielden het geld achter en legden vervolgens nieuwe belastingen op om hun diefstal te dekken, naast het heffen van onwettige commissies en omkoperij. Het gezin van de Vierde Zoon was net als de meeste andere boeren niet in staat ze te betalen. Als ze al een paar munten van hun schamele inkomsten uit handen van de mandarijnen konden redden, verloren ze die meteen weer in het spel, een van de weinige afleidingen binnen het bereik van de armen. Er kon gewed worden op padden- en sprinkhaanrennen, kakkerlakgevechten of bij *fan tan*, naast nog vele andere volksspelen.

De Vierde Zoon was een vrolijk jongetje, dat overal om lachte, maar ook een enorme concentratie en interesse had om te leren. Op zijn zevende wist hij dat het talent van een goede genezer tot uiting kwam in het behouden van het evenwicht tussen yin en yang; op zijn negende kende hij de eigenschappen van de planten uit de regio en kon hij zijn vader en oudere broers helpen bij de lastige bereiding van kompressen, zalfjes, tonicums, balsems, siropen, poeders en pillen uit het boerenartsenijboek. Zijn vader en de Eerste Zoon gingen te voet van dorp tot dorp om genezingen en medicijnen aan te bieden, terwijl de zonen Twee en Drie een armzalig stukje aarde bewerkten, het enige kapitaal van het gezin. De Vierde Zoon had de opdracht planten te plukken en dat deed hij graag, want dat gaf hem de gelegenheid om zonder toezicht, spelletjes verzinnend en vogelgeluiden imiterend, in de omgeving rond te zwerven. Soms, als ze na het vervullen van de eindeloze reeks huishoudelijke taken nog fut had, ging zijn moeder mee, die omdat ze vrouw was niet op het land kon werken zonder de hoon van de buren op te wekken. Met veel moeite hadden ze het gered, steeds dieper in de schulden, tot dat fatale jaar 1834, toen de kwaadaardigste geesten zich op het gezin stortten. Eerst viel er een pan kokend water over het amper twee jaar oude, jongste zusje, die haar van top tot teen verbrandde. Ze legden eiwit op de brandwonden en behandelden haar met de voor dat soort gevallen aangewezen kruiden, maar binnen drie dagen had de pijn het meisje uitgeput en stierf ze. De moeder kwam het niet meer te boven. Ze had al meer kinderen jong verloren en ieder van hen had een wond in haar ziel achtergelaten, maar het ongeluk van het kleine meisje was als de laatste rijstkorrel die de kom doet omvallen. Ze begon zienderogen achteruit te gaan, werd met de dag magerder, haar huid sloeg groenachtig uit en haar botten werden broos, zonder dat de brouwsels van haar man het onverbiddelijke proces van haar geheimzinnige ziekte konden vertragen, tot ze haar op een ochtend stijf aantroffen, met vredige ogen en een glimlach van opluchting, omdat ze zich eindelijk kon verenigen met haar gestorven kinderen. Aangezien het om een vrouw ging, waren de begrafenisrituelen zeer sober. Ze konden geen monnik aanstellen en hadden geen rijst om de familieleden en buren tijdens de plechtigheid aan te bieden, maar ze verzekerden zich er in elk geval van dat haar geest niet naar het dak, de put of de rattenholen zou vluchten, van waaruit ze later zou kunnen opduiken om hen te kwellen. Zonder de moeder, die door haar inspanning en geduld de familie ondanks alles bij elkaar hield, was het onheil niet meer te stuiten. Het werd een jaar van wervelstormen, slechte oogsten en vreselijke honger, het uitgestrekte Chinese grondgebied raakte bevolkt met bedelaars en bandieten. Het zevenjarige meisje dat het gezin nog had, werd verkocht aan een vertegenwoordiger en ze vernamen nooit meer wat van haar. De Eerste Zoon, die zijn vader moest opvolgen in het beroep van rondtrekkend dokter, werd door een zieke hond gebeten en stierf kort daarna, schuimbekkend en met zijn lichaam gespannen als een boog. De zonen Twee en Drie hadden inmiddels de leeftijd om te werken en zij kregen de taak om voor hun vader te zorgen zolang deze nog leefde, bij zijn dood de begrafenisrituelen uit te voeren en de herinnering aan hem en hun andere voorvaderen van de afgelopen vijf generaties in ere te houden. De Vierde Zoon was niet bijzonder nuttig en er was ook niets te eten voor hem, zodat zijn vader hem verkocht voor tien jaar slavernij aan een paar kooplieden die in een karavaan door de omgeving van het dorp trokken. Het jongetje was elf jaar oud.

Dankzij een van die onverwachte gebeurtenissen die hem nog vaak van richting zouden doen veranderen, bleek die periode van slavernij, die voor de jongen een hel had kunnen worden, eigenlijk veel beter dan de jaren die verstreken waren onder het ouderlijke dak. Twee muilezels trokken een kar waarop de zwaarste vracht van de karavaan lag. Elke omwenteling van de wielen ging gepaard met een nerveus makend gepiep, ze werden opzettelijk niet gesmeerd om de boze geesten te verjagen. Om te voorkomen dat hij zou ontsnappen, bonden ze de Vierde Zoon, die sinds de scheiding van zijn vader en broers ontroostbaar huilde, met een touw vast aan een van de dieren. Blootsvoets en dorstig, met de zak met zijn schaarse bezittingen op zijn rug, zag hij de daken van zijn dorpje en het vertrouwde landschap verdwijnen. Het leven in dat hutje was het enige dat hij kende, en slecht was het niet geweest; zijn ouders behandelden hem liefdevol, zijn moeder vertelde hem verhalen en ze hadden altijd alles aangegrepen om te lachen en feest te vieren, zelfs in de armste tijden. Hij holde achter de ezel aan, ervan overtuigd dat elke stap hem dieper binnenbracht in het territorium van de boosaardige geesten, en hij was bang dat het gekraak van de wielen en de belletjes die aan de kar hingen hem niet voldoende konden beschermen. Hij kon het dialect van de reizigers nauwelijks verstaan, maar de paar woorden die hij in de vlucht oppikte, joegen hem de schrik op het lijf. Ze hadden het over de vele ontstemde geesten die in het gebied rondwaarden, dolende zielen van doden die geen passende begrafenis hadden gehad. De ontzettende honger, de tyfus en de cholera hadden het gebied met lijken bezaaid en er waren geen levenden genoeg om zoveel gestorvenen de laatste eer te bewijzen. Gelukkig hadden de spoken en kwade geesten de reputatie nogal onnozel te zijn: ze konden geen hoek omslaan en lieten zich gemakkelijk afleiden met voedsel of papieren geschenken. Soms waren ze echter niet weg te krijgen en konden ze zich materialiseren om hun vrijheid te verkrijgen door vreemdelingen te doden of door hun lichamen binnen te dringen om ze te dwingen onvoorstelbare misdaden te begaan. Ze hadden een aantal uren gelopen; de zomerhitte en de dorst waren hevig, het jongetje struikelde om de twee stappen en zijn nieuwe, ongeduldige eigenaren hitsten hem zonder echt gemeen te zijn op met roedeslagen tegen zijn benen. Bij het ondergaan van de zon besloten ze te stoppen en het kamp op te slaan. Ze haalden de vracht van de lastdieren, maakten een vuur, zetten thee en verdeelden zich in kleine groepen om fan tan en mahjong te spelen. Eindelijk dacht er iemand aan de Vierde Zoon en gaf hem een kom rijst en een glas thee, waar hij met een door een maandenlange honger opgehoopte gretigheid op aanviel. Ineens werden ze verrast door een brullend geschreeuw en zagen zich omringd door een stofwolk. Het gegil van de reizigers voegde zich bij dat van de aanvallers, en het doodsbange jongetje kroop zo ver hij kon met het touw waaraan hij onder de kar gebonden was. Het was geen legioen uit de onderwereld, zoals men direct merkte, maar een van de vele struikroversbendes die, spottend met de slecht functionerende keizerlijke soldaten, in die uitzichtloze periode de wegen teisterden. Zodra de kooplieden van de eerste schok waren bekomen, namen ze hun wapens op en gingen luid schreeuwend, dreigend en schietend de struikrovers te lijf, dit alles in een tijdsbestek van enkele minuten. Toen het stof neersloeg, was een van de rovers gevlucht en lagen de andere twee zwaargewond op de grond. Ze trokken de doeken van hun gezicht en stelden vast dat het ging om twee in lompen gehulde tieners gewapend met knotsen en primitieve speren. Vervolgens gingen ze ertoe over ze vliegensvlug te onthoofden, zodat ze de vernedering zouden ondergaan deze wereld in stukken te verlaten en niet intact zoals ze er gekomen waren, en spietsten de hoofden op schandpalen aan weerszijden van de weg. Toen de gemoederen bedaard waren, zag men dat een lid van de karavaan over de grond rolde met een enorme speerwond in het bovenbeen. De Vierde Zoon, die verlamd van schrik onder de kar was blijven liggen, kwam kruipend uit zijn schuilplaats en vroeg de achtenswaardige kooplieden eerbiedig om toestemming om de gewonde te helpen, en bij gebrek aan een alternatief stonden ze hem toe aan het werk te gaan. Hij vroeg om thee om het bloed weg te wassen, deed vervolgens zijn zak open

176

en haalde er een parfumflesje *bai yao* uit. Hij smeerde de witte pasta op de wond, legde een strak verband om het been en meldde zonder enige aarzeling dat de snee binnen drie dagen dicht zou zijn. En zo was het ook. Dat incident redde hem ervan de komende tien jaar als slaaf en slechter behandeld dan een hond te werken, want vanwege zijn kennis verkochten de kooplieden hem in Kanton aan een beroemde traditionele genezer en acupunctuurmeester – een *zhong yi* – die een leerjongen nodig had. Bij die wijze man verwierf de Vierde Zoon de kennis die hij van zijn eenvoudige vader nooit gekregen zou hebben.

De oude meester was een vreedzaam man met een plat maangezicht, een langzame stem en knokige en gevoelige handen, zijn beste werktuigen. Het eerste wat hij met zijn knecht deed, was hem een naam geven. Hij sloeg er astrologie- en waarzeggersboeken op na om uit te zoeken welke naam bij de jongen hoorde: Tao. Het woord had verschillende betekenissen, zoals weg, richting, inzicht en harmonie, maar stond vooral voor de reis van het leven. De meester gaf hem zijn eigen achternaam.

'Je gaat Tao Chi'en heten. Die naam initieert je in de weg van de geneeskunst. Jouw lot zal zijn andermans pijn te verlichten en wijsheid te vergaren. Je wordt zhong yi, net als ik.'

Tao Chi'en... De jonge leerling nam zijn naam dankbaar in ontvangst. Hij kuste de handen van zijn meester en lachte, voor het eerst sinds hij van huis gegaan was. Zijn drang tot vrolijkheid, die hem vroeger zonder enige aanleiding deed dansen van blijdschap, begon weer in zijn borst te kloppen en de glimlach ging wekenlang niet van zijn gezicht. Hij liep springend door het huis, vreugdevol van zijn naam proevend als een snoepje in zijn mond, hem hardop herhalend en dromend, tot hij zich er volledig mee geïdentificeerd had. Zijn meester, op praktisch gebied een volgeling van Confucius en in ideologische materie van Boeddha, bracht hem met ferme hand, doch zeer zachtmoedig, de discipline bij die erop gericht was een goede dokter van hem te maken.

'Als het me lukt je alles te leren wat ik voor ogen heb, zul je op een dag een verlicht man zijn,' zei hij.

Hij beweerde dat rituelen en ceremoniën net zo onmisbaar waren als de normen van een goede opvoeding en respect voor hiërarchieën. Hij zei dat kennis zonder wijsheid weinig nut had, dat er zonder spiritualiteit geen wijsheid was en dat ware spiritualiteit altijd dienstbaarheid aan anderen inhield. Zoals hij hem vele malen uitlegde, lag de essentie van een goede dokter in het vermogen tot medeleven en gevoel voor ethiek, zonder welke de heilige geneeskunst ontaardt in simpele kwakzalverij. Hij hield van de gulle lach van zijn leerjongen.

'Je hebt al een flinke voorsprong op de weg naar wijsheid, Tao. De wijze man is altijd vrolijk,' beweerde hij.

Het hele jaar stond Tao Chi'en, zoals alle studenten, voor dag en dauw op voor een uur meditatie, gezangen en gebeden. Hij had maar één rustdag, om nieuwjaar te vieren; werken en studeren waren zijn enige bezigheden. Hij moest bovenal tot in de perfectie het Chinese schrift beheersen, het officiële communicatiemiddel in dat enorme land met honderden volkeren en talen. Zijn meester was onvermurwbaar als het ging om de schoonheid en precisie van de kalligrafie, die de verfijnde man onderscheidde van de charlatan. Ook stond hij erop in Tao Chi'en het gevoel voor kunst te ontwikkelen, dat volgens hem de hogere mens kenmerkte. Net als alle beschaafde Chinezen had hij een onbedwingbare verachting voor oorlog en voelde zich juist aangetrokken tot de muziek- en schilderkunst en de literatuur. Bij hem leerde Tao Chi'en het fijne kantwerk van een spinnenweb met dauwdruppels als parels in het licht van de dageraad waarderen en zijn genoegen over in stijlvol schoonschrift geschreven gedichten tot uitdrukking brengen. Naar de mening van de meester was het enige wat erger was dan geen poëzie schrijven, slechte poëzie schrijven. In zijn huis woonde de jongen de vaak gehouden bijeenkomsten bij, tijdens welke de genodigden verzen creëerden met de inspiratie van het moment en de tuin bezichtigden, terwijl hij thee serveerde en verwonderd toehoorde. Door een boek, vooral een poëzieboek, te schrijven, kon men het eeuwige leven krijgen, zei de meester, die er zelf verscheidene had geschreven. Tao Chi'en voegde aan de eenvoudige praktische kennis die hij had verworven door zijn vader te zien werken, de indrukwekkende theoretische inhoud van de oeroude Chinese geneeskunst toe. De jongen leerde dat het menselijk lichaam uit vijf elementen bestaat – hout, vuur, aarde, metaal en water – die verbonden zijn met vijf planeten, vijf weertypen, vijf kleuren en vijf noten. Met het juiste gebruik van medicinale planten, acupunctuur en laatkoppen kon een goede dokter diverse kwalen voorkomen en genezen en de actieve, lichte mannelijke energie en de passieve, donkere vrouwelijke energie – yin en yang – reguleren. Toch was het oogmerk van die kunst niet zozeer het uitbannen van ziekten, als wel het handhaven van harmonie. 'Je moet je voedingsmiddelen uitkiezen, je bed neerzetten en je meditatie sturen naargelang het jaargetijde en de windrichting. Zo sta je altijd in contact met het universum,' ried de meester hem aan.

De zhong yi was tevreden met zijn leven, hoewel het gebrek aan nazaten als een schaduw over zijn kalme geest hing. Hij had geen kinderen gekregen, ondanks de wonderkruiden die hij gedurende zijn hele leven dagelijks had ingenomen om het bloed te zuiveren en het geslachtsdeel te sterken, en de middelen en toverspreuken die hij op zowel zijn twee jeugdig gestorven echtgenotes als de talrijke concubines die daarna volgden, had toegepast. Hij moest nederig aanvaarden dat het niet aan die onbaatzuchtige vrouwen gelegen had, maar aan de lusteloosheid van zijn mannelijk vocht. Geen van de vruchtbaarheidsmiddeltjes waarmee hij anderen had kunnen helpen, had bij hem resultaat geboekt, en uiteindelijk legde

179

hij zich neer bij het onweerlegbare feit dat hij uitgedroogde teelballen had. Hij hield op zijn vrouwen te kwellen met zinloze eisen en genoot van ze met volle teugen volgens de voorschriften uit de prachtige kussenboeken uit zijn verzameling. De oude man had deze geneugten echter al lang geleden achter zich gelaten, meer geïnteresseerd in het vergaren van nieuwe kennis en het verkennen van het smalle pad der wijsheid, en hij had zich een voor een van zijn concubines ontdaan, wier aanwezigheid hem afleidde van zijn intellectuele inspanningen. Er hoefde geen meisje voor zijn neus te staan om haar in verheven gedichten te beschrijven, de herinnering was voor hem voldoende. Hij had het eveneens opgegeven eigen kinderen te hebben, maar hij moest aan zijn toekomst denken. Wie zou hem in het laatste stadium en op zijn sterfbed steunen? Wie zou zijn graf verzorgen en zijn nagedachtenis in ere houden? Hij had al eerder leerlingen opgeleid en bij ieder van hen koesterde hij de verborgen ambitie hem te adopteren, maar geen van hen had een dergelijke eer verdiend. Tao Chi'en was niet intelligenter of gevoeliger dan de anderen, maar had een enorme innerlijke drang om te leren, die de meester meteen herkende, want die had hij net zo. Het was bovendien een lieve en grappige jongen, je raakte snel aan hem gehecht. Gedurende de jaren dat ze samenwoonden, kreeg hij zoveel waardering voor hem dat hij zich vaak afvroeg hoe het mogelijk was dat dit niet een kind van zijn eigen vlees en bloed was. Toch werd hij niet verblind door het respect voor zijn leerling, hij had ervaren dat de veranderingen tijdens de puberteit zeer ingrijpend zijn en kon niet voorzien wat voor man hij zou worden. Zoals het Chinese spreekwoord luidt: 'Als je als kind briljant bent, wil dat niet zeggen dat je als volwassene ergens voor deugt.' Hij was bang zich opnieuw te vergissen, zoals hem eerder was overkomen, en wachtte liever geduldig af tot de ware aard van de jongen zich zou openbaren. Intussen zou hij hem begeleiden, zoals hij ook deed met de jonge boompjes in zijn tuin, om hem te helpen recht te groeien. Deze leert tenminste snel, dacht de oude dokter, terwijl hij berekende hoeveel jaren hem nog restten. Volgens de sterren en de nauwkeurige observatie van zijn eigen lichaam, zou hij geen tijd hebben om nog een leerling op te leiden.

Al snel kon Tao Chi'en op de markt en in de kruidenwinkels de materialen uitzoeken – onderhandelend, zoals het hoorde – en zonder hulp de geneesmiddelen bereiden. Door de dokter tijdens zijn werk te observeren leerde hij de gecompliceerde werking van het menselijk organisme kennen, de methoden om mensen met koorts en vurig temperament af te koelen, warmte te geven aan hen die aan de kou voorafgaand aan de dood leden, de sappen van steriele mannen tot leven te wekken en de vloeiingen te stoppen bij mensen die erdoor uitgeput raakten. Hij maakte lange tochten door de velden op zoek naar de beste planten die precies op hun hoogtepunt van werkzaamheid waren, die hij daarna in vochtige doeken gewikkeld meenam zodat ze onderweg naar de stad vers bleven. Toen hij veertien jaar werd, achtte de meester hem rijp voor de praktijk en stuurde hem er regelmatig op uit om prostituees te helpen, met de strikte opdracht zich van omgang met hen te onthouden, want zoals hij zelf zou kunnen vaststellen wanneer hij hen onderzocht, droegen ze de dood bij zich.

'Er sterven meer mensen aan de ziekten uit bordelen dan aan opium of tyfus. Maar als je je verplichtingen nakomt en rap leert, zal ik te zijner tijd een maagdelijk meisje voor je kopen,' beloofde de meester hem.

Tao Chi'en had als kind honger geleden, maar zijn lichaam groeide tot hij langer was dan wie ook uit zijn familie. Op veertienjarige leeftijd voelde hij zich niet aangetrokken tot de huurmeisjes, hij koesterde slechts wetenschappelijke nieuwsgierigheid. Ze waren zo anders dan hij, leefden in een zo verre en verborgen wereld dat hij ze niet als echt menselijk kon beschouwen. Later, toen de plotselinge aanval van zijn natuur hem gek maakte en hij als een dronkenman over zijn eigen schaduw struikelde, kreeg zijn leermeester spijt dat hij zijn concubines had opgegeven. Niets leidde een goede student zo af van zijn verantwoordelijkheden als de losbarsting van mannelijke krachten. Een vrouw zou hem kalmeren en hem terloops praktische kennis kunnen laten opdoen, maar aangezien hij het een vervelend idee vond er een te kopen – hij voelde zich lekker in zijn uitsluitend mannelijke universum – verplichtte hij Tao aftreksels te drinken om het vuur te temperen. De zhong yi wist niet meer hoe die wervelstorm van de vleselijke hartstochten was en gaf zijn leerling met de beste bedoelingen de kussenboeken uit zijn bibliotheek te lezen als onderdeel van zijn opvoeding, zonder erbij na te denken wat voor nerveus makende uitwerking ze op de arme jongen hadden. Hij liet hem alle tweehonderdtweeëntwintig liefdeshoudingen met hun poëtische namen uit het hoofd leren en hij moest ze feilloos herkennen in de schitterende illustraties van de boeken, hetgeen aanzienlijk bijdroeg aan de afwezigheid van de jongen.

Tao Chi'en leerde Kanton net zo goed kennen als vroeger zijn kleine dorpje. Hij hield van die oude, ommuurde, chaotische stad met kromme straten en kanalen, waar paleizen en krotten kriskras door elkaar stonden en mensen leefden en stierven op bootjes op de rivier, zonder ooit een voet aan wal te hebben gezet. Hij raakte gewend aan het klimaat, warm en vochtig in de lange, door wervelstormen geteisterde zomer, maar zacht in de winter, van oktober tot maart. Kanton was gesloten voor vreemdelingen, hoewel er regelmatig ineens piraten met buitenlandse vlaggen verschenen. Er waren wat handelskraampjes waar buitenlanders alleen van november tot mei goederen konden ruilen, maar de belastingen, regelgevingen en hindernissen waren zo talrijk dat internationale kooplieden zich liever in Macau vestigden. Vroeg in de ochtend, wanneer Tao Chi'en naar de markt ging, vond hij vaak pasgeboren meisjes, op straat gegooid of drijvend in de kanalen en veelal uiteengereten door honden of ratten. Niemand wilde ze, ze waren wegwerpmateriaal. Waarom een meisje te eten geven dat niets waard was en in de toekomst slechts de familie van haar man zou gaan dienen? 'Beter een misvormde zoon dan een dozijn dochters met de wijsheid van Boeddha,' luidde de volksspreuk. Er waren hoe dan ook te veel kinderen en ze bleven geboren worden als muizen. Overal woekerden bordelen en opiumkitten. Kanton was een dichtbevolkte, rijke en levendige stad vol tempels, restaurants en speelhuizen, waar de kalenderfeesten luidruchtig gevierd werden. Zelfs strafopleggingen en executies waren reden tot feest. Massa's mensen stroomden samen om toe te juichen hoe de beulen, met hun bloedige voorschoten en sets geslepen messen, in een trefzekere haal hoofden afhakten. Het recht werd snel en eenvoudig toegepast, zonder enige vorm van beroep of onnodige wreedheid, behalve in geval van keizerlijk verraad, de zwaarst mogelijke misdaad, waarvoor werd geboet met een langzame dood en verbanning van alle familieleden, die veroordeeld werden tot slavernij. Kleine vergrijpen werden met zweepslagen bestraft of met een nauw om de hals van de schuldigen sluitend houten bord, waardoor ze niet konden uitrusten of met de handen bij het hoofd konden komen om te eten of zich te krabben. Op pleinen en marktplaatsen deden verhalenvertellers van zich horen, die net als de bedelmonniken het land afreisden en een eeuwenoude mondelinge traditie in stand hielden. Jongleurs, acrobaten, slangenbezweerders, travestieten, rondtrekkende muzikanten, tovenaars en slangenmensen verzamelden zich op straat, terwijl rondom hen de handel in zijde, thee, jade, specerijen, goud, schildpadschilden, porselein, ivoor en edelstenen bruiste. Groenten, fruit en vlees werden in een woelige mengelmoes aangeboden: kool en verse bamboescheuten naast kooien met katten, honden en wasberen, die de slager op verzoek van de klant in één enkele beweging slachtte en vilde. Er waren lange smalle straten met alleen maar vogels, want in geen enkel huishouden mochten ze ontbreken, en van zeer eenvoudige tot met zilver en parelmoer ingelegde, dure houten kooien. Andere marktsteegjes waren bestemd voor exotische vissen, die geluk brachten. Tao Chi'en, altijd nieuwsgierig, vermaakte zich met rondkijken en vrienden maken, en moest vervolgens rennen om zijn taak te vervullen in het gedeelte waar ze zijn beroepsmaterialen verkochten. Hij kon het blindelings herkennen aan de doordringende geur van geneeskrachtige specerijen, planten en schors. De gedroogde slangen werden opgerold als stoffige strengen op elkaar gelegd; padden, salamanders en vreemde zeedieren hingen aaneengeregen aan touwen, als kettingen; krekels en grote kevers met harde, lichtgevende pantsers lagen in kisten weg te kwijnen; allerlei soorten apen wachtten hun beurt af om te sterven; beren- en orang-oetanpoten, hoorns van antilopen en neushoorns, tijgerogen, haaienvinnen en klauwen van geheimzinnige nachtvogels werden per gewicht gekocht.

Voor Tao Chi'en gingen de eerste jaren in Kanton voorbij met studeren, werken en het dienen van zijn oude leermeester, die hij als een grootvader was gaan waarderen. Het waren gelukkige jaren. De herinnering aan zijn eigen familie vervloog en hij vergat zelfs de gezichten van zijn vader en broers en zussen, maar niet dat van zijn moeder, want zij verscheen regelmatig aan hem. Zijn studie werd al gauw een passie in plaats van een opgave. Telkens wanneer hij iets nieuws leerde, vloog hij naar de meester om hem dat over zijn woorden struikelend te vertellen. 'Hoe meer je leert, hoe sneller je erachter zult komen hoe weinig je weet,' lachte de oude man. Op eigen initiatief besloot Tao Chi'en Mandarijnenchinees en Kantonees te leren, omdat het dialect van zijn dorp erg beperkt bleek. Hij nam de kennis van zijn meester zo snel op dat de oude man hem er dikwijls voor de grap van beschuldigde zelfs zijn dromen te stelen, maar vanwege zijn eigen hartstocht voor het onderwijs was hij vrijgevig. Hij deelde met de jongen wat deze maar weten wilde, niet alleen op geneeskundig gebied, maar ook andere aspecten uit zijn uitgestrekte voorraad kennis en zijn verfijnde cultuur. Hoewel hij vriendelijk van aard was, gaf hij ongezouten kritiek en eiste veel inzet, want, zo zei hij: 'Ik heb niet veel tijd meer en wat ik weet kan ik niet meenemen naar de andere wereld, iemand moet er na mijn dood iets mee doen.' Hij waarschuwde hem echter ook voor gulzigheid naar kennis, hetgeen net als vraatzucht of wellust een man kan ketenen. 'De wijze man verlangt niets, oordeelt niet, maakt geen plannen, houdt zijn geest open en zijn hart in ruste,' zei hij. Hij berispte hem met zoveel verdriet wanneer hij een fout maakte dat Tao Chi'en liever een pak slaag gekregen had, maar van dat soort praktijken was het karakter van de zhong yi afkerig, die zijn handelingen nooit door woede zou laten sturen. De enige keren dat hij hem voor de vorm met een bamboestok had geslagen, niet kwaad maar met een duidelijk didactisch oogmerk, was wanneer hij met zekerheid kon vaststellen dat zijn leerling voor de verleiding van het spel gezwicht was of betaald had voor een vrouw. Tao Chi'en sjoemelde regelmatig met de bonnetjes van de markt om te wedden in de speelhuizen, waarvan hij de verleiding onmogelijk kon weerstaan, of voor kortstondige troost met studentenkorting in de armen van een van zijn patiëntes in de bordelen. Zijn baas kwam er snel achter, want als hij verlies leed in het spel kon hij niet verklaren waar het wisselgeld was en wanneer hij won, was hij niet in staat zijn euforie te verbergen. De vrouwen kon hij ruiken aan de huid van de jongen.

'Doe je hemd uit, ik moet je maar een paar bullenpezen geven, eens zien of je het dan begrijpt, jongen. Hoe vaak heb ik je niet gezegd dat de ergste kwalen van China het spel en het bordeel zijn? Bij het ene verliezen de mannen de vrucht van hun arbeid, en bij het andere hun gezondheid en hun leven. Met zulke verslavingen zul je nooit een goede dokter of dichter worden.'

Tao Chi'en was zestien jaar toen in 1839 de Opiumoorlog tussen China en Groot-Brittannië uitbrak. In die tijd werd het land overspoeld door bedelaars. Massa's mensen verlieten het platteland en verschenen in hun lompen en vol etterpuisten in de steden, waar ze met geweld werden geweerd en zo gedwongen waren om als roedels uitgehongerde honden over de wegen van het keizerrijk te zwerven. Bendes van struikrovers en rebellen vochten in een eindeloze strijd van hinderlagen tegen de regeringstroepen. Het was een tijd van vernietiging en plundering. De verzwakte keizerlijke legers, onder bevel van corrupte ambtenaren die uit Peking tegenstrijdige bevelen ontvingen, konden niet op tegen de machtige en goed gedisciplineerde Engelse zeevloot. Hulp van het volk kregen ze niet, want de boeren waren het zat te zien hoe hun akkers verwoest, hun negorijen verbrand en hun dochters verkracht werden door de soldatenbendes. Na verloop van bijna vier jaar strijd moest China een smadelijke nederlaag accepteren en de overwinnaars een bedrag gelijk aan twintig miljoen dollar betalen, Hongkong overdragen en hun het recht verlenen concessies te stichten, luxe woonwijken die beschermd werden door wetten van exterritorialiteit. Daar woonden de buitenlanders met hun eigen politie, diensten, regering en wetten, beschermd door hun eigen troepen; het waren ware vreemde naties op Chinees grondgebied, van waaruit de Europeanen de handel, vooral in opium, controleerden. Kanton kwamen ze pas vijf jaar later binnen, maar toen hij de vernederende nederlaag van zijn aanbeden keizer bevestigd zag en de economie en het moreel van zijn vaderland zag instorten, besloot de acupunctuurmeester dat hij geen reden meer had om te blijven leven.

De oorlogsjaren hadden het hart van de oude zhong yi gebroken, en hij verloor de onverstoorbaarheid die hij in de loop van zijn bestaan met zoveel moeite had verkregen. Zijn weerzin en desinteresse wat betreft materiële zaken werden zo erg dat Tao Chi'en hem het eten in de mond moest stoppen wanneer de dagen zonder voedsel voorbijgleden. Hij haalde rekeningen door elkaar en de schuldeisers begonnen op zijn deur te bonzen, maar hij wees ze resoluut af, want alles wat met geld te maken had vond hij een schandelijke last waarvan wijze mensen van nature gevrijwaard waren. In de seniele verwarring van die laatste jaren vergat hij zijn goede voornemen om zijn leerling te adopteren en een vrouw voor hem te vinden; eigenlijk was hij zo in de war dat hij vaak met een verbijsterde uitdrukking naar Tao Chi'en bleef staren, niet in staat zich zijn naam te herinneren of hem te plaatsen in het onduidelijke geheel van gezichten en gebeurtenissen die in het wilde weg zijn hoofd binnenstormden. Hij had echter nog meer dan genoeg energie om te beslissen over de details van zijn begrafenis, want voor een voorname Chinees was zijn eigen uitvaart de belangrijkste gebeurtenis in zijn leven. Hij speelde al een tijd met de gedachte om met een stijlvolle dood een einde te maken aan zijn neerslachtigheid, maar wachtte op de ontknoping van de oorlog, in de stiekeme en ongegronde hoop de overwinning van de legers van het Hemelse Rijk te zien. De arrogantie van de buitenlanders was ondraaglijk voor hem, hij voelde diepe minachting voor die brute *fan güey*, witte spoken die zich niet wasten, melk en alcohol dronken, helemaal niets wisten van elementaire beleefdheidsnormen en niet in staat waren hun voorouders op de juiste wijze te eerbiedigen. Hij vond de handelsovereenkomsten een door de keizer verleende gunst aan die ondankbare barbaren, die in plaats van hem vol lof op hun blote knieën te danken, nog meer eisten. De ondertekening van het verdrag van Nanking was de genadeslag voor de zhong yi. De keizer en iedere inwoner van China, zelfs de allereenvoudigste, hadden hun eer verloren. Hoe was het mogelijk om na een dergelijke krenking hun waardigheid te hervinden?

De wijze oude man vergiftigde zichzelf door goud in te slikken. Toen zijn leerling terugkeerde van een van zijn tochten naar de velden op zoek naar planten, vond hij hem in de tuin, rustend op zijden kussentjes en in het wit gekleed, als teken van zijn eigen rouw. Naast hem stond de nog warme thee en lag het penseel met nog natte inkt. Op zijn kleine bureau lag een onvoltooid vers en een libel tekende zich af op het zachte perkament. Tao Chi'en kuste de handen van die man die hem zoveel had gegeven, waarna hij even bleef staan om de vormgeving van de doorzichtige vleugels van het insect te bekijken in het schemerlicht, precies zoals zijn meester graag gewild zou hebben.

Er kwam een enorme menigte naar de begrafenis van de meester, want in zijn lange leven had hij duizenden mensen geholpen met gezond leven en pijnloos sterven. De ambtenaren en hoogwaardigheidsbekleders van de regering paradeerden met de grootste plechtigheid, de literatoren droegen hun beste gedichten voor en de courtisanes verschenen fraai gekleed in zijde. Een waarzegger stelde de geschikte dag vast voor de begrafenis en een kunstenaar in begrafenisartikelen bezocht het huis van de overledene om kopieën te maken van zijn bezittingen. Hij liep traag langs de eigendommen zonder maten op te nemen of aantekeningen te maken, maar onder zijn wijde mouwen drukte hij met zijn nagels tekens in een wassen tafeltje; vervolgens bouwde hij papieren miniaturen van het huis, met zijn vertrekken en meubels, naast de geliefde voorwerpen van de overledene, om ze samen met eveneens papieren pakken geld te verbranden. Het mocht hem in de andere wereld niet ontbreken aan zaken waarvan hij in deze wereld genoten had. De enorme en als een keizerlijke koets opgetooide kist trok de straten van de stad door tussen twee rijen soldaten in gala-uniform, voorafgegaan door in schitterende kleuren uitgedoste ruiters en een band met muzikanten voorzien van cimbalen, tamboers, fluiten, bellen, metalen triangels en een serie snaarinstrumenten. Het lawaai was ondraaglijk, evenredig aan de belangrijkheid van de dode. Op het graf werden bloemen, kleding en eten gelegd; er werden kaarsen en wierook aangestoken en aan het einde werden het geld en de uiterst verzorgde papieren voorwerpen verbrand. Het voorouderlijke houten, met goud beslagen plankje met de naam van de meester erin gegraveerd werd op het graf gezet om de geest te ontvangen, terwijl het lichaam naar de aarde terugkeerde. De oudste zoon moest het plankje in ontvangst nemen, het in zijn huis een eervolle plaats geven naast die van zijn andere mannelijke voorouders, maar de dokter had niemand die deze plicht kon vervullen. Tao Chi'en was slechts een dienaar en het zou absoluut tegen de etiquette indruisen als hij zou aanbieden het te doen. Hij was echt aangedaan, hij was de enige in de menigte wiens tranen en gejammer een oprecht verdriet uitdrukten, maar het voorouderlijke plankje kwam in handen van een verre neef terecht, die de morele verplichting zou krijgen het elke veertien dagen en bij elk jaarfeest offergaven te brengen en erbij te bidden.

Toen eenmaal de plechtige begrafenisrituelen achter de rug waren, stortten de schuldeisers zich als jakhalzen op de bezittingen van de meester. Ze schonden de gewijde teksten en het laboratorium, woelden de kruiden om, vernietigden de medicijnpreparaten, verscheurden de met veel zorg gemaakte gedichten, namen de meubels en kunstvoorwerpen mee, vertrapten de wondermooie tuin en veilden het oude huis. Even daarvoor had Tao Chi'en de gouden acupunctuurnaalden, een doos medische instrumenten en een aantal essentiële geneesmiddelen in veiligheid gebracht, en tevens wat geld dat hij de afgelopen drie jaar in kleine hoeveelheden had weggenomen toen zijn baas was begonnen te dwalen over de kronkelpaden van de seniele waanzin. Het was niet zijn bedoeling geweest de eerbiedwaardige zhong yi, die hij als een grootvader waardeerde, te bestelen, maar om dat geld te gebruiken om hem te eten te geven, want hij zag de schulden zich opstapelen en vreesde voor de toekomst. De zelfmoord bracht de zaken in een stroomversnelling en Tao Chi'en was ineens in het bezit van onverwachte middelen. Het kon hem de kop kosten als hij zich die gelden zou toe-eigenen, het zou beschouwd worden als een misdaad van een ondergeschikte tegen een superieur, maar hij wist zeker dat niemand ervan zou weten, behalve de geest van de overledene, die zijn actie zonder meer zou goedkeuren. Zou hij niet liever zijn trouwe dienaar en leerling belonen dan een van de vele schulden betalen aan zijn wrede schuldeisers? Met die bescheiden schat en een stel schone kleren vluchtte Tao Chi'en de stad uit. Vluchtig schoot het idee door zijn hoofd om naar zijn geboortedorp terug te keren, maar dat verwierp hij meteen. Voor zijn familie zou hij altijd de Vierde Zoon blijven, hij moest onderdanig en gehoorzaam zijn aan zijn oudere broers. Hij zou voor ze moeten werken, de echtgenote moeten aanvaarden die zij voor hem uitkozen en in de ellende moeten berusten. Niets riep hem daarheen, zelfs de kinderplichten ten opzichte van zijn vader en voorvaderen niet, die kwamen terecht bij zijn oudere broers. Hij moest ver weg gaan, waar de lange arm van de Chinese justitie niet bij hem kon komen. Hij was twintig, nog een jaar en hij had de tien jaar slavernij volbracht en elke willekeurige schuldeiser kon het recht opeisen om hem nog eens tien jaar als slaaf te gebruiken.

Tao Chi'en

Tao Chi'en nam een sampan naar Hongkong met de bedoeling zijn nieuwe leven te beginnen. Hij was nu zhong yi, opgeleid in de traditionele Chinese geneeskunst door de beste meester van Kanton. Hij was de geesten van zijn eerbiedwaardige voorouders, die zijn karma op zo'n glorierijke manier gecorrigeerd hadden, eeuwige dank verschuldigd. Eerst moest hij een vrouw vinden, besloot hij, want hij was al ruim op de leeftijd om te trouwen en het celibaat viel hem te zwaar. Het niet hebben van een echtgenote was een teken van onverbloembare armoede. Hij koesterde de ambitie een verfijnde jonge vrouw met prachtige voeten te krijgen. Haar gouden lotussen mochten niet meer dan drie of vier duim lang zijn en moesten mollig zijn en zacht aanvoelen, als van een baby van een paar maanden oud. Hij was gefascineerd door de manier van lopen van een jonge vrouw op piepkleine voetjes, met zeer korte en waggelende pasjes, alsof ze altijd op het punt stond om te vallen, de heupen naar achter gestoken en wiegend als het riet aan de rand van de vijver in de tuin van zijn meester. Hij had een hekel aan grote, gespierde en koude voeten, als die van een boerin. In zijn dorp had hij van veraf een paar meisjes gezien met ingebonden voetjes, de trots van hun families die hen ongetwijfeld goed zouden kunnen uithuwelijken, maar alleen tijdens het contact met de prostituees in Kanton had hij een paar van die gouden lotussen in zijn handen gehad en kon hij zwijmelen bij de kleine geborduurde schoentjes waarmee ze altijd bedekt waren, want na jaren en jaren scheidden de verbrijzelde botten een stinkende substantie af. Na ze te hebben aangeraakt begreep hij dat hun elegantie het resultaat was van constante pijn, wat ze des te waardevoller maakte. Vervolgens bestudeerde hij goed de boeken over vrouwenvoeten die zijn meester verzameld had, waarin vijf soorten en achttien verschillende stijlen gouden lotussen stonden opgesomd. Zijn vrouw moest ook zeer jong zijn, want schoonheid is van korte duur, ze begint rond de twaalf jaar en eindigt net na de twintig. Zo had zijn meester het hem uitgelegd. Niet voor niets stierven de meest gevierde heldinnen uit de Chinese literatuur altijd op het hoogtepunt van hun bekoring; gezegend waren zij die verdwenen voordat ze zich door de leeftijd verwoest zagen en herinnerd konden worden op het toppunt van hun frisheid. Er waren bovendien praktische redenen om voor een huwbare jonge vrouw te kiezen: ze zou hem zonen schenken en haar karakter zou makkelijk te temmen zijn om haar echt onderdanig te maken. Niets zo onaantrekkelijk als een schreeuwerige vrouw; hij had er gezien die hun mannen en kinderen spuugden en in het gezicht sloegen, zelfs op straat waar de buren bij stonden. Een man kon geen ernstiger gezichtsverlies lijden dan door zo'n vernedering van de hand van een vrouw. Op de sampan die hem traag over de negentig mijlen tussen Kanton en Hongkong vervoerde en hem met de minuut verder verwijderde van zijn vroegere leven, droomde Tao Chi'en over dat meisje, het genot en de kinderen die ze hem zou schenken. Steeds opnieuw telde hij het geld in zijn tas, alsof hij het door middel van abstracte berekeningen kon vermeerderen, maar het was duidelijk dat hij niet genoeg zou hebben voor een echtgenote van dergelijk niveau. Toch was hij, hoe dringend het ook was voor hem, niet van plan met minder genoegen te nemen en de rest van zijn dagen te slijten met een echtgenote met grote voeten en een sterk karakter.

Het eiland Hongkong met zijn bergcontouren en groene natuur doemde ineens voor hem op, als een zeemeermin verrijzend uit het indigoblauwe water van de Chinese Zee. Zodra het lichte vaartuig dat hem vervoerde aanlegde in de haven, bespeurde Tao Chi'en de aanwezigheid van de gehate buitenlanders. Voorheen had hij er een paar van veraf gezien, maar nu had hij ze zo dichtbij dat hij, als hij gedurfd had, ze zou hebben aangeraakt om te kijken of die grote en onelegante wezens echt menselijk waren. Verbaasd kwam hij tot de ontdekking dat veel fan güey rood of geel haar, kleurloze ogen en een huid zo rood als gekookte kreeft hadden. De vrouwen, die naar zijn idee zeer lelijk waren, droegen hoeden met veren en bloemen, misschien met de bedoeling hun duivelse haar te verbergen. Ze gingen opmerkelijk gekleed in stijve, nauw om het lichaam sluitende kleding; hij nam aan dat ze zich daarom als automaten bewogen en niet met vriendelijke buigingen groetten, uitdrukkingsloos voorbijliepen zonder iemand te zien, in stilte lijdend onder de zomerhitte in hun oncomfortabele kledij. Er lag een twaalftal Europese schepen in de haven tussen duizenden Aziatische vaartuigen in alle kleuren en formaten. In de straten zag hij een aantal door mannen in uniform gemende paardenkoetsen, verloren tussen de menselijke vervoermiddelen: draagstoelen, palankijnen, draagbaren en gewoon personen die hun klanten op de rug meevoerden. De visgeur trof hem als een slag in het gezicht en herinnerde hem aan zijn honger. Hij moest eerst een eethuis vinden, aangegeven met grote repen gele stof.

Tao Chi'en at als een prins in een restaurant bomvol hardop lachende en pratende mensen, een onmiskenbaar teken van tevredenheid en een goede spijsvertering, waar hij genoot van de heerlijke gerechten die in het huis van de meester in de vergetelheid waren geraakt. De zhong yi was bij leven een grote smulpaap geweest en beroemde zich erop de beste koks van Kanton in dienst te hebben gehad, maar tijdens zijn laatste jaren nam hij alleen nog groene thee en rijst met wat snippertjes groente. Tegen de tijd dat hij zijn slavernij ontvluchtte, was Tao Chi'en net zo mager als een van de vele tuberculosepatiënten in Hongkong. Dit was zijn eerste fatsoenlijke maaltijd sinds lange tijd, en de overrompeling van smaken, aroma's en texturen bracht hem in vervoering. Hij besloot het feestmaal met het intens genietend roken van een pijp. Zwevend en als een simpele ziel in zichzelf lachend, liep hij de straat op: nog nooit in zijn leven had hij zich zo vol enthousiasme en geluk gevoeld. Hij ademde de lucht rondom hem in, die zo leek op die in Kanton, en besloot dat het makkelijk zou worden deze stad te veroveren, net zoals hij zich negen jaar geleden de andere eigen had gemaakt. Eerst zou hij de markt en de wijk van medicijnmannen en kruidengenezers zoeken, waar hij onderdak zou kunnen vinden en zijn professionele diensten zou kunnen aanbieden. Daarna zou hij zich buigen over de kwestie van de vrouw met kleine voeten...

Diezelfde middag vond Tao Chi'en onderdak op de zolder van een groot, in compartimenten opgedeeld oud huis, dat een familie per vertrek huisvestte, een waar mierennest. In zijn kamer, een sombere, donkere en warme tunnel van een meter breed en drie meter lang zonder raam, trokken de etensluchten en stank van de po's van andere huurders binnen, vermengd met de onmiskenbare lucht van vuiligheid. Vergeleken met het keurige huis van zijn meester was dit hetzelfde als leven in een rattenhol, maar hij kon zich herinneren dat zijn ouderlijk huis nog armoediger was. Als alleenstaande man had hij niet meer ruimte of luxe nodig, besloot hij, alleen een hoek om zijn matje neer te leggen en zijn schamele bezittingen op te bergen. Later, wanneer hij zou trouwen, zou hij een geschikte woning zoeken, waar hij zijn medicijnen kon bereiden, zijn patiënten kon helpen en op gepaste wijze door zijn vrouw kon worden bediend. Vooralsnog had hij met die ruimte in elk geval een dak boven zijn hoofd en wat privacy terwijl hij een aantal noodzakelijke contacten legde voor zijn werk. Hij liet zijn spullen staan en ging een goed bad nemen, zijn voorhoofd scheren en zijn vlecht opnieuw doen. Zodra hij er toonbaar uitzag, vertrok hij direct op zoek naar een speelhuis, vastberaden zijn kapitaal binnen de kortste keren te verdubbelen, en zich zo op weg naar het succes te begeven.

In minder dan twee uur wedden op fan tan had Tao Chi'en al het geld verloren, en als hij zijn doktersinstrumenten had meegenomen, was hij ook die kwijtgeraakt. Het geschreeuw in de speelzaal was zo oorverdovend dat de weddenschappen afgesloten werden door middel van gebaren in de dichte tabaksrook. Fan tan was heel simpel, het bestond uit een handjevol knopen onder een beker. Er werd gewed, de knopen werden per vier tegelijk geteld en weggehaald, en wie geraden had hoeveel er overbleven – een, twee, drie of geen – had gewonnen. Tao Chi'en kon met zijn blik de handen van de man die de knopen beheerde nauwelijks volgen. Hij had de indruk dat hij vals speelde, maar hem in het openbaar beschuldigen zou zo'n grote belediging zijn dat hij die met zijn leven kon bekopen wanneer hij ernaast zat. In Kanton werden in de buurt van de speelhuizen dagelijks de lijken van onhebbelijke verliezers opgehaald; dat kon in Hongkong niet anders wezen. Hij keerde terug naar de tunnel op zolder en barstte op zijn matje als een klein kind in huilen uit, denkend aan de roedeslagen die hij van zijn acupunctuurmeester had ontvangen. De radeloosheid duurde tot de volgende dag, toen hij met verbazingwekkende helderheid zijn ongeduld en hoogmoed inzag. Daarop begon hij hartelijk te lachen om de goede les, ervan overtuigd dat de ondeugende geest van zijn meester die op zijn pad had gelegd om hem nog wat meer bij te brengen. Hij was in een diepe duisternis wakker geworden van de drukte in huis en op straat. Het was laat in de ochtend, maar in zijn hok kwam geen straaltje daglicht binnen.

Hij trok op de tast zijn enige stel schone kleren aan, nog steeds in zichzelf lachend, pakte zijn dokterskoffertje en ging naar de markt. In de zone waar de tatoeëerders de kraampjes opstelden die van boven tot onder met stukken stof en papier bedekt waren waarop de tekeningen stonden afgebeeld, kon men kiezen uit duizenden ontwerpen, van ingetogen bloemetjes in indigoblauwe inkt tot fantastische vijfkleurige draken, die met hun gespreide vleugels en vlammenadem de hele rug van een potige kerel konden sieren. Hij stond een halfuur te onderhandelen en sloot uiteindelijk een overeenkomst met een kunstenaar die wel een bescheiden tatoeage wilde ruilen tegen een tonicum om de lever te zuiveren. In minder dan tien minuten graveerde hij op de rug van zijn rechterhand, de wedhand, in eenvoudige maar sierlijke letters het woord NEE.

'Als de siroop u goed bevalt, beveel mijn diensten dan aan bij uw vrienden,' vroeg Tao Chi'en.

'Als uw tatoeage goed bevalt, doet u dan hetzelfde,' antwoordde de kunstenaar.

Tao Chi'en heeft altijd volgehouden dat die tatoeage hem geluk bracht. Hij liep het kraampje uit het tumult van de markt in, zich al duwend en trekkend vooruitwerkend door de smalle steegjes volgepropt met volk. Er was geen buitenlander te bekennen en de markt leek precies die van Kanton. Het lawaai was als een waterval, verkopers verkondigden luidkeels de kwaliteit van hun producten en klanten stonden schreeuwend te onderhandelen temidden van het oorverdovende gekwetter van de gekooide vogels en het gejank van de dieren die op hun beurt wachtten voor het slachtersmes. De stank van zweet, levende en dode dieren, uitwerpselen en vuilnis, specerijen, opium, kooksels en allerhande producten en wezens uit de aarde, de lucht en het water was zo geconcentreerd dat hij tastbaar was. Hij zag een vrouw die krab verkocht. Ze haalde de dieren levend uit een zak, kookte ze een paar minuten in een ketel met water dat de papperige consistentie had van de zeebodem, haalde ze eruit met een schuimspaan, doopte ze in de sojasaus en serveerde ze op een stuk papier aan de voorbijgangers. Haar handen zaten vol wratten. Tao Chi'en onderhandelde met haar over een maand middageten in ruil voor behandeling van haar kwaal.

'Aha! Ik zie dat u erg van krab houdt,' zei ze.

'Ik heb er een afkeer van, maar ik zal ze eten bij wijze van boetedoening, om een les te onthouden die ik nooit mag vergeten.'

'En als ik na een maand niet genezen ben, wie geeft me dan de krab terug die u hebt opgegeten?'

'Als u na een maand nog wratten hebt, lijd ik gezichtsverlies. Wie zou er dan nog mijn medicijnen kopen?' glimlachte Tao Chi'en.

'Goed dan.'

Zo begon hij zijn nieuwe leven als vrij man in Hongkong. In twee, drie dagen slonk de zwelling op zijn hand en kwam als een scherpe tekening van blauwe aders de tatoeage te voorschijn. Terwijl hij de marktkramen afliep om zijn beroepsdiensten aan te bieden, at hij gedurende die maand slechts één keer per dag, altijd gekookte krab, en hij viel zoveel af dat hij een muntstuk tussen zijn ribben kon vasthouden. Elk beestje dat hij, zijn afkeer overwinnend, naar binnen werkte, deed hem lachend aan zijn meester denken, die ook niet van krab hield. De wratten van de vrouw waren in zesentwintig dagen verdwenen, en dankbaar verspreidde zij het goede nieuws in de buurt. Ze bood hem nog een maand krab aan als hij de staar in haar ogen zou genezen, maar Tao Chi'en vond dat hij genoeg gestraft was en kon zich de luxe veroorloven de rest van zijn leven nooit meer die vieze beesten te hoeven eten. 's Avonds keerde hij doodmoe terug naar zijn hok, telde bij kaarslicht zijn muntstukken, verborg ze onder een vloerplank en zette daarna water op het kolenfornuisje om met thee de honger te verdrijven. Af en toe, als zijn benen of wilskracht verslapten, kocht hij een kom rijst, wat suiker of een pijp met opium, waarvan hij traag genoot, dankbaar dat er op de wereld zulke verbijsterende geschenken bestonden als de troost van rijst, de zoete smaak van suiker of de volmaakte dromen van de opium. Hij gaf alleen geld uit aan zijn huur, Engelse les, zich laten scheren en het laten wassen van zijn kleren, want hij kon er niet als een bedelaar bij lopen. Zijn meester ging altijd gekleed als een mandarijn. 'Een goed voorkomen is een teken van welgemanierdheid, een zhong yi is niet hetzelfde als een plattelandsgenezer. Hoe armer de zieke, hoe duurder je kleding moet zijn, uit respect,' leerde hij hem. Gaandeweg breidde zijn reputatie zich uit, eerst onder de marktkooplui en hun gezinnen, daarna in de havenwijk, waar hij zeelieden behandelde voor verwondingen uit vechtpartijen, scheurbuik, etterende geslachtsziekten en alcoholvergiftiging.

Na zes maanden kon Tao Chi'en rekenen op een trouwe clientèle en begon hij erop vooruit te gaan. Hij verhuisde naar een kamer met raam, zette er een groot bed in dat van pas zou komen wanneer hij zou trouwen, een leunstoel en een Engels bureau. Hij kocht ook wat kledingstukken, al jaren verlangde hij ernaar zich goed te kleden. Hij had zich voorgenomen Engels te leren, want hij had al snel achterhaald bij wie de macht lag. Een handjevol Britten bestuurde Hongkong, maakte de wetten en voerde ze uit, leidde de handel en de politiek. De fan güey woonden in exclusieve wijken en hadden alleen contact met rijke Chinezen om, altijd in het Engels, zaken te doen. De enorme Chinese massa leefde in dezelfde tijd en ruimte, maar het was alsof die niet bestond. Via Hongkong gingen de meest verfijnde producten rechtstreeks naar de salons van een door die eeuwenoude en verre cultuur gefascineerd Europa. Chinoiserieën waren in de mode. In de garderobekast maakte zijde furore; elegante bruggetjes met lantaarns en treurwilgen in navolging van de wonderbaarlijke verboden tuinen van Peking mochten niet ontbreken; op prieeltjes werden pagodedaken gezet en de draken- en kersenbloesemmotieven kwamen tot walgens toe terug in de inrichting. Er was geen Engels herenhuis zonder oriëntaalse salon met een coromandel kamerscherm, een verzameling porselein en ivoor, waaiers die door kinderhanden met de *verboden steek* geborduurd waren en keizerlijke kanaries in bewerkte kooien. De schepen die die schatten naar Europa brachten, keerden niet leeg terug, ze namen opium mee uit India om op de zwarte markt te verkopen, en snuisterijen die de plaatselijke kleine nijverheid ruïneerden. Om in hun eigen land handel te drijven, moesten de Chinezen concurreren met Engelsen, Nederlanders, Fransen en Noord-Amerikanen. De grote ramp was echter de opium. In China werd het al eeuwenlang ter ontspanning en voor medicinale doeleinden gebruikt, maar toen de Engelsen de markt overspoelden, werd het een onbeheersbare plaag. Het tastte alle sectoren van de maatschappij aan, haar verzwakkend en verbrokkelend als oud brood.

In het begin bekeken de Chinezen de buitenlanders met minachting, walging en het enorme superioriteitsgevoel van mensen die zichzelf de enige werkelijk beschaafde wezens op aarde vinden, maar binnen een paar jaar leerden ze hen te respecteren en te vrezen. De Europeanen gedroegen zich van hun kant doordrongen van hetzelfde idee van raciale superioriteit, in de zekerheid dat zij herauten van de beschaving waren in een land van smerige, lelijke, zwakke, luidruchtige, corrupte en ongecultiveerde mensen, die katten en slangen aten en hun eigen dochters bij de geboorte doodden. Weinigen wisten dat de Chinezen duizend jaar eerder dan zij het schrift in gebruik hadden genomen. Terwijl de kooplieden een cultuur van drugs en geweld oplegden, trachtten de zendelingen te evangeliseren. Het christendom moest tegen elke prijs uitgedragen worden, het was het enige ware geloof en het feit dat Confucius vijfhonderd jaar voor Christus had geleefd, had niets te betekenen. Ze beschouwden de Chinezen amper als mensen, maar probeerden toch hun zieltjes te redden en beloonden bekeringen met rijst. De nieuwe christenen nuttigden hun portie goddelijk smeergeld en begaven zich naar een volgende kerk om zich opnieuw te laten bekeren, zeer geamuseerd door die vreemde obsessie van de fan güey om hun levensovertuiging te prediken alsof die de enige was. Voor de praktische en verdraagzame Chinezen lag spiritualiteit dichter bij filosofie dan bij godsdienst; het was een kwestie van ethiek, nooit van dogma's.

Tao Chi'en had les met een landgenoot die een geleiachtig Engels sprak zonder medeklinkers, maar het correct schreef. Vergeleken met de Chinese karakters was het Europese alfabet van een betoverende eenvoud en binnen vijf weken kon Tao Chi'en de Britse kranten lezen zonder vast te lopen op de letters, hoewel hij om de vijf woorden het woordenboek moest raadplegen. 's Avonds zat hij uren te studeren. Hij miste zijn eerbiedwaardige meester, die hem voor altijd getekend had met de zucht naar kennis, die net zo hardnekkig was als de zucht naar alcohol voor de dronkenlap of naar macht voor de streber. De bibliotheek van de oude man moest hij missen evenals zijn onuitputtelijke bron van ervaring, hij kon niet bij hem te rade gaan of met hem de symptomen van een patiënt bespreken, hij miste een gids, voelde zich hulpeloos. Sinds de dood van zijn leermeester had hij geen poëzie meer geschreven of gelezen, hij nam de tijd niet om de natuur te bewonderen, te mediteren of de dagelijkse rituelen en ceremoniën in acht te nemen die vroeger zijn leven verrijkten. Hij voelde een hoop drukte vanbinnen, had heimwee naar de leegte van de stilte en de eenzaamheid, die zijn meester hem had leren koesteren als de waardevolste gave. Tijdens zijn beroepsuitoefening leerde hij over de complexe natuur van de mens, de emotionele verschillen tussen mannen en vrouwen, over ziekten die alleen met medicijnen te behandelen waren en andere die daarbij nog vroegen om de magie van het juiste woord, maar er ontbrak iemand om zijn ervaringen mee te delen. De droom een echtgenote te kopen en een gezin te hebben speelde altijd door zijn hoofd, echter vervaagd en versluierd als een prachtig, op zijde geschilderd landschap, terwijl zijn verlangen om boeken te kopen, te studeren en nieuwe meesters te vinden die hem wilden helpen op de weg naar kennis langzaam aan een obsessie werd.

Zo stonden de zaken ervoor toen Tao Chi'en dokter Ebanizer Hobbs leerde kennen, een Engelse aristocraat die niets verwaands had en, in tegenstelling tot andere Europeanen, belangstelling had voor de couleur locale van de stad. Hij zag hem voor het eerst toen hij op de markt stond te snuffelen tussen kruiden en drankjes in een winkel voor genezers. Hij sprak slechts tien woorden Mandarijnenchinees, maar herhaalde ze met zo'n stentorstem en met zo'n rotsvaste overtuiging dat zich om hem heen een kleine, honende maar ook angstige menigte verzameld had. Hij was van verre makkelijk te onderscheiden, want zijn hoofd stak boven de Chinese massa uit. Tao Chi'en had in die buurt, zo ver verwijderd van waar ze normaal rondliepen, nog nooit een buitenlander gezien en hij liep naar hem toe om hem van dichtbij te bekijken. Het was een nog jonge, lange en dunne man met nobele gelaatstrekken en grote blauwe ogen. Tao Chi'en stelde verheugd vast dat hij de tien woorden van die fan güey kon vertalen en dat hijzelf er minstens zoveel in het Engels kende, zodat het misschien mogelijk was met elkaar te praten. Hij begroette hem met een vriendelijke buiging en de ander beantwoordde die door onbeholpen de buigingen te imiteren. De twee glimlachten en barstten vervolgens in lachen uit, bijgevallen door het vriendelijk bedoelde geschater van de toeschouwers. Ze begonnen een verhitte dialoog van twintig van weerskanten slecht uitgesproken woorden en een komisch, acrobatisch gebarenspel, tot groeiende hilariteit van de nieuwsgierigen. Al snel stond er een flinke groep mensen die het verkeer belemmerde zich kapot te lachen, wat de aandacht trok van een Britse politieagent te paard, die de menigte gebood meteen uiteen te gaan. Zo ontstond er een hechte band tussen de twee mannen.

Ebanizer Hobbs was zich net zo bewust van de beperkingen van zijn beroep als Tao Chi'en van de zijne. Eerstgenoemde wilde de geheimen van de oosterse geneeskunst leren kennen, waarvan hij iets had meegekregen op zijn reizen door Azië, met name de pijnbestrijding door naalden in te brengen in de zenuwuiteinden en het gebruik van combinaties van planten en kruiden om diverse ziekten te behandelen die in Europa als dodelijk werden beschouwd. Laatstgenoemde was gefascineerd door de westerse geneeskunst met haar agressieve geneeswijzen; zijn werk was een verfijnde kunst in evenwicht en harmonie, een langzame taak om de in verkeerde banen geleide energie te reguleren, ziekten te voorkomen en de oorzaken van de verschijnselen op te sporen. Tao Chi'en had nooit chirurgische ingrepen verricht en zijn kennis van anatomie, die heel nauwkeurig was als het ging om de meetpunten van de hartslag en de acupunctuurpunten, beperkte zich tot wat hij kon zien en voelen. De anatomische tekeningen uit de bibliotheek van zijn vroegere meester kende hij uit het hoofd, maar het was nog nooit in hem opgekomen een lijk open te snijden. Het was een onbekend gebruik in de Chinese geneeskunde; zijn wijze meester, die zijn leven lang de heelkunde had uitgeoefend, had zelden inwendige organen gezien en was niet in staat een diagnose te stellen wanneer hij op symptomen stuitte die niet voorkwamen op de lijst van bekende kwalen. Ebanizer Hobbs daarentegen sneed lijken open en zocht naar de oorzaak, zo leerde hij. Tao Chi'en deed het voor het eerst tijdens een nacht van wervelstormen in de kelder van een Engels ziekenhuis, als helper van dokter Hobbs, die diezelfde ochtend zijn eerste acupunctuurnaalden had gezet om een migraine te verlichten in de praktijk waar Tao Chi'en zijn patiënten hielp. In Hongkong zaten enkele zendelingen die even geïnteresseerd waren in het genezen van het lichaam als in het bekeren van de ziel van hun parochianen, en dokter Hobbs onderhield een uitstekend contact met hen. Ze stonden veel dichter bij de plaatselijke bevolking dan de Britse dokters uit de buitenlandse gemeenschap en hadden bewondering voor de methoden van de oosterse geneeskunst. Ze openden de deuren van hun kleine ziekenhuizen voor de zhong yi. Het enthousiasme van Tao Chi'en en Ebanizer Hobbs voor studeren en experimenteren leidde onvermijdelijk tot sympathie. Ze kwamen bijna in het geheim samen, want als men van hun vriendschap geweten zou hebben, zouden ze hun reputatie op het spel zetten. De Europese patiënten noch de Chinese accepteerden dat een ander ras hun iets te leren zou hebben.

Zodra zijn financiën enigszins op orde kwamen, nam het vurige verlangen een echtgenote te kopen weer bezit van Tao Chi'ens dromen. Toen hij tweeëntwintig jaar werd, telde hij zoals zo vaak zijn spaargeld nog eens en stelde verheugd vast dat hij genoeg had voor een vrouw met kleine voetjes en een zachtaardig karakter. Daar hij geen ouders had om hem te helpen bij de afwikkeling, zoals de traditie vereiste, moest hij een tussenpersoon in de arm nemen. Ze lieten hem portretten zien van verschillende kandidates, maar hij vond ze allemaal hetzelfde; hij kon op grond van die eenvoudige pentekeningen onmogelijk het uiterlijk van een meisje inschatten, om nog maar te zwijgen over haar persoonlijkheid. Het was hem niet toegestaan haar met eigen ogen te zien of haar stem te beluisteren, zoals hij gewild had; evenmin had hij een vrouwelijk familielid dat dat voor hem doen kon. Wat hij wel mocht, was onder een gordijn de voeten zien uitsteken, maar ze hadden hem verteld dat zelfs dat niet betrouwbaar was, omdat de bemiddelaars de zaak plachten te bedonderen en de gouden lotussen van een andere vrouw toonden. Hij moest op het lot vertrouwen. Hij stond op het punt de dobbelstenen te laten beslissen, maar de tatoeage op zijn hand bracht hem zijn vroegere pech bij kansspelen in herinnering en hij liet de taak liever over aan de geest van zijn moeder en die van zijn acupunctuurmeester. Na in vijf tempels offers te hebben gebracht, liet hij de stokjes van de I Tjing zijn lot bepalen, waarin hij las dat het ogenblik gunstig was, en zo koos hij zijn bruid uit. Zijn methode had niet gefaald. Toen hij na een minimum aan plechtigheden – want geld voor een mooiere bruiloft had hij niet – het rode zijden doekje van het hoofd van zijn gloednieuwe echtgenote oplichtte, stond hij tegenover een harmonieus gelaat, dat koppig naar de grond staarde. Hij moest drie keer haar naam herhalen voordat zij hem bevend van angst met betraande ogen durfde aan te kijken.

'Ik zal goed voor je zijn,' beloofde hij haar, net zo aangedaan als zij.

Vanaf het moment dat hij die rode doek oplichtte, aanbad Tao Chi'en de jonge vrouw die het lot hem toebedeeld had. Die liefde overviel hem: hij had niet gedacht dat er tussen man en vrouw dergelijke gevoelens konden bestaan. Hij had nooit van zo'n soort liefde gehoord, hij had slechts vage verwijzingen gelezen in de klassieke literatuur, waarin de maagden net als landschappen of de maan tot de verplichte onderwerpen van dichterlijke inspiratie behoorden. Hij dacht echter dat in de echte wereld vrouwen slechts wezens waren om te werken en te baren, zoals de boerinnen tussen wie hij was opgegroeid, of juist dure siervoorwerpen. Lin paste in geen van die categorieën, ze was een mysterieuze en complexe persoon, die in staat was hem met haar ironie te ontwapenen en met haar vragen uit te dagen. Ze liet hem lachen zoals niemand anders dat kon, verzon onmogelijke verhalen, provoceerde hem met woordspelingen. In Lins aanwezigheid leek alles beschenen te worden door een onweerstaanbare schittering. De wonderlijke ontdekking van de intimiteit met een ander mens was de meest diepgaande ervaring in zijn leven. Met prostituees had hij als een haastig haantje ontmoetingen gehad, maar nooit had hij de tijd en liefde gehad om er een goed te leren kennen. 's Ochtends zijn ogen te openen en Lin naast hem te zien slapen deed hem lachen van geluk, maar even later beven van angst. En als ze op een ochtend eens niet wakker werd? De zoete geur van haar zweet wanneer ze 's nachts de liefde bedreven, de fijne tekening van haar wenkbrauwen, altijd opgetrokken als in voortdurende verbazing, de onmogelijke slankheid van haar taille, alles aan haar overstelpte hem met tederheid. Ah! En de lach van hen tweeën. Dat was het mooiste van alles, de onbevangen vreugde van die liefde. De kussenboeken van zijn oude meester, die hem tijdens zijn puberteit zoveel nutteloze opwinding hadden bezorgd, bewezen hun liefdesleven nu een grote dienst. Zoals het een welopgevoede jonge maagd betaamde, stelde Lin zich elke dag nederig op, maar zodra ze de angst voor haar man had verloren, kwam haar spontane en hartstochtelijke vrouwelijke natuur naar boven. In korte tijd leerde de gretige leerlinge alle tweehonderdtweeëntwintig wijzen van beminnen, en altijd bereid hem te volgen in die dollemansrit, stelde ze haar man voor nieuwe te bedenken. Gelukkig voor Tao Chi'en bevatte de verfijnde kennis die hij in theorie in de bibliotheek van zijn leermeester had opgedaan talloze manieren om een vrouw te bevredigen, en wist hij dat kracht minder telt dan geduld. Zijn vingers waren geoefend in het waarnemen van de verschillende kloppingen van het lichaam en het blindelings vinden van de gevoeligste punten; zijn warme en sterke handen, bedreven in het verlichten van de pijn van zijn patiënten, veranderden voor Lin in instrumenten voor eindeloos genot. Hij had bovendien iets ontdekt dat zijn achtenswaardige zhong yi hem vergeten was te leren: dat liefde het beste afrodisiacum is. Ze konden zo gelukkig zijn in bed dat gedurende de nacht de andere problemen van het leven werden uitgewist. Maar, zo werd al snel duidelijk, die problemen waren talrijk.

De geesten die Tao Chi'en had aangeroepen om hem te helpen bij zijn beslissing over het huwelijk, hadden hun werk uitstekend gedaan: Lin had kleine voetjes en was bedeesd en zachtaardig als een eekhoorntje. Tao Chi'en had er echter niet aan gedacht ook om kracht en gezondheid te vragen voor zijn echtgenote. Dezelfde vrouw die 's nachts onvermoeibaar leek, veranderde overdag in een invalide. Ze kon nauwelijks twee blokken lopen met haar ongelukkige pasjes. Ze bewoog weliswaar met de tedere gratie van een rietpluim in de wind, zoals de oude acupunctuurmeester in sommige van zijn gedichten geschreven zou hebben, maar daar stond tegenover dat een korte tocht naar de markt om een kool te kopen voor het avondeten een geseling betekende voor haar gouden lotussen. Zij klaagde nooit hardop, maar het was genoeg haar te zien transpireren en zich verbijten om te weten hoeveel inspanning elke beweging haar kostte. Haar longen waren ook niet goed. Ze ademde met het hoge, piepende geluid van een puttertje, kwam snotterend het regenseizoen en benauwd het droge seizoen door, omdat de warme lucht voor in haar mond bleef steken. De kruiden van haar man noch de tonicums van zijn vriend, de Engelse dokter, konden haar verlichting bieden. Toen ze zwanger raakte, verergerden haar kwalen, want haar breekbare gestel kon het gewicht van het kind nauwelijks dragen. In de vierde maand kwam ze het huis helemaal niet meer uit en ging ze futloos voor het raam zitten kijken hoe het leven op straat voorbijtrok. Tao Chi'en nam twee bedienden aan voor de huishoudelijke taken en om haar gezelschap te houden, want hij was bang dat Lin in zijn afwezigheid zou sterven. Hij verdubbelde zijn werkuren en viel voor het eerst zijn patiënten lastig met de rekening, wat hem van schaamte vervulde. Hij voelde de kritische blik van zijn meester die hem herinnerde aan de plicht te dienen zonder daarvoor een vergoeding te verwachten, want 'wie het meest weet, is de mensheid het meest verplicht'. Toch kon hij ze niet gratis of tegen wederdiensten helpen, zoals hij voorheen had gedaan, want hij had elke cent nodig om het Lin aan niets te laten ontbreken. Hij had in die tijd de tweede verdieping van een oud huis, waar hij zijn vrouw neerzette met voorzieningen die geen van tweeën daarvoor ooit genoten had, maar hij was niet tevreden. Hij had het in zijn hoofd gezet een woning met tuin voor haar te vinden, zo zou ze schoonheid hebben en zuivere lucht. Zijn vriend Ebanizer Hobbs legde hem uit – daar hijzelf weigerde het bewijs onder ogen te zien – dat de tuberculose al in een vergevorderd stadium was en geen tuin Lin meer beter zou kunnen maken.

'Blijf zoveel mogelijk bij haar, dokter Chi'en, in plaats van te werken van 's morgens vroeg tot middernacht om zijden jurken en luxe meubels voor haar te kopen. Geniet van haar zolang u haar nog hebt,' ried Hobbs hem aan.

De twee dokters waren het er, ieder vanuit het perspectief van zijn eigen ervaring, over eens dat de bevalling voor Lin een vuurproef zou zijn. Geen van hen was deskundig op dit gebied, want zowel in Europa als in China was het altijd in handen geweest van vroedvrouwen, maar ze namen zich voor te studeren. Ze hadden geen vertrouwen in de kennis van een lompe dikke vrouw, zoals ze alle vrouwen in dat beroep zagen. Ze hadden hen zien werken met hun weerzinwekkende handen, hun hekserijen en hun ruwe methoden om het kind uit de moeder te halen, en besloten Lin een dergelijke traumatische ervaring te besparen. De jonge vrouw wilde echter niet bevallen met twee mannen erbij, zeker niet als een van hen een fan güey was met kleurloze ogen, die niet eens de taal van de mensen kon spreken. Ze smeekte haar man de hulp in te roepen van de wijkverloskundige, want de beginselen van fatsoen weerhielden haar ervan haar benen uit elkaar te doen in het bijzijn van een duivelse buitenlander, maar Tao Chi'en, die haar altijd ter wille was, hield ditmaal voet bij stuk. Uiteindelijk kwamen ze tot een vergelijk dat hij haar persoonlijk zou helpen, terwijl Ebanizer Hobbs in de kamer ernaast zou blijven om hem, mocht dat nodig zijn, verbale ondersteuning te bieden.

De eerste aankondiging van de bevalling was een astma-aanval die Lin bijna het leven kostte. De inspanningen om te ademen werden verward met die van haar buik om het kindje naar buiten te persen, en noch Tao Chi'en, met al zijn liefde en wijsheid, noch Ebanizer Hobbs, met zijn geneeskundige teksten, was bij machte haar te helpen. Tien uur later, toen het gekreun van de moeder was verworden tot een schor drenkelingengereutel en het kindje aanstalten maakte om geboren te worden, stoof Tao Chi'en het huis uit op zoek naar de vroedvrouw en sleepte haar zo ongeveer mee, ondanks zijn afkeer. Precies zoals Chi'en en Hobbs vreesden, bleek de vrouw een stinkend oud wijf te zijn, met wie onmogelijk de geringste medische informatie uit te wisselen viel, want wat zij had was geen kennis, maar langdurige ervaring en een oeroud instinct. Ze begon ermee de twee mannen lomp opzij te duwen en hun te verbieden het hoofd om het gordijn te steken dat de twee vertrekken van elkaar scheidde. Tao Chi'en kwam nooit te weten wat zich achter dat gordijn afspeelde, maar hij was gerust toen hij Lin hoorde ademen zonder te stikken en krachtig hoorde schreeuwen. In de uren daarna, terwijl Ebanizer Hobbs uitgeput in een leunstoel lag te slapen en Tao Chi'en wanhopig de geest van zijn meester om raad vroeg, bracht Lin een levenloos meisje ter wereld. Aangezien het een kindje van het vrouwelijk geslacht was, nam de vroedvrouw noch de vader de moeite het te reanimeren, maar gingen beiden aan het werk om de moeder te redden, die haar weinige krachten verloor terwijl het bloed wegvloeide tussen haar benen.

Lin treurde nauwelijks om de dood van het meisje, alsof ze voorzag dat ze niet lang genoeg zou leven om voor haar te zorgen. Ze herstelde zich langzaam van de doodgeboorte en een tijdlang probeerde ze weer de levendige partner te zijn in het nachtelijke spel. Met dezelfde discipline die ze aanwendde om de pijn aan haar voeten te verbergen, veinsde ze enthousiasme voor de hartstochtelijke omhelzingen van haar echtgenoot. 'Seks is een reis, een heilige reis,' zei hij vaak tegen haar, maar ze had de energie niet meer om erin mee te gaan. Tao Chi'en verlangde zo hevig naar die liefde dat hij erin slaagde systematisch alle signalen te negeren en tot het laatst toe te blijven geloven dat Lin weer de oude was. Hij had er jarenlang van gedroomd om zonen te hebben, maar nu wilde hij alleen nog maar zijn vrouw behoeden voor een nieuwe zwangerschap. Zijn gevoelens voor Lin waren overgegaan in een verering die hij alleen haar kon opbiechten; hij dacht dat niemand die overstelpende liefde voor een vrouw zou kunnen begrijpen, niemand kende Lin zoals hij, niemand wist van het licht dat zij zijn leven bracht. Ik ben gelukkig, ik ben gelukkig, herhaalde hij om de rampzalige voortekenen af te wenden, die hem zodra hij even niet oplette bestormden. Maar dat was hij niet. Hij lachte niet meer zo makkelijk als vroeger en wanneer hij bij haar was, kon hij nauwelijks van haar genieten, behoudens een paar volmaakte ogenblikken van vleselijk genot, want altijd zat hij haar bezorgd te observeren, lettend op haar gezondheid, zich bewust van haar breekbaarheid, angstvallig het ritme van haar ademhaling volgend. Hij kreeg een hekel aan haar gouden lotussen, die hij in het begin van hun huwelijk dol van begeerte had gekust. Ebanizer Hobbs was er voorstander van dat Lin lange wandelingen buiten maakte om haar longen te sterken en de eetlust op te wekken, maar ze kon nauwelijks tien stappen zetten zonder flauw te vallen. Tao Chi'en kon niet de hele tijd bij zijn vrouw blijven, zoals Hobbs opperde, want hij moest functioneren voor twee. Elk ogenblik dat hij gescheiden van haar doorbracht, vond hij leven verspild aan ongeluk, tijd die afging van de liefde. Hij stelde zijn hele artsenijboek en de kennis die hij had opgedaan in vele jaren geneeskunst in dienst van zijn geliefde, maar een jaar na de bevalling was Lin een schaduw geworden van het vrolijke meisje dat ze vroeger was. Haar man probeerde haar aan het lachen te maken, maar bij allebei kwam de lach er onecht uit.

Op een dag kon Lin haar bed niet meer uit komen. Ze stikte, ze verloor haar krachten in het ophoesten van bloed en haar pogingen lucht te krijgen. Behalve een paar lepeltjes magere soep wilde ze niet eten, want ze raakte uitgeput van de inspanning. Tijdens de schaarse momenten dat de hoest minder werd, deed ze hazenslaapjes. Tao Chi'en rekende uit dat ze al zes weken ademde met een vochtig gerochel, alsof ze ondergedompeld was in water. Wanneer hij haar in zijn armen optilde, constateerde hij hoe erg ze afviel en zijn hart kromp ineen van angst. Hij zag haar zo diep lijden dat haar dood als een bevrijding moest komen, maar op de fatale vroege ochtend dat hij wakker werd naast het ijskoude lichaam van Lin, dacht hij dat hij zelf ook doodging. Een lange en huiveringwekkende schreeuw, die uit het binnenste van de aarde kwam, als de brul van een vulkaan, deed het huis op zijn grondvesten schudden en maakte de buurt wakker. De buren kwamen, trapten de deur in en troffen hem naakt aan in het midden van de kamer, brullend, met zijn vrouw in zijn armen. Ze moesten hem met geweld van het lichaam losrukken en hem in bedwang houden tot Ebanizer Hobbs arriveerde en hem dwong een dosis laudanum te slikken die een leeuw kon vloeren.

Volkomen wanhopig zwolg Tao Chi'en in zijn weduwnaarschap. Hij maakte een altaar met Lins portret en wat van haar bezittingen en zat er uren verslagen naar te kijken. Hij bezocht zijn patiënten niet meer en stopte met het gezamenlijke studeren en onderzoeken met Ebanizer Hobbs, de basis van hun vriendschap. Hij verafschuwde de raadgevingen van de Engelsman, die beweerde dat 'het een het ander doet vergeten' en dat hij om het verdriet te boven te komen het best de bordelen in de haven kon bezoeken, waar hij zoveel vrouwen met misvormde voeten, zoals hij de gouden lotussen noemde, kon kiezen als hij maar wilde. Hoe kon hij hem zoiets doms voorstellen? Er bestond niemand die Lin zou kunnen vervangen, nooit zou hij een ander liefhebben, daar was Tao Chi'en zeker van. Het enige wat hij in die tijd aannam van Hobbs, waren zijn uitstekende flessen whisky. Wekenlang verkeerde hij in een lethargie van alcohol, totdat zijn geld op was en hij geleidelijk aan zijn bezittingen moest verkopen of verpanden en hij op een dag de huur niet meer kon betalen en naar een armoedig hotelletje moest verhuizen. Toen herinnerde hij zich dat hij zhong yi was en ging weer aan het werk, hoewel hij het met moeite kon opbrengen, in smerige kleding, met zijn vlecht in de war, slecht geschoren. Aangezien hij een goede reputatie genoot, accepteerden zijn patiënten zijn slonzige uiterlijk en zijn dronkenmansfouten met de lijdzame houding van de armen, maar al gauw kwamen ze niet meer naar zijn spreekuur. Ook Ebanizer Hobbs belde hem niet meer om moeilijke gevallen te bespreken, want hij had het vertrouwen in zijn oordeel verloren. Tot dan toe hadden ze elkaar succesvol aangevuld: de Engelsman kon voor het eerst met durf chirurgische ingrepen uitvoeren, dankzij de krachtige verdovende middelen en de gouden naalden die de pijn konden verlichten, bloedingen beperken en het helingsproces versnellen, en de Chinees leerde de scalpel en andere methoden uit de Europese wetenschap gebruiken. Met zijn trillende handen en troebele ogen van dronkenschap en tranen betekende Tao Chi'en echter eerder een gevaar dan een ondersteuning.

In de lente van 1847 kwam er opnieuw een kentering in het lot van Tao Chi'en, zoals al twee keer eerder in zijn leven was gebeurd. Naarmate hij zijn vaste patiënten kwijtraakte en het gerucht over zijn verslechterde status als dokter zich verspreidde, moest hij zich gaan richten op de meest hopeloze wijken van de havenstad, waar niemand naar zijn referenties vroeg. Het waren routinegevallen: kneuzingen, messteken en kogelwonden. Op een nacht werd Tao Chi'en met spoed naar een café geroepen om een zeeman te hechten na een geweldige vechtpartij. Ze brachten hem naar het achterste gedeelte van het pand, waar de man bewusteloos op de grond lag met zijn hoofd opengespleten als een meloen. Zijn tegenstander, een reusachtige Noor, had een zware houten tafel opgetild en als knots gebruikt om zich te verdedigen tegen zijn aanvallers, een groep Chinezen die van plan waren hem een gedenkwaardige aframmeling te geven. Ze stortten zich massaal op de Noor en hadden gehakt van hem gemaakt als hem niet verscheidene Noorse zeelieden te hulp waren geschoten, die in dezelfde ruimte zaten te drinken, en wat begonnen was als een discussie tussen dronken spelers, was uitgelopen op een raciale veldslag. Toen Tao Chi'en arriveerde, waren degenen die nog lopen konden allang verdwenen. De Noor keerde ongedeerd terug naar zijn schip onder begeleiding van twee Engelse politieagenten, en de enigen die er nog te zien waren, waren de kastelein, het stervende slachtoffer en de stuurman, die ervoor gezorgd had dat de politieagenten weggingen. Als het een Europeaan was geweest, was de gewonde ongetwijfeld in het Britse ziekenhuis terechtgekomen, maar aangezien het om een Aziaat ging, deden de havenautoriteiten niet al te veel moeite.

Eén blik was genoeg voor Tao Chi'en om vast te stellen dat hij niets meer kon doen voor die arme stakker met de verbrijzelde schedel en de hersenen die eruit lagen. Dat legde hij uit aan de stuurman, een onbehouwen Engelsman met een volle baard.

'Verdomde Chinees! Kun je het bloed niet wegvegen en zijn hoofd dichtnaaien?' vroeg hij.

'Hij heeft een gebroken schedel. Waarom zou ik hem hechten? Hij heeft er recht op vredig te sterven.'

'Hij mag niet sterven! Mijn boot vaart uit in de vroege ochtend en ik heb deze man aan boord nodig! Hij is de kok!'

'Het spijt me,' antwoordde Tao Chi'en met een eerbiedige buiging, trachtend de weerzin te verbergen die die domme *fan güey* in hem opwekte.

De stuurman bestelde een fles gin en nodigde Tao Chi'en uit om samen met hem te drinken. Als niets de kok nog soelaas kon bieden, konden ze maar het beste een glas op hem drinken, zei hij, zodat later zijn verrekte spookbeeld verdomme niet zou komen om 's nachts aan hun voeten te trekken. Ze gingen op een paar passen van de stervende zitten om rustig dronken te worden. Af en toe boog Tao Chi'en zich om de polsslag te voelen, inschattend dat hem nog slechts enkele minuten moesten resten, maar de man was taaier dan verwacht. De zhong yi had nauwelijks door hoe de Engelsman hem het ene glas na het andere volschonk, terwijl hij zelf nauwelijks van het zijne dronk. Al snel was hij aangeschoten en kon hij zich niet meer herinneren waarom hij zich op die plek bevond. Een uur later, toen zijn patiënt een paar laatste stuiptrekkingen kreeg en de geest gaf, had Tao Chi'en daar geen weet van, want hij was bewusteloos op de grond gerold.

Hij ontwaakte in het licht van een stralende middag, opende met vreselijk veel moeite zijn ogen en zag zich zodra hij zich een beetje kon oprichten omringd door lucht en water. Het duurde even voordat hij besefte dat hij op zijn rug lag op een grote rol touw op een scheepsdek. De golfslag tegen de flanken van het schip beierde als enorme klokken door zijn hoofd. Hij dacht stemmen en geschreeuw te horen, maar was nergens zeker van, hij kon net zo goed in de hel zijn. Hij slaagde erin op zijn knieën te gaan zitten en zich een paar meter op handen en voeten voort te bewegen, toen hij ineens misselijk werd en voorover op zijn buik viel. Weinige minuten later voelde hij de oplawaai van een puts koud water over zijn hoofd en hoorde stem die hem aansprak in het Kantonees. Hij sloeg zijn ogen op en zag een baardeloos en vriendelijk gezicht dat hem begroette met een brede glimlach waarin de helft van de tanden ontbrak. Een tweede puts zeewater haalde hem uit zijn verbijstering. De jonge Chinees die zich zo had uitgesloofd hem nat te gooien, bukte luidkeels lachend en op zijn dijen slaand naast hem, alsof zijn dramatische toestand onweerstaanbaar grappig was.

'Waar ben ik?' kon Tao Chi'en stamelend uitbrengen.

'Welkom aan boord van de *Liberty*! We reizen richting westen, naar het schijnt.'

'Maar ik wil helemaal nergens heen! Ik moet meteen van boord!'

Zijn plannen werden opnieuw met lachsalvo's ontvangen. Toen hij eindelijk zijn lach kon bedwingen, legde de man hem uit dat hij 'gecontracteerd' was, net als hijzelf twee maanden geleden. Tao Chi'en voelde dat hij ging flauwvallen. Hij kende de methode. Als er mensen te kort kwamen om de bemanning compleet te maken, nam men zijn toevlucht tot de drastische praktijk van het dronken voeren of met een stokslag verdoven van argeloze mannen om ze tegen hun wil te ronselen. Het zeeleven was rauw en slecht betaald; ongelukken, ondervoeding en ziekten hielden verschrikkelijk huis, op elke reis stierven er wel een paar en hun lichamen kwamen terecht op de bodem van de oceaan zonder dat iemand ooit nog aan hen dacht. Daarbij waren de kapiteins vaak tirannen, die aan niemand rekenschap hoefden af te leggen en elke fout bestraften met zweepslagen. In Sjanghai was men genoodzaakt geweest een gentlemen's agreement te sluiten tussen de kapiteins om paal en perk te stellen aan het ontvoeren van vrije mannen en het wegroven van elkaars matrozen. Vóór het akkoord liep iedereen die naar de haven ging om een paar borrels naar binnen te werken het risico in een ander schuitje te ontwaken. De stuurman van de *Liberty* had besloten de gestorven kok door Tao Chi'en te vervangen – in zijn ogen waren alle 'geelhuiden' hetzelfde en de een of de ander was om het even – en na hem dronken te hebben gevoerd, had hij hem aan boord laten brengen. Voordat hij zou ontwaken, had hij een afdruk van zijn duim op het contract gezet en hem zo aan twee jaar dienst verbonden. Langzaam werd de omvang van het gebeurde duidelijk in Tao Chi'ens afgestompte hersens. Het idee in opstand te komen kwam niet in hem op, dat zou gelijkstaan aan zelfmoord, maar hij nam zich voor te deserteren zodra ze waar ook ter wereld het vasteland zouden aandoen.

De jongen hielp hem met opstaan en zich te wassen, waarna hij hem naar het scheepsruim bracht, waar de kooien en hangmatten in rijen waren opgesteld. Hij wees hem zijn plaats en een lade om zijn bezittingen in op te bergen. Tao Chi'en dacht dat hij alles was kwijtgeraakt, maar hij zag zijn koffer met medische instrumenten staan op het plankier dat zijn bed zou worden. De stuurman had de goede inval gehad die in veiligheid te brengen. Het portret van Lin was echter op zijn altaar blijven staan. Hij besefte verschrikt dat de geest van zijn vrouw hem misschien niet zou kunnen vinden midden op de oceaan. De eerste dagen varen waren door de misselijkheid een kwelling; af en toe trok hem de gedachte overboord te springen en voorgoed met zijn leed af te rekenen. Zodra hij op zijn benen kon staan, werd hij naar de zeer basale keuken gestuurd, waar het keukengerei aan een stel haken hing en bij elke deining in een oorverdovend lawaai tegen elkaar stootte. De versvoorraden die in Hongkong waren aangelegd, raakten snel op en spoedig waren er alleen nog gezouten vis en vlees, bonen, suiker, reuzel, wormstekig meel en zulke oude koekjes dat ze vaak met hamerslagen gebroken moesten worden. Al het voedsel werd met sojasaus overgoten. Elke matroos kreeg een pint sterkedrank per dag om de ontberingen te verdragen en de mond te spoelen, want ontstoken tandvlees was een van de problemen van het zeeleven. Voor de maaltijden van de kapitein had Tao Chi'en eieren en Engelse marmelade, die hij met zijn eigen leven moest bewaken, zo gaven ze hem te kennen. De porties waren zo berekend dat ze toereikend waren voor de overtocht als er zich geen natuurlijke hindernissen zouden opwerpen, zoals stormen die hen uit koers zouden doen raken of windstilte waardoor ze zouden stilliggen, en werden aangevuld met verse vis die onderweg in de netten gevangen werd. Van Tao Chi'en werd geen kooktalent verwacht; zijn functie was het beheren van het voedsel, de drank en het zoete water dat elke man was toegewezen, en de strijd tegen bederf en ratten. Ook moest hij net als elke andere matroos schoonmaak- en navigatietaken uitvoeren.

Na een week begon hij te genieten van de buitenlucht, het ruwe werk en het gezelschap van die mannen uit alle windstreken, ieder met zijn eigen verhalen, heimwee en kwaliteiten. Wanneer ze pauze hadden, bespeelden ze een muziekinstrument en vertelden verhalen over zeespoken en exotische vrouwen in verre havens. De bemanningsleden kwamen uit allerlei gebieden, spraken verschillende talen en hadden verschillende gewoonten, maar werden verbonden door iets wat leek op vriendschap. Door het isolement en de overtuiging dat ze elkaar nodig hadden, werden mannen die elkaar op het vasteland niet zouden hebben aangekeken kameraden. Tao Chi'en kon weer lachen zoals hij sinds de ziekte van Lin niet meer gedaan had. Op een ochtend riep de stuurman hem bij zich om hem persoonlijk voor te stellen aan kapitein John Sommers, die hij alleen vanuit de verte gezien had door het raampje van de stuurhut. Hij stond tegenover een lange man, verweerd door de wind uit vele gebieden, met een donkere baard en staalblauwe ogen. Hij sprak tot hem via de stuurman, die wat Kantonees praatte, maar hij antwoordde in zijn boekenengels, met het geaffecteerde, adellijke accent dat hij van Ebanizer Hobbs had overgenomen.

'Mister Oglesby zegt dat u een soort genezer bent?'

'Ik ben een zhong yi, een arts.'

'Arts? Hoezo arts?'

'De Chinese geneeskunde is ettelijke eeuwen ouder dan de Engelse, kapitein,' glimlachte Tao Chi'en vriendelijk met de precieze woorden van zijn vriend Ebanizer Hobbs.

Kapitein Sommers trok zijn wenkbrauwen op in een uitdrukking van woede over de brutaliteit van dat mannetje, maar eigenlijk was hij door hem ontwapend. Hij begon hartelijk te lachen.

'Toe, mister Oglesby, schenk eens drie glazen cognac in. We proosten met de dokter. Dit is een zeldzame luxe. Het is voor het eerst dat we onze eigen scheepsarts hebben!'

Tao Chi'en kwam zijn voornemen om in de eerste haven die de *Liberty* zou aandoen te deserteren niet na, want hij wist niet waar hij heen moest gaan. Het had net zo weinig zin om terug te keren naar zijn hopeloze weduwnaarsbestaan in Hongkong als om verder te varen. Hier of daar was om het even en als matroos zou hij tenminste nog kunnen reizen en geneeswijzen leren die in andere delen van de wereld werden gebruikt. Het enige waarover hij zich echt druk maakte, was dat Lin hem in dat zwerven van golf tot golf misschien niet zou kunnen vinden, hoe vaak hij ook in alle windrichtingen haar naam riep. In de eerste haven ging hij net als de rest van boord met zes uur verlof om aan wal te verblijven, maar in plaats van die tijd te benutten in kroegen, ging hij zich in opdracht van de kapitein op de markt te buiten op zoek naar geneeskrachtige specerijen en planten. 'Nu we toch een dokter hebben, moeten we ook geneesmiddelen hebben,' had hij gezegd. Hij gaf hem een buideltje met getelde geldstukken en waarschuwde hem dat als hij van plan was te ontsnappen of hem te bedriegen, hij net zo lang zou zoeken tot hij hem tegenkwam en hem eigenhandig de strot zou doorsnijden, want de man die hem ongestraft voor de gek kon houden, moest nog geboren worden.

'Is dat duidelijk, Chinees?'

'Dat is duidelijk, Engelsman.'

'Mij spreek je met meneer aan!'

'Ja, meneer,' antwoordde Tao Chi'en, de ogen neerslaand, want hij was aan het leren blanken niet in de ogen te kijken.

Zijn eerste verrassing was te ontdekken dat China niet het absolute middelpunt van het heelal was. Er bestonden andere culturen, barbaarser weliswaar, maar veel machtiger. Hij had niet gedacht dat de Britten een flink deel van de aardbol in handen hadden, en evenmin had hij verwacht dat andere *fan güey* eigenaar waren van uitgestrekte koloniën in verre landen die over vier continenten verdeeld lagen, zoals kapitein John Sommers de moeite nam hem uit te leggen, de dag dat hij hem een ontstoken kies uittrok tegenover de Afrikaanse kust. De operatie verliep vlekkeloos en bijna pijnloos dankzij een combinatie van zijn gouden naalden in de slapen en een pasta van kruidnagel en eucalyptus die op het tandvlees was aangebracht. Toen hij klaar was en de patiënt opgelucht en dankbaar zijn fles drank verder kon leegdrinken, durfde Tao Chi'en hem te vragen waar ze heen voeren. Het blindelings reizen met als enig referentiepunt de vage lijn van de horizon tussen een eindeloze zee en hemel, ontregelde hem.

'We gaan richting Europa, maar voor ons verandert er niets. Wij zijn zeelui, altijd op het water. Wil je terug naar huis?'

'Nee, meneer.'

'Heb je ergens familie?'

'Nee, meneer.'

'Dan maakt het voor jou niet uit of we richting noorden of zuiden, oosten of westen varen, of wel soms?'

'Nee, maar ik weet graag waar ik ben.'

'Waarom?'

'Voor als ik in het water val of we zinken. Mijn geest moet zich kunnen oriënteren om terug te keren naar China, anders zal hij doelloos rondwaren. De hemelpoort is in China.'

'Wat haal jij je toch allemaal in je hoofd!' lachte de kapitein. 'Dus om in het paradijs te komen moet je in China sterven? Kijk eens op de kaart, man. Jouw land is het grootste, dat wel, maar er ligt een hoop wereld buiten China. Hier ligt

Engeland, het is maar een klein eilandje, maar als je onze koloniën erbij optelt, zul je zien dat we meer dan de helft van de aardbol bezitten.'

'Hoe dat zo?'

'Net zoals we in Hongkong hebben gedaan: met oorlog en vals spel. Laten we zeggen dat het een mengeling is van een machtige vloot, hebzucht en discipline. We zijn niet superieur, maar wreder en vastberadener. Ik ben er niet bijzonder trots op een Engelsman te zijn, en wanneer je net zoveel gereisd hebt als ik, zul je er evenmin trots op zijn dat je Chinees bent.'

De twee daaropvolgende jaren zette Tao Chi'en drie keer voet aan wal, waarvan een keer in Engeland. Hij ging op in de onbeschofte menigte in de haven en liep door de straten van Londen, met de ogen van een verwonderd kind al het nieuws bekijkend. De fan güey zaten vol verrassingen; aan de ene kant misten ze elke vorm van verfijning en gedroegen ze zich als woestelingen, maar aan de andere kant waren ze wonderbaarlijk vindingrijk. Hij constateerde dat de Engelsen in hun eigen land net zo arrogant en onbeleefd waren als in Hongkong: ze behandelden hem respectloos, niets wisten ze van beschaafdheid of etiquette. Hij wilde een biertje drinken, maar ze duwden hem ruw de kroeg uit: hier komen geen gele honden binnen, zeiden ze. Al snel voegde hij zich bij andere Aziatische zeelieden en ze vonden een plek die beheerd werd door een oude Chinees waar ze rustig konden eten, drinken en roken. Bij het horen van de verhalen van de andere mannen bedacht hij hoeveel hij nog moest bijleren en besloot dat hij eerst de vuisten en het mes moest leren gebruiken. Je hebt maar weinig aan kennis als je je niet kunt weren; de wijze acupunctuurmeester was ook vergeten hem dat fundamentele principe bij te brengen.

In februari 1849 legde de *Liberty* aan in Valparaíso. De dag daarop riep kapitein Sommers hem naar zijn stuurhut en overhandigde hem een brief.

'Die hebben ze me in de haven gegeven, hij is voor jou en komt uit Engeland.'

Tao Chi'en nam de envelop aan, bloosde en een brede glimlach verlichtte zijn gezicht.

'Je gaat me toch niet vertellen dat het een liefdesbrief is!' spotte de kapitein.

'Beter dan dat,' antwoordde hij, terwijl hij hem achter zijn blouse stopte. De brief kon alleen maar van zijn vriend Ebanizer Hobbs zijn, de eerste die hij kreeg na twee jaar varen.

'Je hebt goed werk verricht, Chi'en.'

'Ik dacht dat u mijn eten niet lekker vond, meneer,' lachte Tao.

'Als kok ben je een ramp, maar je hebt verstand van geneeskunde. In twee jaar tijd is er geen enkele man gestorven en niemand heeft scheurbuik. Weet je wat dat betekent?'

'Geluk.'

'Je contract loopt vandaag af. Ik stel me zo voor dat ik je dronken kan voeren en je een verlenging kan laten ondertekenen. Misschien zou ik dat met iemand anders doen, maar ik ben je wat diensten verschuldigd en ik los altijd mijn schulden af. Wil je met mij verder gaan? Ik zal je loon verhogen.'

'Waarheen?'

'Naar Californië. Maar dit schip laat ik achter, ze hebben me onlangs een stoomschip aangeboden, dit is een kans waarop ik jarenlang gewacht héb. Ik zou het prettig vinden als je met me meeging.'

Tao Chi'en had van stoomschepen gehoord en was er als de dood voor. Het idee om een stel enorme ketels vol kokend water stoom te laten produceren en een helse machinerie in beweging te zetten, kon alleen zijn opgekomen in mensen met veel haast. Was het niet beter op het ritme van de wind en de stromingen te reizen? Waarom de natuur tarten? Er gingen geruchten over ketels die op volle zee explodeerden en de bemanning levend kookten. De stukken mensenvlees, als garnalen gekookt, vlogen alle kanten uit als aas voor de vissen, terwijl de zielen van die arme mensen, uiteengerukt in de flits van de explosie en in wervelingen van stoom, zich nooit meer met die van hun voorouders konden verenigen. De aanblik van zijn kleine zusje nadat de pan warm water over haar heen gekomen was, stond Tao Chi'en nog helder voor de geest, net zoals hij zich haar vreselijke kreunen van de pijn en de stuiptrekkingen bij haar dood herinnerde. Een dergelijk risico wilde hij niet lopen. Hij voelde zich evenmin erg aangetrokken tot het goud in Californië, dat naar men zei als keien over de grond verspreid lag. Hij was John Sommers niets verschuldigd. De kapitein was wat verdraagzamer dan de meeste fan güey en behandelde de bemanning met een zekere gelijkmoedigheid, maar hij was geen vriend van hem en zou dat ook nooit worden.

'Nee, dank u, meneer.'

'Wil je Californië niet leren kennen? Je kunt in korte tijd rijk worden en als magnaat naar China terugkeren.'

'Jawel, maar dan op een zeilschip.'

'Waarom? Stoomschepen zijn moderner en sneller.'

Tao Chi'en deed geen poging zijn redenen uit te leggen. Hij bleef zwijgend naar de grond staren met zijn koksmuts in de hand, terwijl de kapitein zijn whisky opdronk.

'Ik kan je niet dwingen,' zei Sommers tot slot. 'Ik zal je een aanbevelingsbrief geven voor mijn vriend Vincent Katz van de brigantijn *Emilia*, die de komende dagen ook naar Californië zal vertrekken. Hij is een nogal eigenaardige, zeer religieuze en strenge Nederlander, maar hij heeft een goed karakter en is een goede zeeman. Jouw reis zal langzamer gaan dan de mijne, maar misschien zien we elkaar in San Francisco, en als je terugkomt op je besluit, kun je altijd weer bij mij komen werken.'

Kapitein John Sommers en Tao Chi'en schudden elkaar voor het eerst de hand.

De reis

Ineengedoken in haar schuilplaats in het ruim lag Eliza op sterven. Bij de duisternis en het gevoel dat ze levend ingemetseld zat, kwamen nog de stank, een allegaartje van de inhoud van de balen en kisten, gepekelde vis in tonnen en de zuigvis die zich had vastgezogen aan het oude hout van de boot. Haar goede reukzin, die zo bruikbaar was om met gesloten ogen door het leven te gaan, was een martelwerktuig geworden. Haar enige gezelschap was een vreemde lapjeskat die net als zij in het ruim was begraven om het te beschermen tegen muizen. Tao Chi'en verzekerde haar dat ze aan de stank en de opsluiting zou wennen, want het lichaam past zich in tijden van nood aan vrijwel alles aan; hij voegde eraan toe dat het een lange reis zou worden en dat ze nooit de openlucht in mocht, dus dat ze om niet gek te worden maar beter niet kon nadenken. Ze zou eten en water krijgen, beloofde hij, daar zou hij voor zorgen wanneer hij zonder argwaan te wekken naar het ruim kon afdalen. De brigantijn was klein, maar zat bomvol mensen en het zou makkelijk zijn met verschillende smoesjes weg te glippen.

'Dank u wel. Als we in Californië aankomen, geef ik u de broche met turkoois...'

'Hou die maar, u hebt me al betaald. U zult hem nog nodig hebben. Waarom gaat u naar Californië?'

'Om te trouwen. Mijn vriend heet Joaquín. Hij werd getroffen door de goudkoorts en is vertrokken. Hij zei dat hij zou terugkomen, maar ik kan niet op hem wachten.'

Zodra de boot de haven van Valparaíso was uitgevaren en het ruime sop had gekozen, begon Eliza te ijlen. Urenlang lag ze in het donker als een beest in zijn eigen vuil, zo ziek dat ze niet meer wist waar ze was en waarom, totdat eindelijk de deur van het ruim openging en Tao Chi'en verscheen, bijgelicht door een kaars, met een bord eten voor haar. Hij hoefde het meisje maar te zien om te beseffen dat ze niets naar binnen kon krijgen. Hij gaf het avondeten aan de kat, liep weg om een emmer water te halen en kwam terug om haar te wassen. Hij begon met haar een sterk gemberaftreksel te drinken te geven en twaalf van zijn gouden naalden in te brengen, totdat haar maag tot rust kwam. Eliza kreeg er maar weinig van mee dat hij haar helemaal uitkleedde, haar voorzichtig waste met zeewater, haar afspoelde met een kop zoet water en haar van top tot teen masseerde met dezelfde balsem die werd aanbevolen bij malaria-aanvallen. Even later sliep ze, gewikkeld in haar Castiliaanse deken met de kat aan haar voeten, terwijl Tao Chi'en op het dek haar kleding in zee uitspoelde, ervoor zorgend dat hij niet opviel, hoewel de matrozen op dat tijdstip uitrustten. De zojuist ingescheepte passagiers waren net zo ziek als Eliza, hetgeen voorbijging aan hen die al drie maanden op reis waren vanuit Europa en de beproeving al hadden doorstaan.

De dagen erna, terwijl de nieuwe passagiers van de *Emilia* wenden aan het gebeuk van de golven en hun dagelijkse bezigheden organiseerden voor de rest van de overtocht, werd Eliza onder in het ruim steeds zieker. Tao Chi'en liep zo vaak hij kon naar beneden om haar water te geven en de misselijkheid te verlichten, verbaasd over het feit dat het erger werd in plaats van minder. Hij probeerde het te verzachten met de bekende middelen voor dat soort gevallen en andere die hij wanhopig improviseerde, maar Eliza kon maar weinig binnenhouden en was aan het uitdrogen. Hij maakte water met zout en suiker voor haar klaar en gaf haar dat met eindeloos geduld met een theelepeltje, maar er gingen twee weken voorbij zonder zichtbare verbetering en er kwam een moment waarop de huid van het meisje loshing als perkament en ze niet meer kon opstaan om de oefeningen te doen die Tao haar opgaf. 'Als je geen beweging hebt, wordt je lichaam stijf en raken je gedachten verward,' bleef hij zeggen. De brigantijn deed even de havens van Coquimbo, Caldera, Antofagasta, Iquique en Arica aan en elke keer probeerde hij haar over te halen van boord te gaan en een manier te zoeken om naar huis terug te keren, want ze ging zienderogen achteruit en hij was bang.

Ze hadden de haven van Callao achter zich gelaten, toen Eliza's toestand een fatale wending nam. Tao Chi'en had op de markt een voorraad cocabladeren gekocht, waarvan hij de geneeskrachtige reputatie goed kende, en drie levende kippen die hij verborgen wilde houden om ze een voor een te slachten, want de zieke had iets voedzamers nodig dan de schamele porties op de boot. De eerste kookte hij in een met verse gember verzadigde bouillon en hij liep vastberaden naar beneden om Eliza de soep te geven, al was het onder dwang. Hij ontstak een walvistraanlamp, baande zich een weg door de balen en liep naar het hok van het meisje, dat met haar ogen dicht lag en zijn aanwezigheid niet leek op te merken. Onder haar lichaam breidde een grote bloedvlek zich uit. De zhong yi gaf een schreeuw en boog zich over haar heen, vermoedend dat de arme ziel het had klaargespeeld om zelfmoord te plegen. Hij kon haar geen ongelijk geven, onder zulke omstandigheden had hij hetzelfde gedaan, dacht hij. Hij lichtte haar blouse op, maar er was geen zichtbare wond, en toen hij haar aanraakte besefte hij dat ze nog in leven was. Hij schudde haar door elkaar tot ze haar ogen opende.

'Ik ben zwanger,' gaf ze eindelijk met een dun stemmetje toe.

Tao Chi'en greep met beide handen naar zijn hoofd, verloren in een litanie van gejammer in het dialect van zijn geboortedorp, dat hij vijftien jaar niet meer gebruikt had: als hij dit geweten had, had hij haar nooit geholpen, hoe haalde ze het in haar hoofd zwanger naar Californië te gaan, ze was niet goed wijs, dat ontbrak er nog maar aan, een miskraam, als ze zou sterven zou hij reddeloos verloren zijn, ze had hem flink in de nesten gewerkt, wat was hij stom geweest, hoe was het mogelijk dat hij de oorzaak van haar haast om uit Chili weg te komen niet had kunnen bevroeden. Hij voegde er vloeken en verwensingen in het Engels aan toe, maar zij was weer bewusteloos geraakt en onbereikbaar voor elk verwijt. Hij hield haar wiegend als een baby'tje in zijn armen, terwijl de razernij overging in een onbedwingbaar medelijden. Even ging het idee door zijn hoofd om naar kapitein Katz te gaan en hem de hele kwestie op te biechten, maar hij kon zijn reactie niet voorspellen. Die lutheraanse Nederlander, die de vrouwen aan boord behandelde alsof ze de pest hadden, zou vast en zeker furieus worden wanneer hij hoorde dat er nog een verstopt zat die bovendien zwanger en stervende was. En wat voor straf zou hij voor hem in petto hebben? Nee, hij kon het niemand vertellen. Het enige alternatief was wachten tot Eliza heenging, als dat haar karma was, en daarna haar lichaam samen met de afvalzakken uit de keuken in zee gooien. Het meeste wat hij voor haar kon doen, als hij haar te veel zag lijden, was haar helpen waardig te sterven.

Hij liep richting uitgang, toen hij een vreemde aanwezigheid tegen zijn huid voelde. Geschrokken hield hij de lantaarn omhoog en zag in de bevende lichtcirkel volmaakt helder zijn aanbeden Lin van dichtbij naar hem kijken met die spottende uitdrukking op haar doorschijnende gelaat die haar grootste charme was. Ze droeg haar met gouddraad geborduurde, groene zijden jurk, dezelfde die ze bij belangrijke gelegenheden aanhad, het haar opgestoken in een eenvoudig knotje, bijeengehouden met ivoren stokjes en twee verse pioenrozen achter haar oren gestoken. Zo had hij haar voor het laatst gezien, toen de vrouwen uit de buurt haar aankleedden voor de begrafenisceremonie. De verschijning van zijn echtgenote in het ruim was zo levensecht dat hij in paniek raakte: geesten, hoe goed ze bij leven ook geweest waren, behandelden de stervelingen doorgaans wreed. Hij probeerde naar de deur te ontsnappen, maar zij sneed hem de pas af. Tao Chi'en viel trillend op zijn knieën, zonder de lantaarn los te laten, zijn enige houvast aan de werkelijkheid. Hij deed een poging tot een gebed om duivels uit te drijven, voor het geval ze de gedaante van Lin hadden aangenomen om hem te misleiden, maar hij kon niet op de woorden komen en er kwam slechts een lange jammerklacht van liefde voor haar en heimwee naar het verleden over zijn lippen. Vervolgens boog Lin zich over hem heen met haar onvergetelijke vriendelijkheid, zo dichtbij dat hij haar had kunnen kussen als hij het gedurfd had, en fluisterde dat ze niet van zo ver gekomen was om hem angst aan te jagen, maar om hem te herinneren aan de plichten van een integer arts. Net als dat meisje was ook zij bijna leeggebloed nadat ze bevallen was van haar dochter, en op dat moment was hij in staat geweest haar te redden. Waarom deed hij niet hetzelfde met die jonge vrouw? Wat was er aan de hand met haar geliefde Tao? Had hij misschien zijn goede hart verloren en was hij veranderd in een kakkerlak? Een vroegtijdige dood was niet Eliza's karma, verzekerde ze hem. Als een vrouw bereid is om verborgen in een nachtmerrieachtig gat de wereld over te gaan om haar man te vinden, is dat omdat ze veel chi heeft.

'Je moet haar helpen, Tao, als ze doodgaat zonder haar geliefde te zien, zal ze nooit rust hebben en zal haar geest je voor altijd achtervolgen,' waarschuwde Lin voordat ze vervaagde.

'Wacht!' smeekte de man, een hand uitstekend om haar vast te houden, maar zijn vingers sloten zich om de leegte.

Tao Chi'en bleef lange tijd geknield op de grond zitten, pogend zijn verstand weer terug te krijgen, tot zijn op hol geslagen hart ophield met bonzen en Lins zachte geur in het ruim was opgetrokken. Ga niet weg, ga niet weg, herhaalde hij duizendmaal, door liefde overmand. Ten slotte kon hij opstaan, de deur opendoen en de buitenlucht in lopen.

Het was een warme nacht. De Stille Oceaan schitterde als zilver door de weerspiegelingen van de maan en een zachte bries bolde de oude zeilen van de *Emilia*. Veel passagiers hadden zich al teruggetrokken of zaten in de hutten te kaarten, andere hadden hun hangmatten opgehangen om de nacht door te brengen tussen de wirwar van machines, paardentuig en kisten waarmee de dekken vol stonden, en sommige vermaakten zich op de achtersteven met het kijken naar de speelse dolfijnen in het schuimende kielzog van het schip. Dankbaar sloeg Tao Chi'en zijn ogen op naar het onmetelijke hemelgewelf. Voor het eerst sinds haar dood bracht Lin zonder schroom een bezoek aan hem. Voordat hij zijn leven als zeeman begon, had hij haar bij verschillende gelegenheden dichtbij gevoeld, met name wanneer hij in diepe meditatie was verzonken, maar toen was de ijle aanwezigheid van haar geest makkelijk te verwarren met zijn weduwnaarsnostalgie. Lin placht langs hem te lopen en met haar fijne vingers langs hem te strijken, maar hij bleef twijfelen of zij het daadwerkelijk was of dat het slechts een verzinsel was van zijn getourmenteerde ziel. Kort tevoren echter, in het ruim, had hij geen twijfels: het gelaat van Lin was net zo stralend en duidelijk aan hem verschenen als die maan boven zee. Hij voelde zich vergezeld en blij, als in de lang vervlogen nachten dat zij opgerold in zijn armen lag te slapen na het bedrijven van de liefde.

Tao Chi'en begaf zich naar de bemanningshut, waar hij een smalle houten brits had ver van de frisse lucht, die uitsluitend door de deur naar binnen kwam. Het was onmogelijk te slapen in de schaars geworden zuurstof en de stank van de mannen, en sinds het vertrek uit Valparaíso was dat ook niet nodig geweest, want daar het zomer was, kon hij op het dek op de grond liggen. Hij zocht zijn hutkoffer, die aan de grond was vastgenageld om hem voor de golfslag te behoeden, opende het hangslot en haalde er zijn koffertje en een flesje laudanum uit. Daarna tapte hij stilletjes een dubbele hoeveelheid zoet water af en haalde bij gebrek aan beter wat doeken uit de keuken.

Hij was weer op weg naar het ruim toen een hand op zijn arm hem tegenhield. Verrast draaide hij zich om en zag een van de Chileensen, die tegen het dringende bevel van de kapitein in om zich na zonsondergang terug te trekken, eropuit was gegaan om klanten te verleiden. Hij herkende haar direct. Van alle vrouwen aan boord was Azucena Placeres de vriendelijkste en stoutmoedigste. De eerste dagen was zij de enige die bereid was de zeezieke passagiers te helpen en die ook goed zorgde voor een jonge matroos die uit de mast was gevallen en een arm gebroken had. Zo had ze zelfs het respect verworven van de strenge kapitein Katz, die vanaf dat moment haar tuchteloosheid oogluikend toestond. Azucena verleende haar diensten als verpleegster gratis, maar wie het waagde een hand op haar stevige vlees te leggen, moest in klinkende munt betalen; goedhartigheid mocht immers niet verward worden met domheid, zo zei ze. Dit is mijn enige kapitaal en als ik er niet goed voor zorg, ga ik naar de kloten, verklaarde ze, vrolijk op haar billen slaand. Azucena Placeres sprak hem aan in vier woorden die in elke taal te verstaan waren: chocola, koffie, tabak, cognac. Zoals altijd wanneer ze hem tegenkwam, maakte ze hem met gewaagde gebaren duidelijk elk van die luxeartikelen te willen ruilen tegen haar gunsten, maar de zhong yi duwde haar van zich af en vervolgde zijn weg.

Een groot deel van de nacht zat Tao Chi'en naast de koortsige Eliza. Hij behandelde dat uitgeputte lichaam met de beperkte middelen uit zijn koffertje, zijn langdurige ervaring en een aarzelende tederheid, tot zij een bloederig weekdiertje uitwierp. Tao Chi'en onderzocht het bij het lantaarnlicht en kon zonder enige twijfel vaststellen dat het ging om een foetus van een aantal weken oud met alles erop en eraan. Voor het grondig reinigen van de buik bracht hij zijn naalden in de armen en benen van het meisje om hevige weeën op te wekken. Toen hij er zeker van was dat het gelukt was, zuchtte hij opgelucht: nu moest hij alleen nog Lin vragen mee te helpen een infectie te voorkomen. Tot die nacht was Eliza voor hem een commerciële overeenkomst en onder in zijn hutkoffer lag als bewijs daarvan het parelsnoer. Ze was slechts een onbekend meisje waarvoor hij geen persoonlijke belangstelling dacht te voelen, een fan güey met grote voeten en een krijgshaftig temperament, die vast met veel moeite een echtgenoot had kunnen vinden, want ze toonde geen enkele bereidheid een man te behagen of te dienen, dat was zo te zien. Nu zou ze, getekend door een miskraam, nooit meer kunnen trouwen. Zelfs de geliefde, die haar overigens toch al een keer in de steek had gelaten, zou haar niet meer willen als echtgenote, in het onwaarschijnlijke geval dat ze hem op een dag zou vinden. Hij gaf toe dat Eliza voor een buitenlandse niet echt lelijk was, er zat tenminste een licht oosterse trek in haar amandelvormige ogen en ze had lang, zwart, glanzend haar, als de fiere staart van een keizerlijk paard. Als ze een duivelse gele of rode haardos zou hebben, zoals zoveel vrouwen die hij sinds zijn vertrek uit China gezien had, was hij misschien niet bij haar in de buurt gekomen; maar noch haar mooie uiterlijk noch haar sterke karakter zou haar helpen, haar ongeluk was bezegeld, er was geen hoop voor haar: ze zou in Californië als prostituee eindigen. In Kanton en Hongkong had hij veel van dat soort vrouwen bezocht. Een groot deel van zijn kennis had hij te danken aan de jaren dat hij oefende op de door klappen, ziekten en drugs geteisterde lichamen van die arme zielen. Gedurende die lange nacht overwoog hij meerdere malen of het niet edelmoediger zou zijn haar ondanks Lins raadgevingen te laten sterven en haar zo een vreselijke toekomst te besparen, maar ze had hem vooruitbetaald en hij moest zijn deel van de overeenkomst nakomen, zei hij bij zichzelf. Nee, dat was niet de enige reden, bedacht hij, aangezien hij vanaf het begin vraagtekens had gezet bij zijn eigen beweegredenen om dat meisje als verstekelinge aan boord te brengen. Het was een geweldig risico, hij wist niet zeker of hij alleen vanwege de waarde van de parels zo ontzettend roekeloos was geweest. Iets in de dappere vastberadenheid van Eliza had hem geraakt, iets in haar tengere lichaam en in de onstuimige liefde die ze voelde voor haar geliefde deed hem denken aan Lin...

In de vroege ochtend hield Eliza eindelijk op met bloeden. Ze ijlde van de koorts en rilde ondanks de ondraaglijke hitte in het ruim, maar haar hartslag was verbeterd en ze ademde rustig in haar slaap. Toch was ze nog niet buiten gevaar. Tao Chi'en wilde graag daar blijven om op haar te letten, maar bedacht dat het bijna licht werd en spoedig de klok zou luiden die zijn ploeg opriep om te werken. Doodmoe sleepte hij zich naar het dek, liet zich voorover op de grond vallen en viel als een klein kind in slaap, tot een vriendschappelijke schop van een andere matroos hem wakker maakte om hem aan zijn verplichtingen te herinneren. Hij dompelde zijn hoofd onder in een emmer zeewater om wakker te worden en liep, versuft nog, naar de keuken om de havermoutpap te koken die het ontbijt aan boord vormde. Iedereen, ook de sobere kapitein Katz, at deze zonder mokken, behalve de Chilenen, die in koor protesteerden, en ook nog eens beter voorzien waren omdat ze als laatsten aan boord gekomen waren. De rest had zijn voorraden tabak, alcohol en lekkernijen al opgemaakt tijdens de maanden varen die ze doorstaan hadden voordat ze Valparaíso aandeden. Het gerucht ging dat enkele Chilenen van adel waren, daarom konden ze hun eigen onderbroeken niet wassen of theewater koken. Zij die eerste klas reisden, hadden bedienden bij zich die ze wilden inzetten in de goudmijnen, want ze dachten er niet aan zelf de handen vuil te maken. Anderen betaalden liever de matrozen om zich te laten bedienen, daar de vrouwen eensgezind weigerden dat te doen; ze konden tien keer zoveel verdienen door ze tien minuten privé in hun hut te ontvangen, er was geen reden om twee uur kleding te staan wassen. De bemanning en de andere passagiers lachten de verwende rijkeluiszoontjes uit, maar nooit in het gezicht. De Chilenen waren goedgemanierd, leken schuchter en gaven hoog op over uiterste beleefdheid en hoffelijkheid, maar bij het minste of geringste vonkje ontvlamde hun prikkelbaarheid. Tao Chi'en zorgde ervoor dat hij niets met hen te maken had. Die mannen staken hun minachting voor hem en twee in Brazilië ingescheepte zwarte reizigers, die de volle prijs betaald hadden maar de enigen waren die geen kooi hadden en niet met de anderen aan tafel mochten zitten, niet onder stoelen of banken. Hij had liever de vijf eenvoudige Chileensen, met hun degelijk praktisch inzicht, hun eeuwig goede humeur en de moederlijke roeping die in hen opwelde bij noodgevallen.

Als een slaapwandelaar volbracht hij zijn werkdag, met zijn hoofd bij Eliza, maar tot de avond had hij geen ogenblik vrij om naar haar toe te gaan. Halverwege de ochtend waren de matrozen erin geslaagd een enorme haai te vangen, die angstaanjagend klappend met zijn staart op het dek in doodsstrijd lag, maar niemand durfde dichterbij te komen om hem met een knuppel de genadeslag te geven. Als kok moest Tao Chi'en toezicht houden op het villen, in stukken snijden en koken van een deel van het vlees en het pekelen van wat overbleef, terwijl de matrozen met borstels het bloed van het dek schrobden en de passagiers het gruwelijke schouwspel vierden met hun laatste flessen champagne, als voorproefje van het feestelijke avondmaal. Het hart bewaarde hij voor Eliza's soep en de vinnen om ze te drogen, want ze waren een fortuin waard op de markt voor afrodisiaca. Naarmate de uren die hij met de haai bezig was verstreken, zag Tao Chi'en Eliza dood in het scheepsruim liggen. Hij was intens gelukkig toen hij naar beneden kon en zag dat ze nog leefde en wat beter leek. De bloeding was gestopt, de kan water was leeg en alles wees erop dat ze af en toe bij bewustzijn geweest was gedurende die lange dag. Hij dankte Lin even voor haar steun. De jonge vrouw opende met moeite haar ogen, ze had droge lippen en haar gezicht was rood van de koorts. Hij hielp haar overeind en gaf haar een krachtig *tang-kuei*-aftreksel om het bloed aan te vullen. Toen hij er zeker van was dat ze het binnenhield, gaf hij haar een paar slokken verse melk, die ze gulzig opdronk. Gesterkt gaf ze te kennen dat ze honger had en vroeg om meer melk. De koeien aan boord, die niet gewend waren te varen, gaven weinig melk, waren broodmager en men had het er al over ze te slachten. Tao Chi'en vond melk drinken een walgelijk idee, maar zijn vriend Ebanizer Hobbs had hem gewezen op de eigenschappen ervan om verloren bloed aan te vullen. Als Hobbs het in het dieet voor zwaargewonden opnam, moest het in dit geval hetzelfde effect hebben, besloot hij.

'Ga ik dood, Tao?'

'Nee, nog niet,' glimlachte hij, over haar hoofd strijkend.

'Hoe ver is het nog naar Californië?'

'Heel ver. Daar moet je niet aan denken. Je moet nu plassen.'

'Nee, alsjeblieft,' weerde ze zich.

'Hoezo niet? Je moet!'

'Met jou erbij?'

'Ik ben zhong yi. Bij mij kun je je niet schamen. Ik heb alles wat er aan je lichaam te zien is al gezien.'

'Ik kan me niet bewegen, ik kan de reis niet volhouden, Tao, ik ga liever dood...' snikte Eliza, op hem steunend om op de po te gaan zitten.

'Kop op, meisje! Lin zegt dat je veel chi hebt en je hebt het niet zo ver geschopt om halverwege dood te gaan.'

'Wie?'

'Doet er niet toe.'

Die avond besefte Tao Chi'en dat hij haar niet in zijn een- tje kon verzorgen, hij had hulp nodig. Zodra de volgende dag de vrouwen hun hut uit kwamen en op de achtersteven gin- gen staan, zoals ze altijd deden om kleren te wassen, het haar te vlechten en de veertjes en kraaltjes te naaien op de jurken waarin ze hun werk deden, gebaarde hij Azucena Placeres dat hij met haar wilde praten. Gedurende de reis had geen van de vrouwen haar hoerenuitdossing aangehad, ze kleedden zich in zware donkere rokken en blouses zonder versierin- gen, hadden slippers aan, sloegen in de namiddag dekens om zich heen, droegen twee vlechten op hun rug en gebruikten geen make-up. Het leek een groepje eenvoudige boerinnen die druk waren met huishoudelijk werk. De Chileense gaf haar vriendinnen een knipoog van vrolijke verstandhouding en volgde hem naar de keuken. Tao Chi'en gaf haar een groot stuk chocola dat hij uit de voedselvoorraad voor de kapitein gestolen had en probeerde haar zijn probleem uit te leggen, maar zij verstond geen woord Engels en hij begon zijn ge- duld te verliezen. Azucena Placeres rook de chocola en een kinderlijke glimlach deed haar ronde indianengezicht stralen. Ze pakte de hand van de kok en legde die op haar borst, wij- zend naar de vrouwenhut die op dat tijdstip vrij was, maar hij trok zijn hand terug, pakte die van haar en nam haar mee naar het luik dat toegang gaf tot het ruim. Azucena, verbaasd en nieuwsgierig tegelijk, bood licht verzet, maar hij gaf haar de kans niet te weigeren, opende het luik en duwde haar het trapje af, continu glimlachend om haar gerust te stellen. Even stonden ze in het duister, tot hij de lantaarn vond die aan een balk hing, en hem kon aansteken. Azucena lachte: eindelijk had die zonderlinge Chinees de bepalingen van de overeen- komst begrepen. Ze had het nog nooit met een Aziaat gedaan en was ontzettend nieuwsgierig of zijn werktuig net zo was als dat van andere mannen, maar de kok maakte geen aan- stalten om van de privacy gebruik te maken, integendeel, hij sleepte haar mee aan een arm, zich een weg banend door dat labyrint van balen. Ze was bang dat het de man in zijn bol geslagen was en begon zich los te rukken, maar hij liet haar niet los en dwong haar door te lopen tot de lantaarn het hok verlichtte waar Eliza lag.

'Jezus, Maria en Jozef!' riep Azucena uit toen ze haar zag, terwijl ze doodsbang een kruis sloeg.

'Zeg haar dat ze ons moet helpen,' vroeg Tao in het Engels aan Eliza, haar door elkaar schuddend zodat ze bijkwam.

Eliza deed er een goed kwartier over om hortend en stotend de korte instructies van Tao Chi'en te vertalen, die de broche met turkoois uit het buideltje met juwelen had gehaald en die voor de ogen van de bevende Azucena heen en weer zwaaide. De afspraak was, zei hij tegen haar, twee keer per dag naar beneden te lopen om Eliza te wassen en te eten te geven, zonder dat iemand erachter zou komen. Als ze dat goed deed, zou de broche in San Francisco van haar zijn, maar als ze er ook maar met een woord tegen iemand over repte, zou hij haar de keel afsnijden. De man had het mes uit zijn gordel gehaald en haalde het voor haar neus langs, terwijl hij met de andere hand de broche omhooghield, zodat de boodschap goed zou overkomen.

'Begrijp je?'

'Zeg tegen die enge Chinees dat ik het begrijp en dat hij dat mes wegstopt, want als hij niet uitkijkt, vermoordt hij me nog per ongeluk.'

Gedurende een schijnbaar eindeloze tijd vocht Eliza ijlend voor haar leven, 's nachts verzorgd door Tao Chi'en en overdag door Azucena Placeres. De vrouw benutte de vroege ochtend en de siësta, wanneer de meeste passagiers lagen te soezen, om stiekem de keuken in te glippen, waar Tao haar de sleutel overhandigde. In het begin daalde ze doodsbang naar het ruim af, maar al snel overwonnen haar goede inborst en de broche de angst. Ze begon Eliza met een ingezeepte doek te wrijven tot het doodszweet eraf was gewassen, daarna dwong ze haar de havermoutpap en de kippenbouillons met rijst, versterkt met door Tao Chi'en bereide tang-kuei, te eten, diende haar de kruiden toe zoals hij haar opdroeg, en gaf haar uit eigen beweging elke dag een kop bernagieaftreksel. Ze had een blind vertrouwen in het middel, dat bestemd was voor het reinigen van de buik na een zwangerschap; bernagie en een afbeelding van de Virgen del Carmen waren de eerste dingen die zij en haar medeavonturiersters in hun hutkoffers gestopt hadden, want zonder die bescherming konden de wegen van Californië weleens zeer moeilijk te bewandelen worden. De zieke dwaalde verloren rond in de domeinen van de dood tot de ochtend waarop ze in de haven van Guayaquil aanlegden, amper een gehucht, dat half werd opgeslokt door de weelderige begroeiing op de evenaar, waar maar weinig schepen aanlegden behalve om te handelen in tropische vruchten en koffie, maar kapitein Katz had beloofd er een aantal brieven bij een Nederlandse missionarissenfamilie af te geven. Hij had die post al meer dan zes maanden bij zich en was er niet de man naar om een toezegging niet na te komen. De nacht ervoor had Eliza in een helse hitte de koorts tot op het laatste druppeltje uitgezweet, ze sliep en droomde dat ze blootsvoets de gloeiende helling van een spuwende vulkaan beklom en werd doorweekt maar helder en met een koel voorhoofd wakker. Alle passagiers, inclusief de vrouwen, en een groot deel van de bemanning gingen een paar uur van boord om de benen te strekken, in de rivier te zwemmen en zich vol te proppen met fruit, maar Tao Chi'en bleef op de boot om Eliza te leren de pijp die hij in zijn hutkoffer bij zich had aan te steken en te roken. Hij had twijfels over de behandeling van het meisje, dit was een van de momenten waarop hij alles gegeven had voor de raadgevingen van zijn wijze meester. Hij begreep dat het noodzakelijk was haar rustig te houden om haar te helpen de tijd in gevangenschap in het ruim te doorstaan, maar ze had veel bloed verloren en hij was bang dat het verdovende middel het bloed dat ze nog had, zou verdunnen. Aarzelend nam hij de beslissing, na Lin te hebben gesmeekt om goed te waken over Eliza's slaap.

'Opium. Daar ga je van slapen, zo gaat de tijd snel voorbij.'

'Opium! Daar word je gek van!'

'Jij bent toch al gek, je hebt niet veel te verliezen,' lachte Tao.

'Je wilt me doodmaken, hè?'

'Dat klopt. Het is me niet gelukt toen je hevig bloedde en nu ga ik het met opium doen.'

'O, Tao, ik vind het eng...'

'Veel opium is slecht. Een beetje brengt verlichting, en ik geef je maar heel weinig.'

Het meisje wist niet wat veel of weinig was. Tao Chi'en gaf haar zijn brouwseltjes te drinken – drakenbot en oesterschelp – en diende haar de opium toe om haar een paar barmhartige uurtjes te laten indutten, zonder toe te laten dat ze zich geheel zou verliezen in een paradijs waaruit ze niet meer zou terugkeren. De daaropvolgende weken vloog ze door andere melkwegstelsels, ver van het ongezonde hol waarin haar verzwakte lichaam lag, en ze werd slechts wakker wanneer ze naar beneden kwamen om haar te eten te geven, te wassen en haar te dwingen een paar stapjes te zetten in het smalle labyrint van het ruim. Ze merkte niets van de vlooien- en luizenplaag, en evenmin van de misselijkmakende geur die ze in het begin niet kon verdragen, want de drugs verdoofden haar wonderbaarlijke reukzin. Zonder er enige beheersing over te hebben, ging ze haar dromen in en uit en ze kon zich die ook niet herinneren, maar Tao Chi'en had gelijk: de tijd ging snel voorbij. Azucena Placeres begreep niet waarom Eliza onder deze omstandigheden reisde. Geen van hen had het ticket betaald, ze waren aan boord gegaan met een contract met de kapitein, die het bedrag voor het ticket zou krijgen wanneer ze in San Francisco arriveerden.

'Als de geruchten waar zijn, kun je in één dag vijfhonderd dollar in je zak steken. De mijnwerkers betalen in zuiver goud. Ze hebben al maanden geen vrouwen meer gezien, ze zijn wanhopig. Je moet met de kapitein gaan praten en hem betalen wanneer je aankomt,' drong ze aan op de momenten dat Eliza overeind kwam.

'Ik ben niet een van jullie,' antwoordde Eliza, bedwelmd in de zachte drugsroes.

Eindelijk kreeg Azucena Placeres het voor elkaar dat Eliza haar op een helder moment een deel van haar geschiedenis toevertrouwde. De gedachte een liefdesvluchtelinge te helpen nam bezit van de verbeelding van de vrouw en vanaf dat moment omringde ze de zieke met de grootste zorg. Ze voldeed niet alleen aan de afspraak haar te eten te geven en te wassen, maar bleef ook naast haar zitten om ervan te genieten haar te zien slapen. Als ze wakker was, vertelde ze haar haar eigen levensverhaal en leerde haar de rozenkrans bidden, wat naar ze zei de beste manier was de uren door te brengen zonder na te denken en tegelijkertijd zonder al te veel moeite een plekje in de hemel te verdienen. Voor iemand met haar beroep was het een voortreffelijk redmiddel. Ze legde consequent een deel van haar inkomen opzij om aflaten te kopen van de kerk en om het aantal dagen dat ze in het hiernamaals in het vagevuur zou moeten doorbrengen te verminderen, hoewel het er volgens haar berekeningen nooit genoeg zouden zijn voor al haar zonden. Er gingen weken voorbij zonder dat Eliza wist of het dag of nacht was. Ze had de vage indruk af en toe een vrouwelijke aanwezigheid naast zich te hebben, maar daarna viel ze weer in slaap en werd verward wakker, zonder te weten of ze over Azucena Placeres had gedroomd of dat er echt een vrouwtje bestond met zwarte vlechten, een stompe neus en hoge jukbeenderen, dat een jonge uitvoering van Mama Fresia leek.

Het weer werd wat koeler toen ze Panama achter zich lieten, waar de kapitein had verboden aan land te gaan uit angst voor besmetting met de gele ziekte en zich ertoe beperkt had twee matrozen in een sloep op zoet water uit te sturen, want het beetje dat ze nog hadden was dras geworden. Ze voeren langs Mexico en toen de *Emilia* over de wateren van Noord-Californië voer, kwamen ze in het winterseizoen terecht. De benauwdheid van het begin van de reis maakte plaats voor kou en vochtigheid; uit de koffers kwamen bontmutsen, laarzen, wanten en wollen onderrokken te voorschijn. Nu en dan kwam de brigantijn andere schepen tegen en begroetten ze elkaar van verre zonder vaart te minderen. Tijdens elke religieuze dienst dankte de kapitein de hemel voor de gunstige wind, want hij had gehoord van boten die op zoek naar een prikkel voor hun zeilen tot de kust van Hawaï of verder waren afgedreven. Bij de spelende dolfijnen voegden zich grote, plechtstatige walvissen die lange afstanden met hen meezwommen. Bij het vallen van de avond, wanneer het water door de weerkaatsing van de zonsondergang rood kleurde, hadden de reusachtige walvissen elkaar lief in een gekletter van goudkleurig schuim, elkaar roepend met diepe, onderzeese geluiden. En soms kwamen ze in de stilte van de nacht zo dicht bij de boot dat hun zware en geheimzinnige geluid zeer duidelijk hoorbaar was. De versvoorraden waren op en de gedroogde porties werden schaars; behalve kaarten en vissen was er niets te doen. De reizigers zaten uren te praten over de details van de vennootschappen die waren opgericht voor het avontuur, sommige met strikte militaire reglementen en zelfs met uniformen, andere wat losser. Het kwam er bij allemaal eigenlijk op neer dat ze zich verenigden om de reis en de uitrusting te bekostigen, in de mijnen te werken, het goud te vervoeren en daarna de winsten gelijk te verdelen. Van het gebied of de afstanden wisten ze niets. Een van de vennootschappen bepaalde dat de leden elke avond moesten terugkeren naar de boot, waar ze van plan waren maanden te verblijven, en het goud van de dag in een kluis te leggen. Kapitein Katz legde hun uit dat de *Emilia* niet als hotel verhuurd werd, omdat hij zo snel mogelijk weer naar Europa wilde gaan, en dat de mijnen op honderden mijlen van de haven lagen, maar ze luisterden niet naar hem. Ze waren tweeënvijftig dagen onderweg, de eentonigheid van het eindeloze water werkte op de zenuwen en bij het minste of geringste braken er gevechten uit. Toen een Chileense passagier op het punt stond zijn donderbus af te vuren op een Amerikaanse matroos met wie Azucena Placeres te veel flirtte, nam kapitein Vincent Katz de wapens en zelfs de scheermesjes in beslag, met de belofte ze terug te geven wanneer San Francisco in zicht kwam. De enige die toestemming had om messen te gebruiken, was de kok, die de ondankbare taak had de huisdieren een voor een te slachten. Toen eenmaal de laatste koe in de pan was beland, improviseerde Tao Chi'en een uitgebreide ceremonie om vergeving te krijgen van de geslachte dieren en zich te zuiveren van het vergoten bloed, waarna hij zijn mes ontsmette door het verscheidene malen door de vlam van een fakkel te halen.

Zodra het schip de Californische wateren binnenvoer, bouwde Tao Chi'en langzaam de kalmerende kruiden en opium voor Eliza af, gaf haar te eten en verplichtte haar oefeningen te doen zodat ze op eigen benen haar gevangenis zou kunnen verlaten. Azucena Placeres zeepte haar geduldig in en verzon zelfs een manier om haar haar met kopjes water te wassen, terwijl ze haar vertelde over haar trieste hoerenleven en haar levendige droombeeld om in Californië rijk te worden en als een dame terug te keren naar Chili, met zes hutkoffers vol koninginnenjurken en een gouden tand. Tao Chi'en twijfelde welke methode hij zou gebruiken om Eliza van boord te krijgen, maar als hij haar in een zak naar binnen had gekregen, kon hij vast dezelfde tactiek toepassen om haar eraf te halen. En eenmaal op het vasteland viel het meisje niet meer onder zijn verantwoordelijkheid. De gedachte het voorgoed zonder haar te moeten stellen bracht een mengeling van enorme opluchting en onbegrijpelijke beklemming in hem teweeg.

Met nog een paar mijlen te gaan voor de aankomst laveerde de *Emilia* langs de kust van Californië. Volgens Azucena Placeres leek hij zoveel op die van Chili dat ze vast als kreeften rondjes hadden gemaakt en weer in Valparaíso waren. Duizenden zeeleeuwen en zeehonden kwamen van de rotsen af en vielen log in het water, onder het overstelpende gekrijs van meeuwen en pelikanen. Er was geen sterveling te bekennen op de steile kust, geen teken van dorpjes, geen spoor van de indianen, die naar men zei al eeuwenlang in die betoverde gebieden woonden. Eindelijk naderden ze de hoge, steile rotsen die de nabijheid van de Gouden Poort aankondigden, de beroemde Golden Gate, drempel van de baai van San Francisco. Een dichte mist legde zich als een deken over de boot, er was nog geen halve meter zicht en de kapitein gaf uit angst om op de klippen te varen het bevel te stoppen en het anker uit te gooien. Ze waren heel dichtbij en het ongeduld van de passagiers was omgeslagen in tumult. Iedereen praatte tegelijkertijd, zich gereedmakend om het vasteland te betreden en zich razendsnel naar de goudbeddingen te begeven op zoek naar de schat. De meeste vennootschappen voor mijnexploitatie waren de afgelopen dagen uiteengevallen, de verveling van het varen had vijanden gemaakt onder mensen die eerst compagnons waren, en elke man dacht alleen maar aan zichzelf, bezeten van het voornemen om gigantisch rijk te worden. Er waren erbij die de prostituees hun liefde verklaarden en bereid waren de kapitein te vragen of hij hen alvorens aan land te gaan wilde trouwen, want ze hadden gehoord dat vrouwen in die barbaarse gebieden het meest schaarse goed waren. Een van de Peruaansen ging in op het aanzoek van een Fransman, die al zo lang op zee zat dat hij niet eens meer zijn eigen naam wist, maar kapitein Vincent Katz weigerde het huwelijk te voltrekken toen hij erachter kwam dat de man in Avignon een vrouw en vier kinderen had. De andere vrouwen wezen de huwelijkskandidaten resoluut af, want ze hadden een moeizame reis gemaakt om vrij en rijk te zijn, zeiden ze, niet om onbetaalde dienstmeiden te worden van de eerste de beste armoedzaaier die hun een aanzoek deed.

Het enthousiasme van de mannen nam af naarmate de uren van stilstand, ondergedompeld in de melkachtige onwerkelijkheid van de nevel, voortschreden. Eindelijk klaarde de tweede dag plotseling de hemel op, ze konden het anker lichten en zich met volle zeilen storten op de laatste etappe van de lange reis. Passagiers en bemanning liepen het dek op om de smalle zeestraat van de Golden Gate te bewonderen, zes mijl varen, voortgestuwd door de aprilwind, onder een heldere hemel. Aan weerszijden verrees met bossen gekroond kustgebergte, als een wond doorkliefd door het eeuwenlange werk van het water; achter hen lag de Stille Oceaan en voor hen strekte zich de schitterende baai uit als een meer met zilveren wateren. Een koor van uitroepen begroette het einde van de zware reis en het begin van een goudavontuur voor die mannen en vrouwen, evenals voor de twintig bemanningsleden, die op datzelfde moment besloten het schip aan zijn lot over te laten en zelf ook naar de mijnen te stormen. De enigen die onaangedaan waren, waren de Nederlandse kapitein Vincent Katz, die op zijn plaats aan het roer bleef staan zonder de geringste emotie te tonen omdat hij van het goud niet warm of koud werd – hij wilde alleen maar op tijd in Amsterdam zijn om de kerst met zijn familie door te brengen – en Eliza Sommers in de buik van het zeilschip, die pas vele uren later hoorde dat ze aangekomen waren.

Het eerste waar Tao Chi'en van opkeek toen ze de baai binnenvoeren, was een bos van masten aan zijn rechterkant. Ze waren onmogelijk te tellen, maar hij schatte meer dan honderd als op een slagveld achtergelaten boten. Een willekeurige dagloner op het land verdiende in één dag meer dan een matroos met een maand varen; de mannen deserteerden niet alleen vanwege het goud, maar ook vanwege de verlokking geld te maken met zakken dragen, brood bakken of het smeden van hoefijzers. Sommige lege vaartuigen werden als kroeg of geïmproviseerd hotel verhuurd, andere takelden af, bedekt met zeealgen en meeuwennesten. Een tweede blik onthulde Tao Chi'en de stad die als een waaier over de berghellingen lag, een allegaartje van tenten, krotten van houten platen en karton en een aantal eenvoudige, maar goed geconstrueerde gebouwen, de eerste in die stad in wording. Na het anker te hebben uitgegooid onthaalden ze de eerste sloep, die niet van de havenmeester was, zoals ze veronderstelden, maar van een Chileen die stond te popelen om zijn landgenoten welkom te heten en de post af te halen. Het was Feliciano Rodríguez de Santa Cruz, die zijn klinkende naam had veranderd in Felix Cross, zodat de yankees hem konden uitspreken. Hoewel verschillende reizigers persoonlijke vrienden van hem waren, herkende niemand hem, want van de fat met pandjesjes en brillantinesnor die ze voor het laatst in Valparaíso gezien hadden, was niets meer over; er verscheen een ruige holbewoner met een gebruinde indianenhuid, bergbeklimmerskleding, Russische kaplaarzen tot halverwege zijn bovenbenen en twee grote pistolen aan zijn riem, in gezelschap van een net zo woest uitziende, eveneens als een bandiet gewapende neger. Hij was een gevluchte slaaf die op het moment dat hij Californië betrad, vrij man was geworden, maar daar hij niet in staat was de armoede in de mijnbouw te verdragen, verdiende hij liever zijn brood als betaalde gorilla. Toen Feliciano zich voorstelde, werd hij met enthousiast geschreeuw onthaald en nagenoeg op handen naar de eerste klasse gedragen, waar de passagiers hem massaal naar nieuws vroegen. Het enige wat voor hen van belang was te weten, was of het mineraal er in overvloed was, zoals men zei, waarop hij antwoordde dat er veel meer was en uit zijn tas een gele substantie haalde in de vorm van een geplette drol, en verkondigde dat het een klomp was van een halve kilo en dat hij bereid was die onderhands te ruilen tegen alle drank aan boord, maar de koop ging niet door omdat er nog maar drie flessen over waren, de rest was tijdens de reis opgedronken. De klomp was gevonden, zei hij, door de dappere, uit Chili overgekomen mijnwerkers, die nu voor hem aan de oevers van de Río Americano werkten. Toen ze eenmaal proostten met de laatste voorraad alcohol en de Chileen de brieven van zijn vrouw in ontvangst nam, ging hij ertoe over hen te informeren over hoe ze zich in dat gebied moesten handhaven.

'Een paar maanden geleden hadden we een erecode en zelfs de grootste schurken gedroegen zich netjes. Het goud kon onbewaakt in een tent worden achtergelaten, iedereen bleef eraf, maar nu is alles anders. De wet van de jungle regeert, de enige ideologie is de hebzucht. Hou uw wapens goed bij u en loop in stellen of groepen, dit is een land van struikrovers,' verklaarde hij.

Verscheidene sloepen hadden de boot omsingeld, bemand door lui die schreeuwend allerlei deals voorstelden, vastberaden om wat dan ook te kopen, want aan land verkochten ze het vijf keer zo duur. Spoedig zouden de naïeve reizigers de kunst van het speculeren ontdekken. 's Middags verscheen de havenmeester met een douanebeambte en achter hen aan twee sloepen met een aantal Mexicanen en twee Chinezen die zich aanboden om de lading van de boot naar de kade te brengen. Ze vroegen een fortuin, maar er was geen alternatief. De havenmeester maakte geen aanstalten om de paspoorten te controleren of de identiteit van de passagiers na te trekken.

'Documenten? Niets van dat al! U bent in het paradijs van de vrijheid aangekomen. Hier bestaat geen gestempeld papier,' deelde hij mee.

Voor vrouwen toonde hij daarentegen een levendige interesse. Hij ging er prat op de eerste te zijn die iedere afzonderlijke vrouw die in San Francisco van boord kwam mocht keuren, hoewel het er niet zoveel waren als hij zou willen. Hij vertelde dat de eersten die in de stad verschenen, alweer een aantal maanden geleden, werden onthaald door een menigte euforische mannen, die uren in de rij stonden om tegen betaling van stofgoud, goudkorrels, gouden munten of zelfs goudstaven aan de beurt te komen. Het waren twee dappere Amerikaanse meisjes, die de reis vanuit Boston hadden gemaakt en over de landengte van Panama naar de Stille Oceaan waren overgestoken. Ze verschaften hun diensten aan de hoogste bieder en verdienden in een dag wat ze normaal in een jaar verdienden. Sindsdien waren er meer dan vijfhonderd aangekomen, bijna allemaal Mexicaansen, Chileensen en Peruaansen, op een paar Noord-Amerikaansen en Françaises na, maar hun aantal was te verwaarlozen vergeleken met de toenemende intocht van jonge en alleenstaande mannen.

Azucena Placeres had de berichten van de yankee niet gehoord, want Tao had haar meegenomen naar het ruim zodra hij op de hoogte was van de aanwezigheid van de douanebeambte. Hij zou het meisje niet van het schip krijgen in een zak op de schouder van een cargadoor, zoals ze ook aan boord was gekomen, want de bagage zou vast gecontroleerd worden. Eliza was verrast toen ze hen zag, beiden waren onherkenbaar: hij droeg een wijde blouse en een pas gewassen broek, zijn strakke vlecht glansde alsof er olie in zat en hij had zorgvuldig zijn baard en voorhoofd geschoren, terwijl Azucena Placeres haar boerinnenkleding had verruild voor het strijdtenue, ze droeg een blauwe jurk met veren in het decolleté, een hoog kapsel met een hoed erbovenop en karmijn op haar lippen en wangen.

'De reis is ten einde en je leeft nog, meisje,' meldde ze haar vrolijk.

Ze was van plan Eliza een van haar luisterrijke jurken te lenen en haar uit de boot mee te nemen alsof ze nog iemand uit haar groep was, helemaal niet zo'n gek idee, want dat zou hoogstwaarschijnlijk haar enige beroep worden op het vasteland, zoals ze verklaarde.

'Ik kom om met mijn vriend te trouwen,' antwoordde Eliza voor de honderdste keer.

'Aan een vriendje heb je niets in dit geval. Als je om te eten je kont moet verkopen, doe je dat. Op dit moment kun je niet op kleinigheden letten, meisje.'

Tao Chi'en onderbrak hen. Als er twee maanden lang zeven vrouwen aan boord waren geweest, konden er niet acht van het schip komen, redeneerde hij. Hij had de groep Mexicanen en Chinezen in de gaten gehouden die aan boord gekomen waren om te lossen en op orders van de kapitein en de douanebeambte wachtten. Hij gaf Azucena te kennen dat ze het lange haar van Eliza in een staart zoals die van hem moest binden, terwijl hij een schoon stel van zijn eigen kleren zocht. Ze kleedden het meisje in een broek, een wijde blouse die met een riem om haar middel werd gesnoerd en een grote strooien zonnehoed. Gedurende de twee maanden spartelen op de zandbanken van de hel was ze afgevallen en ze zag er broodmager uit en was bleek als rijstpapier. In de veel te grote kleren van Tao Chi'en leek ze een ondervoed en droevig Chinees jongetje. Azucena Placeres sloot haar in haar robuuste wasvrouwenarmen en drukte een ontroerde kus op haar voorhoofd. Ze had genegenheid voor haar opgevat en diep in haar hart was ze blij dat ze een vriend had die op haar wachtte, want ze kon zich niet voorstellen dat zij werd onderworpen aan de wreedheden van het leven die zijzelf verduurde.

'Je ziet eruit als een kleine hagedis,' lachte Azucena Placeres.

'En als ze me ontdekken?'

'Wat is het ergste wat er kan gebeuren? Dat Katz je verplicht het ticket te betalen. Je kunt het met je juwelen betalen, heb je ze niet juist daarvoor?' meende de vrouw.

'Niemand mag weten dat je hier bent. Dan zal kapitein

Sommers je niet in Californië gaan zoeken,' zei Tao Chi'en.

'Als hij me vindt, neemt hij me mee terug naar Chili.'

'Waarom? Je bent toch al onteerd. Rijke mensen kunnen dat niet verdragen. Jouw familie moet heel blij zijn dat je verdwenen bent, zo hoeven ze je niet op straat te zetten.'

'Alleen dat? In China zouden ze je vermoorden om wat je gedaan hebt.'

'Schei uit, Chinees, we zijn niet in jouw land. Maak het meisje niet bang. Je kunt rustig naar buiten lopen, Eliza. Niemand zal op je letten. Ze zijn afgeleid omdat ze naar mij kijken,' verzekerde Azucena Placeres haar, die in een wervelwind van blauwe veren afscheid nam, met de broche van turkoois op haar decolleté gespeld.

Zo ging het inderdaad. De vijf Chileensen en de twee Peruaansen in hun weelderige jachtuitdossing waren de bezienswaardigheid van de dag. Via touwladdertjes daalden ze af naar de sloepen, voorgegaan door zeven gelukkige matrozen, die het voorrecht hadden bevochten de achterwerken van de vrouwen boven hun hoofd te mogen dragen onder een concert van gefluit en applaus van honderden nieuwsgierigen die zich in de haven verzameld hadden om hen te onthalen. Niemand besteedde aandacht aan de Mexicanen en Chinezen die als een rij mieren de balen van hand tot hand doorgaven. Eliza zat in een van de laatste sloepen samen met Tao Chi'en, die zijn landgenoten meedeelde dat de jongen doofstom en lichtelijk zwakzinnig was, dus het was zinloos te proberen met hem te praten.

246

Argonauten

Om twee uur 's middags op een dinsdag in april 1849 zetten Tao Chi'en en Eliza Sommers voor het eerst voet aan wal in San Francisco. Er waren toen al duizenden avonturiers langsgekomen op hun weg naar de goudwasserijen. Een aanhoudende wind belemmerde de pas, maar het was een onbewolkte dag en ze konden de baai in al zijn schoonheid zien liggen. Tao Chi'en bood een potsierlijke aanblik met zijn dokterskoffertje, dat hij nooit losliet, een bundel op zijn rug, een strohoed en een veelkleurige wollen poncho die hij van een van de Mexicaanse cargadoors gekocht had. In die stad was uiterlijk echter het minst belangrijk. Eliza had trillende benen, ze had ze in maanden niet geoefend en voelde zich op het vasteland net zo misselijk als ze eerder op zee was geweest, maar de mannenkleding verschafte haar een ongekende vrijheid, nog nooit had ze zich zo onzichtbaar gevoeld. Toen ze eenmaal bekomen was van het idee naakt te zijn, kon ze genieten van de bries die in de mouwen van haar blouse en haar broekspijpen blies. Gewend als ze was aan de gevangenschap in onderrokken, kon ze nu volop ademhalen. Met veel moeite kon ze het kleine koffertje tillen met de beeldige jurkjes die Miss Rose met de beste bedoelingen gemaakt had, maar toen Tao Chi'en haar zag wankelen, nam hij het haar af en legde het op zijn schouder. De Castiliaanse deken die ze opgerold onder haar arm had, woog net zoveel als de koffer, maar ze besefte dat ze die niet kon achterlaten, 's nachts zou het haar waardevolste bezit zijn. Met gebogen hoofd, verstopt onder haar strohoed, kwam ze met vallen en opstaan vooruit door de angstaanjagende chaos in de haven. De negorij Yerba Buena, in 1769 gesticht door een Spaanse expeditie, telde minder dan vijfhonderd inwoners, maar zodra het gerucht over het goud de ronde deed, begonnen de avonturiers te komen. Binnen een paar maanden zag dat onschuldige dorpje zijn naam veranderd in San Francisco en zijn faam strekte zich uit tot in de verste uithoek van de wereld. Het was nog geen echte stad, maar een gigantisch tentenkamp van mensen op doorreis.

De goudkoorts liet niemand onverschillig: smeden, timmerlieden, onderwijzers, artsen, soldaten, voortvluchtigen, predikanten, bakkers, revolutionairen en ongevaarlijke gekken van allerlei pluimage hadden hun gezinnen en bezittingen achtergelaten om de halve wereld over te gaan achter het avontuur aan. 'Ze zijn op zoek naar goud en raken onderweg hun ziel kwijt,' had kapitein Katz onvermoeibaar herhaald tijdens alle korte religieuze diensten die hij op zondagen oplegde aan de passagiers en bemanning van de *Emilia*, maar niemand luisterde naar hem, verblind door de illusie van razendsnelle rijkdom die hun leven kon veranderen. Voor het eerst in de historie lag het goud zonder dat het van iemand was voor het oprapen, gratis en in overvloed, binnen het bereik van wie ook maar besloot het op te rapen. De Argonauten kwamen van de verst gelegen oevers: Europeanen die oorlogen, epidemieën en dictaturen ontvluchtten; ambitieuze en onverschrokken yankees; negers op zoek naar vrijheid; Oregonezen en Russen, in huiden gekleed als indianen; Mexicanen, Chilenen en Peruanen; Australische bandieten; hongerige Chinese boeren die hun hoofd op het spel zetten door het keizerlijk verbod het vaderland te verlaten te negeren. In de modderige straatjes van San Francisco vermengden alle rassen zich.

De hoofdstraten, die getrokken waren als wijde halve cirkels waarvan de uiteinden op het strand uitkwamen, werden gekruist door rechte straten die van de steile hellingen naar beneden liepen en eindigden op de kade, sommige zo steil en vol modder dat zelfs de muilezels er niet tegenop konden klauteren. Ineens kon er een stormachtige wind opsteken die stof- en zandwolken omhoogblies, maar even daarna was de atmosfeer weer bedaard en was de hemel helder. Er stonden al verscheidene degelijke gebouwen en tientallen in aanbouw, waarvan er zelfs een aantal al als toekomstige luxehotels werd aangekondigd, maar de rest was een ratjetoe van provisorische woningen, barakken, hokken van ijzeren, houten of kartonnen platen, tenten van zeil en afdakjes van stro. De regenbuien van de afgelopen winter hadden de kade in een moeras veranderd, de schaarse voertuigen bleven steken in de modder en er waren planken voor nodig om de geulen vol vuilnis, duizenden gebroken flessen en ander afval over te steken. Waterleidingen of riolen waren er niet en de putten waren verontreinigd; cholera en dysenterie eisten vele slachtoffers, behalve onder Chinezen, die uit gewoonte theedronken, en Chilenen, die in eigen land met geïnfecteerd water waren grootgebracht en dus immuun waren voor de minder schadelijke bacteriën. Het wemelde van allerlei soorten mensen, bevangen door een uitzinnige activiteit, duwend en struikelend over bouwmaterialen, vaten, kisten, ezels en karren. De Chinese cargadoors balanceerden met hun ladingen aan de uiteinden van een lange stok, zonder uit te kijken wie ze in het voorbijgaan aanstootten; de sterke en geduldige Mexicanen gooiden het equivalent van hun eigen gewicht op hun rug en draafden de hellingen op; Maleisiërs en Hawaïanen grepen elke gelegenheid aan om een vechtpartij te beginnen; de yankees begaven zich te paard in de geïmproviseerde handel, iedereen verpletterend die op hun weg kwam; de Californiërs die in het gebied geboren waren, etaleerden trots prachtige geborduurde jasjes, zilveren sporen en hun aan de zijkanten geopende broeken met een dubbele rij gouden knopen van het middel tot de laarzen. Bij de kreten die opstegen uit ruzies en ongelukken voegde zich het lawaai van hamers, zagen en pikhouwelen. Akelig vaak werden er schoten gehoord, maar niemand wond zich op om een dode meer of minder, terwijl diefstal van een doos spijkers direct een groep verontwaardigde burgers trok die voor eigen rechter zouden gaan spelen. Eigendom was veel waardevoller dan een mensenleven, elke beroving van boven de honderd dollar werd met de galg bekocht. Speelhuizen, bars en saloons, bij gebrek aan echte vrouwen behangen met plaatjes van naakte, tierden welig. In de tenten werd van alles en nog wat verkocht, vooral drank en wapens, tegen exuberante bedragen omdat niemand tijd had om af te dingen. De klanten betaalden vrijwel altijd in goud zonder de tijd te nemen om het poeder bijeen te schrapen dat aan de gewichten was blijven plakken. Tao Chi'en besloot dat de beroemde Gum San, de Gouden Berg waarover hij zoveel had gehoord, een hel was en rekende uit dat zijn spaargeld met deze prijzen snel zou opraken. Aan Eliza's buideltje met juwelen zouden ze niets hebben, want het enige acceptabele betaalmiddel was het zuivere metaal.

Eliza baande zich tegen Tao Chi'en gedrukt zo goed als ze kon een weg door het gedrang, dankbaar voor haar mannenkleding, want er waren nergens vrouwen te bekennen. De zeven reizigsters van de *Emilia* waren op draagstoelen naar een van de vele saloons gebracht, waar ze ongetwijfeld de tweehonderdzeventig dollar die ze voor het ticket verschuldigd waren aan kapitein Vincent Katz aan het verdienen waren. Tao Chi'en had van de cargadoors de informatie gekregen dat de stad in kwartieren verdeeld was en dat elke nationaliteit een buurt bewoonde. Ze waarschuwden hem niet in de buurt te komen van de Australische schurken, waar ze hen puur voor de lol zouden kunnen overvallen, en ze wezen hem in de richting van een opeenstapeling van tenten en hutjes waar de Chinezen woonden. Daar begon hij heen te lopen.

'Hoe moet ik Joaquín nu vinden in deze chaos?' vroeg Eliza, die zich verloren en machteloos voelde.

'Als er een Chinese wijk is, is er ook een Chileense. Ga hem zoeken.'

'Ik denk er niet aan van je zijde te wijken, Tao.'

'Vanavond ga ik terug naar de boot,' waarschuwde hij.

'Waarom? Ben je niet geïnteresseerd in het goud?'

Tao Chi'en versnelde zijn pas en zij paste de hare aan om hem niet uit het oog te verliezen. Zo kwamen ze aan in de Chinese wijk – Little Canton, zoals ze die noemden – een paar ongezonde straten waar hij zich meteen thuis voelde omdat er niet één fan güey-gezicht te zien was, waar de lucht doordrenkt was van de heerlijke etensluchten uit zijn land en waar verscheidene dialecten te horen waren, voornamelijk Kantonees. Voor Eliza was het daarentegen alsof ze naar een andere planeet verhuisd was, ze verstond geen woord en het scheen haar toe dat iedereen razend was, want ze stonden schreeuwend te gebaren. Daar zag ze evenmin vrouwen, maar Tao wees haar op twee kleine raampjes met tralies waarachter enkele wanhopige gezichten te zien waren. Hij had al twee maanden niet meer met een vrouw geslapen en zij riepen hem, maar hij was te goed op de hoogte van de schade die geslachtsziekten konden aanrichten om het risico te lopen met een vrouw van zo'n laag allooi. Het waren boerenmeisjes die voor een paar centen gekocht waren en uit de meest afgelegen provincies van China gehaald waren. Hij dacht aan zijn zus, die verkocht was door zijn vader, en een golf van walging deed hem dubbelklappen.

'Wat is er met je, Tao?'

'Slechte herinneringen... Die meisjes zijn slavinnen.'

'Ze zeggen toch dat er in Californië geen slaven zijn?'

Ze gingen een restaurant binnen dat met de traditionele gele linten was aangegeven. Er was een lange bar propvol mannen die schouder aan schouder haastig zaten te eten. Het getik van de stokjes tegen de kommen en de luidruchtige gesprekken klonken Tao Chi'en als muziek in de oren. Ze bleven in een dubbele rij staan wachten tot ze konden gaan zitten. Het was geen kwestie van kiezen, maar van pakken wat je pakken kon. Er was handigheid voor nodig om in de vlucht een bord te grijpen voordat een sneller iemand het onderschepte, maar Tao Chi'en bemachtigde er een voor Eliza en een voor zichzelf. Zij keek argwanend naar een groenachtige vloeistof, waarin bleke draadjes en glibberige weekdieren dreven. Ze ging er prat op elk ingrediënt aan zijn geur te herkennen, maar dit leek haar niet eens eetbaar, het zag eruit als slootwater met kikkervisjes, maar had als voordeel dat je er geen stokjes voor nodig had, het kon direct uit de kom opgeslorpt worden. De honger was groter dan haar achterdocht en ze waagde het ervan te proeven, terwijl achter haar rug een rij ongedurige klanten haar schreeuwend opjaagde. Het gerecht was heerlijk en ze had heel graag meer gegeten, maar Tao Chi'en gunde haar de tijd niet en trok haar aan de arm naar buiten. Eerst liep ze met hem mee langs de winkels in de wijk om de geneeskrachtige producten in zijn koffertje aan te vullen en te praten met een paar Chinese kruidengenezers die in de stad werkten, en daarna naar een speelhol, een van de vele die er in elk blok waren. Dit was een houten gebouw met luxe pretenties dat versierd was met schilderingen van halfnaakte, voluptueuze vrouwen. Er werd stofgoud gewogen om het voor geldstukken te wisselen, zestien dollar per ounce, of men zette eenvoudigweg de hele zak op tafel. Amerikanen, Fransen en Mexicanen vormden het merendeel van de klanten, maar er waren ook avonturiers uit Hawaï, Chili, Australië en Rusland. De populairste spelen waren *monte*, van Mexicaanse herkomst, *lasquenet* en *vingt-et-un*. Aangezien de Chinezen liever fan tan speelden en nauwelijks een paar centen durfden in te zetten, waren ze aan de dure speeltafels niet welkom. Er was geen enkele gokkende neger te zien, hoewel er een aantal muziek stond te maken of tafels bediende; later hoorden ze dat als zij bars of speelholen binnenkwamen, ze een gratis drankje kregen en dan weer moesten wegwezen, of ze werden er met geweld uit gewerkt. Er zaten drie vrouwen in de salon, twee jonge Mexicaansen met grote fonkelende ogen, in het wit gekleed en de ene sigaret na de andere rokend, en een mooie, al wat oudere Française met een strak korset en een dikke laag make-up. Ze liepen langs de tafels om aan te zetten tot spelen en drinken, en verdwenen menigmaal met een klant aan de arm achter een zwaar rood brokaten gordijn. Tao Chi'en werd verteld dat ze een ounce goud vroegen voor een uur gezelschap in de bar en ettelijke honderden dollars om de nacht door te brengen met een eenzame man, maar de Française was duurder en deed geen zaken met Chinezen of negers.

Eliza, die in haar rol van oosters jongetje niet opviel, ging uitgeput in een hoek zitten, terwijl Tao Chi'en her en der met mensen praatte om bijzonderheden te weten te komen over het goud en het leven in Californië. Voor Tao Chi'en, die beschermd werd door de herinnering aan Lin, was de verleiding van de vrouwen makkelijker te weerstaan dan die van het spel. Het geluid van de fan tan-fiches en de dobbelstenen op het tafelblad lokte hem als een sirenenstem. Bij het zien van de stokken kaarten in handen van de spelers brak het zweet hem uit, maar hij weerhield zich ervan, gesterkt door de overtuiging dat het geluk hem voor altijd in de steek zou laten als hij zijn belofte zou verbreken. Jaren later, na talloze avonturen, vroeg Eliza hem welk geluk hij bedoelde en antwoordde hij zonder aarzelen dat hij bedoelde: in leven zijn en haar hebben leren kennen. Die middag vernam hij dat de goudbeddingen zich bevonden in de rivieren Sacramento, Americano, San Joaquín en hun honderden estuariën, maar de kaarten waren onbetrouwbaar en de afstanden enorm. Het makkelijk te winnen goud aan de oppervlakte werd schaarser.

Natuurlijk, er waren fortuinlijke gouddelvers die op een klomp ter grootte van een schoen stuitten, maar de meerderheid stelde zich tevreden met een handjevol stofgoud dat door buitensporige inspanning verkregen was. Er werd veel gesproken over het goud, vertelden ze hem, maar weinig over het offer om het te bemachtigen. Er was een ounce per dag nodig om enigszins winst te maken – en men moest bereid zijn een hondenleven te leiden – want de prijzen waren bizar en het goud was in een oogwenk verdwenen. Kooplieden en geldschieters werden echter rijk, zoals een boer die zich wijdde aan het wassen van kleding, die in een paar maanden tijd een huis kon bouwen met degelijk materiaal en er alweer over dacht om naar China terug te keren, verscheidene echtgenotes te kopen en zich te gaan bezighouden met het verwekken van zonen, of de ander die tegen een rente van tien procent per uur in een speelhol geld leende, dat wil zeggen meer dan zevenentachtigduizend op jaarbasis. Ze bevestigden fabelachtige verhalen over gigantische klompen, poeder in overvloed met zand vermengd, over goudaders en stukken kwarts, over muilezels die met hun poten een grote kei omstootten waaronder een schat te voorschijn kwam, maar om rijk te worden waren arbeid en geluk vereist. De yankees waren niet geduldig genoeg, ze konden niet in groepsverband werken, ze bezweken onder ordeloosheid en hebzucht. Mexicanen en Chilenen hadden verstand van mijnbouw, maar gaven veel uit; Oregonezen en Russen verdeden hun tijd met vechten en zuipen. De Chinezen daarentegen maakten winst, hoe schamel hun stukjes land ook waren, want ze waren zuinig, bedronken zich niet en werkten als mieren achttien uur aaneen zonder klagen. De fan güey waren verontwaardigd over het succes van de Chinezen, waarschuwden ze hem, je moest het verbergen, doen alsof je van niets wist, niet provoceren, anders zou het hem net zo slecht vergaan als de trotse Mexicanen. Ze informeerden hem dat er inderdaad een Chileens kampement was; het lag wat ver van het centrum van de stad, in de rechter uithoek, en heette Chilecito, maar het was al te laat om zich in die buurt te wagen met alleen zijn achterlijke broertje.

'Ik ga terug naar de boot,' deelde Tao Chi'en Eliza mee toen ze eindelijk het speelhol uit liepen.

'Ik voel me duizelig, alsof ik ga vallen.'

'Je bent heel ziek geweest. Je moet goed eten en uitrusten.'

'Ik kan dit niet alleen, Tao. Laat me alsjeblieft nog niet alleen...'

'Ik heb een contract, de kapitein zal me laten opsporen.'

'En wie houdt zich aan het bevel? Alle schepen zijn verlaten. Er is niemand meer aan boord. Die kapitein kan zich schor schreeuwen, maar geen van zijn matrozen zal terugkomen.'

Wat moet ik met haar doen? vroeg Tao Chi'en zich hardop in het Kantonees af. Hun overeenkomst eindigde in San Francisco, maar hij achtte zichzelf niet in staat haar op deze plek aan haar lot over te laten. Hij kon geen kant uit, althans niet totdat zij wat sterker zou zijn, met andere Chilenen in contact zou komen of tegen de verblijfplaats zou aanlopen van haar vluchtige geliefde. Dat zou niet moeilijk worden, veronderstelde hij. Hoe verwarrend San Francisco ook leek, voor Chinezen waren er nergens geheimen, hij kon best wachten tot de volgende dag en met haar meegaan naar Chilecito. De avond was gevallen en gaf de plaats een spookachtige aanblik. De woningen waren bijna allemaal van zeildoek en door de lampen binnen werden ze transparant en lichtend als diamanten. De fakkels en vuren op straat en de muziek uit de speelholen droegen bij aan de onwerkelijke indruk. Tao Chi'en ging op zoek naar onderdak voor de nacht en stuitte op een grote schuur van zo'n vijfentwintig meter lang en acht meter breed, vervaardigd van uit vastgelopen schepen geredde metalen platen en bladen en gesierd met een uithangbord waarop HOTEL stond. Binnen stonden hoge stapelbedden, eenvoudige houten planken waarop een man opgerold kon liggen, en achterin was een bar waar drank verkocht werd. Ramen waren er niet en de enige frisse lucht kwam naar binnen door de kieren tussen de muurplaten. Voor een dollar kreeg men het recht te overnachten en het beddengoed moest men zelf meebrengen. De eersten die arriveerden, namen de bedden in, de rest belandde op de grond. Zij kregen echter geen bed, hoewel er wel beschikbaar waren, omdat ze Chinezen waren. Ze gingen op de zandgrond liggen met een bundel kleding als kussen, met de poncho en Castiliaanse deken als enige bedekking. Al snel raakte het vol mannen van allerlei rassen en tronies, die in dichte rijen naast elkaar gingen liggen, met hun kleren aan en hun wapens bij de hand. Door de stank van vuil, tabak en menselijke uitwasemingen, plus het gesnurk en de barse stemmen van hen die zich verloren in hun nachtmerries, was het moeilijk in slaap te komen, maar Eliza was zo moe dat ze niet wist hoe de uren verstreken. Midden in de nacht werd ze rillend van de kou wakker, opgerold tegen de rug van Tao Chi'en, en op dat moment ontdekte ze zijn zeegeur. Op het schip had die zich vermengd met het onmetelijke water dat hen omringde, maar die nacht kwam ze te weten dat het de bijzondere lichaamsgeur van deze man was. Ze sloot haar ogen, drukte zich steviger tegen hem aan en viel weer in slaap.

De dag erna gingen ze samen op zoek naar Chilecito, dat zij direct herkende omdat er boven aan een stok zelfvoldaan een Chileense vlag wapperde en omdat de meeste mannen de typische hoge hoeden uit Maule droegen. Het waren zo'n acht tot tien blokken met overal mensen, zelfs een aantal vrouwen en kinderen die met de mannen waren meegereisd, allemaal met een beroep of een handeltje. De woningen bestonden uit tenten, hutten en houten hokken, omgeven door een rommeltje van gereedschappen en vuilnis; er waren ook restaurants, geïmproviseerde hotels en bordelen. Ze schatten dat er zo'n tweeduizend Chilenen in de wijk woonden, maar niemand had hen geteld en in feite was het slechts een tijdelijke verblijfblaats voor mensen die net gearriveerd waren. Eliza voelde zich gelukkig toen ze de taal van haar land hoorde en een uithangbord zag bij een haveloze zeildoek tent waarop PEQUENES en CHUNCHULES stond. Ze liep ernaartoe en vroeg, haar Chileense accent verbergend, om een portie *chunchules*. Tao Chi'en staarde naar het vreemde voedsel, dat bij gebrek aan een bord geserveerd werd op een stuk krantenpapier, zonder te weten wat dat in godsnaam was. Zij legde uit dat het in vet gefrituurde varkensingewanden waren.

'Gisteren heb ik jouw Chinese soep gegeten. Vandaag eet jij mijn Chileense chunchules,' gebood ze hem.

'Hoe kan het dat jullie Spaans spreken, Chinezen?' vroeg de verkoper vriendelijk.

'Mijn vriend niet, alleen ik omdat ik in Peru geweest ben,' antwoordde Eliza.

'En wat zoeken jullie hier?'

'Een Chileen, hij heet Joaquín Andieta.'

'Waarom zoeken jullie die?'

'We hebben een boodschap voor hem. Kent u hem?'

'Er zijn hier de laatste maanden veel mensen langsgekomen. Niemand blijft langer dan een paar dagen, ze vertrekken al vlug weer naar de goudwasserijen. Sommigen komen terug, anderen niet.'

'En Joaquín Andieta?'

'Ik kan me hem niet herinneren, maar ik zal het eens vragen.'

Eliza en Tao Chi'en gingen in de schaduw van een pijnboom zitten eten. Twintig minuten later kwam de man die eten verkocht terug met iemand die eruitzag als een indiaan uit het noorden, met korte benen en brede schouders, die zei dat Joaquín Andieta minstens twee maanden geleden naar de goudbeddingen in Sacramento vertrokken was, hoewel niemand op de kalender keek of bijhield wat een ander uitspookte.

257

'We gaan naar Sacramento, Tao,' besloot Eliza zodra ze Chilecito uit liepen.

'Je kunt nog niet op reis gaan. Je moet een tijd rust nemen.'

'Ik rust daar wel, wanneer ik hem vind.'

'Ik ga liever met kapitein Katz terug. Californië is niet mijn plek.' .

'Wat is er met jou? Heb je vissenbloed? Er is niemand meer op de boot, alleen die kapitein met zijn bijbel. Iedereen loopt goud te zoeken en jij bent van plan als kok te blijven werken voor een hongerloontje!'

'Ik geloof niet in snel geld maken. Ik wil een rustig leven.'

'Als het goud het dan niet is, zal iets anders je toch wel interesseren...'

'Leren.'

'Wat leren? Je weet al veel.'

'Ik moet alles nog leren!'

'Dan ben je op de ideale plek aangekomen. Je weet niets van dit land. Ze hebben hier artsen nodig. Hoeveel mannen denk je dat er in de mijnen zitten? Duizenden! En ze hebben allemaal een dokter nodig. Dit is het land van de mogelijkheden, Tao. Ga met me mee naar Sacramento. Trouwens, als jij niet met me meegaat, kom ik niet ver...'

Voor een spotprijs, vanwege de rampzalige toestand van het vaartuig, vertrokken Tao Chi'en en Eliza richting het noorden, de uitgestrekte baai van San Francisco doorkruisend. De boot zat tjokvol reizigers met hun onhandige mijnuitrustingen; niemand kon zich bewegen in die beperkte ruimte vol kisten, gereedschap, manden en zakken met provisie, buskruit en wapens. De kapitein en zijn eerste stuurman waren een stel onguur uitziende yankees, maar goede stuurlui en vrijgevig met het weinige voedsel en zelfs met hun flessen drank. Tao Chi'en onderhandelde met hen over het ticket van Eliza en hijzelf mocht de reis betalen met zijn diensten als matroos. De passagiers, allen met messen en dolken en ook pistolen aan de gordel, spraken de eerste dag nauwelijks met elkaar, behalve om elkaar uit te schelden vanwege een elleboogstoot of een trap, die onvermijdelijk waren in dat gedrang. Bij het aanbreken van de tweede dag, na een lange, koude en vochtige nacht voor anker te hebben gelegen vlak bij de waterkant omdat het onmogelijk varen was in het donker, voelde eenieder zich omringd door vijanden. De lange baarden, het vuil, het walgelijke eten, de muggen, de wind en de stroom tegen, alles droeg ertoe bij dat de gemoederen geïrriteerd raakten. Tao Chi'en, de enige zonder plannen of doel, leek volkomen kalm en wanneer hij niet in de weer was met het zeil, bewonderde hij het buitengewone uitzicht op de baai. Eliza daarentegen zat radeloos in haar rol van doofstom en achterlijk jongetje. Tao Chi'en stelde haar kort voor als zijn jongere broer en slaagde erin haar in een min of meer windstille hoek onder te brengen, waar ze zo onbeweeglijk en zwijgend bleef zitten dat na een poosje niemand zich haar bestaan nog herinnerde. Er sijpelde water door haar Castiliaanse deken, ze rilde van de kou en haar benen sliepen, maar het idee dat ze met de minuut dichter bij Joaquín kwam, gaf haar moed. Ze voelde aan haar borst waar de brieven zaten en las ze in stilte uit het hoofd op. De derde dag waren de passagiers al aardig wat agressie kwijtgeraakt en lagen ze gebroken, enigszins dronken en behoorlijk moedeloos op hun vochtige kleren.

De baai bleek veel uitgestrekter te zijn dan ze vermoed hadden, de afstanden die op hun droevig stemmende kaarten aangegeven stonden, leken in niets op de werkelijke mijlen, en toen ze op de plaats van bestemming dachten te zijn aangekomen, bleek dat ze nog een tweede baai, van San Pablo, moesten oversteken. Aan de oevers ontwaarden ze wat kampementen en sloepen boordevol mensen en koopwaar, en verderop de dichtbegroeide bossen. Daar was de reis ook nog niet afgelopen, ze moesten door een onstuimige engte varen en een derde baai, die van Suisun, binnenvaren, waar het varen nog trager en moeizamer ging, en vervolgens een smalle en diepe rivier op die hen naar Sacramento voerde. Eindelijk naderden ze het gebied waar het eerste goudschubje gevonden was. Dat nietige stukje, zo groot als een vrouwennagel, had een onbeheersbare invasie veroorzaakt, het gezicht van Californië en de geest van de Noord-Amerikaanse natie veranderd, zoals Jacob Todd een paar jaar later als journalist zou schrijven. 'De Verenigde Staten zijn gesticht door reizigers, pioniers en eenvoudige immigranten, met een streng arbeidsethos en moed bij tegenslagen. Het goud heeft het slechtste in het Amerikaanse karakter naar boven gebracht: hebzucht en geweld.'

De kapitein van het vaartuig vertelde hun dat de stad Sacramento het afgelopen jaar van de ene op de andere dag was verrezen. De haven lag vol verschillende vaartuigen, de stad had goed ontworpen straten, houten huizen en gebouwen, winkels, een kerk en een flink aantal speelholen, bars en bordelen, maar leek op het tafereel van een schipbreuk, want de grond lag bezaaid met zakken, zadels, gereedschap en allerlei soorten afval dat de gouddelvers in hun haast om naar de beddingen te vertrekken hadden achtergelaten. Lelijke, grote zwarte vogels cirkelden boven het vuilnis en de vliegen waren in luilekkerland. Eliza schatte dat ze in twee dagen de hele stad van deur tot deur kon aflopen: het zou niet al te moeilijk worden om Joaquín Andieta te vinden. De passagiers van de schuit, die nu opgewekt en vriendschappelijk waren omdat ze de haven naderden, deelden de laatste slokjes drank, namen met stevige schouderkloppen afscheid van elkaar en zongen in koor iets over ene Susana, tot stomme verbazing van Tao Chi'en, die niet begreep hoe ze zo snel konden omslaan. Hij verliet eerder dan de rest met Eliza het schip, want ze hadden zeer weinig bagage bij zich, en zonder aarzelen liepen ze naar de Chinese wijk, waar ze wat te eten kochten en onderdak vonden onder een luifel van geolied zeildoek. Eliza kon de gesprekken in het Kantonees niet volgen en het enige wat ze wilde, was navraag doen naar haar geliefde, maar Tao Chi'en bracht haar in herinnering dat ze moest zwijgen en vroeg haar kalm en geduldig te zijn. Diezelfde avond nog moest de zhong yi de uit de kom geschoten schouder van een landgenoot terugzetten, waardoor hij meteen respect van het kampement verwierf.

De volgende ochtend gingen de twee op zoek naar Joaquín Andieta. Ze zagen dat hun reisgenoten al klaar waren om naar de goudbeddingen te vertrekken; sommige hadden muilezels bemachtigd om de bagage te vervoeren, maar de meerderheid ging te voet en liet een groot deel van zijn bezittingen achter. Ze gingen het hele dorp rond zonder een spoor te vinden van wie ze zochten, maar een aantal Chilenen meende zich iemand met die naam te herinneren die daar een of twee maanden geleden was geweest. Ze rieden hun aan stroomopwaarts te lopen, waar ze hem misschien zouden tegenkomen, het was allemaal een kwestie van geluk. Een maand was een eeuwigheid. Niemand had bijgehouden wie er de dag daarvoor was geweest, andermans namen of bestemmingen deden er niet toe. De enige obsessie was goud.

'Wat doen we nu, Tao?'

'Werken. Zonder geld kun je niets doen,' antwoordde hij, terwijl hij een paar stukken zeil over zijn schouders gooide die hij tussen de verlaten resten vond.

'Ik kan niet wachten! Ik moet Joaquín vinden! Ik heb wat geld.'

'Chileense munten? Daar zul je weinig aan hebben.'

'En de juwelen die ik nog heb? Ze moeten toch iets waard zijn...'

'Bewaar ze maar. Ze zijn hier weinig waard. We moeten werken om een muilezel te kopen. Mijn vader ging van dorp tot dorp om te genezen. Mijn grootvader eveneens. Ik kan hetzelfde doen, maar de afstanden zijn groot hier. Ik heb een ezel nodig.'

'Een ezel? We hebben er al een: jij. Wat ben jij koppig!'

'Minder koppig dan jij.'

Ze zochten palen en een stuk of wat platen bij elkaar, vroegen gereedschap te leen en zetten met de zeildoeken als dak een huis in elkaar, een wankel hutje dat met de eerste windvlaag kon instorten, maar het beschutte hen in elk geval tegen de dauw en de lenteregens. Het nieuws over Tao Chi'ens kennis was rondgegaan en spoedig kwamen er Chinese patiënten, die het buitengewone talent van die zhong yi bevestigden, vervolgens Mexicanen en Chilenen, en als laatsten een aantal Amerikanen en Europeanen. Toen ze hoorden dat Tao Chi'en net zo bekwaam was als elk van de drie blanke dokters en minder geld vroeg, zetten velen hun afkeer van de 'hemelingen' opzij en besloten de Aziatische wetenschap te proberen. Op sommige dagen had Tao Chi'en het zo druk dat Eliza hem moest helpen. Ze zag geboeid hoe hij met zijn fijne en vaardige handen de verschillende hartslagen opnam bij armen en benen, de lichamen van de zieken bevoelde alsof hij ze streelde, naalden inbracht op geheimzinnige punten die alleen hij leek te kennen. Hoe oud was die man? Ze had het hem eens gevraagd en hij had geantwoord dat met al zijn reïncarnaties erbij geteld, hij hoogstwaarschijnlijk tussen de zeven- en achtduizend jaar oud zou zijn. Op het oog schatte Eliza hem ongeveer dertig, hoewel hij op sommige momenten wanneer hij lachte jonger leek dan zij. Wanneer hij zich echter in volledige concentratie over een patiënt boog, kreeg hij de ouderdom van een schildpad; dan was het makkelijk te geloven dat hij vele eeuwen met zich meezeulde. Zij observeerde hem bewonderend terwijl hij de urine van zijn patiënten in een glas onderzocht en door de geur en kleur in staat was verborgen kwalen te constateren, of wanneer hij onder een loep de irissen bestudeerde om eruit af te leiden wat er in het lichaam ontbrak of overschoot. Soms legde hij alleen maar zijn handen op de buik of het hoofd van de zieke, sloot zijn ogen en leek zich in een langdurige droom te verliezen.

'Wat deed je?' vroeg Eliza daarna.

'Ik voelde zijn pijn en gaf hem energie. Negatieve energie veroorzaakt pijn en ziekten, positieve energie kan genezen.'

'En hoe is die positieve energie, Tao?'

'Net als de liefde: warm en lichtend.'

Het verwijderen van kogels en het behandelen van steekwonden behoorden tot de routineuze ingrepen en Eliza verloor haar angst voor bloed en leerde mensenvlees hechten met dezelfde onverstoorbaarheid als waarmee ze vroeger de lakens voor haar uitzet borduurde. De chirurgische ingrepen samen met de Engelsman Ebanizer Hobbs waren Tao Chi'en van groot nut. In dat gebied dat geplaagd werd door giftige slangen, werden veel mensen gebeten, die dan opgezwollen en blauw op de rug van hun makkers arriveerden. Het vervuilde water verspreidde democratisch de cholera, waartegen niemand het medicijn kende, en andere kwalen met heftige, maar niet altijd dodelijke symptomen. Tao Chi'en vroeg weinig geld, maar wel altijd vooruitbetaald, want zijn ervaring was dat een bange man zonder boe of ba betaalt, terwijl een opgeknapte man afdingt. Wanneer hij dat deed, vertoonde zich zijn oude leermeester met een verwijtende blik, maar die wuifde hij weg. 'Ik kan me onder deze omstandigheden de luxe niet veroorloven vrijgevig te zijn, meester,' mompelde hij. Zijn vergoeding was exclusief verdoving; wie verlichting wilde middels verdovende middelen of gouden naalden, moest extra betalen. Hij maakte een uitzondering voor dieven, die na een summier proces zweepslagen kregen of bij wie het oor werd afgesneden: de goudgravers schepten op over hun snelle rechtsgang en niemand was bereid een gevangenis te bekostigen of te bewaken.

'Waarom laat je criminelen niet betalen?' vroeg Eliza.

'Omdat ik liever heb dat ze me iets verschuldigd zijn,' antwoordde hij.

Tao Chi'en leek bereid zich te vestigen. Hij vertelde het niet aan zijn vriendin, maar hij wilde niet verhuizen om Lin de tijd te geven hem te vinden. Zijn vrouw had al een paar weken geen contact meer met hem gezocht. Eliza telde echter de uren, vol verlangen om de reis voort te zetten, en naarmate de dagen verstreken, werd ze beheerst door tegenstrijdige gevoelens voor haar vriend in het avontuur. Ze was dankbaar voor zijn bescherming en de manier waarop hij voor haar zorgde, erop lette dat ze goed at, haar 's avonds toedekte, haar zijn kruiden en naalden toediende om de chi te versterken, zoals hij zei, maar ze ergerde zich aan zijn kalmte, die ze verwarde met een gebrek aan durf. Tao Chi'ens serene gelaatsuitdrukking en zijn makkelijke lach fascineerden en ergerden haar afwisselend. Ze snapte niet waarom hij in het geheel geen interesse toonde om zijn geluk te beproeven in de mijnen, terwijl iedereen om hen heen, in het bijzonder zijn Chinese landgenoten, aan niets anders dacht.

'Jou kan het goud ook niet schelen,' antwoordde hij onverstoorbaar wanneer zij hem dat verweet.

'Ik kwam voor iets anders! Waarom ben jij gekomen?'

'Omdat ik matroos was. Ik was niet van plan te blijven totdat jij het me vroeg.'

'Je bent geen matroos, je bent arts.'

'Hier kan ik weer arts worden, voor een tijd althans. Je had gelijk: er valt een hoop te leren op deze plek.'

Daar hield hij zich in die dagen mee bezig. Hij maakte contact met inheemse bewoners om te informeren naar de medicijnen van hun sjamanen. Het waren groepen broodmagere, zwervende indianen, gehuld in groezelige coyotehuiden en Europese vodden, die in de goldrush alles waren kwijtgeraakt. Ze liepen van hot naar her met hun vermoeide vrouwen en hongerige kinderen, trachtend in hun fijne, rieten manden goud te wassen in de rivieren, maar zodra ze een geschikte plek vonden, werden ze met geweld verjaagd. Wanneer ze met rust werden gelaten, stichtten ze hun kleine dorpjes met hutten of tenten en vestigden zich voor een tijd, tot ze gedwongen werden opnieuw te vertrekken. Ze raakten vertrouwd met de Chinees, ontvingen hem met betuigingen van respect omdat ze hem beschouwden als een *medicine man* – een wijze man – en deelden graag hun kennis. Eliza en Tao Chi'en gingen met hen in een cirkel rondom een gat zitten, waarin ze op warme stenen een papje van eikels kookten, of zaden uit het bos en sprinkhanen roosterden, die Eliza zalig vond. Daarna rookten ze en converseerden in een mengelmoesje van Engels, gebaren en een paar woorden die ze geleerd hadden in de inheemse taal. In die dagen verdween er op geheimzinnige wijze een aantal Amerikaanse gouddelvers, en hoewel de lichamen niet gevonden werden, beschuldigden hun vrienden de indianen ervan ze te hebben vermoord en veroverden als vergelding stormenderhand een dorpje, namen veertig vrouwen en kinderen gevangen en executeerden als waarschuwing zeven mannen.

'Als de indianen zo worden behandeld, die eigenaar zijn van dit land, worden Chinezen vast nog veel slechter behandeld, Tao. Je moet jezelf onzichtbaar maken, net als ik,' zei Eliza toen ze hoorde wat er gebeurd was.

Maar Tao Chi'en had geen tijd om onzichtbaarheidstrucjes te leren, hij had het druk met het bestuderen van planten. Hij maakte lange tochten om proefexemplaren te plukken en ze te vergelijken met die welke ze in China gebruikten. Hij huurde twee paarden of legde mijlen te voet af onder een genadeloze zon, met Eliza als tolk, om bij de rancho's van de Mexicanen te komen, die al generaties lang in het gebied woonden en de natuur kenden. Ze hadden kortgeleden in de oorlog tegen de Verenigde Staten Californië verloren en die grote rancho's, waar vroeger honderden dagloners in een communautair systeem gehuisvest waren, begonnen te vervallen. De verdragen tussen de landen waren bij inkt en papier gebleven. Aanvankelijk hadden de Mexicanen, die verstand hadden van het mijnwezen, de nieuwkomers geleerd hoe je goud moest winnen, maar met de dag drongen er meer buitenlanders het gebied binnen dat zij als het hunne beschouwden. In de praktijk keken de gringo's op hen neer, net zo erg als op iemand van elk ander ras. Er begon een onvermoeibare jacht op Spaanstaligen, ze ontzegden hun het recht om de mijnen te exploiteren omdat ze geen Amerikanen waren, maar accepteerden wel de veroordeelden uit Australië en de Europese avonturiers als zodanig. Duizenden werkloze dagloners beproefden hun geluk in de mijnbouw, maar toen de pesterij van de gringo's ondraaglijk werd, trokken ze naar het zuiden of werden misdadigers. In een aantal van de plattelandswoningen van de families die gebleven waren, kon Eliza een poosje doorbrengen in vrouwelijk gezelschap, een zeldzame luxe die haar op schaarse ogenblikken de kalme gelukzaligheid teruggaf uit de tijden in de keuken van Mama Fresia. Het waren de enige gelegenheden waarbij ze uit haar opgelegde stilzwijgen kwam en haar eigen taal sprak. Die ferme en groothartige moeders, die schouder aan schouder met hun mannen de zwaarste werkzaamheden verrichtten en gehard waren door inspanning en armoede, raakten ontroerd bij de aanblik van dat zo breekbaar uitziende Chinese jongetje, verwonderd over het feit dat hij Spaans sprak als een van hen. Met genoegen gaven ze haar de sinds eeuwen gebruikte natuurgeheimen om verschillende kwalen te genezen en in het voorbijgaan de recepten van hun heerlijke gerechten, die zij, in de zekerheid dat ze vroeg of laat van nut zouden zijn, in haar schriften noteerde. Intussen bestelde de zhong yi in San Francisco westerse medicijnen die zijn vriend Ebanizer Hobbs hem in Hongkong had leren toepassen. Ook maakte hij een stukje grond naast de hut schoon, omheinde het om het tegen wilde dieren te beschermen en plantte er de basiskruiden voor zijn beroep.

'In 's hemelsnaam, Tao! Wil je hier blijven tot deze schriele plantjes uitlopen?' klaagde Eliza geërgerd toen ze de slaphangende steeltjes met vergeelde blaadjes zag, zonder meer antwoord te krijgen dan een vaag gebaar.

Ze voelde dat elke dag die voorbijging haar verder van haar doel af bracht, dat Joaquín Andieta dieper en dieper dat onbekende gebied binnendrong, misschien wel naar de bergen, terwijl zij in Sacramento haar tijd verdeed met te doen alsof ze het onnozele broertje was van een Chinese genezer. Ze placht Tao Chi'en met de ergste epitheta te overladen, maar was zo voorzichtig dat in het Spaans te doen, en hij deed vast hetzelfde wanneer hij in het Kantonees tegen haar praatte. Ze hadden de gebaren om zonder te praten met elkaar te communiceren in het bijzijn van anderen geperfectioneerd en door al die samenwerking waren ze uiteindelijk zoveel op elkaar gaan lijken dat niemand hun verwantschap in twijfel trok. Als ze niet met een patiënt bezig waren, liepen ze door de haven en langs winkels om vrienden te maken en naar Joaquín Andieta te informeren. Eliza kookte en spoedig raakte Tao Chi'en gewend aan haar gerechten, hoewel hij af en toe ontsnapte naar de Chinese eethuizen in de stad, waar hij voor twee dollar zoveel naar binnen kon werken als er in zijn buik paste, spotgoedkoop als je bedacht dat een ui een dollar kostte. Met anderen erbij communiceerden ze via gebaren, maar als ze alleen waren, ging het in het Engels. Ondanks de incidentele verwensingen in beide talen, werkten ze het merendeel van de tijd zij aan zij als goede maatjes en lachten ze heel wat af. Het verbaasde hem dat hij ondanks de sporadische spraakverwarringen en de culturele verschillen zijn humor met Eliza kon delen. Toch waren het juist die verschillen die hem aan het schateren maakten: hij kon niet geloven dat een vrouw zulke wreedheden kon zeggen of begaan. Hij observeerde haar nieuwsgierig en met onuitsprekelijke tederheid; hij viel vaak stil van bewondering voor haar, dichtte haar de dapperheid van een strijder toe, maar als hij haar zag verzwakken leek ze een klein meisje en werd hij overmand door het verlangen haar te beschermen. Ofschoon ze iets was aangekomen en een gezondere kleur had, was ze duidelijk nog zwak. Zodra de zon onderging, begon ze te knikkebollen, rolde zich in haar deken en viel in slaap; hij sliep naast haar. Ze raakten zo gewend aan die uren van intimiteit waarop ze eenstemmig lagen te ademen dat hun lichamen in de slaap zich vanzelf naar elkaar voegden en dat wanneer de een zich omdraaide, de ander dat ook deed, zodat ze elkaar niet los hoefden laten. Soms werden ze omarmd in de dekens verwikkeld wakker. Als hij het eerst wakker werd, genoot hij van die momenten, die hem aan de gelukkige uren met Lin deden denken, zonder zich te verroeren opdat zij zijn begeerte niet zou bemerken. Hij wist niet dat Eliza op haar beurt hetzelfde deed, dankbaar voor die mannelijke aanwezigheid die haar de mogelijkheid gaf te fantaseren over hoe haar leven met Joaquín Andieta geworden zou zijn als ze meer geluk hadden gehad. Geen van tweeën spraken ze ooit over wat er 's nachts gebeurde, alsof het een parallel leven was waarvan ze zich niet bewust waren. Zodra ze zich aankleedden, was de geheime betovering van die omhelzingen geheel verdwenen en waren ze weer twee broers. Heel af en toe ging Tao Chi'en alleen op mysterieuze nachtelijke tochten, waarvan hij muisstil terugkeerde. Eliza deed geen navraag, want ze kon het ruiken: hij was bij een vrouw geweest, ze kon zelfs de zoete parfums van de Mexicaanse vrouwen onderscheiden. Zij bleef weggestopt onder haar deken liggen, bevend in het donker en in afwachting van het geringste geluid in haar buurt, met een mes stevig in haar hand geklemd, angstig, en riep hem in gedachten. Ze kon dat verlangen om te huilen dat haar overmeesterde niet verklaren, het was alsof ze verraden was. Vagelijk besefte ze dat mannen misschien anders waren dan vrouwen; zij voelde geen enkele behoefte aan seks. De kuise nachtelijke omhelzingen waren voldoende om haar drang naar gezelschap en tederheid te bevredigen, maar zelfs wanneer ze aan haar vroegere geliefde dacht, voelde ze de spanning niet die ze ten tijde van de kamer met kleerkasten gevoeld had. Ze wist niet of lust en liefde bij haar hetzelfde waren en het ene vanzelfsprekend niet opkwam omdat het andere ontbrak, of dat de langdurige ziekte op de boot iets wezenlijks in haar lichaam vernietigd had. Een keer durfde ze aan Tao Chi'en te vragen of ze misschien nog kinderen zou kunnen krijgen, want ze had al een aantal maanden niet meer gemenstrueerd, maar hij verzekerde haar dat het zodra ze op krachten zou zijn en gezond zou worden, weer normaal zou worden, daarvoor bracht hij bij haar zijn acupunctuurnaalden in. Wanneer haar vriend na zijn escapades weer stilletjes naast haar gleed, deed ze alsof ze in een diepe slaap was, hoewel ze uren wakker lag, verongelijkt over de geur van een andere vrouw tussen hen. Sinds ze in San Francisco aan land waren gegaan, was ze teruggevallen in de preutsheid waarmee Miss Rose haar had opgevoed. Tao Chi'en had haar tijdens de weken van de overtocht op de boot naakt gezien en kende haar vanbinnen en vanbuiten, maar hij voelde haar beweegredenen aan en stelde ook geen vragen, behalve naar haar gezondheid. Zelfs wanneer hij de naalden inbracht was hij zo voorzichtig haar zedigheid niet te schenden. Ze kleedden zich niet uit in elkaars aanwezigheid en hadden een stilzwijgende afspraak over de privacy van het gat achter de hut dat diende als latrine, maar de rest deelden ze, van geld tot kleding. Vele jaren later, toen ze in haar dagboek de aantekeningen uit die tijd herlas, vroeg Eliza zich verbaasd af waarom geen van tweeën de onmiskenbare aantrekkingskracht erkende die ze voelden, waarom ze vluchtten in het voorwendsel van de slaap om elkaar aan te raken en overdag koelbloedigheid veinsden. Ze concludeerde dat een relatie met iemand van een ander ras hun onmogelijk leek, ze dachten dat er op de wereld geen plaats was voor een stel zoals zij.

'Jij dacht alleen maar aan je geliefde,' verduidelijkte Tao Chi'en, die toen al grijs haar had.

'En jij aan Lin.'

'In China kun je meerdere echtgenotes hebben en Lin is altijd tolerant geweest.'

'Je vond mijn grote voeten ook walgelijk,' grapte ze.

'Inderdaad,' zei hij hoogst ernstig.

In juni daalde er een genadeloze zomer neer. De muggen ver-
menigvuldigden zich, slangen kwamen hun nesten uit om ongestraft op stap te gaan en de planten van Tao Chi'en liepen
net zo stevig uit als in China. De horden Argonauten stroomden steeds frequenter en talrijker binnen. Aangezien Sacramento de toegangshaven was, onderging het niet hetzelfde
lot als tientallen andere dorpen, die in de buurt van de goudaders als paddestoelen uit de grond schoten, snel gedijen en
plotseling weer verdwenen zodra het makkelijk te delven mineraal op was. De stad groeide met de minuut, er werden
nieuwe winkels geopend en de grond werd niet meer weg-
gegeven, zoals in het begin, maar werd net zo duur verkocht
als in San Francisco. Er bestond een ontwerp voor een regering en er waren regelmatig vergaderingen om beslissingen
te nemen over bestuurskwesties. Er doken speculanten, juridische beunhazen, evangelisten, beroepsgokkers, bandieten,
madammen met hun meisjes van plezier en andere voorbo-
des van vooruitgang en beschaving op. Honderden door hoop
en eerzucht aangevuurde mannen op weg naar de goudbeddingen kwamen er, maar ook uitgeputte en zieke mensen die
na maanden van zware arbeid terugkeerden om hun winsten
over de balk te smijten. Het aantal Chinezen nam van dag tot
dag toe en al gauw waren er twee rivaliserende bendes. Deze *tongs* waren gesloten clans, de leden schoten elkaar als
broers te hulp bij problemen in het leven van alledag en het
werk, maar ze bevorderden tevens de corruptie en de misdaad. Onder de nieuwkomers bevond zich nog een zhong yi,
met wie Tao Chi'en volmaakt gelukkige uren doorbracht door
behandelwijzen te vergelijken en Confucius te citeren. Hij
deed hem denken aan Ebanizer Hobbs, omdat hij geen genoegen nam met het herhalen van traditionele behandelmethoden en ook naar vernieuwende alternatieven zocht.

'We moeten de geneeskunde van de fan güey bestuderen,
die van ons volstaat niet,' zei hij, en Tao was het er helemaal
mee eens, want hoe meer hij leerde, hoe sterker de indruk

werd dat hij niets wist en dat hij niet lang genoeg zou leven om alles te bestuderen wat er nog aan ontbrak.

Eliza zette een handeltje op in empanada's om ze voor goudgeld te verkopen, eerst aan Chilenen en later ook aan yankees, die al snel de smaak te pakken kregen. In het begin maakte ze ze met rundvlees, wanneer ze dat van de Mexicaanse boeren kon kopen die vanuit Sonora vee voortdreven, maar daar het meestal schaars was, ging ze experimenteren met hert, haas, wilde ganzen, schildpad, zalm en zelfs berenvlees. Haar trouwe klanten aten het allemaal, want het alternatief bestond uit bonen uit blik en gepekeld varkensvlees, het vaste menu van de goudgravers. Niemand had tijd om te jagen, vissen of koken; groenten en fruit waren niet te krijgen en melk was een zeldzamere luxe dan champagne, maar er was genoeg meel, vet en suiker, evenals noten, chocola, een aantal specerijen, perziken en gedroogde pruimen. Met evenveel succes als met de empanada's bakte ze taarten en koeken, en ook brood in een kleioven die ze geïmproviseerd had met in haar achterhoofd die van Mama Fresia. Als ze eieren en spek kon krijgen, hing ze een uithangbord op waarop ontbijt stond aangeboden, dan stonden de mannen in de rij om in de volle zon aan een gammele bar te gaan zitten. Dat heerlijke eten, bereid door een doofstomme Chinees, deed ze denken aan de zondagen met de familie thuis, ver daarvandaan. Het rijkelijke ontbijt van gebakken eieren met spek, versgebakken brood, vruchtentaart en onbeperkt koffie kostte drie dollar. Sommige klanten, die dankbaar en ontroerd waren omdat ze in vele maanden niets vergelijkbaars geproefd hadden, stopten nog een dollar in de fooienpot. Op een dag, halverwege de zomer, ging Eliza met haar spaargeld in de hand voor Tao Chi'en staan.

'Hiermee kunnen we paarden kopen en weggaan,' deelde ze hem mee.

'Waarheen?'

'Joaquín zoeken.'

271

'Ik heb er geen belang bij hem te vinden. Ik blijf hier.'

'Wil je dit land niet leren kennen? Er valt hier een hoop te zien en te leren, Tao. Terwijl ik Joaquín zoek, kun jij je befaamde wijsheid vergaren.'

'Mijn planten groeien en ik hou er niet van om van hot naar her te gaan.'

'Okay. Ik ga.'

'Alleen zul je niet ver komen.'

'Dat zullen we zien.'

Die nacht sliepen ze ieder in een uiterste hoek van de hut zonder een woord te wisselen. De dag erna ging Eliza vroeg de deur uit om het nodige voor de reis te kopen, allerminst een eenvoudige opgave in haar rol van stomme, maar om vier uur 's middags kwam ze terug, uitgerust met een lelijk, maar sterk Mexicaans paard vol kale plekken. Ook had ze laarzen gekocht, twee blouses, een grote broek, leren handschoenen, een breedgerande hoed, twee tassen gedroogd voedsel, een tinnen bord, mok en lepel, een goed stalen zakmes, een veldfles voor water, een pistool en een geweer, waarvan ze niet wist hoe ze die moest laden en al helemaal niet hoe ze ermee moest schieten. De rest van de namiddag pakte ze haar spullen in en naaide de juwelen en het geld dat ze nog had in een katoenen band, dezelfde die ze gebruikte om haar borsten plat te maken en waaronder ze altijd het bundeltje liefdesbrieven bij zich droeg. Ze legde zich erbij neer dat ze de koffer met jurken, onderrokken en rijglaarsjes die ze nog altijd had bewaard, moest achterlaten. Van haar Castiliaanse deken maakte ze een zadel, zoals ze dat in Chili zo dikwijls had zien doen; ze trok de kleren van Tao Chi'en uit die ze maandenlang gedragen had en paste de nieuwe. Daarna sleep ze het mes met een reep leer en sneed haar haar op schouderlengte. Haar lange vlecht bleef als een dode slang op de grond liggen. Ze bekeek zichzelf in de scherf van een spiegel en was tevreden: met een smerig gezicht en met houtskool aangezette wenkbrauwen zou de illusie volmaakt zijn. Op dat moment kwam Tao Chi'en terug van een van zijn bijeenkomsten met de andere zhong yi en even herkende hij de gewapende cowboy die zijn terrein was binnengedrongen niet.

'Morgen vertrek ik, Tao. Bedankt voor alles, je bent meer dan een vriend, je bent mijn broer. Ik zal je erg missen...'

Tao Chi'en zei niets terug. Bij het vallen van de avond ging zij aangekleed in een hoek liggen en hij ging buiten in de zomerbries de sterren zitten tellen.

Het geheim

De avond waarop Eliza verborgen in de buik van de *Emilia* was vertrokken, zaten broers en zus Sommers op uitnodiging van Paulina, de echtgenote van Feliciano Rodríguez de Santa Cruz, te dineren in Hotel Inglés en keerden pas laat terug in hun huis op Cerro Alegre. Pas een week later ontdekten ze de verdwijning van het meisje, omdat ze dachten dat ze samen met Mama Fresia op het landgoed van Agustín del Valle verbleef.

De dag daarop tekende John Sommers zijn contract als kapitein van de *Fortuna*, het gloednieuwe stoomschip van Paulina. Het verdrag werd gesloten middels een eenvoudig document met de voorwaarden. Eén ontmoeting was voor hen genoeg om vertrouwen te hebben en ze konden geen tijd verspillen aan juridische details; het enige wat een rol speelde, was de drang om in Californië te komen. Heel Chili was met hetzelfde bezig, ondanks oproepen tot behoedzaamheid die in de kranten gepubliceerd werden en vanaf kerkelijke kansels in apocalyptische preken herhaald werden. Het kostte de kapitein slechts een paar uur om zijn stoomschip te bemannen, want lange rijen kandidaten die koortsig waren van de goudepidemie liepen rond bij de steigers. Velen brachten de nacht slapend op de grond door om hun plekje niet kwijt te raken. Tot stomme verbazing van andere zeemannen, die zich niet konden voorstellen waarom, weigerde John Sommers passagiers mee te nemen, zodat zijn boot zo goed als leeg vertrok. Hij ging er niet verder op in. Hij had een gehaaid plan om te voorkomen dat zijn matrozen bij aankomst in San Francisco zouden deserteren, maar hield dat voor zich, want als hij het onthuld had, had hij er niet één kunnen krijgen. Hij stelde de bemanning er evenmin van op de hoogte dat ze alvorens koers te zetten naar het noorden een ongebruikelijke omweg langs het zuiden zouden maken. Hij wachtte daarmee tot ze op volle zee zouden zijn.

'Dus u voelt zich in staat mijn stoomschip te besturen en de bemanning in bedwang te houden, nietwaar, kapitein?' vroeg Paulina hem nogmaals toen ze hem het contract ter ondertekening voorlegde.

'Ja, mevrouw, daar hoeft u niet bang voor te zijn. Binnen drie dagen kan ik uitvaren.'

'Prima. Weet u wat ze in Californië nodig hebben, kapitein? Verse producten: fruit, groenten, eieren, goede kazen, vleeswaren. Dat is wat wij daar gaan verkopen.'

'Hoe dan? Alles komt bedorven aan...'

'We gaan het in ijs vervoeren,' zei ze onverstoorbaar.

'Waarin?'

'In ijs. U gaat eerst naar het zuiden ijs halen. Weet u waar de baai van San Rafael ligt?'

'Vlak bij Puerto Aisén.'

'Ik ben blij dat u daar bekend bent. Ze hebben me verteld dat daar een wondermooie blauwe gletsjer ligt. Ik wil dat u de *Fortuna* met stukken ijs vult. Wat denkt u ervan?'

'Neemt u mij niet kwalijk, mevrouw, maar mij lijkt het waanzin.'

'Precies. Daarom is niemand op het idee gekomen. U moet tonnen grof zout meenemen, een flinke voorraad zakken en grote brokken ijs voor me inpakken. O ja! Ik denk dat u uw mannen warm moet kleden zodat ze niet bevriezen. En doet u me nog een plezier, kapitein, en praat hier met niemand over, zodat men ons idee niet pikt.'

John Sommers nam verward afscheid van haar. Eerst dacht hij dat de vrouw getikt was, maar hoe langer hij erover nadacht, hoe meer zin hij kreeg in dat avontuur. Hij had bovendien niets te verliezen. Zij riskeerde haar ondergang; hij daarentegen kreeg zijn loon, al smolt het ijs onderweg. En als die onzin iets opbracht, zou hij volgens het contract een niet onaanzienlijke bonus ontvangen. Toen een week later het nieuws over Eliza's verdwijning losbarstte, voer hij met puffende ketels richting gletsjer en hij hoorde het pas bij zijn terugkeer, toen hij in Valparaíso de haven bereikte om de producten te laden die Paulina had klaargezet voor transport in een bedje van prehistorische sneeuw naar Californië, waar haar man en zwager ze voor vele malen de prijs zouden verkopen. Als alles ging zoals ze gepland had, zou ze na drie of vier reizen van de *Fortuna* meer geld hebben dan ze ooit gedroomd had; ze had berekend hoe lang andere ondernemers erover zouden doen haar initiatief te volgen en haar in het vaarwater te gaan zitten. En wat hem betreft, wel, hij had ook een product bij zich dat hij aan de hoogste bieder hoopte te verkopen: boeken.

Toen Eliza en haar kindermeid niet op de afgesproken dag thuiskwamen, stuurde Miss Rose de koetsier weg met een boodschap, om na te gaan of de familie Del Valle nog op het landgoed was en of het goed ging met Eliza. Een uur later stond de zeer verontruste echtgenote van Agustín del Valle aan de deur. Ze wist niets over Eliza, zei ze. De familie was Valparaíso niet uit geweest, want haar man werd geveld door een jichtaanval. Ze had Eliza in geen maanden gezien. Miss Rose was koelbloedig genoeg om te doen alsof: het was haar fout, verontschuldigde ze zich, Eliza was bij een andere vriendin, ze had zich vergist, ze stelde het zo op prijs dat ze de moeite had genomen persoonlijk langs te komen... Mevrouw Del Valle geloofde er geen woord van, zoals te verwachten was, en voordat Miss Rose haar broer Jeremy op kantoor kon waarschuwen, was Eliza's vlucht al de sappigste roddel van Valparaíso.

De rest van de dag zat Miss Rose te huilen, en Jeremy te speculeren. Toen ze Eliza's kamer doorzochten, vonden ze de afscheidsbrief en herlazen hem meerdere malen, tevergeefs zoekend naar een aanwijzing. Ook Mama Fresia konden ze niet vinden om haar te ondervragen en pas toen realiseerden ze zich dat de vrouw meer dan achttien jaar voor hen gewerkt had en ze haar achternaam niet eens wisten. Ze hadden haar nooit gevraagd waar ze vandaan kwam en of ze familie had. Mama Fresia behoorde, zoals alle bedienden, tot de wereld van nutteloze schimmen.

'Valparaíso is Londen niet, Jeremy. Ze kunnen niet ver gekomen zijn. We moeten ze zoeken.'

'Besef je wel wat voor schandaal we hebben als we bij onze vrienden navraag gaan doen?'

'Wat kan mij het schelen wat de mensen zeggen! Het enige wat van belang is, is dat we Eliza snel vinden, voordat ze zich in de nesten werkt.'

'In alle eerlijkheid, Rose, als zij ons op deze manier in de steek gelaten heeft, na alles wat wij voor haar gedaan hebben, betekent dat dat ze al in de problemen zit.'

'Wat bedoel je? Wat voor problemen?' vroeg Miss Rose angstig.

'Een man, Rose. Dat is de enige reden waarom een meisje zo'n enorme dwaasheid begaat. Dat weet jij beter dan wie ook. Bij wie kan Eliza zijn?'

'Ik kan het me niet voorstellen.'

Miss Rose kon het zich prima voorstellen. Ze wist wie er schuldig was aan die verschrikkelijke ramp: die kerel met het doodse uiterlijk, die maanden terug een stel kisten aan huis had gebracht, de werknemer van Jeremy. Zijn naam wist ze niet, maar daar kwam ze wel achter. Ze vertelde het echter niet aan haar broer, want ze dacht dat ze nog op tijd was om het meisje te redden uit de valstrikken van de gedwarsboomde liefde. Ze herinnerde zich haarscherp alle details uit haar eigen ervaring met de Weense tenor, ze kreeg er nu nog kippenvel van. Ze hield weliswaar niet meer van hem, ze had haar ziel eeuwen geleden van hem bevrijd, maar het fluisteren van zijn naam was voldoende om een daverend klokgebeier in haar borst te voelen. Karl Bretzner vormde de sleutel tot haar verleden en haar persoonlijkheid, de vluchtige ontmoeting met hem had haar leven bepaald en van haar de vrouw gemaakt die ze nu was. Als ze nog eens zo verliefd zou worden als toen zou ze, dacht ze, weer hetzelfde doen, zelfs al wist ze hoe die hartstocht haar leven had gewijzigd. Misschien was Eliza een beter lot beschoren en zou ze een eerlijke liefde hebben; misschien was in haar geval de geliefde vrij, had hij geen kinderen en een bedrogen echtgenote. Ze moest het meisje vinden, de ellendige verleider onder ogen zien, hen dwingen te trouwen en Jeremy vervolgens voor de voldongen feiten stellen, die hij op den duur zou aanvaarden. Gezien de starheid van haar broer als het om eer ging, zou dat moeilijk worden, maar als hij haar vergeven had, kon hij ook Eliza vergeven. Het zou haar taak worden hem te overtuigen. Ze had niet jarenlang de moederrol vervuld om met de armen over elkaar te blijven zitten wanneer haar enige dochter een misstap had begaan, besloot ze.

Terwijl Jeremy Sommers zich in een koppig en waardig stilzwijgen hulde, dat hem evenwel niet behoedde voor de ontketende roddelpraat, ging Miss Rose tot actie over. Binnen een paar dagen kwam ze achter de identiteit van Joaquín Andieta en vernam tot haar verbijstering dat het hier om niet minder dan een voortvluchtige voor justitie ging. Ze beschuldigden hem ervan te hebben geknoeid met de boekhouding van de Britse Compagnie voor Import en Export en handelswaar te hebben ontvreemd. Ze besefte hoeveel ernstiger de situatie was dan ze gedacht had: Jeremy zou een dergelijk individu nooit in de schoot van zijn familie dulden. Erger nog, zodra hij zijn vroegere werknemer te pakken zou krijgen, zou hij hem hoogstwaarschijnlijk naar de gevangenis sturen, al was hij tegen die tijd Eliza's man. Tenzij ik een ma-

278

nier vind hem te dwingen de beschuldigingen tegen dat mispunt in te trekken en voor ieders bestwil zijn naam te zuiveren, mompelde Miss Rose woedend. Eerst moest ze de geliefden vinden, daarna zou ze wel zien hoe ze de rest oploste. Ze paste goed op dat ze zich niets liet ontvallen over haar bevindingen en de rest van de week verrichte ze overal speurwerk tot ze in de boekhandel Santos Tornero de moeder van Joaquín Andieta noemden. Haar adres verkreeg ze door er gewoon in de kerken naar te vragen; zoals ze al vermoedde, hielden de katholieke priesters hun gelovigen goed bij.

Vrijdagmiddag rond twaalf uur kwam ze bij de vrouw. Ze ging er op hoge poten heen, aangespoord door terechte verontwaardiging en met het plan haar eens even goed de waarheid te vertellen, maar naarmate ze door de kronkelige steegjes in die wijk voortliep, waar ze nog nooit een voet gezet had, zonk de moed haar in de schoenen. Ze had spijt van de jurk die ze had uitgekozen, betreurde de te uitbundige hoed en haar witte rijglaarsjes, ze voelde zich belachelijk. Ze klopte op de deur, van streek door een gevoel van schaamte, dat in oprechte bescheidenheid veranderde toen ze Andieta's moeder zag. Een dergelijke misère had ze niet verwacht. Het was een vrouwtje van niets, met koortsige ogen en een droevige gelaatsuitdrukking. Het leek haar een oud vrouwtje, maar toen ze goed naar haar keek, besefte ze dat ze nog jong was en vroeger mooi geweest was, en er bestond geen twijfel over dat ze ziek was. Ze heette haar zonder verbazing welkom, want ze was gewend aan de rijke dames die haar opdracht gaven voor naai- en borduurwerk. Die gaven elkaar het adres, het was niet raar dat een vreemde dame aan haar deur klopte. Ditmaal was het een buitenlandse, dat kon ze zien aan die gekleurde jurk met vlinders, er was geen Chileense die zich zo durfde te kleden. Ze begroette haar zonder te glimlachen en liet haar binnen komen.

'Gaat u alstublieft zitten, mevrouw. Waarmee kan ik u van dienst zijn?'

279

Miss Rose ging op het randje van een stoel zitten die haar werd aangeboden en kon geen woord uitbrengen. Alles wat ze van tevoren bedacht had, verdween uit haar hoofd in een vlaag van absoluut medeleven met deze vrouw, met Eliza en met zichzelf, terwijl de tranen stroomden als een rivier en haar gezicht en ziel wasten. De moeder van Joaquín Andieta nam beduusd haar hand tussen de hare.

'Wat scheelt er, mevrouw? Kan ik u helpen?'

En toen vertelde Miss Rose met horten en stoten in haar gebrekkige Spaans dat haar enige dochter meer dan een week geleden verdwenen was, ze was verliefd op Joaquín, ze hadden elkaar maanden geleden leren kennen en sindsdien was het meisje niet meer dezelfde, ze stond in vuur en vlam, dat kon iedereen zien, behalve zijzelf die, omdat ze zo egoïstisch en afwezig was, zich niet op tijd zorgen had gemaakt, en nu was het te laat want de twee waren gevlucht, Eliza had haar leven verwoest zoals zij het hare verwoest had. En ze bleef het een na het ander aan elkaar rijgen zonder zich te kunnen inhouden, totdat ze die onbekende vrouw vertelde wat ze nog nooit iemand verteld had: ze praatte over Karl Bretzner en hun gestrande liefde en over de twintig jaren die sindsdien verstreken waren in haar ingeslapen hart en haar onbewoonde buik. In een stortvloed huilde ze alle verliezen eruit die ze in de loop van haar leven verzwegen had, de uit welgemanierdheid opgekropte woede, de geheimen die ze als ketenen met zich meezeulde om de schijn op te houden, en de vurige jonge jaren die verspild waren door de domme pech dat ze als vrouw geboren was. En toen ze uiteindelijk geen lucht meer had door het gesnik, bleef ze daar zitten zonder te begrijpen wat er met haar gebeurd was of waar die zuivere opluchting vandaan kwam die haar vervulde.

'Neem een beetje thee,' zei de moeder van Joaquín Andieta na een zeer langdurige stilte, terwijl ze haar een beschadigde beker in de hand gaf.

'Ik smeek het u, alstublieft, zeg me of Eliza en uw zoon geliefden zijn. Ik ben toch niet gek?' prevelde Miss Rose.

'Het kan zijn, mevrouw. Joaquín was ook uit zijn doen, maar hij heeft me nooit de naam van het meisje verteld.'

'Help mij, ik moet Eliza vinden...'

'Ik verzeker u dat ze niet bij Joaquín is.'

'Hoe kunt u dat weten?'

'Zegt u niet dat het meisje nog maar een week geleden verdwenen is? Mijn zoon is in december vertrokken.'

'Vertrokken, zegt u? Waarheen?'

'Ik weet het niet.'

'Ik begrijp u, mevrouw. In uw situatie zou ik ook proberen hem in bescherming te nemen. Ik weet dat uw zoon problemen heeft met justitie. Ik geef u mijn erewoord dat ik hem zal helpen, mijn broer is directeur van de Britse Compagnie en hij zal doen wat ik van hem vraag. Ik zal niemand vertellen waar uw zoon is, ik wil alleen maar met Eliza praten.'

'Uw dochter en Joaquín zijn niet bij elkaar, gelooft u me.'

'Ik weet dat Eliza hem achternagegaan is.'

'Ze kan hem niet achternagegaan zijn, mevrouw. Mijn zoon ging naar Californië.'

De dag waarop kapitein John Sommers met de *Fortuna* vol blauw ijs in Valparaíso terugkeerde, trof hij zijn broer en zus zoals altijd wachtend op de kade aan, maar hij zag al aan hun gezichten dat er iets heel ernstigs gebeurd was. Rose was mager en bleek en zodra ze hem omhelsde, brak ze onbeheersbaar in huilen uit.

'Eliza is verdwenen,' lichtte Jeremy hem in, met zoveel woede dat hij nauwelijks intonatie in zijn woorden kon leggen.

Zodra ze alleen waren, vertelde Rose aan John wat ze bij de moeder van Joaquín te weten was gekomen. Gedurende die eeuwigdurende dagen dat ze op haar lievelingsbroer had zitten wachten en geprobeerd had de puzzel compleet te krijgen, had ze zichzelf ervan overtuigd dat het meisje haar geliefde naar Californië gevolgd was, want zij had vast hetzelfde gedaan. John Sommers ging de hele volgende dag op onderzoek uit in de haven en kwam zo te weten dat Eliza voor geen enkele boot een vervoersbewijs gekocht had en ook niet op de passagierslijsten voorkwam, de autoriteiten hadden daarentegen wel ene Joaquín Andieta geregistreerd die in december was ingescheept. Hij nam aan dat het meisje haar naam kon hebben veranderd om hen op het verkeerde been te zetten en deed nog eens dezelfde ronde met een gedetailleerde beschrijving van haar, maar niemand had haar gezien. Een meisje, een kind nog bijna, dat alleen reist of slechts in het gezelschap van een indiaanse, had meteen de aandacht getrokken, verzekerden ze hem; bovendien gingen er maar zeer weinig vrouwen naar San Francisco, alleen die van het lichtzinnige leven en af en toe de echtgenote van een kapitein of koopman.

'Ze kan niet aan boord gegaan zijn zonder een spoor achter te laten, Rose,' concludeerde de kapitein na een minutieus verslag van zijn navorsingen.

'En Andieta?'

'Zijn moeder heeft niet tegen je gelogen. Zijn naam staat op een lijst.'

'Hij heeft zich een aantal producten van de Britse Compagnie toegeëigend. Ik weet zeker dat hij dat alleen maar gedaan heeft omdat hij anders zijn reis niet kon bekostigen. Jeremy heeft er geen vermoeden van dat de dief die hij aan het zoeken is, de geliefde van Eliza is en ik hoop niet dat hij het ooit te weten komt.'

'Ben je al die geheimen niet moe, Rose?'

'Wat moet ik dan doen? Mijn leven bestaat uit schijnvoorstellingen, niet uit waarheden. Jeremy is als steen, je kent hem net zo goed als ik. Wat doen we met het meisje?'

'Ik vertrek morgen naar Californië, het stoomschip is al geladen. Als er daar zo weinig vrouwen zijn als gezegd wordt, is ze makkelijk te vinden.'

'Dat is niet genoeg, John!'

'Heb je soms een beter idee?'

Die avond rond etenstijd drong Miss Rose nogmaals aan op de noodzaak alle mogelijke middelen in te zetten om het meisje te vinden. Jeremy, die zich afzijdig had gehouden van de razende activiteit van zijn zus, zonder raad te geven of enig blijk van gevoelens te tonen, behalve ergernis omdat hij betrokken was in een sociaal schandaal, was van mening dat Eliza zoveel drukte niet waard was.

'Deze hysterische sfeer is erg vervelend. Ik stel voor dat jullie kalmeren. Waarom zoeken jullie haar? Al vinden jullie haar, dit huis komt ze niet meer in,' deelde hij mee.

'Betekent Eliza niets voor jou?' snauwde Miss Rose tegen hem.

'Dat is het punt niet. Ze heeft een onherstelbare fout begaan en moet boeten voor de gevolgen.'

'Hoe heb ik ervoor geboet gedurende bijna twintig jaar?'

Er viel een ijzige stilte in de eetkamer. Ze hadden nooit openlijk over het verleden gesproken en Jeremy wist niet eens of John op de hoogte was van wat er voorgevallen was tussen zijn zus en de Weense tenor, want hij had zich er wel voor gehoed hem dat te vertellen.

'Welke gevolgen, Rose? Jij werd vergeven en opgevangen. Je hebt me niets te verwijten.'

'Waarom was je voor mij zo goedhartig en kun je dat niet ook voor Eliza zijn?'

'Omdat jij mijn zus bent en het mijn plicht is je te beschermen.'

'Eliza is als een dochter voor me, Jeremy!'

'Maar ze is het niet. We hebben geen enkele verplichting jegens haar: ze behoort niet tot deze familie.'

'Ze hoort er wel bij!' schreeuwde Miss Rose.

'Genoeg!' viel de kapitein hen in de rede met een vuistslag op de tafel die de borden en kopjes deed dansen.

'Ze hoort er wel bij, Jeremy. Eliza is familie van ons,' herhaalde Miss Rose snikkend met haar gezicht in haar handen. 'Ze is Johns dochter...'

Toen hoorde Jeremy van zijn broer en zus het geheim dat ze zestien jaar bewaard hadden. Die man van weinig woorden, die zo beheerst was dat hij onaantastbaar leek voor menselijke emotie, sprong voor het eerst in zijn leven uit zijn vel en alles wat hij in zesenveertig jaar van volmaakte Britse onaangedaanheid verzwegen had, kwam er hortend en stotend uit, deed hem verdrinken in een stroom van verwijten, woede en vernedering, want wat ben ik toch stom geweest, mijn god, nietsvermoedend onder hetzelfde dak wonen in een broeinest van leugens, in de overtuiging dat mijn broer en zus fatsoenlijke mensen zijn en er vertrouwen heerst tussen ons, terwijl er slechts een leugenachtige moraal heerst, een gewoonte van onwaarheden, wie weet hoeveel meer jullie willens en wetens voor mij verborgen hebben gehouden, maar dit doet de deur dicht, waarom hebben jullie het me verdomme niet verteld, wat heb ik gedaan dat jullie me als een monster behandelen, waaraan heb ik het verdiend dat jullie op deze manier met me omgaan, dat jullie misbruik maken van mijn goedhartigheid en me tegelijkertijd verachten, want iets anders dan verachting kun je deze manier om mij in leugens te verwikkelen en me buiten te sluiten niet noemen, jullie hebben me alleen maar nodig om de rekeningen te betalen, het is al mijn hele leven zo geweest, sinds we kinderen waren hebben jullie me achter mijn rug om uitgelachen...

Sprakeloos, zonder te weten hoe ze zich moesten verdedigen, lieten Rose en John alles over zich heen komen, en toen Jeremy klaar was, heerste er een langdurige stilte in de eetkamer. Alle drie waren ze afgemat. Voor het eerst in hun leven hadden ze een confrontatie zonder het masker van wellevendheid en beleefdheid. Iets wezenlijks, dat hen in het wankele evenwicht van een driepotige tafel gehouden had, leek onherstelbaar te zijn kapotgegaan; toen Jeremy weer op adem kwam, kregen zijn gelaatstrekken echter weer dezelfde ondoordringbare en arrogante uitdrukking als altijd, terwijl hij zijn scheef zittende stropdas en een haarlok die over zijn voorhoofd was gevallen weer goed deed. Toen stond Miss Rose op, ging achter zijn stoel staan en legde een hand op zijn schouder, het enige gebaar van intimiteit dat ze durfde maken, terwijl ze een steek in haar borst voelde van tederheid voor deze eenzame broer, die stille en melancholieke man die net zo was als haar vader en voor wie ze nooit de moeite had genomen hem in de ogen te kijken. Ze kwam tot de conclusie dat ze eigenlijk niets van hem wist en dat ze hem nog nooit in haar leven aangeraakt had.

Zestien jaar daarvoor, 's ochtends op 15 maart 1832, liep Mama Fresia de tuin in en stuitte op een gewone zeepkist uit Marseille bedekt met krantenpapier. Ze liep er heel nieuwsgierig naartoe om te kijken wat het was en toen ze het papier oplichtte, ontdekte ze een pasgeboren kindje. Gillend rende ze naar het huis en een ogenblik later boog Miss Rose zich over de baby. Ze was toen twintig jaar oud, fris en mooi als een perzik, droeg een topaaskleurige jurk en de wind blies haar losse haar in de war, precies zoals Eliza zich haar herinnerde of zich haar voorstelde. De twee vrouwen tilden de kist op en brachten hem naar het naaikamertje, waar ze het papier weghaalden en het slordig in een wollen vest gewikkelde meisje eruit haalden. Ze had niet lang buiten gestaan, concludeerden ze, want ondanks de wind die ochtend was haar lichaam warm en lag ze vredig te slapen. Miss Rose gaf de indiaanse opdracht een schone deken, lakens en een schaar te halen om luiers te knippen. Toen Mama Fresia terugkwam, was het vest weg en lag de naakte baby in de armen van Miss Rose te schreeuwen.

'Ik herkende het vest meteen. Ik had het het jaar daarvoor zelf voor John gebreid. Ik heb het verstopt omdat jij het ook herkend zou hebben,' legde ze Jeremy uit.

'Wie is Eliza's moeder, John?'

'Ik herinner me haar naam niet meer...'

'Je weet niet hoe ze heet! Hoeveel bastaarden heb je op de wereld gezet?' riep Jeremy uit.

'Het was een meisje uit de haven, een jonge Chileense, in mijn herinnering is ze heel mooi. Ik heb haar nooit meer gezien en ik wist niet dat ze zwanger was. Toen Rose me het vest liet zien, twee jaar later, herinnerde ik me dat ik het dat meisje op het strand had omgeslagen omdat het koud was, en daarna vergat ik het terug te vragen. Begrijp het nou, Jeremy, zo is het zeemansleven. Ik ben geen beest...'

'Je was dronken.'

'Dat kan. Toen ik besefte dat Eliza mijn dochter was, probeerde ik de moeder te vinden, maar ze was verdwenen. Misschien is ze gestorven, ik weet het niet.'

'Om de een of andere reden had die vrouw besloten dat wij het meisje moesten opvoeden, Jeremy, en ik heb er nooit spijt van gehad dat we het gedaan hebben. We hebben haar liefde gegeven, een goed leven, onderwijs. Misschien kon de moeder haar niets geven en had ze daarom Eliza in het vest gewikkeld bij ons gebracht, opdat we wisten wie de vader was,' zei Miss Rose.

'Is dat alles? Een smerig vest? Dat bewijst helemaal niets! Iedereen kan de vader wel zijn. Die vrouw heeft zich heel slim van het kind ontdaan.'

'Ik was al bang dat je zo zou reageren, Jeremy. Precies daarom heb ik het je toen niet verteld,' antwoordde zijn zus.

Drie weken nadat ze afscheid genomen had van Tao Chi'en, stond Eliza met vijf delvers goud te wassen aan de oevers van de Río Americano. Ze had niet alleen gereisd. De dag waarop ze uit Sacramento vertrok, sloot ze zich aan bij een groep Chilenen die naar de goudbeddingen gingen. Ze hadden rijdieren gekocht, maar niemand had verstand van dieren en de Mexicaanse boeren verdoezelden handig de leeftijd en de gebreken van paarden en muilezels. Het waren een stel aandoenlijke, gedrogeerde beesten waarvan de kale plekken met verf weggewerkt waren, die na enkele uren lopen kracht verloren en strompelend hun poten voortsleepten. Elke ruiter had een lading gereedschap, wapens en zinken teilen bij zich, waardoor de zielige karavaan maar stapvoets vooruitkwam in een herrie van metaal. Onderweg ontdeden ze zich geleidelijk van hun last, die her en der bleef liggen tussen de over het landschap verspreide kruisen voor de doden. Zij stelde zich voor met de naam Elías Andieta, net uit Chili aangekomen met de opdracht van zijn moeder om zijn broer Joaquín te zoeken en bereid om Californië van onder tot boven af te reizen tot hij zijn plicht vervuld had.

'Hoe oud ben je, snotneus?' vroegen ze haar.

'Achttien.'

'Je lijkt wel veertien. Ben je niet erg jong om goud te zoeken?'

'Ik ben achttien en ik ben niet op zoek naar goud, alleen naar mijn broer Joaquín,' herhaalde ze.

De Chilenen waren jong en vrolijk, en hadden nog het enthousiasme dat ze ertoe had aangezet hun land te verlaten en zich zo ver weg te wagen, hoewel ze begonnen te beseffen dat de straten niet met schatten geplaveid waren, zoals hun verteld was. In het begin liet Eliza haar gezicht niet zien en hield de hoed over haar ogen getrokken, maar al gauw merkte ze dat mannen onder elkaar weinig naar elkaar kijken. Ze namen aan dat het om een jongen ging en verbaasden zich niet over de vorm van haar lichaam, haar stem of haar manieren. Bezig als ieder was met zijn eigen dingen, viel het hun niet op dat ze niet met hen plaste en wanneer ze een poel tegenkwamen om zich te verfrissen, dook zij er, terwijl zij zich uitkleedden, met kleren aan en zelfs haar hoed op in, bewerend dat ze zo tevens de kans benutte om haar kleren te wassen. Hygiëne was overigens het minst belangrijk en na een paar dagen was ze net zo vies en bezweet als haar metgezellen. Ze ontdekte dat vuiligheid iedereen even weerzinwekkend maakte; haar speurhondenneus kon nauwelijks onderscheid maken tussen haar lichaamsgeur en die van de anderen. De grove stof van de broek schuurde langs haar benen, ze was niet gewend lange stukken paard te rijden en de tweede dag kon ze vanwege haar opengeschuurde billen nauwelijks een stap verzetten, maar de anderen waren ook stadsmensen en hadden net zoveel pijn als zij. Het droge en warme klimaat, de dorst, de vermoeidheid en de voortdurende aanvallen van muggen drukten de pret al snel. Zwijgend gingen ze voort met hun rammelende potten en pannen, ze hadden spijt voordat ze goed en wel begonnen waren. Wekenlang zochten ze naar een geschikte plek om zich te vestigen en goud te zoeken, tijd die Eliza benutte om te vragen naar Joaquín Andieta. Noch de verzamelde aanwijzingen, noch de slecht getekende kaarten waren erg nuttig, en toen ze een goede goudwasserij bereikten, troffen ze er honderden goudzoekers aan die eerder waren gearriveerd. Iedereen had het recht dertig vierkante meter op te eisen, men bakende zijn gebied af door er dagelijks te werken en er zijn gereedschap te laten liggen wanneer men er niet was, maar als men langer dan tien dagen wegbleef, konden anderen het innemen en het op hun naam zetten. De zwaarste misdrijven, het binnendringen van andermans eigendom voordat de termijn verstreken was en stelen, werden met de galg of met zweepslagen bekocht, na een kort proces waarbij de gouddelvers voor rechter, jurylid en beul speelden. Overal kwamen ze groepen Chilenen tegen. Ze herkenden elkaar aan de kleding en het accent, omhelsden elkaar opgetogen, deelden mate, brandewijn en *charqui*, vertelden elkaar in geuren en kleuren hun wederwaardigheden en zongen nostalgische liederen onder de sterren, maar de dag erna namen ze afscheid, zonder tijd voor uitbundige hartelijkheid. Uit het geaffecteerde accent en de gesprekken leidde Eliza af dat sommigen rijkeluiszoontjes waren uit Santiago, half adellijke fatjes die een paar maanden geleden nog jacquet, lakleren laarzen en geitenleren handschoenen droegen en brillantinehaar hadden, maar op de goudwasserijen waren ze vrijwel onmogelijk te onderscheiden van de lompste boeren, met wie ze als gelijken werkten. Het gezeur en de vooroordelen over klassen vervlogen in het contact met de ruwe werkelijkheid van de mijnen, maar dat was niet zo met de rassenhaat, die zich bij het minste of geringste in vechtpartijen ontlaadde. De Chilenen, die talrijker en ondernemender waren dan andere Spaanssprekenden, haalden zich de haat van de gringo's op de hals. Eliza vernam dat een groep dronken Australiërs in San Francisco Chilecito had aangevallen en zo een veldslag had ontketend. Op de goudwasserijen opereerden diverse Chileense bedrijven die dagloners van het platteland gehaald hadden, pachters die generaties lang in een feodaal systeem geleefd hadden en voor een zeer laag loon werkten, en het niet raar vonden dat het goud niet was van wie het ontdekte, maar van de baas. In de ogen van de yankees was dat gewoon slavernij. De Amerikaanse wetten begunstigden het individu: elk eigendom beperkte zich tot het stuk dat een man alleen kon ontginnen. De Chileense bedrijven ontdoken de wet door de rechten op naam van elke afzonderlijke dagloner te zetten om zo meer terrein te bestrijken.

Er waren blanken van verschillende nationaliteiten met flanellen blouses, in de laarzen gestopte broeken en twee revolvers; Chinezen in hun gewatteerde jasjes en wijde kniebroeken; indianen met afgetakelde militaire jasjes en een afgesleten zitvlak; in wit katoen geklede Mexicanen met enorme sombrero's; Zuid-Amerikanen met korte poncho's en brede leren gordels waarin ze hun mes, tabak, kruit en geld droegen; reizigers van de Sandwich-eilanden op blote voeten en met sjerpen van glanzende zijde; allen in een mengelmoes van kleuren, culturen, godsdiensten en talen, met één gemeenschappelijke obsessie. Eliza vroeg ieder van hen naar Joaquín Andieta en verzocht hun door te vertellen dat zijn broer Elías hem zocht. Naarmate ze verder doordrong in dat gebied, besefte ze hoe uitgestrekt het was en hoe moeilijk het zou zijn om haar geliefde te vinden tussen vijftigduizend krioelende vreemdelingen.

De groep afgematte Chilenen besloot eindelijk zich te vestigen. Ze waren in een helse hitte in de vallei van de Río Americano aangekomen met slechts twee muilezels en Eliza's paard, de overige dieren waren onderweg bezweken. De grond was droog en opengespleten, de enige begroeiing waren pijnbomen en eiken, maar een heldere en wild stromende rivier kwam met sprongen over de stenen uit de bergen naar beneden en doorkliefde als een mes de vallei. Aan beide oevers stonden rijen en nog eens rijen mannen te graven en emmers met fijn zand te vullen, dat ze vervolgens zeefden in een werktuig dat leek op een kinderwiegje. Ze stonden met het hoofd in de zon, de benen in het ijskoude water en in doorweekte kleren te werken; ze sliepen op de grond zonder hun wapens los te laten, aten oud brood en pekelvlees, dronken water dat door de honderden afgravingen stroomopwaarts vervuild was en drank die zo was aangelengd dat bij velen de lever barstte of ze werden krankzinnig. Eliza zag in een paar dagen twee mannen sterven, kronkelend van de pijn en bedekt met het schuimachtige zweet van de cholera, en was dankbaar voor de wijsheid van Tao Chi'en, die haar verbood ongekookt water te drinken. Hoe erg de dorst ook was, zij wachtte tot de namiddag, wanneer ze het kamp opsloegen, om thee of mate te zetten. Soms waren er schreeuwen van vreugde te horen: iemand had een klompje goud gevonden, maar de meesten waren al blij als ze een aantal waardevolle grammetjes uit de tonnen nutteloze aarde konden halen. Maanden daarvoor konden ze de schubjes nog zien schitteren onder het heldere wateroppervlak, maar nu was de natuur verstoord door de menselijke hebzucht, het landschap gewijzigd door hopen zand en stenen en enorme kuilen, de loop van rivieren en beken verlegd, en het water over ontelbare plassen verspreid, duizenden afgehakte boomstammen waar eerst een bos was. Om bij het metaal te komen moesten de mensen vastberaden zijn als titanen.

Eliza was niet van plan te blijven, maar ze was uitgeput en voelde zich niet in staat in haar eentje op de bonnefooi verder te rijden. Haar kameraden bezaten een stukje aan het einde van de lange rij gouddelvers, nogal ver van het kleine dorpje dat op de plek begon te verrijzen, met zijn kroeg en winkel om in de eerste behoeften te voorzien. Haar buren waren drie Oregonezen die met een buitengewoon uithoudingsvermogen werkten en alcohol dronken en geen tijd verspilden met het begroeten van de nieuwkomers, integendeel, ze lieten hun direct weten dat ze het recht van de *greasers* om de Amerikaanse bodem te exploiteren niet erkenden. Een van de Chilenen confronteerde hen met het argument dat zij daar evenmin thuishoorden, het land was van de indianen, en als de rest niet tussenbeide was gekomen om de gemoederen te sussen, was er een knokpartij ontstaan. Er heerste een niet-aflatende herrie van spades, pikhouwelen, water, rollende stenen en verwensingen, maar de hemel was helder en de lucht rook naar laurierbladeren. De Chilenen lieten zich doodmoe op de grond vallen, terwijl de zogenaamde Elías Andieta een klein vuurtje maakte om koffie te zetten en haar paard water gaf. Uit medelijden gaf ze ook wat aan de arme muilezels, hoewel ze niet van haar waren, en haalde de lading eraf zodat ze konden rusten. De vermoeidheid vertroebelde haar blik en ze kon door haar trillende knieën nog nauwelijks op haar benen staan, ze besefte dat Tao Chi'en gelijk had toen hij haar wees op de noodzaak om op krachten te komen voordat ze zich in dit avontuur zou storten. Ze dacht aan het huisje van platen en zeildoek in Sacramento, waar hij op dat tijdstip zou zitten mediteren of met een penseel en Oost-Indische inkt zat te schrijven in zijn prachtige schoonschrift. Ze glimlachte, verbaasd dat haar heimwee niet het rustige naaikamertje van Miss Rose opriep of de warme keuken van Mama Fresia. Wat ben ik veranderd, verzuchtte ze, terwijl ze naar haar handen keek, die verbrand waren door de meedogenloze zon en onder de blaren zaten.

De volgende dag stuurden haar kameraden haar naar de winkel om het hoognodige om te overleven te kopen en zo'n wiegje om het zand te zeven, want ze zagen wel hoeveel praktischer dat voorwerp was dan hun eenvoudige bakken. De enige straat van het dorp, als je dat gehucht zo mocht noemen, was een met afval bezaaide modderpoel. De winkel, een hut van boomstammen en houten platen, vormde het middelpunt van het sociale leven in die gemeenschap van eenzame mannen. Hier werd van alles wat verkocht, er werd aan één stuk door drank en wat te eten geserveerd; 's avonds, als de goudzoekers kwamen drinken, vrolijkte een violist met zijn melodietjes de sfeer op, dan hingen sommige mannen een zakdoek om hun middel, als teken dat zij de rol van de dames speelden, terwijl de andere elkaar aflosten om ze ten dans te vragen. Vele mijlen in de omtrek was er geen vrouw te bekennen, maar nu en dan kwam er eens een door muilezels voortgetrokken rijtuig vol prostituees langs. Ze wachtten vol verwachting op hen en betaalden ze gul. De eigenaar van de winkel bleek een praatzieke en vriendelijke mormoon te zijn met drie echtgenotes in Utah, die krediet verschafte aan wie zich tot zijn geloof bekeerde. Hij was geheelonthouder en preekte terwijl hij drank verkocht tegen de slechte gewoonte om het te consumeren. Hij had gehoord van ene Joaquín en zijn achternaam klonk als Andieta, vertelde hij Eliza toen zij hem ondervroeg, maar die was al een flinke tijd geleden daar geweest en hij kon niet zeggen welke richting hij op was gegaan. Hij herinnerde zich hem omdat hij betrokken was bij een ruzie tussen Amerikanen en Spanjaarden naar aanleiding van een stukje grond. Chilenen? Misschien wel, hij wist alleen zeker dat hij Spaans sprak, hij zou ook een Mexicaan geweest kunnen zijn, zei hij, voor hem waren alle greasers hetzelfde.

'En hoe liep het af?'

'De Amerikanen behielden het stuk grond en de anderen moesten vertrekken. Hoe had het anders kunnen aflopen? Joaquín en nog een man bleven twee of drie dagen hier in de winkel. Ik legde daar wat dekens in een hoek en liet ze uitrusten tot ze een beetje hersteld waren, want ze waren flink in elkaar geslagen. Het waren geen onaardige lui. Ik herinner me jouw broer, hij was een jongen met zwart haar en grote ogen, vrij knap.'

'Dat is hem,' zei Eliza, wier hart op hol sloeg.

DEEL DRIE

1850-1853

Eldorado

De beer werd door vier mannen binnengebracht, twee aan elke kant, trekkend aan de dikke touwen, temidden van een opgewonden menigte. Ze sleepten hem mee naar het centrum van de arena en legden hem met een zes meter lange ketting met een poot aan een paal, waarna ze er een kwartier over deden om de touwen los te halen, terwijl het beest woest zijn klauwen uitsloeg en om zich heen beet alsof het einde van de wereld genaderd was. Hij woog meer dan zeshonderd kilo, had een donkere, bruingrijze vacht, was aan één oog blind, had verscheidene kale plekken en littekens op zijn rug van vroegere gevechten, maar toch was hij nog jong. Zijn muil met enorme gele tanden was met schuimend kwijl overdekt. Op zijn achterpoten staand, zinloze klappend uitdelend met zijn prehistorische klauwen, liet hij zijn goede oog langs de menigte dwalen en trok wanhopig aan de ketting.

Het was een gat dat in enkele maanden uit het niets was verrezen, in een vloek en een zucht opgebouwd door voortvluchtigen en zonder aspiraties om lang stand te houden. Bij gebrek aan een stierenvechtersarena, zoals die er was in alle Mexicaanse dorpen in Californië, was er een ruime, open cirkel die diende voor het temmen van paarden en het opsluiten van muilezels, met platen verstevigd en voorzien van houten tribunes om het publiek onder te brengen. Die novembermiddag dreigde de staalkleurige lucht met regen, maar het was niet koud en het zand was droog. Achter de palissade reageerden honderden toeschouwers in koor honend op elke brul van het beest. De enige vrouwen, een zestal jonge Mexicaansen in witte geborduurde jurken die hun eeuwige sigaretten zaten te roken, trokken net zoveel aandacht als de beer en ook zij werden door de mannen begroet met olégeroep, terwijl de flessen drank en zakken goud voor de weddenschappen van hand tot hand gingen. De gokkers in stadse pakken, met versierde vesten, brede stropdassen en hoge hoeden, onderscheidden zich van de boerse, slonzige massa. Drie muzikanten speelden populaire liedjes op de viool en zodra ze met verve *O Susana* inzetten, het mijnwerkerslied, sprongen twee baardige, maar als vrouw verklede komieken de arena in en maakten een olympische ronde onder handgeklap en schunnigheden, hun rokken optillend om behaarde benen en onderbroeken met ruches te laten zien. Het publiek onthaalde hen op een gulle regen aan muntstukken en een kakofonie van applaus en geschater. Toen ze aftraden, kondigden een plechtstatige cornetstoot en tromgeroffel het begin van het gevecht aan, gevolgd door een gebulder van de geëlektriseerde menigte.

Verloren in de massa volgde Eliza het spektakel met fascinatie en afgrijzen. Ze had het weinige geld dat ze nog over had, ingezet in de hoop het in de komende minuten te verveelvoudigen. Bij de derde cornetstoot werd er een houten schot opgehaald en kwam een jonge, glanzende, zwarte stier snuivend naar binnen. Even heerste er een verwonderde stilte op de tribunes en daarna werd het beest met een luid 'Olé!' onthaald. De stier bleef ontredderd stilstaan, met zijn opgeheven kop waarop grote, ongevijlde hoorns stonden, waakzame ogen die de afstanden maten, met zijn voorste hoeven in het zand gravend, totdat een grom van de beer zijn aandacht trok. Zijn tegenstander had hem gezien en groef in allerijl op een paar passen van de paal een gat, waar hij in ging zitten, tegen de grond gedrukt. Op het geschreeuw van het publiek boog de stier zijn nek voorover, spande zijn spieren en stoof er in een stofwolk vandoor, blind van woede, briesend, met de damp uit zijn neus en het kwijl uit zijn bek. De beer zat op hem te wachten. Hij incasseerde de eerste hoornstoot in zijn rug, die een bloedende snee in zijn dikke huid maakte, maar de stier kreeg hem geen centimeter van zijn plaats. De stier draafde verward een ronde door de arena, terwijl de woelige menigte hem ophitste met beledigingen, waarop hij opnieuw aanviel, in een poging de beer op de hoorns te nemen, maar deze bleef ineengedoken zitten en incasseerde de pijniging zonder een kik te geven, totdat hij zijn kans schoon zag en in één trefzekere haal de snuit van de stier openhaalde. Hevig bloedend, dol van de pijn en van zijn stuk gebracht begon het beest aan te vallen met blinde kopstoten, waarmee hij zijn tegenstander meermalen verwondde maar niet uit de kuil kreeg. Plotseling kwam de beer overeind en pakte de stier bij de hals in een gruwelijke omhelzing, terwijl hij hem in de nek beet. Gedurende lange minuten dansten ze samen in de rondte voor zover de ketting dat toeliet, terwijl de arena met bloed doordrenkt raakte en op de tribunes het geloei van de mannen weerklonk. Eindelijk kon de stier zich losrukken, om wankelend een paar passen achteruit te lopen met verzwakte poten en zijn glanzende obsidianen vacht roodgekleurd, totdat hij door zijn knieën zakte en vooroverviel. Daarop werd de overwinning van de beer met luid geschreeuw begroet. Twee ruiters kwamen de arena binnen, losten een geweerschot tussen de ogen van de verliezer, wierpen een lasso om zijn achterpoten en sleepten hem weg. Walgend baande Eliza zich een weg naar de uitgang. Ze had haar laatste veertig dollar verloren.

In de zomer- en herfstmaanden van 1849 reed Eliza van zuid naar noord door de Veta Madre, van Mariposa tot Downieville en weer terug, over steile rotsen het steeds verwardere spoor van Joaquín Andieta volgend, van de rivierbeddingen tot de glooiingen van de Sierra Nevada. Toen ze in het begin naar hem vroeg, herinnerden maar weinig mensen zich iemand met die naam of dat uiterlijk, maar tegen het einde van het jaar begon zijn persoon reële vormen aan te nemen en dat gaf de jonge vrouw de kracht om haar zoektocht voort te zetten. Ze had het verhaal dat zijn broer Elías achter hem aan zat verspreid en gedurende die maanden hoorde ze verscheidene keren de echo van haar eigen stem weerklinken. Meer dan eens werd ze wanneer ze naar Joaquín vroeg nog voordat ze zich kon voorstellen als zijn broer herkend. In die woeste streek kwam de post uit San Francisco met maanden vertraging aan en de kranten deden er weken over, maar de berichtgeving van mond tot mond haperde nooit. Hoe kon het dat Joaquín niet gehoord had dat hij gezocht werd? Daar hij geen broers had, moest hij zich wel afvragen wie die Elías was en als hij een beetje intuïtie bezat, kon hij die naam associëren met de hare, dacht ze; maar als hij dat vermoeden niet had, zou hij op z'n minst nieuwsgierig zijn om uit te zoeken wie zich uitgaf voor zijn bloedverwant. 's Nachts kon ze nauwelijks slapen, in de war door gissingen en in de voortdurende twijfel of het stilzwijgen van haar geliefde slechts door zijn dood te verklaren was of omdat hij niet gevonden wenste te worden. En als hij daadwerkelijk voor haar op de vlucht was, zoals Tao Chi'en had geïnsinueerd? Overdag zat ze op het paard en ze sliep zomaar ergens op de grond, met haar Castiliaanse deken als bedekking en haar laarzen als kussen, zonder haar kleren uit te trekken. De viezigheid en het zweet hinderden haar niet meer, ze at wanneer ze de mogelijkheid had, en het enige waar ze voor oplette, was het drinkwater te koken en de gringo's niet in de ogen te kijken.

Rond die tijd waren er al meer dan honderdduizend Argonauten en ze bleven komen, verspreid over de Veta Madre, haalden de wereld overhoop door bergen te verplaatsen, rivieren uit hun loop te brengen, bossen te vernietigen, rotsen te verpulveren, tonnen zand te verslepen en enorme kuilen te graven. Op de plekken waar goud lag, was het sprookjesachtige gebied dat sinds het begin der tijden onveranderd was geweest, een maanlandschapachtige nachtmerrie geworden. Eliza was doorlopend moe, maar ze was op krachten gekomen en was haar angst kwijt. Ze ging weer menstrueren toen het haar het slechtst uitkwam, want het was lastig te verbergen in mannelijk gezelschap, maar ze was dankbaar omdat het een teken was dat haar lichaam eindelijk weer gezond was. 'Je acupunctuurnaalden hebben mij goed geholpen, Tao. Ik hoop in de toekomst kinderen te krijgen,' schreef ze haar vriend, er zeker van dat hij het zonder meer zou begrijpen. Ze hield altijd haar wapens bij zich, hoewel ze niet wist hoe ze die moest gebruiken en hoopte dat dat ook nooit nodig zou zijn. Slechts één keer schoot ze ermee in de lucht om een stel indianenjongetjes op de vlucht te jagen die te dichtbij kwamen en haar een bedreiging leken, maar als ze met hen in gevecht was geraakt, was ze er slecht vanaf gekomen, want ze kon op vijf passen afstand nog geen ezel raken. Het richten had ze niet geoefend, maar wel haar gave zich onzichtbaar te maken. Ze kon dorpen binnengaan zonder de aandacht op zich te vestigen, zich bij groepen latino's voegend, waarin een jongen met zo'n uiterlijk onopgemerkt bleef. Ze leerde het Peruaanse en Mexicaanse accent perfect imiteren, zo werd ze voor een van hen aangezien wanneer ze behoefte had aan gezelligheid. Ook ruilde ze haar Britse Engels in voor Amerikaans en nam ze bepaalde schuttingwoorden over die onontbeerlijk waren om door de gringo's geaccepteerd te worden. Ze realiseerde zich dat als ze praatte zoals zij, ze door hen gerespecteerd werd; het was zaak nergens over uit te weiden, zo min mogelijk te zeggen, nergens om te vragen, te werken voor haar eten, de provocaties het hoofd te bieden en zich vast te klampen aan een kleine bijbel die ze in Sonora gekocht had. Zelfs de grootste lomperiken hadden een bijgelovig ontzag voor dat boek. Ze verbaasden zich over die baardeloze jongen met vrouwenstem die 's avonds de Heilige Schrift las, maar ze lachten haar niet openlijk uit, integendeel, sommigen werden haar beschermers en waren bereid om op de vuist te gaan met wie haar wel uitlachte. In die eenzame en brute mannen, die als de mythische helden uit het oude Griekenland op zoek waren gegaan naar het geluk, om zich slechts teruggebracht te zien tot de basis, dikwijls ziek, verslaafd aan geweld en alcohol, school een heimelijk verlangen naar tederheid en orde. Ze kregen tranen in de ogen van romantische liederen, waren bereid elke prijs te betalen voor een stuk appeltaart dat hun een moment van troost bood voor het heimwee naar hun thuis; ze maakten lange omwegen om bij een huis te komen waar een kind woonde en bleven er zwijgend naar kijken, alsof het een wonder was.

'Wees niet bang, Tao, ik reis niet alleen, dat zou waanzin zijn,' schreef Eliza haar vriend. 'Je moet in grote, goed bewapende en oplettende groepen gaan, want de afgelopen maanden hebben de struikroversbendes zich vermenigvuldigd. De indianen zijn eerder vredelievend, hoewel ze er afschrikwekkend uitzien, maar bij het zien van een hulpeloze ruiter kunnen ze hem zijn meest begeerde bezittingen afnemen: paarden, wapens en laarzen. Ik sluit me aan bij andere reizigers: kooplieden die van dorp tot dorp trekken met hun waar, gouddelvers op zoek naar nieuwe aders, boerenfamilies, jagers, ondernemers en makelaars die Californië beginnen te overspoelen, gokkers, gangsters, advocaten en ander canaille, die over het algemeen de meest onderhoudende en vrijgevige reisgenoten zijn. Er wandelen ook predikanten over deze wegen, ze zijn altijd jong en het lijken verlichte idioten. Stel je voor hoeveel geloof er nodig is om drieduizend mijl te reizen over ongerepte grasvlakten met het doel andermans ondeugden te bestrijden. Overlopend van kracht en hartstocht verlaten ze hun dorpen, vastberaden het woord van Christus naar deze uithoeken te brengen, zonder zich te bekommeren om de hindernissen en tegenspoed onderweg, want God loopt met hen mee. Ze noemen de goudzoekers de aanbidders van het gouden kalf. Je moet de bijbel lezen, Tao, of je zult christenen nooit begrijpen. Die predikanten worden niet verslagen door materiële voor- of tegenspoed, maar velen bezwijken met een verscheurde ziel, machteloos tegenover de overweldigende kracht van de hebzucht. Het is opbeurend te zien hoe ze arriveren, onschuldig nog, en het is bedroevend ze tegen te komen wanneer ze van God verlaten zijn en moeizaam, met een verschrikkelijke zon op het hoofd en dorstig van het ene kampement naar het andere trekken, predikend op pleinen en in bars voor een onverschillig publiek, dat hen aanhoort zonder de hoed af te nemen en zich vijf minuten later met hoeren zit te bezatten. Ik heb een groep reizende artiesten leren kennen, Tao, het waren een stel arme drommels die in de dorpen stopten om de mensen te vermaken met gebarenspelen, schelmenliederen en grove komedies. Ik ben verscheidene weken met hen meegereisd en ze namen me op in de voorstelling. Als we een piano konden krijgen, speelde ik, maar zo niet dan was ik de jongedame van het gezelschap en iedereen verbaasde zich erover hoe goed ik de vrouwenrol speelde. Ik moest ze verlaten omdat ik er verknipt van raakte, ik wist niet meer of ik een als man verklede vrouw, een als vrouw verklede man of een dwaling van de natuur was.'

Ze sloot vriendschap met de postbode en wanneer het kon, reed ze met hem mee, want hij reisde snel en had contacten; als iemand Joaquín kon vinden, was hij het wel, dacht ze. De man bracht de post naar de goudgravers en keerde terug met zakken vol goud om op de bank te zetten. Hij was een van de vele visionairs die zich met de goudkoorts verrijkt hadden zonder ooit een spade of pikhouweel in handen te hebben gehad. Hij vroeg tweeëneenhalve dollar om een brief naar San Francisco te brengen en, profiterend van de behoefte van de gouddelvers om nieuws van het thuisfront te ontvangen, een ounce goud om de brieven te overhandigen die er voor hen kwamen. Met die handel verdiende hij een fortuin, hij had klanten te over, en daar er geen alternatief was, maakte niemand bezwaar tegen de prijzen, ze konden de mijn niet verlaten om hun post te gaan halen of hun verdiensten honderd mijl verderop te gaan storten. Eliza zocht ook het gezelschap op van Charley, een mannetje vol verhalen, dat met de Mexicaanse ezeldrijvers concurreerde in het vervoeren van handelswaar per muilezel. Hoewel hij voor de duvel nog niet bang was, stelde hij gezelschap op prijs, want hij had een gehoor nodig voor zijn verhalen. Hoe meer ze hem bekeek, hoe zekerder Eliza ervan raakte dat hij net als zij een als man verklede vrouw was. Charleys huid was verweerd door de zon, hij pruimde tabak, vloekte als een bandiet en hield zijn pistolen altijd bij zich en zijn handschoenen aan, maar één keer zag ze zijn handen en ze waren klein en blank, als die van een jonge vrouw.

Ze raakte verliefd op de vrijheid. In het huis van de Sommers had ze tussen vier muren geleefd, in een onveranderlijke omgeving, waar de tijd in rondjes draaide en tussen gehavende luiken door de lijn van de horizon nauwelijks te ontwaren was; ze groeide op in het ondoordringbare harnas van goede manieren en conventies, sinds jaar en dag getraind om te behagen en te dienen, in bedwang gehouden door het korset, de vaste bezigheden, de sociale normen en de angst. Angst was haar metgezel geweest: angst voor God en zijn onvoorspelbare gerechtigheid, voor autoriteit, voor haar pleegouders, voor ziekte en lasterpraat, voor het onbekende en het andere, om de beschutting van het huis te verlaten en de gevaren van de straat te trotseren; angst voor haar eigen vrouwelijke breekbaarheid, eerverlies en de waarheid. Haar werkelijkheid was een honingzoete geweest, bestaande uit weglatingen, beleefde stiltes, goed bewaarde geheimen, orde en discipline. Ze had naar deugd gestreefd, maar nu twijfelde ze aan de betekenis van dat woord. Door zich in de kamer met kleerkasten over te geven aan Joaquín Andieta had ze in de ogen van de wereld een onherstelbare fout begaan, maar in de hare rechtvaardigde liefde alles. Ze wist niet wat ze met die hartstochtelijke liefde had gewonnen of verloren. Ze verliet Chili met het voornemen haar geliefde te vinden en voor altijd zijn slavin te worden, in de waan dat ze zo de zucht naar onderwerping en de verborgen bezitsdrang kon bevredigen, maar ze voelde zich niet meer in staat afstand te doen van die nieuwe vleugels die op haar schouders begonnen te groeien. Ze had geen enkele spijt van wat ze met haar geliefde gedeeld had en schaamde zich niet voor dat vuur dat haar het hoofd op hol bracht, integendeel, ze voelde dat het haar in één klap sterk gemaakt had, het had haar de moed gegeven om beslissingen te nemen en voor de gevolgen ervan op te draaien. Ze was niemand uitleg verschuldigd, als ze fouten had gemaakt, was ze daar ruimschoots voor gestraft met het verlies van haar familie, de foltering toen ze verstopt zat in het ruim van het schip, het gestorven kind en de absolute onzekerheid van de toekomst. Toen ze zwanger was geraakt en zag dat ze geen kant op kon, schreef ze in haar dagboek dat ze het recht op geluk verloren had, maar ze voelde dat ze de afgelopen maanden, rijdend door het goudkleurige landschap van Californië, vloog als een condor. Op een ochtend werd ze wakker door het gehinnik van haar paard en het ochtendlicht in haar gezicht, ze zag zich omringd door hooghartige sequoia's, die als eeuwenoude wachters over haar slaap gewaakt hadden, door reusachtige bergen en in de verte de hoge paarse toppen; toen overviel haar een atavistisch geluk dat ze nooit eerder gevoeld had. Ze merkte dat ze niet meer dat paniekgevoel had dat zich altijd in haar maag schuilhield, als een rat die klaarzat om haar te bijten. De angsten waren opgelost in de overweldigende grootsheid van het gebied. Naarmate ze de risico's langer het hoofd bood, werd ze onverschrokkener: ze had de angst voor de angst verloren. 'Ik vind nieuwe krachten in mezelf, die ik misschien altijd gehad heb, maar niet kende omdat ik er tot nu toe nooit gebruik van heb hoeven maken. Ik weet niet waar ik onderweg degene ben kwijtgeraakt die ik vroeger was, Tao. Nu ben ik een van de vele avonturiers die verspreid zijn over de oevers van deze doorschijnende rivieren en de glooiingen van deze eindeloze bergen. Het zijn fiere mannen, met boven hun hoeden slechts de hemel, die voor niemand buigen omdat ze de gelijkheid aan het uitvinden zijn. Ik wil een van hen zijn. Sommigen lopen triomfantelijk met een zak goud op hun rug en anderen zeulen verslagen slechts desillusies en schulden met zich mee, maar allemaal voelen ze zich baas over hun lot, over de grond waarop ze lopen, over de toekomst, over hun eigen onherroepelijke waardigheid. Nadat ik ze heb leren kennen kan ik niet meer een jongedame zijn zoals Miss Rose voor ogen had. Uiteindelijk snap ik Joaquín, toen hij waardevolle uren van onze liefde opofferde om me te vertellen over vrijheid. Dit was het dus... Het was deze gelukzaligheid, dit licht, dit zo intense geluk zoals de zeldzame momenten van gedeelde liefde die ik me kan herinneren. Ik mis je, Tao. Er is niemand om mee te praten over wat ik zie, wat ik voel. Ik heb geen vriend in deze afgelegen streken en in mijn mannenrol kijk ik goed uit wat ik zeg. Ik loop met een gefronst voorhoofd, zodat ze denken dat ik een echte kerel ben. Het is verduiveld lastig man te zijn, maar vrouw zijn is erger.'

Overal rondzwervend leerde ze het ruwe terrein kennen alsof ze er geboren was, ze kon zich oriënteren en de afstanden schatten, onderscheidde de giftige slangen van de ongevaarlijke en vijandelijke groepen van vriendschappelijke, voorspelde het weer aan de hand van de vorm van de wolken en las de tijd af aan de hoek van haar schaduw, ze wist wat te doen als er een beer op haar weg kwam en hoe ze een afgelegen hut moest naderen zonder met een kogelregen ontvangen te worden. Soms kwam ze net gearriveerde jongelui tegen die ingewikkelde mijnbouwwerktuigen bergopwaarts sleepten, die uiteindelijk werden achtergelaten omdat ze onbruikbaar waren, of ze ontmoette groepen koortsige mannen die uit de bergen afdaalden na maanden van zinloze arbeid. Dat door vogels aangepikte lijk dat aan een eik hing met een waarschuwingsbord kon ze niet vergeten... Op haar zwerftocht zag ze Amerikanen, Europeanen, Kanaken, Mexicanen, Chilenen, Peruanen, evenals lange rijen zwijgende Chinezen onder leiding van een opzichter, die van hetzelfde ras was maar hen als slaven behandelde en hen uitbetaalde in kliekjes. Ze droegen een bundel op hun rug en laarzen in de hand, want ze waren gewend lichte schoenen te dragen en verdroegen het gewicht niet aan hun voeten. Het waren zuinige mensen, ze leefden van niets en gaven zo weinig mogelijk uit, ze kochten de laarzen te groot omdat ze dachten dat die meer waard waren en stonden versteld toen ze zagen dat ze even duur waren als de allerkleinste. Eliza's instinct om het gevaar te ontwijken raakte sterk ontwikkeld. Ze leerde bij de dag te leven zonder plannen te maken, zoals Tao Chi'en haar had aangeraden. Ze dacht dikwijls aan hem en schreef hem vaak, maar ze kon hem de brieven slechts sturen wanneer ze in een dorp kwam met een postdienst naar Sacramento. Het was als berichten in flessen de zee in gooien, want ze wist niet of hij nog in die stad woonde en het enige zekere adres dat ze had, was dat van het Chinese restaurant. Als daar haar brieven aankwamen, zouden ze hem die ongetwijfeld geven.

Ze vertelde hem over het luisterrijke landschap, de hitte en de dorst, de bergen met voluptueuze welvingen, de dikke eiken en ranke pijnbomen, de ijskoude rivieren met zulk helder water dat je het goud in hun beddingen kon zien schitteren, de wilde ganzen die snaterden in de lucht, de herten en de grote beren, over het ruwe leven van de goudzoekers en de luchtspiegeling van het snelle fortuin. Ze vertelde hem wat ze allebei al wisten: dat het de moeite niet waard was het leven te verdoen met het najagen van een geel poeder. En ze voorzag het antwoord van Tao: dat het evenmin zin had het te verdoen met het najagen van een denkbeeldige liefde,

307

maar ze zette haar reis voort omdat ze niet kon stoppen. Joaquín Andieta begon te vervagen, haar goede geheugen slaagde er niet in de gelaatstrekken van de geliefde duidelijk voor de geest te halen, ze moest de liefdesbrieven herlezen om er zeker van te zijn dat hij echt bestaan had, dat ze elkaar bemind hadden en dat de nachten in de kamer met de kleerkasten niet een verzinsel van haar verbeelding waren. Aldus blies ze de zoete kwelling van de eenzame liefde nieuw leven in. Ze beschreef Tao Chi'en de mensen die ze onderweg leerde kennen, de massa's Mexicaanse immigranten die in Sonora gevestigd waren, het enige dorp waar kinderen op straat rondrenden, de eenvoudige vrouwen die haar opnamen in hun huizen van adobe zonder te vermoeden dat zij een van hen was, de duizenden jonge Amerikanen die die herfst naar de goudbeddingen kwamen, na het continent over land te zijn overgestoken van de Atlantische kust naar die van de Stille Oceaan. Het aantal nieuwkomers werd op veertigduizend geschat, allemaal van plan om in een oogwenk rijk te worden en zegevierend terug te keren naar hun dorp. Ze werden de *forty-niners* genoemd, een naam die populair werd en ook werd aangenomen door hen die ervoor of erna arriveerden. In het oosten bleven hele dorpen achter zonder mannen, waar alleen vrouwen, kinderen en gevangenen woonden.

'Ik zie weinig vrouwen in de mijnen, maar er zijn er een aantal met genoeg lef om hun mannen te vergezellen in dit hondenleven. Kinderen sterven door epidemieën of ongelukken, zij begraven ze, treuren om ze en werken weer van zonsopgang tot zonsondergang om te verhinderen dat de barbaarsheid elk teken van fatsoen wegvaagt. Ze trekken hun rokken op en gaan het water in om goud te zoeken, maar sommigen ontdekken dat andermans kleren wassen of koekjes bakken en verkopen rendabeler is, zo verdienen ze meer in een week dan hun partners die zich een maand lang krom werken op de goudwasserijen. Een alleenstaande man betaalt met alle plezier tien keer zoveel voor een door vrouwenhanden gekneed brood; als ik als Elías Andieta gekleed hetzelfde probeer, geven ze me amper een paar centen, Tao. De mannen zijn in staat vele mijlen te lopen om een vrouw van dichtbij te zien. Een meisje dat tegenover een bar zit te zonnen, heeft binnen een paar minuten een verzameling buideltjes met goud op haar knieën liggen, een geschenk van mannen die zich vergapen aan de bekoring van een rok. En de prijzen stijgen nog altijd, de gouddelvers worden steeds armer en de kooplieden steeds rijker. Op een wanhopig moment betaalde ik een dollar voor een ei en at het rauw met een scheut cognac, zout en peper, zoals Mama Fresia me geleerd heeft: een feilloos middel tegen treurigheid. Ik heb een jongen uit Georgië leren kennen, een stumperd die lijdt aan aanvallen van waanzin, maar ze zeggen dat hij niet altijd zo geweest is. Begin dit jaar ontdekte hij een goudader en schraapte met een lepel negenduizend dollar van de rotsen, maar verloor ze in één middag met monte spelen. Ach, Tao, je kunt je niet voorstellen hoe graag ik me zou wassen, thee zou zetten en met jou zou gaan zitten praten. Ik zou het fijn vinden een schone jurk aan te trekken en de oorbellen in te doen die Miss Rose me gegeven heeft, zodat je me eens mooi zou zien en niet denkt dat ik een manwijf ben. Ik schrijf in mijn dagboek op wat me overkomt, zo zal ik je de details kunnen vertellen wanneer we elkaar zien, want daar ben ik in elk geval zeker van, op een dag zullen we weer samen zijn. Ik denk aan Miss Rose en hoe kwaad ze op me moet zijn, maar ik kan haar niet schrijven voordat ik Joaquín vind, want tot dan toe mag niemand weten waar ik ben. Als Miss Rose zou weten welke dingen ik heb gezien en gehoord, zou ze sterven. Dit is het land van de zonde, zou Mr. Sommers zeggen, hier zijn geen moraal of wetten, hier heersen de verslavingen aan het spel, de drank en de bordelen, maar voor mij is dit land een onbeschreven blad, hier kan ik mijn nieuwe leven schrijven, worden wie ik zijn wil, niemand kent me behalve jij, niemand kent mijn verleden, ik kan opnieuw geboren worden. Hier zijn geen heren en bedienden, alleen maar werklieden. Ik heb voormalige slaven gezien die genoeg goud bij elkaar hebben verdiend om dagbladen, scholen en kerken te financieren voor hun rasgenoten, vanuit Californië strijden ze tegen de slavernij. Ik heb er een leren kennen die zijn moeder vrijkocht; de arme vrouw kwam ziek en oud geworden aan, maar verdient nu zoveel ze wil met de verkoop van eten, ze heeft een rancho gekocht en gaat op zondag in zijde gekleed in een koets met vier paarden naar de kerk. Weet je hoeveel zwarte matrozen van de schepen gedeserteerd zijn, niet alleen vanwege het goud, maar omdat ze hier een unieke vorm van vrijheid vinden? Ik herinner me de Chinese slavinnen die je me in San Francisco aanwees met hun gezicht achter tralies, ik kan ze niet vergeten, ze kwellen me als geesten. In deze contreien is het leven van prostituees ook keihard, sommige plegen zelfmoord. De mannen staan uren te wachten om respectvol de nieuwe onderwijzeres te begroeten, maar de meisjes in de saloons behandelen ze slecht. Weet je hoe ze hen noemen? Bezoedelde duifjes. En ook de indianen plegen zelfmoord, Tao. Ze worden overal verdreven, ze lopen hongerig en vertwijfeld rond. Niemand neemt ze in dienst, en vervolgens worden ze ervan beschuldigd landlopers te zijn en geketend voor dwangarbeid. Burgemeesters betalen vijf dollar per dode indiaan, ze worden voor de lol gedood en soms gescalpeerd. Er zijn een hoop gringo's die die trofeeën verzamelen en ze aan hun zadel hangen om ermee te pronken. Je zult het prettig vinden om te weten dat er Chinezen zijn die bij de indianen zijn gaan wonen. Ze gaan ver weg, naar de bossen in het noorden, waar nog gejaagd wordt. Er zijn nog maar weinig buffels op de prairies, zeggen ze.'

Eliza ging zonder geld en met honger van het gevecht met de beer weg; ze had sinds de vorige dag niet gegeten en besloot dat ze nooit meer met een lege maag haar spaargeld zou verwedden. Toen ze niets meer had om te verkopen, wist ze een paar dagen lang niet hoe ze moest overleven, tot ze op zoek ging naar werk en ontdekte dat de kost verdienen makkelijker was dan verwacht, in elk geval te verkiezen boven de opgave iemand te vinden die de rekeningen zou betalen. Zonder een man die haar beschermt en onderhoudt, is een vrouw verloren, had Miss Rose er bij haar ingehamerd, maar ze kwam erachter dat dat niet altijd zo was. In haar rol van Elías Andieta vond ze werk dat ze ook in vrouwenkleding zou kunnen doen. Werken als dagloner of koeherder was onmogelijk, ze kon geen gereedschap of lasso hanteren en had de kracht niet om een spade op te tillen of een jong rund omver te halen, maar er lagen andere werkzaamheden binnen haar mogelijkheden. Die dag nam ze haar toevlucht tot de pen, zoals ze vroeger zo vaak gedaan had. Het idee om brieven te schrijven was een goede raad van haar vriend de postbode. Als ze het niet in een kroeg kon doen, spreidde ze haar Castiliaanse deken uit midden op een plein met de inktpot en het papier erop, waarna ze luidkeels reclame maakte voor haar vak. Veel goudzoekers konden met moeite vloeiend lezen of hun naam schrijven, ze hadden nog nooit in hun leven een brief geschreven, maar allemaal wachtten ze met ontroerende verbetenheid op de post, het was het enige contact met de ver weg wonende familie. De stoomschepen van de Pacific Mail kwamen om de twee weken met zakken correspondentie in San Francisco aan en zodra ze zich aftekenden aan de horizon, snelden de mensen toe om voor het postkantoor in de rij te gaan staan. De beambten deden er tien tot twaalf uur over om de inhoud van de zakken te sorteren, maar het kon niemand schelen een hele dag te wachten. Vanaf daar tot de mijnen deed de correspondentie er nog verscheidene weken langer over. Eliza bood haar diensten aan in het Engels en Spaans, ze las de brieven voor en beantwoordde ze. Als de klant slechts twee beknopte zinnen kon

311

bedenken waarin hij aangaf dat hij nog leefde en de groeten deed aan zijn familie, ondervroeg zij hem geduldig en voegde er een bloemrijker verhaal van ten minste een bladzijde aan toe. Ze vroeg twee dollar per brief, zonder naar de lengte te kijken, maar als ze er gevoelige zinnen in zette waar de man zelf nooit op gekomen was, kreeg ze meestal een goede fooi. Sommigen brachten haar brieven om ze voor te lezen en die verfraaide ze ook een beetje, zo kreeg de arme stakker troost uit een paar liefdevolle woorden. De vrouwen, die het moe waren om aan de andere kant van het continent te zitten wachten, schreven doorgaans alleen maar jammerklachten, verwijten of een hele reeks christelijke raadgevingen, zonder eraan te denken dat hun mannen ziek waren van eenzaamheid. Op een droevige maandag kwam een sheriff haar opzoeken om haar de laatste woorden van een ter dood veroordeelde gevangene te laten opschrijven, een jongen uit Wisconsin die ervan verdacht werd diezelfde ochtend een paard te hebben gestolen. Onverstoorbaar, ondanks zijn amper negentien jaren, dicteerde hij Eliza: 'Lieve mama, ik hoop dat het goed met u gaat wanneer u dit bericht ontvangt en zeg tegen Bob en James dat ze me vandaag gaan ophangen. Groeten, Theodore.' Eliza probeerde de boodschap enigszins te verzachten, om de ongelukkige moeder een hartstilstand te besparen, maar de sheriff zei dat er geen tijd was voor geslijm. Minuten later brachten verscheidene eerbare burgers de veroordeelde naar het centrum van het dorp, zetten hem op een paard met een touw om zijn nek, legden het andere uiteinde over de tak van een eik, gaven vervolgens het beest een slag op het achterwerk en Theodore bleef gewoonweg hangen. Het was niet de eerste die Eliza zag. Dit was tenminste nog een snelle straf, maar als de verdachte van een ander ras was, werd hij gewoonlijk voor de executie gegeseld, en hoewel ze ver uit de buurt ging, bleven het geschreeuw van de veroordeelde en het tumult van de toeschouwers haar nog wekenlang achtervolgen.

Die dag maakte ze aanstalten om in de bar te vragen of ze er haar schrijfhandeltje mocht vestigen, toen een hels kabaal haar aandacht trok. Juist toen het publiek uit het berengevecht kwam, reden door de enige straat van het dorp door muilezels voortgetrokken wagens binnen, voorafgegaan door een indianenjongetje dat op een trom sloeg. Het waren geen gewone voertuigen, de wagenzeilen waren beschilderd, aan de daken hingen franjes, pompons en lampions, de muilezels waren getooid als circusdieren en werden begeleid door een onmogelijk gerinkel van koperen koebellen. Op de bok van de eerste kar zat een struise vrouw met overdreven borsten, in mannenkleding en met een boekanierspijp tussen haar tanden. De tweede wagen werd door een enorme, in versleten wolvenvellen gehulde kerel bestuurd, met een kaalgeschoren hoofd, ringen in zijn oren en gewapend alsof hij op het oorlogspad was. Elke wagen had een oplegger, waarin de rest van de groep reisde, vier in vaal fluweel en flets brokaat uitgedoste jonge vrouwen die kusjes wierpen naar de verraste menigte. De verbazing was maar van korte duur; zodra ze de woonwagens herkenden, bracht een salvo van geschreeuw en schoten in de lucht leven in de middag. Tot dan toe hadden de bezoedelde duifjes geregeerd zonder vrouwelijke concurrentie, maar de situatie veranderde toen de eerste families en de predikanten zich vestigden in de nieuwe dorpen, die het geweten wakker schudden met dreigingen van eeuwige verdoemenis. Bij gebrek aan tempels organiseerden ze religieuze diensten in dezelfde saloons waar de zonden hoogtij vierden. De drankverkoop werd voor een uur gestaakt, de stokken kaarten werden weggestopt en de zinnelijke schilderijen werden omgedraaid, terwijl de mannen van de dominee vermaningen kregen voor hun ketterij en losbandigheden. Op het balkon op de tweede verdieping lieten de straatmadeliefjes het gelaten over zich heen komen, met de troost dat alles een uur later weer zijn gewone gang zou gaan. Zolang de handel niet terugliep, maakte het weinig uit of de mensen die hun betaalden om ontucht te plegen, hen er later van beschuldigden de betaling in ontvangst te hebben genomen, alsof het niet hun eigen ondeugd was, maar die van degenen die hen in de verleiding brachten. Zo werd er een duidelijke grens getrokken tussen de fatsoenlijke vrouwen en de lichtzinnige. Het moe de autoriteiten om te kopen en de vernederingen te ondergaan, vertrokken sommigen met hun hutkoffers naar elders, waar de cyclus zich vroeg of laat herhaalde. Het idee van een rondreizende dienst had als voordeel dat het de belaging van echtgenotes en religieuzen vermeed, bovendien strekte de horizon zich uit tot de meest afgelegen gebieden, waar het dubbele verdiend werd. Met mooi weer liep de handel uitstekend, maar de winter stond al voor de deur, spoedig zou er sneeuw vallen en zouden de wegen onbegaanbaar worden; dit was een van de laatste reizen van de karavaan.

De wagens reden door de straat en stopten aan de rand van het dorp, gevolgd door een stoet van door de alcohol en het berengevecht overmoedig geworden mannen. Ook Eliza liep in die richting om de nieuwigheid van dichtbij te zien. Ze besefte dat ze te weinig klanten zou krijgen voor haar brievendienst, ze moest een andere manier vinden om haar brood te verdienen. Profiterend van het feit dat de lucht was opgeklaard, boden diverse vrijwilligers zich aan om de muilezels uit te spannen en te helpen een toegetakelde piano uit te laden, die ze op het gras zetten op bevel van de madam, die iedereen kende onder de fijnzinnige naam Joe de Bottenbreker. In een handomdraai maakten ze een stuk grond vrij, zetten tafels neer en als bij toverslag verschenen er flessen rum en stapels ansichtkaarten van spiernaakte vrouwen. En ook twee kisten met goedkoop uitgegeven boeken, die werden aangeprezen als 'slaapkamerromances met de heetste scènes uit Frankrijk'. Ze werden voor tien dollar verkocht, een weggeefprijs, want daarmee konden ze zo vaak ze wilden opgewonden raken en ze bovendien aan hun vrienden uitlenen; ze waren veel lonender dan een echte vrouw, legde de Bottenbreker uit, en om het te bewijzen las ze een alinea voor waarnaar het publiek in doodse stilte luisterde, alsof het een profetische openbaring betrof. Het einde van de lezing werd ontvangen met een koor van luid gelach en grappen en binnen een paar minuten lag er geen boek meer in de kisten. Intussen was de avond gevallen en ze moesten het feest met fakkels verlichten. De madam maakte de buitensporige prijs van de rum bekend, dansen met de meisjes kostte echter maar een kwart daarvan. Is er iemand die op die vervloekte piano kan spelen? Toen kwam Eliza, wier buik rammelde, zonder aarzelen naar voren en ging achter het ontstemde instrument zitten, Miss Rose aanroepend. Ze had tien maanden niet gespeeld en had geen goed gehoor, maar het jarenlange oefenen met de metalen staaf en het ritmisch klappen van haar Belgische leraar kwamen haar van pas. Ze zette een van de schelmenliederen in van Miss Rose en haar broer, de kapitein, ze zongen vaak een duet in de onschuldige tijden van de muziekavonden, voordat een speling van het lot haar wereld op zijn kop zette. Verbaasd stelde ze vast hoe goed haar stuntelige uitvoering ontvangen werd. Binnen twee minuten dook er een eenvoudige viool op om haar te begeleiden, kwam het dansen op gang en sleepten de mannen de vier vrouwen mee om over de geïmproviseerde dansvloer te hollen en te draven. De griezel met de wolvenvellen nam Eliza's hoed af en legde die met zo'n gedecideerd gebaar op de piano dat niemand hem durfde te negeren en de hoed al snel gevuld was met fooien.

Een van de wagens werd gebruikt voor allerlei doeleinden en als slaapruimte voor de madam en haar pleegzoon, het jongetje met de trom; in een andere reisden, op elkaar gestouwd, de overige vrouwen, en de twee aanhangwagens waren tot slaapruimtes omgebouwd. Elk van die met kleurige doeken beklede aanhangwagens had een hemelbed met een halfsleets muskietennet, een spiegel met vergulde lijst, wasgerei en een aardewerken lampetkom, verschoten en enigszins door de motten aangevreten, maar nog kleurige Perzische tapijten en kandelaars met grote kaarsen ter verlichting. Deze theaterachtige decoratie vrolijkte de klanten op, en leidde de aandacht af van het stof van de wegen en de onttakeling door het gebruik. Terwijl twee van de vrouwen op de muziek dansten, voerden de andere twee in allerijl hun negotie naar de woonwagens. De madam, met tovervingers voor het kaartspel, hield de speeltafels, haar plicht de diensten van haar hoeren vooruitbetaald te innen, de verkoop van de rum en het aansporen van de braspartij goed in de gaten, voortdurend met de pijp tussen haar tanden. Eliza speelde de liedjes die ze uit het hoofd kende en wanneer haar repertoire was uitgeput, begon ze opnieuw met het eerste, zonder dat iemand de herhaling opmerkte, totdat haar blik vertroebelde van vermoeidheid. Toen hij zag dat ze verzwakte, kondigde de kolos een pauze aan, pakte het geld uit de hoed en stopte het bij de pianiste in de zakken, waarna hij haar aan de arm meenam en zo ongeveer zwevend naar de eerste wagen bracht, waar hij haar een glas rum in de hand stopte. Zij weigerde het met een lusteloos gebaar, het opdrinken met een lege maag zou hetzelfde zijn als een slag met een knuppel vol in de nek; daarop begon hij te snuffelen tussen de chaos van kisten en bakken en haalde een brood en een paar stukken ui te voorschijn, die zij bevend van de trek aanviel. Toen ze die verslonden had, richtte ze haar blik op en bevond zich tegenover de vent met de huiden die haar vanaf zijn geweldige hoogte stond te bekijken. Een onschuldige glimlach met de witste en rechtste tanden van de wereld deed hem stralen.

'Je hebt een vrouwengezicht,' zei hij en ze sprong op.

'Ik heet Elías Andieta,' wierp ze tegen, terwijl ze met haar hand naar haar pistool ging alsof ze bereid was haar mannennaam met geweld te verdedigen.

'Ik ben Babalú, de Slechte.'

'Is er dan een goede Babalú?'

'Die was er.'

'Wat is er met hem gebeurd?'

'Hij kwam mij tegen. Waar kom je vandaan, jongen?'

'Uit Chili. Ik ben op zoek naar mijn broer. Hebt u Joaquín Andieta ooit horen noemen?'

'Ik heb van niemand gehoord. Maar als jouw broer zijn ballen op de goede plaats heeft zitten, zal hij ons vroeg of laat komen opzoeken. Iedereen kent de meisjes van Joe de Bottenbreker.'

Zaken

Kapitein John Sommers legde de *Fortuna* voor anker in de baai van San Francisco, op voldoende afstand van de wal zodat geen enkele held het lef zou hebben het water in te duiken en naar de kust te zwemmen. Hij had de bemanning gewaarschuwd dat het koude water en de stromingen hen in minder dan twintig minuten om zeep zouden helpen, voor het geval de haaien dat niet deden. Het was zijn tweede reis met ijs en hij voelde zich zelfverzekerder. Alvorens de zeeengte van de Golden Gate binnen te varen, liet hij verscheidene vaten rum openen en verdeelde die gul onder de matrozen, en toen ze dronken waren, haalde hij twee pistolen uit de holsters en dwong ze op hun buik op de grond te gaan liggen. De eerste stuurman ketende ze vast met voetboeien, tot ontsteltenis van de in Valparaíso ingescheepte passagiers, die het tafereel op het eerste dek gadesloegen zonder te weten wat er in godsnaam gebeurde. Intussen hadden de gebroeders Rodríguez de Santa Cruz vanaf de kade een flottielje sloepen gestuurd om de passagiers en de waardevolle vracht van het stoomschip aan wal te brengen. De bemanning zou worden vrijgelaten om het anker te lichten op het moment van terugkeer, na meer drank en een bonus van tweemaal hun loon in echte gouden en zilveren muntstukken te hebben ontvangen. Dat woog niet op tegen het feit dat ze niet landinwaarts konden verdwijnen op zoek naar mijnen,

zoals ze bijna allemaal van plan waren, maar het was tenminste een troost. Dezelfde methode had hij toegepast bij de
eerste reis, met uitstekend resultaat; hij ging er prat op een
van de weinige koopvaardijschepen te hebben die niet in de
waanzin van het goud verlaten waren. Niemand durfde die
Engelse piraat te tarten, die zoon van de moederhoer en van
Francis Drake, zoals ze hem noemden, want er was geen twijfel over mogelijk dat hij in staat was zijn donderbussen leeg
te schieten op de eerste de beste die in opstand kwam.

Op de steigers in San Francisco werden de door Paulina uit
Valparaíso verzonden producten opgestapeld: verse eieren en
kaas, groenten en fruit uit de Chileense zomer, boter, cider,
vis en zeevruchten, vleeswaren van de hoogste kwaliteit, rundvlees en allerlei soorten gevuld en gekruid, panklaar gevogel-
te. Paulina had de nonnen opgedragen koloniale puddinggebakjes en tompoezen te maken, en de populairste gerechten
uit de creoolse keuken, die ingevroren in de laadruimen met
blauw ijs meegekomen waren. De eerste zending vloog er binnen drie dagen uit met zo'n verbazingwekkende winst dat de
broers hun andere zaken verwaarloosden om zich te richten
op het wonder van het ijs. De brokken ijsschots smolten geleidelijk tijdens het varen, maar er bleef veel over en de kapitein was van plan het op de terugweg in Panama tegen een
woekerprijs te verkopen. Het was onmogelijk het verplette-
rende succes van de eerste reis stil te houden en het nieuws
dat een stel Chilenen met stukken gletsjer aan boord voeren,
ging als een lopend vuurtje rond. Spoedig werden er' vennootschappen opgericht om hetzelfde te doen met ijsbergen
uit Alaska, maar het bleek onmogelijk bemanning en verse
producten te krijgen om met die uit Chili te concurreren en
Paulina kon haar intensieve handel zonder mededingers
voortzetten, terwijl ze een tweede stoomschip kocht om de
onderneming uit te breiden.

Ook de kisten erotische boeken van kapitein Sommers werden in een oogwenk verkocht, zij het onder een dekmantel

van geheimhouding en zonder door de handen van de gebroeders Rodríguez de Santa Cruz te gaan. De kapitein moest koste wat het kost voorkomen dat er deugdzame stemmen opgingen zoals in andere steden gebeurd was, toen de censuur ze in beslag nam omdat ze immoreel waren en ze op publieke brandstapels eindigden. In Europa waren ze heimelijk in omloop in luxe-edities bij deftige heerschappen en verzamelaars, maar de grootste winsten werden behaald met uitgaven voor gewoon gebruik. Ze werden in Engeland gedrukt, waar ze clandestien voor een paar centen werden aangeboden, maar in Californië kreeg de kapitein er vijftig keer de waarde voor. Gezien het enthousiasme voor dat soort literatuur kreeg hij het idee er illustraties in te zetten, want de meeste gouddelvers lazen alleen de krantenkoppen. De nieuwe uitgaven werden in Londen reeds gedrukt met platvloerse, maar expliciete tekeningen, het enige waar het uiteindelijk om draaide.

Diezelfde avond at John Sommers, gezeten in de salon van het beste hotel in San Francisco, met de gebroeders Rodríguez de Santa Cruz, die zich in een paar maanden tijd weer als gentlemen waren gaan kleden. Er was niets meer over van de ruige holbewoners die maanden daarvoor naar goud zochten. Het fortuin lag daar, in zuivere transacties die ze in donzige hotelzetels met een whisky in de hand konden afsluiten, als beschaafde mensen en niet als boerenkinkels, zeiden ze. Bij de vijf Chileense mijnwerkers die ze eind 1848 hadden gehaald, hadden zich tachtig dagloners van het platteland gevoegd, eenvoudige en onderdanige mensen die niets wisten van mijnen, maar snel leerden, bevelen opvolgden en niet in opstand kwamen. De broers lieten ze werken aan de oevers van de Río Americano onder gezag van trouwe opzichters, terwijl zij zich wijdden aan transport en handel. Ze kochten twee vaartuigen voor de oversteek van San Francisco naar Sacramento en tweehonderd muilezels om handelswaar naar de goudwasserijen te vervoeren, die ze rechtstreeks zonder tussenkomst van winkels verkochten. De gevluchte slaaf, die eerst lijfwacht was, bleek een uitblinker te zijn in getallen en deed nu de boekhouding, eveneens gekleed als hoge heer en met een glas en een sigaar in de hand, ondanks tegensputteren van de gringo's, die amper zijn huidskleur accepteerden maar voor wie er niets anders op zat dan zaken met hem te doen.

'Uw vrouw laat weten dat ze bij de volgende reis van de *Fortuna* meekomt met de kinderen, de kindermeisjes en de hond. Ze zegt dat u moet gaan bedenken waar ze zich kunnen huisvesten, want ze is niet van plan in een hotel te gaan wonen,' rapporteerde de kapitein aan Feliciano Rodríguez de Santa Cruz.

'Wat een absurd plan! De goudexplosie zal ineens afgelopen zijn en deze stad wordt weer eenzelfde gat als twee jaar geleden. Er zijn al tekenen dat er minder van het mineraal is, de vondsten van klompen als grote keien zijn voorbij. En wie kan Californië iets schelen wanneer het op is?'

'Toen ik voor het eerst kwam, leek dit een vluchtelingenkamp, maar het is een stad geworden die er mag wezen. Eerlijk gezegd denk ik niet dat hij in een zucht weer verdwijnt, het is de poort naar het Westen vanaf de Stille Oceaan.'

'Dat zegt Paulina in haar brief.'

'Volg de raad van je vrouw op, Feliciano, ze heeft er echt oog voor,' onderbrak zijn broer hem.

'Ze is bovendien niet te stuiten. De volgende reis komt ze met me mee. Laten we niet vergeten dat zij de eigenares is van de *Fortuna*,' glimlachte de kapitein.

Ze kregen verse oesters uit de Stille Oceaan geserveerd, een van de weinige gastronomische luxes in San Francisco, en met amandel en ingemaakte peertjes gevulde tortelduif uit Paulina's lading, die het hotel meteen opgekocht had. De rode wijn was eveneens uit Chili afkomstig en de champagne uit Frankrijk. Het nieuws over de aankomst van de Chilenen met het ijs was rondgegaan en alle restaurants en hotels in de stad vulden zich met klanten die stonden te popelen om zichzelf te trakteren op de verse heerlijkheden voordat ze uitverkocht waren. Ze waren de sigaren aan het aansteken voor bij de koffie en de cognac, toen John Sommers een dreun op zijn schouder voelde waarmee bijna zijn glas omging. Toen hij zich omdraaide, zag hij Jacob Todd tegenover zich, die hij al meer dan drie jaar niet gezien had, nadat hij hem in Engeland arm en vernederd aan wal gezet had. Het was de laatste persoon die hij verwachtte te zien en hij deed er even over om hem te herkennen, want de nepzendeling van voorheen leek een karikatuur van een yankee. Hij had haar en gewicht verloren, twee lange bakkebaarden omlijstten zijn gezicht, hij droeg een enigszins krap zittend geruit pak, slangenleren laarzen en een niet bijpassende witte hoed uit Virginia; ook staken er potloden, notitieboekjes en stukken krant uit de vier zakken van zijn colbert. Ze omhelsden elkaar als oude kameraden. Jacob Todd was vijf maanden in San Francisco en schreef krantenartikelen over de goudkoorts, die geregeld in Engeland en ook in Boston en New York gepubliceerd werden. Hij was gearriveerd dankzij de edelmoedige bemiddeling van Feliciano Rodríguez de Santa Cruz, die de wederdienst die hij de Engelsman verschuldigd was, altijd in zijn achterhoofd gehouden had. Als rechtgeaarde Chileen vergat hij nooit een gunst – evenmin als een belediging – en toen hij over zijn ellende in Engeland hoorde, stuurde hij hem geld, een ticket en een bericht waarin hij uitlegde dat Californië de verste plek was waar je heen kon gaan voordat je via de andere kant weer terugging. In 1845 was Jacob Todd met hernieuwde gezondheid en vol energie van het schip van kapitein John Sommers gegaan, bereid het beschamende incident in Valparaíso te vergeten en zich met hart en ziel te wijden aan het vestigen van de utopische commune in zijn land, waarvan hij zo lang gedroomd had. Hij had zijn dikke notitieboek bij zich, vol aantekeningen en vergeeld door het gebruik en de zeelucht. De commune was tot in het kleinste detail bestudeerd en voorbereid, hij wist zeker dat veel jongeren – ouderen waren niet van belang – hun vervelende bestaan achter zich zouden laten om zich aan te sluiten bij de volmaakte broederschap van vrije mannen en vrouwen, in een systeem van absolute gelijkheid, zonder autoriteiten, politie of religie. De potentiële kandidaten voor het experiment bleken veel trager van begrip dan hij verwacht had, maar na een aantal maanden had hij er twee of drie die bereid waren het te proberen. Er ontbrak alleen nog een mecenas om het kostbare project te financieren; er was een groot gebied vereist, want de commune wilde ver van de dwalingen van de wereld leven en moest in alle eigen behoeften voorzien. Todd had gesprekken aangeknoopt met een enigszins gestoorde lord, die over een enorm landgoed in Ierland beschikte, toen het gerucht over het schandaal in Valparaíso Londen bereikte en hem als een fanatieke hond zonder hem op adem te laten komen opjaagde. Ook daar werden de deuren voor hem gesloten en raakte hij zijn vrienden kwijt, de volgelingen en de edelman wezen hem af en de utopische droom ging naar de bliksem. Opnieuw probeerde Jacob Todd troost te vinden in de alcohol en weer zwolg hij in de modderpoel van slechte herinneringen. Hij leefde als een rat in een miserabel pension, toen de reddende boodschap van zijn vriend kwam. Hij dacht er geen twee keer over na. Hij veranderde zijn achternaam en scheepte zich in voor de Verenigde Staten, van plan een nieuw en schitterend leven te beginnen. Zijn enige doel was de schaamte te verdringen en in anonimiteit te leven tot de gelegenheid zich zou voordoen zijn romantische project nieuw leven in te blazen. Het belangrijkste was een baan vinden; zijn toelage was lager geworden en de gelukzalige tijden van nietsdoen kwamen ten einde. Bij aankomst in New York bood hij zich aan bij twee kranten als correspondent in Californië en daarna maakte hij via de landengte van Panama de reis naar het Westen, want hij had de moed niet via de Straat van Magallanes te gaan en weer in Valparaíso te komen, waar het schandaal hem nog ongerept wachtte en de beeldschone Miss Rose zijn bezoedelde naam opnieuw zou horen. In Californië hielp zijn vriend Feliciano Rodríguez de Santa Cruz hem zich te vestigen en werk te vinden bij het oudste dagblad van San Francisco. Jacob Todd, nu veranderd in Jacob Freemont, ging voor het eerst in zijn leven werken en ontdekte tot zijn eigen stomme verbazing dat hij het leuk vond om te doen. Hij reisde door het gebied, schrijvend over elke kwestie die zijn aandacht trok, inclusief de moordpartijen onder de indianen, de immigranten die uit alle hoeken van de aarde afkomstig waren, de tomeloze speculatie van handelaren, de snelle rechtspraak van de goudgravers en de alom heersende verdorvenheid. Een van zijn reportages kostte hem bijna het leven. Hij beschreef in verzachtende bewoordingen, maar volkomen duidelijk, de manier waarop sommige speelholen werkten met gemerkte dobbelstenen, ingevette kaarten, aangelengde drank, drugs, prostitutie en de praktijk vrouwen met alcohol te vergiftigen tot ze bewusteloos raakten, om voor een dollar het recht te verkopen ze te verkrachten aan alle mannen die aan het vermaak wensten deel te nemen. 'Dit alles met steun van de autoriteiten zelf, die dergelijke dwalingen zouden moeten bestrijden,' schreef hij als conclusie. Gangsters, de politiecommissaris en politici vielen over hem heen, hij moest twee maanden van het toneel verdwijnen tot de gemoederen zouden bedaren. Ondanks de aanvaring verschenen zijn artikelen met regelmaat en was hij een gerespecteerde stem aan het worden. Zoals hij tegen zijn vriend John Sommers zei: op zoek naar anonimiteit vond hij beroemdheid.

Na het diner nodigde Jacob Freemont zijn vrienden uit voor de voorstelling van de dag: een Chinese naar wie je mocht kijken, maar die je niet mocht aanraken. Ze heette Ah Toy en was met haar man aan boord van een klipper gegaan, een koopman op gevorderde leeftijd die zo smaakvol was geweest op volle zee te sterven en haar in vrijheid achter te laten. Zij verspilde geen tijd aan weduwengejammer en om de rest van de overtocht tot een plezier te maken, werd ze de minnares van de kapitein, die een vrijgevig man bleek. Toen ze in San Francisco oogverblindend en rijk geworden van boord ging, merkte ze de wellustige blikken op die haar volgden en ze kreeg het briljante idee er geld voor te vragen. Ze huurde twee kamers, maakte gaten in de tussenwand en verkocht voor een ounce goud het voorrecht naar haar te kijken. Goedgemutst liepen de vrienden achter Jacob Freemont aan en voor een paar dollar smeergeld mochten ze de rij overslaan en als eerste naar binnen gaan. Ze werden naar een kleine, van tabaksrook verzadigde ruimte gebracht, waar een twaalftal mannen zich verdrong met de neus tegen de muur gedrukt. Ze gingen voor de onhandige gaatjes staan, voelden zich als belachelijke scholieren, en zagen in de andere kamer een beeldschone jonge vrouw, gekleed in een zijden kimono die aan weerskanten van het middel tot de voeten open was. Daaronder droeg ze niets. De toeschouwers brulden bij elke trage beweging die een deel van haar fijne lichaam onthulde. John Sommers en de broers Rodríguez de Santa Cruz lagen dubbel van het lachen en konden niet geloven dat de behoefte aan vrouwen zo nijpend was. Daar scheidden zich hun wegen en gingen de kapitein en de journalist nog een laatste glas drinken. Na te hebben geluisterd naar het verslag van de reizen en avonturen van Jacob, besloot de kapitein hem in vertrouwen te nemen.

'Kent u Eliza nog, het meisje dat bij mijn broer en zus woonde in Valparaíso?'

'Jazeker.'

'Ze is bijna een jaar geleden uit huis gevlucht en ik heb goede redenen om te denken dat ze in Californië is. Ik heb geprobeerd haar te vinden, maar niemand heeft van haar of iemand die aan haar signalement beantwoordt gehoord.'

'De enige vrouwen die hier alleen zijn aangekomen, zijn prostituees.'

'Ik weet niet hoe ze gekomen is, als ze dat al gedaan heeft. Het enige gegeven is dat ze vertrokken is op zoek naar haar geliefde, een jonge Chileen met de naam Joaquín Andieta...'

'Joaquín Andieta! Die ken ik, ik was met hem bevriend in Chili.'

'Hij is op de vlucht voor justitie. Hij wordt van diefstal beschuldigd.'

'Dat geloof ik niet. Andieta was een zeer eervolle jongeman. Hij had eigenlijk zoveel trots en eergevoel dat het moeilijk was dicht bij hem te komen. En u vertelt me dat Eliza en hij verliefd op elkaar waren?'

'Ik weet alleen dat hij in december 1848 is ingescheept naar Californië. Twee maanden later is het meisje verdwenen. Mijn zus denkt dat ze Andieta gevolgd is, hoewel ik me niet kan voorstellen hoe ze dat gedaan heeft zonder sporen achter te laten. Aangezien u actief bent bij de kampementen en de dorpen in het noorden, kunt u misschien iets te weten komen...'

'Ik zal doen wat ik kan, kapitein.'

'Mijn broer en zus en ik zullen u eeuwig dankbaar zijn, Jacob.'

Eliza Sommers bleef bij de karavaan van Joe de Bottenbreker, waar ze piano speelde en de helft van de fooien aan de madam afstond. Ze kocht een liedboek met Amerikaanse muziek en een met Latijns-Amerikaanse om de avonden op te vrolijken, en in de talrijke vrije uren leerde ze het indianenjongetje lezen, hielp ze bij de vele dagelijkse taken en kookte ze. Zoals de lui van de zang- en dansgroep zeiden: nooit hadden ze zo goed gegeten. Uit de gebruikelijke voorraad gedroogd vlees, bonen en spek bereidde ze verrukkelijke gerechten die in het enthousiasme van het moment gecreëerd werden; ze kocht Mexicaanse kruiden en voegde die met heerlijk resultaat toe aan de Chileense recepten van Mama Fresia; ze maakte taarten met als enige ingrediënten vet, meel en ingemaakt fruit, maar als ze eieren en melk kon krijgen, steeg haar inspiratie tot hemelse, gastronomische hoogtepunten. Babalú, de Slechte, was er geen voorstander van dat mannen kookten, maar hij was de eerste om de feestmalen van de jonge pianist te verslinden en besloot zijn sarcastische commentaren voor zich te houden. Eraan gewend om 's nachts op de uitkijk te staan, sliep de reus een groot deel van de dag als een blok, maar zodra de geur uit de pannen zijn drakenneus bereikte, sprong hij op en ging dicht bij de keuken op wacht staan. Hij leed aan een onverzadigbare eetlust en er was geen budget in staat om zijn grandioze buik te vullen. Voor de komst van het Chileentje, zoals ze de zogenaamde Elías Andieta noemden, bestond zijn basisdieet uit dieren die hij had kunnen jagen, in de lengte opensneed, met een handvol grof zout kruidde en op de gloeiende kolen legde tot ze verkoold waren. Zo kon hij in twee dagen een hert opschrokken. Door het contact met de kookkunst van de pianist werd zijn smaak verfijnder, hij ging dagelijks op jacht, zocht de lekkerste prooien uit en overhandigde ze schoongemaakt en gevild.

Onderweg voerde Eliza de karavaan aan op haar potige oude knol, die ondanks zijn treurige aanblik net zo nobel bleek als een volbloed vos, met het zinloze geweer dwars over het zadel en het jongetje met de trom achterop. Ze voelde zich zo op haar gemak in mannenkleding dat ze zich afvroeg of ze zich ooit weer opnieuw als vrouw zou kunnen kleden. Eén ding stond vast: een korset zou ze zelfs op haar trouwdag met Joaquín Andieta niet meer aantrekken. Als ze bij een rivier kwamen, benutten de vrouwen de gelegenheid om de watervaten te vullen, kleren te wassen en zich te baden; dat waren voor haar de moeilijkste momenten, ze moest steeds ingewikkelder smoezen verzinnen om zich zonder getuigen te wassen.

Joe de Bottenbreker was een forse Nederlandse uit Pennsylvania, die in de onmetelijkheid van het Westen haar bestemming gevonden had. Ze had een goochelaarstalent voor kaarten en dobbelstenen, ze was dol op valsspelen. Ze had de kost verdiend met weddenschappen tot ze op het idee kwam de handel met de meisjes op te zetten en de Veta Madre door te trekken 'op zoek naar goud', zoals ze die vorm van exploitatie noemde. Ze wist zeker dat de jonge pianist homoseksueel was en vatte juist daarom een genegenheid voor hem op die vergelijkbaar was met die voor het indiaantje. Ze stond niet toe dat haar meisjes hem uitlachten of dat Babalú hem bijnamen gaf: de arme jongen kon er niets aan doen dat hij zonder baard en met dat poppengezichtje geboren was, net zomin als zij er wat aan kon doen dat ze een man was die in een vrouwenlichaam geboren was. Het waren grappen die God bedacht om te jennen, anders niks. Ze had het kind voor dertig dollar gekocht van een paar Amerikaanse politieagenten, die de rest van de stam hadden uitgeroeid. Hij was toen vier of vijf jaar oud, amper een skelet met zijn buik vol wormen, maar na hem enkele maanden onder dwang te hebben gevoed en zijn driftbuien te hebben beteugeld zodat hij niet alles vernielde wat hem in handen kwam of met zijn hoofd tegen de wielen van de wagens bonkte, schoot de kleine omhoog en kwam zijn echte krijgersnatuur naar boven: hij was stoïcijns, ondoorgrondelijk en geduldig. Ze noemde hem Tom zonder Stam, opdat hij zijn plicht om zich te wreken niet zou vergeten. 'De naam is onlosmakelijk met het wezen verbonden,' zeiden de indianen, en dat geloofde ook Joe, daarom had ze haar eigen achternaam verzonnen.

De bezoedelde duifjes van de karavaan waren twee zussen uit Missouri, die de lange reis over land gemaakt hadden en onderweg hun families verloren hadden; Esther, een jonge vrouw van achttien die haar vader was ontvlucht, een godsdienstfanaat die haar met de zweep gaf; en een beeldschone Mexicaanse, dochter van een Amerikaanse vader en een indiaanse moeder, die voor blank doorging en vier zinnen Frans geleerd had om onoplettende mannen op het verkeerde been te zetten, want volgens de volksmythe waren

Françaises bedrevener. In die maatschappij van avonturiers en schurken bestond er ook een raciale aristocratie; de blanken accepteerden de kaneelkleurige mestiezen, maar keken neer op elke mix met zwart. De vier vrouwen waren het lot dankbaar dat ze Joe de Bottenbreker ontmoet hadden. Esther was de enige zonder ervaring, maar de anderen hadden in San Francisco gewerkt en kenden het leven. Ze waren niet in de chique salons terechtgekomen, ze waren bekend met mishandeling, ziekten, drugs en de laagheid van de souteneurs, ze hadden talloze infecties opgelopen en wrede middelen verdragen en zoveel abortussen dat ze onvruchtbaar geworden waren, maar veeleer dan erom te treuren beschouwden ze dat als een zegen. Joe had ze uit die wereld van schanddaden gered door ze ver weg te voeren. Daarna steunde ze hen in de lange lijdensweg van onthouding om ze van de opium- en alcoholverslaving af te helpen. In ruil daarvoor waren de vrouwen trouw als dochters, want zij behandelde ze ook nog rechtvaardig en beroofde hen niet. De angstaanjagende aanwezigheid van Babalú benam gewelddadige klanten en onuitstaanbare zatlappen de moed, ze aten goed en de rondreizende wagens leken hun een goede stimulans voor de gezondheid en het gemoed. In die eindeloze bergen en bossen voelden ze zich vrij. Er was niets makkelijks of romantisch aan hun leven, maar ze hadden wat geld gespaard en konden weggaan als ze dat wilden, maar toch deden ze dat niet omdat die kleine groep mensen nog het meest leek op een familie.

Ook de meisjes van Joe de Bottenbreker waren ervan overtuigd dat de iele Elías Andieta met zijn piepstem een flikkertje was. Dat stelde ze gerust om zich in zijn bijzijn uit te kleden, te wassen en over elk onderwerp te praten, alsof hij een van hen was. Ze werd zo vanzelfsprekend geaccepteerd dat Eliza vaak haar mannenrol vergat, hoewel Babalú er wel voor zorgde dat ze eraan herinnerd werd. Hij had de taak op zich genomen van dat schuchtere ventje een man te maken en hield hem goed in de gaten, om hem te corrigeren wanneer hij met zijn benen bij elkaar ging zitten of in een geenszins mannelijk gebaar zijn korte haardos uitschudde. Hij leerde hem zijn wapens te reinigen en te smeren, maar verloor zijn geduld toen hij hem leerde richten: telkens wanneer zijn leerling de trekker overhaalde, kneep deze zijn ogen dicht. Hij was niet onder de indruk van Elías Andieta's bijbel, integendeel, hij vermoedde dat hij die gebruikte om zijn slapheid te rechtvaardigen en vroeg zich af waarom de jongen, als hij niet van plan was een vervloekte predikant te worden, dan verdomme flauwekul las, hij kon zich beter bezighouden met vieze boekjes, eens zien of hij wat mannelijke denkbeelden kreeg. Babalú was nauwelijks in staat zijn eigen naam te schrijven en las met veel moeite, maar dat gaf hij van zijn leven niet toe. Hij zei dat zijn ogen niet goed waren en dat hij de letters niet goed zag, hoewel hij van honderd meter afstand een angstige haas tussen de ogen kon schieten. Hij vroeg het Chileentje meestal hem de verouderde kranten en de erotische boekjes van de Bottenbreker hardop voor te lezen, niet zozeer vanwege de vieze passages als wel voor de liefdesgeschiedenis, die hem altijd ontroerde. Ze gingen steevast over vurige relaties tussen een lid van de Europese adel en een volkse vrouw, of soms andersom: een aristocratische dame liet zich het hoofd op hol brengen door een provinciale, maar eerlijke en trotse man. In die verhalen waren de vrouwen altijd mooi en de knappe vrijers onvermoeibaar in hun ijver. De achtergrond was een opeenvolging van bacchanalen, maar in tegenstelling tot andere pornografische romannetjes van tien centavo's die elders verkocht werden, hadden deze een plot. Eliza las hardop zonder verbazing te tonen, alsof ze alles wist van de heftigste ondeugden, terwijl om haar heen Babalú en drie van de duifjes verbluft zaten te luisteren. Esther deed niet mee aan die bijeenkomsten, want ze vond het een grotere zonde die handelingen te beschrijven dan ze te verrichten. Eliza had rode oortjes, maar ze kon niet anders dan de onverwachte gratie waarmee die vunzigheden beschreven waren, onderkennen: sommige zinnen deden haar denken aan de vlekkeloze stijl van Miss Rose. Joe de Bottenbreker, die allerminst geïnteresseerd was in ook maar enige vorm van vleselijke hartstocht en daarom die lectuur saai vond, zorgde er persoonlijk voor dat geen woord ervan de onschuldige oortjes van Tom zonder Stam zou schaden. Ik voed hem op tot indianenhoofd, niet tot souteneur, zei ze, en in haar ijver een man van hem te maken stond ze het ook niet toe dat het jongetje haar oma noemde.

'Ik ben niemands oma, verdomme! Ik ben de Bottenbreker, heb je dat begrepen, verrekte snotneus?'

'Ja, oma.'

Babalú, de Slechte, een ex-gedetineerde uit Chicago, was het continent te voet overgestoken lang voor de goudkoorts. Hij sprak indianentalen en had van alles gedaan om zijn brood te verdienen, van bezienswaardigheid in een rondreizend circus, waar hij net zo snel een paard boven zijn hoofd tilde als met zijn tanden een kar vol zand voorttrok, tot cargadoor op de steigers van San Francisco. Daar werd hij door de Bottenbreker ontdekt en hij kwam in dienst bij de karavaan. Hij kon het werk van meerdere mannen verzetten en met hem erbij was meer bescherming niet nodig. Samen konden ze een willekeurig aantal tegenstanders verjagen, zoals ze bij verscheidene gelegenheden al hadden laten zien.

'Je moet sterk zijn, anders slopen ze je, Chileentje,' adviseerde hij Eliza. 'Denk niet dat ik altijd geweest ben zoals je me nu ziet. Vroeger was ik net als jij, zwakjes en een beetje onnozel, maar ik ben gewichten gaan heffen, en zie mijn spieren eens. Niemand durft nu tegen me op.'

'Babalú, jij bent meer dan twee meter lang en zo zwaar als een koe. Ik word nooit zoals jij!'

'Grootte heeft er niets mee te maken, man. Kloten moet je hebben. Ik ben altijd groot geweest, maar ze lachten me evengoed uit.'

'Wie lachte jou uit?'

'Iedereen, zelfs mijn moeder, zij ruste in vrede. Ik ga je iets vertellen wat niemand weet...'

'Ja?'

'Weet je nog dat ik het had over Babalú, de Goede?... Dat was ik vroeger. Maar sinds twintig jaar ben ik Babalú, de Slechte, en het gaat me een stuk beter af.'

Bezoedelde duifjes

In december daalde ineens de winter neer over de glooiingen
van het gebergte, en duizenden goudgravers moesten hun
stukjes grond verlaten om naar de dorpen te verhuizen in afwachting van de zomer. De sneeuw bedekte met een barmhartige deken het uitgestrekte, door die hebzuchtige mieren
doorboorde gebied, en het goud dat er nog lag, rustte weer
in de stilte van de natuur. Joe de Bottenbreker leidde haar karavaan naar een van de kleine, net opgerichte dorpjes in de
Veta Madre, waar ze een schuur huurde om de winter in door
te brengen. Ze verkocht de muilezels, kocht een grote houten trog als bad, een fornuis, twee kacheltjes, een paar stukken goedkope stof en Russische laarzen voor haar mensen,
want die waren in de regen en de kou onontbeerlijk. Ze zette iedereen aan het werk om het vuil van de schuur te krabben en gordijnen te maken om ruimtes af te scheiden, zette
de bedden met baldakijnen neer, de vergulde spiegels en de
piano. Ze ging meteen op beleefdheidsbezoek bij de bars, de
winkel en de smederij, middelpunten van sociale activiteit. Bij
wijze van krant had het dorp een gedrukt velletje met berichten, gemaakt met een aftandse drukpers die het continent
was overgesleept, die Joe gebruikte om discreet voor haar
zaak te adverteren. Naast haar meisjes bood ze ook de beste
flessen Cubaanse en Jamaicaanse rum aan, zoals zij ze noemde, hoewel het in feite woeste brouwsels waren die de geest

uit koers konden brengen, 'hete' boekjes en twee speeltafels. De klanten kwamen al snel. Er was nog een bordeel, maar iets nieuws was altijd welkom. De madam van de andere vestiging verklaarde haar rivalen een achterbakse lasteroorlog, maar zag ervan af openlijk de confrontatie aan te gaan met het geduchte duo de Bottenbreker en Babalú, de Slechte. In de schuur werd gerollebold achter de geïmproviseerde gordijnen, op pianomuziek gedanst en om aanzienlijke bedragen gespeeld onder toeziend oog van de bazin, die onder haar dak geen vechtpartijen of ander vals spel dan het hare duldde. Eliza zag mannen in twee avonden de winst van maanden titanische arbeid verspelen en huilen in de boezem van de meisjes die geholpen hadden hen kaal te plukken.

Binnen korte tijd vatten de goudzoekers genegenheid op voor Joe. Ondanks haar zeeroversuiterlijk had de vrouw het hart van een moeder en de omstandigheden die winter stelden het op de proef. Er brak een dysenterie-epidemie uit die de helft van de bevolking velde en verscheidene mensen het leven kostte. Zodra ze hoorde dat iemand lag te zieltogen in een of ander afgelegen hutje, vroeg Joe in de smederij twee paarden te leen en reed erheen met Babalú om de ongelukkige bij te staan. Gewoonlijk ging de smid met hen mee, een reusachtige quaker die de negotie van de forse vrouw niet goedkeurde, maar altijd bereid was de naaste te helpen. Joe maakte eten voor de zieke, waste hem, waste zijn kleren en troostte hem door voor de honderdste keer de brieven van zijn ver weg wonende familie voor te lezen, terwijl Babalú en de smid sneeuw ruimden, water haalden, brandhout kapten en dat naast de kachel opstapelden. Als de man er erg slecht aan toe was, wikkelde Joe hem in dekens, legde hem als een zak dwars over haar zadel en nam hem mee naar huis, waar de vrouwen hem met de toewijding van verpleegsters verzorgden, blij met de kans om zich deugdzaam te voelen. Behalve de patiënten dwingen vele liters thee met suiker te drinken zodat ze niet helemaal uitdroogden, ze schoon, warm ingepakt en rustig houden in de hoop dat met de schijterij hun ziel niet zou meekomen en de koorts hun hersens niet zou koken, konden ze niet veel doen. Sommigen stierven en de rest deed er weken over om weer op krachten te komen. Joe was de enige die de moeite nam de winter te trotseren en naar de meest afgelegen hutjes te gaan, en zo kreeg ze ook lijken te zien die veranderd waren in kristallen beelden. Het waren niet allemaal slachtoffers van de ziekte, soms had de kerel zich door de mond geschoten omdat hij de buikkrampen, de eenzaamheid en de waanvoorstellingen niet meer kon verdragen. Twee keer moest Joe haar zaak sluiten omdat de grond van de schuur met matjes bezaaid lag en haar duifjes handen te kort kwamen om de patiënten te verzorgen. De sheriff van het dorp beefde als zij verscheen met haar Hollandse pijp en haar dringende profeetachtige bulderstem om hulp te eisen. Niemand kon haar die weigeren. Dezelfde mannen die met hun onrechtmatige machtsmisbruik het dorp een slechte naam bezorgden, stelden zich gedwee tot haar beschikking. Ze hadden niets wat leek op een ziekenhuis, de enige arts was uitgeput en zij nam als vanzelfsprekend de taak op zich om in actie te komen wanneer er een spoedgeval was. De gelukkigen die zij het leven had gered, werden toegewijde schuldenaars en zo werkte ze die winter aan het netwerk van contacten dat haar tijdens de brand moest opvangen.

De smid heette James Morton en hij was een van de weinige toonbeelden van een goedaardige man. Hij voelde een eerlijke liefde voor de hele mensheid, zelfs voor zijn ideologische vijanden, van wie hij vond dat ze uit onwetendheid waren afgedwaald en niet uit wezenlijke slechtheid. Hij was niet in staat tot gemene streken en kon zich die ook niet voorstellen van zijn naaste, liever geloofde hij dat andermans verdorvenheid een karakterafwijking was, te verhelpen met het licht van barmhartigheid en liefde. Hij kwam uit een oude quakersfamilie in Ohio, waar hij met zijn broers had samengewerkt in een clandestiene organisatie van solidariteit met gevluchte slaven om ze te laten onderduiken en ze naar de vrije staten en Canada te brengen. Zijn activiteiten maakten de slavendrijvers woedend en op een nacht stortte een rumoerige menigte zich op de boerderij en stak die in brand, terwijl de familie roerloos toekeek, want volgens hun geloof mochten ze de wapens niet opnemen tegen hun gelijken. De Mortons moesten hun grond verlaten en zwermden uit, maar hielden onderling nauw contact omdat ze behoorden tot het humanitaire netwerk van de abolitionisten. James vond goud zoeken niet een fatsoenlijke manier om zijn brood te verdienen, want het bracht niets voort en je kon er ook niets mee doen. Rijkdom onteert de ziel, maakt het bestaan ingewikkeld en lokt ongeluk uit, beweerde hij. Bovendien was goud een zacht metaal, onbruikbaar voor het vervaardigen van gereedschap; hij kon de aantrekkingskracht die het op de rest uitoefende maar niet begrijpen. Hij was de reïncarnatie van de god Vulcanus, verlicht door de schittering van zijn smederij: groot, gespierd, met een hazelnootkleurige, dichte baard, hemelsblauwe ogen en dikke armen die getekend waren door talloze brandwonden. In het dorp waren maar drie quakers, hardwerkende familiemensen, altijd tevreden met hun lot, de enigen die niet vloekten, geheelonthouders waren en de bordelen meden. Ze kwamen regelmatig bij elkaar om zonder vertoon hun geloof te praktiseren, zelf het goede voorbeeld gevend, terwijl ze geduldig de komst van een groep vrienden afwachtten die uit het oosten kwamen om hun gemeenschap uit te breiden. Morton kwam vaak in de schuur van de Bottenbreker om te helpen met de slachtoffers van de epidemie en leerde daar Esther kennen. Hij zocht haar op en betaalde de volle prijs, maar hij ging slechts naast haar zitten om te praten. Hij kon niet begrijpen waarom zij zo'n soort leven had gekozen.

'Als ik moet kiezen tussen de zweepslagen van mijn vader en dit, heb ik duizend keer liever het leven dat ik nu leid.'

'Waarom sloeg hij je?'

336

'Hij beschuldigde mij ervan wellust uit te lokken en tot zondigen aan te sporen. Hij geloofde dat Adam nog in het Paradijs zou zijn als Eva hem niet verleid had. Misschien had hij gelijk, je ziet wel hoe ik de kost verdien...'

'Er zijn andere soorten werk, Esther.'

'Dit is zo slecht niet, James. Ik sluit mijn ogen en denk nergens aan. Het zijn maar een paar minuten en ze zijn zo voorbij.'

Ondanks haar beroepsperikelen had de jonge vrouw nog de frisheid van haar twintig jaren en lag er een zekere bekoorlijkheid in haar bescheiden en stille manier van zich gedragen, zo anders dan die van haar vriendinnen. Ze had niets kokets, was mollig, had een vredig gezicht als van een kalfje en stevige boerinnenhanden. Vergeleken met de andere duifjes was ze minder elegant, maar ze had een lichtende huid en een zachte blik. De smid wist niet wanneer hij over haar was gaan dromen, haar in de vonken van de smidse was gaan zien, in het licht van het hete metaal en in de onbewolkte lucht, tot hij die wattige materie die zijn hart omhulde en hem dreigde te verstikken, niet langer kon blijven ontkennen. Er kon hem niets ergers overkomen dan verliefd worden op een hoer, het zou onmogelijk worden het voor Gods ogen en die van de gemeenschap te verantwoorden. Vastberaden de verleiding eruit te zweten, sloot hij zich op in de smederij om als een idioot te werken. Soms waren zijn woeste hamerslagen tot in de vroege ochtend te horen.

Zodra ze een vast adres had, schreef Eliza Tao Chi'en in het Chinese restaurant in Sacramento, gaf hem haar nieuwe naam Elías Andieta en vroeg hem advies om de dysenterie te bestrijden, want het enige middel dat zij kende tegen besmetting was een stuk rauw vlees dat met een strook rode wol om de navel werd gebonden, zoals Mama Fresia in Chili deed, maar het bracht niet het verwachte resultaat. Ze miste hem vreselijk; soms werd ze omarmd met Tom zonder Stam wakker en dacht in haar slaperige verwarring dat hij Tao Chi'en was, maar de rookgeur van het jongetje bracht haar terug in de werkelijkheid. Niemand had die frisse zeelucht van haar vriend. De afstand die hen scheidde, was in mijlen uitgedrukt klein, maar het gure weer maakte de route zwaar en gevaarlijk. Ze kreeg het idee met de postbode mee te gaan om Joaquín Andieta weer te gaan zoeken, zoals ze eerder gedaan had, maar er gingen weken voorbij met het wachten op een geschikte gelegenheid. Niet alleen de winter dwarsboomde haar plannen. In die dagen was de spanning tussen de Amerikaanse gouddelvers en de Chilenen in het zuiden van de Veta Madre tot een uitbarsting gekomen. De gringo's, die de aanwezigheid van buitenlanders zat waren, kwamen bijeen om ze te verdrijven, maar de anderen boden weerstand, eerst met hun wapens en daarna tegenover een rechter, die hun rechten erkende. In plaats van de aanvallers af te schrikken, gooide het gerechtelijk bevel juist olie op het vuur: verscheidene Chilenen eindigden aan de galg of in een ravijn en de overlevenden moesten vluchten. Als antwoord werden er bendes gevormd die zich bezighielden met overvallen, zoals ook vele Mexicanen deden. Eliza besefte dat ze geen risico mocht lopen, haar vermomming als latino-jongen was voldoende om van een willekeurige, verzonnen misdaad beschuldigd te worden.

Eind januari 1850 trad er een van de strengste vorstperiodes in die ze daar ooit meegemaakt hadden. Niemand durfde zijn huis uit, het dorp leek uitgestorven en gedurende meer dan tien dagen kwam er geen klant naar de schuur. Het was zo koud dat het water in de waskommen 's ochtends bevroren was, ondanks de altijd brandende kacheltjes, en op sommige nachten moesten ze Eliza's paard binnen zetten om hem het lot van andere dieren te besparen, die 's ochtends gevangenzaten in blokken ijs. De vrouwen sliepen twee aan twee in bed en zij sliep met het jongetje, voor wie ze een bezielde en heftige genegenheid had opgevat die hij beantwoordde met stugge volharding. De enige in het gezelschap die qua liefde voor het jongetje met Eliza kon wedijveren, was de Bottenbreker. 'Eens zal ik een zoon hebben die net zo sterk en dapper is als Tom zonder Stam, maar veel vrolijker. Dit kind lacht nooit,' vertelde ze Tao Chi'en in de brieven. Babalú, de Slechte, wist niet hoe hij 's nachts moest slapen en ijsbeerde lange uren in het donker van de ene kant van de schuur naar de andere op zijn Russische laarzen, in zijn armzalige huiden en met een deken over zijn schouders. Hij schoor zijn hoofd niet meer kaal en had kort, stug wolvenhaar, net als zijn jasje. Esther had een wollen, kuikengele muts voor hem gebreid, die tot over zijn oren kwam en hem het uiterlijk gaf van een monstrueuze baby. Hij was degene die op die vroege ochtend zwak geklop hoorde en zo scherp was het te onderscheiden van het stormgeraas. Hij opende de deur half met zijn pistool in de hand en trof een in de sneeuw liggende bult aan. Verontrust riep hij Joe en met z'n tweeën slaagden ze erin, vechtend tegen de wind opdat die de deur niet uit zijn voegen zou rukken, hem naar binnen te slepen. Het was een halfbevroren man.

Het was niet eenvoudig de bezoeker te reanimeren. Terwijl Babalú hem warm wreef en cognac in zijn mond probeerde te gieten, wekte Joe de vrouwen; ze porden het vuur in de kachels op en zetten water op voor de badkuip, waarin ze hem onderdompelden tot hij geleidelijk aan weer tot leven kwam, de blauwe kleur verloor en een paar woorden kon uitbrengen. Zijn neus, voeten en handen waren door bevriezing aangetast. Het was een boer uit de Mexicaanse staat Sonora, die net als duizenden van zijn landgenoten naar de goudbeddingen van Californië gekomen was, zei hij. Hij heette Jack, een Amerikaanse naam die ongetwijfeld niet zijn eigen was, maar de rest in dat huis gebruikte evenmin zijn echte naam. De daaropvolgende uren bevond hij zich meerdere malen op het randje van de dood, maar toen het erop leek dat er niets meer voor hem gedaan kon worden, kwam hij terug uit de andere wereld en slikte een paar scheuten drank door. Rond acht uur, toen de storm eindelijk ging liggen, droeg Joe Babalú op de dokter te gaan halen. Toen de Mexicaan, die onbeweeglijk bleef liggen en als een vis naar lucht hapte, haar hoorde, opende hij zijn ogen en bracht een oorverdovend 'Nee!' uit waarmee hij iedereen de schrik op het lijf joeg. Niemand mocht weten dat hij daar was, eiste hij met zo'n felheid dat ze hem niet durfden tegenspreken. Er hoefden niet veel woorden aan vuilgemaakt te worden: het was duidelijk dat hij problemen had met justitie, en dat dorp met zijn galg op het plein was de laatste plek ter wereld waar een voortvluchtige graag zijn toevlucht zocht. Alleen de genadeloze storm had hem kunnen dwingen daarheen te komen. Eliza zei niets, maar voor haar was de reactie van de man geen verrassing: hij rook naar slechtheid.

Na drie dagen was Jack weer een beetje op krachten gekomen, maar het puntje van zijn neus brak af en twee vingers van één hand werden door koudvuur aangetast. Zelfs nu konden ze hem niet overtuigen van de noodzaak er een arts bij te halen; hij rotte liever langzaam weg dan dat hij aan de galg eindigde, zei hij. Joe de Bottenbreker riep haar mensen aan de andere kant van de schuur bij elkaar en ze overlegden fluisterend: ze moesten zijn vingers afhakken. Alle ogen richtten zich op Babalú, de Slechte.

'Ik? Geen sprake van!'

'Babalú, klootzak, niet zeiken!' riep Joe laaiend uit.

'Doe jij het maar, Joe, dit is niks voor mij.'

'Als jij een hert aan stukken kunt snijden, kun je dit ook prima. Wat zijn nou twee ellendige vingertjes?'

'Een dier is één ding, maar een mens is heel wat anders.'

'Ik geloof mijn oren niet! Die verdomde hoerenzoon – neem me niet kwalijk, meisjes – kan me niet eens een simpele dienst als deze bewijzen. Na alles wat ik voor je gedaan heb, lammeling!'

'Sorry Joe. Ik heb nog nooit een mens pijn gedaan...'

'Maar waar heb je het over! Ben je soms geen moordenaar? Heb je niet in de gevangenis gezeten?'

'Voor diefstal van vee,' biechtte de reus op, die bijna stond te huilen van vernedering.

'Ik doe het wel,' onderbrak Eliza hen, bleek maar vastbe-raden.

Ze bleven haar ongelovig aanstaren. Zelfs Tom zonder Stam leek hun geschikter om de operatie uit te voeren dan het tere Chileentje.

'Ik heb een scherp mes nodig, een hamer, naald en draad en een paar schone doeken.'

Babalú ging ontzet op de grond zitten met zijn enorme hoofd in zijn handen, terwijl de vrouwen in eerbiedige stilte het nodige voorbereidden. Eliza nam nog eens door wat ze van Tao Chi'en geleerd had toen ze in Sacramento kogels ver-wijderden en wonden hechtten. Als ze het toen zonder een spier te vertrekken kon, zou ze het nu even goed kunnen, be-sloot ze. Het belangrijkste was, volgens haar vriend, het voor-komen van bloedingen en infecties. Ze had nooit amputaties zien uitvoeren, maar toen ze de ongelukkigen behandelden die zonder oren aankwamen, vertelde hij dat ze in andere ge-bieden voor hetzelfde delict handen en voeten afhakten. 'De bijl van de beul is snel, maar laat geen weefsel achter om het stompje van het bot mee te bedekken,' had Tao Chi'en ge-zegd. Hij had haar de lessen van dokter Ebanizer Hobbs uit-gelegd, die ervaring had met oorlogsgewonden en hem had geleerd hoe je het doen moest. Gelukkig zijn het in dit geval alleen maar vingers, bedacht Eliza.

De Bottenbreker goot de patiënt vol drank tot hij be-wusteloos was, terwijl Eliza het mes desinfecteerde door het in een vlam te houden. Ze liet Jack in een stoel zetten, doop-te zijn hand in een waskom met whisky en legde die ver-volgens op de rand van de tafel, met de twee slechte vingers apart. Ze mompelde een van de toverspreuken van Mama Fresia en toen ze klaar was, gebaarde ze zwijgend naar de

341

vrouwen om de patiënt vast te houden. Ze legde het mes op de vingers en gaf er een trefzekere klap met de hamer op waardoor het lemmer zakte, de botten zuiver afhakte en in het tafelblad bleef steken. Jack slaakte een kreet van-uit het diepst van zijn buik, maar hij was zo bedwelmd dat hij niet doorhad dat zij hem hechtte en Esther hem verbond. In een paar minuten was de foltering voorbij. Eliza staar-de naar de geamputeerde vingers en probeerde haar braak-neigingen te onderdrukken, terwijl de vrouwen Jack op een van de slaapmatten neerlegden. Babalú, de Slechte, die zo ver mogelijk bij het schouwspel uit de buurt was gebleven, kwam schoorvoetend naderbij, met zijn babymuts in de hand.

'Je bent een echte vent, Chileentje,' prevelde hij onder de indruk.

In maart werd Eliza in stilte achttien, terwijl ze zat te wach-ten tot vroeg of laat Joaquín in de deuropening zou verschij-nen, zoals elke man binnen een straal van honderd mijl zou doen, zo beweerde Babalú. Jack, de Mexicaan, was binnen een paar dagen hersteld en was, voordat zijn vingers geheeld wa-ren, 's nachts weggeglipt zonder iemand gedag te zeggen. Hij was een onheilspellende figuur en ze waren blij toen hij ver-trokken was. Hij sprak weinig en zat altijd op hete kolen, wan-trouwend, klaar om bij het geringste spoor van een denk-beeldige provocatie aan te vallen. Hij gaf geen blijken van dankbaarheid voor de ontvangen gunsten, integendeel, toen hij uit zijn roes ontwaakte en zag dat ze de vingers geampu-teerd hadden waarmee hij de trekker moest overhalen, barst-te hij uit in een reeks verwensingen en bedreigingen, zwe-rend dat de schoft die zijn hand had verknoeid het met zijn eigen leven ging bekopen. Toen was Babalú's geduld op. Hij pakte hem als een pop op, tilde hem op tot zijn eigen hoog-te, keek hem recht in de ogen en zei met de milde stem die hij gebruikte wanneer hij op het punt stond uit te barsten:

'Dat was ik: Babalú, de Slechte. Heb je daar een probleem mee?'

Zodra de koorts voorbij was, wilde Jack de duifjes gebruiken om zichzelf eens lekker te verwennen, maar ze wezen hem eensgezind af: ze waren niet van plan hem iets gratis te geven en zijn zakken waren leeg, zoals ze geconstateerd hadden toen ze hem uitkleedden om hem in de badkuip te stoppen op de avond dat hij bevroren was aangekomen. Joe de Bottenbreker nam de moeite hem uit te leggen dat als ze zijn vingers niet hadden afgehakt, hij zijn arm of zijn leven was kwijtgeraakt, dus dat hij maar beter de hemel kon danken dat hij onder haar dak terechtgekomen was. Eliza liet Tom zonder Stam niet bij de kerel in de buurt komen en zij deed het alleen om hem eten te brengen en het verband te verwisselen, want de geur van slechtheid hinderde haar als een tastbare aanwezigheid. Babalú kon hem evenmin uitstaan en praatte niet met hem zolang hij in huis was. Hij beschouwde de vrouwen als zijn zussen en werd woest wanneer Jack met obscene opmerkingen avances probeerde te maken. Zelfs in uiterste nood zou hij niet op het idee komen gebruik te maken van de professionele diensten van zijn vriendinnen, dat stond voor hem gelijk aan incest plegen; als zijn natuur aandrong, ging hij naar de panden van de concurrentie en hij had het Chileentje erop gewezen dat hij hetzelfde moest doen, in het onwaarschijnlijke geval dat hij zou genezen van zijn kwalijke damesmaniertjes.

Terwijl ze Jack een bord soep bracht, durfde Eliza hem eindelijk te ondervragen over Joaquín Andieta.

'Murieta?' vroeg hij argwanend.

'Andieta.'

'Die ken ik niet.'

'Misschien is het dezelfde,' opperde Eliza.

'Wat moet je met hem?'

'Hij is mijn broer. Ik ben uit Chili gekomen om hem te zoeken.'

343

'Hoe ziet je broer eruit?'

'Niet zo lang, met zwart haar en donkere ogen, een blanke huid zoals ik, maar we lijken niet op elkaar. Hij is slank, gespierd, dapper en temperamentvol. Als hij praat houdt iedereen zijn mond.'

'Zo is Joaquín Murieta, maar hij is geen Chileen, hij is een Mexicaan.'

'Weet u het zeker?'

'Zeker weet ik niets, maar als ik Murieta zie, zal ik zeggen dat je hem zoekt.'

De volgende nacht vertrok hij en ze hoorden niets meer van hem, maar twee weken later vonden ze voor de deur van de schuur een zak met twee pond koffie. Even later deed Eliza hem open om het ontbijt klaar te maken en zag dat het geen koffie was, maar goudpoeder. Volgens Joe de Bottenbreker kon het van elke willekeurige zieke goudgraver komen die ze in die periode verzorgd hadden, maar Eliza had het gevoel dat Jack het bij wijze van betaling had neergelegd. Die man was niet bereid om ook maar iemand iets verschuldigd te zijn. Op zondag hoorden ze dat de sheriff een groep agenten aan het samenstellen was om naar de moordenaar van een goudgraver te zoeken: ze hadden hem in zijn hut aangetroffen, waar hij alleen de winter doorbracht, met negen messteken in zijn borst en uitgerukte ogen. Zijn goud was spoorloos en vanwege de wreedheid van de misdaad gaven ze de indianen de schuld. Joe de Bottenbreker wilde niet in de problemen komen, begroef de twee pond goud onder een eik en gaf haar mensen dringende instructies hun mond dicht te houden en het zelfs niet voor de grap over de Mexicaan met de afgehakte vingers of de zak met koffie te hebben. Gedurende de twee maanden die volgden, doodden de agenten een half dozijn indianen en vergaten de kwestie, want ze hadden andere, dringender zaken om handen, en toen het stamhoofd terecht om opheldering kwam vragen, maakten ze ook hem van kant. Indianen, negers en mulatten mochten niet getuigen in een proces tegen een blanke. James Morton en de andere drie quakers in het dorp waren de enigen die de menigte die tot lynchen in staat was het hoofd durfden bieden. Ze gingen ongewapend rondom de veroordeelde in een kring staan, uit het hoofd de passages uit de bijbel opzeggend die verboden een naaste te doden, maar de rumoerige menigte trok ze met geweld uit elkaar.

Niemand wist van Eliza's verjaardag en daarom werd die ook niet gevierd, maar die 15de maart werd hoe dan ook een gedenkwaardige dag voor haar en de anderen. De klanten kwamen weer naar de schuur, de duifjes waren aldoor bezet, het Chileentje ramde op de piano met oprecht enthousiasme en Joe maakte optimistische berekeningen. Het was al met al toch niet zo'n slechte winter geweest, het ergste van de epidemie was bijna voorbij en er lagen geen zieken meer op de slaapmatten. Die avond zat een twaalftal goudgravers stevig te drinken, terwijl buiten de wind de takken van de pijnbomen rukte. Rond elf uur brak de hel los. Niemand kon verklaren hoe de brand ontstaan was en Joe heeft altijd de andere madam ervan verdacht. Het hout vatte vlam als lonten en binnen de kortste keren begonnen de gordijnen, de zijden sjaals en de doeken van het bed te branden. Ze kwamen allemaal ongedeerd weg, ze slaagden er zelfs in een paar dekens om te slaan, en Eliza nam in de vlucht het blikken doosje mee waarin haar dierbare brieven zaten. De vlammen en de rook grepen snel om zich heen en binnen tien minuten brandde de ruimte als een fakkel, terwijl de vrouwen half aangekleed naast hun aangeschoten klanten geheel machteloos naar het schouwspel stonden te kijken. Op dat moment wierp Eliza een blik op de aanwezigen om ze te tellen en besefte verschrikt dat Tom zonder Stam er niet bij was. Het jongetje was blijven slapen in het bed dat ze samen deelden. Ze wist niet meer hoe ze een deken van Esthers schouders rukte, haar hoofd bedekte en dwars door de dunne, houten, brandende scheidingswand rende, gevolgd door Babalú, die haar schreeuwend probeerde tegen te houden zonder te begrijpen waarom ze zich in het vuur stortte. Ze vond de jongen staand in de rook, met hevig geschrokken ogen maar volkomen rustig. Ze gooide een deken over hem heen en probeerde hem in haar armen op te tillen, maar hij was erg zwaar en ze klapte dubbel door een hoestaanval. Ze viel op haar knieën en duwde Tom weg zodat hij naar buiten zou rennen, maar hij week niet van haar zijde en de twee zouden tot as vergaan zijn als op dat ogenblik Babalú niet was verschenen, die in elke arm een van hen optilde alsof ze pakketjes waren en onder applaus van de mensen op straat met hen naar buiten liep.

'Rotjong! Wat deed je daarbinnen?' verweet Joe het indiaantje terwijl ze hem omhelsde, kuste en in het gezicht sloeg opdat hij zou ademen.

Dankzij het feit dat de schuur alleen stond, was niet het halve dorp afgebrand, zo stelde de sheriff later vast, die ervaring had met branden omdat ze in die contreien maar al te vaak voorkwamen. Een twaalftal vrijwilligers snelde onder aanvoering van de smid op de gloed af om de vlammen te bestrijden, maar het was al te laat en ze konden alleen nog Eliza's paard redden, waaraan niemand gedacht had in de paniek van de eerste minuten, en dat nog steeds gek van angst onder zijn afdakje vastgebonden stond. Joe de Bottenbreker verloor die nacht alles wat ze op deze wereld bezat en voor het eerst zagen ze haar de moed verliezen. Met het kind in de armen was ze getuige van de verwoesting, zonder haar tranen te kunnen bedwingen, en toen er alleen nog rokende, halfverkoolde stukken hout restten, verborg ze haar gezicht tegen de enorme borst van Babalú, wiens wenkbrauwen en wimpers verschroeid waren. Ten overstaan van de zwakheid van die verwenmoeder, van wie ze dachten dat ze onkwetsbaar was, barstten de vier vrouwen gelijktijdig in huilen uit in een tros van onderrokken, woelige haardossen en trillend vlees. Nog voordat de vlammen gedoofd waren, trad echter het netwerk van solidariteit in werking en binnen een uur was er voor iedereen onderdak beschikbaar in verscheidene huizen in het dorp, en een van de gouddelvers die Joe van de dysenterie gered had, begon een inzamelingsactie. Het Chileentje, Babalú en het jongetje – de drie mannen van het gezelschap – brachten de nacht in de smederij door. James Morton legde twee matrassen met dikke dekens naast de altijd warme smidse en bracht zijn gasten een fantastisch ontbijt, met zorg bereid door de echtgenote van de predikant die op zondag luidkeels de onbeschaamde beoefening van de ondeugd aan de kaak stelde, zoals hij de activiteiten van de twee bordelen noemde.

'Dit is niet het moment om moeilijk te doen, die arme mensen staan te klappertanden,' zei de vrouw van de dominee toen ze zich in de smederij aandiende met haar haasstoofpot, een kan chocolade en kaneelkoekjes.

Dezelfde mevrouw ging het dorp af om kleding te vragen voor de duifjes, die nog steeds in hun onderrokken zaten, en de respons van de andere dames was gul. Ze zorgden ervoor niet langs het pand van de andere madam te lopen, maar tijdens de epidemie hadden ze moeten kennismaken met Joe de Bottenbreker en ze hadden respect voor haar. Zo kwam het dat de vier straatmadelieven een tijdlang als zedige dames gekleed gingen, van de hals tot de tenen bedekt, tot ze hun luisterrijke gewaden konden vervangen. De nacht van de brand wilde de vrouw van de dominee Tom zonder Stam mee naar huis nemen, maar het kind klemde zich vast om de nek van Babalú en er was geen menselijke kracht die hem daarvan kon losrukken. De reus had uren niet geslapen, met in zijn ene arm het ineengedoken Chileentje en het kind in de andere, nogal gepikeerd over de verraste blikken van de smid.

'Zet dat idee toch uit uw hoofd. Ik ben geen flikker,' hakkelde hij verontwaardigd, maar zonder de slapers los te laten.

Met de inzameling van de gouddelvers en de koffiezak die onder de eik begraven lag, konden de gedupeerden zich in een zo gerieflijk en net huis vestigen dat Joe de Bottenbreker erover dacht haar rondreizende gezelschap op te geven en daar een zaak te beginnen. Terwijl andere dorpen verdwenen wanneer de goudzoekers zich naar nieuwe goudwasserijen begaven, was dit dorp aan het groeien, werd beweerd, en men was zelfs van plan er een mooiere naam voor te verzinnen. Wanneer de winter ten einde zou zijn, zouden nieuwe stromen avonturiers weer de glooiingen van het gebergte bestijgen, en de andere madam was met de voorbereidingen bezig. Joe de Bottenbreker had nog maar drie meisjes, want het was duidelijk dat de smid van plan was Esther mee te nemen, maar ze zou wel zien hoe ze het zou rooien. Ze had een zeker respect verworven met haar liefdadigheidswerk en wilde dat niet kwijtraken: voor het eerst in haar veelbewogen bestaan voelde ze zich in een gemeenschap geaccepteerd. Dat was veel meer dan ze had tussen de Nederlanders in Pennsylvania, en het idee wortel te schieten was lang niet slecht op haar leeftijd. Toen ze van die plannen op de hoogte raakte, besloot Eliza dat als Joaquín Andieta – of Murieta – in de lente niet kwam opdagen, ze afscheid zou moeten nemen van haar vrienden en verder moest gaan zoeken.

Ontgoochelingen

Aan het eind van de herfst had Tao Chi'en de laatste brief van Eliza ontvangen, die maandenlang van hand tot hand was gegaan en zijn spoor tot San Francisco gevolgd was. Hij was in april uit Sacramento weggegaan. De winter in die stad leek hem eeuwig te duren, alleen de brieven van Eliza, die af en toe kwamen, de hoop dat de geest van Lin hem zou vinden en zijn vriendschap met de andere zhong yi hielden hem op de been. Hij had boeken gekocht over westerse geneeskunde en aanvaardde verheugd de geduldige taak om ze zin voor zin voor zijn vriend te vertalen; aldus namen ze allebei tegelijk de kennis in zich op die zo anders was dan die van hen. Ze kwamen erachter dat men in het westen weinig wist over belangrijke planten, over het voorkomen van ziekten en over chi – in die teksten werd niet gesproken over lichaamsenergie – maar in andere opzichten waren ze veel verder. Dagenlang zat hij met zijn vriend te discussiëren en vergelijken, maar de studie bood niet voldoende troost; de afzondering en de eenzaamheid vielen hem zo zwaar dat hij zijn hutje van houten platen en zijn tuin met geneeskrachtige planten verliet en verhuisde naar een hotel voor Chinezen, waar hij tenminste nog zijn taal hoorde en at wat hij lekker vond. Ofschoon zijn klanten zeer arm waren en hij ze vaak gratis hielp, had hij geld gespaard. Als Eliza zou terugkomen, zouden ze in een goed huis gaan wonen, dacht hij, maar zolang hij alleen was, voldeed het hotel. De andere zhong yi maakte plannen om een jonge echtgenote in China te bestellen en zich definitief in de Verenigde Staten te vestigen, want ondanks het feit dat hij buitenlander was, kon hij daar een beter leven krijgen dan in zijn eigen land. Tao Chi'en waarschuwde hem voor de zinloze gouden lotussen, vooral in Amerika, waar zoveel gelopen werd en de fan güey een vrouw met poppenvoetjes zouden uitlachen. 'Vraag de bemiddelaar of hij voor u een gezonde echtgenote met een glimlach haalt, de rest is niet van belang,' ried hij hem aan, denkend aan het korte verblijf op deze wereld van zijn onvergetelijke Lin en hoeveel gelukkiger ze geweest zou zijn met de sterke voeten en longen van Eliza. Zijn vrouw was verdwaald, ze kon zich niet oriënteren in dit vreemde land. Tijdens zijn meditatie-uren en in zijn gedichten riep hij haar op, maar ze verscheen zelfs niet meer in zijn dromen. De laatste keer dat hij met haar was geweest, was die dag in het ruim van het schip, toen zij hem bezocht in haar groenzijden jurk en de pioenrozen in het haar om hem te vragen Eliza te redden, maar dat was ter hoogte van Peru geweest en sindsdien was er al zoveel water, land en tijd voorbijgegaan dat Lin vast verward rondzwierf. Hij stelde zich de zachtaardige geest voor, op zoek naar hem op dat uitgestrekte, onbekende continent, zonder hem te kunnen vinden. Op aanraden van de zhong yi liet hij een portret van haar schilderen door een kunstenaar die net uit Shanghai was gearriveerd, een waar genie in tatoeages en tekeningen, die zijn nauwkeurige aanwijzingen opvolgde, maar het resultaat deed de transparante schoonheid van Lin geen recht. Tao Chi'en maakte met het schilderij een klein altaar, waarvoor hij ging zitten om haar op te roepen. Hij snapte niet waarom de eenzaamheid, die hij vroeger als een zegen en een luxe beschouwde, nu ondraaglijk voor hem was. Het grootste nadeel van zijn zeemansjaren was geweest dat hij niet over een eigen ruimte beschikte voor rust of stilte, maar nu hij die had, verlangde hij naar gezelschap. Toch vond hij de gedachte een

bruid te bestellen absurd. Een keer eerder hadden de geesten van zijn voorouders de ideale echtgenote voor hem gevonden, maar achter dat ogenschijnlijke geluk schuilde een
vloek. Hij kende de beantwoorde liefde, en de tijden van onwetendheid, toen elke vrouw met kleine voetjes en een goed
karakter hem goed leek, zouden nooit meer terugkeren. Hij
dacht dat hij ertoe veroordeeld was te leven met de herinnering aan Lin, want geen ander kon waardig haar plaats innemen. Hij wilde geen dienstmeisje of concubine. Zelfs de behoefte om kinderen te krijgen opdat ze zijn naam in ere
zouden houden en zijn graf zouden verzorgen, was voor hem
geen reden. Hij probeerde het zijn vriend uit te leggen, maar
raakte verstrikt in de taal en had geen woorden in zijn voca-
bulaire om die kwelling tot uitdrukking te brengen. De vrouw
is een nuttig wezen voor werk, moederschap en genot, maar
geen enkele ontwikkelde en intelligente man zou van haar
zijn vriendin willen maken, had zijn vriend gezegd, de enige
keer dat hij hem zijn gevoelens toevertrouwde. In China hoefde je maar om je heen te kijken om zo'n redenering te begrijpen, maar in Amerika leken de relaties tussen echtelieden
anders. Om te beginnen had niemand concubines, althans
niet openlijk. De weinige fan güey-families die Tao Chi'en in
dat land van eenzame mannen had leren kennen, waren voor
hem ondoorgrondelijk. Hij kon zich niet voorstellen hoe ze
in de huiselijke sfeer zouden functioneren, daar mannen hun
vrouwen kennelijk beschouwden als gelijken. Het was een
mysterie dat hij graag zou onderzoeken, zoals zovele andere
in dat opmerkelijke land.

De eerste brieven van Eliza kwamen aan in het restaurant,
en aangezien de Chinese gemeenschap Tao Chi'en kende,
werden ze hem vrij snel overhandigd. Die lange brieven vol
uitgebreide beschrijvingen waren zijn beste gezelschap. Verrast door zijn eigen nostalgie dacht hij aan Eliza, want hij had
nooit gedacht dat vriendschap met een vrouw mogelijk was,
laat staan met een uit een andere cultuur. Hij had haar vrij-

wel altijd in mannenkleding gezien, maar hij vond haar geheel en al vrouwelijk en het verbaasde hem dat de rest haar uiterlijk aanvaardde zonder vragen te stellen. 'Mannen kijken niet naar mannen en vrouwen denken dat ik een verwijfde jongen ben,' had ze hem in een brief geschreven. Voor hem was ze echter het in het wit geklede meisje dat hij het korset had uitgedaan in een vissershutje in Valparaíso, de zieke die zich in het ruim van het schip onvoorwaardelijk aan zijn zorg had overgeleverd, het warme lijf dat tijdens de ijskoude nachten onder een dak van zeildoek tegen hem aan lag, de vrolijke stem die neuriede tijdens het koken en het gelaat met de ernstige uitdrukking wanneer ze hem hielp de gewonden te genezen. Hij zag haar niet meer als een kind, maar als een vrouw, ondanks haar nietige gestel en haar kindergezicht. Hij dacht aan hoe ze veranderd was toen ze het haar had afgeknipt en had er spijt van dat hij haar vlecht niet bewaard had, een idee dat destijds door zijn hoofd was geschoten, maar dat hij verworpen had als een beschamende vorm van sentimentaliteit. Nu had hij die tenminste nog in zijn handen kunnen houden om de aanwezigheid van die bijzondere vriendin op te roepen. Tijdens zijn meditatieoefeningen stuurde hij haar altijd beschermende energie om haar te helpen de duizend mogelijke doden en ongelukken te overleven die hij trachtte niet uit te spreken, want hij wist dat wie er behagen in schept aan het kwaad te denken, het uiteindelijk ook oproept. Soms droomde hij over haar en werd zwetend wakker, dan wierp hij zijn I Tjing-stokjes om het onzichtbare te zien. In de dubbelzinnige boodschappen verscheen Eliza altijd op weg naar de bergen, dat stelde hem enigszins gerust.

In september 1850 kwam hij terecht in een luidruchtige, vaderlandslievende viering toen Californië aan de staten van de Unie werd toegevoegd. De Amerikaanse natie besloeg nu het hele continent, van de Atlantische tot de Stille Oceaan. Rond die tijd begon de goudkoorts om te slaan in een enorme collectieve desillusie en Tao zag massa's verzwakte en arme goudzoekers op hun beurt staan wachten om zich weer in te schepen naar hun dorpen. De kranten schatten het aantal dat terugging op meer dan negentigduizend. Matrozen deserteerden niet meer, integendeel, er waren schepen te weinig om iedereen mee te nemen die wilde vertrekken. Eén op de vijf goudgravers was gestorven door verdrinking in rivieren, ziekte of kou; velen kwamen om door moord of joegen zich een kogel door het hoofd. Er arriveerden nog steeds buitenlanders die maanden daarvoor aan boord gegaan waren, maar het goud was niet meer binnen het bereik van elke waaghals met een trog, een spade en een paar laarzen, de tijd van eenzame helden liep ten einde en in hun plaats vestigden zich machtige bedrijven met machines die met waterstralen bergen konden splijten. De gouddelvers werkten in loondienst en de ondernemers waren degenen die rijk werden. Ze waren net zo gebrand op snel kapitaal als de avonturiers uit 1849, maar veel uitgekookter, zoals die joodse kleermaker met de achternaam Levi, die broeken fabriceerde van grove stof met dubbele naad en metalen klinknagels, het verplichte uniform voor de arbeiders. Terwijl velen vertrokken, bleven de Chinezen juist komen, als geruisloze mieren. Tao Chi'en vertaalde de Engelse kranten voor zijn vriend, de zhong yi, die vooral hield van de artikelen van ene Jacob Freemont, omdat ze overeenkwamen met zijn eigen opvattingen:

'Duizenden Argonauten keren verslagen terug naar hun huizen, omdat ze het Gulden Vlies niet gevonden hebben en hun Odyssee op een tragedie is uitgelopen. Toch blijven vele anderen, hoewel ze arm zijn, omdat ze nergens anders meer kunnen leven. Twee jaar in dit woeste en prachtige land verandert mensen. De gevaren, het avontuur, de gezondheid en de vitale kracht die men in Californië geniet, zijn nergens anders te vinden. Het goud heeft zijn plicht vervuld: het heeft de mannen gelokt die nu dit territorium veroveren om er het Beloofde Land van te maken. Dat staat vast...' schreef Freemont.

Voor Tao Chi'en woonden ze echter in een paradijs met hebzuchtige, materialistische en ongedurige mensen wier obsessie het was vliegensvlug rijk te worden. Er was geen voedsel voor de geest terwijl geweld en onwetendheid hoogtij vierden. Uit die misstanden kwamen weer andere voort, daarvan was hij overtuigd. Hij had met zijn zevenentwintig jaren heel wat gezien en vond zichzelf niet bekrompen, maar het zedelijk verval en de straffeloosheid van de misdaad schokten hem. Een plek als deze was gedoemd om weg te zakken in het moeras van zijn eigen ondeugden, beweerde hij. Hij had de hoop verloren in Amerika de zo felbegeerde rust te vinden, het was absoluut geen plek voor een wijze man in spe. Waarom trok het hem dan zo aan? Hij moest voorkomen dat dat land hem zou beheksen, zoals met iedereen gebeurde die het betrad; hij had zich voorgenomen terug te keren naar Hongkong of zijn vriend Ebanizer Hobbs in Engeland op te zoeken om samen te werken en studeren. In de jaren die verstreken waren sinds hij aan boord van de *Liberty* ontvoerd was, had hij de Engelse arts verscheidene brieven geschreven, maar daar hij op zee zat, kreeg hij lange tijd geen antwoord, totdat eindelijk in februari 1849 kapitein John Sommers in Valparaíso een brief van hem ontving en hem die overhandigde. Zijn vriend vertelde erin dat hij in Londen met chirurgie bezig was, hoewel zijn echte roeping de geesteszieken waren, een nieuw en nauwelijks door de wetenschappelijke nieuwsgierigheid verkend terrein.

In Dai Fao, de 'grote stad', zoals de Chinezen San Francisco noemden, wilde hij een tijd werken en daarna op de boot naar China stappen, mocht Ebanizer Hobbs niet snel zijn laatste brief beantwoorden. Hij was verrast te zien hoe San Francisco in iets meer dan een jaar veranderd was. In plaats van het luidruchtige hutten- en tentenkamp dat hij kende, werd hij welkom geheten door een georganiseerde, welvarende stad met goed ontworpen straten en gebouwen van meerdere verdiepingen, waar overal nieuwe woningen werden opgetrokken. Een afgrijselijke brand had drie maanden daarvoor verscheidene blokken in de as gelegd, de verkoolde overblijfselen van gebouwen waren nog zichtbaar, maar de gloeiende resten waren nog niet afgekoeld of iedereen stond alweer met de hamer in de hand voor de wederopbouw. Er waren luxehotels met veranda's en balkons, casino's, bars en restaurants, elegante koetsen en een kosmopolitische, slecht geklede mensenmassa met slechte manieren, waar de hoge hoed van een enkele dandy boven uitstak. De rest waren bebaarde en met modder besmeurde lui met schurkentronies, maar niemand was daar wat hij leek, de cargadoor op de kade kon een Latijns-Amerikaanse aristocraat zijn en de koetsier een advocaat uit New York. Een van die ongure lieden kon zich na een minuut praten ontpoppen als een beleefde en voorkomende man, die bij de eerste de beste gelegenheid een stukgelezen brief van zijn vrouw uit zijn zak haalde om die met tranen in de ogen te laten zien. En ook het omgekeerde gebeurde: onder het pak van goede snit van de opgedofte fat schuilde een klootzak. Hij zag geen scholen op zijn weg door het centrum, maar wel kinderen die werkten als volwassenen en kuilen groeven, bakstenen vervoerden, muilezels dreven en laarzen poetsten; zodra er echter een windvlaag van zee kwam, renden ze weg om vliegers op te laten. Later kwam hij erachter dat velen van hen wezen waren en in bendes door de straten zwierven, eten stelend om te overleven. Vrouwen waren nog altijd schaars en wanneer er eentje elegant de straat op ging, hield het verkeer stil om haar te laten oversteken. Aan de voet van Telegraph Hill, waarop een seintoren stond met vlaggen om de herkomst van de schepen aan te geven die de baai binnenvoeren, strekte zich een wijk van meerdere blokken uit waar vrouwen genoeg waren: het was de rosse buurt, die door pooiers uit Australië, Tasmanië en Nieuw-Zeeland beheerst werd. Tao Chi'en had erover gehoord en wist dat het geen plaats was waar een Chinees zich na zonsondergang alleen in kon wagen. Toen hij in de winkels gluurde, zag hij dat de middenstand dezelfde producten verkocht als die hij in Londen gezien had. Alles kwam over zee, zelfs een lading katten om de ratten te bestrijden, die per stuk als luxeartikel verkocht werden. Van het woud van masten van de verlaten schepen in de baai was nog maar een tiende deel over, want er waren er veel tot zinken gebracht om de baai te dempen en erbovenop te bouwen, of ze waren veranderd in hotels, bars, gevangenissen en zelfs een gekkenhuis, waar de ongelukkigen die het spoor bijster raakten in de hopeloze deliriums van de alcohol hun laatste dagen sleten. Dat was hard nodig, want vroeger bonden ze gestoorden aan bomen vast.

Tao Chi'en begaf zich naar de Chinese wijk en stelde vast dat de geruchten klopten: zijn landgenoten hadden een volledige stad gebouwd in hartje San Francisco, waar Mandarijnenchinees en Kantonees gesproken werd, de uithangborden in het Chinees geschreven waren en overal alleen maar Chinezen rondliepen: de illusie dat je je in het Hemelse Rijk bevond, was volmaakt. Hij nam zijn intrek in een net hotel en bereidde zich voor om zijn doktersberoep uit te oefenen voor de tijd die nodig was om wat meer geld bij elkaar te krijgen, want hij had een lange reis voor de boeg. Er gebeurde echter iets dat zijn plannen in de war stuurde en hem in die stad hield. 'Mijn karma was niet rust vinden in een klooster in de bergen, zoals ik weleens droomde, maar een gestadige en eindeloze strijd voeren,' concludeerde hij vele jaren later, toen hij op zijn verleden kon terugkijken en duidelijk de afgelegde en nog af te leggen wegen kon overzien. Maanden later ontving hij de laatste brief van Eliza in een zeer smoezelige envelop.

Paulina Rodríguez de Santa Cruz kwam als een keizerin van de *Fortuna*, omringd door haar gevolg en met drieënnegentig hutkoffers aan bagage. De derde reis met ijs van kapitein John Sommers was voor hem, de rest van de passagiers en de bemanning een ware kwelling geweest. Paulina liet iedereen weten dat de boot van haar was en om dat bewijzen sprak ze de kapitein tegen en gaf de matrozen willekeurige bevelen. Ze werd niet eens zeeziek, waardoor ze even op adem zouden kunnen komen, want haar olifantenmaag doorstond het varen met als enige bijwerking een verhoogde eetlust. Haar kinderen verdwaalden veelvuldig in de hoeken en gaten van het schip, hoewel de kindermeisjes ze nauwlettend in de gaten hielden, en wanneer dat gebeurde, klonken aan boord de alarmsignalen en moesten ze het schip stilleggen omdat de radeloze moeder gilde dat ze in het water gevallen waren. De kapitein probeerde haar zo voorzichtig mogelijk te verklaren dat als dat het geval was, ze zich erbij neer moest leggen, de Stille Oceaan zou ze al opgeslokt hebben, maar zij beval de reddingsboten in zee te laten zakken. De dreumesen kwamen vroeg of laat weer te voorschijn en na verloop van een aantal dramatische uren kon de reis weer worden hervat. Haar afstotelijke schoothondje daarentegen gleed op een dag uit en viel voor het oog van verscheidene verstomde getuigen in het water. Op de kade van San Francisco stonden haar man en zwager haar op te wachten met een stoet rijtuigen en karren om het gezin en de hutkoffers te vervoeren. Het nieuwe verblijf dat voor haar gebouwd was, een stijlvol Victoriaans huis, was in kisten met genummerde onderdelen en een montagetekening uit Engeland gekomen; ook het behang, meubels, een harp, een piano, lampen en zelfs porseleinen beeldjes en geschilderde landschappen om het in te richten hadden ze geïmporteerd. Paulina vond het niet mooi. Vergeleken met haar landhuis met marmer in Chili leek het een poppenhuis dat dreigde in te storten wanneer je tegen de muur leunde, maar voor het moment was er geen alternatief. Eén blik op de bruisende stad was voor haar voldoende om zich bewust te worden van de mogelijkheden.

'Hier gaan we ons vestigen, Feliciano. De eersten die arriveren vormen na verloop van jaren de aristocratie.'

'Dat heb jij in Chili al, hoor.'

'Ik wel, maar jij niet. Geloof me, dit wordt de belangrijkste stad aan de Stille Oceaan.'

'Bestaande uit schurken en hoeren!'

'Precies. Die staan het hardst te springen om aanzien. Er zal niemand zo voornaam zijn als de familie Cross. Jammer dat de gringo's je echte achternaam niet kunnen uitspreken. Cross is een naam voor een kaasfabrikant. Maar goed, je kunt niet alles hebben, neem ik aan...'

Kapitein John Sommers ging naar het beste restaurant van de stad, met de bedoeling goed te eten en drinken om de vijf weken in gezelschap van die vrouw te vergeten. Hij had verscheidene kisten bij zich met de nieuwe, geïllustreerde uitgaven van erotische boeken. De vorige waren een geweldig succes geweest en hij hoopte dat zijn zus Rose weer de fut zou krijgen om te schrijven. Sinds Eliza's verdwijning had ze in het verdriet gezwolgen en had de pen niet meer opgepakt. Ook zijn stemming was veranderd. Ik word oud, verdomme, zei hij, toen hij zichzelf erop betrapte dat hij zich verloor in vruchteloze nostalgie. Hij had geen tijd gehad om van zijn eigen dochter te genieten, haar mee te nemen naar Engeland, zoals hij van plan was geweest; evenmin was hij erin geslaagd haar te vertellen dat hij haar vader was. Hij was de bedriegerijen en geheimen beu. Die handel in boeken was nog zo'n familiegeheim. Vijftien jaar geleden, toen zijn zus hem bekende dat ze achter Jeremy's rug om onkuise verhalen schreef om niet te sterven van verveling, had hij het idee gekregen ze in Londen uit te geven, waar naarmate de strenge Victoriaanse moraal werd opgelegd, de markt voor erotiek gedijde, naast de prostitutie en de geselbroederschappen. In een afgelegen Chileense provincie bracht zijn zus, gezeten achter een sierlijk, blankhouten bureau met als enige inspiratiebron de duizend keer uitvergrote en bijgeschaafde herinneringen aan haar enige liefde, de ene roman na de andere voort, ondertekend met 'een anonieme dame'. Niemand geloofde dat die hartstochtelijke verhalen, sommige met een vleugje markies de Sade, die reeds klassiek waren geworden in hun genre, door een vrouw geschreven waren. Het was zijn taak om de manuscripten naar de uitgever te brengen, toezicht te houden op de rekeningen, de winsten te innen en ze voor zijn zus op een bank in Londen te zetten. Dat was zijn manier om haar de geweldige dienst terug te betalen die zij hem bewezen had door zijn dochter in huis te nemen en haar mond te houden. Eliza... Hij kon zich de moeder niet herinneren; ze mocht dan haar lichamelijke kenmerken geërfd hebben, maar van hem had ze ongetwijfeld de zucht naar avontuur. Waar zou ze zijn? Met wie? Rose bleef erbij dat ze naar Californië was vertrokken achter een geliefde aan, maar hoe meer tijd er voorbijging, hoe minder hij daarin geloofde. Zijn vriend Jacob Todd – Freemont nu – die van de zoektocht naar Eliza een persoonlijke missie had gemaakt, verzekerde dat ze nooit in San Francisco geweest was.

Freemont ontmoette de kapitein om te gaan eten en nodigde hem daarna uit voor een lichtzinnige voorstelling in een van de speelholen in de rosse buurt. Hij vertelde hem dat Ah Toy, de Chinese van wie ze door een paar gaten in de muur een glimp hadden opgevangen, nu een bordeelketen had en een zeer chique 'salon', waar de beste oosterse meisjes zich aanboden, sommige amper elf jaar oud, getraind om alle grillen te bevredigen, maar daar zouden ze niet heen gaan, ze zouden gaan kijken naar de danseressen uit een Turkse harem, zei hij. Even later zaten ze te drinken en te roken in een met marmeren bars, gepolijste bronssculpturen en schilderijen met door faunen achtervolgde mythologische nimfen gedecoreerd gebouw van twee verdiepingen. Vrouwen van verscheidene rassen zorgden voor de klanten, schonken drank in en leidden de speeltafels, onder toeziend oog van gewapende en overdadig geklede pooiers. Aan weerszijden van de grote zaal werd in besloten ruimtes hevig gegokt. Daar kwamen de goktijgers bijeen om in één nacht duizenden op het spel te zetten: politici, rechters, kooplieden, advocaten en criminelen, allemaal gelijkgemaakt door dezelfde bezetenheid. De oosterse voorstelling viel de kapitein ernstig tegen; hij had in Istanbul de authentieke buikdans gezien en dacht dat die lompe meisjes hoogstwaarschijnlijk deel uitmaakten van de laatste groep straatmadelieven uit Chicago die net in de stad was gearriveerd. Het publiek, dat vooral bestond uit onbehouwen goudgravers die niet in staat waren Turkije op een kaart aan te wijzen, werd laaiend enthousiast van die amper door kralen rokjes bedekte odalisken. Verveeld liep de kapitein naar een van de speeltafels, waar een vrouw met een ongelooflijke behendigheid de kaarten voor het monte uitdeelde. Een andere kwam naar hem toe en fluisterde hem, hem aan de arm nemend, een uitnodiging in het oor. Hij draaide zich om om haar aan te kijken. Het was een gedrongen, doodgewone Zuid-Amerikaanse, maar met een oprecht gelukkige gelaatsuitdrukking. Hij stond op het punt haar weg te sturen, want hij was van plan de rest van de avond in een van de dure salons door te brengen, waar hij bij elk van zijn vorige bezoeken aan San Francisco geweest was, toen zijn ogen op haar decolleté vielen. Tussen haar borsten droeg ze een gouden broche met turkoois.

'Waar heb je die vandaan?' schreeuwde hij, haar met twee klauwen bij de schouders pakkend.

'Die is van mij! Ik heb hem gekocht,' stamelde ze doodsbang.

'Waar?' en hij bleef haar door elkaar schudden tot een van de gorilla's eraan kwam.

'Is er iets, mister?' dreigde de man.

De kapitein maakte een gebaar alsof hij haar wilde hebben en sleepte haar zo ongeveer mee naar een van de kamertjes op de tweede verdieping. Hij schoof het gordijn dicht en gaf haar een klap in het gezicht waardoor ze achterover op het bed viel.

'Jij gaat me vertellen waar je die broche vandaan hebt of ik laat al je tanden door de lucht vliegen, is dat duidelijk?'

'Ik heb hem niet gestolen, meneer, ik zweer het u. Ik heb hem gekregen!'

'Wie heeft je hem gegeven?'

'U zult me niet geloven als ik het u zeg...'

'Wie!'

'Een meisje, een tijd geleden, op een boot...'

En Azucena Placeres had geen andere keus dan die dolleman te vertellen dat een Chinese kok haar de broche gegeven had als betaling voor de hulp aan een arm meisje dat door een miskraam in het ruim van een schip op sterven lag midden op de Stille Oceaan. Naarmate ze verder praatte, veranderde de razernij van de kapitein in ontzetting.

'Wat is er met haar gebeurd?' vroeg John Sommers uit het veld geslagen, met zijn hoofd in zijn handen.

'Ik weet het niet, meneer.'

'Vertel me toch alsjeblieft hoe het met haar afgelopen is,' smeekte hij, terwijl hij een stapel bankbiljetten in haar schoot legde.

'Wie bent u?'

'Ik ben haar vader.'

'Ze is doodgebloed en het lichaam hebben we in zee gegooid. Ik zweer het u, dat is de waarheid,' antwoordde Azucena Placeres zonder aarzelen, want ze dacht dat als die arme meid als een rat in een hol de halve wereld was overgegaan, het van haar kant een onvergeeflijke rotstreek zou zijn haar vader achter haar aan te sturen.

Eliza bracht de zomer door in het dorp, want de dagen gingen voorbij zonder dat ze er erg in had. Eerst kreeg Babalú, de Slechte, een acute aanval van dysenterie, die paniek veroorzaakte, want men veronderstelde dat de epidemie onder controle was. Sinds maanden waren er geen gevallen meer te betreuren geweest, behalve het overlijden van een tweejarig jongetje, het eerste kind dat in dat doorgangsgebied voor vreemdelingen en avonturiers was geboren en gestorven. Dat kind drukte een stempel van authenticiteit op het dorp, het was niet meer een kampement dat geïntrigeerd was door een galg, het enige waardoor ze aanspraak konden maken op een plekje op de landkaart; het had nu een christelijk kerkhof en het kleine graf van iemand wiens leven zich daar had afgespeeld. Terwijl de schuur in een ziekenhuis was omgetoverd, waren ze op wonderbaarlijke wijze aan de epidemie ontkomen, want Joe geloofde niet in besmetting, ze zei dat alles een kwestie van geluk is: de wereld zit vol ziekten, sommigen krijgen ze en anderen niet. Daarom nam ze geen voorzorgsmaatregelen, ze veroorloofde zich de luxe om de redelijke waarschuwingen van de dokter in de wind te slaan en kookte slechts af en toe tegen heug en meug het drinkwater. Toen ze naar een echt huis verhuisden, voelden ze zich allemaal veilig; als ze eerder niet ziek geworden waren, zou dat nu al helemaal niet gebeuren. Een paar dagen nadat Babalú geveld was, waren de Bottenbreker, de meisjes uit Missouri en de mooie Mexicaanse aan de beurt. Ze werden geveld door een weerzinwekkende schijterij, gloeiende koorts en onbeheersbare rillingen, die in het geval van Babalú het huis deden schommelen. Op dat moment kwam James Morton in zondagse kleding formeel om de hand van Esther vragen.

'Ach, jongen, je had geen slechter moment kunnen uitkiezen,' zuchtte de Bottenbreker, maar ze was te ziek om weerstand te bieden en gaf onder gejammer haar toestemming.

Esther verdeelde haar spullen onder haar vriendinnen, want ze wilde niets meenemen naar haar nieuwe leven, en trouwde diezelfde dag nog zonder veel formaliteiten, begeleid door Tom zonder Stam en Eliza, de enigen uit het gezelschap die gezond waren. Toen het paar voorbijkwam, ontstond aan beide kanten van de straat een dubbele rij voormalige klanten, die in de lucht schoten en hen toejuichten. Ze ging in de smederij wonen, vastbesloten er een thuis van te maken en het verleden te vergeten, maar ze deed haar best dagelijks langs te gaan bij het huis van Joe om de zieken warm eten en schone kleren te brengen. Op Eliza en Tom zonder Stam kwam de ondankbare taak terecht de overige bewoners in het huis te verzorgen. De dorpsdokter, een jonge man uit Philadelphia die al maanden waarschuwde dat het water vervuild was met afval van de goudgravers die stroomopwaarts werkten zonder dat iemand er notitie van nam, plaatste Joe's pand in quarantaine. De financiën gingen naar de bliksem, maar ze leden geen honger dankzij Esther en de anonieme giften die op geheimzinnige wijze voor de deur verschenen: een zak bonen, een paar pond suiker, tabak, zakjes goudpoeder, een paar zilveren dollars. Om haar vrienden te helpen viel Eliza terug op wat ze in haar kindertijd van Mama Fresia geleerd had en in Sacramento van Tao Chi'en, totdat ze eindelijk een voor een beter werden, hoewel ze nog een flinke poos wankelend en versuft rondliepen. Babalú, de Slechte, was degene die het meest geleden had, zijn enorme, dikke cyclopenlijf was niet gewend aan ziek zijn, hij was afgevallen en zijn vel was zo gaan hangen dat zelfs zijn tatoeages hun vorm verloren.

Die dagen stond er in de lokale krant een kort bericht over een Chileense of Mexicaanse bandiet, dat wist men niet zeker, genaamd Joaquín Murieta, die over de gehele lengte en breedte van de Veta Madre een zekere roem aan het verwerven was. In die tijd domineerde in het goudgebied het geweld. Ontgoocheld door het besef dat het snelle kapitaal maar weinigen ten deel was gevallen, als een vals mirakel, beschuldigden de Amerikanen de buitenlanders ervan hebzuchtig te zijn en zich te verrijken zonder een bijdrage te leveren aan de welvaart van het land. Door de drank raakten ze verhit en de straffeloosheid waarmee ze naar eigen inzicht straffen konden opleggen, gaf hun een irrationeel machtsgevoel. Nooit werd er een yankee veroordeeld voor misdaden tegen een ander ras, sterker nog, vaak kon een blanke verdachte zijn eigen jury uitkiezen. De vijandelijkheid tussen rassen veranderde in blinde haat. De Mexicanen aanvaardden het verlies van hun grondgebied in de oorlog niet en accepteerden evenmin dat ze van hun rancho's of uit de mijnen verdreven werden. De Chinezen lieten de misstanden stilzwijgend over zich heen komen, gingen niet weg en bleven goud exploiteren met minuscule winsten, maar met zo'n grenzeloos doorzettingsvermogen dat ze grammetje voor grammetje rijkdom vergaarden. Duizenden Chilenen en Peruanen, die het eerst gekomen waren toen de goudkoorts uitbrak, besloten terug te keren naar hun eigen land, want het was niet de moeite waard om onder dergelijke omstandigheden hun dromen na te jagen. Dat jaar, 1850, stemde de wetgevende vergadering van Californië in met een heffing op de mijnbouw, die ontworpen was om de blanken te beschermen. Negers en indianen werden buitengesloten, tenzij ze als slaaf werkten, en buitenlanders moesten twintig dollar betalen en maandelijks de registratie van hun stukje land verlengen, wat in de praktijk onmogelijk bleek. Ze konden niet weggaan van de goudbeddingen om wekenlang te reizen naar de steden om de wet te gehoorzamen, maar als ze het niet deden, nam de sheriff de mijn in beslag en droeg die over aan een Amerikaan. De mensen die de maatregelen ten uitvoer moesten brengen, werden aangewezen door de gouverneur en kregen hun loon uit de heffing en de boetes, een ideale methode om de corruptie te bevorderen. De wet werd alleen gebruikt tegen donkere buitenlanders, ondanks het feit dat Mexicanen volgens het verdrag dat in 1848 een einde maakte aan de oorlog, recht hadden op het Amerikaanse staatsburgerschap. Een ander decreet gaf hun de genadestoot: het bezit van hun rancho's, waar ze generaties lang gewoond hadden, moest door een tribunaal in San Francisco erkend worden. De procedure duurde jaren en kostte een vermogen, daarbij waren de rechters en gerechtsdienaren vaak dezelfden die zich de stukken grond hadden toegeëigend. Daar de wet hen niet beschermde, gingen sommigen erboven staan en namen de rol van misdadiger volledig op zich. Degenen die zich vroeger tevredenstelden met het stelen van vee, overvielen nu goudzoekers en eenzame reizigers. Bepaalde bendes werden bekend om hun wreedheid, niet alleen beroofden ze hun slachtoffers, maar ze schepten er tevens genoegen in ze te martelen alvorens ze te vermoorden. Er werd gesproken over een bijzonder bloeddorstige bandiet, die naast andere delicten verantwoordelijk werd gehouden voor de verschrikkelijke dood van twee jonge Amerikanen. Hun lichamen werden vastgebonden aan een boom gevonden, met sporen die erop wezen dat ze als doelwit waren gebruikt voor het messenwerpen; ook waren hun tongen afgesneden, de ogen uitgerukt en de huid gevild voordat ze levend werden achtergelaten om langzaam te sterven. De crimineel werd Jack Drie-Vingers genoemd en men zei dat hij de rechterhand was van Joaquín Murieta.

Toch was het niet allemaal beestachtigheid wat de klok sloeg, er kwamen ook steden tot wasdom en er ontstonden nieuwe dorpen, families vestigden zich, kranten, theatergezelschappen en orkesten zagen het licht, er werden banken, scholen en kerken gebouwd, wegen aangelegd en de communicatie werd verbeterd. Er was een postkoetsendienst en de post werd regelmatig rondgebracht. Er kwamen steeds meer vrouwen en er gedijde een maatschappij met een verlangen naar orde en moraal, de catastrofe van alleenstaande mannen en prostituees zoals in het begin was voorbij, men deed zijn best de wet na te leven en terug te keren naar de beschaving die tijdens de waanzin van het makkelijk te vergaren goud in de vergetelheid geraakt was. Ze gaven het dorp een keurige naam tijdens een plechtige ceremonie met een muziekkapel en een optocht, waarbij Joe de Bottenbreker voor het eerst als vrouw gekleed en ondersteund door haar gezelschap aanwezig was. De pas gearriveerde echtgenotes laakten de 'geplamuurde gezichten', maar aangezien Joe en haar meisjes zoveel levens hadden gered tijdens de epidemie, lieten ze hun activiteiten buiten beschouwing. Tegen het andere bordeel ontketenden ze echter een – vergeefse – oorlog, want er waren nog altijd negen mannen op één vrouw. Aan het eind van het jaar verwelkomde James Morton vijf quakerfamilies, die in ossenwagens over het continent waren getrokken en niet voor het goud kwamen, maar gelokt werden door de uitgestrektheid van dat ongerepte gebied.

Eliza wist niet meer welk spoor ze moest volgen. Joaquín Andieta was verloren gegaan in de chaos van die periode en in zijn plaats begon zich een bandiet af te tekenen met dezelfde fysieke beschrijving en een vergelijkbare naam, maar die voor haar onmogelijk te identificeren was als de edelmoedige jongen van wie ze hield. De schrijver van de hartstochtelijke brieven die ze als haar enige schat bewaarde, kon niet dezelfde zijn als de persoon aan wie zulke barbaarse misdaden werden toegeschreven. Haar grote liefde zou zich nooit aangesloten hebben bij een gewetenloze boef als Jack Drie-Vingers, dacht ze, maar die overtuiging verwaterde tijdens de nachten dat Joaquín met duizenden verschillende maskers aan haar verscheen en haar tegenstrijdige boodschappen doorgaf. Dan werd ze bevend wakker, opgejaagd door de waanzinnige schrikbeelden uit haar nachtmerries. Ze kon niet meer naar believen haar dromen in en uit gaan, zoals Mama Fresia haar in haar kindertijd geleerd had, of visioenen en symbolen ontraadselen die met een gerammel van door de rivier meegesleurde stenen door haar hoofd bleven rollen. Ze schreef onvermoeibaar in haar dagboek in de hoop dat daarmee de beelden enige betekenis kregen. Ze herlas de liefdesbrieven letter voor letter, op zoek naar aanwijzingen, maar dat resulteerde slechts in nog meer verwarring. Die brieven vormden het enige bewijs van het bestaan van haar geliefde, en ze klampte zich eraan vast om niet helemaal gek te worden. De verleiding om in apathie te verzinken, als een manier om te ontkomen aan de kwelling van het blijven zoeken, was vaak onweerstaanbaar. Ze twijfelde aan alles: aan de omhelzingen in de kamer met de kleerkasten, aan de maanden dat ze in het laadruim van het schip weggestopt zat, aan het kindje dat als bloed uit haar wegvloeide.

Er waren door de trouwerij van Esther en de smid, waardoor het gezelschap in één klap een kwart van zijn inkomsten misliep, en door de weken dat de anderen geveld waren door dysenterie, zoveel financiële problemen gerezen dat Joe op het punt stond het huisje kwijt te raken, maar de gedachte haar duifjes voor de concurrentie te zien werken, gaf haar de trots om te blijven vechten tegen de tegenspoed. Ze waren de winter doorgekomen en zij kon ze niet opnieuw dat leven in duwen, want zeer tegen haar wil was ze van hen gaan houden. Ze had zichzelf altijd als een ernstige vergissing van God beschouwd, een man die tegen wil en dank in een vrouwenlijf was gedwongen, en juist daarom begreep ze dat soort van moederinstinct niet dat op de meest ongelegen momenten naar boven kwam. Ze zorgde met bezieling voor Tom zonder Stam, maar wees er graag op dat ze dat deed 'als een sergeant'. Geen geknuffel, dat lag niet in haar aard, bovendien moest het jongetje net zo sterk worden als zijn voorouders; aanstellerij verruïneerde alleen maar de mannelijkheid, waarschuwde ze Eliza wanneer ze haar aantrof als ze het jongetje in haar armen Chileense verhalen zat te vertellen. Die nieuwe tederheid voor haar duifjes bleek een ernstige hindernis en tot overmaat van ramp hadden ze het in de gaten en waren haar 'moeder' gaan noemen. Ze vond de koosnaam knap vervelend, ze had hem verboden, maar ze luisterden niet naar haar. 'We hebben een zakelijke relatie, verdomme. Duidelijker kan ik niet zijn: zolang jullie werken, hebben jullie inkomsten, een dak boven het hoofd, eten en bescherming, maar de dag dat jullie ziek of slap worden of rimpels en grijze haren krijgen, vaarwel! Niets eenvoudiger dan jullie vervangen, de wereld zit vol sletten,' bromde ze. En toen ineens stuurde dat weeë gevoel haar bestaan in de war, dat geen enkele koppelaarster bij haar volle verstand zich kon veroorloven. 'Dat krijg je ervan als je een goed mens bent,' spotte Babalú, de Slechte. En zo was het, want terwijl zij kostbare tijd had gestoken in het verzorgen van zieken van wie ze niet eens de naam kende, liet de andere madam in het dorp niemand met de ziekte in de buurt van haar pand. Joe werd steeds armer, terwijl de ander dik was geworden, geblondeerd haar en een Russische minnaar van tien jaar jonger had, gespierd als een atleet en met een diamant in een tand; ze had haar zaak uitgebreid en in de weekends stonden de goudgravers in de rij voor haar deur met in één hand het geld en in de andere de hoed, want van geen enkele vrouw, hoe diep ze ook gezonken was, mocht een man zijn hoed op houden. Er zat definitief geen toekomst meer in dit beroep, beweerde Joe: de wet beschermde hen niet, God was hen vergeten en in het verschiet lagen nog slechts ouderdom, armoede en eenzaamheid. Ze kreeg het idee kleren te gaan wassen en taarten te gaan bakken om te verkopen en ondertussen wel de negotie met de speeltafels en de vieze boekjes te behouden, maar haar meisjes waren niet bereid de kost te verdienen met zulk grof en slecht betaald werk.

'Dit is een klotebaan, meiden. Trouw, studeer voor juffrouw, doe iets met jullie leven en sodemieter op!' verzuchtte ze bedroefd.

Ook Babalú, de Slechte, was het moe om pooier en lijfwacht te spelen. Het zittende leven verveelde hem en de Bottenbreker was zo veranderd dat het weinig zin had verder samen te werken. Als zij het enthousiasme voor het werk verloren had, wat restte hem dan nog? Op momenten van radeloosheid nam hij het Chileentje in vertrouwen en hielden ze zich samen bezig met het maken van fantastische plannen om onafhankelijk te worden: ze gingen een rondreizende voorstelling opzetten, ze hadden het erover een beer te kopen en hem in boksen te trainen om van dorp tot dorp te trekken en de dappere mannen uit te dagen met het beest op de vuist te gaan. Babalú zocht het avontuur op en Eliza bedacht dat dat een goed excuus was om niet alleen te hoeven reizen op zoek naar Joaquín Andieta. Behalve koken en pianospelen was er bij de Bottenbreker weinig te doen, ook zij kreeg een slecht humeur van het nietsdoen. Ze wilde de enorme vrijheid van het onderweg zijn terug, maar ze was gehecht geraakt aan deze mensen en de gedachte van Tom zonder Stam te moeten scheiden brak haar hart. Het jongetje las al vloeiend en schreef ijverig, want Eliza had hem ervan overtuigd dat hij als hij groot was voor advocaat moest studeren en de rechten van de indianen moest verdedigen, in plaats van de doden met kogels te wreken, zoals Joe voor ogen stond. 'Zo zul je een veel machtiger krijger worden en de gringo's zullen bang voor je zijn,' zei ze tegen hem. Hij lachte nog steeds niet, maar twee keer toen hij naast haar was komen zitten om zijn hoofd te laten krabben, had zich een zwakke afspiegeling van een glimlach afgetekend op zijn boze indianengezicht.

Tao Chi'en verscheen op een woensdagmiddag in december om drie uur in het huis van Joe de Bottenbreker. Tom zonder Stam deed de deur open, liet hem doorlopen naar de salon, die op dat tijdstip niet bezet was, en ging de duifjes roepen. Kort daarop kwam de Mexicaanse naar de keuken, waar het Chileentje brood stond te kneden, om te melden dat er een Chinees was die vroeg naar Elías Andieta, maar ze was zo afwezig door het werk en de herinnering aan de dromen van de afgelopen nacht, waarin loterijtafels en uitgerukte ogen door elkaar heen liepen, dat ze niet reageerde.

'Ik zeg dat er een Chinees op je staat te wachten,' herhaalde de Mexicaanse, en op dat moment trapte Eliza's hart als een muilezel tegen haar borst.

'Tao!' gilde ze en rende de deur uit.

Toen ze echter de salon binnenkwam, stond ze tegenover een man die zo anders was dat ze er een paar seconden over deed haar vriend te herkennen. Hij had geen vlecht meer, hij had kort, naar achteren gekamd haar met brillantine, droeg een ronde bril met metalen montuur, een donker pak met jacquet, een vest met drie knopen en een broek met rechte pijpen. In één arm had hij een overjas en paraplu, in de andere hand een hoge hoed.

'Mijn god, Tao! Wat is er met jou gebeurd?'

'In Amerika moet je je kleden zoals de Amerikanen,' glimlachte hij.

In San Francisco was hij overvallen door drie vechtersbazen en voordat hij het mes uit zijn gordel kon trekken, hadden ze hem met een stok bewusteloos geslagen puur om zich te vermaken ten koste van een 'hemeling'. Toen hij bijkwam, lag hij volgesmeerd met vuil in een steeg, met zijn afgeknipte vlecht om zijn nek. Op dat moment nam hij het besluit zijn haar kort te houden en zich te kleden als de fan güey. Zijn nieuwe uiterlijk viel op in de menigte in de Chinese wijk, maar hij ontdekte dat ze hem daarbuiten veel makkelijker accepteerden en dat er deuren opengingen van plaatsen die voorheen verboden gebied voor hem waren. Hij was misschien de enige Chinees in de stad met zo'n uiterlijk. De vlecht werd als heilig beschouwd en het besluit hem af te knippen was een bewijs van het voornemen om niet meer naar China terug te keren en zich blijvend in Amerika te vestigen, een onvergeeflijk verraad jegens de keizer, het vaderland en de voorouders. Toch wekten zijn pak en zijn kapsel ook een zekere bewondering, want ze duidden erop dat hij toegang had tot de wereld van de Amerikanen. Eliza kon haar ogen niet van hem afhouden: hij was een onbekende met wie ze weer vanaf het begin vertrouwd zou moeten raken. Tao Chi'en boog meerdere malen als zijn gangbare begroeting en zij durfde geen gehoor te geven aan het brandende verlangen hem te omhelzen. Ze had vele malen zij aan zij met hem geslapen, maar nooit hadden ze elkaar zonder het excuus van de slaap aangeraakt.

'Ik geloof dat ik je leuker vond toen je van top tot teen Chinees was, Tao. Nu ken ik je niet. Laat me je even ruiken,' vroeg ze.

Hij was beduusd en bewoog zich niet, terwijl Eliza hem besnuffelde als een hond zijn prooi, tot ze eindelijk de lichte zeegeur herkende, dezelfde verkwikkende geur uit het verleden. Het korte haar en de strenge kleding deden hem er ouder uitzien, hij had niet meer die jeugdige losheid van vroeger. Hij was dunner geworden en leek langer, zijn jukbeenderen tekenden zich af in zijn platte gezicht. Met genoegen keek Eliza naar zijn mond, ze herinnerde zich volmaakt zijn aanstekelijke lach en zijn perfecte tanden, maar niet de voluptueuze vorm van zijn lippen. Ze zag een sombere uitdrukking in zijn blik, maar ze dacht dat dat het effect was van de bril.

'Wat fijn je te zien, Tao!' en haar ogen vulden zich met tranen.

'Ik kon niet eerder komen, ik had je adres niet.'

'Ik vind je zo ook leuk. Je lijkt wel een doodgraver, maar wel een knappe.'

'Dat is wat ik nu doe, als doodgraver werken,' lachte hij. 'Toen ik hoorde dat jij op deze plek woonde, dacht ik dat de voorspellingen van Azucena Placeres waren uitgekomen. Ze zei dat je vroeg of laat zou eindigen als zij.'

'Ik heb je in de brief uitgelegd dat ik de kost verdien met pianospelen.'

'Ongeloofwaardig!'

'Waarom? Je hebt me nooit gehoord, zo slecht speel ik niet. En als ik voor een doofstomme Chinees kon doorgaan, kan ik ook voor een Chileense pianist doorgaan.'

Tao Chi'en schoot verrast in de lach, want hij voelde zich voor het eerst sinds maanden weer vrolijk.

'Heb je je geliefde gevonden?'

'Nee. Ik weet niet meer waar ik hem moet zoeken.'

'Misschien verdient hij het niet dat je hem vindt. Ga met mij mee naar San Francisco.'

'Ik heb niets te zoeken in San Francisco...'

'En hier dan? De winter is al begonnen, binnen twee weken zijn de wegen onbegaanbaar en is dit dorp van de buitenwereld afgesneden.'

'Het is erg vervelend om jouw achterlijke broertje te zijn, Tao.'

'Er is een hoop te doen in San Francisco, je zult het zien, en je hoeft je niet als man te verkleden, je ziet nu overal vrouwen.'

'Wat is er over van je plannen om naar China terug te keren?'

'Uitgesteld. Ik kan nog niet weggaan.'

Sing song girls

In de zomer van 1851 besloot Jacob Freemont Joaquín Murieta te interviewen. Bandieten en branden waren in Californië de onderwerpen van de dag, de mensen waren doodsbang en de pers had het er druk mee. De misdaad was losgebroken en de corruptie bij de politie, die vooral bestond uit schurken die meer geïnteresseerd waren in het beschermen van hun kornuiten dan van de bevolking, was algemeen bekend. Na nog een hevige brand die een flink deel van San Francisco verwoestte, werd een Comité van Bewakers opgericht door furieuze burgers onder aanvoering van de onbeschrijflijke Sam Brannan, de mormoon die in 1848 het nieuws over de ontdekking van het goud verspreid had. De brandweerkorpsen sleepten rennend de karren met water aan een touw de hellingen op en af, maar voordat ze bij een gebouw aankwamen, had de wind de vlammen al naar het aangrenzende gebouw gedreven. Het vuur was ontstaan toen de Australische windhonden de winkel van een koopman, die weigerde hun te betalen in ruil voor bescherming, met kerosine overgoten en er vervolgens een fakkel bij hielden. Gezien de onverschilligheid van de autoriteiten besloot het Comité op eigen gezag te handelen. De kranten schreeuwden: 'Hoeveel misdaden zijn er in deze stad in een jaar begaan? En wie is ervoor opgeknoopt of gestraft? Niemand! Hoeveel mannen zijn er doodgeschoten of neergestoken, bewusteloos geslagen en in elkaar gemept, en wie is daarvoor veroordeeld? Volksgerichten keuren we niet goed, maar wie zal zeggen wat het boze volk gaat doen om zich te beschermen?' Volksgerichten, dat was precies de oplossing van de massa. De bewakers stortten zich meteen op hun taak en hingen de eerste de beste verdachte op. Het aantal leden van het Comité groeide met de dag en ze gingen zo razend enthousiast te werk dat de struikrovers zich voor het eerst ervoor hoedden om op klaarlichte dag te werk te gaan. In dat klimaat van geweld en wraak was de figuur van Joaquín Murieta op weg een symbool te worden. Jacob Freemont zorgde ervoor dat het vuur van zijn roem werd aangewakkerd; zijn sensationele artikelen hadden een held geschapen voor de Spaanstaligen en een duivel voor de yankees. Hij schreef hem een grote bandietenbende toe en het talent van een militair genie, hij zei dat hij een schermutselingenoorlog voerde waar de autoriteiten onmachtig tegenover stonden. Hij viel sluw en snel aan, wierp zich als een vloek op zijn slachtoffers en verdween meteen weer spoorloos, om even later honderd mijl verderop op te duiken in een ander treffen, met zo'n buitengewoon lef dat het alleen door toverkunst te verklaren was. Freemont vermoedde dat het om meer dan één persoon ging, maar hij keek wel uit om dat te zeggen, dat zou de legende geschaad hebben. Hij kreeg juist de ingeving hem 'de Robin Hood van Californië' te noemen, waarmee hij meteen een rassenstrijd deed ontbranden. Voor de yankees belichaamde Murieta het verfoeilijkste van de greasers; men vermoedde echter dat de Mexicanen hem verborgen hielden, wapens gaven en voorraden verstrekten, omdat hij yankees beroofde om mensen van zijn eigen ras te helpen. In de oorlog hadden ze Texas, Arizona, New Mexico, Nevada, Utah en Californië verloren; voor hen was elke aanslag op de gringo's een daad van vaderlandsliefde. De gouverneur waarschuwde de krant tegen de onbezonnenheid een crimineel tot held te verheffen, maar de naam had de verbeelding van het volk reeds geprikkeld. Freemont kreeg tientallen brieven, zelfs een van een meisje uit Washington dat de halve wereld wel over wilde varen om met de bandiet te trouwen, en de mensen hielden hem op straat aan om hem te vragen naar bijzonderheden over de beruchte Joaquín Murieta. Zonder hem ooit gezien te hebben, beschreef de journalist hem als een jongeman met een mannelijk voorkomen, de gelaatstrekken van een Spaanse edelman en de dapperheid van een stierenvechter. Hij was ongewild op een goudmijntje gestuit dat veel lucratiever was dan die over de hele lengte van de Veta Madre. Hij kreeg het idee om die bewuste Joaquín, als die figuur daadwerkelijk bestond, te interviewen om zijn biografie te schrijven, en als hij een verzinsel was, bood het onderwerp voldoende stof voor een roman. Zijn werk als auteur zou er eenvoudigweg uit bestaan die in een heroïsche sfeer te schrijven voor het plezier van het gepeupel. Californië had zijn eigen mythen en legenden nodig, beweerde Freemont, het was een pasgeboren staat voor de Amerikanen, die met een pennenstreek de voorafgaande geschiedenis van indianen, Mexicanen en Californiërs wilden doorhalen. Wat was voor dat land met onmetelijke ruimte en eenzame mannen, een land dat openlag om te worden veroverd en verkracht, een betere held dan een bandiet? Hij stopte het hoognodige in een koffer, rustte zich uit met voldoende schriften en potloden en ging op zoek naar zijn personage. Hij stond niet stil bij de gevaren; met zijn dubbele arrogantie van Engelsman en journalist waande hij zich voor alle kwaad behoed. Wat het overige betreft, ging het reizen al enigszins comfortabel, er bestonden wegen en een regelmatige diligencedienst die de dorpen waar hij van plan was zijn onderzoek te doen met elkaar verbonden; het was niet zoals vroeger, toen hij net begonnen was met zijn werk als reporter en op de rug van een muilezel zich een ongewisse weg baande over bergen en door bossen, met als enige gids een aantal absurde kaarten waarmee je eeuwig rondjes kon blijven lopen. Gedurende de reis kon hij de ver-

375

anderingen in de regio zien. Weinig mensen waren rijk geworden van het goud, maar dankzij de avonturiers die met duizenden waren gekomen, was Californië in ontwikkeling. Zonder de goudkoorts zou de verovering van het Westen twee eeuwen geduurd hebben, noteerde de journalist in zijn schrift.

Aan onderwerpen had hij geen gebrek, zoals het verhaal van die jonge goudgraver, een jongen van achttien jaar die na een lang jaar afzien de tienduizend dollar bij elkaar had gekregen die hij nodig had om terug te keren naar Oklahoma en een boerderij voor zijn ouders te kopen. Op een stralende dag daalde hij af naar Sacramento over de glooiingen van de Sierra Nevada, met de zak met zijn schat op zijn rug hangend, toen hij verrast werd door een boevenbende van Mexicanen of Chilenen, dat was niet duidelijk. Men wist alleen zeker dat ze Spaans spraken, want ze hadden de brutaliteit gehad om een bord achter te laten in die taal, een stuk hout waarin met een mes gekerfd was: DOOD AAN DE YANKEES. Ze hadden zich niet tevredengesteld met hem een aframmeling te geven en te beroven, ze hadden hem naakt aan een boom vastgebonden en met honing ingesmeerd. Twee dagen later, toen een patrouille hem vond, stond hij te hallucineren. De muskieten hadden zijn huid verteerd.

Freemont beproefde zijn talent voor morbide journalistiek met het tragische einde van Josefa, een mooie Mexicaanse die in een danssalon werkte. Ze liep op Onafhankelijkheidsdag het dorp Downieville binnen en kwam midden in een feest terecht dat werd aangevoerd door een kandidaat voor het senatorschap en werd overspoeld door een rivier van alcohol. Een dronken gouddelver was met veel geweld Josefa's kamer binnengedrongen en zij had hem afgeweerd door haar dolkmes dwars door zijn hart te steken. Op het moment dat Jacob Freemont arriveerde, lag het lichaam bedekt met een Amerikaanse vlag op een tafel en eiste een menigte van tweeduizend door rassenhaat aangevuurde bezetenen de galg voor

Josefa. Onverstoorbaar zat de vrouw in haar witte, met bloed besmeurde blouse haar sigaret te roken, alsof het geschreeuw niets met haar van doen had, en liep met een onpeilbare min-achting langs de gezichten van de mannen, zich bewust van de explosieve mengeling van agressie en seksueel verlangen die zij in hen opriep. Een arts durfde het voor haar op te ne-men door uit te leggen dat ze uit zelfverdediging had gehan-deld en dat ze wanneer ze haar zouden executeren ook het kind in haar buik doodden, maar de massa bracht hem tot zwijgen door te dreigen ook hem op te hangen. Drie doods-bange dokters werden met geweld gebracht om Josefa te on-derzoeken en alle drie waren ze van mening dat ze niet zwan-ger was, waarna het geïmproviseerde tribunaal haar binnen een paar minuten veroordeelde. 'Die greasers doodschieten is niet netjes, ze moeten een eerlijke rechtsgang krijgen en worden opgehangen met alle luister der wet,' was een van de juryleden van mening. Freemont had nog nooit de kans ge-had een volksgericht van dichtbij te zien en kon in verheven volzinnen beschrijven hoe ze om vier uur 's middags Josefa naar het schavot wilden sleuren, waar ze het ritueel voor de executie hadden voorbereid, maar zij schudde ze hooghartig af en liep er alleen heen. De mooie vrouw liep zonder hulp naar boven, trok haar rokken op tot haar enkels, legde het touw om haar nek, hing haar zwarte vlechten goed en nam afscheid met een dapper 'Vaarwel dames en heren', dat de journalist verbijsterd en de rest beschaamd achterliet. 'Jose-fa is niet gestorven omdat ze schuldig was, maar omdat ze Mexicaans was. Het is de eerste keer dat in Californië een vrouw voor het volksgericht wordt geleid. Wat zonde, er zijn er maar zo weinig!' schreef Freemont in zijn artikel.

De sporen van Joaquín Murieta volgend, ontdekte hij ge-vestigde dorpen met een school, een bibliotheek, een kerk en een begraafplaats; andere met als enig teken van beschaving een bordeel en een gevangenis. Saloons waren er in elk dorp, het waren de centra van het sociale leven. Daar ging Jacob

Freemont zitten om navraag te doen en zo construeerde hij met een paar waarheden en een hoop leugens de levenswandel – of de legende – van Joaquín Murieta. De kasteleins schilderden hem af als een in leer en zwart fluweel geklede, ellendige spanjool, met grote zilveren sporen en een dolk aan zijn riem, gezeten op de vurigste vos die ze ooit gezien hadden. Ze zeiden dat hij straffeloos binnenliep met een gerinkel van sporen en zijn gevolg van bandieten, zijn zilveren dollars op de bar legde en een rondje voor de hele zaak bestelde. Niemand durfde het glas te weigeren, zelfs de dapperste mannen dronken zwijgend onder de fonkelende blik van de boef. De gerechtsdienaren zagen echter niets stijlvols in het personage, het ging slechts om een ordinaire moordenaar die tot de ergste gruweldaden in staat was en justitie had kunnen ontglippen omdat de greasers hem beschermden. De Chilenen dachten dat hij een van hen was, geboren in een plaats genaamd Quillota, ze zeiden dat hij zijn vrienden trouw was en nooit vergat ontvangen gunsten terug te betalen, daarom was het een juist beleid om hem te steunen; de Mexicanen echter zwoeren dat hij uit de staat Sonora kwam en een ontwikkelde jongeman was uit een oude en adellijke familie die uit wraak een schurk was geworden. De gokkers beschouwden hem als een expert in monte, maar ze meden hem omdat hij een waanzinnig geluk had met kaarten en een bereidwillige dolk die hij bij de minste of geringste provocatie in zijn hand had. De blanke prostituees waren dodelijk nieuwsgierig, want het gerucht ging dat die knappe en vrijgevige jongeman een onvermoeibare paardenpik bezat; de Spaanstalige dachten echter van niet: Joaquín Murieta gaf hun meestal onverdiende fooien, hij had namelijk nooit van hun diensten gebruik gemaakt, hij bleef trouw aan zijn vriendin, verzekerden ze. Ze beschreven hem als iemand met een gemiddeld postuur, zwart haar en ogen als gloeiende kolen, aanbeden door zijn bende, onverzettelijk bij tegenspoed, wreed voor zijn vijanden en vriendelijk voor vrouwen. Anderen beweerden dat hij het ruwe uiterlijk had van een geboren crimineel en een angstaanjagend litteken dwars over zijn gezicht, niets had hij weg van een goede jongen, een edelman of een stijlvol persoon. Jacob Freemont maakte een selectie uit de zienswijzen die het best aansloten bij zijn beeld van de bandiet en zo gaf hij hem weer in zijn geschriften, altijd met genoeg dubbelzinnigheid om erop te kunnen terugkomen, voor het geval hij eens toevallig oog in oog met zijn hoofdpersoon zou komen te staan. Gedurende de vier zomermaanden liep hij alles af zonder hem ergens te vinden, maar met de verschillende versies construeerde hij een fantastische en heroïsche biografie. Daar hij zijn afgang niet wilde toegeven, verzon hij in zijn artikelen korte ontmoetingen bij nacht en ontij, in grotten in de bergen en op open plekken in het bos. Wie zou hem tenslotte tegenspreken? Gemaskerde mannen brachten hem er geblinddoekt te paard heen; hij kon ze niet herkennen maar ze spraken Spaans, zei hij. Dezelfde vurige welsprekendheid die hij jaren geleden in Chili had aangewend om een stel indianen op Vuurland te beschrijven, waar hij nooit een voet gezet had, was hem nu van dienst om een denkbeeldige bandiet uit zijn mouw te schudden. Hij werd verliefd op zijn personage en raakte ervan overtuigd dat hij hem kende, dat de geheime ontmoetingen in de grotten echt waren en dat de voortvluchtige hem persoonlijk de opdracht gegeven had zijn wapenfeiten op te tekenen, want hij beschouwde zichzelf als de wreker van de onderdrukte Spaanstaligen en iemand moest de taak op zich nemen hem en zijn zaak de juiste plaats te geven in de beginnende geschiedenis van Californië. Journalistiek stelde het weinig voor, maar stof was er genoeg voor de roman die Jacob Freemont die winter van plan was te schrijven.

Toen hij het jaar daarvoor in San Francisco arriveerde, hield Tao Chi'en zich bezig met het leggen van de nodige contacten om zijn beroep als zhong yi een aantal maanden te kunnen uitoefenen. Hij had wat geld, maar was van plan het snel te verdrievoudigen. In Sacramento bestond de Chinese gemeenschap uit zo'n zevenhonderd mannen en negen of tien prostituees, maar in San Francisco waren er duizenden potentiële patiënten. Bovendien gingen er zoveel schepen onafgebroken de oceaan over dat sommige heren hun overhemden naar Hawaï of China stuurden om ze te wassen omdat er in de stad geen stromend water was. Hij kon dus zonder enige moeite zijn kruiden en middeltjes in Kanton bestellen. In die stad zou hij niet zo geïsoleerd zijn als in Sacramento, er werkten verscheidene Chinese artsen met wie hij patiënten en kennis kon uitwisselen. Hij was niet van plan zijn eigen praktijk te openen, want hij moest geld sparen, maar hij kon zich aansluiten bij een andere, reeds gevestigde zhong yi. Zodra hij zijn intrek genomen had in een hotel, ging hij de wijk afstruinen, die als een octopus in alle richtingen was uitgegroeid. Het was nu een woonwijk met degelijke gebouwen, hotels, restaurants, wasserijen, opiumkitten, bordelen, markten en fabrieken. Waar vroeger slechts rotzooi verkocht werd, verrezen winkels met oosters antiek, porselein, email, juwelen, zijde en ivoor. Daar kwamen de rijke kooplieden, niet alleen Chinezen, ook Amerikanen die er inkochten om in andere steden te verkopen. De koopwaar werd in een bonte wirwar tentoongespreid, maar de beste stukken, alleen voor kenners en verzamelaars, lagen niet openlijk uitgestald, ze werden in de ruimte achter de winkel slechts aan serieuze klanten getoond. Sommige panden herbergden in donkere kamertjes speelholen waar onversaagde spelers elkaar ontmoetten. Aan die besloten tafels werden ver van de nieuwsgierigheid van het publiek en uit het oog van de autoriteiten buitensporige bedragen ingezet, troebele zaken gedaan en werd de macht uitgeoefend. De regering van de Amerikanen oefende geen enkele controle uit op de Chinezen, die in hun eigen wereld leefden, met hun eigen taal, hun eigen gewoonten en hun eeuwenoude wetten. De 'hemelingen' waren nergens welkom, de gringo's beschouwden hen als de verachtelijkste mensen onder de ongewenste buitenlanders die Californië overstroomden en konden het niet hebben als ze succes hadden. Ze buitten hen uit zoveel ze konden, vielen hen aan op straat, beroofden ze, verbrandden hun winkels en huizen, vermoordden ze straffeloos, maar de Chinezen waren nergens bang voor. Er opereerden vijf tongs waarover de bevolking verdeeld was; elke Chinees sloot zich bij aankomst aan bij een van die broederschappen, de enige vorm van bescherming, om werk te vinden en er zeker van te zijn dat bij overlijden het lichaam gerepatrieerd zou worden. Tao Chi'en, die had vermeden zich aan te sluiten bij een tong, moest dat nu doen en hij koos voor de grootste, waarbij de meerderheid van de Kantonezen aangesloten was. Al snel brachten ze hem in contact met andere zhong yi en openbaarden hem de regels van het spel. Vóór alles stilzwijgen en loyaliteit: wat er in de wijk gebeurde, bleef binnen de grenzen van zijn straten. Nooit de politie erbij halen, zelfs niet in een geval van leven of dood; conflicten werden binnen de gemeenschap opgelost, daarvoor waren de tongs. De gemeenschappelijke vijand waren altijd de fan güey. Tao Chi'en zat opnieuw gevangen in de tradities, hiërarchieën en beperkingen uit zijn tijd in Kanton. Binnen twee dagen kende iedereen zijn naam en begonnen er meer patiënten te komen dan hij kon helpen. Hij hoefde geen partner te zoeken, besloot hij toen, hij kon zijn eigen praktijk openen en in kortere tijd dan hij gedacht had geld maken. Hij huurde twee kamers boven een restaurant, een om te wonen en de andere om te werken, hing een bord voor het raam en nam een jonge assistent aan om zijn diensten aan te prijzen en de patiënten te ontvangen. Voor het eerst maakte hij gebruik van het systeem van dokter Ebanizer Hobbs om zijn patiëntengegevens bij te houden. Tot dan toe vertrouwde hij op zijn geheugen en intuïtie, maar gezien het groeiende aantal patiënten zette hij een archief op om de behandeling van ieder afzonderlijk te noteren.

Op een middag in het begin van de herfst kwam zijn assistent met een op een papiertje geschreven adres en de eis zich zo snel mogelijk te melden. Hij hielp de laatste patiënten van de dag en vertrok. Het houten gebouw van twee verdiepingen, gedecoreerd met draken en papieren lampions, lag midden in het centrum van de wijk. Eén blik was voldoende om te zien dat het een bordeel was. Aan weerszijden van de deur zaten kleine raampjes met tralies, waarachter kindergezichtjes verschenen die in het Kantonees riepen: 'Kom binnen hier en doe wat u wilt met heel mooi Chinees meisje.' En in een onmogelijk Engels herhaalden ze ter wille van de blanke bezoekers en de zeelieden van allerlei rassen: 'Twee om te kijken, vier om aan te raken, zes om het te doen,' terwijl ze een paar zielige borstjes toonden en de voorbijgangers lokten met obscene gebaren die, omdat ze van die kinderen kwamen, een tragische pantomime werden. Tao Chi'en had ze vele malen gezien, hij liep dagelijks door die straat en het gemiauw van de *sing song girls* achtervolgde hem, hem zijn zus in herinnering roepend. Wat zou er van haar geworden zijn? Ze zou drieëntwintig jaar zijn, in het onwaarschijnlijke geval dat ze nog zou leven, bedacht hij. De allerarmste prostituees onder de armen begonnen zeer jong en zelden haalden ze de achttien; op hun twintigste, als ze de pech hadden nog te leven, waren het al oude vrouwen. De herinnering aan die verloren zus weerhield hem ervan naar de Chinese gelegenheden te gaan; als de begeerte hem niet met rust liet, zocht hij vrouwen van andere rassen op. Een naargeestige vrouw met pikzwart haar en twee met houtskoolstrepen geschilderde wenkbrauwen deed de deur voor hem open en begroette hem in het Kantonees. Toen eenmaal duidelijk was dat ze tot dezelfde tong behoorden, leidde ze hem naar binnen. Aan een stinkende gang zag hij de kamertjes van de meisjes, sommige waren met hun enkels aan de bedden geketend. In het halfduister van de gang kwam hij twee mannen tegen, die hun broek dichtmakend naar buiten kwamen. De vrouw leidde hem door een labyrint van passages en trappen, ze gingen een heel huizenblok door en daalden over een stel vermolmde treden af in de duisternis. Ze beduidde hem te wachten, en gedurende een poos die hem eindeloos leek, stond hij daar in het zwart van dat gat, terwijl hij het gedempte geluid van de naburige straat hoorde. Hij hoorde een zwak gegil en er streek iets langs zijn enkel, hij gaf een trap en dacht een dier geraakt te hebben, een rat misschien. De oude vrouw kwam terug met een kaars en voerde hem door andere kronkelige gangen naar een met een hangslot afgesloten deur. Ze haalde de sleutel uit haar zak en worstelde met het slot tot ze het open kreeg. Ze hield de kaars omhoog en verlichtte een kamer zonder ramen, waar als enig meubelstuk een bed stond van houten platen op een paar centimeter boven de vloer. Een golf van stank kwam hen tegemoet en ze moesten neus en mond bedekken om naar binnen te gaan. Op het bed lag een klein, ineengedoken lichaam, er stonden een kom en een gedoofde olielamp.

'Kijk haar na,' beval de vrouw.

Tao Chi'en draaide het lichaam om en constateerde dat het reeds stijf was. Het was een meisje van ongeveer dertien jaar, met twee rondjes rouge op haar wangen en haar armen en benen met littekens getekend. Een dun hemd was haar enige kleding. Dat ze vel over been was, was zonneklaar, maar ze was niet door honger of ziekte gestorven.

'Vergif,' stelde hij zonder aarzelen vast.

'Nee maar!' lachte de vrouw, alsof ze iets ontzettend grappigs gehoord had.

Tao Chi'en moest een papier ondertekenen waarin hij verklaarde dat de dood een natuurlijke oorzaak had. De oude vrouw liep de gang op, gaf twee slagen op een kleine gong en spoedig verscheen er een man, stopte het lijk in een zak, gooide die over zijn schouder en nam hem mee zonder een woord te zeggen, terwijl de koppelaarster de zhong yi twintig dollar in de hand stopte. Daarna voerde ze hem door andere labyrinten en zette hem uiteindelijk af voor een deur. Tao Chi'en bevond zich in een andere straat en het kostte hem een flinke poos om zich te oriënteren en terug te keren naar zijn woning.

De volgende dag ging hij terug naar hetzelfde adres. Daar stonden weer de meisjes met hun beschilderde gezichtjes en hun verdwaasde ogen in twee talen te roepen. Tien jaar daarvoor in Kanton was hij zijn dokterswerk begonnen met prostituees, hij had ze gebruikt als huur- en testvlees om te experimenteren met de gouden naalden van zijn acupunctuurmeester, maar hij had nooit stilgestaan bij hun geestelijk leven. Hij beschouwde ze als een van de onvermijdelijke ongelukjes van het universum, nog een vergissing van de Schepping, eerloze wezens die leden om voor de fouten uit vorige levens te boeten en hun karma te zuiveren. Hij had medelijden met ze, maar het was nooit in hem opgekomen dat hun lot kon worden gekeerd. Zonder alternatief zaten ze in de kamertjes hun ongeluk af te wachten, net als de kippen in de kooien op de markt, het was hun lot. Zo was de chaos van de wereld. Hij was duizendmaal door die straat gelopen zonder aandacht te besteden aan de raampjes, de gezichten achter de tralies of de handen die eruit staken. Hij had een vage notie van hun slavenbestaan, maar in China waren alle vrouwen dat min of meer, zij die geluk hadden slaven van hun ouders, echtgenoten of minnaars, en andere van hun bazen onder wie ze van zonsopgang tot zonsondergang dienden, en vele waren als die meisjes. Die ochtend keek hij echter niet naar hen met dezelfde onverschilligheid, want er was iets in hem veranderd.

De avond daarvoor had hij niet geprobeerd te slapen. Toen hij uit het bordeel kwam, liep hij naar een badhuis, waar hij zich lang weekte om zich te ontdoen van de duistere energie van zijn zieken en het verschrikkelijke onbehagen dat hem uitputte. Bij aankomst in zijn woning stuurde hij de assistent weg en zette jasmijnthee om zich te reinigen. Hij had in geen uren gegeten, maar dit was niet het moment daarvoor. Hij kleedde zich uit, stak wierook en een kaars aan, knielde met zijn voorhoofd op de grond en zei een gebed op voor de ziel van het dode meisje. Meteen daarna ging hij zitten om uren geheel bewegingsloos te mediteren, totdat hij erin slaagde los te komen van het straatgewoel en de geuren van het restaurant en kon opgaan in de leegte en stilte van zijn eigen geest. Hij wist niet hoe lang hij in meditatie verzonken was, alsmaar Lin roepend, tot eindelijk de tere geestverschijning hem hoorde in de geheimzinnige uitgestrektheid die zij bewoonde, en geleidelijk aan de weg vond en licht als een zucht naderbij kwam, eerst bijna onwaarneembaar maar langzaam aan substantiëler, tot hij haar aanwezigheid zeer sterk voelde. Hij nam Lin niet waar tussen de muren van de kamer, maar in zijn eigen borst, in het middelpunt van zijn rustige hart. Tao Chi'en deed zijn ogen niet open en bewoog zich niet. Urenlang bleef hij in dezelfde houding zitten, afgescheiden van zijn lichaam, zwevend in een lichte ruimte in een volmaakt contact met haar. Vroeg in de ochtend, toen beiden er zeker van waren dat ze elkaar niet meer uit het oog zouden verliezen, nam Lin vriendelijk afscheid. Daarna kwam de acupunctuurmeester, lachend en ironisch als in zijn beste tijden, voordat hij werd geteisterd door de grillen van de seniliteit, en hij bleef bij hem, hield hem gezelschap en gaf antwoord op zijn vragen, tot de zon opkwam, de wijk ontwaakte en de voorzichtige klopjes op de deur van de assistent te horen waren. Tao Chi'en stond fris en als herboren op, als na een vredige slaap, kleedde zich aan en ging de deur opendoen.

'Sluit de praktijk. Vandaag help ik geen patiënten, ik heb andere dingen te doen,' deelde hij de assistent mee.

Die dag veranderden de bevindingen van Tao Chi'en de koers van zijn lot. De meisjes achter de tralies kwamen uit China, van de straat geplukt of door hun eigen vaders verkocht met de belofte dat ze op de Gouden Berg zouden gaan trouwen.

De bemiddelaars selecteerden de sterksten en goedkoopsten, niet de mooisten, tenzij het speciale bestellingen betrof van rijke klanten, die ze als concubine kochten. Ah Toy, de gewiekste vrouw die de uitvindster was van de voorstelling met de gaatjes in de muur om begluurd te worden, was de grootste importeur van jong vlees van de stad geworden. Ze kocht de meisjes voor haar bordeelketen in de puberteit, want dan waren ze makkelijker te onderwerpen, en lang gingen ze toch niet mee. Ze was beroemd en zeer rijk aan het worden, haar kluizen puilden uit en ze had een klein paleis gekocht in China om zich op latere leeftijd terug te trekken. Ze was er trots op de oosterse madam te zijn met de beste relaties, niet alleen met Chinezen, maar ook met invloedrijke Amerikanen. Ze trainde haar meisjes om informatie te ontfutselen en kende aldus de privégeheimen, politieke manoeuvres en zwakheden van de machtige mannen. Als omkopen niet werkte, ging ze over tot chantage. Niemand durfde haar het hoofd te bieden, want van de gouverneur tot de onderste regionen woonden ze allemaal in een glazen huis. De ladingen slavinnen kwamen zonder wettelijke struikelblokken en op klaarlichte dag via de kade van San Francisco binnen. Ze was echter niet de enige smokkelaarster, het misbruik was net als de goudmijnen een van de meest winstgevende en veilige ondernemingen in Californië. De kosten werden tot een minimum beperkt, de meisjes waren goedkoop en reisden in scheepsruimen in grote, gewatteerde kisten. Dat hielden ze wekenlang vol, zonder te weten waarheen ze gingen en waarom, ze zagen slechts het zonlicht wanneer ze les kregen over hun beroep. Tijdens de overtocht zorgden de matrozen ervoor dat ze werden getraind en wanneer ze in San Francisco van boord gingen, hadden ze zelfs het laatste restje onschuld verloren. Sommigen stierven aan dysenterie, cholera of uitdroging; anderen konden in het water springen op het moment dat ze aan dek werden gebracht om met zeewater gewassen te worden. De rest bleef gevangen, ze spraken geen

Engels, kenden dat nieuwe land niet, hadden niemand om naartoe te gaan. De immigratieagenten werden omgekocht, ze keken niet zo nauw hoe de meisjes eruitzagen en stempelden de valse adoptie- of trouwpapieren zonder ze te lezen. Op de kade werden ze opgevangen door een voormalige prostituee, die door het beroep een zwarte steen had zitten waar eerst haar hart zat. Hen met een roede als vee voortdrijvend leidde ze hen dwars door het centrum van de stad, voor de ogen van wie het maar wilde zien. Zodra ze de drempel van de Chinese wijk over waren, verdwenen ze voorgoed in het ondergrondse labyrint van donkere kamers, nepgangen, kronkelige trappen, geheime deuren en dubbele wanden, waar de politie nooit binnenviel, omdat al wat daar gebeurde een 'zaak van geelhuiden' was, een ras van perverselingen waarmee men zich niet hoefde te bemoeien, vonden ze.

In een enorm onderaards vertrek, ironisch Zaal van de Koningin genoemd, werden de meisjes met hun lot geconfronteerd. Ze lieten hen een nacht uitrusten, wasten ze, gaven ze te eten en dwongen ze soms een kop sterkedrank te drinken om ze een beetje te verdoven. Op het tijdstip van de gunning werden ze naakt naar een kamer gebracht, afgeladen met kopers met alle mogelijke tronies, die hen bevoelden, hun tanden inspecteerden, hun vingers stopten waarin ze maar wilden en uiteindelijk hun bod uitbrachten. Sommigen werden toegewezen aan de betere bordelen of aan de harems van de rijken; de sterksten kwamen meestal in handen van Chinese fabrikanten, goudgravers of boeren terecht, voor wie ze de rest van hun korte bestaan zouden werken; de meerderheid bleef in de kamertjes in de Chinese wijk. De oudere vrouwen leerden hun het vak: ze moesten goud van brons leren onderscheiden, zodat ze bij betaling niet opgelicht werden, klanten lokken en ze zonder klagen bevredigen, hoe vernederend en pijnlijk hun eisen ook waren. Om de transactie een legaal tintje te geven tekenden ze een contract dat ze niet konden lezen en verkochten ze zichzelf voor vijf jaar, maar het was goed uitgekiend dat ze nooit konden vrijkomen. Voor elke dag ziekte werden er twee weken aan hun diensttijd toegevoegd en als ze probeerden te ontsnappen, werden ze voorgoed slavinnen. Ze woonden samengedromd in ongeventileerde kamers, die van elkaar gescheiden waren door een dik gordijn, als galeislaven werkend tot ze stierven. Daar liep Tao Chi'en die ochtend heen, vergezeld van de geesten van Lin en zijn acupunctuurmeester. Een tiener, schaars gekleed in een hemd, nam hem aan de hand mee achter het gordijn, waar een weerzinwekkend stromatras lag, strekte haar hand uit en zei hem dat hij eerst moest betalen. Ze nam de zes dollar in ontvangst, ging op haar rug liggen en spreidde haar benen met haar ogen strak naar het plafond gericht. Ze had levenloze pupillen en ademde moeilijk; hij besefte dat ze gedrogeerd was. Hij ging naast haar zitten, trok haar hemd omlaag en probeerde haar hoofd te strelen, maar zij slaakte een gil en kromp ineen, haar tanden ontblotend en klaar om hem te bijten. Tao Chi'en ging opzij, sprak langdurig tegen haar in het Kantonees zonder haar aan te raken, tot de treurzang van zijn stem haar tot bedaren bracht, terwijl hij de recente kneuzingen bekeek. Eindelijk begon ze op zijn vragen te antwoorden, meer met gebaren dan met woorden, alsof ze niet meer gewend was taal te gebruiken, en zo vernam hij een aantal bijzonderheden over haar gevangenschap. Ze kon hem niet vertellen hoe lang ze daar al was, want het bleek een vergeefse moeite dat te berekenen, maar lang kon het niet zijn, want ze herinnerde zich haar familie in China nog met pijnlijke precisie.

Toen Tao Chi'en inschatte dat zijn minuten achter het gordijn verstreken waren, trok hij zich terug. Bij de deur stond dezelfde oude vrouw te wachten die hem de avond daarvoor ontvangen had, maar ze gaf geen blijk van herkenning. Van daaruit ging hij in de kroegen, speelzalen, opiumkitten navraag doen en als laatste ging hij op bezoek bij andere artsen uit de wijk, tot hij geleidelijk aan de stukjes van die puzzel aan elkaar kon leggen. Wanneer de kleine sing song girls te ziek waren om te blijven dienen, werden ze naar het 'ziekenhuis' gebracht, zoals ze de geheime kamers noemden waar hij de avond daarvoor geweest was, en daar werden ze achtergelaten met een kop water, wat rijst en een lamp met olie voor een paar uur. De deur werd een paar dagen later weer geopend, wanneer ze binnengingen om de dood te constateren. Als ze levend werden aangetroffen, zorgde men ervoor dat ze uit de weg geruimd werden: geen van hen zag ooit weer het zonlicht. Ze hadden Tao Chi'en erbij gehaald omdat de gebruikelijke zhong yi afwezig was.

Het was niet zijn idee de meisjes te helpen, zou hij Eliza negen maanden later vertellen, maar dat van Lin en zijn acupunctuurmeester.

'Californië is een vrije staat, Tao, er zijn geen slaven. Wend je tot de Amerikaanse autoriteiten.'

'De vrijheid is niet voor iedereen. De Amerikanen zijn blind en doof, Eliza. Die meisjes zijn onzichtbaar, net als gekken, bedelaars en honden.'

'En de Chinezen kan het ook niets schelen?'

'Sommigen wel, zoals ik, maar niemand wil zijn leven wagen door de criminele organisaties te tarten. De meerderheid vindt dat als men in China eeuwenlang hetzelfde heeft gedaan, er geen reden is om te bekritiseren wat er hier gebeurt.'

'Wat een harteloze mensen!'

'Het is geen harteloosheid. Een mensenleven is in mijn land gewoon niet veel waard. Er wonen veel mensen en er worden altijd meer kinderen geboren dan men kan voeden.'

'Maar voor jou zijn die meisjes toch geen afdankertjes, Tao...'

'Nee. Lin en jij hebben me veel geleerd over vrouwen.'

'Wat ga je doen?'

'Ik had naar je moeten luisteren toen je zei dat ik goud moest gaan zoeken, weet je nog? Als ik rijk was, zou ik ze kopen.'

'Maar dat ben je niet. Bovendien zou al het goud van Californië nog niet genoeg zijn om ze allemaal te kopen. Die handel moet voorkomen worden.'

'Dat is onmogelijk, maar als jij me helpt, kan ik er een paar redden...'

Hij vertelde haar dat hij in de afgelopen maanden elf meisjes had kunnen redden, maar slechts twee waren blijven leven. Zijn formule was riskant en niet erg doeltreffend, maar hij kon geen andere bedenken. Hij bood aan ze gratis te helpen wanneer ze ziek of zwanger waren, als ze hem in ruil daarvoor de stervende meisjes overdroegen. Hij kocht de potige tantes om opdat ze hem erbij haalden op het moment dat er een sing song girl naar het 'ziekenhuis' gestuurd werd, waarna hij met zijn assistent kwam, ze de stervende op een draagbaar legden en haar meenamen. 'Voor experimenten,' verklaarde Tao Chi'en, ofschoon ze hem zelden iets vroegen. Het meisje was al niets meer waard en door de bizarre perversiteit van die dokter bleef hun het probleem bespaard om zich van haar te ontdoen. De transactie was voor beide partijen gunstig. Alvorens de zieke mee te nemen, overhandigde Tao Chi'en een overlijdensakte en eiste dat ze hem het door het meisje getekende dienstcontract teruggaven, om te voorkomen dat iemand haar zou opeisen. In negen gevallen waren de meisjes al te ver heen om nog te kunnen genezen en was het slechts zijn taak geweest ze te steunen in hun laatste uren, maar twee hadden het gehaald.

'Wat heb je met ze gedaan?' vroeg Eliza.

'Ze zitten in mijn kamer. Ze zijn nog zwak en eentje lijkt half gestoord, maar ze zullen herstellen. Mijn assistent is gebleven om ze te verzorgen terwijl ik jou ging zoeken.'

'Ik snap het.'

'Ik kan ze niet langer opgesloten houden.'

'Misschien kunnen we ze terugsturen naar hun families in China...'

'Nee! Ze zouden weer slavinnen worden. In dit land kunnen ze eraan ontkomen, maar ik weet niet hoe.'

'Als de autoriteiten niet helpen, zullen goede mensen dat doen. We gaan naar de kerken en de zendelingen.'

'Ik denk niet dat christenen zich druk maken om die Chinese meisjes.'

'Wat heb jij weinig vertrouwen in de goedhartigheid van de mens, Tao!'

Eliza liet haar vriend theedrinken met de Bottenbreker, pakte een van haar versgebakken broden in en ging op bezoek bij de smid. Ze trof James Morton aan met een half ontbloot lichaam, een leren schort en een doek om zijn hoofd gebonden, zwetend bij de smidse. Binnen was het ondraaglijk heet, er hing een geur van rook en warm metaal. Het was een houten schuur met een vloer van zand en een dubbele deur, die zomer en winter openstond tijdens werkuren. Aan de voorzijde verrees een grote toonbank om de klanten te helpen en verder naar achteren de smidse. Aan de muren en de balken van het plafond hingen werkinstrumenten, gereedschap en door Morton vervaardigde hoefijzers. Helemaal achterin gaf een ladder toegang tot de vliering die als slaapkamer diende en met een gordijn van geoliede, grove katoen werd onttrokken aan het oog van de klanten. Het meubilair beneden bestond uit een tobbe om zich in te wassen en een tafel met twee stoelen; de enige decoratie waren een Amerikaanse vlag aan de muur en drie veldbloemen in een vaas op tafel. Esther stond met een enorme, wiegende buik en badend van het zweet een berg was te strijken, maar ze pakte de zware kolenstrijkijzers neuriënd op. De liefde en de zwangerschap hadden haar mooier gemaakt en een vredige sfeer hing als een lichtende halo om haar heen. Ze waste kleren voor mensen, net zo'n zwaar werk als dat van haar man met het aambeeld en de hamer. Drie keer per week laadde ze een kar vol vuile was, ging naar de rivier en zat een groot deel van de dag op haar knieën te zepen en te schrobben. Als de zon scheen, liet ze de kleren op de rotsen drogen, maar vaak moest ze met al het vochtige goed teruggaan, waarna meteen het stijven en strijken volgde. James Morton was er niet in geslaagd haar te laten stoppen met haar genadeloze arbeid, zij wilde niet dat haar baby op die plaats geboren zou worden en spaarde elke cent om met haar gezin naar een huis in het dorp te verhuizen.

'Chileentje!' riep ze uit, en liep naar Eliza om haar met een stevige omhelzing te ontvangen. 'Je bent lang niet geweest.'

'Wat zie je er goed uit, Esther! Eigenlijk kom ik voor James,' zei ze terwijl ze haar het brood gaf.

De man liet zijn gereedschap liggen, wiste met een zakdoek het zweet af en bracht Eliza naar de binnenplaats, waar Esther met drie glazen limonade bij hen kwam zitten. Het was een koele middag en de hemel was bewolkt, maar de winter kondigde zich nog niet aan. De lucht rook naar versgemaaid hooi en vochtige aarde.

Joaquín

In de winter van 1852 aten de inwoners van Noord-Californië perziken, abrikozen, druiven, jonge maïs, watermeloenen en suikermeloenen, terwijl in New York, Washington, Boston en andere belangrijke Amerikaanse steden de mensen de schaarste van het seizoen voor lief namen. Paulina's schepen vervoerden vanuit Chili de heerlijkheden uit de zomer op het zuidelijk halfrond, die ongeschonden in hun bed van blauw ijs arriveerden. Die handel was veel meer aan het opleveren dan het goud van haar man en haar zwager, ondanks het feit dat niemand meer dan drie dollar betaalde voor een perzik of tien voor een dozijn eieren. De Chileense dagloners die de gebroeders Rodríguez de Santa Cruz bij de goudwasserijen ingezet hadden, waren door de gringo's gedecimeerd. Ze namen hun de opbrengst van maanden af, hingen de opzichters op, geselden meerdere mannen en sneden hun de oren af en stuurden de rest weg van de goudwasserijen. De episode had in de kranten gestaan, maar de huiveringwekkende details werden hun verteld door een jongetje van acht, de zoon van een van de opzichters, die de foltering en dood van zijn vader had moeten bijwonen. Paulina's boten brachten ook theatergezelschappen uit Londen, opera uit Milaan en zarzuela's uit Madrid mee, die kort in Valparaíso waren en daarna de reis vervolgden naar het noorden. De kaartjes werden maanden van tevoren verkocht en op de dagen van de voorstellingen ontmoetten de hogere kringen uit San Francisco, opgedoft in hun galakleding, elkaar in de theaters, waar ze schouder aan schouder moesten zitten met de lompe goudgravers in werkkleding. De boten gingen niet leeg terug: ze namen Amerikaans meel mee naar Chili en van de goudfantasie genezen reizigers, die net zo arm vertrokken als ze gekomen waren.

In San Francisco was van alles te zien behalve ouderen; de bevolking was jong, sterk, luidruchtig en zag er gezond uit. Het goud had een legioen twintigjarige avonturiers gelokt, maar de koorts was over en precies zoals Paulina voorspeld had, was de stad niet teruggevallen in de status van een negorij, maar ze groeide juist en streefde naar verfijning en cultuur. Paulina was in haar element in die sfeer, ze hield van de vrijmoedigheid, de vrijheid en het groot vertoon van die maatschappij in wording, precies het tegenovergestelde van de schijnheiligheid in Chili. Ze dacht verrukt aan de woedeaanval die haar vader zou krijgen als hij om de tafel zou moeten gaan zitten met een tot rechter geworden, corrupte parvenu en een als een keizerin opgedirkte Française van twijfelachtig allooi. Ze was opgegroeid tussen de dikke muren van adobe en de getraliede ramen van het ouderlijk huis, kijkend naar het verleden en onderworpen aan andermans mening en goddelijke straffen; in Californië telden verleden noch gewetensbezwaren, buitenissigheid was welkom en schuld bestond niet, als men de fout verdoezelde. Ze schreef brieven naar haar zussen zonder al te veel hoop dat ze de censuur van haar vader zouden passeren, om ze te vertellen over dat buitengewone land, waar het mogelijk was een nieuw leven uit je duim te zuigen en in een oogwenk miljonair of bedelaar te worden. Het was het land van de mogelijkheden, open en gul. Door de zeestraat van de Golden Gate kwamen massa's mensen binnen die de armoede of het geweld ontvluchtten, van plan om het verleden uit te wissen en te werken. Het was niet makkelijk, maar hun nakomelin-

394

gen zouden Amerikanen zijn. Het wonder van dat land was dat iedereen dacht dat zijn kinderen een beter leven zouden krijgen. 'De landbouw is het ware goud van Californië, zo ver het oog reikt liggen er uitgestrekte, ingezaaide akkers, alles groeit als kool op deze gezegende grond. San Francisco is een fantastische stad geworden, maar heeft niet het karakter van een grenspost verloren, wat ik geweldig vind. Het blijft de bakermat van vrijdenkers, visionairen, helden en schurken. Er komen mensen van de verst gelegen oevers, op straat hoor je honderd talen, het ruikt naar eten uit vijf werelddelen, je ziet er alle rassen,' schreef ze. Het was geen kampement meer van eenzame mannen, er waren vrouwen gekomen en met hen veranderde de maatschappij. Ze waren net zo ontembaar als de avonturiers die kwamen zoeken naar goud; om het continent over te steken in ossenwagens moest je een sterke persoonlijkheid hebben, en die pioniersters hadden dat. Niks geen aanstellerige dames zoals haar moeder en zussen, daar domineerden amazones als zij. Dag na dag toonden ze hun karakter door zich onvermoeibaar en hardnekkig met de dapperste mannen te meten; niemand bestempelde ze als het zwakke geslacht, de mannen respecteerden hen als gelijken. Ze werkten in beroepen die elders voor hen verboden waren: ze zochten naar goud, werkten als koeherders, dreven muilezels, joegen voor de premie op bandieten, beheerden speelholen, restaurants, wasserijen en hotels. 'Hier kunnen vrouwen de baas zijn over hun grond, onroerend goed kopen en verkopen, scheiden als hun dat goeddunkt. Feliciano moet goed oppassen, want bij de eerste streek die hij me levert, laat ik hem alleen en arm zitten,' grapte Paulina in haar brieven. En ze voegde eraan toe dat Californië het beste van het slechtste had: ratten, vlooien, wapens en ondeugden.

'Men komt naar het Westen om zijn verleden te ontvluchten en opnieuw te beginnen, maar onze dwanggedachten achtervolgen ons, als de wind,' schreef Jacob Freemont in de krant. Hij was een goed voorbeeld, want hij had er maar weinig aan gehad van naam te veranderen, reporter te worden en zich als een yankee te kleden, hij bleef dezelfde. De leugen over de zendingen in Valparaíso lag achter hem, maar nu was hij alweer een andere aan het beramen en hij voelde, net als vroeger, dat zijn schepping met hem op de loop ging en langzaam maar zeker ten onder ging aan zijn eigen mankementen. Zijn artikelen over Joaquín Murieta waren de obsessie van de pers geworden. Elke dag doken er getuigenissen van andere mensen op die zijn woorden bevestigden; tientallen personen beweerden hem te hebben gezien en citeerden de beschrijving van zijn verzonnen personage. Freemont was nergens meer zeker van. Hij wenste dat hij die verhalen nooit geschreven had en kwam af en toe in de verleiding publiekelijk zijn woorden terug te nemen, zijn leugens op te biechten en te verdwijnen, voordat de hele kwestie uit de hand zou lopen en als een orkaan over hem heen zou komen, zoals in Chili gebeurd was, maar daarvoor had hij het lef niet. Het prestige was hem naar het hoofd gestegen en de roem deed hem duizelen.

Het verhaal dat Jacob Freemont had geconstrueerd, had de kenmerken van een stuiverroman. Hij vertelde dat Joaquín Murieta een rechtschapen en edelmoedige jongen geweest was, die keurig werkte bij de goudbeddingen van Stanislaus, samen met zijn vriendin. Toen ze vernamen hoe goed het hem ging, overvielen enkele Amerikanen hem, pakten hem zijn goud af, gaven hem een aframmeling en verkrachtten vervolgens voor zijn ogen zijn vriendin. Het ongelukkige stel restte geen andere mogelijkheid dan te vluchten en ze vertrokken naar het noorden, ver van de goudwasserijen. Ze vestigden zich als boeren om een idyllisch stuk grond te bewerken, dat omgeven was door bossen en waar een helder beekje doorheen stroomde, zei Freemont, maar ook daar duurde de rust niet lang, want opnieuw kwamen de yankees hun eigendommen afnemen en moesten ze een andere manier zoeken om in leven te blijven. Kort daarna verscheen Joaquín Murieta in Calaveras als monte-speler, terwijl zijn vriendin in het huis van haar ouders in Sonora het huwelijksfeest voorbereidde. Het was echter voorbestemd dat de jongen nergens rust zou vinden. Hij werd beschuldigd van het stelen van een paard en zonder enige vorm van proces bond een groep gringo's hem aan een boom en gaf hem er midden op het plein wreed met de zweep van langs. De publieke vernedering was meer dan een trotse jongeman kon verdragen en zijn hart draaide om in zijn lijf. Kort daarna trof men een in stukken gesneden yankee aan, als een kip die gemarineerd moet worden, en toen ze eenmaal de resten bij elkaar hadden gelegd, herkenden ze een van de mannen die Murieta met de zweep had vernederd. In de daaropvolgende weken vielen een voor een de overige betrokkenen, ieder van hen op een andere wijze gemarteld en gedood. Zoals Jacob Freemont zei in zijn artikelen: nooit was er zoveel wreedheid gezien in dat land van wrede mensen. In de twee jaar daarna dook de naam van de bandiet overal op. Zijn bende stal vee en paarden, overviel diligences, delvers bij de goudwasserijen en reizigers op de wegen, daagde de gerechtsdienaren uit, doodde elke onachtzame Amerikaan die hij te pakken kreeg en dreef straffeloos de spot met justitie. Alle onbestrafte wandaden en delicten in Californië werden aan Murieta toegeschreven. Het terrein leende zich ervoor om zich te verschansen, er viel in de vele bossen, bergen en valleien meer dan genoeg te vissen en te jagen, er waren meer dan genoeg hooggelegen graslanden waar een ruiter uren op zijn paard kon rijden zonder sporen achter te laten, diepe grotten om in te schuilen, verborgen bergpassen om achtervolgers te misleiden. De groepen mannen die naar de misdadigers op zoek gingen, keerden met lege handen terug of sneuvelden bij hun poging. Dit alles vertelde Jacob Freemont, verstrikt in zijn retoriek, en niemand kwam op het idee om naar namen, data of plaatsen te vragen.

Eliza Sommers werkte twee jaar samen met Tao Chi'en in San Francisco. In die tijd was ze, tijdens de zomers, twee keer weggegaan om Joaquín Andieta te zoeken op dezelfde wijze als voorheen: door zich aan te sluiten bij andere reizigers. De eerste keer vertrok ze met het idee te reizen tot ze hem zou vinden of totdat de winter zou beginnen, maar na vier maanden keerde ze afgemat en ziek terug. In de zomer van 1852 vertrok ze opnieuw, maar na hetzelfde traject te hebben afgelegd en Joe de Bottenbreker te hebben opgezocht, nu definitief in haar rol als oma van Tom zonder Stam, en James en Esther, die hun tweede kind verwachtten, kwam ze na vijf weken terug omdat ze de onrust niet kon verdragen bij Tao Chi'en uit de buurt te zijn. Ze waren zo prettig bezig met hun dagelijkse beslommeringen, verbroederd in het werk en geestelijk op elkaar afgestemd als een oud echtpaar. Zij verzamelde alles wat er over Joaquín Murieta gepubliceerd werd en leerde het uit het hoofd, zoals ze in haar kindertijd deed met de gedichten van Miss Rose, maar negeerde liever de verwijzingen naar de vriendin van de bandiet. 'Dat meisje hebben ze verzonnen om kranten te verkopen, je weet hoe geboeid het publiek is door een romance,' legde ze Tao Chi'en uit. Op een broze kaart traceerde ze consequent als een zeevaarder de gang van Murieta, maar de beschikbare gegevens waren onduidelijk en tegenstrijdig, de lijnen kruisten elkaar als in het web van een dolgedraaide spin, zonder ergens heen te leiden. Hoewel ze in het begin de mogelijkheid dat haar Joaquín dezelfde zou zijn als die van de afgrijselijke overvallen had verworpen, raakte ze er al gauw van overtuigd dat dat personage perfect aansloot bij de jongen uit haar herinneringen. Ook hij kwam in opstand tegen misstanden en had de enorme drang om de behoeftigen te helpen. Misschien was het niet Joaquín Murieta die zijn slachtoffers folterde, maar waren het zijn handlangers, zoals die Jack Drie-Vingers, van wie men een dergelijke wreedheid kon aannemen.

Ze droeg nog steeds mannenkleding, want die hielp haar

onzichtbaar te blijven, wat zo noodzakelijk was bij de krankzinnige taak waarin Tao Chi'en haar had betrokken. Ze had drieënhalf jaar geen jurk meer aangetrokken en ze wist niets van Miss Rose, Mama Fresia of oom John; het was alsof ze al duizend jaar een steeds onwaarschijnlijkere hersenschim achtervolgde. De tijd van de heimelijke omhelzingen met haar geliefde lag zeer ver achter haar, ze was niet zeker van haar gevoelens, wist niet of ze op hem bleef wachten uit liefde of uit trots. Soms gingen er weken voorbij zonder dat ze aan hem dacht, afgeleid door het werk, maar ineens gaf het geheugen haar een dreun en deed haar huiveren. Dan keek ze verward om zich heen, zonder zich te kunnen plaatsen in die wereld waarin ze terechtgekomen was. Wat deed ze in een broek met allemaal Chinezen om zich heen? Ze moest moeite doen om de verwarring van zich af te schudden en zich te herinneren dat ze zich daar bevond vanwege de starheid van de liefde. Haar missie bestond er geenszins uit Tao Chi'en bij te staan, bedacht ze, maar was Joaquín zoeken, daarvoor was ze van heel ver gekomen en ze zou het doen, al was het maar om hem in zijn gezicht te zeggen dat hij een ellendige overloper was en dat hij haar jeugd verwoest had. Daarom was ze de drie vorige keren vertrokken, maar ze had de wilskracht niet om het nog eens te proberen. Ze ging gedecideerd voor Tao Chi'en staan om hem haar besluit mee te delen dat ze doorging met haar zwerftocht, maar de woorden stremden als zand in haar mond. Ze kon die vreemde vriend die haar toevallig ten deel was gevallen niet in de steek laten.

'Wat doe je als je hem vindt?' had Tao Chi'en haar eens gevraagd.

'Als ik hem zie, weet ik of ik nog van hem hou.'

'En als je hem nooit vindt?'

'Dan zal ik leven met de twijfel, neem ik aan.'

Ze had een paar vroegtijdige grijze haren ontdekt bij de slapen van haar vriend. Soms werd de verleiding haar vingers in die dikke, zwarte haren te begraven of haar neus in zijn hals

te steken om van dichtbij zijn zachte oceaangeur te ruiken ondraaglijk, maar ze hadden niet meer het excuus om opgerold
in een deken op de grond te slapen en de mogelijkheden om
elkaar aan te raken waren nihil. Tao werkte en studeerde te
veel; ze kon zich voorstellen hoe moe hij moest zijn, hoewel
hij altijd onberispelijk voor den dag kwam en zelfs op de meest
kritieke momenten rustig bleef. Hij wankelde alleen wanneer
hij terugkwam van een gunning met een doodsbang meisje
aan de arm. Hij onderzocht haar om te kijken hoe haar toestand was en droeg haar aan Eliza over met de noodzakelijke
instructies, waarna hij zich urenlang opsloot. 'Hij is bij Lin,'
concludeerde Eliza, en een onverklaarbare pijn stak in een verborgen plek van haar ziel. Hij was inderdaad bij haar. In de
stilte van de meditatie probeerde Tao Chi'en het verloren
evenwicht te herstellen en zich los te maken van de verleiding
van het goud en de woede. Beetje bij beetje zette hij herinneringen, verlangens en gedachten van zich af, tot hij voelde dat
zijn lichaam opging in het niets. Hij hield een tijdje op te bestaan, totdat hij terugkwam als een adelaar, heel hoog vliegend
zonder enige moeite, gedragen door een koele en heldere
lucht die hem boven de allerhoogste bergen uit tilde. Van daaruit kon hij onder zich uitgestrekte grasvlakten zien, eindeloze bossen en rivieren van puur zilver. Dan bereikte hij de volmaakte harmonie en resoneerden hemel en aarde in hem als
een fijn instrument. Hij zweefde met zijn enorme gespreide
vleugels tussen melkwitte wolken en ineens voelde hij dat ze
bij hem was. Lin materialiseerde zich naast hem, nog een
prachtige adelaar die in de oneindige hemel hing.

'Waar is je opgewektheid, Tao?' vroeg ze hem.

'De wereld is vol leed, Lin.'

'Leed heeft een spirituele bedoeling.'

'Dit is slechts zinloze pijn.'

'Denk eraan dat de wijze man altijd vrolijk is, omdat hij de
werkelijkheid aanvaardt.'

'En slechtheid, moet je die ook aanvaarden?'

'Het enige tegengif is de liefde. En zeg eens, wanneer ga je weer trouwen?'

'Ik ben met jou getrouwd.'

'Ik ben een spook, ik kan je niet je hele leven blijven bezoeken, Tao. Het is een enorme inspanning om elke keer als je me roept te komen, ik hoor niet meer in jouw wereld. Trouw of je wordt vroeg oud. Daarbij, als je de tweehonderdtweeëntwintig liefdesstandjes niet oefent, vergeet je ze nog,' spotte ze met haar onvergetelijke, kristalheldere lach.

De gunningen waren veel erger dan zijn visites aan het 'ziekenhuis'. Er was zo weinig hoop voor de stervende meisjes dat wanneer er een gered werd, het een wonderbaarlijk geschenk was, maar hij wist tegelijkertijd dat voor elk meisje dat hij op een gunning kocht, er tientallen overgeleverd waren aan kwade bedoelingen. Hij kwelde zichzelf door zich voor te stellen hoeveel meer hij er zou kunnen redden als hij rijk zou zijn, tot Eliza hem herinnerde aan de meisjes die hij redde. Ze werden verbonden door een fijn weefsel van verwantschap en gedeelde geheimen, maar tevens gescheiden door hun wederzijdse obsessies. Het spookbeeld van Joaquín Andieta verwijderde zich, maar dat van Lin was waarneembaar als de wind of het geluid van de golven op het strand. Tao Chi'en hoefde haar maar op te roepen en ze kwam, altijd lachend, zoals ze bij leven geweest was. Toch was ze in plaats van een rivale van Eliza juist haar bondgenoot geworden, ofschoon het meisje dat nog niet wist. Lin was de eerste die doorhad dat die vriendschap te veel op liefde leek en toen haar man haar tegensprak met het argument dat er in China, Chili of enige andere plek ter wereld geen plaats was voor zo'n paar, lachte ze opnieuw.

'Praat toch geen onzin, de wereld is groot en het leven is lang. Alles is een kwestie van durven.'

'Je kunt je niet voorstellen wat racisme is, Lin, jij hebt altijd tussen jouw mensen geleefd. Hier kan het niemand wat schelen wat ik doe of wat ik weet, voor de Amerikanen ben ik slechts een walgelijke, heidense Chinees en Eliza is een greaser. In Chinatown ben ik een afvallige, zonder staart en gekleed als een yankee. Ik hoor nergens thuis.'

'Racisme is niets nieuws, in China dachten jij en ik dat alle fan güey barbaren waren.'

'Hier hebben ze alleen respect voor geld, en zoals het ernaar uitziet, zal ik nooit genoeg hebben.'

'Je hebt het mis. Ze hebben ook respect voor wie het afdwingt. Kijk ze in de ogen.'

'Als ik die raad opvolg, schieten ze me op een willekeurige hoek overhoop.'

'Het is de moeite waard om te proberen. Je klaagt te veel, Tao, ik ken je niet terug. Waar is de dappere man die ik liefheb?'

Tao Chi'en moest toegeven dat hij zich door ontelbare dunne draadjes met Eliza verbonden voelde, die elk afzonderlijk makkelijk door te knippen waren, maar onbreekbare touwen vormden omdat ze verstrengeld waren. Ze kenden elkaar pas een paar jaar, maar konden al naar het verleden kijken en de lange weg vol hindernissen zien die ze samen afgelegd hadden. De gelijkenissen hadden langzaam de rassenverschillen uitgewist. 'Je hebt het gezicht van een mooie Chinese,' had hij haar eens op een onbewaakt moment gezegd. 'Jij hebt het gezicht van een vriendelijke Chileen,' had zij direct geantwoord. Ze vormden een vreemd stel in de wijk: een lange, elegante Chinees met een onbeduidende Spaanse jongen. Buiten Chinatown vielen ze echter nauwelijks op tussen de bonte menigte van San Francisco.

'Je kunt niet altijd op die man blijven wachten, Eliza. Dat is een vorm van waanzin, net als de goudkoorts. Je zou jezelf een termijn moeten stellen,' zei Tao op een dag.

'En wat doe ik met mijn leven als de termijn verlopen is?'

'Je kunt terugkeren naar je land.'

'In Chili is een vrouw als ik erger dan een van jouw sing song girls. Zou jij naar China teruggaan?'

'Het was mijn enige doel, maar ik begin Amerika leuk te vinden. Daar ben ik weer de Vierde Zoon, hier zit ik beter.'

'Ik ook. Als ik Joaquín niet vind, blijf ik en open ik een restaurant. Ik heb wat nodig is: een goed geheugen voor recepten, liefde voor ingrediënten, smaak- en tastzin, gevoel voor kruiden...'

'En bescheidenheid,' lachte Tao Chi'en.

'Waarom zou ik bescheiden zijn over mijn talent? Ik heb bovendien een reukzin als een hond. Ergens moet deze goede neus toch voor dienen: ik hoef een gerecht maar te ruiken om te weten wat erin zit en het te verbeteren.'

'Met Chinees eten lukt het je niet...'

'Jullie eten rare dingen, Tao! Het mijne zou een Frans restaurant zijn, het beste in de stad.'

'Ik doe je een voorstel, Eliza. Als je binnen een jaar die Joaquín niet vindt, trouw je met mij,' zei Tao Chi'en, en ze lachten allebei.

Na dat gesprek veranderde er iets tussen beiden. Ze voelden zich ongemakkelijk als ze met z'n tweeën waren en hoewel dat het was wat ze wilden, begonnen ze elkaar te mijden. Tao Chi'en werd regelmatig gekweld door het verlangen haar achterna te gaan wanneer ze zich terugtrok op haar kamer, maar een mengeling van verlegenheid en respect hield hem tegen. Hij veronderstelde dat hij, zolang zij bleef hangen aan de herinnering aan de vroegere geliefde, geen toenadering moest zoeken, maar hij kon ook niet voor onbepaalde tijd op een slap koord blijven balanceren. Hij fantaseerde hoe ze in haar bed lag, de uren tellend in de verwachtingsvolle stilte van de nacht, eveneens slapeloos vanwege de liefde, echter niet voor hem maar voor een ander. Hij kende haar lichaam zo goed dat hij het tot in de details kon tekenen tot de meest verborgen moedervlek, hoewel hij haar sinds de tijd dat hij haar in het schip had verzorgd, niet meer naakt gezien had. Hij bedacht dat als ze ziek zou worden, hij een excuus zou hebben om haar aan te raken, maar vervolgens schaamde hij

403

zich voor een dergelijke gedachte. De spontane lach en voorzichtige tederheid die vroeger op elk moment in hen opwelden, maakten plaats voor een drukkende spanning. Als ze elkaar per ongeluk aanraakten, sprongen ze verward opzij; ze waren zich bewust van de aanwezigheid of afwezigheid van de ander; de lucht leek geladen met voorgevoelens en spanning over wat er te gebeuren stond. In plaats van gezellig samen te gaan zitten lezen of schrijven, gingen ze uiteen zodra het werk in de praktijk klaar was. Tao Chi'en ging bij uitgeputte zieken op bezoek, kwam bijeen met andere zhong yi om over diagnoses en behandelmethoden te praten of sloot zich op om teksten over westerse geneeskunde te bestuderen. Hij koesterde de ambitie een vergunning te krijgen om in Californië legaal de geneeskunde te beoefenen, een project dat hij alleen besprak met Eliza en de geesten van Lin en zijn acupunctuurmeester. In China begon een zhong yi als leerling en ging daarna alleen verder, daarom bleef die geneeskunde, die altijd gebruik maakte van dezelfde methoden en geneesmiddelen, eeuwenlang onveranderd. Het verschil tussen een goede en een middelmatige beoefenaar was dat eerstgenoemde de intuïtie bezat om diagnoses te stellen en de gave om met zijn handen pijn te verzachten. De westerse dokters deden echter zeer kritische studies, bleven met elkaar contact houden en waren van de nieuwe kennis op de hoogte, beschikten over laboratoria en mortuaria voor proeven en gingen de uitdaging met de concurrentie aan. De wetenschap fascineerde hem, maar zijn enthousiasme vond geen weerklank in zijn aan traditie verknochte gemeenschap. Hij volgde de nieuwste ontwikkelingen op de voet en kocht alle boeken en tijdschriften daarover die hij tegenkwam. Zijn nieuwsgierigheid naar het moderne was zo groot dat hij het gebod van zijn eerbiedwaardige meester op de muur moest schrijven: 'Kennis zonder wijsheid is van weinig waarde en zonder spiritualiteit bestaat er geen wijsheid.' Wetenschap is niet alles, herhaalde hij bij zichzelf, om het niet te vergeten. Hij had in elk geval het Amerikaanse staatsburgerschap nodig, dat moeilijk te krijgen was voor iemand van zijn ras, maar alleen zo zou hij in dat land kunnen blijven zonder altijd een marginaal figuur zijn, en hij moest een titel hebben, zo zou hij veel goeds kunnen verrichten, dacht hij. De fan güey wisten niets over acupunctuur of kruiden die in Azië al eeuwenlang gebruikt werden, ze beschouwden hem als een soort toverende kwakzalver en de minachting voor andere rassen was dusdanig dat de slavendrijvers op de plantages in het zuiden de veearts erbij riepen als een neger ziek werd. Hun kijk op Chinezen was al niet anders, maar er waren verscheidene visionaire dokters die gereisd hadden of hadden gelezen over andere culturen en geïnteresseerd waren in de technieken en de duizend geneeskrachtige middelen uit de oosterse farmacopee. Hij had nog steeds contact met Ebanizer Hobbs in Engeland en in de brieven betreurden beiden dikwijls de afstand die hen scheidde. 'Kom naar Londen, dokter Chi'en, en geef een acupunctuurdemonstratie in de Royal Medical Society, u zult ze versteld doen staan, dat verzeker ik u,' schreef Hobbs hem. Zoals hij zei: als ze de kennis van beiden zouden combineren, zouden ze doden kunnen laten herrijzen.

Een bijzonder stel

Door de vorstperiodes in de winter waren verscheidene sing song girls in de Chinese wijk aan longontsteking overleden, Tao Chi'en had niets voor hen kunnen doen. Twee keer werd hij erbij geroepen toen ze nog leefden en hij slaagde erin hen mee te nemen, maar weinige uren later stierven ze in zijn armen, ijlend van de koorts. Tegen die tijd strekten zijn bescheiden tentakels van barmhartigheid zich uit over de gehele lengte en breedte van Noord-Amerika, van San Francisco tot New York, van de Río Grande tot aan Canada, maar een dergelijke buitengewone inspanning was amper een korreltje zout in die oceaan van ellende. Zijn dokterspraktijk liep goed en wat hij kon sparen of uit liefdadigheid van sommige rijke patiënten kreeg, besteedde hij om de jongste meisjes op de gunningen te kopen. In die onderwereld kenden ze hem reeds: hij had de faam een gedegenereerde te zijn. Ze hadden geen van de meisjes die hij verwierf 'voor zijn experimenten', zoals hij zei, er levend uit zien komen, maar niemand interesseerde het wat er achter zijn deur gebeurde. Als zhong yi was hij de beste, zolang hij geen ophef maakte en zich tot die kinderen beperkte, die toch maar weinig meer waren dan dieren, lieten ze hem met rust. Zijn trouwe assistent, de enige die wat informatie kon geven, beperkte zich ertoe naar aanleiding van nieuwsgierige vragen te verklaren dat de buitengewone kennis van zijn baas, die zo zinvol was voor zijn patiënten, voortkwam uit zijn geheimzinnige experimenten. Tao Chi'en was intussen naar een goed huis verhuisd tussen twee gebouwen aan de rand van Chinatown, op een paar blokken van Union Square, waar hij zijn kliniek had, verkocht zijn geneesmiddelen en hield de meisjes verborgen tot ze konden reizen. Eliza had de noodzakelijke basisbeginselen van het Chinees geleerd om op een basaal niveau te kunnen communiceren, de rest improviseerde ze met gebarentaal, tekeningen en een paar woorden Engels. Het was de inspanning waard, dit was veel prettiger dan doorgaan voor het doofstomme broertje van de dokter. Ze kon geen Chinees lezen of schrijven, maar ze herkende de medicijnen aan hun geur en voor de zekerheid merkte ze de flesjes met een zelfverzonnen code. Er zat altijd een flink aantal patiënten op hun beurt te wachten voor de gouden naalden, de wonderkruiden en de troost van Tao Chi'ens stem. Meerdere mensen vroegen zich af hoe die zo wijze en beminnelijke man dezelfde kon zijn als degene die lijken en kinderlijke concubines verzamelde, maar daar men niet zeker wist wat precies zijn afwijkingen waren, werd hij door de gemeenschap gerespecteerd. Hij had weliswaar geen vrienden, maar vijanden had hij evenmin. Zijn goede naam reikte tot over de grenzen van Chinatown en sommige Amerikaanse artsen plachten hem om raad te vragen wanneer hun kennis nutteloos bleek, altijd uiterst voorzichtig, want het zou een publieke vernedering zijn toe te geven dat een 'hemeling' hun iets kon leren. Aldus moest hij enkele belangrijke figuren uit de stad helpen en leerde hij de beroemde Ah Toy kennen.

De vrouw liet hem halen toen ze vernam dat hij de echtgenote van een rechter beter gemaakt had. Ze leed aan een castagnettengerammel in haar longen, dat haar af en toe dreigde te verstikken. Tao Chi'ens eerste reactie was weigeren, maar later bezweek hij voor de nieuwsgierigheid haar van dichtbij te zien en de legende die om haar heen hing zelf te verifiëren. In zijn ogen was ze een serpent, zijn persoonlijke vijand. Wetende wat Ah Toy voor hem betekende, stopte Eliza in zijn koffertje genoeg arsenicum om twee ossen om te leggen.

'Voor het geval dat...' verklaarde ze.

'Voor het geval wat?'

'Stel je voor dat ze ernstig ziek is. Je wilt toch niet dat ze moet lijden, of wel soms? Soms moet je helpen met sterven...'

Tao Chi'en lachte hartelijk, maar haalde het flesje niet uit zijn koffertje. Ah Toy ontving hem in een van haar luxe 'gasthuizen', waar de klant duizend dollar per rendez-vous betaalde, maar altijd tevreden wegging. Bovendien, zo beweerde zij: 'Als u de prijs moet vragen, is dit geen plek voor u.' Een zwart dienstmeisje in gesteven uniform deed de deur open en leidde hem door verscheidene zalen, waar beeldschone, in zijde geklede jonge vrouwen rondliepen. Vergeleken met zijn zussen, die slechter terechtgekomen waren, leefden ze als prinsessen, ze aten driemaal per dag en gingen dagelijks in bad. Het huis, een waar museum met oosters antiek en Amerikaanse prullen, rook naar tabak, verschaald parfum en stof. Het was drie uur 's middags, maar de dikke gordijnen bleven dicht, in die kamers kwam nooit een fris windje binnen. Ah Toy ontving hem in een klein kantoortje, tot de nok gevuld met meubels en vogelkooien. Ze bleek kleiner, jonger en mooier te zijn dan verwacht. Ze was zorgvuldig opgemaakt, maar droeg geen sieraden, ging eenvoudig gekleed en had geen lange nagels, een teken van rijkdom en vrije tijd. Hij keek naar haar piepkleine, in witte schoentjes gestoken voetjes. Ze had een doordringende en harde blik, maar sprak met een strelende stem die hem aan Lin deed denken. Verdomme, verzuchtte Tao Chi'en, die bij het eerste woord verslagen was. Hij onderzocht haar onverstoorbaar, zonder zijn afkeer of verwarring te tonen, zonder te weten wat hij tegen haar moest zeggen, want haar haar handel verwijten zou niet alleen zinloos, maar ook gevaarlijk zijn en het kon de aandacht vestigen op zijn eigen activiteiten. Hij schreef haar *ma-huang* voor tegen astma en andere medicijnen om de lever te kalmeren, terwijl hij haar er kortaf op wees dat, zolang ze tabak en opium rokend opgesloten achter die gordijnen leefde, haar longen zouden blijven piepen. De verleiding haar het vergif te geven met de indicatie een theelepeltje per dag in te nemen, streek als een nachtvlinder langs hem heen en hij huiverde, confuus door dat moment van twijfel, want tot dan toe had hij gedacht dat hij nooit genoeg woede in zich zou hebben om iemand te vermoorden. Hij ging haastig weg, er zeker van dat de vrouw hem vanwege zijn onbeschaafde gedrag nooit meer zou raadplegen.

'Nou?' vroeg Eliza toen ze hem zag aankomen.

'Niets.'

'Hoezo niets! Had ze niet eens een beetje tuberculose? Gaat ze niet dood?'

'We gaan allemaal dood. Zij zal sterven van ouderdom. Ze is sterk als een buffel.'

'Zo zijn slechte mensen.'

Wat Eliza betreft, zij wist dat ze zich voor een definitieve splitsing op haar weg bevond en dat de gekozen richting de rest van haar leven zou bepalen. Tao Chi'en had gelijk: ze moest zichzelf een termijn stellen. Ze kon het idee dat ze verliefd geworden was op de liefde en gevangenzat in de waanzin van een fabelachtige passie, zonder enig houvast aan de werkelijkheid, niet langer ontkennen. Ze probeerde zich de gevoelens te herinneren die haar ertoe hadden aangezet aan boord te gaan van dat enorme avontuur, maar het lukte haar niet. De vrouw die ze geworden was, had maar weinig gemeen met het meisje dat destijds zo van de wijs was. Valparaíso en de kamer met de kleerkasten leken tot een andere tijd te behoren, tot een wereld die langzaam verdween in de nevel. Duizendmaal vroeg ze zich af waarom ze er zo naar smachtte met lichaam en ziel Joaquín Andieta toe te behoren, terwijl ze zich eigenlijk nooit helemaal ge-

lukkig had gevoeld in zijn armen, en ze kon het alleen verklaren omdat hij haar eerste liefde was. Ze was er klaar voor
toen hij kwam om wat balen bij haar huis te lossen, de rest
was een kwestie van instinct geweest. Ze had eenvoudigweg
geluisterd naar de machtigste en oudste lokroep, maar dat
was een eeuwigheid geleden op zevenduizend mijl afstand
gebeurd. Wie zij destijds was en wat ze in hem zag, kon ze
niet zeggen, maar ze wist dat haar hart niet meer daar was.
Ze was het niet alleen moe geworden hem te zoeken – eigenlijk vond ze hem liever niet – maar ze kon ook niet geplaagd door twijfels verder leven. Ze moest die periode afsluiten om met een schone lei aan een nieuwe liefde te
beginnen.

Eind november verdroeg ze de onrust niet langer en ging
zonder een woord tegen Tao Chi'en te zeggen naar de krant
om met de beroemde Jacob Freemont te praten. Ze lieten
haar doorlopen naar de redactiezaal, waar verscheidene jour-
nalisten tussen een overweldigende puinhoop achter hun bureaus zaten te werken. Ze wezen haar op een klein kantoor
achter een deur met raam en daar liep ze heen. Ze bleef voor
de tafel staan, wachtend tot die gringo met rode bakkebaarden zijn blik zou oprichten van zijn papieren. Het was een
persoon van middelbare leeftijd, met een sproeterige huid en
een zoete kaarsengeur. Hij schreef met links, ondersteunde
met zijn rechterhand zijn voorhoofd, en ze zag zijn gezicht
niet, maar toen rook ze, onder het aroma van bijenwas, een
bekende geur die haar iets vaags van lang geleden uit haar
kindertijd in herinnering riep. Ze boog een beetje voorover
naar hem, stiekem snuffelend, op hetzelfde moment dat de
journalist zijn hoofd ophief. Verrast bleven ze elkaar vanaf
een ongemakkelijke afstand aankijken en ten slotte deinsden
beiden achteruit. Aan zijn geur had ze hem herkend, ondanks
de jaren, de bril, de bakkebaarden en de yankeekleding. Het
was de eeuwige aanbidder van Miss Rose, dezelfde Engelsman die stipt op de woensdagavondbijeenkomsten in Valpa-

raíso verscheen. Ze stond als aan de grond genageld en kon er niet meer onderuit.

'Wat kan ik voor je doen, jongen?' vroeg Jacob Todd terwijl hij zijn bril afzette om die met een zakdoek schoon te wrijven.

Het betoog dat Eliza had voorbereid, was ineens uit haar hoofd weggevaagd. Ze bleef met open mond en haar hoed in de hand staan, er zeker van dat als zij hem herkend had, hij haar vast ook; maar de man zette zorgvuldig zijn bril op en herhaalde de vraag zonder haar aan te kijken.

'Het gaat om Joaquín Murieta...' stamelde ze, en ze had een ergere piepstem dan ooit.

'Heb je informatie over de bandiet?' vroeg de journalist direct geïnteresseerd.

'Nee, nee... Integendeel, ik kom bij u naar hem vragen. Ik moet hem zien.'

'Je hebt iets bekends, jongen. Kennen wij elkaar misschien?'

'Dat denk ik niet, meneer.'

'Ben je Chileens?'

'Ja.'

'Ik heb een aantal jaren geleden in Chili gewoond. Mooi land. Waarom wil je Murieta zien?'

'Het is heel belangrijk.'

'Ik ben bang dat ik je niet kan helpen. Niemand weet zijn verblijfplaats.'

'Maar u hebt hem gesproken!'

'Alleen wanneer Murieta me vraagt. Hij neemt met mij contact op wanneer hij wil dat een van zijn wapenfeiten in de krant komt. Bescheidenheid kent hij niet, hij houdt van de roem.'

'In welke taal verstaat u zich met hem?'

'Mijn Spaans is beter dan zijn Engels.'

'Zegt u me, meneer, heeft hij een Chileens of een Mexicaans accent?'

'Ik zou het niet kunnen zeggen. Nogmaals, jongen, ik kan je niet helpen,' antwoordde de journalist terwijl hij opstond om de ondervraging, die hem begon te irriteren, te beëindigen.

Eliza nam kort afscheid en hij bleef enigszins verbouwereerd staan terwijl hij haar zag verdwijnen in het gewoel van de redactiezaal. Een paar minuten later, toen zijn bezoek weg was, herinnerde hij zich de opdracht van kapitein John Sommers en het beeld van het meisje Eliza schoot als een bliksemflits door zijn hoofd. Op dat moment legde hij het verband tussen de naam van bandiet en die van Joaquín Andieta en hij besefte dat zij hem zocht. Hij onderdrukte een kreet en rende de straat op, maar het meisje was verdwenen.

Het belangrijkste werk van Tao Chi'en en Eliza Sommers begon 's avonds. In het duister hadden ze de beschikking over de lichamen van de arme meisjes die ze niet konden redden en de rest brachten ze naar de andere kant van de stad bij hun vrienden, de quakers. Een voor een kwamen de meisjes de hel uit om zich blindelings in een avontuur te storten waarvan geen weg terug was. Ze verloren de hoop om naar China terug te keren of hun families weer te zien, sommigen spraken nooit meer hun taal of zagen nooit meer een gezicht van hun ras, ze moesten een vak leren en voor de rest van hun leven hard werken, maar alles was een paradijs vergeleken met het leven daarvoor. De meisjes die Tao kon kopen op de gunning, pasten zich beter aan. Ze hadden in kisten gereisd en hadden de wellust en beestachtigheid van de matrozen ondergaan, maar ze waren nog niet helemaal gebroken en hadden nog uitzicht op een beter leven. De anderen, die in het 'ziekenhuis' op het nippertje aan de dood ontsnapt waren, raakten hun angst, die hen als een bloedziekte tot op de laatste dag vanbinnen zou verteren, nooit meer kwijt. Tao Chi'en hoopte dat ze mettertijd tenminste af en toe zouden leren lachen. Zodra ze op krachten kwamen en begrepen dat zij zich

nooit meer onder dwang aan een man zouden hoeven onderwerpen, maar wel altijd voortvluchtig zouden zijn, werden
ze naar het huis van hun abolitionistische vrienden gebracht,
onderdeel van de *underground railroad*, zoals de clandestiene
organisatie werd genoemd die zich bezighield met het redden van ontsnapte slaven, waartoe ook de smid James Morton en zijn broers behoorden. Ze namen vluchtelingen op uit
de staten waar slavernij heerste en hielpen hen zich in Californië te vestigen, maar in dit geval moesten ze in tegengestelde richting te werk gaan om de Chinese meisjes Californië uit te krijgen en ze ver van de smokkelaars en de criminele
bendes te brengen, een huis voor ze te zoeken en een manier
om de kost te verdienen. De quakers aanvaardden de risico's
met religieuze overgave: voor hen ging het om onschuldige
mensen die bezoedeld waren door de slechtheid van de mens,
door God als beproeving op hun weg geplaatst. Ze vingen
hen met zoveel plezier op dat zij vaak gewelddadig of hevig
angstig reageerden; ze konden geen liefde ontvangen, maar
het geduld van die goede mensen brak beetje bij beetje hun
verzet. Ze leerden hun een paar onontbeerlijke zinnen Engels, gaven ze een indruk van de Amerikaanse gewoonten, lieten hun een kaart zien zodat ze op z'n minst wisten waar ze
zich bevonden en probeerden ze in te wijden in een of ander
vak, terwijl ze wachtten tot Babalú, de Slechte, ze zou komen
halen.

De reus had eindelijk de manier gevonden om zijn talent
ten volle uit te buiten: hij was een onvermoeibaar reiziger,
een echt nachtmens en een liefhebber van het avontuur. Wanneer ze hem zagen, renden de sing song girls doodsbang weg
om zich te verstoppen en er was veel overredingskracht van
hun beschermers nodig om ze gerust te stellen. Hij had een
lied geleerd in het Chinees en drie jongleertrucjes, die hij gebruikte om te imponeren en de schrik van de eerste ontmoeting te verzachten, maar hij deed onder geen beding afstand van zijn wolvenvellen, zijn kaalgeschoren hoofd, zijn

piratenringen en zijn geduchte wapenuitrusting. Hij bleef een paar dagen, tot hij zijn beschermelingen ervan overtuigd had dat hij geen duivel was en hen niet wilde opschrokken, waarna hij 's avonds meteen met ze vertrok. De afstanden waren zo berekend dat ze bij het ochtendgloren bij een andere opvang arriveerden, waar ze overdag uitrustten. Ze verplaatsten zich te paard; een koets was zinloos, want een groot deel van het traject werd over de open velden afgelegd om de wegen te vermijden. Hij had ontdekt dat het veel veiliger was om, mits men zich kon oriënteren, in het donker te reizen, want de beren, slangen, struikrovers en indianen sliepen dan, net als iedereen. Babalú liet ze veilig achter in handen van andere leden van het uitgebreide netwerk van de vrijheid. Ze kwamen terecht op boerderijen in Oregon, wasserijen in Canada, handwerkplaatsen in Mexico; anderen gingen aan het werk als bediende in een familie en er waren er ook een paar die trouwden. Tao Chi'en en Eliza ontvingen doorgaans bericht via James Morton, die elke vluchteling die door zijn organisatie geholpen was volgde. Soms kregen ze een envelop uit een of ander ver oord en wanneer ze die openden, vonden ze een papiertje met een fout gekrabbelde naam, een paar droogbloemen of een tekening, en dan prezen ze zich gelukkig dat er weer een sing song girl ontkomen was.

Soms moest Eliza een paar dagen haar kamer delen met een pas gered meisje, maar ook haar onthulde ze haar vrouwelijke natuur niet, die alleen Tao Chi'en kende. Ze beschikte over het beste vertrek in het huis achter de praktijk van haar vriend. Het was een ruime kamer met twee ramen die uitkeken op een kleine binnenplaats, waar ze medicinale planten verbouwden voor de praktijk en aromatische kruiden om te koken. Ze fantaseerden er vaak over naar een groter huis te verhuizen en een echte tuin te hebben, niet alleen voor praktische doeleinden, maar ook als lust voor het oog en plezier voor het geheugen, een plek waar de mooiste planten zouden groeien uit China en Chili en waar een prieeltje zou staan om 's middags thee te drinken en 's ochtends de zonsopgang over de baai te bewonderen. Tao Chi'en had Eliza's drang het huis tot een thuis te maken, de ijver waarmee ze poetste en ordende, haar volharding om altijd bescheiden bosjes verse bloemen in elk vertrek te hebben staan, bemerkt. Hij had voorheen nooit de kans gehad dergelijke details te waarderen; hij was opgegroeid in totale armoede, in het huis van de acupunctuurmeester ontbrak een vrouwenhand om het tot een thuis te maken, en Lin was zo teer dat ze de kracht niet had om zich met huishoudelijke taken bezig te houden. Eliza had daarentegen het instinct van vogels om een nestje te bouwen. Een deel van wat ze verdiende met twee avonden in de week pianospelen in een saloon en met de verkoop van empanada's en taarten in de Chileense wijk, investeerde ze om het huis gezellig te maken. Zo had ze gordijnen, een damasten tafelkleed, potten en pannen voor de keuken en porseleinen borden en kopjes gekocht. Voor haar waren de goede manieren waarmee ze was opgegroeid essentieel, ze maakte van de enige maaltijd per dag die ze samen nuttigden een feest, presenteerde met zorg de gerechten en bloosde van voldoening wanneer hij haar voor haar inspanningen complimenteerde. De zaken van alledag leken zich vanzelf op te lossen, alsof 's nachts nobele geesten de praktijk schoonmaakten, de archieven bijwerkten, voorzichtig Tao Chi'ens kamer binnenslopen om zijn was te doen, zijn knopen aan te naaien, zijn pakken te borstelen en het water van de rozen op zijn tafel te verversen.

'Je moet me niet met attenties overladen, Eliza.'

'Je hebt gezegd dat Chinezen verwachten dat de vrouwen hen dienen.'

'Dat is in China, maar dat geluk heb ik nooit gehad... Je verwent me.'

'Daar gaat het om. Miss Rose zei altijd dat je om een man te temmen hem aan het goede leven moet laten wennen, en wanneer hij zich slecht gedraagt bestaat de straf eruit de vertroetelingen achterwege te laten.'

'Is Miss Rose niet ongetrouwd gebleven?'

'Uit eigen wil, niet bij gebrek aan mogelijkheden.'

'Ik ben niet van plan me slecht te gedragen, maar hoe moet ik later alleen leven?'

'Jij zult nooit alleen leven. Je bent niet al te lelijk en er is altijd wel een vrouw met grote voeten en een slecht karakter die met je wil trouwen,' antwoordde ze, en hij barstte verheugd in lachen uit.

Tao had exclusieve meubels voor Eliza's kamer gekocht, de enige in het huis die was ingericht met een beetje luxe. Als ze samen door Chinatown wandelden, keek Eliza vaak met bewondering naar de traditionele Chinese meubels. 'Ze zijn prachtig, maar zwaar. Je gaat in de fout als je er te veel neerzet,' zei ze. Hij deed haar een bed en een donker houten, bewerkte kast cadeau en daarna koos zij een tafel, stoelen en een bamboe kamerscherm uit. Ze wilde geen zijden sprei, zoals men in China zou gebruiken, maar eentje die er Europees uitzag, van wit geborduurd linnen met grote sierkussens van hetzelfde materiaal.

'Weet je zeker dat je deze uitgave wilt doen, Tao?'

'Je denkt aan de sing song girls...'

'Ja.'

'Jij hebt zelf gezegd dat al het goud van Californië ze niet allemaal zou kunnen kopen. Maak je geen zorgen, we hebben genoeg.'

Eliza bewees hem op duizend subtiele wijzen wederdiensten: terughoudendheid om zijn stilte en zijn studie-uren te respecteren, haar best doen bij het assisteren in de praktijk, durf bij het redden van de meisjes. Voor Tao Chi'en echter was het beste geschenk haar onovertroffen optimisme, dat hem dwong actie te ondernemen wanneer de schaduwen dreigden hem helemaal in te sluiten. 'Als je bedroefd bent, verlies je kracht en kun je niemand helpen. We gaan wandelen, ik moet het bos ruiken. Chinatown ruikt naar sojasaus,' en ze nam hem in een rijtuig mee tot buiten de stad. Ze brachten de dag in de openlucht door, rondrennend als kinderen, en die nacht sliep hij als een roos en werd weer energiek en vrolijk wakker.

Kapitein John Sommers legde op 15 maart 1853 aan in de haven van Valparaíso, uitgeput van de reis en de eisen van zijn bazin, wier nieuwste bevlieging het was om vanuit het zuiden van Chili een stuk gletsjer zo groot als een walvisvaarder mee te slepen. Ze had het idee gekregen vruchten- en schepijs voor de verkoop te fabriceren, daar de prijzen van groente en fruit sterk gedaald waren sinds de landbouw in Californië was begonnen te bloeien. Het goud had in vier jaar tijd een kwart miljoen immigranten gelokt, maar de gouden tijden liepen ten einde. Desondanks was Paulina Rodríguez de Santa Cruz niet van plan uit San Francisco weg te gaan. Ze had die stad van heldhaftige parvenu's, waar sociale klassen nog niet bestonden, in haar onstuimige hart gesloten. Zij hield persoonlijk toezicht op de bouw van hun toekomstige huis, een landhuis op een bergtop met het beste uitzicht over de baai, maar ze verwachtte haar vierde kind en wilde het in Valparaíso baren, waar haar moeder en zussen haar gruwelijk zouden verwennen. Haar vader was door een beroerte half verlamd en seniel geworden, wat niemand slecht uitkwam. Het karakter van Agustín del Valle was door de invaliditeit niet veranderd, maar de angst voor de dood en, uiteraard, voor de hel, zat er goed in. Het was niet zo'n goed idee om naar de andere wereld te vertrekken met een hele sliert doodzonden achter je aan, had zijn familielid, de bisschop, hem onvermoeibaar voorgehouden. Van de rokkenjager en de heerszuchtige wellusteling die hij eens was, was niets meer over, niet uit berouw, maar omdat zijn aangetaste lichaam al die heisa niet meer aankon. Hij woonde de dagelijkse mis bij in het kapelletje in zijn huis en verdroeg stoïcijns het lezen van de evangeliën en de eindeloze rozenhoedjes die zijn vrouw bad. Niets van dat al maakte hem echter milder voor zijn pachters en werknemers. Hij bleef als een despoot zijn gezin en de rest van de wereld terroriseren, maar een plotselinge en onverklaarbare liefde voor Paulina, de afwezige dochter, maakte deel uit van zijn verandering ten goede. Hij was vergeten dat hij haar verstoten had toen ze uit het klooster was ontsnapt om met die jodenzoon te trouwen, wiens naam hij zich niet kon herinneren omdat het geen achternaam uit zijn klasse was. Hij schreef haar en noemde haar zijn lieveling, de enige die zijn karakter en zakelijk inzicht geërfd had, hij smeekte haar om thuis te komen, want haar arme vader wilde haar omhelzen alvorens te sterven. 'Is het waar dat het heel slecht gaat met de ouwe?' vroeg Paulina hoopvol in een brief aan haar zussen. Maar dat was niet zo en hij zou vast nog vele jaren leven en vanuit zijn invalidenstoel de rest het leven zuur maken. Kapitein Sommers moest in elk geval tijdens die reis zijn bazin vervoeren met haar verwende kindertjes, de hopeloos zeezieke dienstmeisjes, de lading hutkoffers, twee koeien voor de melk van de kinderen en drie schoothondjes met strikjes om de oren, zoals die van de Franse courtisanes, die in de plaats waren gekomen van het mormel dat tijdens de eerste reis op volle zee verdronken was. Voor de kapitein leek de reis een eeuwigheid en hij gruwde bij het idee dat hij binnenkort Paulina en haar circus weer moest terugbrengen naar San Francisco. Voor het eerst in zijn lange zeemansleven dacht hij erover met pensioen te gaan om de tijd die hem op deze aardbol nog restte, op het vasteland door te brengen. Zijn broer Jeremy stond op de kade op hem te wachten en bracht hem naar huis, terwijl hij Rose verontschuldigde, die migraine had.

'Je weet wel, ze wordt altijd ziek rond Eliza's verjaardag. Ze is de dood van het meisje niet te boven kunnen komen,' legde hij uit.

'Daar wil ik het met jullie over hebben,' antwoordde de kapitein.

Miss Rose wist niet hoeveel ze van Eliza hield totdat ze haar kwijt was; toen voelde ze dat haar overtuigde moederliefde te laat gekomen was. Ze voelde zich schuldig over de jaren dat ze maar half van haar gehouden had, met een willekeurige en chaotische genegenheid; de keren dat ze, te druk met haar oppervlakkigheden, vergat dat ze bestond, en wanneer ze eraan dacht, ontdekte dat het meisje een week lang op de binnenplaats bij de kippen had gezeten. Eliza had het meest geleken op een dochter die ze nooit zou krijgen; bijna zeventien jaar lang was ze haar vriendin, haar speelmaatje, de enige persoon in de wereld die haar raakte geweest. Miss Rose had lichaamszeer, louter en alleen van eenzaamheid. Ze miste het baden met het meisje, wanneer ze blij in het met munt en rozemarijn gearomatiseerde water spetterden. Ze dacht aan Eliza's kleine en behendige handen die haar haar wasten, haar nek masseerden, haar nagels polijstten met een stuk zeemleer, haar hielpen haar haar te kammen. 's Avonds bleef ze op haar wachten, gespitst op de voetstappen van het meisje dat haar het glaasje anijslikeur kwam brengen. Ze verlangde ernaar nog eens haar nachtkus op haar voorhoofd te voelen. Miss Rose schreef niet meer en had de muziekavonden, die voorheen de spil hadden gevormd van haar sociale leven, allemaal afgelast. Het geflirt was ook voorbij en ze had zich erbij neergelegd dat ze weemoedig oud zou worden. 'Op mijn leeftijd verwacht men slechts van een vrouw dat ze waardigheid heeft en lekker ruikt,' zei ze. Er kwam geen enkele jurk meer uit haar handen in die jaren, ze bleef dezelfde als vroeger aantrekken en had niet eens in de gaten dat ze uit de mode waren. Het naaikamertje bleef verlaten en zelfs de verzameling bonnetten en hoeden lag in dozen te verkommeren, want ze had voor de zwarte omslagdoek van de Chileensen gekozen om de straat op te gaan. Ze vulde haar uren met het lezen van de klassieken en het spelen van melancholieke stukken op de piano. Ze zat zich gedecideerd en systematisch te vervelen, als een straf. De afwezigheid van Eliza was een goed voorwendsel om te rouwen om het verdriet en de verliezen uit haar veertigjarige leven, vooral het gebrek aan liefde. Dat voelde ze als een splinter onder haar nagel, een aanhoudende, verborgen pijn. Ze had er spijt van dat ze haar met leugens had opgevoed; ze kon niet snappen waarom ze de geschiedenis van het mandje met batisten lakens, het onwaarschijnlijke nertsen dekentje en de gouden muntstukken had verzonnen, terwijl de waarheid veel troostender was geweest. Eliza had er recht op te weten dat haar aanbeden oom John in werkelijkheid haar vader was, dat zij en Jeremy haar oom en tante waren, dat ze bij de familie Sommers hoorde en niet een uit liefdadigheid opgenomen vondelinge was. Met afgrijzen herinnerde ze zich hoe ze haar had meegesleept naar het weeshuis om haar af te schrikken – hoe oud was ze toen? Acht of tien, een kind nog. Als ze opnieuw zou mogen beginnen, zou ze een heel andere moeder zijn... Om te beginnen zou ze haar gesteund hebben toen ze verliefd werd, in plaats van haar de oorlog te verklaren; als ze dat gedaan had, zou Eliza nog leven, verzuchtte ze, het was haar schuld dat ze bij haar vlucht de dood gevonden had. Ze had aan haar eigen geschiedenis moeten denken en moeten begrijpen dat in haar familie de eerste liefde de vrouwen het hoofd op hol brengt. Het droevigst was nog dat ze niemand had met wie ze over haar kon praten, want ook Mama Fresia was verdwenen en haar broer Jeremy hield zijn lippen stijf op elkaar en liep de kamer uit als zij het over haar had. Haar smart beïnvloedde alles om haar heen, de afgelopen vier jaar hing er een zware mausoleumsfeer in het huis, het eten was zo slecht geworden dat zij zich voedde met thee en Engelse koekjes. Ze had geen fatsoenlijke kokkin gevonden maar had ook niet al te ijverig gezocht. Poetsen en opruimen lieten haar onverschillig; er stonden geen bloemen in de vazen en de helft van de planten kwijnde weg door gebrek aan verzorging. Vier winters lang hingen de bloemetjesgordijnen voor de zomer in de woonkamer zonder dat iemand de moeite nam ze aan het eind van het seizoen te vervangen.

Jeremy maakte zijn zus geen verwijten, at elke prak die hem werd voorgezet en zei niets wanneer zijn overhemden slecht gestreken of zijn pakken niet geborsteld bleken. Hij had gelezen dat alleenstaande vrouwen dikwijls aan gevaarlijke stoornissen leden. In Engeland hadden ze een miraculeus middel tegen hysterie ontwikkeld, dat eruit bestond met gloeiende ijzers bepaalde punten te cauteriseren, maar die verbeteringen hadden Chili niet bereikt, waar men tegen dat soort kwalen nog altijd wijwater gebruikte. Het was in elk geval een delicate kwestie, lastig om in het bijzijn van Rose te vermelden. Hij had geen idee hoe hij haar moest troosten, ze waren van vroeger gewend voorzichtig en in stilte met elkaar om te gaan. Hij deed zijn best haar te behagen met cadeautjes die hij als smokkelwaar kocht op de boten, maar hij wist niets van vrouwen en kwam thuis met afschuwelijke dingen die al snel achter in de kast verdwenen. Hij had er geen flauw vermoeden van hoe vaak zijn zus naar hem toe kwam wanneer hij in zijn leunstoel zat te roken, op het punt om aan zijn voeten ineen te zijgen, haar hoofd op zijn knieën te leggen en te huilen om nooit meer op te houden, maar op het laatste moment trok ze zich bang terug, want elk woord van genegenheid tussen hen klonk ironisch of als ongehoorde sentimentaliteit. Gereserveerd en somber hield Rose uit discipline de uiterlijke schijn op, met het gevoel dat alleen het korset haar overeind hield en dat ze, wanneer ze dat zou uittrekken, in stukken uiteen zou vallen. Van haar uitgelatenheid en ondeugendheid was niets meer over; evenmin van haar gewaagde meningen, haar opstandige buien of haar brutale nieuwsgierigheid. Ze was geworden wat ze het meest gevreesd had: een Victoriaanse oude vrijster. 'Het is de overgang, op deze leeftijd raken vrouwen uit hun evenwicht,' meende de Duitse apotheker en schreef haar valeriaan voor tegen de zenuwen en kabeljauwlevertraan tegen de bleekheid.

Kapitein John Sommers riep zijn broer en zus naar de bibliotheek om hun het nieuws te vertellen.

'Kennen jullie Jacob Todd nog?'

'Die kerel die ons heeft opgelicht met het verhaaltje over de zendingen op Vuurland?' vroeg Jeremy Sommers.

'Die, ja.'

'Hij was verliefd op Rose, als ik me goed herinner,' lachte Jeremy, bedenkend dat ze er in elk geval aan ontkomen waren die leugenaar als zwager te hebben.

'Hij heeft zijn naam veranderd. Hij heet nu Jacob Freemont en is journalist in San Francisco geworden.'

'Toe maar! Het is dus waar dat in de Verenigde Staten elke oplichter opnieuw kan beginnen.'

'Jacob Todd heeft ruimschoots geboet voor zijn fout. Ik vind het fantastisch dat er een land is dat een tweede kans biedt.'

'En de eer telt niet?'

'Eer is niet het enige, Jeremy.'

'Is er dan nog iets anders?'

'Wat kan ons Jacob Todd schelen? Ik neem aan dat je ons niet samengebracht hebt om over hem te praten, John,' stamelde Rose van achter haar met vanilleparfum doordrenkte zakdoek.

'Ik ben bij Jacob Todd, beter gezegd, Freemont, geweest voordat ik uitvoer. Hij verzekerde me dat hij Eliza in San Francisco gezien had.'

Miss Rose dacht dat ze voor het eerst in haar leven ging flauwvallen. Ze voelde haar hart tekeergaan, haar slapen bijna springen en een golf van bloed die haar naar het gezicht steeg. Ze kon van benauwdheid geen woord uitbrengen.

'Van die man kun je niets geloven! Heb je niet gezegd dat een vrouw gezworen heeft Eliza aan boord van een schip te hebben leren kennen in 1849 en dat ze er niet aan twijfelde dat ze gestorven was?' voerde Jeremy aan terwijl hij met grote stappen door de bibliotheek ijsbeerde.

'Inderdaad, maar het was een hoer en ze had de broche met turkoois die ik Eliza gegeven had. Ze kon die gestolen hebben en hebben gelogen om zich te verdedigen. Wat zou Jacob Freemont voor reden hebben om me te bedonderen?'

'Geen enkele, hij is alleen een geboren huichelaar.'

'Genoeg, alsjeblieft,' smeekte Rose, die een enorme inspanning leverde om geluid uit haar keel te persen. 'Het enige wat van belang is, is dat iemand Eliza gezien heeft, dat ze niet dood is, dat we haar kunnen vinden.'

'Maak je geen illusies, liefste. Zie je niet dat dit een fantastisch verhaal is? Het zou een vreselijke klap voor je zijn om te moeten vaststellen dat het een onjuist bericht is,' waarschuwde Jeremy.

John Sommers gaf hun de details van de ontmoeting tussen Jacob Freemont en Eliza, zonder te verzwijgen dat het meisje als man gekleed was en zo op haar gemak was in die kleding dat de journalist er niet aan twijfelde dat het om een jongen ging. Hij voegde eraan toe dat ze samen de Chileense wijk waren ingegaan om naar haar te vragen, maar ze wisten niet welke naam ze gebruikte en niemand kon, of wilde, hun haar verblijfplaats geven. Hij verklaarde dat Eliza ongetwijfeld naar Californië gegaan was om zich met haar geliefde te verenigen, maar er was iets misgegaan en ze hadden elkaar niet gevonden, daar het doel van haar bezoek aan Jacob Freemont geweest was hem te vragen naar een gangster met een vergelijkbare naam.

'Dat moet hem zijn. Joaquín Andieta is een dief. Hij vertrok uit Chili om aan justitie te ontkomen,' bromde Jeremy Sommers.

Het was niet mogelijk geweest de identiteit van Eliza's geliefde voor hem verborgen te houden. Miss Rose had hem ook moeten opbiechten dat ze regelmatig Joaquíns moeder bezocht om te vragen of er nieuws was en dat de ongelukkige vrouw, die steeds armer en zieker werd, ervan overtuigd was dat haar zoon gestorven was. Er was geen andere verklaring voor zijn langdurige stilzwijgen, hield ze vol. Ze had een brief gekregen uit Californië, van februari 1849, een week na zijn aankomst, waarin hij haar zijn plannen bekendmaakte om naar de goudbeddingen te vertrekken en zijn belofte herhaalde haar elke twee weken te zullen schrijven. Daarna niets meer: hij was spoorloos verdwenen.

'Vinden jullie het niet vreemd dat Jacob Todd Eliza los van haar omgeving en als man gekleed herkende?' vroeg Jeremy Sommers. 'Toen hij haar leerde kennen, was ze nog een kind. Hoeveel jaar is dat geleden? Zes of zeven, op z'n minst. Hoe kon hij bedenken dat Eliza in Californië was? Dit is absurd.'

'Drie jaar geleden heb ik hem verteld wat er gebeurd was en hij beloofde me haar te zoeken. Ik heb haar uitgebreid aan hem beschreven, Jeremy. Overigens is Eliza's gezicht nooit veel veranderd; toen ze wegging, leek ze nog steeds een kind. Jacob Freemont heeft haar een tijdlang gezocht, totdat ik hem zei dat ze misschien dood was. Nu heeft hij me beloofd het opnieuw te proberen, hij denkt er zelfs over een detective in te huren. Ik hoop jullie na de volgende reis concreter nieuws te kunnen brengen.'

'Waarom vergeten we deze kwestie niet voor eens en voor altijd?' zuchtte Jeremy.

'Omdat ze mijn dochter is, man, Jezus!' schreeuwde de kapitein.

'Ik ga naar Californië Eliza zoeken!' onderbrak Miss Rose hen, terwijl ze opstond.

'Jij gaat helemaal nergens heen!' viel haar oudste broer uit.

Maar ze was de deur al uit. Het nieuws was als een injectie met vers bloed voor Miss Rose. Ze had de absolute zekerheid dat ze haar pleegdochter zou vinden en voor het eerst in vier jaar was er een reden om verder te leven. Verwonderd ontdekte ze dat de krachten van vroeger nog volledig aanwezig waren, verstopt op een geheime plek in haar hart, klaar om haar van dienst te zijn zoals ze dat vroeger geweest waren. De hoofdpijn verdween als bij toverslag, ze transpireer-

de en haar wangen waren rood van euforie toen ze de dienstmeisjes riep om met haar mee te gaan naar de kamer met de
kleerkasten om koffers te halen.

In mei 1853 las Eliza in de krant dat Joaquín Murieta en zijn
handlanger Jack Drie-Vingers een kampement van zes vredelievende Chinezen hadden overvallen, ze aan hun staarten
hadden opgehangen en onthoofd; daarna lieten ze de hoofden als een tros meloenen aan een boom hangen. De wegen
waren door de bandieten ingenomen, niemand was veilig in
die regio, men moest zich in grote groepen en goed bewa-
pend verplaatsen. Ze vermoordden Amerikaanse goudgravers, Franse avonturiers, joodse marskramers en reizigers van
ieder ras, maar over het algemeen vielen ze geen indianen of
Mexicanen aan, dat deden de gringo's al. De doodsbange
mensen vergrendelden ramen en deuren, de mannen hielden
de wacht met geladen geweren en de vrouwen verstopten
zich, want geen enkele vrouw wilde in handen vallen van Jack
Drie-Vingers. Over Murieta zei men echter dat hij nooit een
vrouw mishandelde en meer dan eens had hij een jonge vrouw
ervoor behoed dat ze door de misdadigers uit zijn bende onteerd werd. De herbergen weigerden reizigers logies, want ze
waren bang dat een van hen Murieta zou zijn. Niemand had
hem in eigen persoon gezien en de beschrijvingen spraken
elkaar tegen, hoewel de artikelen van Freemont een romantisch beeld van de bandiet hadden gecreëerd, dat het merendeel van de lezers als het echte accepteerde. In Jackson werd
de eerste groep vrijwilligers gevormd om jacht te maken op
de bende, weldra waren er in elk dorp gezelschappen van wre-
kers en ontketende zich een ongekende klopjacht. Niemand
die Spaans sprak, was vrij van verdenking, in weinige weken
vonden er meer overhaaste volksgerichten plaats dan in de
vier voorgaande jaren tezamen. Spaans spreken was voldoende om tot publieke vijand te worden verklaard en de razernij van sheriffs en gerechtsdienaren over zich heen te krij-

gen. Het toppunt van bespottelijkheid was toen de bende van Murieta op de hielen werd gezeten door een groep Amerikaanse soldaten en even uitweek om een Chinees kampement te overvallen. De soldaten arriveerden seconden later en troffen verscheidene doden en een aantal stervenden aan. Ze zeiden dat Joaquín Murieta wreed optrad tegen Aziaten omdat ze zich zelden verdedigden, al waren ze gewapend; de 'hemelingen' waren zo bang voor hem dat bij het noemen van zijn naam alleen al paniek uitbrak. Het hardnekkigste gerucht was evenwel dat de bandiet een leger aan het bewapenen was en, in samenwerking met de rijke Mexicaanse boeren uit de regio, van plan was een revolutie te ontketenen, de Spaanstalige bevolking tot opstand aan te zetten, de Amerikanen af te slachten en Californië aan Mexico terug te geven of er een onafhankelijke republiek van te maken.

Onder druk van de roep van het volk tekende de gouverneur een decreet waarmee hij kapitein Harry Love en een groep van twintig vrijwilligers de bevoegdheid gaf gedurende een termijn van drie maanden jacht te maken op Joaquín Murieta. Elke man kreeg een loon van honderdvijftig dollar per maand toegewezen, wat niet veel was, daar ze hun paarden, wapens en provisie moesten financieren, maar desondanks was het gezelschap binnen een week klaar om op weg te gaan. Er stond een premie van duizend dollar op het hoofd van Joaquín Murieta. Zoals Jacob Freemont opmerkte in de krant, werd een man ter dood veroordeeld zonder dat men zijn identiteit kende, zonder dat zijn misdaden bewezen waren en zonder proces; de missie van kapitein Love stond gelijk aan een volksgericht. Eliza voelde een onverklaarbare mengeling van ontzetting en opluchting. Ze wilde niet dat die mannen Joaquín zouden doden, maar misschien waren zij de enigen die in staat waren hem te vinden; ze wilde slechts van de onzekerheid af, ze was het moe om schimmen na te jagen. Het was in ieder geval weinig waarschijnlijk dat kapitein Love succes zou hebben waar zoveel anderen gefaald hadden: Joaquín Murieta leek onoverwinnelijk. Ze zeiden dat alleen een zilveren kogel hem kon doden, want ze hadden van korte afstand twee pistolen op hem leeggeschoten en hij bleef door het gebied van Calaveras galopperen.

'Als dat beest jouw geliefde is, kun je hem maar beter nooit vinden,' meende Tao Chi'en, toen ze hem de krantenknipsels liet zien die ze in meer dan een jaar verzameld had.

'Ik denk dat hij het niet is...'

'Hoe weet je dat?'

In dromen zag ze haar vroegere geliefde in hetzelfde versleten pak en de rafelige overhemden, die echter schoon en gestreken waren, uit de tijden waarin ze elkaar in Valparaíso beminden. Hij vertoonde zich met zijn treurige houding, zijn intense ogen en zijn geur van zeep en vers zweet, nam haar bij de handen net als toen en sprak vurig over democratie. Soms lagen ze samen op de hoop gordijnen in de kamer met de kleerkasten, zij aan zij, zonder elkaar aan te raken, geheel gekleed, terwijl om hen heen het door de zeewind gestriemde hout kraakte. En altijd, in elke droom, had Joaquín een lichtende ster op zijn voorhoofd.

'En wat betekent dat?' wilde Tao Chi'en weten.

'Geen enkele slechte man heeft licht op zijn voorhoofd.'

'Het is maar een droom, Eliza.'

'Niet één, Tao, het zijn vele dromen...'

'Dan ben je dus naar de verkeerde man aan het zoeken.'

'Misschien, maar ik heb mijn tijd niet verdaan,' antwoordde zij, zonder er verder op in te gaan.

Voor het eerst in vier jaar werd ze zich weer bewust van haar lichaam, dat naar een onbeduidend niveau was verdrongen sinds het moment waarop Joaquín Andieta in Chili afscheid van haar had genomen, die rampzalige 22 december 1848. In haar drang die man te vinden had ze alles, inclusief haar vrouwelijkheid, opzijgezet. Ze was bang dat ze onderweg haar vrouwzijn verloren had om in een vreemd, aseksueel wezen te veranderen. Soms, wanneer ze blootgesteld aan

427

de meedogenloosheid van alle winden over bergen en door bossen reed, dacht ze aan de adviezen van Miss Rose, die zich met melk waste en nooit een zonnestraaltje op haar porseleinen huid toeliet, maar bij dergelijke gedachten kon ze niet stilstaan. Ze verduurde de inspanning en de kwelling omdat ze geen keus had. Ze beschouwde haar lichaam, net als haar gedachten, haar geheugen of haar reukzin, als een onafscheidelijk deel van haar wezen. Vroeger begreep ze niet waar Miss Rose het over had als ze over de ziel sprak, want ze kon die niet scheiden van de eenheid die ze was, maar nu begon ze gewaar te worden wat het was. Ziel was het onveranderlijke deel van haarzelf. Het lichaam, daarentegen, was dat geduchte beest dat na jaren winterslaap ontembaar en veeleisend ontwaakte. Het kwam haar het vuur van begeerte in herinnering brengen waarvan ze in de kamer met de kleerkasten kortstondig had kunnen proeven. Sindsdien had ze geen echte dringende behoefte aan liefde of lichamelijk genot gevoeld, alsof dat deel van haar diep in slaap geweest was. Ze schreef het toe aan het verdriet door haar geliefde in de steek gelaten te zijn, aan de paniek toen ze zwanger bleek te zijn, aan haar wandeling door de labyrinten van de dood in het schip, aan het trauma van de miskraam. Ze was zo beschadigd dat de angst weer in zulke omstandigheden terecht te komen sterker was dan de jeugdige drift. Ze dacht dat voor de liefde een te hoge prijs betaald werd en dat het beter was haar helemaal uit de weg te gaan, maar er was iets in haar veranderd gedurende de laatste twee jaar met Tao Chi'en, en ineens leek de liefde haar, net als de begeerte, onafwendbaar. De noodzaak zich als man te kleden begon als een last op haar te drukken. Ze dacht aan het naaikamertje, waar Miss Rose op dat moment vast een van haar beeldige jurken aan het maken was, en werd overweldigd door een golf van heimwee naar die fijne middagen uit haar kindertijd, naar de thee van vijf uur in de kopjes die Miss Rose van haar moeder geërfd had, naar de strooptochten waarbij ze gesmokkelde prulletjes kochten op de boten. En hoe zou het met Mama Fresia zijn? Ze zag haar mopperend, dik en warm, geurend naar basilicum in de keuken staan, altijd met een pollepel in de hand en een borrelende pan op het fornuis, als een vriendelijke heks. Ze voelde een dringend heimwee naar dat vrouwelijke complot van vroeger, een dwingend verlangen om zich opnieuw vrouw te voelen. Er stond geen grote spiegel in haar kamer om dat vrouwelijke wezen te bekijken dat vocht om zich te doen gelden. Ze wilde zichzelf naakt zien. Soms werd ze vroeg in de ochtend koortsig wakker uit hartstochtelijke dromen, waarin het beeld van Joaquín Andieta met een ster op het voorhoofd zich vermengde met andere visioenen, verrezen uit de erotische boekjes die ze vroeger hardop voorlas aan de duifjes van Joe de Bottenbreker. Ze deed dat destijds met een opmerkelijk gebrek aan betrokkenheid omdat die beschrijvingen niets in haar opriepen, maar nu kwamen ze haar als wellustige geestverschijningen in haar dromen kwellen. Afgezonderd in haar schitterende vertrek met Chinese meubels gebruikte ze het ochtendlicht dat flauwtjes door het raam drong om zich aan een meeslepend zelfonderzoek te onderwerpen. Ze trok haar pyjama uit, bekeek nieuwsgierig de lichaamsdelen die binnen haar gezichtsbereik waren en liep tastend langs de andere, zoals ze jaren geleden had gedaan in de periode dat ze de liefde ontdekte. Ze constateerde dat ze weinig veranderd was. Ze was dunner, maar leek ook sterker. Haar handen waren verweerd door de zon en de arbeid, maar de rest was net zo licht en glad als ze zich herinnerde. Ze vond het verbluffend dat, na zo'n lange tijd platgedrukt onder een band te hebben gezeten, haar borsten nog dezelfde waren als vroeger, klein en stevig, met tepels als kikkererwten. Ze gooide haar haardos los, die ze in vier maanden niet meer geknipt had en in een lange staart in haar nek droeg, sloot haar ogen en schudde haar hoofd, genietend van de structuur en het als een levend dier aanvoelende gewicht van haar haar. Ze was verrast door die bijna onbekende vrouw, met rondingen in haar dijen en heupen, een smalle taille en krullend, stug schaamhaar, zo anders dan het steile en soepele hoofdhaar. Ze tilde een arm op om de lengte op te nemen, zijn vorm te zien, haar nagels op een afstandje te bekijken; met de andere hand voelde ze haar zij, het reliëf van haar ribben, de holte van haar oksel, de lijn van haar arm. Ze stopte bij de gevoeligste plekken bij de pols en de plooi van de elleboog, zich afvragend of Tao Chi'en het op dezelfde plekken zou voelen kietelen. Ze beroerde haar hals, tekende haar oren, de boog van haar wenkbrauwen, de lijn van haar lippen; met een vinger liep ze langs het binnenste van haar mond en bracht hem vervolgens naar haar tepels, die stijf werden door het contact met het warme speeksel. Stevig streek ze met haar handen over haar billen, om hun vorm te verkennen, en daarna zachtjes, om de gladde huid te voelen. Ze ging op haar bed zitten en betastte zich van haar voeten tot haar liezen, verrast over het haast onzichtbare, goudkleurige dons dat op haar benen was verschenen. Ze spreidde haar bovenbenen en bevoelde de geheimzinnige gleuf van haar weke, vochtige geslacht; ze zocht het knopje van de clitoris, het precieze middelpunt van haar verlangens en verwarring, en toen ze erlangs streek, kwam direct het onverwachte beeld van Tao Chi'en naar boven. Het was niet Joaquín Andieta, wiens gelaat ze zich nauwelijks kon herinneren, maar haar trouwe vriend die haar koortsachtige fantasieën kwam voeden met een onweerstaanbare mengeling van vurige omhelzingen, zachte tederheid en gezamenlijk gelach. Daarna rook ze aan haar handen, verwonderd over dat krachtige aroma van zout en rijp fruit dat haar lichaam uitwasemde.

Drie dagen nadat de gouverneur een prijs op het hoofd van Joaquín Murieta gezet had, ging in de haven van San Francisco het stoomschip de *Northener* voor anker met tweehonderdvijfenzeventig zakken post en Lola Montez. Ze was de beroemdste courtisane van Europa, maar Tao Chi'en noch Eliza had ooit haar naam gehoord. Ze stonden toevallig op de kade, ze kwamen een doos met Chinese medicijnen ophalen die een zeeman vanuit Sjanghai had meegenomen. Ze dachten dat de post de oorzaak was van het carnavaleske tumult, nooit hadden ze zo'n rijkelijke lading ontvangen, maar het feestvuurwerk haalde hen uit hun waan. In die stad die aan allerlei soorten wonderen gewend was, was een menigte nieuwsgierige mannen samengestroomd om de weergaloze Lola Montez te zien, die over de landengte van Panama gereisd was, voorafgegaan door de tamtam van haar roem. Ze stapte uit de sloep in de armen van twee fortuinlijke matrozen, die haar op het vasteland zetten met een eerbied die een koningin waardig was. En dat was ook precies de houding van die beroemde amazone toen ze de toejuichingen van haar bewonderaars in ontvangst nam. Eliza en Tao Chi'en werden overrompeld door de drukte, want ze hadden geen idee van het kaliber van deze schoonheid, maar al snel brachten de toeschouwers hen op de hoogte. Het ging om een ordinaire, buitenechtelijke Ierse die zich uitgaf voor een Spaanse danseres en actrice van adel. Ze danste als een gans en van een actrice had ze slechts de buitensporige ijdelheid, maar haar naam riep liederlijke beelden op van grote verleidsters, van Delila tot Cleopatra, en daarom kwamen uitzinnige massa's haar toejuichen. Ze gingen niet voor haar talent, maar om haar verontrustende verdorvenheid, haar fabelachtige schoonheid en haar woeste temperament met eigen ogen te zien. Met als enige talenten schaamteloosheid en lef vulde ze theaters, gaf ze geld uit als een heel leger, verzamelde ze juwelen en diamanten, kreeg ze legendarische woede-uitbarstingen, had ze de jezuïeten de oorlog verklaard en was ze verschillende steden uitgezet, maar haar grootste wapenfeit was dat ze het hart van een koning gebroken had. Lodewijk I van Beieren was een goedaardig man, hij was zestig jaar lang zuinig en behoedzaam geweest, totdat zij op zijn pad verscheen, zijn leven volslagen op zijn kop zette en een marionet van hem maakte. De monarch verloor zijn verstand, gezondheid en eer, terwijl zij de koninklijke schatkisten van zijn kleine rijk plunderde. De verliefde Lodewijk gaf haar wat haar hartje begeerde, zelfs de titel van gravin, maar hij kreeg zijn onderdanen niet zover dat ze haar accepteerden. De abominabele manieren en absurde grillen van de vrouw riepen haat op bij de burgers van München, die uiteindelijk massaal de straat op stormden om de uitzetting van de maîtresse van de koning te eisen. In plaats van met stille trom te vertrekken, ging Lola Montez met een rijzweep tegenover de rumoerige menigte staan, en ze hadden gehakt van haar gemaakt als haar trouwe dienaren haar niet met geweld in een rijtuig geduwd hadden om haar aan de grens af te zetten. Radeloos deed Lodewijk afstand van de troon en maakte aanstalten om haar in de ballingschap te volgen, maar zonder kroon, macht en bankrekening was de heer van weinig waarde en de schoonheid gaf hem eenvoudigweg de bons.

'Dat wil zeggen, meer verdiensten dan een slechte reputatie heeft ze niet,' meende Tao Chi'en.

Een groep Ieren spande de paarden van Lola's rijtuig uit, nam hun plaats in en sleepte haar naar het hotel over met bloemblaadjes bedekte straten. Eliza en Tao Chi'en zagen haar in een glorierijke stoet voorbijkomen.

'Dat is het enige wat er nog aan ontbrak in dit land van mafkezen,' verzuchtte de Chinees, die de schoonheid amper een blik waardig had gekeurd.

Eliza volgde geamuseerd en verwonderd het carnaval een paar blokken lang, terwijl om haar heen vuurpijlen en schoten in de lucht afgingen. Lola Montez droeg haar hoed in de hand, had zwart haar met een scheiding in het midden en krullen over haar oren en verwonderde ogen van een nachtblauwe kleur, ze droeg een paarsfluwelen rok, een blouse met kanten kraag en manchetten en een kort stierenvechtersjasje met opgenaaide kraaltjes. Ze had een spottende en uitdagende houding, zich er volledig van bewust dat ze de primitiefste en meest verborgen mannelijke begeerten belichaamde en voor moraalridders het meest gevreesde symboliseerde; ze was een pervers idool en die rol vond ze heerlijk. In het enthousiasme van het moment gooide iemand een handvol goudpoeder naar haar, dat als een aura aan haar haar en haar kleren bleef plakken. Het zien van die jonge, triomfantelijke vrouw zonder angst schokte Eliza. Ze dacht aan Miss Rose, zoals ze steeds vaker deed, en voelde een golf van medelijden en tederheid voor haar. Ze herinnerde zich haar, opgewonden in haar korset, haar rug gerecht, haar taille afgebonden, transpirerend door haar vijf onderrokken: 'Ga met je benen bij elkaar zitten, loop rechtop, doe niet zo gehaast, praat zachtjes, glimlach, trek geen gekke bekken want dan krijg je veel rimpels, zwijg en veins interesse, mannen zijn gevleid als vrouwen naar hen luisteren.' Miss Rose met haar vanillegeur, altijd even voorkomend... Maar ook dacht ze aan haar in de badkuip, amper bedekt door een nat hemd, stralende ogen van het lachen, het haar in de war, de rode wangen, vrij en blij met haar smoezend, 'een vrouw kan doen wat ze wil, Eliza, zolang ze het tactisch aanpakt'. Toch deed Lola Montez het zonder de geringste bedachtzaamheid; ze had meer levens geleid dan de dapperste avonturier en had dat gedaan vanuit haar hoogmoedige positie van een welgeschapen vrouwtje. Die avond kwam Eliza peinzend thuis en opende steels haar koffer met jurken, als iemand die een fout begaat. Ze had hem in Sacramento gelaten toen ze voor de eerste keer haar geliefde achternaging, maar Tao Chi'en had hem bewaard met het idee dat de inhoud haar op een dag van pas zou komen. Toen ze hem opendeed, viel er iets op de grond en verrast constateerde ze dat het haar parelsnoer was, de prijs die ze Tao Chi'en betaald had om haar in het schip te loodsen. Ze bleef lange tijd ontroerd staan met de parels in haar hand. Ze schudde de jurken uit en legde ze op haar bed, ze waren verkreukeld en roken naar kelder. De volgende dag bracht ze ze naar de beste wasserij van Chinatown.

'Ik ga Miss Rose een brief schrijven, Tao,' deelde ze mee.
'Waarom?'

'Ze is als een moeder voor me. Als ik zoveel van haar hou, houdt zij vast net zoveel van mij. Er zijn vier jaar voorbijgegaan zonder enig bericht, ze zal wel denken dat ik dood ben.'

'Zou je haar graag willen zien?'

'Natuurlijk, maar dat is onmogelijk. Ik ga alleen schrijven om haar gerust te stellen, maar het zou mooi zijn als zij me kon antwoorden. Vind je het goed als ik haar dit adres geef?'

'Je wilt dat je familie je vindt...' zei hij, en zijn stem brak.

Zij bleef hem aankijken en besefte dat ze nooit zo dicht bij iemand geweest was op deze wereld als op dit moment bij Tao Chi'en. Ze voelde die man in haar eigen bloed zitten, met zo'n oude en vurige zekerheid dat ze zich erover verwonderde hoeveel tijd er aan zijn zijde verstreken was zonder dat ze dat had opgemerkt. Ze miste hem, ofschoon ze hem elke dag zag. Ze had heimwee naar de onbezorgde tijden dat ze goede vrienden waren, toen alles eenvoudiger leek, maar ze wilde ook niet terug. Er hing iets tussen hen, iets veel gecompliceerders en boeienders dan de vroegere vriendschap.

Haar jurken en onderrokken waren teruggekomen van de wasserij en lagen in papier gepakt op haar bed. Ze opende de koffer en haalde er haar witte kousen en rijglaarsjes uit, maar het korset liet ze liggen. Ze glimlachte bij de gedachte dat ze zich nog nooit zonder hulp als een jongedame gekleed had, daarna deed ze de onderrokken aan en paste een voor een de jurken om er een uit te kiezen die het best bij de gelegenheid paste. Ze voelde zich vreemd in die kleding, raakte verstrikt in de bandjes, het kant en de knopen, had minuten nodig om de rijglaarsjes vast te maken en haar evenwicht te vinden met al die onderrokken, maar met elk kledingstuk dat ze aantrok, overwon ze haar twijfels en werd haar verlangen weer een vrouw te zijn bevestigd. Mama Fresia had haar gewaarschuwd voor het risico van de vrouwelijkheid: 'Je lichaam gaat veranderen, je gedachten raken vertroebeld en elke man kan met je doen waar hij zin in heeft,' had ze gezegd, maar voor die gevaren was ze niet bang meer.

Tao Chi'en had net de laatste zieke van de dag geholpen. Hij stond in hemdsmouwen, hij had zijn jasje uitgetrokken en zijn stropdas afgedaan, die hij conform het advies van zijn acupunctuurmeester altijd droeg uit respect voor zijn patiënten. Hij transpireerde, want de zon was nog niet onder en dit was een van de weinige warme dagen in juli geweest. Hij dacht dat hij nooit zou wennen aan het grillige klimaat in San Francisco, waar de zomer de aanblik van de winter had. Meestal kwam er een stralende zon op en drong binnen een paar uur een dichte nevel door de Golden Gate naar binnen of stak de zeewind op. Hij was de naalden in de alcohol aan het leggen en zijn flesjes met medicijnen aan het ordenen, toen Eliza binnenkwam. De assistent was vertrokken en in die dagen hadden ze geen enkele sing song girl onder hun hoede, ze waren alleen thuis.

'Ik heb iets voor je, Tao,' zei ze.

Op dat moment richtte hij zijn blik op en liet van verbazing het flesje uit zijn handen vallen. Eliza droeg een elegante donkere jurk met een witkanten kraagje. Hij had haar slechts twee keer in vrouwenkleding gezien toen hij haar in Valparaíso had leren kennen, maar hij was haar uiterlijk van toen niet vergeten.

'Vind je het mooi?'

'Ik vind je altijd mooi,' lachte hij, terwijl hij zijn bril afzette om haar van veraf te bewonderen.

'Dit is mijn zondagse jurk. Ik heb hem aangetrokken omdat ik een portret van mezelf wil laten maken. Hier, dit is voor jou.' Ze gaf hem een buidel.

'Wat is dat?'

'Het is mijn spaargeld... om nog een meisje te kopen, Tao. Ik was van plan deze zomer Joaquín te gaan zoeken, maar

435

ik doe het niet. Ik weet inmiddels dat ik hem nooit zal vinden.'

'Het lijkt wel alsof we allemaal iets zijn komen zoeken en iets anders gevonden hebben.'

'Wat zocht jij?'

'Kennis, wijsheid, ik weet het niet meer. Ik vond daarentegen de sing song girls en moet je zien in wat voor puinhoop ik zit.'

'Mijn hemel, wat ben je toch weinig romantisch! Je moet uit hoffelijkheid zeggen dat je ook mij gevonden hebt.'

'Jou had ik zonder meer gevonden, dat was voorbestemd.'

'Kom nou niet aan met het verhaal over reïncarnatie...'

'Precies. Bij elke incarnatie komen we elkaar weer tegen totdat we ons karma oplossen.'

'Dat klinkt angstaanjagend. Hoe dan ook, ik ga niet terug naar Chili, maar ik blijf me ook niet verstoppen, Tao. Ik wil nu mezelf zijn.'

'Je bent altijd jezelf geweest.'

'Mijn leven ligt hier. Dat wil zeggen, als jij wilt dat ik je help...'

'En Joaquín Andieta?'

'Misschien betekent de ster op zijn hoofd dat hij dood is. Stel je voor! Ik heb deze enorme reis voor niets gemaakt.'

'Niets is voor niets. Je bereikt niets in het leven, Eliza, je bent onderweg, meer niet.'

'Wat wij samen hebben afgelegd was niet gek. Ga mee, ik ga een portret van me laten maken om naar Miss Rose te sturen.'

'Kun je er ook een voor mij laten maken?'

Ze liepen hand in hand naar Union Square, waar zich verscheidene fotozaken hadden gevestigd, en kozen de meest opvallende uit. Voor het raam was een verzameling foto's tentoongesteld van de avonturiers uit 1849: een jonge man met blonde baard en een vastberaden gelaatsuitdrukking, met de pikhouweel en de spade in zijn handen; een groep zeer ernstige goudgravers in hemdsmouwen, de blik strak op de camera gericht; Chinezen aan de oever van een rivier; indianen die goud stonden te wassen in fijn gevlochten manden; pioniersfamilies die bij hun karren poseerden. De daguerreotypes waren in de mode geraakt, ze vormden de band met de mensen ver weg, het bewijs dat ze het goudavontuur meemaakten. Ze zeiden dat in de oostelijke steden veel mannen die nooit in Californië geweest waren, zich met mijnwerkersgereedschap lieten fotograferen. Eliza was ervan overtuigd dat de buitengewone uitvinding van de fotografie de schilders, die zelden de gelijkenis evenaarden, voorgoed van de troon gestoten had.

'Miss Rose heeft een portret van zichzelf met drie handen, Tao. Een beroemde kunstenaar heeft het geschilderd, maar de naam weet ik niet meer.'

'Met drie handen?'

'Nou ja, de schilder maakte er twee, maar zij voegde er een derde aan toe. Haar broer Jeremy bleef er bijna in toen hij het zag.'

Ze wilde haar daguerrotype in een smalle lijst van verguld metaal met rood fluweel stoppen, voor het bureau van Miss Rose. Ze had de brieven van Joaquín Andieta bij zich om ze op de foto te laten vereeuwigen alvorens ze te vernietigen. Vanbinnen leek de winkel op de coulissen van een klein theater, er hingen doeken met bloeiende prieeltjes en meren met purperreigers, guirlandes met rozen, er stonden kartonnen Griekse zuilen en zelfs een opgezette beer. De fotograaf bleek een jachtig mannetje te zijn dat met horten en stoten sprak en met kikkersprongen tussen zijn studiospulletjes door liep. Zodra ze overeenstemming hadden bereikt over de details, zette hij Eliza voor een tafel met de liefdesbrieven in haar hand en zette een metalen staaf op haar rug met een neksteun, die veel leek op die welke Miss Rose haar tijdens de pianolessen op de rug had gebonden.

'Dat is om stil te blijven staan. Kijk naar de camera en hou uw adem in.'

Het mannetje verdween achter een zwarte doek, een ogenblik later werd ze door een witte steekvlam verblind en een schroeigeur maakte haar aan het niezen. Voor het tweede portret legde ze de brieven opzij en vroeg ze Tao Chi'en haar te helpen het parelsnoer om te doen.

De volgende dag ging Tao Chi'en zeer vroeg de deur uit om de krant te kopen, zoals hij altijd deed alvorens de praktijk te openen, en zag de zes kolommen brede koppen: ze hadden Joaquín Murieta gedood. Hij liep terug naar huis met de krant tegen zijn borst gedrukt, overwegend hoe hij het Eliza zou vertellen en hoe zij het zou opnemen.

In de vroege ochtend van 24 juli, na drie maanden houwen in de lucht uitdelend door Californië te hebben gereden, kwamen Harry Love en zijn twintig huurlingen aan in de vallei van Tulare. Ze waren het inmiddels zat om spoken na te jagen en valse sporen te volgen, door de hitte en de muggen hadden ze een vreselijk humeur en ze begonnen een hekel aan elkaar te krijgen. Drie zomermaanden lang stuurloos rondrijden door die dorre bergen met een brandende zon op het hoofd was een groot offer voor het ontvangen loon. Ze hadden in de dorpen de aankondigingen gezien waarop duizend dollar beloning werd aangeboden voor het vangen van de bandiet. Bij verschillende was eronder gekrabbeld: IK BETAAL VIJFDUIZEND, getekend door Joaquín Murieta. Ze maakten zich belachelijk en hadden nog maar drie dagen voordat de vastgestelde termijn eindigde; als ze met lege handen terugkeerden, zouden ze geen cent zien van de duizend dollar van de gouverneur. Maar dit moest hun geluksdag wel zijn, want net toen ze de hoop gingen verliezen, stuitten ze op een groep van zeven zorgeloze Mexicanen die onder een paar bomen kampeerden.

Later zou de kapitein zeggen dat ze zeer weelderige pakken en paardentuig hadden en de zuiverste rossen, reden temeer om hun achterdocht te wekken, daarom liep hij op hen toe om hun te vragen zich te identificeren. In plaats van te gehoorzamen, renden de verdachten onverwachts naar hun paarden en werden voordat ze die konden bestijgen door de garde van Love omsingeld. De enige die de overvallers arrogant negeerde en naar zijn paard liep alsof hij de waarschuwing niet gehoord had, was degene die de leider leek te zijn. Hij droeg alleen een dolkmes in zijn riem, zijn wapens hingen aan het zadel, maar hij kwam er niet bij want de kapitein zette zijn pistool tegen zijn voorhoofd. Op een paar passen afstand keken de Mexicanen waakzaam toe, klaar om bij de eerste de beste onachtzaamheid van de garde hun leider te hulp te schieten, zou Love in zijn verslag zeggen. Ineens deden ze een wanhopige vluchtpoging, misschien met de bedoeling de huurlingen af te leiden, terwijl hun leider met een geweldige sprong op zijn vurige vos zat en, dwars door de omsingeling heen, op de vlucht sloeg. Hij kwam echter niet ver, want een geweerschot verwondde het dier, dat bloed opgevend over de grond rolde. Daarop zette de ruiter, niemand anders dan de vermaarde Joaquín Murieta, beweerde kapitein Love, het op een lopen, en ze hadden geen andere keus dan hun pistolen op de bandiet leeg te schieten.

'Niet meer schieten, jullie hebben je werk gedaan,' zei hij voordat hij langzaam neerviel, door de dood verslagen.

Dat was de gedramatiseerde versie van de pers en er was geen Mexicaan meer in leven om zijn versie van de feiten te geven. De heldhaftige kapitein Love hakte vervolgens met een sabelslag het hoofd van de veronderstelde Murieta af. Iemand zag dat een ander slachtoffer een misvormde hand had en ze gingen er meteen van uit dat het om Jack Drie-Vingers ging, zodat ze ook hem onthoofdden en meteen ook maar de slechte hand afhakten. In galop reden de twintig huurlingen naar het dichtstbijzijnde dorp, dat op enkele mijlen afstand lag, maar het was bloedheet en het hoofd van Jack Drie-Vingers was zo met kogels doorzeefd dat het uiteen begon te vallen, en ze lieten het onderweg achter. Achtervolgd door de vliegen en de stank besefte kapitein Harry Love dat hij de resten moest conserveren, anders zou hij het er niet mee halen tot San Francisco om zijn verdiende premie in ontvangst te nemen, dus hij stopte ze allebei in een glazen pot met gin. Hij werd als een held onthaald: hij had Californië verlost van de ergste bandiet uit zijn geschiedenis. Maar de zaak was niet helemaal duidelijk, merkte Jacob Freemont op in zijn reportage, de geschiedenis riekte naar een complot. Om te beginnen kon niemand bewijzen dat de feiten plaatsgevonden hadden zoals Harry Love en zijn mannen zeiden, en het was enigszins verdacht dat er na drie maanden vruchteloos zoeken zeven Mexicanen sneuvelden juist op het moment dat de kapitein ze het hardst nodig had. Er was ook niemand die Joaquín Murieta kon identificeren; hij bood zich aan om het hoofd te bekijken maar kon niet garanderen dat het behoorde aan de bandiet die hij kende, hoewel er enige gelijkenis bestond, zei hij.

Wekenlang werden in San Francisco de resten van de vermeende Joaquín Murieta en de hand van zijn weerzinwekkende handlanger Jack Drie-Vingers tentoongesteld, voordat ze op een triomftocht door Californië werden meegenomen. De rij nieuwsgierigen was een huizenblok lang en er was niemand die de zo sinistere trofeeën niet van dichtbij gezien had. Eliza was een van de eersten die kwamen en Tao Chi'en ging met haar mee, want hij wilde niet dat ze alleen een dergelijke proef moest doorstaan, ondanks het feit dat ze het bericht verbazingwekkend kalm opgenomen had. Na een eeuwigheid wachten in de zon waren ze eindelijk aan de beurt en gingen het gebouw binnen. Eliza omklemde Tao Chi'ens hand en liep vastberaden vooruit, zonder te denken aan de rivier van zweet die haar jurk doordrenkte en het trillen dat haar botten deed rammelen. Ze bevonden zich in een donkere zaal, die slecht verlicht werd door grote gele waskaarsen die een doodse geur verspreidden. Zwarte doeken bedekten de muren en in een hoek hadden ze een dappere pianist neergezet, die een stel begrafenisakkoorden hamerde met meer gelatenheid dan echt gevoel. Op een tafel, eveneens bedekt met katafalkdoeken, hadden ze de twee glazen potten neergezet. Eliza sloot haar ogen en liet zich door Tao Chi'en leiden, er zeker van dat het tromgeroffel in haar hart de pianoakkoorden deed verstommen. Ze bleven staan, ze voelde de hand van haar vriend in de hare knijpen, haalde heel diep adem en opende haar ogen. Ze keek een paar seconden naar het hoofd en liet zich meteen naar buiten slepen.

'Was het hem?' vroeg Tao Chi'en.

'Ik ben eindelijk vrij...' antwoordde ze zonder zijn hand los te laten.

INHOUD

VAN ISABEL ALLENDE VERSCHENEN
BIJ UITGEVERIJ WERELDBIBLIOTHEEK OOK:

Portret in sepia

Roman, 416 blz.
€ 20,50

Het verhaal van *Portret in sepia* speelt zich af tegen de achtergrond van San Francisco en Chili. Dit land wordt aan het einde van de negentiende eeuw geteisterd door oorlogen en burgerstrijd. Het is de wereld van Aurora del Valle, een jonge vrouw die lijdt aan een trauma waardoor de eerste vijf jaar van haar leven uit haar geheugen zijn gewist. Als ze verraden wordt door de man van wie ze houdt, maakt ze een keuze waardoor ze de eenzaamheid leert kennen. Ze besluit het mysterie te ontrafelen dat haar leven heeft getekend. Aurora ontworstelt zich aan het lot, dat schijnbaar onontkoombaar door haar verleden wordt opgelegd.

Portret in sepia is een historische roman en een wonderbaarlijke familiesage, waarin de lezer personages uit *Fortuna's dochter* en *Het huis met de geesten* ontmoet.

Het huis met de geesten

Roman, 432 blz.

€ 12,–

Het huis met de geesten is een familiekroniek die zich vanaf het begin van de twintigste eeuw over vier generaties uitstrekt tot in de jaren zeventig, toen de militaire dictatuur een einde maakte aan het socialistische bewind van Salvador Allende.

Rond de figuur van Esteban Trueba, de tirannieke, wellustige grootgrondbezitter, bewegen zich vier uitzonderlijke vrouwen. Rosa de Schone, de nimf met het groene haar, haar zuster Clara, de dromerige helderziende die op telekinetische wijze voorwerpen kan laten bewegen, en haar dochter Blanca, die een verboden liefde koestert voor een linkse protestzanger, tot grote schande van de familie zwanger van hem wordt en een dochter baart. Dit kind, het meisje Alba, zal later in een tijd van verval en terreur de wonderbaarlijke geschiedenis van haar familie opschrijven om, zoals ze zegt, 'het verleden te laten herleven en mijn ontzetting te overwinnen'.

Het huis met de geesten was Isabel Allende's eerste roman en maakte haar in één klap beroemd en geliefd over de hele wereld.

Het oneindige plan

Roman, 420 blz.
€ 16,50 (gebonden)

Deze roman vertelt de geschiedenis van Gregory Reeves, een levenslustige Noord-Amerikaan: een kleurige schildering van een familiegeschiedenis in roerige tijden en tegelijkertijd een groots en levendig fresco van onze tijd.

'Met liefde, humor en mededogen en in de beeldrijke taal die we van haar gewend zijn, beschrijft Allende het wel en wee van dit stukje Mexico binnen de vs. Het leven is kleurig, lawaaierig, bizar, droevig, arm, uitbundig, wreed, hartstochtelijk en sentimenteel, maar zelden saai of voorspelbaar (...). "C'est le ton qui fait la musique". Allende bewijst ook nu weer dat ze over die toon kan beschikken en dat maakt dat je dit boek in één adem wilt uitlezen.' – *NRC Handelsblad*

Liefde en schaduw

Roman, 296 blz.
€ 16,50 (gebonden)

Het verhaal van een ontluikende liefde tussen twee jonge mensen in een land dat gebukt gaat onder de verschrikkingen van een dictatoriaal regime. Tijdens hun werk worden de journaliste Irene en de fotograaf Francisco op heel directe wijze geconfronteerd met een van de donkerste kanten van het land waar zij wonen: vermiste personen. Ze beseffen dat ze niet langer hun ogen kunnen sluiten voor wat de mensen in hun land onder het mom van politiek wordt aangedaan, en besluiten tot nader onderzoek.

Liefde en schaduw is een lyrisch en nuchter boek dat door zijn originaliteit en evenwichtige opbouw een mijlpaal is in de Latijns-Amerikaanse literatuur.